Schilddorfer & Weiss

NARR

SCHILDDORFER & WEISS

Narr

THRILLER

LangenMüller

Für

unsere Großmütter
Christine Geyer und Maria »Midi« Weiss,
zwei einmalige, starke und lebenskluge Frauen
– weil sie uns gelehrt haben,
uns selbst und andere nicht so ernst zu nehmen.

... und für alle, die wie wir
Geschichte und Geschichten lieben.

Besuchen Sie uns im Internet unter
www.langen-mueller-verlag.de

Umschlaggestaltung: Wolfgang Heinzel, unter Verwendung
einer Illustration von Stefanie Bemmann
Illustrationen im Innenteil: David G. L. Weiss
Herstellung und Satz: VerlagsService Dr. Helmut Neuberger
& Karl Schaumann GmbH, Heimstetten
Gesetzt aus der 10,5/13,2 Punkt GaramondBQ Regular
Druck und Bindung: GGP Media GmbH, Pößneck
Printed in Germany
ISBN 978-3-7844-3235-9

Prolog – 29.8.2009

Wien, Innere Stadt/Österreich

Genau um 6:09 Uhr war die Sonne an diesem Morgen blutrot über Wien aufgegangen. Ihre ersten Strahlen, die über die Dachfirste glitten, kündigten das Kommen eines weiteren heißen Augusttages an. Kaum eine halbe Stunde später begannen sich die Straßen an diesem Samstag zu füllen. Wenn auch gemächlicher als unter der Woche, rollten die ersten Vorboten der mittlerweile üblichen Verkehrslawine in die Innenstadt. Viele Wiener waren auf Urlaub gefahren, nach Italien ans Meer oder an eine jener All-inclusive-Destinationen, die nichts mehr dem Zufall überließen. Die Stadt schien trotz der Tag und Nacht anhaltenden, drückenden Hitze auszuatmen. Es würde ein ganz gewöhnlicher Sommertag werden in Wien, oder vielleicht einer, an dem wieder einmal Geschichte in der Stadt an der Donau geschrieben würde. Die alarmierenden tagespolitischen Ereignisse der letzten Zeit deuteten auf Zweiteres hin.

Wilma Palm war bereits seit mehreren Stunden wach, die Nervosität und die Hitze der Nacht hatten sie kaum schlafen lassen. Jetzt lief sie, nach einem schnellen Frühstück im Stehen, den Ring, die Wiener Prachtstraße, entlang. Es blieb ihr nicht mehr viel Zeit, um vor ihrer Chefin im Büro am Stubenring einzutreffen. Seit der Wahl und dem Amtsantritt vor zwei Jahren hatte sie es sich zur Angewohnheit gemacht, mindestens eine Stunde vor der Ministerin an ihrem Arbeitsplatz zu sein, um alles für den reibungslosen Tagesablauf der Politikerin vorzubereiten. Die Regierung war angesichts der Finanz- und Bankenkrise aus der Sommerpause zurückgeholt worden. Auch Palm hatte daraufhin auf ihren Urlaub verzichten müssen, er war von höchster Stelle ersatzlos gestrichen worden.

Aber nicht nur deswegen war Wilma Palm wütend. Aufgrund der europäischen Finanzministerkonferenz hatte die Fahrbereitschaft der

Regierung alle Wagen ihres Fuhrparks im Einsatz, um die ausländischen Politiker von den Hotels zur Hofburg und wieder zurück zu bringen. Palm hatte überhaupt kein Problem damit, die öffentlichen Verkehrsmittel zu benutzen, aber genau an diesem Morgen behinderte ein Schwertransport die Straßenbahnen entlang der Ringstraße. Tieflader, beladen mit Baumaschinen, waren im alljährlich wiederkehrenden sommerlichen Rhythmus zu riesigen Baustellen in der Bundeshauptstadt unterwegs – dieses Jahr war der Rennweg dran, wo der Fahrbahnbelag und die Straßenbahnschienen erneuert werden sollten. Die MA 46, die Magistratsabteilung der Stadt Wien für Verkehrsorganisation und technische Verkehrsangelegenheiten, hatte das Büro der Ministerin nicht darüber informiert, dass bereits am Wochenende mit den Arbeiten begonnen und daher mit massiven Verkehrsbehinderungen zu rechnen sein würde.

»Das ist doch so selbstverständlich wie das Amen in der Kirche, dass gerade heute alles drunter und drüber geht«, ärgerte sich Palm laut und rätselte, warum die Baufirmen ausgerechnet die für die Konferenz so wichtige Ringstraße dazu benutzen mussten, um die schweren Geräte an ihren Einsatzort zu bringen. Am meisten haderte sie jedoch mit sich selbst, weil sie am Schottentor nicht die U-Bahn und damit den kürzesten Weg genommen, sondern sich für die oberirdische Ringlinie entschieden hatte.

Zum selben Zeitpunkt verließ eine Gruppe Polizisten das Polizeikommissariat in der Rossauer Kaserne, überquerte die Maria-Theresien-Straße und erreichte schließlich ebenfalls den Schottenring. Ihre Aufgabe war es, die Abbieger aus den Seitengassen und Nebenfahrbahnen umzuleiten, um einen Transporter nicht zu behindern, der einen hausgroßen gelben Bagger in den dritten Bezirk überstellte.

Einer der Uniformierten postierte sich an der Einfahrt zur Gonzagagasse, während seine Kollegen weiter unten in Richtung Donaukanal ihre Positionen einnahmen.

Amüsiert beobachtete der Polizist eine kleine, etwas untersetzte Frau mit kurzen, blonden Haaren, die ein dickes Bündel aus losen Akten und bunten Schnellheftern unter den Arm geklemmt hatte. In der anderen Hand trug sie eine bis zum Bersten gefüllte Aktentasche. Das Kostüm stand ihr überhaupt nicht und wirkte ein wenig aufgesetzt, fast wie eine Verkleidung, fand der Polizist. Die blonde Frau stöckelte im Schnellschritt an ihm vorbei und schimpfte hörbar vor sich hin. Sie ist wohl in Eile, dachte der Uniformierte und hielt einen Autofahrer davon ab, dem Schwertransport zu nahe zu kommen. Dann blickte er wieder zu der Frau, die sichtlich mit ihren Stöckelschuhen kämpfte. Sie stolperte, strauchelte, aber gewann gerade noch ihr Gleichgewicht wieder.

»Die trägt ansonsten wohl eher flache Schuhe, so wie sie läuft ...«, wunderte sich der Schutzmann halblaut und schüttelte mitleidig den Kopf. Er musste aber unweigerlich kichern, erinnerte ihn die Gestalt doch zunehmend an Daisy Duck.

Die Kleine kommt daher wie eine Ente, dachte sich auch der Fahrer des Sattelschleppers mit dem riesigen Bagger auf der Ladefläche und lachte in sich hinein.

Ein Uniformierter am Straßenrand winkte ihm einen freundlichen Gruß zu.

»Ja, ja. Dein Freund und Helfer, zumindest ab und zu ...«, murmelte der Mann und grüßte halbherzig zurück. In seinem Innersten freute er sich aber, dass die Fahrbahnen exklusiv für ihn frei gehalten wurden. Er drehte das Radio lauter, als der Sprecher gerade über die »Verkehrsbehinderung durch eine Reihe von Schwertransporten in der Wiener Innenstadt« berichtete.

Ich bin im Verkehrsfunk, grinste er in sich hinein. Auch ein kleiner Werktätiger kann es ins Radio schaffen, wenn er sich nur genug anstrengt und sein Bagger groß genug ist. Mit sich und der Welt im Reinen zündete er sich eine Zigarette an und lauschte den Schlagzeilen. Die Hauptmeldung in den Nachrichten waren an diesem Morgen die europäischen Politiker, die in Wien ihre Köpfe zusammensteckten, um einen Weg aus der Krise zu finden, die von den internationalen Großbanken verursacht worden war.

»Aber auch eure Karossen müssen warten, wenn ich, Martin Kurecka, hier fahre!«, kommentierte er halblaut, als er fast im Schritttempo an den gesperrten Kreuzungen mit den Reihen der wartenden schwarzen Limousinen vorbeifuhr. Zufrieden blies er den Rauch seiner Zigarette aus dem offenen Seitenfenster. Kurecka schaute zwischen den Stämmen der Bäume des Grünstreifens durch, zu der kleinen, drallen blonden Frau hinüber, die jetzt fast genau neben ihm herlief. Dann stutzte er, schaute nochmals hin und traute seinen Augen nicht.

Wilma Palm hatte ein solches Geräusch noch nie gehört. Es war eine Mischung aus lautem Rascheln und Knirschen, gefolgt von Knacken wie brechendes, ja zerfaserndes Holz. Sie hielt an, blieb regungslos stehen und fuhr dann wie elektrisiert herum. Hinter ihr erblickte sie jedoch nur einen Polizisten in unmittelbarer Nähe des Grünstreifens, der mit weit aufgerissenen Augen vor sich auf den Boden starrte.

Martin Kurecka hatte sofort eine Vollbremsung eingeleitet. Der Schwertransport mit dem riesigen Bagger kam nur mühsam zum Stehen, dumpf klopfte die Hydraulik und die Reifen quietschten. Er schaltete den Motor ab, zog die Handbremse fest und sprang aus dem Führerhaus. Mit wenigen Schritten war er neben dem Polizisten und der kleinen blonden Frau im grauen Kostüm, die wie erstarrt dastanden und ihn gar nicht zu bemerken schienen. Alle drei konnten ihren Blick nicht von dem fünf Meter tiefen und eineinhalb Meter breiten Loch zu ihren Füßen abwenden, in dem einer der Alleebäume der Ringstraße, eine ganze Jungpappel, gerade bis zum Wipfel verschwunden war.

Nussdorf ob der Traisen/Österreich

Die drei Männer hatten Zeit. Es lag in ihrer Tradition, in ihrem Denken und in ihrer Art, dem Tod zu begegnen. Manchmal dauerte es kürzer, bis die hagere Gestalt im langen schwarzen Mantel kam, manchmal eben länger. Aber er kam immer, nichts konnte ihn aufhalten. Das war Gesetz seit Anbeginn der Welt und es würde sich nie ändern. So standen sie geduldig im Schwarz des Hausschattens, nebeneinander in der Dunkelheit vereint, an die raue, von der Sommerhitze noch warme Wand gelehnt und lauschten in die Nacht. Samtig strich der Wind durch die Weingärten vom Donautal herauf und brachte die Blätter in den Obstbäumen ganz leise zum Rascheln. Es war eine rabenschwarze, mondlose Nacht, eine zum Verlieben und zum Sterben, zwei Wochen vor dem nächsten Vollmond, dem Herbstmond.

Einer der Männer im schwarzen Kampfanzug beugte sich vor, drehte sich zur Seite und blickte aufmerksam durch das offene, gelblich erleuchtete Fenster des alten, gedrungenen Bauernhauses, während der zweite mit vor der Brust verschränkten Armen zu dösen schien. Der dritte Mann wiederum schaute hinauf zu den Sternen, die wie Myriaden von galaktischen Glühwürmchen in der Sommernacht flimmerten.

Durch die geblümten, bunt bestickten Vorhänge, die sich im leichten Windzug bauschten, konnte man zwei Männer in ein Gespräch vertieft erkennen. Sie saßen sich an den Stirnseiten eines groben Tisches gegenüber, vor ihnen eine bauchige grüne Weinflasche, die schon fast leer war. Der ältere der beiden, sein Gesicht dem Fenster zugewandt, musste über siebzig sein und machte einen nervösen und gleichzeitig müden Eindruck. Seine unstetig hin und her gleitenden Hände schoben das volle Rotweinglas vor sich im Zickzack über die Tischplatte, einem undefinierbaren Muster folgend, während er leise und manchmal zögernd sprach. Die üppigen, weißen Haare waren zerzaust und standen in alle Richtungen ab, verliehen ihm einen leicht anarchistischen, vernachlässigten und zugleich ungebändigten Eindruck. Seine hellen Augen jedoch blickten freundlich und nachsichtig auf sein Gegenüber. Das runde, von der Sonne gebräunte Gesicht hatte kaum Falten, und wären nicht die zahlreichen Altersflecken gewesen, die wie große Sommersprossen von einer verschwenderischen Hand verteilt seine Züge übersäten, man hätte ihn für gut fünfzehn Jahre jünger gehalten.

Der jüngere Mann ihm gegenüber saß mit dem Rücken zum Fenster. Seine dunklen, von einzelnen grauen Strähnen durchzogenen Haare waren zu einem Zopf geflochten. Er hatte breite Schultern und die Art, wie er sich auf den Tisch lehnte und sein Glas zwischen den Fingern drehte, verriet kaum etwas von seiner Aufregung. Er blickte den alten Mann auf der anderen Seite des Tisches nachdenklich an. Diesen Besuch hatte er lange vor sich hergeschoben, viel zu lange. Erst war er sich wie damals vorgekommen, in den überfüllten Hörsälen, den endlosen Proseminaren, mit den harten Sitzbänken und einer Atmosphäre aus Bohnerwachs und Angstschweiß, die sich in den ehrwürdigen Räumen seit Generationen festgesetzt hatte. In seiner Erinnerung stand er wieder und wieder aufgeregt vor der

Prüfungskommission, und Professor Kirschner, der gefürchtete und geachtete Doyen der Fakultät, betrachtete ihn mit einem Blick, der irgendwo zwischen Herablassung und unendlicher Weisheit schwankte.

Doch heute Abend hatte das Gefühl der Anspannung und Beklemmung schneller nachgelassen, als er es vermutet hätte. Je länger der Besuch gedauert hatte, umso mehr war die Nervosität einer Zuneigung und einem Verständnis gewichen, die offenbar schon lange in ihm geschlummert hatten.

Musik und Lachen kamen aus der Ferne, gedämpft durch die warme Nachtluft. Auf dem kurz gemähten Rasenplatz hinter dem Rathaus des kleinen Weinbauernortes lag der Mittelpunkt des alljährlichen Keller- und Erntedankfestes und vor einer niedrigen Bühne, auf der eine dreiköpfige Gruppe schamlos ihre Instrumente quälte, machten einige Paare undefinierbare Schritte über schnell zusammengefügte, rohe Holzbretter. Die meisten Besucher jedoch zogen von Weinkeller zu Weinkeller, angelockt von den großzügig verteilten Gratis-Kostproben. Alle Winzer waren stolz darauf, ihre besten Weine vorzustellen, und manche Besucher kamen deswegen sogar aus dem achtzig Kilometer entfernten Wien.

Zwei Polizisten warteten in sicherer Entfernung an der einzigen Ausfallstraße, ausgerüstet mit genügend Teströhrchen, auf das Unvermeidliche. Die drei Männer in Schwarz hatten sie beim Vorbeifahren aus dem Wagen heraus gesehen, als sie ihre Polizeikontrolle aufbauten, und hatten keinen weiteren Gedanken an sie verschwendet.

»Du kannst ruhig hier schlafen, Georg, das Haus ist groß genug«, meinte der alte Mann nach einem langen Schweigen und nahm einen Schluck Rotwein. »Wir könnten noch ein paar Weinkeller heimsuchen und die Winzer schädigen.«

Der Angesprochene lächelte, hielt die fast leere Zweiliterflasche wie zur Bestätigung schräg gegen das Licht der alten Deckenlampe und winkte ab. »Ich glaube, wir haben für heute genug. Ich wollte Ihnen endlich den lange versprochenen Besuch abstatten und nicht Ihren Weinvorrat vernichten, Professor.« Er fühlte sich wohler bei dem Abstand, den das »Sie« mit sich brachte. Mit einem Mann, den man jahrelang gefürchtet und respektiert hatte, von dem das Wohl oder

Wehe in den ersten Jahren des Studiums abgehangen hatte, mit dem war man nicht nach vier Stunden per »Du«. Auch nicht, wenn fast fünfzehn Jahre vergangen waren.

Das Liebespaar, das eng umschlungen durch den Obstgarten auf das Haus zuschlenderte, achtete sorgsam darauf, nicht in den Lichtschein des Fensters zu gelangen. Die drei Männer an der Hauswand sahen alarmiert zu, wie die beiden jungen Leute sich küssten und dann im hohen Gras unter einem der Pfirsichbäume verschwanden. Als zwei der Männer fragend den Schatten neben dem Fenster anschauten, schüttelte der nur leicht den Kopf und seine beiden Gefährten lehnten sich wieder an die Mauer, entspannten sich. Aber sie ließen die Stelle unter dem Baum nicht mehr aus den Augen und grinsten nicht einmal, als nach einiger Zeit verräterisches Rascheln und Stöhnen durch die laue Nacht drang.

Die beiden haben eine einzige Chance, dachte der größte der drei, als er schließlich wieder zu den Sternen hochschaute. Sie sind schnell fertig oder sie sind tot.

In der Stube des kleinen Bauernhauses kämpfte der alte Mann mit sich, endlich den entscheidenden Satz zu sagen, die richtigen Worte zu finden, den Einstieg in die unglaubliche Geschichte, die er erzählen wollte. Während er noch immer das alte Pressglas mit dem letzten Rest Zweigelt in seinen Händen drehte, beobachtete er genau sein Gegenüber. Georg Sina war nicht gerade der Typus des Universitätsprofessors aus dem Schulbuch. Abgewetzte Jeans, ein dunkles T-Shirt, das sich seiner besseren Tage nicht mehr erinnerte, muskulöse Unterarme und Hände, die sicherlich fest zupacken konnten. Die dunklen Haare endeten in einem langen Zopf auf seinem Rücken, eine Tatsache, die alle jene immer wieder in Verwirrung stürzten, die hinter der Institutstür mit der Aufschrift »Professor Dr. Georg Simon Sina, Mediävistik« einen traditionellen Anzugträger mit Pensionsberechtigung erwarteten.

»Man hört viel Gutes von dir und viel Abenteuerliches über dich. Du sollst sogar deine Stelle an der Universität wieder angenommen haben.«

Sina nickte stumm und teilte den letzten Rest des Weins möglichst gerecht zwischen den beiden Gläsern auf.

»Das wird meinen alten Freund Meitner gefreut haben«, fuhr der Weißhaarige fort, »ich weiß, dass er dich schmerzlich vermisst hatte am Institut.« Universitätsprofessor DDr. Wilhelm Meitner, von seinen Studenten respektvoll »Wilhelm der Streitbare« genannt, Vorstand des Instituts für Geschichte an der Universität Wien, war tatsächlich begeistert gewesen, als Sina nach drei Jahren der totalen Isolation nach dem Tod seiner Frau wieder an die Universität zurückgekehrt war – und nach dem Enträtseln des kaiserlichen Codes Friedrichs III., was Sinas Ruf noch näher an die Legende gerückt hatte.

»Viele meiner Studenten würden Ihnen widersprechen und mich viel lieber auf irgendwelchen ausgedehnten Entdeckungsreisen durch Burgund oder auf den Spuren der Mauren sehen«, grinste der Wissenschaftler. »Das hätte einigen von ihnen einen weiteren Prüfungstermin erspart und mir ein paar Nieten, die unbedingt eine akademische Karriere vor sich sehen.« Er nahm den letzten Schluck Rotwein, stellte das Glas auf der zerkratzten Tischplatte ab und stand auf. »Meitner ist ein Querdenker und ein Genie …«, meinte er mehr zu sich selbst als zu Kirschner, der sich nun ebenfalls schwerfällig aus dem Stuhl erhob.

»… der nur noch von dir übertroffen wird«, lächelte der alte Mann und stützte sich schwer auf die Armlehne seines Sessels.

Sina winkte ab, hängte seine Lederjacke über die Schultern, trat ans Fenster und schob die Vorhänge zurück. »Es gehört immer auch viel Glück dazu«, gab er zu bedenken und warf einen Blick aus dem Fenster in den Garten. Im Licht, das aus dem Zimmer in die Nacht fiel, sah er ein junges Paar, das vorsichtig tastend durchs hohe Gras zwischen den Obstbäumen ging. Es hielt sich an der Hand und das Mädchen kicherte leise, als es seinen Rock glatt strich.

Buch 1
Der Lehrer

30.8.2009

Exelberg, Wienerwald/Österreich

Es war eine Minute nach Mitternacht, die gelben Zahlen der großen Digitaluhr in der Motorradverkleidung sprangen auf 00:01, als die durchgestrichene Ortstafel von Wien an Paul Wagner vorbeiflog und er die Honda CBR900 Fireblade in die erste lang gestreckte Kurve zog. Die aufgeblendeten Doppelscheinwerfer des siebzehn Jahre alten, aufwendig restaurierten Rennmotorrads leuchteten das graue Band der Straße überraschend hell aus. Die Fireblade der ersten Baureihe hatte noch den kurzen Radstand und die kleineren Räder, was ihr eine größere Wendigkeit verlieh als den Nachfolgemodellen. Deswegen bevorzugte sie Wagner für seine »Nachtflüge«, wie er die schnellen Runden durch den Wienerwald nannte.

Die letzten Häuser der Stadt huschten an dem Motorradfahrer vorbei, die Honda röhrte auf und dann wand sich die Straße durch den Wald, eine Kurve reihte sich an die nächste. Der Journalist kannte die Strecke auswendig, hatte sie sich auf Dutzenden Ausfahrten eingeprägt, wie Tausende von Motorradfahrern aus Wien in den letzten dreißig Jahren. Der Exelberg war die Hausstrecke nach Westen hinaus, die Kehren in das Donautal hinab der Ursprung von Legenden und der Schauplatz von unzähligen inoffiziellen Zweikämpfen. In den frühen Siebzigerjahren hatten die Ausfahrten des »Triumph-Klubs« immer in erbitterte Rennen ausgeartet. Der Rettungswagen, der gewohnheitsmäßig an allen Wochenenden die Biker begleitete, kam selten unbelegt nach Hause. Es waren die wilden Jahre gewesen, wo man sich auf den ersten Kawasakis und Hondas mit den englischen Nortons oder Triumphs um die Vorherrschaft auf der Straße und die schnelleren Streckenzeiten duellierte. Wer als Erster bremste, hatte schon verloren. Manche bremsten nur selten und wenn, dann immer zu spät …

Mein Gott, das ist so lange her, ging es Wagner durch den Kopf, als er die Honda hochschaltete und voll beschleunigte. Wie ein Tänzer auf einer dünnen Linie führte er das Motorrad mit viel Gefühl an der Rutschgrenze des Hinterreifens entlang die Bergstraße hinunter. Er war eins mit der Maschine, spürte den Vierzylinder und sah die Sekunden wegticken, raste in einem Tunnel aus Licht durch die warme Nacht und spürte, wie ihm die Schweißtropfen unter der Lederjacke den Rücken hinunterrannen. Der Wind brachte kaum Kühlung, die Nadel des Drehzahlmessers schnellte über die 12000er-Marke und Paul war versucht, vor Lebensfreude einfach laut loszuschreien. Das waren die Momente, in denen er dem Leben so nahe war wie sonst nie. Ebenso wie dem Tod.

Die nächste Kehre flog auf ihn zu, der Asphalt war zum Greifen nahe und auf einigen kleinen Steinen rutschte der Hinterreifen kurz weg, die Honda fing sich wieder und Wagner beschleunigte erneut voll den Berg hinunter. Die gelben Sekunden tickten und Paul lächelte zufrieden. Bei der Halbzeitmarke war er zwei Sekunden schneller als das letzte Mal.

Vielleicht hat sich doch nicht so viel verändert, dachte er sich und sah die Tafel der Geschwindigkeitsbeschränkung mit der Zahl 50 an sich vorbeifliegen. »Die sollten endlich einen Einser davormalen«, murmelte er in seinen Helm und konzentrierte sich auf die nächste Kehre. Er schaltete vier Gänge hinunter, mit schnellem Zwischengas, und die Verzögerung der Bremsen drückte ihn auf den Tank. Die Honda blieb eisern in der Spur und Paul wich keinen Zentimeter von der Ideallinie, zog durch die Kurve und das Vorderrad der CBR hob sich einige Zentimeter, als er wieder herausbeschleunigte. Der Schub des Vierzylinders wollte nicht enden, die Straße schien immer schmaler zu werden, die nächste Kurve tauchte im Licht auf, umgeben von einer grünen Wand aus Gebüsch und dahinter die Endlosigkeit des dunklen Donautals. Der Nachtflug ging immer weiter den Berg hinunter, wie im Zeitraffer in einem Film, der gefährlich real war. Paul war auf dem Weg zu einer neuen persönlichen Bestzeit, als plötzlich eine rote Lampe im Cockpit regelmäßig zu blinken begann.

»Wer zum Teufel …«, fluchte Wagner und richtete sich hinter der Verkleidung auf, wollte es nicht glauben und schaute ein zweites Mal hin. Die Lampe hörte nicht auf zu blinken. Er bremste die Rennmaschine ab und rollte auf einen kleinen Parkplatz, der in einer der Kehren eingerichtet worden war. Als er den Zündschlüssel umdrehte, der Motor verstummte und die Scheinwerfer erloschen, war es stockdunkel und totenstill. Nur der Motor und der Auspuff knackten leise. Wagner zog den Helm vom Kopf und das Handy aus seiner Lederjacke. Die Lampe im Cockpit hörte auf zu blinken, als er das Gespräch seufzend annahm.

»Herr Professor, du hast mich mit deinem unglaublichen Gespür für den richtigen Zeitpunkt gerade die Bestzeit gekostet«, stieß er vorwurfsvoll hervor und holte tief Luft. »Schläfst du nicht? Hast du um diese Uhrzeit keine bessere Beschäftigung, als mit mir zu telefonieren? Wie etwa Arbeiten deiner Studenten in Grund und Boden zu verbessern, mittelalterliche Kreuzworträtsel zu lösen oder Ähnliches?«

»Ich glaube, du solltest schnellstens hierherkommen«, meinte die Stimme am anderen Ende der Leitung und Paul konnte die Anspannung plötzlich körperlich spüren. Sie schien zu knistern und sich wie eine Flamme durch Löschpapier zu fressen. »Ich bin in Nussdorf ob der Traisen. Folg einfach der Hauptstraße bergauf bis zum Ende. Ich warte auf dich vor dem weißen Bauernhaus.«

»Gib mir zwanzig Minuten, ich bin gar nicht weit weg«, erwiderte Wagner rasch und unterdrückte das Bedürfnis, weiter nachzufragen. Er steckte das Telefon ein und setzte den weißen Vollvisierhelm mit den fünf dunkelroten gotischen Buchstaben A.E.I.O.U und den beiden chinesischen Drachen wieder auf. Mit aufheulendem Motor beschleunigte die Fireblade vom Parkplatz auf die Straße, wurde rasch kleiner und verschwand schließlich um die nächste Kehre im Dunkel der Nacht.

Schloss Schönbrunn, Wien/Österreich

Der Abend war mühsam gewesen. Der Empfang der Finanzminister der Europäischen Union samt ihren Frauen im Bundeskanzleramt war noch erträglich gewesen, dann hatten sich die Herren zu Beratungen in die Hofburg zurückgezogen und der österreichischen Ministerin für Wirtschaft, Familie und Jugend war die Aufgabe zugefallen, die Damen in das weltberühmte Marionettentheater in Schloss Schönbrunn zu begleiten, wo man Mozarts »Zauberflöte« gab. Der Bankenskandal, der die meisten Länder Europas bis in die Grundfesten erschüttert und auch in Österreich ein Erdbeben in der Banken- und Wirtschaftslandschaft ausgelöst hatte, führte die Minister seit Monaten immer wieder zusammen, in wechselnden Hauptstädten, aber immer in derselben Besetzung. So trafen sich die Gattinnen der Staatsdiener öfter als sonst, wie zu einem ambulanten Fünf-Uhr-Tee in London oder Bukarest, Rom oder Prag. Diesmal war die Sitzung in Wien anberaumt worden und wieder waren alle gekommen. Die Hauptstadt Österreichs zählte weltweit gesehen zu den angenehmen und überaus beliebten Konferenzstädten.

Diesmal jedoch stand der Abend unter einem schlechten Stern, eine Panne jagte die nächste und Claudia Panosch, die jüngste Ministerin im Kabinett, war von der Rolle der Gastgeberin schnell in die Rolle der beschwichtigenden und entschuldigenden Problemlöserin gedrängt worden.

Erst hatte der Bus eine Panne gehabt, der die Damen vom Heldenplatz in das Schloss Schönbrunn bringen sollte. Mitten auf der Mariahilfer Straße hatte der schwarze Bus mit einem lauten Krach und einer bläulichen Wolke aus dem Motorraum seinen Dienst quittiert und die Fahrt war plötzlich zu Ende gewesen. Die Begleitfahrzeuge mit den nervösen Leibwächtern hatten sich wie eine Wagenburg rundum aufgebaut und den Abendverkehr auf Wiens Einkaufsstraße völlig zum Erliegen gebracht. Erboste Autofahrer und genervte Busfahrer hatten ein Hupkonzert veranstaltet, das die misstönende Hintergrundmusik lieferte, während die Ministergattinnen warteten. Nachdem die Fahrbereitschaft in Windeseile zusätzliche Fahrzeuge aufgetrieben hatte, waren die Damen schließlich, erheblich verspätet, auf ihren Logenplätzen in Schönbrunn eingetroffen.

Mit seiner säuerlichen Miene schien der Intendant des Marionettentheaters die Ministerin persönlich dafür verantwortlich zu machen, als er Panosch bei der Vorstellung der Ministergattinnen einen vernichtenden Blick zuwarf. Panosch lächelte und litt. Dann hatte sich herausgestellt, dass in dem kleinen, aber völlig ausgebuchten Theater nicht genügend Sitzplätze für die ausländischen Sicherheitsbeamten reserviert worden waren, und zu guter Letzt war mitten im zweiten

Akt der Gattin des polnischen Finanzministers schlecht geworden. Und zwar sehr schlecht. Sie übergab sich mitten in die Zuschauerreihen und die Vorstellung musste unterbrochen werden.

Schließlich war es Mitternacht geworden, kurz bevor die »Zauberflöte« zu Ende ging. Als die Gattinnen der Delegierten dann endlich wieder in einem neuen Bus untergebracht waren und die Heimfahrt in ihre jeweiligen Hotels antraten, war Claudia Panosch erschöpft. Zum Glück war ihre langjährige Sekretärin Wilma Palm ihr nicht von der Seite gewichen und hatte sich als Stütze im Sturm erwiesen – wie bereits in der gesamten vergangenen Legislaturperiode.

»Danke, das war genug für heute«, seufzte Panosch leise der neben ihr stehenden Palm zu und schaute dem letzten schwarzen Mercedes mit Leibwächtern und Sicherheitsleuten hinterher. Die schwere Limousine beschleunigte auf dem Kiesplatz vor dem Theater und hinterließ eine hellgraue Staubwolke in der warmen Nachtluft. Die beiden weiblichen Sicherheitsbeamten warteten hinter ihr, bis auch sie sich in ihren Dienstwagen setzen und auf den Weg nach Hause machen würde.

Die Ministerin schüttelte müde den Kopf und legte der kleineren, untersetzten Palm, die mit ihren kurz geschnittenen blonden Haaren und ihrem langen Abendkleid wie eine der Marionettenfiguren aus Mozarts Oper aussah, die Hand auf den Arm. »Außerdem habe ich heute meine Tage bekommen und mein Bauch bringt mich um. Oder meine Rückenschmerzen, ich weiß nicht wirklich, was schlimmer ist.« Panosch, Tochter einer burgenländischen Winzerfamilie aus Apetlon, war eine politische Quereinsteigerin. Vor zwei Jahren vom damaligen neu gewählten Bundeskanzler überraschend in sein Kabinett berufen, hatte die Unternehmerin und promovierte Ärztin ihre gut gehende Agentur in der burgenländischen Hauptstadt Eisenstadt aufgegeben und war als frischgebackene Ministerin für Wirtschaft, Familie und Jugend sofort Liebling der Presse gewesen. Jung, erfolgreich, gut aussehend und unverheiratet – eine berauschende Kombination für die Medien, die ihr in den ersten neunzig Tagen der neuen Regierung mehr Aufmerksamkeit geschenkt hatten als dem gesamten übrigen Kabinett. Als sich herausgestellt hatte, dass es keine Affären, keine geheimen Freunde, keinen Skandal und keine ominösen Leichen im Keller ihrer Vergangenheit gab, war sie wieder aus den Schlagzeilen gerutscht und es war wieder still um sie geworden – was ihr nur recht war. Für Panosch war der Ministerposten eine persönliche Herausforderung, eine Aufgabe und kein Versorgungstrampolin, das sie mit neuem Schwung in eine Top-Position der Wirtschaft oder der Pharmaforschung katapultieren sollte. An Tagen wie heute sehnte sie sich nach Eisenstadt zurück, nach einem unkomplizierten Leben auf dem Land. Panosch kramte in ihrer Handtasche. »Kannst du mir einen Tampon geben, ich finde meine nicht«, flüsterte sie Palm zu.

Die Sekretärin nickte und griff in ihre große Umhängetasche.

»Hier, meine eiserne Reserve.« Palm drückte der Ministerin diskret eine kleine Hülse in die Hand.

Panosch nickte dankbar und ging rasch zurück ins Theater. Als sie an den beiden Leibwächterinnen vorbeikam, schickte sie die jungen Polizistinnen in Zivil mit einer Handbewegung und einem entschuldigenden Lächeln nach Hause. »Bis morgen früh. Ich weiß, es ist nicht mehr lang bis dahin … Trotzdem gute Nacht!«

Auf den leeren Gängen hallten ihre Schritte hart und laut, von fern drangen Lachen und Lärm aus Richtung Bühne. Wahrscheinlich feiern die Puppenspieler, dachte Panosch und stieß die Tür zur Damentoilette auf. Der Raum war hell erleuchtet, aber verlassen, die Türen zu den einzelnen Abteilen standen offen. Die Ministerin betrachtete ihr Spiegelbild in dem großen Spiegel über den Waschbecken, während sie ihre Handgelenke unter den kühlen Wasserstrahl hielt. »Du siehst furchtbar aus, Claudia«, sagte sie zu sich selbst und zog sich in die nächste der Kabinen zurück. Der weiß gekachelte Boden war mit abgerissenen Toilettenpapierblättern übersät wie ein herbstlicher Spazierweg. Es stank nach Urin, und als Panosch einen Blick in die Toilettenschüssel warf, wurde ihr fast übel. Sie klappte den Deckel herunter und setzte sich darauf, stützte den Kopf in ihre Hände und war versucht loszuheulen. Die Schmerzen in ihrem Bauch fraßen sich immer tiefer in ihr Bewusstsein. Endlich, nach ein paar Minuten, riss sie die unbedruckte Zellophanhülle des Tampons auf. Sie zog sich gerade wieder an, als sie Schritte im Vorraum hörte.

»Claudia? Geht's dir gut?« Wilma Palm war ihr nachgegangen und stand nun wartend vor der einzigen geschlossenen Türe.

»Ja, alles in Ordnung.« Die Ministerin öffnete die Tür »Ich bin schon wieder okay. Lass uns endlich schlafen gehen.«

Kurz darauf spazierten die beiden Frauen in die warme Nacht. Schloss Schönbrunn war hell erleuchtet, strahlte in einem intensiven Gelb wie auf einer Postkartenansicht. Zwei Wagen mit Regierungskennzeichen warteten mit laufendem Motor auf Panosch und Palm, die Lichter des Schlosses spiegelten sich im hochglanzpolierten Lack.

»Vergiss morgen nicht die Sitzung um halb zehn mit der Justizministerin. Du hast die Unterlagen auf deinem Schreibtisch«, erinnerte Panosch ihre Sekretärin und bedankte sich mit einem Nicken bei ihrem Chauffeur, der ihr den Wagenschlag aufhielt.

»Hab schon alles vorbereitet«, erwiderte Palm und warf noch einen nachdenklichen Blick in die Runde, auf die Alleen mit den perfekt beschnittenen Bäumen, die man schemenhaft am Rande des Lichtermeeres wahrnehmen konnte. »Wenn ich morgen wieder meinen Wagen habe, dann kann ich länger schlafen und bin trotzdem pünktlich im Büro.« Palm dachte an den seltsamen Vorfall mit dem Baum heute auf der Ringstraße. Einige Gruppen von Touristen hatten sich trotz der späten Stunde von den offenen Schlosstoren verleiten lassen und bestaunten die Pracht der vergangenen, glorreichen Tage Österreichs.

»Morgen um acht im Büro. Gute Nacht!«, rief die Ministerin Palm zu und stieg in ihren Wagen. Mit knirschenden Reifen rollten die beiden Mercedes auf dem weißen Kies an und glitten zum großen Schlosstor wie zum Sprung geduckte Panther.

Nussdorf ob der Traisen/Österreich

Paul Wagner sah die Polizeikontrolle zu spät, aber die Beamten schauten gerade angestrengt auf das Röhrchen, in das ein ziemlich verärgerter Autofahrer geblasen hatte, und bemerkten den Motorradfahrer daher erst, als seine Geschwindigkeit wieder halbwegs im vertretbaren Bereich lag. Die Polizisten blickten kurz auf, aber nachdem die Honda in Richtung des Weinbauortes fuhr, war sie noch nicht wirklich interessant für sie.

Wagner schaltete einen Gang hinunter und klappte das Visier auf. Die warme Nachtluft strömte in den Helm, es roch nach Pfirsichen und frisch gemähtem Gras. Nach einer scharfen Linkskurve kam ein kleiner Platz mit einer Art Mosaik in Sicht, das in den Straßenbelag eingelassen war. Die ländliche Hauptstraße, gesäumt von niedrigen Häusern, führte weiter leicht bergauf, von Autos links und rechts bis auf eine schmale Fahrspur zugeparkt. Fußgänger drängten sich zwischen den Häusern, wo man Bänke aufgestellt hatte und gelbe Lichtinseln die Mücken wie die Besucher gleichermaßen anzogen. Gläser blitzten und schemenhafte gerötete Gesichter leuchteten kaleidoskopartig auf, als Wagner vorbeifuhr, vorsichtig seinen Weg durch Autos und schwankende Passanten bahnend. Vom Gemeindeamt auf der linken Seite tönte schräge Musik und der Journalist verzog schmerzhaft das Gesicht. Die Band muss mindestens so viel getankt haben wie die Zuhörer, dachte er sich und wich einer rot getigerten Katze aus, die wenige Meter vor dem Vorderrad durch den Lichtkegel des Motorrads schnellte.

»Petzi, Petzi, da bleibst!«, rief eine junge Frau, die der Katze nacheilte und beinahe in die Honda hineingelaufen wäre. Wagner schüttelte den Kopf. »Ausnahmezustand«, murmelte er und beschleunigte vorsichtig weiter die Hauptstraße bergauf.

Nach wenigen Hundert Metern riss der Doppelscheinwerfer des Motorrads eine vertraute Gestalt aus dem Dunkel. Georg Sina stand vor der von zahllosen Rissen durchzogenen Wand eines niedrigen Bauernhauses, die Hände tief in den Taschen seiner Lederjacke vergraben, den Kopf gesenkt. Als Wagner neben ihm den Motor der Honda abstellte, blickte er auf und nickte ihm müde zu.

»Du warst wirklich nicht weit weg«, stieß er mit gepresster Stimme hervor und legte Wagner wie zur Begrüßung die Hand auf die Schulter. Der Reporter blickte ihn fragend an. Sina schüttelte den Kopf, drehte sich um und ging voraus, durch eine verrostete Gartentüre, die sich leise quietschend in den Angeln drehte. Sein Freund nahm den Helm ab und folgte ihm schweigend, zwischen Hecken von Brombeeren und Haselnüssen, durchs knietiefe Gras, das zwischen alten Obstbäumen wuchs. Die beiden Männer gingen hintereinander, immer tiefer in den stockdunklen, üppigen Obstgarten hinein. Paul wurde ungeduldig und wollte schon etwas sagen, überlegte es sich jedoch und stolperte weiter durch den dicht bewachsenen Garten hinter Georg her.

Dann blieb Georg Sina plötzlich stehen und schaute nach oben. Wagner folgte seinem Blick. Dann wünschte er sich, er hätte es nicht getan. Im leichten Luftzug baumelte ein dicker, weißer, nackter Körper an einem Ast, den Kopf schief gelegt, das Blut zog dunkle Spuren über seine Brust. Die Augen starrten angstvoll ins Leere und der Mund war weit aufgerissen. Etwas steckte darin und von da rann auch das Blut unablässig, zog neue Bahnen wie flüssige Venen über den bleichen, haarlosen Brustkorb, bis über den vorgewölbten Bauch und die Beine hinunter, bevor es ins hohe Gras tropfte.

»Professor Gustav Kirschner, ich habe ihn heute Abend besucht, nachdem ich ihn viele Jahre nicht gesehen hatte«, sagte Georg stockend und empfand plötzlich peinlich berührt die Nacktheit seines ehemaligen Studienvaters. Er musste wegschauen und blickte zu Paul. »Wir haben getrunken und in Erinnerungen geschwelgt, wie man das so macht«, meinte er fast entschuldigend. »Dann habe ich mich verabschiedet, bin wieder losgefahren und wollte zu mir nach Hause. Aber als ich die Polizeikontrolle außerhalb des Ortes sah, wurde mir klar, dass ich doch besser nicht den weiten Heimweg nach Burg Grub machen sollte.« Sina lebte seit mehr als vier Jahren auf einer Burgruine im niederösterreichischen Waldviertel, gemeinsam mit seinem tibetanischen Hirtenhund Tschak auf dem alten Sofa und seinem Haflinger im wiederaufgebauten Stall.

»Weise Entscheidung«, murmelte Paul, aber nach einem Blick auf den Erhängten war er sich nicht mehr so sicher.

»Ich kam also zurück in den Ort, aber dann war die Straße mit einem Reisebus versperrt, der auf seine angeheiterten Passagiere wartete. Ich ließ den Golf stehen und ging zu Fuß.«

»Wie viel Zeit verging zwischen der Abfahrt und deiner Rückkehr?«, fragte Paul.

»Etwa fünfundzwanzig Minuten, aber so richtig klar im Kopf bin ich nach vier Viertel Wein auch nicht mehr«, meinte Georg entschuldigend und fuhr sich mit der Hand über das Gesicht.

»Du schaust mir im Moment eher sehr nüchtern aus«, gab Paul zurück und griff zu seinem Telefon. »Hast du schon …?«

Sina schüttelte den Kopf. »Ich hatte den ganzen Abend lang das Gefühl, dass mir Professor Kirschner etwas sagen wollte. Aber ich habe keine Ahnung, was genau.«

Paul blickte seinen Freund abwartend an und dann wanderten seine Augen zu der Leiche mit ihrem offenen blutigen Mund.

Sina schien Wagners Gedanken zu erraten.

»Ich glaube, sie haben ihm die Zunge herausgeschnitten und dann wieder in den Mund gesteckt. Ein altes Zeichen ...« Er verstummte kurz, dann klang seine Stimme fest und entschlossen. »Ich möchte erst nochmals kurz ins Haus und nachschauen, ob wir etwas finden, bevor wir die Polizei alarmieren.«

»Dann sollten wir besser schnell machen«, sagte Paul leise, steckte das Handy wieder ein und warf einen letzten Blick auf den Erhängten. »Es müssen mehrere gewesen sein, einer allein bringt einen so schweren Mann nie in so kurzer Zeit so hoch auf den Baum, ohne Spuren zu hinterlassen.«

Im Haus gab es keine Zeichen eines Kampfes. Die Gläser und die Flasche auf dem Tisch standen da, wo Sina sie zurückgelassen hatte. Kleine Weinfliegen saßen auf den Rändern der Gläser, einige hatten sich im Rest des Rotweins ertränkt. Musik und Lachen drangen durch das offene Fenster, während sich Wagner und Sina in dem Wohnraum umschauten. Nichts schien durchsucht worden zu sein. Auch ein Blick in das kleine Schlafzimmer mit einem einzigen Bauernschrank, in dem die Kleidung akkurat aufgereiht hing, verriet nichts Ungewöhnliches. Das Bett war gemacht, die Überdecke glatt gezogen. Die Schubladen der Biedermeier-Kommode enthielten Besteck, Teller und einige Servietten, Tischwäsche, Geschirrtücher, darunter ein altes Fotoalbum und einen Reisepass. Daneben lag eine Brieftasche, die überraschend viel Geld enthielt. Nichts deutete auf einen Raubmord hin oder auf einen Überfall. Die Täter hatten nichts gesucht. Sie waren gekommen, um zu töten, und das schnell, effizient und ohne Aufsehen.

Wagner zuckte die Schultern. »Tut mir leid, aber ich kann nichts Ungewöhnliches entdecken.« Georg Sina ging nachdenklich um den Tisch herum, trat dann ans Fenster und drehte sich schließlich um. Die beiden Gläser, die große Flasche, ein kleiner Bleistift. Er stutzte. Ein Bleistift? Der hatte vorher nicht dagelegen, zumindest nicht, als er Professor Kirschner verlassen hatte. Paul beobachtete Georg und beugte sich dann zu dem kleinen, mit Kerben übersäten Stummel, der nach langem Spitzen von einem ehemals großen Bleistift übrig geblieben war. Jetzt war er keine fünf Zentimeter lang, ein Stift, den man bequem in der Hosentasche tragen konnte.

»Wahrscheinlich korrigierte er damit schon deine Arbeiten«, meinte Paul trocken, während Georg die große Weinflasche in die Hand genommen hatte und sie langsam drehte, näher ans Licht hielt. An der rechten Seite des Etiketts war ein Kreuz gezeichnet, mit Bleistift schnell skizziert. Es hatte einen großen Querbalken und darüber einen kleineren.

»Vielleicht hat das etwas zu bedeuten«, sagte Georg leise und zeigte das Etikett seinem Freund.

»Ein Kreuz mit zwei Querbalken, hm, ein Erzbischofs- oder Patriarchenkreuz. Ich wüsste nicht, was das auf der Weinflasche zu suchen hätte. Also hat es dein Professor gezeichnet, aber wozu? Hat er es gedankenverloren gekritzelt, als er mit dir gesprochen hat?«

»Ich kann mich nicht daran erinnern, bei Professor Kirschner einen Bleistift gesehen zu haben. Weder in seiner Hand noch auf dem Tisch.« Georg dachte kurz nochmals nach, dann schüttelte er den Kopf. »Nein, bestimmt nicht.«

»Dann bin ich mir fast sicher, dass er es als Hinweis hinterlassen hat. Vielleicht hat er seine Angreifer kommen gesehen oder sie gehört. Mehr Zeit als für die flüchtige Skizze hatte er wahrscheinlich nicht mehr«, meinte Paul, griff in seine Tasche und zog das Handy heraus. »Jetzt bereit für die Kavallerie?«, fragte er, und als Sina nickte, begann der Reporter zu wählen. Genau in diesem Moment ertönte ein schriller, nicht enden wollender Schrei aus dem dunklen Garten.

Unter den Linden, Berlin-Mitte/Deutschland

Der Eingang lag versteckt, verborgen hinter zerbrochenen Weinregalen des alten Hotel Adlon, in einem abgemauerten Keller direkt unter der Fahrbahn mit jenen Bäumen, die der Chaussee ihren Namen gegeben hatten. Dieser Teil des riesigen Hotelkellers war nach dem verheerenden Brand des traditionsreichen Hauses mit der Adresse »Unter den Linden 1« am Ende des Zweiten Weltkrieges aufgelassen worden. Nach dem Kampf um Berlin hatten russische Kampftruppen den Weinvorrat gleich vor Ort dezimiert, dann waren die Reste der mehr als zwei Millionen Flaschen spurlos verschwunden – in die Offizierscasinos der Siegermächte und die privaten Weinkeller der Stadtkommandanten. Zurück blieben leere Regale und Berge alter und zerbrochener Flaschen, die sich vor den nun morschen und halb zerfallenen Holzetageren türmten und Geschichten aus einer lang vergangenen Epoche erzählten. Erinnerungen an elegante Diners, an glanzvolle Abendsoireen, an Prunk, Luxus und Zerstreuung, an internationale Prominenz und Glamour. Es waren Geschichten von den oberen Zehntausend, von den teuersten Suiten Europas und von Maharadschas, die ihre Elefanten nach Berlin mitbrachten und nur den besten Wein bestellten. Und die manchmal mit Rubinen und Diamanten ihre Rechnung bezahlten.

Peter Marzin stellte nachdenklich einen Jahrgang 1912, Chateau Mouton-Rothschild, zurück auf den nackten Kellerboden und fragte sich, wo der schreckliche Gestank herkam, der den Raum geradezu körperlich auszufüllen schien. Von den Weinflaschen konnte er nicht stammen. Marzin, ein schlanker Mittdreißiger mit kurzen, schwarzen Haaren war knapp zwei Meter groß und der Keller wirkte fast bedrückend niedrig angesichts seiner Körpergröße. Aber Klaustrophobie war das Letzte, worunter Marzin litt. Er liebte die engen Kanäle und halb verfallenen Gänge im Untergrund Berlins, die massiven Bunker und aufgelassenen Fabriken, die unter den Füßen der Hauptstädter ein verstecktes und meist unbekanntes Dasein führten – eine Leidenschaft, die er mit seinem Begleiter teilte, der nun fasziniert auf die Berge leerer Flaschen schaute, die im Licht der Taschenlampe aufleuchteten.

»Stell dir vor, die wären alle voll und wir hätten ausgesorgt«, meinte kichernd der kleine, schmale Mann mit den grauen Haaren, die, widerspenstigen Borsten einer abgenutzten Bürste gleich, unter einem dunkelgrünen Kunststoffhelm hervorlugten. Er trug wie sein Begleiter Marzin einen Parka gegen die Kälte im Berliner Untergrund und hohe gelbe Gummistiefel gegen die Nässe in den Kanälen, durch die beide oft wateten. Marzin und sein Seniorpartner, Fritz »Wolle« Wollner, waren zusammen der »Berliner Unterwelt e.V« und ein eingeschworenes Team. Gemeinsam entdeckten und kartografierten sie nun seit mehr als zwei Jahrzehnten die Tunnel, Bunker, Kellergänge und aufgelassenen Teile der alten Rohrpost, die es überall unter Berlin zu geben schien. Je mehr sie katalogisierten und vermaßen, umso mehr unbekannte Gänge und Schlupflöcher taten sich auf. Berlin schien auf einem Irrgarten aus Gängen und Tunneln gebaut worden zu sein.

Marzin war bereits als kleiner Junge auf Entdeckungsreise ins unterirdische Berlin gegangen. Eines Tages, bis zur Hüfte im Abwasser stehend, war er dem wesentlich älteren Wollner begegnet. Seither waren Wolle und er jedes Wochenende »auf Tour«, wie sie es nannten. Erst gestern hatten sie den abgemauerten Keller nahe des Hotel Adlon entdeckt, aus reinem Zufall, weil einer der Steine locker geworden und nach innen gefallen war, als Wolle sich gegen die Wand eines Kanals gelehnt hatte, um eine seiner filterlosen, selbst gedrehten Zigaretten anzuzünden. Nachdem sie rasch die restlichen Steine entfernt hatten und durch die Lücke gestiegen waren, fanden sie sich vor Bergen von leeren Flaschen wieder, den morschen Regalen, und schließlich hatten sie die seltsame, verrostete Metalltür entdeckt, die fast die Farbe der umliegenden Wand angenommen hatte.

»Wären die Pullen voll, wärst du tagelang betrunken und zu nichts zu gebrauchen, aber besonders hilfreich bist du ja jetzt auch nicht«, stichelte Marzin und schaute sich im Licht seiner Helmlampe um. Hunderte von Flaschen aller Formen und Größen lagen da, viele von Schichten von Schmutz und Moder bedeckt, andere überraschend sauber, daneben ein paar leere Patronenhülsen und ein Korkenzieher, der bereits am Boden festgerostet war. Der feine Staub des Mörtels, den sie mit den Steinen herausgebrochen hatten, um in den Keller einsteigen zu können, hatte in der unbeweglichen Luft viele Flaschen wie mit feinem Puderzucker bestäubt.

»Werd erst mal trocken hinter den Ohren, bevor du mit Erwachsenen sprichst, und wasch dich, das riecht ja grausam«, feixte Wollner und schob das Regal zur Seite, das vor der Stahltür lehnte. Es gab mit einem kratzenden Geräusch nach und brach dann in sich zusammen, wie ein Kartenhaus.

Der kleine Mann schüttelte den Kopf und Marzin lachte laut auf. »Immer müssen bei dir die wertvollsten Stücke dran glauben! Rühr einfach nichts mehr an«, rief er immer noch lachend und wandte dann seine Aufmerksamkeit der Türe zu, die, mit kreuzförmigen Metallbändern verstärkt, dem Sturm der Zeit getrotzt hatte. Sie schloss fast nahtlos mit dem Mauerwerk ab, es gab keinen sichtbaren Türstock.

Wolle trat neben ihn und kratzte mit dem Fingernagel über die Oberfläche. Kleine Farbstückchen rieselten wie dunkle Schneeflocken die Tür entlang zu Boden.

»Das ist der Rest eines Tarnanstrichs. Ich wette, vor sechzig Jahren hätten die russischen Truppen ganz genau hinschauen müssen, um den Eingang zu entdecken. Dann wären sie allerdings vor demselben Problem gestanden wie wir nun. Wo bitte ist das Schloss?«

Marzin war es noch gar nicht aufgefallen, aber ein Blick sagte ihm, dass Wolle recht hatte. Es gab weder Schloss noch Riegel, kein Schlüsselloch oder Scharnier. Die Türe, so es denn eine war, hätte auch eine einfache Metallplatte sein können.

»Hm, eigenartig, so etwas hab ich noch nie gesehen«, murmelte er und fuhr mit seinen Fingern an der Außenkante entlang, da, wo Metall und Mauer aneinanderstießen. Die Fuge war kaum breiter als fünf Millimeter und wie mit dem Lineal gezogen. Dann klopfte er mit der Faust gegen die Tür. Es war, als hätte er gegen eine massive Wand geschlagen. Kein hohler Ton, kein Echo auf der anderen Seite.

Wolle pfiff durch die Zähne. »Isoliert, mit Beton verstärkt, drei Lagen Stahl oder Ähnliches. Das ist eher eine Tresortür«, flüsterte der kleine Mann andächtig.

»Ja, aber uns fehlt die Kombination«, meinte Marzin nachdenklich, »und die Möglichkeit, sie einzugeben.« Er legte die flache Hand auf die raue Oberfläche und strich vorsichtig darüber hinweg. Wieder rieselten die Farbflocken lautlos zu Boden. »Das ist keine normale Bunkertür, kein Notausgang oder Ähnliches«, dachte er laut und Wolle nickte.

»Es könnte die Rückseite einer Sicherungstüre sein«, gab der Ältere zu bedenken, zog seinen Helm vom Kopf und kratzte sich. Peter Marzin zuckte mit den Schultern. »Bei denen gibt es auch immer die Möglichkeit, sie von beiden Seiten zu öffnen, für den Notfall«, erinnerte er Wolle.

»Also Sackgasse«, gab der kleine Mann trocken zurück, »wie so oft in diesem dunklen Geschäft. Komm, lass uns als Erinnerung ein paar leere Flaschen mitnehmen und endlich aus dieser Gestankwolke verschwinden.«

»Du gibst auf, alter Mann?« Marzin lächelte spöttisch und holte eine starke Taschenlampe und einen schweren Schraubenzieher aus seinem Rucksack. »Du kapitulierst vor einer verrosteten Tür und ein bisschen schlechter Luft? Nimm lieber ein paar Flaschen und steck Kerzen hinein. Wozu haben wir sie sonst mitgenommen? Dann sehen wir mehr.«

Doch eine halbe Stunde später waren sie noch keinen Schritt weiter gekommen. Die Türe schloss fast fugenlos mit dem Mauerwerk ab, es gab keine elektrischen Drähte, keine Schalter, keine versteckten Riegel oder Spuren am Boden, dass sie jemals geöffnet worden wäre. Wolle hatte die Ziegelreihe entlang der Fuge abgeklopft, alle klangen massiv.

Peter Marzin seufzte enttäuscht. Er nahm eine der Flaschen mit der Kerze, ein alter Rioja, Jahrgang 1907, wie er dem verstaubten und halb zerfallenen Etikett entnahm, trat an die Wand und hob die Flamme nahe an die Fuge zwischen Wand und Türe. Die Kerze flackerte nicht. Sie brannte ganz still weiter.

»Hast du den Sprengstoff mitgenommen?«, fragte Wolle scheinheilig und begann in seinem Rucksack zu kramen. Marzin drehte sich frustriert um. Dabei hielt er die Kerze noch immer hoch und sah für einen Moment aus wie eine Kopie der amerikanischen Freiheitsstatue. Er wollte etwas erwidern, als Wolle aufsprang und ihn unterbrach.

»Beweg dich nicht!«, rief er. Wollner deutete auf die Flamme der Kerze, die, mehr als einen Meter von der Tür entfernt, aber nur wenige Zentimeter vor den Mauerziegeln, wie in einem steten Luftzug auf und nieder flackerte. Er nahm den Schraubenzieher und klopfte mit dem Holzgriff nacheinander auf die Ziegel in Reichweite der Flamme. Nach hellen Lauten ertönte plötzlich ein tiefer. Die beiden Männer sahen sich an und schauten dann genauer auf den Ziegel, der so ganz anders geklungen hatte. Er unterschied sich in nichts von seinen Nachbarn, weder in der Größe noch in der Farbe oder der Form. Er fügte sich perfekt in das Bild einer verwitterten Ziegelmauer ein, und doch … ein kleines Loch im Mörtel zwischen den Ziegeln war sichtbar. Marzin nahm die Spitze des Schraubenziehers und kratzte erst nahe dem Loch, dann über die Oberfläche. Ein silbrig glänzender Strich blieb zurück.

»Perfekter Tarnanstrich«, flüsterte Wolle anerkennend, »noch besser als bei der Türe selbst. Da wollte wirklich jemand etwas geheim halten.«

Der bemalte Metalldeckel kam nur schwer aus seiner Verankerung zwischen den Ziegeln. Die quadratische Öffnung, die er endlich freigab, war von Spinnweben durchzogen. Fritz Wollner leuchtete hinein. Ein rostiger, flacher Metallgriff schien frei zu schweben. Dann entdeckte Marzin das dicke Kabel, an dem er befestigt war und das durch ein Loch nach rechts in Richtung Türe in der Wand verschwand.

»Sesam, öffne dich«, murmelte Peter Marzin aufgeregt, fasste den Griff und zog daran. Nichts passierte. Der Griff rührte sich keinen Millimeter.

Wolle hatte die Luft angehalten und stieß sie nun laut pfeifend wieder aus. »Sesam denkt nicht daran«, bemerkte er trocken und sah sich den Griff näher an. Dann verschwand seine Hand in dem großen Rucksack und tauchte mit einer Dose Rostlöser wieder auf. »Mach Platz für die Technik«, meinte der kleine Mann, schob seinen jüngeren Begleiter zur Seite und sprühte die Flüssigkeit großzügig in das Loch, in dem das dicke Kabel in der Mauer verschwand. Ein intensiver Geruch von Chemie machte sich in dem kleinen Keller breit und überdeckte für kurze Zeit den Gestank nach Fäulnis.

»Eine Minute einwirken lassen und dann kannst du deine Kräfte nochmals mit Sesam messen«, schmunzelte Wollner. »Wollen wir doch mal sehen, ob dein Training in der Kraftkammer nur Schau für die holde Weiblichkeit war oder …« Wolle brach ab, als Marzin ihm einen spielerischen Schlag gegen die Brust gab.

»Dir hätte ein wenig Gewichtheben auch nicht schlecht getan, bei deinem Schreibtischjob als Steuereintreiber der Mächtigen«, stichelte Marzin, der seit Jahren zu den bekanntesten Steuerberatern Berlins zählte und es als eine besondere Ironie ansah, dass ein altgedienter Steuerbeamter und ein prominenter Steuerberater Schulter an Schulter durch den Untergrund der Hauptstadt zogen.

Wolle grinste und antwortete nicht, sondern zog erneut etwas aus seinem Rucksack. Ein starkes Seil kam zum Vorschein, das er Marzin in die Hand drückte. Er wies auf einen stabilen, rostbraunen Haken in der Decke. »Den solltest du Bohnenstange erreichen können …

Mach das Seil dran fest und dann haben wir zumindest eine kleine Hebelwirkung.«

»Du hast wieder einmal alles dabei, oder? Gaskocher, eiserne Ration, Isomatte, jede Menge Chemie, wahrscheinlich auch noch ein kleines Schlauchboot mit Außenbordmotor?« Marzin streckte sich, legte das Seil um den Haken, dann zog er das freie Ende durch den Griff und wickelte es sich um den Arm. »Dann wollen wir mal schauen, was Sesam dazu meint.«

Er stützte sich mit den Füßen an der Mauer ab und begann zu ziehen. Erst geschah gar nichts. Das Seil spannte sich und Wolle warf einen misstrauischen Blick auf den Haken in der Decke, der leise knackte. Aber er hielt dem Zug stand. Dann erfüllte plötzlich ein Knirschen den Raum, der Griff bewegte sich und mit einem lauten metallischen Geräusch wurde die Tür entriegelt. Sie öffnete sich einige Zentimeter nach innen und blieb dann in dieser Stellung. Die Kerzen begannen zu flackern und der überwältigende Gestank nach Verwesung, der beiden Männern eine Gänsehaut über den Rücken jagte, war nochmals stärker geworden, erfüllte den Kellerraum bis in den letzten Winkel und machte das Atmen schwer.

»Das kann keinesfalls der Adlon-Bunker sein, der 1943 gebaut wurde«, stellte Wolle fest, versuchte die Luft anzuhalten und rollte das Seil wieder ein. »Der ist südlich des Hotels, unter dem Pariser Platz. Wir sind eher in Richtung der russischen Botschaft unterwegs. Da liegt aber kein großer Kanal, der den Gestank erklären würde, soweit ich mich erinnere.«

»Ich hoffe nicht, dass es das ist, was ich glaube«, meinte Marzin kryptisch, nickte Wolle zu und gemeinsam stemmten sich die beiden Männer gegen die schwere Tür, die anfangs nur widerstrebend und knirschend Zentimeter für Zentimeter nachgab. Dann allerdings, einmal in Schwung gekommen, drehte sie sich lautlos weiter bis zum Anschlag.

Die Lichtkegel der Stirnlampen verloren sich in der Dunkelheit, der Raum musste enorm sein, viel größer als das Kellerabteil, in dem sie standen. Als die beiden Männer den Blick senkten und das Licht nach unten schwenkte, begann der Albtraum.

Grinzing, Wien/Österreich

Der schwarze Mercedes hielt genau vor ihrem Haus und Ministerin Panosch war dankbar für die zusätzliche Straßenlaterne, die von der Stadt vor einigen Monaten aufgestellt worden war. Ihr gelblicher Schein hatte etwas Tröstliches an sich. Der Schreiberweg war menschenleer um diese Zeit. Der Chauffeur war ausgestiegen und öffnete den Schlag, neigte seinen Kopf und streckte die Hand aus, um Panosch zu helfen. Er war überrascht, wie schwer sich die junge Frau darauf stützte.

»Ist Ihnen nicht gut, Frau Minister?«, fragte der Mann der Fahrbereitschaft und Panosch las die Sorge in seinen Augen.

»Nein, alles in Ordnung, ich bin nur etwas müde und schwach auf den Beinen«, erwiderte sie zaghaft lächelnd. »Warten Sie bitte, bis ich im Haus bin, dann fahren Sie ruhig nach Hause. Ich wünsche Ihnen eine gute Nacht.«

Der Chauffeur lächelte. »Die wünsche ich Ihnen auch.« Er schloss leise die Autotür und setzte sich wieder hinters Lenkrad, während Panosch das Gartentor aufschloss und die paar Stufen zum Eingang der kleinen Villa hinaufstieg.

Sie fühlte sich elend, und während sie die Haustür aufschloss, war sie versucht, den Mann der Fahrbereitschaft doch noch zu einer Apotheke oder einem Arzt zu schicken, aber da rollte die Limousine bereits an und verschwand leise in der Nacht.

Mit zittrigen Knien betrat Panosch den Flur, zog den Mantel aus und ließ ihre Handtasche fallen. Die Treppe in den ersten Stock, zum Bad und ihrem Schlafzimmer, erschien ihr so steil wie die Eigernordwand. Nach den ersten Stufen wurde ihr schwindlig, ein Schüttelfrost überkam sie und ihre Knie gaben endgültig nach.

Mein Gott, was ist los mit mir?, dachte sie und versuchte sich am Treppengeländer festzuhalten. Aber ihre Hand hatte keine Kraft, ihre Finger rutschten ab und zugleich breitete sich ein Brennen in ihrem Unterkörper aus, das sie innerlich aufzufressen schien. Sie wollte schreien, aber es wurde nur ein Röcheln daraus, leise und gurgelnd. Dann rutschte sie Stufe für Stufe wieder zurück in den Flur.

Die Tasche, mein Handy, ich muss Hilfe rufen, durchfuhr es sie, und trotz der Schmerzwellen, die sie an den Rand der Bewusstlosigkeit brachten, ließ sie der Gedanke nicht mehr los. Wieder rutschte sie eine Stufe tiefer, wie eine Gliederpuppe, der man nach und nach die Fäden durchtrennte. Die kleinen Lampen auf der Treppe schienen zu flackern, dunkler zu werden. Ein neuer glühender Strom von Lava begann ihren Körper von unten nach oben zu überschwemmen, kalter Schweiß brach ihr aus. Sie sah ihre Hände, die unkontrolliert zitterten, sich endlich um den Henkel ihrer Handtasche krampften.

Dann begann sich ein Nebel in ihrem Hirn auszubreiten, der nach und nach alle Gedanken erstickte und das Denken unmöglich machte.

Als ihr Herz aussetzte, streckte sich der Körper ein letztes Mal. Dann hörte alles Zittern auf.

Der einsame nächtliche Spaziergänger, der von seinem Collie winselnd aus dem Schlaf gerissen worden war, hatte sich schnell eine kurze Hose und ein T-Shirt angezogen, bevor er schlecht gelaunt den Hund hinausließ und ihm mürrisch folgte.

Mitten in der Nacht, dachte er sich und schaute dem Collie hinterher, der schnüffelnd den Schreiberweg entlanglief und nicht daran dachte, endlich sein Bein zu heben. Der Mann lehnte sich an das Gartentor seines Hauses und zündete sich eine Zigarette an, schaute den Rauchschwaden nach, die sich himmelwärts kräuselten. Es ist so warm, man könnte direkt im Freien schlafen, durchfuhr es ihn. Vom Collie war weit und breit nichts mehr zu sehen und so machte sich der Mann seufzend auf den Weg, seinen Hund zu suchen.

Plötzlich hörte er ein leises Winseln. Es kam aus einem Garten auf der linken Seite der Straße und so ging er hinüber, sah das halb offene Tor und seine Stimmung sank auf den Nullpunkt. »Auch das noch! In einem fremden Garten.« Der Mann stieß das Tor vorsichtig weiter auf, pfiff leise und hoffte, dass sein Hund auf ihn hören würde. Vergeblich. Der Collie stand wie gebannt vor einer Haustüre und winselte leise, die Ohren angelegt.

»Jetzt komm schon her, Bernie«, stieß der Mann zwischen den Zähnen hervor, leise und eindringlich. Aber der Hund ließ sich nicht ablenken, starrte auf die Türe und winselte weiter. Den Hund, die Nacht und die Welt im Allgemeinen verfluchend drang der Mann in das fremde Grundstück vor, blickte sich um und stieg die Stufen hinauf, um nach seinem Hund zu greifen. Endlich schloss sich seine Hand um das Lederhalsband und er zog energisch, aber Bernie weigerte sich mitzukommen. Der Mann zog nochmals, überrascht über das ungewohnte Verhalten seines Hundes. Er stutzte kurz und dann siegte seine Neugier.

Auf den Zehenspitzen stehend schaute er durch die Glasscheiben, die in den obersten Teil der alten, hölzernen Haustüre eingelassen waren. Ein einziger Blick genügte. Er sah die Handtasche auf dem Boden, die leblose weibliche Gestalt daneben und dann begann er fest und bestimmt gegen die Tür zu klopfen. Als sich die Frau nicht rührte und auch niemand anderer im Hausflur auftauchte, rannte er so schnell er konnte nach Hause und wählte den Notruf. Bernie blieb wie angewurzelt vor der Tür sitzen, wie ein stummer Wächter des Todes.

Nussdorf ob der Traisen/Österreich

Bis die ersten Einsatzfahrzeuge auftauchten und rotierende Blaulichter den Weinbauort in eine ernüchternde und skurrile Lichtstimmung tauchten, versuchten Wagner und Sina die junge Frau zu beruhigen, die auf ihrem Heimweg vom Erntedankfest eine Abkürzung durch den Obstgarten genommen hatte und mit ihrer Schulter gegen die Füße der leicht im Wind schaukelnden Leiche gestoßen war. Als ihr Schreien nur mehr einem leisen Schluchzen gewichen war, wimmelte es in dem kleinen Bauernhaus und im Garten bereits von Polizeibeamten. Der eingetroffene Notarzt kümmerte sich schnell um die junge Frau, nachdem er festgestellt hatte, dass für den Erhängten jede Hilfe zu spät kam.

Bald war der Tatort hell erleuchtet, Dieselaggregate der Feuerwehr lieferten Strom und verpesteten dafür die Luft. Wagner und Sina waren kurz vernommen worden, aber alle warteten auf das Eintreffen der Mordkommission aus St. Pölten.

»Ich bin neugierig, wer heute Abend Dienst hat«, meinte der Reporter leise zu Sina und sah den Beamten der Spurensicherung zu, wie sie im Licht der Scheinwerfer den Garten durchsuchten. »Irgendwie glaube ich nicht daran, dass sie etwas finden.«

Sina und er standen vor dem kleinen Bauernhaus auf der Straße, als ein grauer Kombi mit nur einem funktionierenden Scheinwerfer die Steigung heraufkeuchte und mit quietschenden Bremsen vor den beiden Männern zum Stehen kam. Wagner erwartete, dass wie in einem Stummfilm der Zwanzigerjahre einer der Kotflügel einfach abfallen würde. Der Peugeot hatte eindeutig bessere Zeiten gesehen, aber sie waren lange her. Auf den ersten Blick war schwer abzuschätzen, was überwog – die Rostflecken oder die Aufkleber, die hartnäckig versuchten, ihrerseits den Rost zu überdecken. Es war ein aussichtsloser und ungleicher Kampf.

Der Mann, der schließlich ausstieg und auf sie zukam, sah verschlafen, zerknautscht und missmutig auf die beiden Männer.

»Sie sind weit weg von Ihrem üblichen Revier, Wagner«, bellte er in einem Ton, der Missfallen und Misstrauen in Perfektion vereinte.

»Kommissar Ruzicka, was für ein unvermutetes Vergnügen am frühen Morgen«, lächelte der Reporter, »was verschlägt Sie in die Niederungen der Provinz? Ich dachte, Sie sind so gut wie pensioniert und die Wiener Gauner atmen auf.«

Kommissar Gerald Ruzicka war einer der fähigsten Kriminalbeamten Wiens. Bereits eine Legende zu Lebzeiten, war er im letzten Jahr vor seiner Pensionierung eingesprungen, als ein Kollege in St. Pölten bei einer Geiselrettung ums Leben gekommen war. So verbrachte er die letzten Monate seiner Dienstzeit in einer Stadt, die er seit seiner Kindheit gehasst hatte. Er war hier in die Schule gegangen und hatte keine guten Erinnerungen zurückbehalten. Seine Kollegen bezeichneten ihn immer als die »wandelnde österreichische Monarchie«. Ruzicka hatte eine tschechische Mutter, von der er kochen gelernt hatte, einen Wiener Vater, der sich nach der Scheidung nur noch selten gemeldet hatte und nun in einem Altersheim vor sich hin vegetierte, eine italienische Großmutter, die ihm jede Menge südländischer Flüche beigebracht hatte und bereits lange tot war, und einen ungarischen Erbonkel, von dem er wohl nie etwas erben würde. Sein Großvater war ein Vagabund gewesen, der in seinem Leben niemals einen ordentlichen Wohnsitz gehabt hatte. Je älter Ruzicka wurde, umso öfter überraschte er sich dabei, seinen Großvater zu beneiden.

Der Kommissar wurde angesichts des Reporters noch verdrießlicher. »Das Vergnügen ist ganz auf Ihrer Seite«, antwortete er Wagner trocken, blieb vor Georg Sina stehen und stieß seinen Finger in die

Brust des Wissenschaftlers. »Professor, Sie treiben sich noch immer mit diesem Schlagzeilenjongleur herum? Haben Sie keinen besseren Umgang gefunden?« Sina grinste und wollte etwas erwidern, aber Ruzicka hatte sich bereits wieder Paul zugewandt. »Ich frage mich, warum die Presse immer öfter früher da ist als ich, Wagner. Finden Sie das nicht seltsam?«

»Eventuell sollten Sie zeitiger aufstehen, Kommissar«, versuchte es der Journalist, aber ein vernichtender Blick Ruzickas ließ ihn verstummen.

»Verspielen Sie nicht den Bonus, den Sie bei mir haben, Wagner, nur weil Sie letztes Jahr meinem alten Freund Berner geholfen haben. Vielleicht entfällt mir diese Erinnerung, weil ich Alzheimer habe und keiner weiß es …«

Sina und Wagner hatten ein Jahr zuvor in einer halsbrecherischen Aktion in Tschechien Kommissar Berner vor dem sicheren Tod gerettet, unterstützt von einer israelischen Geheimagentin, die alle drei in einem Hubschrauber heil nach Wien zurückgebracht hatte.

Ruzicka konnte offenbar die Gedanken der beiden Freunde lesen. »Wie geht es eigentlich Major Goldmann? Ich habe gehört, sie ist noch immer in Wien.«

Wagner und Sina nickten. »Sie ist heute auf einem Empfang in der französischen Botschaft anlässlich des Finanzministertreffens in Wien«, meinte der Wissenschaftler, »sozusagen in offizieller Mission.«

Der Kommissar schien für einen kurzen Moment zu bedauern, dass Valerie Goldmann nicht hier war. »Wer von Ihnen beiden möchte mich jetzt kurz auf den neuesten Stand bringen?«

In knappen Worten schilderte Georg Sina sein Treffen mit Professor Kirschner. Ruzicka hörte wortlos zu und nickte ab und an, dann betrat er den Garten und sagte, ohne sich umzudrehen: »Sie beide bleiben erst einmal hier, bis ich mir einen Überblick verschafft habe.« Es war eine Feststellung, die keinen Widerspruch zuließ. Der Kommissar stapfte in den hell erleuchteten Wald der Obstbäume, stieg über die Kabel der Scheinwerfer der Spurensicherung und verschwand hinter einem Brombeerstrauch.

»Komm, lass uns ein wenig spazieren gehen«, meinte Wagner und begann die Hauptstraße abwärtszuschlendern. »Kommissar Ruzicka wird uns schon finden, wenn er uns braucht.«

Sina wollte erst protestieren, nickte dann jedoch ergeben und folgte dem Reporter in Richtung der verklingenden Musik und den wenigen Besuchern, die sich von den zahlreichen Einsatzfahrzeugen nicht beeindrucken ließen und weitertranken.

»Wer sollte einen alten Mann wie Professor Kirschner umbringen und ihm die Zunge herausschneiden?«, fragte Paul und trieb einen runden Kieselstein mit der Fußspitze vor sich her. »Das ist auf den ersten Blick völlig absurd.«

Georg nickte.

»Und was hältst du von dem gezeichneten Kreuz auf dem Flaschenetikett? Sagt dir das irgendetwas?«, setzte Wagner nach.

»Ich habe genauso viel Ahnung wie du, nämlich gar keine.« Sina schüttelte den Kopf und fuhr sich mit der Hand über sein Haar. »Wenn das ein Hinweis war, dann einer, mit dem ich nichts anfangen kann.«

Einige Minuten später kamen sie am Rathaus vorüber, wo die Musikgruppe ihre Instrumente zusammenpackte und die meisten Tische nun mit leeren Gläsern übersät waren. Nach und nach gingen die Lichter vor den Weinkellern aus, ein paar wenige Autos standen noch in den Einfahrten und würden wohl bis morgen hier stehen bleiben. Angesichts des Großaufgebots von Polizei wollte niemand angeheitert nach Hause fahren und dabei erwischt werden.

Die Luft war noch immer warm. Paul dachte an Valerie, die wahrscheinlich schon auf dem Heimweg vom Palais Clam-Gallas in ihre kleine Wohnung in der Alserstraße war. »Worauf war Kirschner eigentlich spezialisiert?«, fragte der Reporter den Wissenschaftler und beförderte mit dem Fuß den Kiesel von der Straße in die Dunkelheit. »Weißt du, woran er arbeitete, schrieb er noch an etwas, forschte er oder ergab er sich der Pension und wartete trinkend auf das Ende?«

»Zu meiner Studienzeit war Kirschner ein Fachmann für die österreichische Geschichte des 17. und 18. Jahrhunderts«, antwortete Sina und unterdrückte ein Gähnen. »Und er war brillant auf seinem Gebiet. Aber dann zog er sich immer mehr zurück und ich verlor ihn aus den Augen. Er begann zu reisen, nach England, Russland, Deutschland, Frankreich, publizierte aber nichts mehr. Soviel ich weiß, bis heute.«

Vor ihnen öffnete sich ein kleiner runder Platz, der von einer einsamen Straßenlaterne beleuchtet wurde. Ein kleines, verwittertes Buswartehäuschen stand auf einer Seite, niedrige Winzerhäuser duckten sich auf der anderen. Neben der Haltestelle, unter zwei alten Kastanienbäumen, blitzte es hell aus der Dunkelheit. Sina und Wagner traten neugierig näher und standen plötzlich vor einem hohen, gemauerten Kreuz, das von zwei Heiligen umrahmt wurde. Im Schein der Straßenlaterne, der durch die Zweige der Bäume fiel, tanzten Schatten um die Buchstaben und kleine Zeichen auf den zwei Querbalken des gekalkten Kreuzes.

»Was immer auch Professor Kirschner auf das Weinetikett gezeichnet hat, es sieht ganz so aus, als hätten wir es gefunden«, flüsterte Wagner und seine Finger glitten über die Vertiefungen und die erhabenen Lettern. »Nur einzelne Buchstaben, nicht ein einziges ganzes, lesbares Wort. Seltsam, nicht?«

»Ein Lothringerkreuz. Nein! Ein Pestkreuz. Und es steht in Sichtweite des Tatorts«, ergänzte Sina, während er auf die beiden Pestheiligen, Sebastian und Rochus, blickte, die das geheimnisvolle Kreuz zu bewachen schienen. Der Scheinwerfer eines vorbeifahrenden Wagens erleuchtete die Szenerie kurz gespenstisch, bevor alles wieder im

Dunkel versank. In diesem Moment begann das Handy des Reporters zu läuten.

»Unbekannter Teilnehmer«, murmelte Wagner nach einem Blick auf das Display und nahm das Gespräch an. Der Anrufer hielt sich nicht mit langen Vorreden auf.

»Familienministerin Panosch ist soeben tot aufgefunden worden. Die Untersuchungen haben begonnen, die Spurensicherung ist vor Ort. Mehr weiß man noch nicht.« Der Anrufer verstummte.

»Mord oder Unfall?« Der Reporter ging zur Bushaltestelle und setzte sich auf die schmale Bank.

»Das kann noch niemand sagen, äußerliche Verletzungen gibt es keine. Ein Spaziergänger hat sie im Stiegenhaus ihres eigenen Hauses gefunden.«

»Wer hat den Fall übernommen?« Wagner winkte Sina zu sich und bedeutete ihm, sich neben ihn zu setzen.

»Die Staatspolizei und die Kriminalabteilung arbeiten noch zusammen. Die Betonung liegt auf ›noch‹«, stellte der unbekannte Informant lakonisch fest und man konnte sein Lächeln fast hören. Dann legte er auf.

Unter den Linden, Berlin-Mitte/Deutschland

Hunderte, vielleicht Tausende Ratten in den verschiedensten Stadien der Verwesung lagen in der Mitte des Raumes, rund um eine seltsam aussehende, zwei Meter hohe Plattform von etwa fünf mal fünf Metern Grundfläche. Es waren Generationen von Ratten, die da lagen, teilweise nur mehr die Gerippe, dann wieder fast mumifizierte Exemplare, weiter oben schließlich verwesende Kadaver, die einen bestialischen Gestank verbreiteten. Nur ganz wenige hatten es auf die mittlere Schräge der Plattform geschafft und waren dort verendet, ihre Körper schwarz und wie verkohlt. Bis zu der staubbedeckten, eisenbeschlagenen Holzkiste, die in der Mitte des Podests auf einer weiteren Stufe stand, war keines der Tiere vorgedrungen. Wolle und Marzin schwenkten ihre Stirnlampen und waren sprachlos, während eine Welle der Übelkeit sie erfasste.

»Was um Gottes willen ist das?«, flüsterte Wolle und konnte seine Augen nicht von den toten Ratten abwenden. In den Jahrzehnten, in denen er die Berliner Unterwelt erkundete, hatte er sich an die intelligenten Nager gewöhnt. Sie begegneten ihm überall und Studien behaupteten, dass für jeden Großstadtbewohner zwei Ratten in den Kanälen unter der Erde lebten. Wolle hatte nie Grund gehabt, daran zu zweifeln. Für ihn waren sie die wahren Herren der dunklen Welt unter Berlin.

»Es sieht aus wie eine riesige Rattenfalle und eine äußerst erfolgreiche noch dazu«, murmelte Marzin, der sich nie mit den flinken Nagern hatte anfreunden können. Aber dieser Anblick ... Marzin ertappte sich dabei, die toten Tiere zu bedauern. Instinktiv hielt er sich die Hand vor Mund und Nase, als ob er damit den Gestank abwehren könnte.

»Aber wie sind ...« Wolle sprach den Satz nicht fertig, als aus einem kleinen Loch nahe des Bodens vorsichtig eine Ratte ihren Kopf vorstreckte, sich umsah, ihren Kopf schräg legte und ihre toten Artgenossen ansah. Dann lief sie wie magnetisch angezogen von den zahllosen Tierkadavern rasch trippelnd über den Steinboden in Richtung der Plattform. Als sie die ersten Gerippe erreicht hatte, blieb sie zögernd stehen, schnüffelte unsicher und schaute sich erneut um. Entweder bemerkte sie Wolle und Marzin nicht, oder die beiden Menschen schienen sie nicht zu stören. Wollner war versucht, in die Hände zu klatschen, um die Ratte zu verscheuchen und damit zu retten, aber fasziniert verharrte er regungslos und schaute zu, was nun geschah.

Die Ratte begann, weiter schnüffelnd, über ihre toten Artgenossen zu klettern, lief immer unruhiger hin und her, hielt jedoch Abstand zu der metallenen, schrägen Fläche, die in der obersten Stufe der Plattform mit der Kiste endete. Sie war nervös, schnupperte immer wieder an einem der Kadaver und lief dabei auf und ab. Marzin dachte schon, sie werde wieder in der Röhre verschwinden, als sich die Ratte plötzlich nach rechts wandte und scheinbar zu der Kiste an der Spitze der kleinen Pyramide hinaufblickte. Sie stellte sich auf die Hinterbeine und versuchte neugierig, auf die nächste Stufe, die aus einer Art von glattem Metall bestand, hinaufzuklettern. Man vernahm das kratzende Geräusch ihrer Krallen, das sich in der Stille des Kellers gespenstisch laut anhörte. Nach einigen Versuchen gelang es ihr endlich und sie erklomm vorsichtig die Schräge.

Erst geschah gar nichts. Doch dann, als ob ein unsichtbarer tödlicher Mechanismus ausgelöst worden wäre, zuckte die Ratte zusammen, erstarrte in der Bewegung und ihr Fell sträubte sich. Sie stieß einen schrillen Laut aus, der Marzin die Nackenhaare zu Berge stehen ließ. Es war ein fast menschlicher Schrei des Entsetzens, hoch und durchdringend. Das Tier versuchte zu entkommen, es machte einen hilflosen Sprung in die Luft und kam doch wieder auf der schrägen Platte auf. Dann durchlief ein Zittern den Körper der Ratte, sie wand sich in Krämpfen und glitt schließlich langsam von der schrägen Fläche, rutschte regungslos über die Kante und blieb unbeweglich auf den Körpern ihrer Artgenossen liegen. Von der Plattform her mischte sich ein neuer Geruch unter den Gestank der Verwesung – der von verbranntem Fleisch.

Peter Marzin konnte seinen Blick nicht von der Plattform und den Bergen toter Ratten losreißen. Neben ihm atmete Wolle laut aus und bemerkte erst dann, dass er vor Entsetzen die Luft angehalten hatte. Er versuchte etwas zu sagen, brachte aber kein Wort heraus. Es war wieder völlig still in dem großen Kellerraum, nur von Ferne meinte Marzin das Gurgeln eines Kanals zu hören.

Endlich schwenkte der Lichtkegel von Wollners Stirnlampe hinauf zu der Kiste, die wie auf einem Altar an der Spitze der Plattform stand. Sie hatte die Größe eines alten Reisekoffers, war offenbar aus Holz, mit breiten Eisenbändern verstärkt und mit einer dicken Staubschicht überzogen.

»Was immer auch da drin ist, es muss verdammt wichtig sein«, flüsterte Marzin und räusperte sich.

»Und es wurde nicht erst gestern hier deponiert«, ergänzte Wolle leise, stellte seinen Rucksack ab und zog eine starke Taschenlampe heraus. »Wir sollten eine vorsichtige Erkundung starten, sonst geht es uns wie den Ratten.«

»Fest steht, dass hier keinerlei Fußabdrücke zu sehen sind«, stellte Marzin fest, der in die Hocke gegangen war und den Lichtkegel seiner Stirnlampe über die Staubschicht am Boden gleiten ließ. »Die Spuren der Ratten kommen alle aus Richtung der Röhre, aber menschliche Besucher scheint es keine gegeben zu haben.«

Während Wolle vorsichtig die Plattform umrundete und die andere Seite des Kellerraumes erkundete, keimte in Marzin ein Verdacht auf und er begann in seinem Rucksack nach einem kleinen Schraubenzieher mit durchsichtigem Griff zu suchen, den er immer auf die Exkursionen in den Berliner Untergrund mitnahm. Es war ein Phasenprüfer, mit dem er schnell und sicher stromführende von abgeklemmten Drähten unterscheiden konnte. In der Vergangenheit waren sie immer wieder auf mehr intakte Leitungen gestoßen, als ihnen lieb war. Und die Kombination von Strom und Feuchtigkeit war letal.

Stets in einem sicheren Abstand von der Plattform bleibend, hatte Wolle rasch den Raum abgesucht und außer glatten Wänden nichts gefunden. »Es gibt nur einen Eingang und durch den sind wir hereingekommen«, berichtete er Marzin und wies dann nach oben. »Die Öffnung auf halber Wandhöhe scheint ein Lufttunnel oder ein Versorgungsschacht zu sein. Auf jeden Fall ist sie zu klein für einen Menschen und außerdem endet sie schräg in der Wand. Das kleine Loch, durch das die Ratten gekommen sind, muss wohl die einzig intakte Verbindung nach draußen sein. Dann ist da noch ein etwas größeres Loch, das aber mit einer Metallplatte verschlossen ist.« Er zuckte mit den Schultern. »Bleiben die Plattform und die Kiste und dieser bestialische Gestank ...«

Instinktiv schaute Marzin über seine Schulter und versicherte sich, dass die Tür noch immer offen stand. Dann näherte er sich vorsichtig den Bergen toter Ratten, die wie ein Ring aus verwesendem Fleisch die Plattform umgaben. Ihm war schlecht und bei dem Gedanken, was nun kommen würde, drehte es ihm den Magen um. Der Gestank war unbeschreiblich, die Körper der toten Tiere waren bis zu einem halben Meter und höher aufgeschichtet. Marzin zögerte und plötzlich stand Wolle neben ihm und legte ihm die Hand auf den Arm. »Soll ich?« Der Jüngere schüttelte den Kopf.

»Bleib du da, Fritz, es genügt, wenn erst einmal einer geht ...« Marzins Stimme verebbte. Er holte tief Luft und bereute es gleich wieder. »Und wenn ich ohnmächtig werde, dann brauche ich jemanden, der mich aus dieser Pestgrube wieder herauszieht.«

Bei dem ersten tastenden Schritt wollte Marzin die Körper der Ratten mit dem Fuß beiseiteschieben, aber die Masse war viel zu kompakt, durch Jahrzehnte und immer wieder hinzugekommene neue

Schichten verdichtet zu einem Konglomerat aus Knochen, Fleisch und Fellresten. Marzin schluckte, machte den ersten Schritt und versank bis zum Knie in einer knackenden und schmatzenden Masse von Tierleibern.

Kleinwetzdorf, Weinviertel/Österreich

Die Geleise der Franz-Josefs-Bahn zerteilten den weitläufigen Besitz des Schlosses wie ein tiefer chirurgischer Schnitt. Die Trasse war schnurgerade und ohne Rücksicht auf besitzrechtliche und landschaftliche Gegebenheiten umgesetzt worden. Das über Jahrhunderte gewachsene Gut war quasi über Nacht zerstückelt und auseinandergerissen worden. Der wuchtige Bahndamm war von den Ingenieuren im 19. Jahrhundert für ursprünglich zwei Geleise angelegt worden, um in zwei Stundentakten Wien mit Prag zu verbinden. Nach dem Ende des Zweiten Weltkrieges wurde jedoch die zweite Spur abgebaut und es verblieb nur noch ein Schienenstrang, da die Stadt an der Moldau von der Politik in unerreichbare Ferne gerückt worden war. Auch nach dem Fall des Eisernen Vorhangs hatte sich für die Franz-Josefs-Bahn nichts geändert, da nun alle wichtigen Personen- und Güterzüge in die Tschechische Republik über die mehrspurige Trasse via Hohenau geführt wurden.

Die Wunde, die dem ehemaligen Gutsbetrieb von der Bahn geschlagen worden war, konnte nie ganz verheilen. Die Natur hatte sich bemüht, das Umfeld des Bahndamms wieder in Besitz zu nehmen und mit den Kronen großer Bäume gnädig die Trasse zu verdecken, es war ihr aber nur bedingt gelungen. Die Narbe war unverändert sichtbar. Die weitläufigen Parkanlagen des Anwesens waren nun großflächig verwildert. Von dem ursprünglichen Konzept des englischen Gartens waren nur noch schemenhafte Reste im Laubwald zu erahnen und einige liebevoll restaurierte Inseln zu besichtigen.

Eine schmale, asphaltierte Straße schlängelte sich erst entlang des Schlosses und dann durch den gemauerten Rundbogen eines Viaduktes unter der Bahn hindurch, um sich schließlich auf einen angrenzenden Hügel zu schlängeln und sich im Wald zu verlieren. Hinter dem

Brückendurchlass lagen in einer dunkelroten Ziegelwand entlang der Fahrbahn die verwitterten Holztore von Weinkellern und Lagern. Durch den schmalen Spalt in einem dieser Tore fiel gelbliches Licht, das Klirren von Glas drang ganz leise nach draußen in die Dunkelheit.

Ein Weinbauer im blauen Arbeitsmantel schichtete volle Bouteillen in die Regale und brachte große Körbe mit leeren Flaschen vor die Abfüllanlage, wo er sie im Halbkreis abstellte. Er zählte kurz nach und verglich die Zahlen mit einer Liste auf einem fleckigen Zettel. Noch war er sich nicht ganz klar darüber, wie viel Sturm und Federweißen er für den Verkauf abfüllen sollte. Er kratzte sich mit dem Bleistift am Kopf und dachte nach. Da klingelte sein Handy und grummelnd hörte er seiner Frau zu, die ihn zum dritten Mal ermahnte, endlich nach Hause zu kommen und die Arbeit für heute sein zu lassen. Er verzog das Gesicht und brummte zum Abschied noch etwas Unverständliches, dann legte er auf, knipste das Licht im Keller aus und machte sich missmutig auf den Heimweg. Vielleicht war es besser, darüber zu schlafen und die Entscheidung morgen zu treffen.

Als er durch die Kellertür ins Freie trat, war die Nachtluft kühl, es roch ein wenig nach Moder und Wald. Er blieb kurz stehen, atmete tief durch und sperrte dann ab. Die einzelne Laterne der Außenbeleuchtung begann zu flackern und ging schließlich ganz aus. Ärgerlich hob er den Kopf und blickte nach oben. Da glaubte er, einen schwarzen Schatten über die Gleise huschen zu sehen.

»Heda! Ist da wer?«, rief der Bauer laut und legte einen grimmigen Unterton in seine Stimme. »Verflixte Rotzbuben!« Er lauschte in die Nacht. Nur die Stille antwortete ihm. »Bestimmt schmieren sie wieder so ein Graffiti irgendwo hin. Fangen sich damit nur Ärger ein und werden doch nicht gescheiter …«, brummelte er halblaut. »Und diese Energiesparlampe hat auch keine zwei Monate lang durchgehalten. Moderner Firlefanz.«

Der Mann im schwarzen Tarnanzug kaum zwanzig Meter entfernt sprang zurück in seine Deckung.

»Hat er dich gesehen? Wenn ja, ist er fällig«, zischte der zweite, der im Gestrüpp neben den Schienen kauerte, eine große dunkle Tasche vor sich. Er holte, ohne zu zögern, eine Pistole mit Schalldämpfer hervor.

»Und wenn schon«, beruhigte ihn der andere und legte ihm die Hand auf den Arm. »Hast du nicht gehört? Der hält uns für die rebellische Dorfjugend …«

»… und wenn du deinen Mund hältst, vielleicht sogar für ein Reh. Die gibt es hier wie Laub an den Bäumen, habe ich mir sagen lassen. Es sind so viele, dass sie bei Tag und Nacht aus der Deckung kommen. Das Anfüttern für die Jagdgesellschaften hat sie vollkommen degeneriert«, flüsterte ein dritter aus der Dunkelheit. Die drei Männer blieben flach auf dem Bauch liegen und lauschten.

Nach einigen Minuten hatte die Müdigkeit über das Misstrauen gesiegt und der Weinbauer machte sich auf den Heimweg. Seine dumpfen Schritte hallten im Viadukt wider, dann verloren sie sich im Dunkel der Nacht.

Vorsichtig glitt eine der dunklen Gestalten an den Rand des Bahndamms und spähte über die Böschung auf die Straße hinunter. »Na bitte, da geht er hin. Geradewegs ins warme Bettchen«, kommentierte er sarkastisch. »Und du wolltest ihn schon umlegen und die ganze Überraschung damit verderben«, setzte er verärgert in Richtung seines Kameraden hinzu, der die Pistole wieder in seinem Kampfanzug verschwinden ließ.

»Zwei heikle Aufträge in einer Nacht … Da kann man ja nervös werden, oder nicht?«, murmelte dieser und seine Hand verschwand wieder in der großen Umhängetasche. Dann zog er ein seltsam geformtes Päckchen heraus und wartete.

»Nervös werden ist eines, die Mission gefährden das andere«, knurrte der größte der drei. »Wir haben heute nur noch das letzte von drei Paketen abzuliefern. Und wenn die Überraschungseier korrekt positioniert sind, kannst du dir von mir aus in die Hosen machen vor Anspannung und Müdigkeit, aber nicht vorher. Ist das klar, Soldat?«

Keine Erwiderung war zu hören und die Gestalten huschten lautlos wie drei Gespenster über die Bahntrasse. Schließlich gingen sie in die Knie, gruben mit einem Klappspaten eine Grube in den Schotter und klemmten das erste Päckchen unter einer Nahtstelle der Schienen fest.

»Wir sind nicht tot, weil wir schweigen!«, flüsterte der Anführer der drei kryptisch, und seine Augen glitzerten vor Begeisterung. Die anderen zwei sahen erst ihn und dann einander fragend an, wobei sie nur ihre rätselnden Blicke durch die Sehschlitze ihrer Gesichtsmasken wahrnehmen konnten. Sie dachten beide das Gleiche: Langsam wurde ihnen der Typ unheimlich.

Als der vor dem Paket kauernde Mann einen Knopf drückte, ertönte ein Pfeifton und die Zahlen einer Digitalanzeige rasten über ein schwach erleuchtetes Display, bevor sie auf 3:00 stehen blieben und grellrot aufleuchteten. Fast liebevoll, eine bekannte Melodie von Joseph Haydn summend, bedeckte der Schwarzgekleidete das Päckchen und die Digitalanzeige mit Schottersteinen, bis das verräterische rote Glühen nicht mehr zu erkennen war. Die beiden anderen konnten es zwar wegen seiner Maske nicht sehen, aber sie waren sich sicher, dass er dabei grinste.

Noch einmal kontrollierten die drei, ob die Tasche leer war, und rutschten dann hintereinander den Bahndamm hinunter. Sie blickten sich vorsichtig um, lauschten in die Nacht, aber alles blieb still.

»Gut gemacht. Abrücken!«, befahl der Anführer leise und die drei Spukgestalten verschwanden flink und lautlos im Finstern des nahen Waldes, wie Phantome aus einer längst vergangenen Zeit.

Nussdorf ob der Traisen/Österreich

Wenn das Telefonat diesen Fall betrifft, dann sagen Sie es mir besser gleich, Wagner«, kam eine ärgerliche Stimme aus dem Dunkel und überrascht blickten Paul und Georg auf. Kommissar Ruzicka schob sich in den Lichtschein der Straßenbeleuchtung und versperrte Sekunden später den Ausgang des kleinen Buswartehäuschens mit seiner massigen Figur.

»Ich habe gesagt, Sie sollten auf mich warten und nicht auf den Bus! Und außerdem kann ich mich nicht erinnern, Ihnen das Telefonieren erlaubt zu haben«, knurrte Ruzicka und streckte auffordernd seine Hand aus.

»Irgendwie fehlt mir Kommissar Berner kein bisschen, seit wir Ruzicka näher kennen«, bemerkte Wagner ironisch zu Sina und reichte sein Handy an den Kriminalbeamten weiter.

»Gewöhnen Sie sich lieber nicht an mich, ich bin auch bald in Pension«, bemerkte der Kommissar trocken, während er seine Brille aufsetzte und die Liste der getätigten und eingegangenen Anrufe durchging. »Unbekannter Teilnehmer ... Reden Sie eigentlich mit jedem zu nachtschlafender Zeit, Wagner?«

»Solange er Interessantes zu erzählen weiß, ja!«, entgegnete der Reporter und wollte aufstehen. Ruzicka machte keine Anstalten, sich auch nur einen Zentimeter zu bewegen, und so setzte sich Wagner wieder.

»Und welche Sensationsstory hatte dieser hier auf Lager? Unser Geld ist in den Banken sicher? Angela Merkel nimmt an Misswahlen teil? Der zweite Turm des Stephansdoms wird weitergebaut? Los, Wagner, ich habe keine Lust, Ihnen die Würmer aus der Nase zu ziehen. Es ist spät und ich will noch eine Mütze Schlaf bekommen.« Ruzicka gähnte laut wie zur Bestätigung und warf dem Reporter das Handy zu.

»Es hat nichts mit dem Fall hier zu tun, glauben Sie mir, Kommissar«, meinte Paul und überlegte kurz. »Aber nachdem Sie es sowieso bald erfahren werden – Ministerin Panosch ist in ihrem Haus tot aufgefunden worden.«

Ruzicka war blitzartig hellwach. »Ich nehme an, die Quelle ist verlässlich?«

Wagner nickte.

»Es hat wohl keinen Sinn, Sie zu fragen, woher Sie das wissen?«

Wagner nickte wieder.

»Glauben Sie die Geschichte?«

Wagner nickte zum dritten Mal.

Ruzicka verzog das Gesicht. »Nur keine Monologe, Sie könnten mir zu viel verraten«, sagte er missgelaunt und war versucht, die Kollegen der Staatspolizei zur Bestätigung anzurufen.

Der Reporter erriet seine Gedanken. »Denen werden Sie erklären müssen, woher Sie Ihr Wissen haben. Nicht so gut, Kommissar. Warten Sie lieber noch eine Stunde«, gab er zu bedenken. »Außerdem ist es sowieso nicht Ihr Fall und nicht Ihr Revier. Also entspannen Sie sich und danken Sie mir und unserem unbekannten Anrufer für die Information.«

Sina saß neben dem Reporter auf der Bank und machte eine ungeduldige Handbewegung in Ruzickas Richtung. »Wir wollen nicht vergessen, dass vor einigen Stunden jemand meinen alten Lehrer Professor Kirschner ziemlich kaltblütig an einen Obstbaum gehängt und ihm die Zunge herausgeschnitten hat. Gibt es irgendetwas Neues? Was haben die Männer von der Spurensicherung gefunden?«

»Die sind noch bei der Arbeit«, gab Ruzicka ruhig zurück. »Aber ich hätte noch ein paar Fragen an Sie beide, deshalb habe ich mich auch auf die Suche nach Ihnen gemacht.« Der Kommissar stand noch immer im Eingang des Buswartehäuschens, den Rücken zum Licht der Straßenlaterne. Weder Sina noch Wagner konnten seinen Gesichtsausdruck sehen.

»Würden Sie sagen, dass Professor Kirschner betrunken war, als Sie ihn verließen?«, wandte sich Ruzicka an Georg Sina.

Der dachte kurz nach und schüttelte dann den Kopf. »Wir haben jeder ungefähr die Hälfte der Zweiliterflasche getrunken und der Professor war in einem Weinbauerndorf zu Hause. Ich nehme an, der Liter Wein war für ihn eine Quantité négligeable. Hier gehört Wein zu den täglich genossenen Lebensmitteln.«

»Haben Sie eine Ahnung, ob sich Kirschner bereits endgültig aus der Wissenschaft zurückgezogen hatte oder ob er nach wie vor an etwas forschte?«

»Darüber haben Paul und ich auch bereits gesprochen«, sagte Sina nachdenklich. »Aber ich halte es für das Beste, Sie unterhalten sich mit dem Vorstand des Instituts für Geschichte, Professor Wilhelm Meitner. Er war bis zuletzt ein alter und guter Freund Kirschners. Wenn jemand diese Frage beantworten kann, dann er.«

»Ist Ihnen an Kirschner etwas aufgefallen? Wirkte er unruhig, nervös, worüber sprachen Sie beide?«, setzte Ruzicka nach.

»Ich habe Kirschner zum ersten Mal seit langer Zeit wiedergesehen«, antwortete der Wissenschaftler, »und könnte es Ihnen nicht sagen, wenn er anders als sonst gewesen wäre. Es wäre mir einfach nicht aufgefallen.« Sina überlegte kurz. »Gesprochen haben wir vor allem über alte Zeiten, gemeinsame Bekannte an der Universität und unsere Abenteuer bei der Suche nach dem kaiserlichen Geheimnis Friedrichs III. im vergangenen Jahr. Meist habe ich erzählt und Kirschner hat zugehört.«

Der Kommissar nickte. »Hatte eigentlich Professor Kirschner Sie eingeladen oder haben Sie mit ihm Kontakt aufgenommen?«

Sina lächelte dünn. »Ich habe nun rund ein Jahr immer wieder von Professor Meitner vorgehalten bekommen, dass ich mich seit dem Ende meiner Studienzeit nie wieder bei Kirschner gemeldet habe. Steter Tropfen höhlt den Stein …«, gab der Mittelalterforscher achselzuckend zu. »Aber ich hatte das Gefühl, dass Kirschner und Meitner ständig in Kontakt standen, auch und vor allem privat.«

Ruzicka sagte nichts und wartete.

»Dann habe ich Kirschner angerufen und wir haben das Treffen heute – nein –«, Sina verbesserte sich, »gestern Abend vereinbart. Er schien irgendwie erleichtert gewesen zu sein, als der Termin feststand.«

»Haben Sie jemanden rund um das Haus bemerkt, bevor Sie den alten Herrn verlassen haben?«, fragte Ruzicka und nahm seine Brille ab, um sie mit einem Taschentuch umständlich und ausgiebig zu polieren.

»Nein, abgesehen von einem jungen Paar, das Hand in Hand durch den Garten schlich, niemanden. Aber die hatten bestimmt keinen Mord im Sinn …«

»Und wie ich ihn kenne, ist Georg nach vier Viertel Wein nicht mehr wirklich in der Lage, genauere Beobachtungen anzustellen«, setzte Paul fort. Georg warf ihm einen indignierten Blick zu, Ruzicka unterbrach das Polieren seiner Brille und fixierte Wagner.

»Was uns zu unserem rasenden Reporter bringt und seinem überraschenden Auftauchen am Tatort«, hakte der Kommissar sofort ein. »Der Liste der Anrufe auf Ihrem Handy habe ich entnommen, dass Professor Sina Sie wenige Minuten vor halb ein Uhr nachts angerufen hat. Wo waren Sie da?« Paul wurde klar, dass man Ruzicka keinen Augenblick lang unterschätzen durfte. Deshalb blieb er mit seiner Antwort so nah wie möglich an der Wahrheit und schilderte seine Fahrt und sein Eintreffen in Nussdorf, die Entdeckung der Leiche im Garten und die Ankunft der Polizei.

Ruzicka sagte lange kein Wort. Er setzte seine Brille wieder auf, drehte sich wortlos um und trat aus dem Eingang des Wartehäuschens hinaus auf den kleinen Platz, wo er vor dem gemauerten weißen Kreuz stehen blieb, den Kopf zurücklegte und zu den geheimnisvollen Buchstaben hinaufschaute.

Als Sina und Wagner zu ihm traten, meinte er leise: »Ich habe die Skizze auf dem Weinetikett gesehen und ich weiß, dass Sie nicht gleich die Polizei angerufen haben. Berner hat mir erzählt, wie Sie Motorrad fahren. Also waren Sie früher da, als Sie mir weismachen wollen, und haben sich im Haus umgesehen. Ich bin zwar alt, aber nicht völlig vertrottelt. Haben Sie irgendetwas gefunden? Und überlegen Sie sich gut, was Sie antworten …«

Sina und Wagner schüttelten nur stumm die Köpfe.

Als sich Ruzicka umdrehte, hatte er einen seltsamen Blick in seinen Augen, den der Reporter erst nicht deuten konnte. »Fahren Sie nach Hause, ich brauche Sie hier nicht mehr.« Die Handbewegung, mit der Ruzicka sie entließ, hatte etwas Resignierendes. »Die Spurensicherung arbeitet noch, aber der Gerichtsmediziner war bereits mit seinem ersten Befund fertig, als ich mich auf die Suche nach Ihnen gemacht habe.« Der Kommissar machte eine Pause, steckte die Hände in die Hosentaschen und ging mit gesenktem Kopf zwischen Paul und Georg hindurch in Richtung Hauptstraße. »Man hat Kirschner die Zunge herausgeschnitten, als er noch lebte«, sagte er im Vorübergehen zu niemandem im Besonderen, bevor er in der Sommernacht verschwand.

Unter den Linden, Berlin-Mitte/Deutschland

Die fünf Schritte bis zur Plattform und dem Beginn der schrägen Ebene kamen Peter Marzin wie eine Ewigkeit vor. Er versuchte, nicht daran zu denken, was unter den Sohlen seiner Gummistiefel passierte. Der Gestank war schlimm genug und nahm ihm den Atem. Den Phasenprüfer fest umklammert wie eine Rettungsleine, schob er sich behutsam vorwärts, ließ die schräge Ebene, die in der obersten, kleineren Plattform mit der Kiste gipfelte, nicht aus den Augen. Einmal strauchelte er, erkämpfte sich mühsam wieder festen Tritt und das Bild, hilflos in einem Haufen verwesender Ratten zu versinken, wollte nicht mehr aus seinem Kopf verschwinden. Erstmals seit seinen ersten Ausflügen in die Berliner Unterwelt schüttelte es ihn vor Ekel. Was zum Teufel war in dieser Kiste? Die Frage trieb ihn vorwärts.

Als er endlich am Rand der metallenen, schrägen Ebene angelangt war, rann ihm der Schweiß in Strömen über den Rücken. Misstrauisch betrachtete er die Konstruktion vor ihm. Es war eine Art Pyramide, die auf einer niedrigen, vielleicht zwanzig Zentimeter hohen Plattform stand, deren Kanten nun die toten Ratten verdeckten. Die Flächen ragten in einem Winkel von rund vierzig Grad in die Höhe und endeten nach etwa drei Metern an der obersten Ebene mit der Holzkiste. Als hätte man die Pyramide geköpft, dachte er, und die Kiste statt der Spitze angebracht.

Die Flächen, die es zu überwinden galt, waren so steil, dass man keinesfalls gehen, sondern nur kriechen konnte. Und selbst dann war Marzin nicht überzeugt, ob er es ohne Sicherung schaffen oder hilflos abrutschen würde. Er versuchte, sich auf die Konstruktion zu konzentrieren und die Ratten unter seinen Füßen zu ignorieren. Misstrauisch beäugte er das verstaubte, aber fast rostfreie Metall. Es schien, als sei es aus schmalen, konzentrisch zulaufenden Metallblechen zusammengesetzt worden, getrennt durch schmale Zwischenräume. Er setzte vorsichtig die Spitze des Phasenprüfers auf eine der Flächen, aber nichts geschah. Dann versuchte er es an einer anderen Stelle. Ebenfalls nichts, die Prüflampe im Griff des Geräts blieb dunkel.

Marzin schüttelte den Kopf. »Fritz, das verstehe ich ni-«. Da geschah es: Die Lampe glühte auf, heller als Marzin es je gesehen hatte, bevor sie mit einem zischenden Knall platzte und ein kleines Loch in den Griff des Phasenprüfers schmolz. Ein elektrischer Schlag ließ Marzin aufschreien, das Gerät entglitt seinen Fingern, rutschte über die Schräge und verschwand zwischen den Rattenleibern.

»Peter! Alles in Ordnung?« Wolles Stimme klang besorgt.

»Wie man's nimmt«, erwiderte Marzin. »Der Phasenprüfer ist weg, dafür wurde mein Kreislauf schlagartig angeregt.« Er massierte nachdenklich seine rechte Hand. »Diese Plattform ist voller Überraschungen. Ich bin überzeugt, dass hier in regelmäßigen Abständen ein paar Tausend Volt durchgejagt werden. Einige der Flächen leiten, andere sind geerdet. Sehr ungesund, diese Art von Stromtherapie.«

Wolle schüttelte den Kopf und schaute sich nervös um. Der Lichtstrahl seiner Stirnlampe tanzte über die Wände und kam schließlich wieder zu der Kiste zurück. »So etwas habe ich noch nie gesehen und ich frage mich langsam, ob wir nicht Land gewinnen sollten. Egal, was in dem Ding ist, ich will nicht wie die kleinen Nager da enden. Diese Rattenfalle wird mir immer unheimlicher.«

»Du irrst dich.« Die Stimme Marzins kam ruhig und bestimmt durch die Dunkelheit. »Das ist keine Rattenfalle, das ist eine Menschenfalle. Irgendjemand hat ein sehr einfaches, aber effektives Mittel gefunden, um den Inhalt dieser Kiste über Jahrzehnte hinweg zu schützen. Der getarnte Zugang, die Hochspannung in der Plattform. Wir sind jedenfalls die Ersten hier, so wie es aussieht.«

»Ja, die Ersten nach den Ratten, und die sind alle tot«, gab Wolle zurück. »Nicht gerade ein gutes Omen. Wie wäre es, wenn wir jetzt als Erste von hier lebend verduften?«

»Ach, halt die Klappe und zerbrich dir lieber den Kopf, wie wir an die Kiste rankommen könnten, du altes Orakel«, rief Marzin und blickte sehnsüchtig nach oben.

»Was, denkst du, mache ich die ganze Zeit?«, gab Wollner zurück. »Aber da wir keine Leiter im Gepäck haben, kein Gerüst bauen können, kein ... warte mal!« Wolle holte ein dünnes Seil aus seinem Rucksack. »Einen Versuch ist es auf jeden Fall wert. Wenn wir nicht zur Kiste hinaufsteigen können, dann holen wir die Kiste zu uns. Und wenn das nicht klappt, dann verschwinden wir.« Er warf Marzin das Seil zu, der eine Schlinge knotete und den Rest in losen Windungen in die Hand nahm.

»Lassowerfen war schon in meiner Kindheit etwas ...«, begann Marzin.

»... das du nie besonders gut konntest, wenn ich mich recht erinnere«, vollendete Wolle. »Als Cowboy wärst du verhungert. Also streng dich wenigstens diesmal ein wenig mehr an.«

»Ruhe, alter Mann, ich muss mich konzentrieren«, gab Marzin zurück und begann zu werfen. Nach dem dritten Versuch legte sich die Schlinge um die Kiste und das Seil spannte sich. »Destry reitet wieder«, rief Peter Marzin triumphierend und zog mit aller Kraft am Seil, aber nichts geschah. Die Kiste blieb unbeweglich an der Spitze der Pyramide.

»Die haben sie festgeschraubt«, stöhnte Wolle, »der Teufel soll sie holen.«

»Also müssen wir hinauf«, überlegte Marzin laut, »wie auch immer. Hast du noch einen Phasenprüfer dabei?«

»Nein, aber vielleicht etwas Besseres, wenn ich es mir so überlege.« Wolle kramte und zog ein Stück isolierten Draht aus einer Seitentasche des Rucksacks. »VEB Springender Funke, von unserem letzten Ausflug in den atomsicheren Kommunikationsbunker von Honni und Co. Beste Qualität für die Führung des Arbeiter- und Bauernstaates.« Er warf Peter Marzin den Draht zu, der ihn misstrauisch beäugte.

»Willst du mich umbringen? Die Isolierung ist Jahrzehnte alt.«

»Sei nicht so wählerisch«, entgegnete Wolle und machte eine auffordernde Handbewegung. »Das ist nichts anderes als ein starker Phasenprüfer. Halte ein Ende auf einen geerdeten Teil der Fläche und das andere auf einen leitenden. Dann gibt es zwei Möglichkeiten: Entweder wir produzieren einen Kurzschluss und haben ein Problem weniger, oder der Draht wird heiß und wir wissen, wann und wo der Strom fließt.«

»Oder ich glühe auf und nicht der Draht«, murmelte Marzin vor sich hin, während er zwei Metallfelder für den ersten Test aussuchte. Als er die Enden in die Nähe der Plattform brachte, bemerkte er, dass seine Hände zu zittern begannen. »Das ist vielleicht doch keine so gute Idee …«, begann er.

»Okay. Dann lass uns gehen und die Kiste vergessen«, kam es aus der Dunkelheit und Marzin hörte, dass es Wolle ernst war.

»Niemals«, entschied Marzin, »kontrollier lieber die Uhr und beobachte den Sekundenzeiger.« Dann drückte er entschlossen die beiden Enden auf das Metall. Erst dachte er, zwei nicht leitende Teile erwischt zu haben, aber dann plötzlich sprühten die Funken und der Draht wurde blitzschnell heiß, die Isolierung fing an zu rauchen und Marzin riss den Draht wieder zurück.

»Fünf Sekunden … zehn … fünfzehn … zwanzig«, zählte Wolle laut, und dann drückte Marzin die Enden wieder auf das Metall. Nichts geschah. Keine Funken, keine Hitze. Wie auf Knopfdruck war der Strom einige Sekunden später jedoch wieder da, die Funken spritzten erneut und Marzin unterbrach den Kontakt.

»Hm, so wie es aussieht, setzen sie die Plattform zwei Mal pro Minute unter Strom. Zehn Sekunden nichts, dann für zwanzig Sekunden Hochspannung, dann wieder zehn Sekunden nichts und wieder zwanzig Sekunden Strom.« Wolle wandte den Blick nicht vom Zifferblatt seiner Armbanduhr. »Beginnend auf acht nach der vollen Minute.«

»Ziemlich raffiniert«, gab Marzin zu, »lass uns überprüfen, ob wir recht haben.« Wolle nickte, beobachtete weiter den Sekundenzeiger und sagte: »An!«

Marzin drückte kurz die Enden des Drahtes auf das Metall, Knistern erfüllte die Luft und die Funken flogen. Dann rief Wolle: »Aus!«, und tatsächlich war die schräge Plattform für zehn Sekunden stromlos.

»Das bedeutet aber auch, dass die oberste Stufe, auf der die Kiste steht, nicht unter Hochspannung steht«, überlegte Marzin laut, »sonst hätten sie Dauerstrom auf ihrer wertvollen Fracht. Da oben laufen alle Felder zusammen.«

»Darauf würde ich nicht einmal meine Überstunden verwetten und das sind genau zwei in diesem Monat«, winkte Wolle ab. »Das ist eine perfide Konstruktion und wir wissen nicht, welche Teufeleien noch dahinterstecken. Außerdem kannst du in zehn Sekunden nicht die Schräge hinaufklettern und ab Sekunde elf wirst du gegrillt. Der Mechanismus funktioniert wie ein Uhrwerk, wahrscheinlich ist es so etwas Ähnliches, und er scheint zuverlässig zu sein. Sonst gäbe es nicht so viele tote Ratten.«

Marzin schaute auf die Kiste, überlegte kurz und wog seine Chancen ab. »Komm hierher, Fritz«, sagte er dann ruhig und nahm das Seil in die Hand, dessen Ende noch immer um die Kiste geschlungen war.

»Das hat mit Bergsteigen nichts mehr zu tun, eher mit russischem Roulette«, murmelte Wolle, als er endlich neben ihm stand und ebenfalls die Schräge hinaufblickte.

Der große Mann neben ihm nickte und riss probeweise an dem Seil. »Und alle Kammern der Trommel sind gefüllt …«, sagte er düster. »Wahrscheinlich hab ich nur einen Versuch und der sollte besser gelingen.« Er nahm das Seil in beide Hände. »Zähl die letzten Sekunden vor der sicheren Phase herunter. Und, Fritz? Ich hoffe, deine Uhr geht genau.«

»Sei beruhigt! Zwanzig Euro, Flohmarkt Fehrbelliner Platz. Wasserdicht bis zehn Zentimeter. Hat mich bisher nie im Stich gelassen.« Wolle fixierte den Sekundenzeiger und wartete. Dann hallte laut seine Stimme durch den Raum. »Fünf … vier … drei …« Marzin spannte die Muskeln an. »Zwei … eins … go!!!« Marzin stand bereits nicht mehr neben ihm, sondern war vorwärts gehechtet, hangelte sich am Seil hinauf, während er immer wieder mit den nassen Stiefelsohlen ausglitt und sich doch wieder stabilisierte. Er rutschte ab und zwang sich verzweifelt, das dünne Seil nicht loszulassen. Die Stimme Wollners klang unbewegt durch den Raum und zählte die möglicherweise letzten Sekunden seines Lebens herunter.

»Drei …!« – Marzin lag auf der Schräge am Bauch und ließ das Seil los, griff nach der Kante der obersten Plattform und versuchte sich hochzuziehen.

»Zwei …!« – Seine Finger rutschten ab und dann sah er im letzten Moment den Tragegriff, der seitlich an der Kiste angeschraubt war.

»Eins …! – Seine Finger schlossen sich um den verrosteten Griff, er zog sich hinauf, betete, dass der Griff hielt, und bei »Null …!« – riss er seine Füße von der Schräge und sank atemlos auf die Kiste. Für einen Augenblick hatte er das Gefühl, die Plattform bewege sich. Ein deutliches »Klick« ertönte von tief unter der Pyramide und dann hörten beide Männer ein Geräusch, dass an einen Güterzug erinnerte, der polternd durch einen Tunnel rast. Bevor einer der beiden etwas sagen konnte, schoss mit ohrenbetäubendem Rauschen ein riesiger Wasserstrahl durch die Öffnung in halber Wandhöhe, traf mit voller Wucht die Türe, durch die Wolle und Marzin hereingekommen waren und schlug sie zu. Dann begann das schmutzig braune Wasser mit einer beängstigenden Geschwindigkeit den Raum zu füllen, und als sich Wolle vom ersten Schreck erholt hatte, schwammen bereits die ersten Rattenkadaver in der Brühe auf.

Wien, Innere Stadt/Österreich

Das Telefon holte Kommissar Berner aus dem Marianengraben des Schlafs. Er versuchte, das Läuten zu ignorieren, das Handy mit einem Schlag in einen anderen Raum zu befördern, wenn er es nur finden könnte, und schließlich zog er sein Kissen über den Kopf und hoffte, dass der Anrufer aufgeben würde. Als das alles nichts nützte, tastete er frenetisch mit geschlossenen Augen und Mordgedanken nach dem vibrierenden und laut schrillenden Übeltäter. Dann nahm er das Gespräch an.

»Wer auch immer es ist, dafür soll Sie der Schlag treffen.« Berners raue Stimme klang, als sei es ihm ernst.

»Bernhard, du wirst mir doch nicht sagen, dass du geschlafen hast? Pensionisten und alte Männer stehen früh auf ...«

»Ruzicka, ich sorge dafür, dass du deine Pension nie erlebst, das schwöre ich hiermit. Weißt du, wie spät es ist? Ich nämlich nicht.« Berner stöhnte und hielt das Handy dicht vor seine Augen, um die Uhrzeit zu erkennen. Die Zahlen verschwammen vor seinen Augen und er gab es auf.

»Bernhard? Hörst du mich? Es ist nach vier und ich bin seit Stunden auf den Beinen.«

»Wie schön für dich«, murmelte Berner verschlafen, »früher Vogel bekommt den Wurm ins Gesicht oder so ähnlich ...« Er erwog, Ruzicka einfach reden zu lassen und weiterzuschlafen. »Ich habe gerade das erste Mal tief geschlafen, da verlierst du den Verstand und rufst mich an. Das ist ein Scheidungsgrund, Gerald, sag das deiner Frau.«

»Die hört mir seit Jahren nicht mehr zu«, erwiderte Ruzicka trocken.

»Recht hat sie, sehr gescheit – und ich hiermit auch nicht mehr. Gute Nacht!« Berner schwor sich, die Augen nicht aufzumachen und Ruzicka nie wieder ins Nachtcafé einzuladen. »Und wenn du schon in der Provinz aushelfen musst, dann fang gefälligst deine Fahrraddiebe und Weinpanscher selbst. Ich bin nicht da.« Der Kommissar klang endgültig.

Ruzicka ließ nicht locker. »Bernhard, irgendetwas stimmt hier nicht. Wir haben einen toten Geschichtsprofessor in Nussdorf, dem die Zunge herausgeschnitten wurde, bevor man ihn an einem Apfelbaum erhängt hat. Er war einer der Lehrer Georg Sinas. Der und Paul Wagner haben den Toten entdeckt. Ein Kreuz mit Buchstaben, die keiner versteht, spielt auch eine Rolle, so wie ich das sehe, und die Spurensicherung meint hartnäckig, dass es keinerlei Spuren gäbe.«

»Warum erinnert mich das an etwas«, grummelte Berner resigniert, »nämlich an eine Geschichte, in der ich in die Brust geschossen wurde und eine Abneigung gegen eine ganz bestimmte Art von hochnäsigen Diplomaten entwickelt habe. Von Motorrädern ganz zu schweigen.« Ruzicka schwieg. »Hast du mich deshalb angerufen? Wie ich dich kenne, ist der Fall gelöst, bevor die Sonne aufgeht. Und jetzt lass mich schlafen, Gerald.«

»Da ist noch etwas, Bernhard.«

Etwas in der Stimme Ruzickas ließ Berner das erste Mal die Augen öffnen.

»Ministerin Panosch soll heute Nacht tot in ihrem Haus aufgefunden worden sein.«

»Was heißt soll? Von wem hast du die Information? O nein, warte, lass mich raten. Wagner wusste es.« Berner schloss die Augen wieder und sein Kopf sank tief in das Kopfkissen. »Kann es sein, dass du mit beiden Füßen in einem Wespennest gelandet bist, Gerald? Ist diese abgeschnittene Zunge nicht ein Symbol für irgendetwas?«

»Ja, und der Tod der Ministerin in derselben Nacht … du könntest doch vielleicht … bei deinen Beziehungen zum Polizeipräsidenten …« Ruzicka setzte erneut an. »Schau, wenn ich anrufe, fragt die Staatspolizei mich, woher ich das weiß.«

»Dann sag es ihnen doch!«, versetzte Berner. »Dieser Verein ist ein Sieb, da tröpfeln die Informationen nicht nach draußen, es ist ein wahrer Sturzbach. Wagner weiß sowieso alles schneller als wir, besser, du gewöhnst dich dran. Aber was geht dich der Tod der Ministerin an?« Berner war plötzlich wacher, als er geplant hatte.

»Ich möchte wissen, ob es Mord oder Unfall war«, gab Ruzicka zu.

»Das ist alles? Das nehme ich dir nicht ab, Gerald, und wenn du mich deshalb aus dem Bett holst, dann sind wir wirklich ab sofort verfeindet. Die Ministerin ist außerdem nicht dein Fall. Also, was ist es?«

Kommissar Ruzicka seufzte. »Gut, du hast gewonnen. Ich glaube, dass hinter dem Mord an Professor Kirschner mehr steckt, als wir ahnen. Das ist mir zu inszeniert, zu reibungslos abgelaufen, ohne Spuren und Zeugen. Viel Aufwand für einen alten Mann in einem kleinen Weinort. Und dann auch noch Sina und Wagner am Tatort … und dann stirbt die Ministerin fast gleichzeitig. Zu viele Zufälle, findest du nicht?«

»Du hast eine ganz eigene Art, einem den Morgen zu vermiesen, das muss man dir lassen«, brummte Berner und rechnete kurz nach, dass sich noch vier Stunden Schlaf ausgehen könnten, wenn er schnellstens Ruzicka aus der Leitung beförderte.

»Ich werd mich umhören und ruf dich zurück. Und jetzt geh schlafen, Gerald, du stehst zwischen mir und meinen Träumen.« Berner legte auf und versenkte den Kopf genüsslich in das Kissen, während er die Decke über die Ohren zog und sich streckte. Noch eine Runde schlafen, auch wenn es draußen bald hell wurde, welch ein Luxus! Die Pension hatte eindeutig auch ihre Vorteile, schwelgte Berner und war knapp vor dem neuerlichen Abtauchen in den Tiefschlaf, als das Handy wieder klingelte.

»Ruzicka, ich bringe dich um!«, brüllte Berner ins Telefon und setzte sich wütend auf. »Das ist ein Anschlag auf meine Gesundheit!«

Die Leitung blieb still und der Kommissar wartete einige Sekunden. Da drang eine ruhige, tiefe Männerstimme an sein Ohr.

»Genau das wollen wir eigentlich verhindern, Herr Berner.« Der Anrufer hatte einen spöttischen Unterton. »Ich entnehme Ihrer Reaktion, dass Kommissar Ruzicka Sie bereits informiert hat über gewisse … Vorkommnisse. Ja, ja, immer fleißig, der gute Ruzicka.«

»Und wenn, was geht Sie das an? Es ist mitten in der Nacht, ich habe keine Ahnung, wer Sie sind, und im Übrigen …« Berner stutzte. »Woher kennen Sie meine Privatnummer?«

»Das tut doch nichts zur Sache, das ist eher selbstverständlich und in diesem Fall äußerst nützlich. Würden Sie mir nur kurz zuhören? Dann können Sie auch schon weiterschlafen, wenn Sie wollen. Ich würde es Ihnen sogar ausdrücklich nahelegen, Herr Berner.« Der Anrufer lachte, während sich Berner das Gehirn zermarterte, ob und wo er die Stimme bereits gehört hatte.

»Verschwinden Sie einfach aus meiner Leitung und geben Sie mir keine Ratschläge. Oder sagen Sie schnell, was Sie zu sagen haben, und dann Adieu. Für Typen wie Sie ist mir sogar der Schlaf in meiner Pension zu schade«, knurrte Berner, fischte eine Zigarette aus einer Packung am Nachttischchen und zündete sie an.

»Rauchen so früh am Morgen? Äußerst ungesund«, stellte der Unbekannte wie ein dozierender Hausarzt fest. »Der Aschenbecher steht übrigens auf der anderen Seite des Bettes, auf dem Bücherstapel, falls Sie ihn suchen sollten.«

Berner schnellte herum, aber die Vorhänge waren zugezogen. Der Unbekannte konnte ihn nicht sehen. Woher wusste er dann …?

»Es klingt abgedroschen, aber wir wissen alles über Sie, Herr Berner, einfach alles.« Er schien sogar seine Gedanken zu lesen. Berner bekam eine Gänsehaut und presste das Handy fester ans Ohr, um kein Wort des Unbekannten zu verpassen. Die Stimme und der Tonfall erinnerten ihn zunehmend an jemanden, aber er konnte beides nicht einordnen.

»Wir möchten, dass Sie sich nicht um gewisse Vorkommnisse kümmern, die sich in der letzten Nacht ereignet haben und sich vielleicht in den nächsten Tagen noch ereignen werden. Haben Sie keine Urlaubsreise angedacht? Vielleicht ein zweites Mal Apulien? Wie ich gehört habe, hat es Ihnen dort doch so gut gefallen.« Der Unbekannte machte eine Pause und Berner tat ihm nicht den Gefallen, etwas zu sagen. »Sie haben einmal Glück gehabt, letztes Jahr, in Panenske-Brezany. Eine zweite Chance gibt es vielleicht nicht, Herr Berner.« Die Stimme klang noch immer verbindlich, aber Berner wusste, dass das nur Fassade war. »Mit anderen Worten: Dinge sind in Bewegung gesetzt worden, die niemand mehr aufhalten kann. Sie nicht, Ihre Freunde nicht, und selbst Wagner und Sina ...« Der Anrufer lachte leise. »Egal. Wir sind sehr besorgt um Ihre Gesundheit, Herr Berner, und das sollten Sie auch sein. Ich an Ihrer Stelle würde den Milchkarton in Ihrem Kühlschrank wegwerfen. Sein Ablaufdatum ist längst überschritten ...« Der Unbekannte kicherte.

»Ich habe gar keinen Milchkarton in meinem Kühlschrank, ich trinke keine Milch und meinen Kaffee meist nur schwarz oder mit Obers«, erwiderte Berner ungehalten, dem die Unterhaltung allmählich zu bizarr wurde.

»Ach, schauen Sie einfach nach.« Mit diesen Worten beendete der Anrufer das Gespräch und Berner ließ das Handy sinken.

»Was für ein Irrer«, murmelte er vor sich hin und schüttelte den Kopf. Dann erst bemerkte er die fast völlig abgebrannte Zigarette zwischen seinen Fingern und er suchte den Aschenbecher, bis er ihn auf dem Bücherstapel fand. Genau da, wo der Unbekannte beschrieben hatte.

Berner runzelte die Stirn und kämpfte kurz mit sich, dann machte er sich doch auf in die Küche. Die Reste des Abendessens standen noch genau da, wo er sie zu später Stunde stehen gelassen hatte, inklusive Rotweinglas und der leeren Flasche Bardolino. Seit seine Frau nach Deutschland in ein neues Leben gezogen war und die Scheidung eingereicht hatte, nahm es Berner mit dem Aufräumen in der Küche nicht mehr so genau.

Der Kommissar legte die Hand auf den Griff des großen Kühlschranks, überlegte kurz und zog dann energisch die Tür auf. Der Milchkarton in der Mitte des dritten Faches schien ihn höhnisch anzugrinsen: Eine Werbung für Calcium und andere gesundheitsfördernde Stoffe in der Milch hatte auf die Strichzeichnung eines lachenden Mundes mit Zahnlücken zurückgegriffen. Für Berner sah sie aus wie ein Teil eines Totenschädels.

Unter den Linden, Berlin-Mitte/Deutschland

Das Wasser stieg erschreckend schnell. Spätestens, wenn es die Plattform erreicht haben würde, wäre ein gigantischer Kurzschluss nur mehr eine Frage von Sekunden. Für Fritz Wollner, der mit seinen Stiefeln bereits bis über die Sohle im Wasser stand, wäre es der sichere Tod.

Marzin streckte die Hand aus. »Los, rauf mit dir! Es bleibt dir höchstens noch eine Minute, dann glühst du auf«, schrie er über das Rauschen hinweg.

Wolle blickte sich um und schaute dann auf seine Uhr. »Wir müssen dreißig Sekunden warten, die sichere Phase hat gerade begonnen«, rief er, nahm das Seil in seine rechte Hand und versuchte, die aufgedunsenen Rattenkadaver zu ignorieren. Fünf Zentimeter noch, dann würde das Wasser die Plattform erreicht haben und zur elektrischen Todesfalle werden. Wollner wusste nicht, dass dreißig Sekunden so endlos lange dauern konnten.

Endlich war es so weit und Wolle sprang aus dem Wasser, zählte im Geiste von zehn herunter und zog sich mit aller Kraft an dem Seil nach oben. Die Füße rutschten auf der schrägen Metallplatte ab, er fiel auf die Knie, ließ das Seil nicht los und zog sich mit beiden Händen weiter. Als er bei »drei« angelangt war, wusste er, dass er es nicht rechtzeitig schaffen würde. Sein Oberkörper war fast schon an der Kante der Schräge, als er mit dem Zählen bei »null« angelangt war. Plötzlich spürte er zwei starke Hände, die ihn nach oben in Sicherheit zogen.

»Du hast sicher zu schnell gezählt«, stieß Marzin hervor, als Wolle sich neben ihm mit zitternden Knien an die Kiste lehnte.

In dem Moment brach das Inferno los. Das Wasser hatte die Plattform erreicht und die Funken sprühten. Wasserdampf stieg auf, bevor mit einem lauten Knall, der wie ein Kanonenschuss klang, irgendwo tief unter der Pyramide ein erstes Relais durchbrannte. Dann ging es Schlag auf Schlag. Immer mehr Sicherungen oder Schalter gaben nach, es krachte und zischte und knallte, bevor mit einem finalen Donnerschlag die Stromversorgung endgültig zusammenbrach.

»Ein Problem erledigt, dafür ein anderes umso drohender«, räsonierte Marzin und beobachtete alarmiert den Wasserstand, der mit erschreckender Schnelligkeit anstieg. Eine Flut von toten Ratten schien sie mitsamt der Plattform verschlingen zu wollen. Instinktiv schaute Marzin nach oben und Wolle folgte seinem Blick. Über ihrem Kopf blieb ein Meter Platz, dann kam die Betondecke, fugenlos und ohne Öffnung. Es würde keine zehn Minuten dauern und sie würden den toten Nagern Gesellschaft leisten. Das Wasser stieg über den Einlass und es wurde plötzlich still, bis auf ein Gurgeln. Dafür begann sich ein Strudel zu bilden, in dessen Mitte die Plattform lag.

»Tut mir leid, aber wir werden schwimmen müssen, so wie es aussieht«, bemerkte Marzin wie nebenbei in die Stille und Wolle schaute ihn entsetzt an.

»Du glaubst, das Wasser steigt bis zur Decke? Das kann nicht dein Ernst sein! Was ist mit dem Abfluss?«

»Viel zu kleiner Durchmesser, vergiss ihn. Du kannst natürlich auch tauchen, aber wofür du dich immer entscheidest, es wird nicht lange dauern. Ich wette, der Mechanismus sieht vor, den Keller bis zur Decke zu fluten. Die perfekte Menschenfalle.« Während er sprach, rasten seine Gedanken. Da kam ihm eine Idee und er suchte die Decke des Kellers ab, bis er ihn sah: im Strahl der Stirnlampe zeichnete sich in einem weit entfernten Eck ein kugelförmiger Behälter mit Tarnanstrich ab, knapp unter der Decke aufgehängt, in der Größe eines Fußballs. In diesem Moment begann das Wasser auch schon in die Stiefelschäfte der beiden Männer zu laufen. Sie mussten sich an der Kiste festhalten, um vom Strudel der steigenden Fluten nicht umgerissen zu werden.

»Sie haben ein Flutventil installiert.« Marzin zeigte Wolle die Kugel. »Wenn das Wasser bis an die Decke gestiegen ist, hebt sich der Schwimmer und löst einen Kontakt aus. Dann sollte sich ein Abfluss öffnen und das Wasser wieder ablaufen.«

»Und wir sind ertrunken«, stellte Wolle lakonisch fest.

»Nicht unbedingt, du Pessimist, wenn es uns gelingt, das Flutventil früher zu öffnen. Wir müssen hinschwimmen und es schaffen, den Behälter nach oben zu drücken, bevor wir ertrinken wie ...«, Marzin schaute den unentwegt vorbeitreibenden Kadavern nach, »... die Ratten.«

Sie mussten die Kiste loslassen und wurden sofort von der kleinen Plattform geschwemmt, vom Strudel in verschiedene Richtungen weggerissen. Marzin versuchte, durch vorsichtige Schwimmbewegungen seinen Kurs zu beeinflussen, ohne mit dem Mund unter Wasser zu kommen. Wolle trieb irgendwo im Zentrum des Strudels herum, wie der Lichtstrahl seiner Stirnlampe verriet.

Das Wasser stand Marzin bis zum Hals und die Panik kroch in sein Gehirn, machte sich breit und nistete sich ein. Das Gurgeln des einströmenden Wassers war alles, was er hörte, während die Kälte sich durch Pullover, Jeans, wollene Unterwäsche bis zu seinen Knochen durchfraß. Die Stirnlampe auf seinem Helm funktionierte noch und schickte einen zitternden, schmächtigen Strahl auf die vorbeitreibenden Ratten. Der Lichtkegel schwankte im Rhythmus seiner verzweifelten Schwimmbewegungen wie betrunken über die braune Brühe und nassen, grauen Beton. Ein Meter noch, ein lächerlicher Meter zwischen Leben und Tod, zwischen einem Morgen und einem ewigen Gestern. Der unterirdische Bunker füllte sich wie ein steinernes Aquarium, langsam, aber mit unerbittlicher Stetigkeit.

Die Decke kam schnell näher und die Masse aus toten Ratten schien sich langsamer zu drehen. Nach drei Anläufen gelang es Marzin endlich, unter den Schwimmer des Flutventils zu kommen, und entschlossen klammerte er sich daran, dann drückte er ihn so weit nach oben, wie er nur konnte. Die Kugel berührte die Decke und Marzin wartete, aber nichts geschah. Das Wasser stieg weiter. Er bewegte den Schwimmer auf und ab, um damit den möglicherweise eingerosteten Mechanismus zu lösen. Vergebens. Marzin resignierte und legte sich auf den Rücken, als jemand ihn anstieß. Wolle war neben ihm in der Dunkelheit, seine Stirnlampe leuchtete nur mehr schwach.

»Nimm deinen Helm und halte ihn an die Decke.« Wolle zeigte Marzin, wie er aus dem orangefarbenen Helm seine kleine persönliche Taucherglocke schaffen sollte. »Das wird uns einige Augenblicke länger Luft verschaffen«, keuchte der grauhaarige Mann und dann war das Wasser auch schon da, stieg stetig weiter und drückte sie an den Beton über ihnen. Und dann wurde es schlagartig dunkel, als beide Stirnlampen verlöschten.

Marzin fühlte, dass der Augenblick der Entscheidung näher rückte. Er atmete flach, spürte aber gleichzeitig, wie die Luft im Helm trotzdem zur Neige ging. Was war mit dem verdammten Mechanismus los? Warum floss das Wasser nicht ab? Hatten die Jahrzehnte das Flutventil blockiert? Er versuchte verzweifelt, die Luft anzuhalten. Die ersten weißen, blitzenden Sterne tauchten vor seinen Augen auf, dazwischen rote Feuerräder, die in allen Regenbogenfarben explodierten.

Da spürte er plötzlich, wie sein Körper nach unten gezogen wurde. Er riss den Helm vom Gesicht und tauchte in einer vollkommenen Dunkelheit aus der Brühe auf, spürte kühle Luft und atmete dankbar tief durch, den Mund so nahe wie möglich an der Decke. Der Gestank war verschwunden.

»Wolle!« Marzin schrie, so laut er konnte. »Wolle, wo bist du?«

»Schrei nicht so, ich bin halb ertrunken und jetzt gleich völlig taub, wenn du weiterhin in mein Ohr brüllst«, tönte es aus der Dunkelheit, keine Armeslänge von Marzin entfernt. »Sie haben einen Verzögerungsschalter in das Flutventil eingebaut, damit auch alle tatsächlich ersaufen, bevor das Wasser abrinnt. Wahre Menschenfreunde! Jetzt bin ich richtig wütend. Ich sprenge diese verdammte Kiste in die Umlaufbahn!«, keuchte Wollner.

Marzin lächelte in die Dunkelheit und versuchte, die Körper der toten Ratten zu ignorieren, die immer wieder an seine Arme und Hände stießen. Der Wasserspiegel sank noch schneller, als er zuvor gestiegen war. Es gurgelte und rauschte und Marzin kam sich vor wie in einer riesigen Badewanne, aus der jemand das Wasser ausließ.

»Ich würde gerne irgendetwas sehen«, meinte Wolle und versuchte vergebens, die Lampe auf seinem Helm wieder in Gang zu bringen. »Hier ist es so dunkel wie im Ar…«

»Gut, gut, erspar mit das, ich mach schon Licht«, erwiderte Marzin und plötzlich schnitt ein bleistiftdünner Strahl durch die Dunkelheit. »LED-Taschenlampe, fünf Euro, Flohmarkt am Ostbahnhof, wasserdicht.«

»Angeber«, grinste Wollner dankbar und schaute sich rasch um. Die Plattform mit der Kiste tauchte wieder aus den Fluten auf, das

Wasser rann in schmalen Bächen entlang der Metallscharniere und Beschläge. »Ich hoffe, sie haben den Inhalt eingeschweißt, sonst war alles umsonst«, murmelte Wolle.

»Darauf kannst du Gift nehmen«, antwortete Marzin, der neben ihm schwamm. »Hier hat niemand etwas dem Zufall überlassen. Wer immer diese Kiste da oben abgestellt hat, der hatte einen tödlichen Plan. Sogar der Wasserschacht war genau so ausgerichtet, dass der Strahl die Tür treffen und zuschlagen würde. Das ist übrigens etwas, das mir noch Kopfzerbrechen bereitet.«

»Deine Genies haben nicht mit mir gerechnet«, sagte Wolle, als er sich zur Plattform mit der Kiste hochzog und Marzin hinaufhalf. »Ich habe vorsorglich den Mechanismus der Tür blockiert, mit einem ganz gewöhnlichen Streifen Textilklebeband. So konnte er nicht einrasten. Ein einziger Ausgang ohne Alternative macht mich immer nervös …«

»Gott erhalte dir deine Nervosität«, gab Marzin zurück und wandte sich der Kiste zu. Er ging in die Knie und betrachtete interessiert die zwei massiven Vorhängeschlösser mit ihren fingerdicken Bügeln und seltsam geformten Schlüssellöchern. »Die sind gar nicht so alt, wie sie aussehen. Ich vermute Zwanziger- oder Dreißigerjahre, nicht älter«, stellte Marzin fest. »Jetzt hätte ich gerne einen Seitenschneider, eine Metallsäge oder den richtigen Schlüssel.«

»Klar, und ich ein Bier«, gab Wolle zurück und blickte unter die Kiste. »Ich würde vorschlagen, wir nehmen sie einfach mit und verschwinden von hier.« Er zwängte seine Hand unter die Holzkiste, tastete kurz und zog dann mit einem Ruck an einem Griff. Ein metallisches Geräusch ertönte. »Vier Riegel halten das Ding auf der Plattform fest«, erklärte er, »wie ich mir dachte. Sie mussten das Ding ja verschlossen hierherbringen, damit niemand einen Blick hineinwerfen konnte. Also konnten sie den Boden der Kiste nicht anschrauben.«

»Du wirst mir langsam unheimlich, alter Mann«, gab Marzin zu und Respekt schwang in seiner Stimme mit.

Als die Kiste endlich neben der Plattform auf dem Boden des Kellers stand und Wolle aus ihren völlig durchnässten Rucksäcken zwei wasserdichte Taschenlampen geborgen hatte, die ein beruhigend starkes Licht verbreiteten, warf Marzin einen Blick hinauf zum Behälter des

Flutventils, zur Plattform und zur massiven Türe, die nun wieder offen stand.

»Das war knapp«, meinte er ernst und er versuchte erst gar nicht, seine zitternden Hände vor Wolle zu verbergen.

»Viel zu knapp«, gab der hagere Mann zu und nahm einen der Tragegriffe. »Mit ein bisschen weniger Glück hätten wir für die nächsten hundert Jahre den Ratten Gesellschaft geleistet. Und jetzt nichts wie raus hier. Ich traue dem Frieden nicht.«

Die beiden Männer trugen die Kiste vorsichtig aus dem Keller. Keiner von ihnen ahnte, dass der Inhalt ihr Leben verändern würde.

Kleinwetzdorf, Weinviertel/Österreich

Der REX 2171 hatte den Bahnhof in Gmünd an der österreichisch-tschechischen Grenze planmäßig um 5:13 Uhr verlassen und rumpelte gemächlich durch die Morgendämmerung seinem Ziel, dem Wiener Franz-Josefs-Bahnhof, entgegen. Wie jeden Sonntag war er kaum besetzt und nur wenige Reisende genossen die Fahrt durch die dichten Wälder des Waldviertels und die hügelige Landschaft des Weinviertels.

Über zwei Stunden sollte seine Reise aus dem nördlichen Niederösterreich in die Bundeshauptstadt dauern. Auf etwa der halben Strecke stieg die Sonne über den Horizont, und die Hügel, Felder und Wälder entlang der Bahnlinie erstrahlten in rotgoldenem Licht. Die ersten Lerchen erhoben sich in die Lüfte. Das ganze Land schien noch zu schlafen, nur wenige Autos glitten scheinbar lautlos über die verwaisten Bundesstraßen. Die Nachtschwärmer aus den Diskotheken strebten heimwärts, um in ihre Betten zu klettern, während die Kirchgänger und Bauern ihren Frühstückskaffee aufsetzten.

Der Lokführer genoss jedes Mal die Ruhe und Intimität dieser stillen Augenblicke, die nur seinem Zug und ihm allein zu gehören schienen. Auch die wenigen Fahrgäste schliefen oder dösten vor sich hin.

Die Geleise der Franz-Josefs-Bahn, dieses endlos scheinende Band aus Metall und Schwellen, glitzerten silbern vor der Lok in der Morgensonne. Westlich der Trasse im Morgendunst erkannte der Lokführer den Maissauer Berg und die hohen, dunklen Dächer der Türme von Schloss Maissau am Fuße der Anhöhe, die das Wald- vom Weinviertel trennte. Langsam machte sich der Lokführer bereit für den nächsten, planmäßigen Halt, dem Bahnhof Absdorf-Hippersdorf unweit von Stockerau. Die Häuser von Ziersdorf zogen bereits an ihm vorbei, als er vor Schreck zusammenfuhr. Direkt vor ihm auf der Strecke zuckte ein greller Blitz auf, dem sogleich weitere folgten. Eine gewaltige Staub- und Steinfontäne schoss hoch in die Luft und eine undurchdringliche Wolke begann sich direkt vor ihm aufzuwölben. Wenige Sekunden später erreichte die Schallwelle mehrerer Detonationen die Lok und zerriss die Stille.

Der Lokführer war wie gelähmt vor Schreck. Der sonst so gemütliche Zug raste jetzt förmlich auf die Barriere aus aufgewirbelten Schwellen, Schotter, Erde und Staub zu. Alles lief viel zu schnell ab. Im nächsten Augenblick aktivierte der Fahrer die Notbremse und krallte sich an seinem Stuhl fest. Ein ohrenbetäubendes Ächzen und Kreischen ließ die Garnituren erbeben. Die Bremsbacken fraßen sich beinahe in die aufglühenden Bremsscheiben, Funken sprühten aus allen Achsen. Die Fahrgäste und ihr Gepäck wurden durch die Abteile und Gänge gewirbelt wie Spielzeug.

Der tonnenschwere Zug kam nicht sofort zum Stehen, sondern schlitterte trotz der Vollbremsung weiter auf das unheimliche, wabernde Wolkengebilde zu, das dem Lokführer jede Sicht nahm. Dicke Schweißperlen rannen über die Stirn des Mannes im Führerstand, der sich mit blutleeren Fingern festkrallte, um nicht mit dem Gesicht gegen die Windschutzscheibe gepresst zu werden. Panisch zählte er die Meter. Was auch immer da vorne geschehen war, es kam rasch näher, viel zu rasch.

Endlich, mit einem heftigen Ruck, unter lautem Zischen und Ächzen, war der Höllenritt abrupt zu Ende. Im Zug herrschte Totenstille. Dann, nur Augenblicke später, wurde leises Ächzen und Stöhnen hörbar. Menschen rappelten sich hoch, halfen sich gegenseitig auf die Beine. Einige pressten die Hände auf stark blutende Platzwunden an Kopf und Gesicht. Der Sonntagsausflug war zum Albtraum geworden. Eine Frau begann hysterisch zu kreischen, aufgeregte Stimmen brüllten um Hilfe und nach der Rettung. Ein junger Italiener, der seinen Rucksack umklammert hielt, rannte planlos kreuz und quer und schrie unaufhörlich: »Una Bomba! Una Bomba!«

»Blödsinn! In Österreich gibt es keine Bomben. Wir sind ja nicht auf dem Balkan«, knurrte der herbeigeeilte Zugchef und presste den Burschen in den nächsten Sitz. »Wahrscheinlich ist irgendein blödes Vieh auf die Schienen gerannt. Un toro! Toro! Comprende?«, schrie er den jungen Mann an. Plötzlich spürte der Zugchef eine Hand auf seiner Schulter und fuhr zornig herum: »Was ist!« Im nächsten Augenblick erkannte er den Lokführer und bemühte sich, vor den verstörten Fahrgästen, die ihn erwartungsvoll anstarrten, Fassung zu bewahren.

»Ich glaube, das solltest du dir ansehen«, stotterte der keuchende und schwitzende Mann, packte den Vorgesetzten am Oberarm und zog ihn mit sich nach draußen.

»Was ist es? Eine Kuh? Eine Fliegerbombe? Die verdammten Dinger lauern entlang der Strecke noch überall im Boden.« Auf eine Antwort wartend fixierte er den blassen Lokführer, aber der schüttelte nur stumm den Kopf und deutete zur Spitze des Zuges.

Mit unsicheren Schritten hastete der Zugchef über den dunkelbraunen Schotter des Bahndammes die dampfenden und leise knisternden Waggons entlang nach vorne zur Lok. Im ersten Moment erkannte er gar nichts, weil sich der dicke Staub nur langsam verzog. Dann nahm er etwas weiter entfernt einen schlanken, gelben Zwiebelturm wahr und wusste im gleichen Augenblick, wo der Zug stand. Links vor ihm, das musste Schloss Kleinwetzdorf sein. Er sah genauer hin. Alle Fenster im Anwesen waren durch die Druckwelle zerborsten, sämtliche Lichter im und am Gebäude waren angegangen und das laute, durchdringende Heulen einer Alarmanlage durchschnitt den Morgen. Die Feuerwehrsirenen der umliegenden Siedlungen röhrten auf, stimmten ohrenbetäubend in den Furiengesang mit ein, in den sich die Folgetonhörner von Einsatzfahrzeugen mischten. Die ersten Blaulichter zuckten durch das Morgengrauen. Feuerwehr-, Polizei- und Rettungswagen rasten aus allen Richtungen zur Unfallstelle.

Die drei Scheinwerfer der Lok zeichneten Lichtkegel in die bräunliche Staubwolke, und als der Zugführer weiterging, klärte sich endlich der Blick auf das Schlachtfeld vor dem Zug. Wo einmal die Bahntrasse und das gemauerte Viadukt gestanden hatten, klaffte nun ein riesiges Loch. Die abgerissenen Schienen ragten verdreht in die Luft, wie gekochte und ausgetrocknete Spaghetti. Dahinter gab es nichts mehr außer umgepflügter Erde. Schienenstücke waren durch die Explosion weit in den Wald geschleudert worden. So ein Szenario hatte der erfahrene Eisenbahner bislang nur auf Fotos aus dem Ersten und Zweiten Weltkrieg gesehen, als Partisanen und feindliche Pioniere Eisenbahntrassen für den Nachschub- und Truppentransport gesprengt hatten.

Der Zugchef ließ seinen Blick über den Krater wandern und seine Gedanken rasten. Zum Glück hatte der Lokführer mit der Notbremsung Schlimmeres verhindert, redete er sich Mut zu, doch seine Augen füllten sich mit Tränen. Der Anblick der verstümmelten Strecke gab ihm das Gefühl, als habe jemand eine Wunde in sein eigenes Fleisch geschnitten.

Schaulustige waren aus den nahen Häusern herbeigeeilt, manche noch in Pyjama oder Nachthemd, und gafften den weinenden Eisenbahner und den Zug an, der plötzlich in einer Sackgasse mitten im Nirgendwo stand.

»Verschwindet oder helft gefälligst!«, brüllte der Zugchef sie an. »Steht den Einsatzkräften nicht im Weg herum!« Er wischte sich mit der flachen Hand die Tränen aus dem Gesicht. Erst jetzt bemerkte er, dass nicht nur die Bahntrasse, sondern auch die Nebengebäude des Schlosses von den Explosionen schwer in Mitleidenschaft gezogen worden waren. Die Südfassade der Wirtschaftsgebäude, die direkt neben dem Bahndamm standen, war umgeblasen worden wie ein Kartenhaus im Sturm, eine große Scheune bestand nur mehr aus einem Holzhaufen. Sogar der Fußboden war stellenweise aufgerissen worden und gab nun den Blick auf ein darunter verborgenes Gewölbe frei, von dem seit Jahrhunderten viele Geschichten im Dorf kursierten. Jeder hatte irgendwann davon gehört, aber mit eigenen Augen hatte es noch keiner gesehen. Die Anrainer scharten sich um die Schneise aus rotem Ziegelschutt und zerfetzten Balken und lugten in die Schwärze der Kavernen, die erstmals seit über zwei Jahrhunderten wieder vom Tageslicht erfüllt wurden.

»Mein Gott«, sagte einer der Schaulustigen, »die sind ja so groß, dass ein Reisebus hineinfahren könnte.« Die anderen nickten ergriffen. Der Eingang zu der legendären Kelleranlage war riesig und beeindruckend.

Nach einem Blick auf die rotierenden blauen Lichter der Einsatzfahrzeuge und die Rettungskräfte mit ihren roten Jacken, die wie aufgeschreckte Ameisen über Wiesen und Bahndamm rannten, eilte der Zugchef zurück zu den Waggons.

Die Franz-Josefs-Bahn hatte auf einer Länge von fünfhundert Metern aufgehört zu existieren.

Charlottenburg, Berlin/Deutschland

Das Vereinslokal des »Berliner Unterwelt e.V.« lag in einer ruhigen Seitenstraße im Berliner Bezirk Charlottenburg und war früher einmal ein Milchgeschäft gewesen. Mit Wolle und Marzin, die vorsichtig die schwere Holzkiste hereinschleppten und sie mitten in den ehemaligen Laden stellten, war der Verein vollzählig. Sie waren die einzigen Mitglieder, aber auf dem Papier gab es noch ein paar andere: Tanten und Nichten, entfernte Verwandte, angeheiratete Neffen dritten Grades, die weder Marzin noch Wollner jemals gesehen hatten. Der Steuerberater hatte den Steuerbeamten überzeugt, dass die Konstruktion nicht nur völlig legal, sondern auch überaus gewinnbringend sein konnte, wenn man die Spesen abschreiben und noch ein paar nebensächliche Kleinigkeiten beachten würde.

»Wir stinken wie eine Horde Iltisse, die sich durch einen Haufen Pferdemist gegraben haben und dabei auf eine Schicht Guano getroffen sind«, stellte Wolle naserümpfend fest. »Mir ekelt vor mir selbst. Die Kiste kann kurz warten, die Dusche nicht.«

Peter Marzin musste zugeben, dass er recht hatte. »Wollen wir eine Münze entscheiden lassen, wer zuerst geht?«

Wolle tippte an seine Stirn. »Vergiss es! Alter vor Schönheit, ich bin schon weg.« Er verschwand blitzschnell, und während Marzin begann, die Rucksäcke auszupacken und die Ausrüstung zu trocknen, hörte er das Rauschen des Wassers aus dem engen Badezimmer, das sie in ihrem Vereinslokal eingerichtet hatten.

Keine halbe Stunde später kauerten die beiden Männer müde, aber sauber vor der fast schwarzen Kiste, von der eine seltsame Aura auszugehen schien. Sie wirkte in dem hell erleuchteten Raum irgendwie bedrohlich und fehl am Platz.

»Gehen wir schlafen oder blasen wir zur Attacke auf die Schlösser?«, fragte Marzin und war eher geneigt, die erste Option zu wählen.

»Das Ding hätte uns fast das Leben gekostet«, stellte Wolle nüchtern fest. »Jetzt will ich wissen, was so Wichtiges drin ist, bevor ich den Sonntag verschlafe. Vielleicht sind wir ja reich und ich brauche ab morgen nie wieder auf dem Finanzamt anzutanzen?«

»Träum weiter und bereite dich noch auf ein paar lange Jahre vor, Nichtstuer«, gab Marzin zurück. »Obwohl ich dich wirklich nicht vermissen würde. Im Amt, meine ich«, beeilte er sich hinzuzufügen, als er Wollners Gesichtsausdruck sah.

»Reichen Schlupflochsuchern wie dir müsste man schnellstens das Handwerk legen! Mir als schwer arbeitendem Beamten gebührt endlich einmal ein Bonus in Form einer Kiste Gold zum Beispiel ...«, meinte er mit leuchtenden Augen. Seine grauen Haare standen nach der Dusche in alle Richtungen und Marzin entdeckte bei seinem Freund eine entfernte Ähnlichkeit mit Einstein. Nur der Bart fehlte.

»Klar, ein paar Goldbarren, am besten gleich auf einem Bett aus Edelsteinen. Wären Diamanten recht?«, stichelte Marzin und suchte nach einer Metallsäge in dem umfangreichen Werkzeugkasten, der neben der Kiste am Boden stand.

»Spielverderber«, brummte Wolle und nahm eines der Schlösser in die Hand, um es genauer zu untersuchen. Es war schwer, sehr massiv und hatte ein Schlüsselloch in S-Form. Der Bügel war zwar angerostet, aber Wolle zweifelte keinen Augenblick daran, dass es ihnen hartnäckig Widerstand leisten würde. »Vergiss die Metallsäge und lass uns lieber die Bänder lösen, da kommen wir schneller ans Ziel. Die Schlösser sind alte Wertarbeit. Da sägen wir morgen noch.«

Peter Marzin nickte und setzte das Stemmeisen an. Nach wenigen Schlägen wusste er, dass Wolle recht gehabt hatte. Das Holz war zwar vor langer Zeit imprägniert und mit Teer versiegelt worden, aber die breiten Metallbänder waren durch den Rost geschwächt. Sie gaben nach und schließlich klappte Marzin den Deckel auf und die beiden Männer schauten neugierig ins Innere.

»Sieht aus wie eine andere Kiste aus Metall, aber mit einer ausgehärteten, weißlichen Schicht überzogen«, stellte Wolle fest und holte ein kleines Messer aus seiner Hosentasche. »Vielleicht sollten wir vorsichtig sein. Das könnte eine weitere Falle sein«, meinte er und kratzte behutsam an der Schicht. Dann roch er an den Flocken, die an der Messerklinge hafteten. Schließlich zerrieb er sie zwischen seinen Fingern. »Das ist Paraffin zur Abdichtung und zum Schutz gegen die Feuchtigkeit«, schloss er dann. »Einfach, aber wirksam.«

Die Zinkkiste, die unter der Paraffin-Schicht zum Vorschein kam, war entlang des Deckels zugelötet worden. An ihrer Oberseite prangte ein prächtiger, gravierter Doppeladler mit russischen Schriftzeichen darunter.

»Entweder der Schatz der Romanows«, freute sich Fritz Wollner, »oder …«

»Sieht eher aus wie ein Kindersarg«, meinte Marzin düster und Wolle war auf einmal nicht mehr so optimistisch, was den Schatz und die Goldvorräte in der Kiste betraf.

»Sehr witzig«, antwortete der grauhaarige Mann und zögerte einen Moment, bevor er ein scharfes Stemmeisen an die Naht setzte und mit vorsichtigen Schlägen Zentimeter für Zentimeter das Zinn löste. Schließlich kam der Deckel frei und die Männer klappten ihn vorsichtig auf. Eine überraschend gut erhaltene Schicht Holzwolle kam zum Vorschein, dicht gepresst, die den gesamten Raum der Zinkkiste ausfüllte.

»Das Porzellan des Zaren«, träumte Wolle und holte behutsam die erste Handvoll Holzwolle aus der Kiste.

»Der hatte keinen Vier-Personen-Haushalt«, erwiderte Marzin trocken. »Vielleicht ist es sein Nachttopf?«

»Darauf reagiere ich gar nicht, du Miesmacher«, gab Wolle zurück und grub weiter. Als mehr als ein Drittel der Holzwolle in einem großen Berg neben der Kiste lag und noch immer nichts Wertvolles zum Vorschein gekommen war, ließ der Enthusiasmus des »Berliner Unterwelt e.V.« spürbar nach.

»Langsam frage ich mich, wozu der Aufwand«, murmelte Wolle und grub noch tiefer mit seinen Händen. Peter Marzin pflichtete ihm im Stillen bei und gähnte. Die Option »Schlafen« wurde immer verlockender.

»Moment, hier ist etwas«, rief Wolle aus und zog vorsichtig einen Zylinder aus Karton oder Leder aus den Tiefen der Holzwolle. Er wog ihn in seiner Hand, dann reichte er ihn an seinen Freund weiter.

»Eine Verleihungsurkunde«, unkte Marzin. »Oder jemand wollte sein Doktordiplom vor fremdem Zugriff schützen.«

Wenige Minuten später stand fest, dass der dunkelrote Zylinder außer einem Berg Holzwolle der einzige Inhalt der Kiste gewesen war. Das große rote Siegel, das an den Schnittstellen zwischen Deckel und dem unteren Teil angebracht war, trug den gleichen doppelköpfigen Adler wie der Deckel der Zinkkiste. Es war unversehrt.

»Also, wenn das der Adler der Romanows ist, was ich glaube, dann wissen wir, wie alt die Kiste ist«, dachte Marzin laut nach. »Der Zylinder muss zumindest vor 1918 versiegelt worden sein.«

Wolle war enttäuscht. »Ich riskiere mein Leben für ein hundert Jahre altes Stück Papier? Das ist alles? Bestimmt ist es in kyrillischer Schrift geschrieben und wir können es nicht einmal lesen. Zeitverschwendung. Wir hätten uns auf die Suche nach dem Keller der IG Farben machen sollen. Die Geschäftsleitung war am Pariser Platz oder Unter den Linden und man sucht bis heute das Geheimarchiv des Unternehmens.« Seine Augen leuchteten. »Das wäre weniger gefährlich gewesen und bestimmt ergiebiger«, meinte er abschließend, fuhr sich mit der Hand durch die wirren Haare, versuchte sie zu bändigen, gab es auf und zog schließlich seine Autoschlüssel aus der Tasche. »Ich bin dann mal weg. Ich geh an die Spree, leg mich ins Grüne und schlaf bis Sonnenuntergang. Wenn du dann Lust auf ein Bierchen hast, melde dich. Aber nicht zu früh!« Er winkte zum Abschied und verschwand in der Morgendämmerung.

Marzin drehte den Zylinder in seinen Händen und betrachtete nachdenklich das Siegel, bevor er ihn sich unter den Arm klemmte und die Lichter löschte. Er dachte an die elektrische Plattform mit den toten Ratten, an das Flutventil und die professionell getarnte Tür. Das Dokument, so denn wirklich eines in dem Zylinder war, musste ungewöhnlich wichtig sein. Es war wohl das bestgeschützte Papier in Europa gewesen. Jetzt wusste er auch, wem er das gute Stück zeigen würde.

Der Panzer fuhr geradewegs auf ihn zu. Georg Sina wollte schreien, winken, auf sich aufmerksam machen, aber die Ketten rollten unaufhaltsam näher, wirbelten die trockene Erde des Ackers auf. Das dumpfe Rumoren des Dieselmotors und das metallische Rasseln des Tanks erfüllten die Luft. Nur noch wenige Zentimeter und der Wissenschaftler würde zerquetscht werden – da fuhr Sina hoch und wachte auf. Dankbar stellte er fest, dass der Panzer verschwunden war, das undefinierbare Rumoren aber blieb. Er wälzte sich auf den Rücken, schlug die Bettdecke zurück und öffnete versuchsweise die Augen. Alles drehte sich und er schloss sie gleich wieder. Nicht gut, dachte er, ich hätte gestern eindeutig weniger trinken sollen. Und wo bin ich überhaupt?

Der zweite Versuch war erfolgreicher, das Zimmer stabilisierte sich und Georg schaute sich um. Er lag in keinem Feld, sondern in weicher Bettwäsche. Er erkannte eines der Gästezimmer im ersten Stock von Paul Wagners luxuriös renovierter Straßenbahnremise. Das Licht der Morgensonne schien durch die Fenster herein, und aus den nahen Bäumen zwitscherten die Vögel. Der Reporter hatte sich auch durch die erschreckenden Ereignisse im Frühjahr des letzten Jahres nicht aus seinem geliebten Fuchsbau an der Peripherie Wiens vertreiben lassen. Dazu hatte es ihn zu viel Überzeugungsarbeit bei den verschiedenen Ämtern gekostet, den halb verfallenen Bau kaufen und restaurieren zu dürfen. Der alte Lokschuppen der Nordbahn war im Krieg zu einer Remise umfunktioniert worden, als man nach den schweren Bombenangriffen händeringend Werkstätten suchte. Viele der Wiener Straßenbahn-Garnituren waren beschädigt worden, und die regulären Straßenbahndepots und -hallen waren alle überlastet oder ebenfalls ein Raub der Flammen geworden. Mächtige Buchen verdeckten das Gebäude und täuschten die anfliegenden Bomberstaffeln. Nach dem Krieg geriet das Ziegelgebäude, das 1908 errichtet worden war, in Vergessenheit, bevor es als Materialdepot, Schwellenlager und schlussendlich als Müllhalde verwendet wurde. Wenige Tage, bevor die Abrissbagger kamen, war Paul Wagner über Gleise gestolpert, die scheinbar ziellos auf eine Gruppe majestätischer Laubbäume zuführten. Die Natur hatte sich in den Jahrzehnten nach dem Weltkrieg ihr Territorium wieder zurückgeholt. Ein Wäldchen deckte das Gebäude fast gänzlich zu und Gras wuchs auf den Zufahrtsstraßen. Äste drangen in die leeren Fensterhöhlen und das Gras versuchte die alten Mauern zu begrünen. Als der Reporter den Schienen neugierig gefolgt war, stand er plötzlich vor dem desolaten, aber immer noch stolzen Jugendstilgebäude mit den drei hohen Holztoren und den vier kleinen Türmchen. Wagner beschloss auf der Stelle, die alte Remise zu retten, um hier zu wohnen. Nach monatelangen Verhandlungen und einer langwierigen und kostspieligen Renovierung erstrahlte das Gebäude, das auf keinem Stadtplan eingezeichnet war, in neuem Glanz. Daher nannte Wagner es auch seinen »Fuchsbau« – entweder man kannte die Zufahrt über ehemalige Bahndämme und um die alten Lagerhäuser herum, oder man landete schnell in den engen, ziemlich dunklen Sackgassen des ehemaligen Güterbahnhofs, auf Kiesdeponien oder Wiesen mit hüfthohem Gras.

Sina fuhr sich seufzend mit der Hand durch die Haare und hoffte, dass der Panzer in seinem Kopf seine Manöver bald einstellen würde. Das Stampfen seiner Dieselzylinder trommelte von innen gegen seine Stirn. Aber auch ganz reale Misstöne drangen durch die Zwischenwände, stachen wie Nadeln in sein Ohr. Zudem hatte er Durst, großen Durst. Und wenn er jetzt sowieso schon wach war, konnte er sich in der Küche auch gleich einen Tee aufgießen, der den Durst stillen und seinen Magen beruhigen würde.

Sina kämpfte sich hoch und machte sich ganz langsam auf den Weg in die Küche. Die Schlaf- und Gästezimmer lagen im oberen Stockwerk, gemeinsam mit Wagners Büro und anderen Nebenräumen. So hatte Paul die ehemalige Schienenfläche als einen großen Raum erhalten, mit einer riesigen Küche in der Mitte.

Die Tür von Pauls Büro flog auf und der Journalist drängte sich in Eile an Sina vorbei. In der Hand hielt er sein Diktafon und einen Notizblock. »Wenn ich nicht so einen guten Stand hätte, es würde mich drehen wie eine Drehtür«, schimpfte Sina und hielt sich am Türrahmen fest.

Schon hörte er den Reporter die schmale, gusseiserne Wendeltreppe hinunterpoltern. Barfuß und nicht ganz so draufgängerisch setzte er zur Verfolgung an. »Du könntest ruhig etwas Rücksicht auf mich nehmen. Es ist dir völlig egal, ob du mich aufweckst oder nicht, was?«

Wagner schaute Sina verständnislos an. »Hä?«, war alles, was er hervorbrachte.

»Du tust so, als ob du hier wohnst … Na ja, okay, du wohnst auch hier.« Der Wissenschaftler schmunzelte. »Kaffee?«

Wagner zog seinen Pullover an, schlüpfte dann in seine Lederjacke und schüttelte währenddessen den Kopf. »Keine Zeit.«

»Sehe ich«, bemerkte Sina trocken und verzog die Nase. »Ungewaschen, unrasiert, unfrisiert …«

»… und unausgeschlafen«, ergänzte Paul. »Ich muss los. Fühl dich wie zu Hause, aber das tust du sowieso. Mach dir ruhig einen Tee. Wenn du los möchtest, dort am Küchenblock liegt ein Schlüssel für dich. Ich weiß nicht, wie lange es dauern wird. Wir telefonieren dann später«, rief Wagner, griff nach seinem Helm und schwang sich auf die Fireblade.

»Moment mal! Was ist los?«, hielt ihn Sina auf. »Ist was passiert? Rettest du die Welt, ohne mir was zu sagen?«

»Nein, nicht einmal ansatzweise. Ein Informant hat mich gerade angerufen. Auf der Franz-Josefs-Bahn ist der Teufel los. Ein Bombenanschlag!«, antwortete Wagner knapp und drückte den Startknopf. Der Vierzylinder sprang sofort an und lief summend im Standgas.

»Wann? Wo?«, rief Sina über den Lärm der Maschine.

»Vor dreißig Minuten etwa. In Kleinwetzdorf, oder wie das Nest heißt. Keine vierzig Minuten von Wien in Richtung Horn. Aber ich schaffe das locker in der Hälfte der Zeit, wenn nicht sogar noch schneller«, grinste Wagner und sah sich im Geiste schon im Tiefflug an zu früh aufgestandenen Sonntagsfahrern vorbeiziehen. Dann setzte er sich den Helm auf.

»Danke, das erleichtert den Anblick«, stichelte Sina. »Du siehst aus wie dein eigener Großvater. Was ist mit Zähneputzen, Duschen, Pinkeln?«

»Keine Zeit. Die Story passiert, wenn sie passiert, mein Lieber«, kam es unter dem Helm hervor. »Die wartet nicht auf dich. Und das Pinkeln erledige ich irgendwo unterwegs am Straßenrand. Also, mach's gut!« Paul winkte kurz, gab Gas und rollte aus der Remise. Dann röhrte die Honda auf, bevor der Motor schnell in der Ferne verklang.

Sina schüttelte den Kopf und sah ihm nach. Den trifft noch einmal der Schlag, wenn er so weitermacht, dachte er sich, selbst wenn ich ihn an einen Stuhl binde, zappeln seine Füße weiter und er rennt mit dem Sessel auf dem Rücken los.

Auf der Suche nach dem Wasserkocher kam Sina an einer neuen Ledersitzgarnitur vorbei, die ihn an den missglückten Anschlag im letzten Jahr erinnerte, als ein schießwütiger Pater ihn, Paul und Kommissar Berner ins Himmelreich befördern wollte. Seither waren die Tore zur Remise nicht mehr Tag und Nacht für Freunde und Nachtschwärmer offen, sondern alle Türen blieben versperrt und waren zusätzlich alarmgesichert. Eine kostspielige Investition, die dem Reporter gegen den Strich ging, die nach dieser Erfahrung jedoch notwendig geworden war. Die durchlöcherte Couch war auf dem Sperrmüll gelandet, gemeinsam mit Wagners Unbekümmertheit.

Sina saß in Unterhosen auf der neuen Sitzlandschaft und sah den Teeblättern zu, die das dampfende Wasser goldgelb färbten. Der Panzer in seinem Kopf schien sich allmählich ein anderes Übungsgelände zu suchen. Widerwillig erinnerte sich Georg an die vergangene Nacht, an das Schreckensbild seines nackten, gehenkten Mentors. Drehte sich die Spirale der Gewalt weiter, wie vor einem Jahr? Waren die Todesengel zurück? Georg verwarf den Gedanken gleich wieder. Der Orden existierte nicht mehr. Aber diese neuerliche Bedrohung war real. Und diesmal war der Tote aus seinem ganz persönlichen Umfeld, Gustav Kirschner war nicht irgendein Unbekannter, sondern sein alter, geschätzter Lehrer, ohne den er vielleicht einen anderen Weg eingeschlagen hätte. Irgendjemand versucht schon wieder einfach über mein Leben zu bestimmen, schoss es ihm durch den Kopf. Ein krankes Hirn löscht ein Leben aus und zwingt damit meines in eine neue Bahn.

Der Tee war stark und roch nach Vanille. Sina nippte vorsichtig und langsam setzte sich sein Gehirn in Gang. Wer drapierte den Leichnam eines armen, wehrlosen Menschen nach einem, wie es schien, kranken Plan und verdrehten Symbolismus? Herausgeschnittene Zunge, Apfelbaum, ein schnell hingekritzelter Hinweis auf dieses Pestkreuz. Das passte alles nicht zueinander. Frustriert schlug Georg mit der Faust gegen ein Polster, dass es durch den Raum segelte. Wieder musste er sich in den Kopf des Täters versetzen, um das Rätsel zu knacken, und nur Gott allein wusste, wie sehr der menschenscheue Mediävist das hasste. Sina rieb sich seufzend mit beiden Händen den letzten Rest

Schlaf aus dem Gesicht. Seine friedliche Burg im Waldviertel und das geruhsame Leben im Dienste der Wissenschaft schienen plötzlich wieder in weite Ferne gerückt.

Die Sonnenstrahlen fielen durch die Zweige der Buchen und das Glasdach der Remise und zeichneten ein abstraktes Muster auf den dunklen Boden. Sina nahm die Teetasse und wanderte ziellos durch den großen Raum. Er betrachtete die Vitrinen mit den Modellzügen, den kleinen Straßenbahnen, die Paul als Reminiszenz an die Vergangenheit der Remise aufgestellt hatte. In einem der Glaskästen sah er lächelnd die beiden Ritterfiguren mit ihren abgebrochenen Köpfen, die ihn an das Rätsel des »Höllenzwang« und die Fahrt nach Chemnitz erinnerten, die ein Jahr zuvor fast tödlich geendet hatte. Aber das Leben war weitergegangen, weil der da oben es so entschieden hatte, dachte Sina dankbar. Irgendwann wird auch mein Lebensfaden reißen, räsonierte er, aber bitte erst später, viel später. Und bis dahin wird es jeden Tag von Neuem einen Morgen mit Vogelgezwitscher geben. Wer weiß, wo, immer wieder, egal, was auch immer mir passiert.

Er war vor der Sammlung alter Rennmotorräder angelangt, die Wagner in jahrelanger Arbeit liebevoll restauriert hatte und nun als einen Teil der Einrichtung betrachtete. »Diese Dinger haben mein Leben ruiniert«, murmelte er und erinnerte sich an Clara, seine verstorbene Frau. Früher, wenn er in seiner Burg vor dem Kamin gesessen war, da hatte er oft mit ihr gesprochen. Aber in letzter Zeit war sie still geworden, besuchte ihn nicht mehr. Und jetzt, nachdem ihn Paul aus seinem Exil geholt hatte, war es ohnedies viel zu laut in seinem Leben geworden, um ihr zuzuhören. Er betrachtete die blau-weiße Suzuki GSX-R 1100 und erinnerte sich mit Schaudern an den Höllenritt hinter dem Reporter nach Klosterneuburg. »So weit zum Lebensfaden«, brummte der Wissenschaftler. »Ich gelobe, dass ich mich in Zukunft von den Dingern fernhalte und dem Chef da oben sein Geschäft erleichtere.«

Er trank seinen Tee aus, schaute auf die Uhr und beschloss dann, ins Bett zurückzukehren und noch eine Mütze Schlaf zu nehmen. Die Decke war noch warm, Georg streckte sich wohlig, aber die Worte Wagners gingen ihm nicht aus dem Kopf. Ein Bombenanschlag in Österreich? So ein Quatsch, dachte er. Das interessiert doch niemanden, wenn irgendwo in Niederösterreich eine Bahnstrecke in die Luft fliegt. Das kann nur eine Fliegerbombe oder falscher Alarm sein, überlegte er noch, dann schlief er wieder ein.

Kurz vor neun klingelte Sinas Handy und holte ihn aus einem tiefen und diesmal traumlosen Schlaf. Benommen hob er ab, erwartete Wagner am anderen Ende der Leitung mit einem Bericht zur Lage der Nation, aber stattdessen drang die Stimme eines Unbekannten an sein Ohr.

»Guten Morgen, Professor Sina. Ich hoffe, ich störe nicht und habe Sie nicht geweckt.«

»Beide Male weit gefehlt«, gab Georg ungehalten zurück. »Hören Sie, es ist Sonntagmorgen. Ja, Sie stören, und ja, ich habe noch geschlafen.«

Der Unbekannte schwieg überrascht.

»Auf meiner Burg gibt es zum Glück keinen Empfang für diese Gehirntoaster und das hält mir Störenfriede wie Sie vom Leib.« Sina redete sich in Rage. »Noch etwas, bevor ich auflege: Sollten Sie ein Student sein, dann sorgen Sie dafür, dass ich nie Ihren Namen erfahre. Und jetzt – raus aus meiner Leitung!«

»Mein Name ist Ireneusz Lamberg und ich habe Ihre Nummer von Professor Kirschner«, erklärte der Fremde leicht verstört.

»Lamberg sagt mir nichts und Gustav Kirschner ist tot«, gab Sina kurz angebunden zurück. Beim Namen Lamberg klingelte etwas bei ihm, aber er konnte den Namen nicht wirklich zuordnen.

»Ich weiß. Leider. Ich bin gerade in Nussdorf ob der Traisen. Ich war mit ihm zum Frühstück verabredet und eigentlich hätte ich Sie auch hier treffen sollen.«

»Na, dann wissen Sie ja Bescheid«, entgegnete Sina kühl. »Aber was hat das alles mit mir zu tun, und noch dazu in aller Herrgottsfrühe an einem Sonntag?« Kirschner hatte es offensichtlich darauf angelegt, dass Georg bei ihm übernachten würde. Darum der viele Wein, darum die langen Gespräche bis tief in die Nacht. Der alte Fuchs wollte ihm diesen Lamberg zum Frühstück vorstellen. Sina gähnte.

»Professor Kirschner hat mir geraten, dass, wenn ihm etwas zustoßen sollte … dann sollte ich mich an Sie wenden, weil Sie … nun, wie soll ich es sagen …«

Georg war alarmiert. »Wieso zustoßen sollte? Wollen Sie damit andeuten …?« Der Unbekannte schwieg und Sina wurde ungeduldig. »Am besten, Sie erzählen von Anfang an.«

Unbeeindruckt fuhr Lamberg fort, so als habe er ihn nicht gehört. »… weil Sie Erfahrung haben mit historischen Rätseln, wie er meinte.«

»Nein, ich meine, ja … Sie haben also ein Rätsel für mich? Danke, kein Interesse!« Ein Spinner, dachte er sich, hör ihm am besten gar nicht zu. Georg war knapp davor aufzulegen, da erinnerte er sich im letzten Moment an den Eindruck, den er von Kirschner hatte – der Professor hatte etwas verschwiegen. Im Stillen verfluchte er seine wachsende Neugier. Und wenn …? Schnell warf er ein: »Tut mir leid, ich bin noch nicht ganz munter. Worum geht es?«

»Danke, das ist sehr freundlich, dass Sie mir zuhören.« Der Anrufer schien begeistert von der Hilfsbereitschaft des Professors. »Ich habe von einem meiner Vorfahren ein Tagebuch geerbt, das ich sehr gerne von einem Fachmann, am besten einem Historiker, entschlüsseln und transkribieren lassen würde, weil ich mir auf die meisten Einträge darin keinen Reim machen kann.«

Ein Tagebuch? Plötzlich dämmerte es Sina, woher er den Namen Lamberg kannte. Interessiert hakte er nach: »Meinen Sie das Tagebuch von Franz Philipp Graf Lamberg, der 1848 von einem aufgebrachten Mob auf der Budapester Kettenbrücke gelyncht wurde? Sie müssen wissen, ich bin kein Experte für das 19. Jahrhundert, und Kirschner war es auch nicht. Er war auf das 17. und 18. Jahrhundert spezialisiert.«

Lamberg zögerte und schluckte hörbar, dann antwortete er hastig. »Nein, nein, Professor, das Manuskript ist viel älter. Es stammt aus dem späten 17. Jahrhundert, aus der Zeit von Kaiser Joseph I. Ich wollte es heute an Kirschner übergeben, aber …« Der Unbekannte räusperte sich. »Vielleicht wären Sie ja so nett, einen Blick hineinzuwerfen. Ich weiß, Sie sind Mediävist, aber Kirschner war der Ansicht …«

»Ist gut, ich schaue es mir gelegentlich einmal an«, sagte Sina unverbindlich und schaute auf die Uhr. »Versprechen kann ich Ihnen allerdings nichts. Vielleicht gebe ich es auch an einen Kollegen weiter, wenn es Ihnen recht ist, der auf die Zeit spezialisiert ist. Und jetzt entschuldigen Sie mich bitte …«

»Nein, das wäre mir nicht recht!«, gab der Fremde harsch zurück, schlug jedoch schnell wieder einen sanfteren Ton an. »Ich bin sicher, Professor, es wird Ihr Interesse wecken. Wo kann ich Sie treffen? Ich muss heute noch zurück nach Ungarn, und da wäre es gut, wenn wir uns so bald wie möglich …«

Georg sah seinen freien Sonntag mit einem Schlag in weiter Ferne entschwinden. Er dachte kurz nach. »In Ordnung, kommen Sie in mein Büro. Sagen wir um … Warten Sie. Wie spät ist es? Kurz nach neun. Also gut, seien Sie um elf bei mir im Büro. Universität Wien, Innere Stadt, Karl-Lueger-Ring 1. Wissen Sie, wo das ist? Rufen Sie mich einfach an, wenn Sie da sind, ich komme dann in die Aula und hole Sie ab.«

»Das ist überaus freundlich, Professor Sina. Ich werde pünktlich da sein. Haben Sie vielen Dank! Auf Wiederhören.« Damit beendete der Unbekannte das Gespräch und Sina ließ das Handy neben sich aufs Bett fallen.

»Komischer Kauz«, murmelte er und beschloss, unter die Dusche zu gehen. »Was geht mich Joseph I. an? Das ist doch Zeitgeschichte für einen Mediävisten …« Er schmunzelte über die Formulierung. Den Satz würde er bei der nächsten Vorlesung seinen Studenten hinwerfen.

Insgeheim hatte er sich bereits entschlossen, das Tagebuch freundlich in Empfang zu nehmen, um es dann unter einem seiner Aktenberge zu begraben. Vielleicht würden ihm seine bürokratischen Verpflichtungen irgendwann ein wenig Zeit übrig lassen, es sich einmal in Ruhe anzusehen. Danach würde er es zu einem Assistenten am Institut für Neuere Geschichte zum Transkribieren bringen.

Ireneusz Lamberg, bestimmt überglücklich, die Ergüsse seines Ahnen endlich lesen zu können, würde nie erfahren, dass Sina es nicht selbst übertragen hatte. Zufrieden stieg Georg in die Dusche und drehte das Wasser auf. Die Vorstellung vom knisternden Feuer im Kamin, einem Buch in seiner Hand und Tschak auf dem Sofa leise vor sich hin schnarchend nahm wieder durchaus realistische Formen an.

Georg, du bist schon ein Teufelskerl, dachte er und genoss das heiße Wasser, das wie aus einem Wasserfall auf ihn herabprasselte. Das Läuten des Handys auf der Bettdecke ging im Rauschen der Dusche unter.

Café Prindl, Wien/Österreich

Kommissar Berner war stinksauer. Eine frühmorgendliche Analyse des Inhalts der Milchpackung im chemischen Labor der Kriminalabteilung hatte eine hohe Konzentration einer hochgiftigen Acrylamid-Lösung ergeben. Die Chemikalie mit dem Produktnamen Rotiphorese Gel, eingesetzt in Forschungslaboren der Molekularbiologie unter anderem zur Gen-Analyse, war tödlich.

»Da scheint dich jemand wirklich nicht zu mögen, Bernhard«, hatte der Leiter des Labors angemerkt, als er für Berner den Untersuchungsbericht in verständliches Deutsch übersetzte. »Das Zeug gehört zur Standardausrüstung vieler Labors. In verschiedenen Konzentrationen und Zusammensetzungen gibt es diesen Stoff im gut sortierten Laborfachhandel. Ziemlich aggressiv. Wer mit der farb- und fast geruchlosen Chemikalie umgeht, muss Schutzkleidung und dicht schließende Schutzbrillen tragen, für leere Behälter gelten strenge Entsorgungsvorschriften.«

»Jetzt bin ich wirklich beruhigt, dass ihr die Entsorgung übernehmt«, stellte Berner lakonisch fest und zündete sich eine Zigarette an.

»Rauchen kannst du draußen, Bernhard, außerdem ist es sowieso nicht gut für deine Gesundheit«, stellte der Chemiker fest und wies auf das Zeichen mit der durchgestrichenen Zigarette.

Berners Laune sank weiter. »Heute sind anscheinend alle um meine Gesundheit besorgt«, knurrte er. »Nur keine falschen Hoffnungen, ich bleibe euch noch länger erhalten. Was wäre gewesen, wenn …?« Berner ließ das Ende des Satzes offen.

»Ziemlich endgültig. Bewusstlosigkeit, Nerven- und Herzstörungen, Tod. Abgang.« Der Leiter des Labors blätterte in seinen Unterlagen. »Außerdem ziemlich schnell. Sozusagen auf der Direttissima.«

Als Berner auf die Straße trat, überlegte er tatsächlich für einen kurzen Augenblick, die Koffer zu packen und auf Urlaub zu fahren – seiner Tochter und seiner Enkelin zuliebe. Doch dann siegten Wut und Neugier. Dieser Milchkarton mit seinem tödlichen Inhalt in seinem Kühlschrank war etwas Persönliches.

Wie hatte der Unbekannte gesagt? »Dinge sind in Bewegung gesetzt worden, die niemand mehr aufhalten kann. Sie nicht, Ihre Freunde nicht und selbst Wagner und Sina nicht.« Was ist in Bewegung gesetzt worden?, wunderte sich Berner, und was haben Sina und Wagner damit zu tun? Gewisse Vorkommnisse hatte der Anrufer es genannt. Also hatte Ruzicka recht gehabt. Es war mehr dran an dem Mord in Nussdorf und dem Tod der Ministerin. Vielleicht gab es tatsächlich eine Verbindung zwischen den beiden Fällen.

Kommissar Berner dachte kurz nach und hörte dann auf seinen knurrenden Magen. Ein Frühstück war angesagt, und zwar dringend.

Die Tische im Café Prindl waren fest in der Hand von Stammkunden. Böse Zungen behaupteten, man müsse entweder das Lokal kaufen oder warten, bis einer der Alteingesessenen das Zeitliche segne, um einen freien Tisch zu erobern. Das berührte Berner nicht im Geringsten. Er gehörte zur ersten Kategorie. Seit langen Jahren treuer Fan des Nachtcafés, das vierundzwanzig Stunden rund um die Uhr geöffnet war, hatte er nie Probleme, einen der begehrten Sitzplätze zu ergattern. Im Notfall zauberten die Kellner blitzschnell einen Sessel aus einem geheimen Depot herbei. Berner liebte dieses Lokal. Immer dann, wenn ein Fall ihn in den Jahren bei der Kriminalpolizei wieder einmal um den Schlaf gebracht oder er Ermittlungen um zwei Uhr früh abgeschlossen hatte, dann war da stets wieder das gleiche Problem aufgetaucht. Wohin auf ein Bier oder einen Kaffee und einen kleinen »Heribert«? Das Wort war von einem Kollegen erfunden worden, der nicht Englisch sprach und das »earlybird« schnell eindeutschte, um daraus einen »Heribert« zu machen. Das geflügelte Wort blieb, und als Berner nach langer Nachtasyl-Suche auf das Café Prindl gestoßen war, hatte er ein zweites Zuhause gefunden, das ihn selbst in den frühen Morgenstunden beherbergte und verpflegte.

Die Einrichtung des Prindl mit seinen roten und rosa Farben und den ovalen Formen war ein möbeltechnisches Zitat der Fünfzigerjahre. Aber das konnte Eingeweihte nicht darüber hinwegtäuschen, dass die Küche exzellent, die Bedienung diskret und schnell und die Besucher elitär waren, egal aus welcher Schicht der Bevölkerung sie stammten. Die Mischung aus Anrainern und Nachtschwärmern, Wiener Halbwelt und Taxifahrern, Huren und Polizisten, das war jahrzehntelang seine Welt gewesen. Mit seiner Pensionierung war sie nicht untergegangen, und wer Berner treffen wollte, der rief ihn entweder an oder kam gleich ins Prindl.

Als Berner das Café betrat, blickten ungefähr achtzig Augenpaare auf und neunundsiebzig gleich wieder zurück auf ihren Kaffee, das kleine Gulasch, das Kartenspiel oder die Tageszeitung. Ein Augenpaar fixierte Berner, und als der Kommissar in die Runde schaute, trafen sich ihre Blicke. Berner seufzte und verzog das Gesicht, als er zu seinem Stammtisch ging und sich neben Paul Wagner setzte.

»Wagner, Sie haben mir zu meinem Glück heute noch gefehlt«, brummte der Kommissar, »kennen Sie kein anderes Kaffeehaus? Oder was halten Sie zumindest davon, zur Abwechslung meine Privatsphäre zu respektieren und sich woandershin zu setzen?«

»Ehrliche Antwort?«, fragte Wagner und hämmerte weiter in die Tastatur seines Laptops. »Gar nichts. Schön, Sie zu sehen, Kommissar.«

»Das kann ich nicht behaupten und vor Mittag lüge ich so ungern«, gab Berner zurück und nickte dankend, als der Kellner ihm ungefragt einen doppelten Espresso mit einem Kännchen Obers brachte. »Welche medienpolitische Untat begehen Sie heute? Den Widerruf der gestrigen Meldung? Schreiben Sie wieder für eines der Revolverblätter, die noch immer glauben, Recherche sei etwas Unanständiges?«

Berner rührte seinen Kaffee um und warf einen Blick auf die anderen Besucher des Prindl. Er und Wagner waren seit den Ereignissen im letzten Jahr gute Freunde geworden, nachdem der Reporter gemeinsam mit Georg Sina den Kommissar vor dem sicheren Tod gerettet hatte. Aber beide liebten die Sticheleien, ein Ritual, das sich im Laufe der Zeit zwischen ihnen eingebürgert hatte, und weder Wagner noch Berner wollten den Schlagabtausch missen, der Ausdruck eines gegenseitigen Respekts und einer Wertschätzung war, die keiner offen zugegeben hätte. Dasselbe galt für das »Sie«, das beide aus Gewohnheit einfach weiter pflegten.

»Sie liegen völlig falsch, Kommissar. Oder würden Sie die New York Times als Revolverblatt bezeichnen?« Wagner blickte nicht auf und schrieb die letzten Zeilen seiner Meldung über den Bombenanschlag und den Tod der österreichischen Ministerin.

»Auch die amerikanische Presse ist nicht mehr das, was sie einmal war«, murmelte Berner und entschloss sich zu einem Croissant mit Butter und Marmelade. »Also, was sind die allerneuesten Neuigkeiten?«

Wagner drückte auf »Senden« und schickte die Meldung damit an insgesamt drei amerikanische Zeitungen und die UMG, die United Media Group des Medienmoguls Fred Wineberg. »Das fragen Sie mich? Wer ist hier bei der Polizei?«, lachte er dann und klappte den Laptop zu.

»War, Wagner, war! Ich genieße meine Pension und lebe zurückgezogen und faul ein Nichtstuer-Leben zwischen Café und Besuchen bei meiner Tochter. Und die langen Urlaube nicht zu vergessen.« Berner beäugte das Croissant und dachte an den Milchkarton. Dann biss er in die noch warme Köstlichkeit, die auf der Zunge zerging.

»Wie war das mit den Lügen vor Mittag, Kommissar?« Der Reporter berichtete Berner von seinen Recherchen in Kleinwetzdorf an der gesprengten Bahnlinie. »Eine seltsame Gegend, dieses Anwesen. Ein früherer Besitzer hat einen Heldenberg eingerichtet, voller Büsten österreichischer Feldherren und Monarchen, nach dem Vorbild der deutschen Walhalla. Um das Schloss herum gibt es Löwentore mit geheimnisvollen Inschriften, die bisher keiner zu deuten wusste, darunter angeblich riesige Keller. Und das Seltsamste kommt erst noch. Zwei berühmte Feldherren – Feldmarschall Radetzky und von Wimpffen – sind neben einem sitzend begrabenen ehemaligen Armeelieferanten namens Pargfrieder bestattet.«

Berner schluckte den letzten Bissen des Croissants hinunter. »Der Radetzky?«

Wagner nickte.

»Sitzend begraben? Na ja, jeder nach seiner Fasson …«, brummte Berner nachdenklich.

Paul setzte nach. »Ja, aber würden Sie sich mit Asphalt einbalsamieren lassen?«

»Mit Asphalt?« Berner war verblüfft. »Der ist doch schwarz. Da sieht man ja nachher aus wie der Teufel persönlich. Was war das für ein seltsamer Vogel? Wie finden Sie diese Typen immer wieder, Wagner?«

»Die finden mich«, antwortete der Reporter und berichtete dann von dem nächtlichen Abenteuer in Nussdorf.

Berner studierte die Speisekarte oder tat zumindest so. Sie hatte sich seit Jahren nicht geändert und der Kommissar kannte sie auswendig. »Ruzicka hat mich bereits informiert, sozusagen in einer telefonischen Nacht-und-Nebel-Aktion«, grummelte er. »Was ist das für eine

Geschichte mit dem Kreuz und den geheimnisvollen Buchstaben? Der arme Gerald glaubt, ihr verheimlicht ihm schon wieder etwas.«

Wagner winkte ab. »Ich wollte, wir hätten auch nur den Schimmer einer Ahnung, was es mit dem Kreuz auf sich hat«, antwortete der Reporter. »Der Herr Professor schläft bei mir seinen Rausch aus und ans Telefon ist er auch nicht gegangen. Aber mich beunruhigen eher der Bombenanschlag und die tote Ministerin als Georgs ehemaliger Lehrer. Obwohl, seltsam ist es schon ...«

Wagner griff in seine Tasche, als sein Handy zu läuten begann, und nahm das Gespräch an.

»Der Obduktionsbericht ist fertig«, meinte der Anrufer hastig, ohne wertvolle Zeit mit einer Einleitung zu verschwenden. »Es war eine ...«, es raschelte und er schien die richtigen Unterlagen zu suchen, »... hochkonzentrierte Acrylamid-Lösung. Heißt ... Moment ... Rotiphorese Gel.«

Wagner war verwirrt. »Sorry, ich stehe auf der Leitung. Obduktion von wem?«

Berner runzelte die Stirn und schaute den Reporter abwartend an.

»Das Gift war im Tampon. Beantwortet das die Frage?« Dann war die Leitung tot.

»Die Ministerin ist ermordet worden«, flüsterte der Reporter. Er hatte die chemischen Begriffe auf die Ecke einer Papierserviette gekritzelt. »Sagt Ihnen eine ... Acrylamid-Lösung etwas?«

Berner fuhr überrascht zurück. »Roti... irgendetwas Gel oder so ähnlich?«, fragte er dann grimmig.

»Sind Sie Hellseher?« Wagner war verblüfft. »Rotiphorese Gel. Das Gift war in einem Tampon. Tödliche Dosis.«

»Bei mir war es in der Milch«, entgegnete Berner und begann zu erzählen.

Universität, Innere Stadt, Wien/Österreich

Pünktlich um elf stand Ireneusz Lamberg vor dem Haupteingang der Alma Mater Rudolfina, der größten, ältesten und sicherlich auch prächtigsten Universität Österreichs. Georg Sina war – wie erwartet – noch nicht da. Er hatte Lamberg eine kurze SMS geschickt und angekündigt, dass er sich leider um zehn Minuten verspäten würde. Der alte Mann war enttäuscht. Für das scheinbar in Mark und Bein von hiesigen Akademikern übergegangene »cum tempore«, also die übliche Verspätung von fünfzehn Minuten, hegte er weder Sympathie noch Verständnis. Ein ausgeglichenes Zeitmanagement empfand er für Gentlemen als Verpflichtung. Pünktlichkeit war nicht umsonst die Tugend der Könige.

Lamberg schaute nochmals auf die Uhr und blickte sich dann mehrmals um. Obwohl er im Schatten zwischen den breiten Säulen der Loggia des Repräsentationsbaus im Neorenaissancestil stand, fühlte er sich wie auf einem Präsentierteller und dieser Umstand behagte ihm gar nicht. Argwöhnisch behielt er die große Freitreppe und die Zufahrtsrampen links und rechts im Auge.

Für Lambergs Geschmack ließ man hierorts Ordnung und Disziplin ohnedies ein wenig zu sehr schleifen. Leere Getränkeverpackungen, zerknülltes Papier und sonstiger Müll lagen auf den steinernen Stufen und vor den überquellenden Abfalleimern. Selbst die Aschenbecher waren rettungslos überfüllt, und mit Aufklebern verunzierte Hinweisschilder erinnerten an das Rauchverbot im Inneren des Gebäudes. Wie zum Hohn kam eine Studentin, eine Zigarette im Mundwinkel, die Stufen herunter und grinste ihn herausfordernd an. Lamberg runzelte die Stirn. Dass der Lehrkörper so etwas toleriert, wunderte er sich, dann fiel sein Blick auf die ausgehängten, kleinformatigen Plakate und handgeschriebenen Spruchbänder an der Balustrade. »Wir zahlen nicht für eure Krise!«, »Die Uni brennt«, »Stopp dem Bildungsraubbau!« und »Freier Bildungszugang für alle!«

»So weit kommt's noch«, murmelte er und schüttelte entsetzt den Kopf. Ihm fiel seine Großmutter ein. Narrenhände beschmieren Tisch und Wände, hatte sie immer gesagt – und: Die sollen ihre Köpfe lieber in ihre Bücher stecken, anstatt sie mit solch wirren Gedanken zu füllen. Lamberg gab ihr angesichts des Mülls und der Plakate wie immer recht.

Professor Sina war noch immer nicht in Sicht. Elf Minuten zu spät, befand Lamberg nach einem neuerlichen kritischen Blick auf seine Uhr, waren elf Minuten zu lang. »Ja, ja, der Fisch beginnt am Kopf zu stinken …«, brummte er und verschränkte die Arme vor der Brust.

Professor Georg Sina ärgerte sich durch den Verkehr. Gesperrte Straßen, Polizei, wohin man schaute, und Wichtigtuer, die sich todesmutig auf die Fahrbahn stürzten, um dann jedem Autofahrer, der ihnen zu nahe kam, hinterherzuschreien. Das Treffen der Finanzminister sorgte selbst an einem Sonntag in der Wiener Innenstadt für Chaos. Mit hochrotem Kopf war Sina einer selbstmörderischen Pensionistin ausgewichen, die mit waagrecht ausgestrecktem Stock und einer wohl seit Generationen gesicherten Familiengruft am Wiener Zentralfriedhof todesmutig vor ihm über die Fahrbahn schlich. Sinas gefluchter Kommentar war weit entfernt von druckreif. Wenn mich meine Studenten jetzt gehört hätten, überlegte er, dann wäre es vorbei mit dem Respekt. Bei einigen hätte ich aber vielleicht gerade jetzt einen Stein im Brett, schmunzelte er und hielt Ausschau nach einem Parkplatz.

Schneller, als er es erwartet hatte, fand er eine Parklücke, unmittelbar neben der Universität, und das besänftigte ihn wieder. Amüsiert erinnerte er sich jedes Mal, wenn er seine Runden um die Uni drehte oder einen Parkschein ausfüllte, an Pauls Frage, ob ihm denn als Professor kein reservierter Parkplatz zustand. Kein Platz und kein Budget für solche Extravaganzen, hieß es immer vom Rektorat. Sonntag sei Dank, heute war alles anders. Das ersparte ihm auch den Anblick gewisser Zeitgenossen am Morgen, die wie er auf die U-Bahn angewiesen waren, um in die Innenstadt zu gelangen. Die geschniegelten Typen mit todernster Miene, die als schlechte Kopie von englischen Landedelleuten kleinformatige Gratiszeitungen wie die Times vor sich herhielten, waren Sina ein Gräuel.

Mit diesen Gedanken ließ er den roten Golf, den ihm Paul Wagner nach ihrem letzten gemeinsamen Abenteuer geschenkt hatte, voll beladen mit seiner schmutzigen Wäsche, einer Palette Hundefutterdosen für Tschak, zwei vollen Weinflaschen und einer Handvoll unbezahlter Strafmandate unverschlossen stehen und machte sich auf den Weg zur Aula – immer getreu seinem Credo: einen offenen Wagen kann man nicht aufbrechen, und wenn jemand Hundefutterdosen stiehlt, dann geht es ihm wirklich schlecht.

Seine Wut über das Umleitungschaos und der Ärger über die Pensionistin waren bald verraucht. Zu blöd aber auch, dass ich gestern nichts zum Umziehen mitgenommen habe, dachte er sich, das durchgeschwitzte und muffelige Zeug von gestern hätte ich schlecht nochmals anziehen können. Und wenn er ehrlich mit sich war, es ekelte ihn vor der Vorstellung, die Kleider am Leib zu tragen, in denen er seinen toten Lehrer gefunden hatte. Er schaute an sich herunter. Pauls Kleiderschrank hatte sich als ergiebig erwiesen. Diesen Lamberg würde bestimmt der Schlag treffen angesichts dieses T-Shirts, freute er sich und kickte fröhlich eine leere Cola-Dose aus seinem Weg. Sina sah auf die Uhr – 11:15, perfektes Timing. Pfeifend stieg er die Treppe hinauf.

Lamberg sah die seltsame Figur schon von Weitem und haderte mit seinem Schicksal und dem Zustand der akademischen Welt im Besonderen. Der hochgewachsene Mann mit dem Pferdeschwanz kam geradewegs auf ihn zu, und Lamberg legte sich instinktiv schon ein paar passende Worte zurecht, um ihn abzuwimmeln, sollte er ihn um Kleingeld anbetteln. Der Unbekannte mit dem Bart und den langen Haaren jedoch lächelte ihn freundlich und ein wenig spöttisch an und fragte: »Ireneusz Lamberg, nehme ich an?«

Lamberg war sprachlos und nickte nur stumm.

»Georg Sina. Freut mich, Sie kennenzulernen. Entschuldigen Sie bitte die Verspätung, aber um diese Zeit ist es mörderisch schwierig, einen Parkplatz zu bekommen.« Der Professor streckte Lamberg seine rechte Hand entgegen. Der Ungar war ihm auf Anhieb unsympathisch. Er sah aus wie ein in Schande ergrauter Buchhalter. Sein schmalschulteriger, dicklicher Körper steckte in einem um mindestens eine Nummer zu kleinen khakifarbenen Anzug. Bei erwarteten dreißig Grad im Schatten trug er ein langärmliges, hellblaues Hemd mit Manschettenknöpfen, weißem Kragen und Krawatte. Sein Gesicht glänzte, der Scheitel war akkurat gezogen. Das Gesicht dominierten kleine dunkelbraune Knopfaugen, und Georg fühlte sich zwangsläufig an einen überfütterten Goldhamster erinnert.

Lamberg wiederum blickte auf die Nebenfahrbahn der Ringstraße hinunter. Im Schatten der Bäume bemerkte er auf Anhieb mehrere Parklücken und ärgerte sich über Sinas offensichtliche Lüge. Zögernd ergriff er die angebotene Rechte und im nächsten Moment wurden seine Fingerknöchel gequetscht, dass es leise krachte.

»Freut mich auch, Sie kennenzulernen. Ein fester Händedruck, den Sie da haben …« Lamberg zwang sich zu einem Lächeln und massierte sich mit der Linken seine Finger. »Zeugt von einem festen Charakter.«

Sina nickte beiläufig und war in Gedanken bereits ganz woanders.

Lambergs Enttäuschung wuchs. Was er da sah, passte so gar nicht zu dem Mann, den Kirschner ihm beschrieben hatte. »Um ehrlich zu sein, ich habe Sie mir anders vorgestellt«, meinte er und musterte Sina von Kopf bis Fuß. »Ein … nun sagen wir, apartes Hemd, das Sie da anhaben …«

»Ja. Sehr kleidsam. Oder finden Sie nicht?«, grinste Sina und strich sich über den Bauch.

Ungläubig betrachtete Lamberg den weißen, geflügelten Totenkopf auf dem schwarzen T-Shirt. Über der erhaben geprägten Geschmacklosigkeit stand in leuchtend roten, gotischen Buchstaben: »No Limits Hardcore.« Darunter »come as you are«. Nach einem halbherzigen Übersetzungsversuch der Doppeldeutigkeit wurde Lamberg immer nervöser. In seinem Gehirn vereinten sich Puzzlesteinchen zu einem beunruhigenden Bild.

»Kleider machen Leute, so sagt man doch, Professor Sina. Aber wenn es Ihnen gefällt … Mein Geschmack wäre es nicht gerade. Wo haben Sie es …äh, erstanden?«, begann Lamberg lahm und dankte im Geiste seiner Großmutter für die verhassten Teerunden vor den Bridge-Turnieren mit ihren Freundinnen. Sie hatte ihn schon als kleines Kind zur Teilnahme gezwungen, als erbarmungslose Übung für zwanglose Konversation.

Georg war begeistert, der Tag war gerettet, der Ärger im Verkehr vergessen. »Volltreffer! Versenkt!«, rief er im Geiste und beobachtete den gegnerischen Kreuzer beim Untergehen. Mit gönnerischer Geste hielt er Lamberg die Tür zur Aula auf. Ebenfalls im Plauderton erklärte er dann: »Wissen Sie, mein Freund ist Journalist …«

Lamberg erstarrte zur Salzsäule. Für einen kurzen Moment verlor er völlig die Contenance. »Ihr Freund?«, unterbrach er Sina mit geweiteten Augen.

Der Wissenschaftler wollte losbrüllen vor Lachen, beherrschte sich aber. »Zwei zu null, mein Bester«, murmelte er und sagte dann laut: »Wie meinen Sie?«

Lamberg war sprachlos, das Entsetzen spiegelte sich in seinem Gesicht. Da kam ihm Sina zu Hilfe, lachte und winkte ab. »Ach, nicht doch, nicht so, wie Sie meinen. Wie kommen Sie nur darauf?« Sina schaute unschuldig und fuhr dann fort. »Also, wie gesagt: Mein Freund ...« Er legte eine genüssliche Pause ein. »Ein sehr enger Freund ist Journalist und kommt sehr viel in der Welt herum. Berufsbedingt, Sie verstehen. Ich habe nach den schrecklichen Ereignissen der letzten Nacht bei ihm in Wien geschlafen und mich nachher in seinem Kleiderschrank bedient. Dieses elegante Stück, das Sie so ... beschäftigt, hat er auf einer Pressekonferenz geschenkt bekommen. Sie fand im Rahmen der Venus in Berlin statt.« Und drei zu null, dachte Sina unschuldig lächelnd, nicht mehr aufzuholender Vorsprung.

Lamberg stotterte. »Venus? Sie ... Sie ... Sie meinen diese Erotikmesse? Für welches Blatt schreibt denn Ihr Freund?« Lamberg wollte sich gar nicht ausmalen, in welchen Kreisen dieser angeblich renommierte Fachmann für mittelalterliche Geschichte verkehrte.

»Für keines im Speziellen und doch für alle. Er ist freier Journalist, ein sehr freier, wenn Sie wissen, was ich meine. Heutzutage darf man bei den Storys nicht wählerisch sein.« Sina zuckte mit den Schultern. »Wissen Sie, er lebt davon. Wir beide leben ja wohl von etwas anderem.«

Wieder dieser gönnerhafte Unterton, dachte Lamberg und ärgerte sich.

Sina warf einen prüfenden Blick auf den kleinen Mann, der artig neben ihm hertrippelte. Er hatte ihn nach allen Regeln der Kunst provoziert, aber Lamberg zeigte keine sichtbare Reaktion. Kryptisch wie die Sphinx, der Kerl, gut im Salon trainiert, notierte Georg im Geiste. Dann sagte er: »Wenn wir nur etwas mehr Zeit hätten, dann würde ich Ihnen ja liebend gerne den malerischen Innenhof und den Laubengang mit den Büsten unserer Nobelpreisträger und herausragenden Wissenschaftler zeigen. Aber es ist wohl in unser beider Interesse, wenn wir direkt in mein Büro gehen und gleich zur Sache kommen.«

Lamberg atmete hörbar auf, so konnte er das Treffen kurz halten. »Sie sagen es, Professor. Sie sagen es ...«, meinte er dienstfertig.

In Georg Sinas Büro hatte das Chaos schon lange über jede Ordnung der Schöpfung triumphiert. Was Professor Meitner nicht im Geringsten beeindruckte oder störte, brachte den letzten Rest Glaubens von Ireneusz Lamberg in die Kompetenz und Sachkenntnis Sinas zum Einsturz. Der Ungar fühlte sich in einen Slalom der besonderen

Art versetzt. Nachdem er von der Tür aus einen Parcours durch die aufgetürmten Bücher- und Papierberge ausgearbeitet hatte, betrat er mit steifen Schritten das Büro, sichtlich bemüht, nirgends anzustoßen, um die Stapel auf dem Boden nicht ins Wanken zu bringen. Der Schreibtisch Sinas war die Apotheose – Lamberg holte ein Stofftaschentuch aus seiner Hosentasche, wischte die Sitzfläche eines fleckigen Bürosessels aus Pressholz ab, faltete das Tuch wieder zusammen und steckte es ein. Dann ließ er sich vorsichtig nieder und verschwand damit aus dem Blickfeld, hinter einer Wand von unkorrigierten Arbeiten, nicht zurückgegebenen Büchern, Manuskriptseiten, Fotoalben, Stammbäumen und einem Kaktus, auf dessen lange Stacheln Notizen gepinnt waren. Auf dem Schreibtisch selbst war kein Quadratzentimeter Platz.

»Sie wissen ja: Nur Kleingeister brauchen Ordnung, Genies durchblicken das Chaos«, scherzte Sina aus der Versenkung und Lamberg bemühte sich mit langem Hals, ihn zu sehen. Schließlich räumte Georg einen Bücherstapel beiseite, stellte ihn achtlos neben den Tisch und ergötzte sich an der Miene seines Besuchers. »Wissen Sie, wenn ich die Büros meiner Kollegen betrete, bin ich immer verwundert. Dort ist alles so penibel geordnet. Ich frage mich, wie man so arbeiten kann. Ich finde hier ja auch gleich alles, was ich brauche. Ich bin nämlich viel zu beschäftigt zum Suchen.«

Lamberg lächelte hilflos. Darauf hatte ihn seine Großmutter nicht vorbereitet. Er schaute den Kaktus mit den Dutzenden gelber Zettel an wie eine fleischfressende Pflanze, die ihn jeden Moment anspringen würde.

Sina lehnte sich geräuschvoll in seinem Sessel zurück. Mit hochgezogenen Brauen hatte er Lamberg zugeschaut, wie er den Besucherstuhl abgewischt hatte. Nun faltete er erwartungsvoll die Hände vor der Brust, spreizte die Finger und ließ die Gelenke knacken. Spiel, Satz und Sieg, triumphierte er. Du musst deinen feinen Hintern wohl oder übel auch dort platzieren, wo normalerweise meine Studenten schwitzen. Willkommen in der Liga der entnervten Sinaisten, kommentierte er im Geiste. Dann kam er auf den Punkt: »Also, was kann ich für Sie tun?«

Lamberg riss seinen Blick mühsam vom Kaktus los und blickte dann in die Runde. An einem großformatigen Porträt schräg hinter

Sina blieb er hängen. »Ein sehr schöner Druck, den Sie da direkt hinter Ihrem Schreibtisch hängen haben, Professor. Er passt nur nicht so ganz in Ihr Fachgebiet.«

»Ach ja, aber den muss ich Ihnen ja nicht erst vorstellen. Kaiser Franz Joseph.« Sina drehte seinen Stuhl erst in Richtung des Bildes, dann wieder zu Lamberg. »Mit persönlicher Widmung.« Er wartete auf die Reaktion, die auch prompt kam. Lamberg war knapp vor dem Kollaps.

Sina lächelte. »Ein kleiner Scherz. Ja, eine Lithografie von König Ferenc Joseph, wie Sie ihn wohl nennen würden. Kein gewöhnlicher Druck. Beachten Sie den Unterschied.«

»Chapeau, Professor. Sie haben recht, ich bin Ungar. Und ich bin neugierig. Warum hängt das Porträt hier an so prominenter Stelle?« Lamberg war einerseits stolz, dass man ihm den Ungarn ansah, andererseits hatte er immer mehr den Eindruck, dass Sina ihn nicht für voll nahm.

»Das Porträt habe ich schon lange. Es hing früher in meiner Wohnung, aber meiner Frau hat es nicht gefallen. Clara hat Spießer gehasst, müssen Sie wissen. Und der alte Herr war für sie das Sinnbild dieser Spezies.« Sina war ernst geworden. »Aber wir, das heißt meine Familie, haben ihm einiges zu verdanken gehabt. Als ich mit Clara zusammenzog, versuchte ich ihr das zu erklären. Am Ende zog sie bei mir ein und Majestät in mein Büro.« Es hatte leicht dahingesagt klingen sollen, aber es war Georg unangenehm, unter diesen Umständen von Clara zu sprechen. Der Schmerz war noch immer präsent.

Ein zufriedenes Lächeln huschte kaum merkbar über Lambergs Gesicht, den an ihn adressierten »Spießer« überhörte er großzügig. »Wo ist Ihre Frau jetzt? Sie scheint mir eine gute Menschenkenntnis zu haben …«

»Sie ist tot«, gab Sina brüsk zurück, lauter und aggressiver als beabsichtigt. Aber sofort hatte er sich wieder im Griff. »Clara Sina starb vor fünf Jahren bei einem sinnlosen Motorradunfall. Mein Freund, der Journalist, von dem ich Ihnen erzählt habe, war der Fahrer der Maschine. Aber, seien Sie mir nicht böse, das geht Sie eigentlich überhaupt nichts an. Und damit ist dieses Thema für mich beendet.«

»Natürlich. Verzeihen Sie, Professor. Ich wollte nicht indiskret sein.« Lamberg senkte den Kopf. Er hatte nicht beabsichtigt, so weit zu gehen.

»Sie waren es aber, Herr Lamberg«, knurrte Georg und ärgerte sich, über Claras Tod gesprochen und Paul in seiner Erzählung erwähnt zu haben. Immerhin hatte er nach dem Unfall über drei Jahre kein Wort mit ihm geredet. Beide hatte es viel Mühe und Zuneigung gekostet, um diesen Keil aus ihrer Freundschaft zu ziehen.

»Es ist wohl besser, ich gebe Ihnen jetzt, was ich Ihnen zu geben habe, und gehe dann.« Lamberg erhob sich, griff in die Innentasche seines Sakkos und zog ein in Seidenpapier gewickeltes Bündel heraus.

»Nur zu«, murmelte Sina und beobachtete misstrauisch jede Bewegung seines Gegenübers, der entweder eine Rolle spielte oder aber … Als die Hand des Mannes im Jackett verschwunden war, griff Georg zum ersten Mal seit Langem nach dem Griff des Wurfmessers, das er mit Klebeband an die Unterseite seines Schreibtisches geklebt hatte, um gegen Attentate wie im letzten Jahr gewappnet zu sein.

Als er aber das kleine Päckchen erblickte, zog er langsam seine Hand wieder zurück. Eine undefinierbare Gefahr ging von diesem seltsamen und steifen Ungarn aus, die Sinas Unbehagen mit jeder Minute seiner Anwesenheit steigerte.

»Das ist es, das Tagebuch meines Vorfahren. Oder sagen wir besser, was davon übrig ist«, erklärte Lamberg und reichte die Papiere über den Tisch. »Ich würde Sie dringend bitten, möglichst bald einen Blick hineinzuwerfen. Meine Karte liegt bei. Guten Tag, Professor.« Lamberg stand auf, verbeugte sich und schlug die Hacken zusammen.

Beim Zusammenprall der Absätze zuckte Sina verwirrt zusammen. Überrascht sprang er auf, blickte den Ungarn mit großen Augen an und streckte schließlich seine Hand aus. Ihm war, als stünde sein Großvater vor ihm. Er stand unbewusst stramm vor dem dicklichen, schwitzenden Mann und verbeugte sich ebenfalls leicht.

Verwundert betrachtete Lamberg Sina von oben nach unten. Vielleicht hatte sich Kirschner doch nicht getäuscht, überlegte er. Die beiden Männer sahen sich zum ersten Mal länger in die Augen. Georg, wie auch der Ungar, wussten in dieser Sekunde, sie waren aus dem gleichen Holz geschnitzt, aber nicht vom selben Baum.

Als der Besuch endlich gegangen war und dic Tür hinter ihm zufiel, plumpste Georg zurück in seinen Sessel. Er schaute nachdenklich auf und ihm gegenüber saß Clara. Wie sie es immer getan hatte, hatte sie einen der Stühle umgedreht und saß nun rittlings darauf, die Beine gespreizt, ihre beiden Unterarme locker auf der Rückenlehne. Ihren Kopf hielt sie ein wenig schief und ihr dunkles Haar fiel auf ihre Schulter. Sie lächelte mit geschlossenen Lippen. Ihre großen, braunen Augen sahen ihn an und durch ihn durch. Ihr Blick war freundlich, liebevoll, aber gleichzeitig streng und skeptisch. Georg kannte ihre Frage. Sie musste ihn nur auf diese Weise ansehen und seine innersten Geheimnisse lagen offen vor ihr.

»Nein, Clara. Nie mehr«, antwortete Georg und schaute auf seine Hände. »Danke, weil ohne dich wäre ich geworden ... wie der.« Als er aufblickte, war sie wieder verschwunden und alle Sessel standen wie unberührt an ihrem Platz.

19. April 1784, Wien/Österreich

Man hatte sie aus ganz Wien mit Pferdefuhrwerken und Ochsenkarren zusammengeholt. Aus überbelegten Asylen, schmierigen Unterkünften, aus den abgelegenen und üblicherweise versperrten Trakten alter Spitäler hatte man sie hinaus in die Nacht gezerrt, ohne auf ihr Schreien und ihr Gezeter zu achten. Die Kutscher waren nur darüber informiert worden, dass sie keine Rücksicht nehmen sollten. Die begleitenden Polizeikräfte verhinderten mit eiserner Faust, dass Neugierige den Wagen zu nahe kamen. Aber die Straßen der Hauptstadt waren um diese Zeit sowieso fast menschenleer.

Es war eine stockdunkle Nacht, die Nacht des Neumonds, durch die sich diese Karawane des Elends auf den Weg machte. Wer besonders laut schrie, protestierte oder sich aus Angst vor dem Ungewissen selbst beschmutzte, der wurde in lederne Transportsäcke eingeschnürt und auf die Ochsenkarren geworfen, wie eine Fracht, die keiner haben wollte.

Der Tag war nicht willkürlich gewählt. Der Kaiser selbst, Joseph II., hatte in einem seiner berüchtigten Handbillets die Anordnung gegeben, dass »der Turm unbedingt am 19. April bezogen« werden müsse.

Die Kutscher, die mit ihrer Menschenfracht durch Wien unterwegs waren, bekreuzigten sich beim Anblick des makabren Ortes. Die Polizisten taten unbewegt, aber im Innersten waren sie genauso beunruhigt. Ihr junger Kommandant, mit seinen auf Hochglanz gewichsten Stiefeln, den goldenen Knöpfen und einem polierten Säbel, stand mit am Rücken verschränkten Händen an der Straße über den Alsergrund, knapp vor dem Ziel, und blickte dem Konvoi aus knarrenden Karren entgegen, die sich langsam durch die Nacht mühten. Man hörte Stöhnen und Wimmern, gedämpfte Schreie und hin und wieder das Schnauben eines Pferdes. Sonst war alles ruhig. Wien schlief, der Zeitpunkt war gut gewählt.

Plötzlich vernahm der Kommandant der Einheit neben sich eine Stimme. »Der Mann hier kommt auf den ersten Wagen«, tönte es leise aus der Dunkelheit, doch als der Polizeibeamte sich suchend umwandte, sah er zunächst gar niemanden. Dann trat ein kleingewachsener, dunkel gekleideter Mann, kaum größer als ein Kind, aus der Nacht. Er hatte eine Hand tief in die Taschen seines langen Mantels vergraben. Der Dreispitz auf seinem Kopf schien viel zu groß, der Stock, auf den er sich mit der Rechten stützte, hatte einen großen silbernen Knauf, der immer wieder im Licht der Fackeln glänzte. In der Dunkelheit hinter ihm waren mehrere Begleiter postiert, die einen Schatten in ihrer Mitte zu bewachen oder zu beschützen schienen.

Der Kommandant dachte zuerst an einen schlechten Scherz. Als er den Fremden rüde zur Rede stellen wollte, was er denn glaube, wen er vor sich habe, blickte der nicht einmal auf und zog lediglich ein Siegel aus der Tasche. Dann hielt er es so, dass der Uniformierte es gut sehen konnte. Der Polizeibeamte schluckte, nickte stumm und stellte keine weiteren Fragen. Es gab nichts mehr in Frage zu stellen, wenn ihm sein Leben lieb war.

Als das erste Fuhrwerk näher kam, trat der Uniformierte vor, öffnete das Gitter und hielt es auf. Ohne sich umzudrehen, beorderte der Fremde mit einem kurzen Wink seines Stockes seine Begleiter zum Käfig. In ihrer Mitte zogen sie einen schmächtigen, in Lumpen gekleideten Mann, dessen Füße über den staubigen Boden schleiften. Sein Oberkörper und der Kopf steckten in einer Art geschnürter, lederner Zwangsjacke, die makaber aussah. Wo das Gesicht sein musste, war mit Asche eine grinsende Fratze aufgemalt worden.

Einer der Männer stieg rasch auf den Wagen, stieß einige ängstlich starrende Gesichter brutal zur Seite, bückte sich dann, ergriff die Handgelenke des scheinbar Bewusstlosen und zog ihn mit einem Ruck hinauf. Er ließ ihn in eine Ecke fallen wie ein lebloses Stück Ballast. Dann, nach einem prüfenden Blick rundum, sprang er wieder auf die Straße.

Der kommandierende Offizier wandte sich ab, während der Unbekannte seinen Begleitern zunickte. Wie Nachtgespenster verschwanden sie in einer Seitenstraße. Das Fuhrwerk rollte wieder an und der Zug setzte sich erneut in Bewegung. Jetzt war es nicht mehr weit.

»Ich glaube, Er sollte sich jetzt auf den Weg machen und den ersten Wagen begleiten«, stellte der zwergenhafte Fremde leise zu dem Uniformierten fest. Der Polizist nickte gehorsam.

»Wie … Sie befehlen, Exzellenz«, antwortete er stockend und wollte sich umdrehen, doch eine kleine, aber überraschend kräftige Hand auf seinem Unterarm hielt ihn zurück.

»Dieses delikate Vorhaben ist höchst geheim«, sagte die Stimme neben ihm leise, aber bestimmt. »Der Kaiser hat es aus seiner Privatschatulle finanziert und nur drei Menschen wussten bisher davon – Majestät, der Architekt und der Baumeister. Mach Er keinen Fehler, Oberwachtmeister. Es wäre schade um seine Karriere, sein Leben und um das seiner Familie. Hat Er mich verstanden?« Der Polizist spürte, wie sich die Kälte in seinem Bauch ausbreitete. Er schluckte und nickte stumm. Der kleine Mann war ihm unheimlich.

»Er weiß, was das Schwarze Bureau ist?« Es war mehr eine Feststellung als eine Frage. Der Oberwachtmeister verfluchte die Nacht und den Auftrag. Er hatte es gewusst. Er wollte etwas sagen, aber er brachte nur ein Krächzen zustande.

»Niemand ist hier auf den Wagen gestiegen, niemand hat mit Ihm gesprochen und es wird keinen Bericht darüber geben. Ich kann dafür sorgen, dass Er in den nächsten Monaten befördert werden und mehr Geld für Seine Familie übrig haben wird. Damit Er dem kleinen Vinzenz das Schaukelpferd kaufen kann, dass er sich so wünscht.« Der Unbekannte machte eine Pause. »Oder ich kann dafür sorgen, dass Seine Witwe nächste Woche auf der Straße steht, mit Seinen Kindern an der Hand, und zwischen Wien und St. Petersburg nirgends Menage oder Quartier bekommt.«

Der Uniformierte nickte verzweifelt und schließlich zog er wortlos den Hut, schlug die Absätze zusammen und salutierte. Er wartete, aber neben ihm blieb es ruhig, also drehte er sich schließlich vorsichtig zur Seite. Er war allein, die Straße war menschenleer, der Zwerg wie vom Erdboden verschluckt und nur ein weiterer Ochsenkarren rumpelte ächzend an ihm vorbei.

Der Polizist fröstelte in der Nachtluft und eilte los, lief die Kolonne der Verzweiflung entlang nach vorne.

Der Turm lag drohend vor ihm, er zeichnete sich schwarz gegen den dunkelblauen Himmel ab, während im Osten bereits langsam der neue Tag dämmerte. Sie mussten sich beeilen. Der Oberwachtmeister blieb kurz stehen und blickte die fünf Stockwerke hinauf. Das perfekt runde, festungsähnliche Bauwerk war aus roten, gebrannten Ziegeln errichtet worden, mit einer Reihe von schießschartenähnlichen Fenstern, die abweisend auf ihn herunterstarrten. Niemand, den er kannte, hatte das Gebäude jemals von innen gesehen, aber in den Wirtshäusern und Schankstuben munkelte man, dass er genauso tief in die Erde ging, wie er gen Himmel strebte. Genaues wusste man nicht. Man wollte es auch nicht wissen.

Der erste Wagen war vor dem Gebäude angelangt und die Kutscher stiegen ab. Sofort öffnete sich ein metallbeschlagenes Tor und mehr als fünfzig Männer strebten hinaus und entluden das Fuhrwerk in einer blitzartigen Geschwindigkeit. Jeder Widerstand der Insassen wurde im Keim erstickt. Während alle anderen Männer und Frauen in die oberen Stockwerke gebracht und in ihren Zellen angekettet wurden, schleppte man den Mann mit der ledernen Zwangsjacke eine steile Treppe hinunter, eine weitere und dann noch eine. Es war still hier unten, kein Laut drang so tief in die Erde oder hinauf nach draußen.

Wortlos öffneten die Männer im flackernden Licht einer Fackel ein schweres Gittertor, schnitten die Schnüre der Zwangsjacke auf und warfen den Regungslosen in die rabenschwarze Zelle. Dann schlugen sie die massive Tür wieder zu und schlossen ab. Sie hatten ihm nicht einmal ins Gesicht geschaut.

Bundesstraße 1, westlich von Wien/Österreich

»Warum bitte müssen wir immer zu spät kommen?« Helene Ruzicka schaute ihren Mann von der Seite böse an. »Dieses rollende Wrack ist eine Sache, aber bis du endlich aufstehst, ist der Hahn vom Krähen heiser geworden.«

»Ich habe auch die ganze Nacht gearbeitet«, gab Gerald Ruzicka zurück, »während alle Frühaufsteher warm und kuschelig in ihren Betten gelegen haben. Unser Sohn wird ein paar Minuten warten können. Und was seine Frau betrifft, wie wäre es, wenn sie endlich einmal kochen lernen würde? Andere gehen ins Wirtshaus …«

»… und du hast eine Familie, die dich am Sonntag regelmäßig zum Essen einlädt. Was willst du mehr?«

Ruzicka war versucht zu sagen »Ins Wirtshaus«, überlegte es sich aber dann doch.

»Und was dieses Auto betrifft, so hat es uns bisher noch überall hingebracht, sogar nach Italien«, nahm Ruzicka einen Anlauf, seinen heiß geliebten Peugeot zu verteidigen.

»Ja, weil wir mit dem Autoreisezug gefahren sind«, entgegnete seine Frau schnippisch. »Diese rollende Antiquität nimmt dir nicht einmal der Schrotthändler ab. Rost lässt sich nicht recyceln.«

Ruzicka schwieg gekränkt. Der alte 504 keuchte den Anstieg zum Riederberg hinauf und die Nadel des Kühlwasserthermometers näherte sich bedrohlich der roten Marke.

»Wenn uns ein Radfahrer überholt, dann halte dich ganz rechts«, stichelte seine Frau weiter, »sonst zieht uns der Luftzug womöglich über die Sperrlinie. Was war eigentlich heute Nacht los? Du hast mir gar nichts erzählt.«

Kommissar Ruzicka war froh, das Thema wechseln zu können. In knappen Worten schilderte er seiner Frau, mit einem Auge immer auf die Temperaturanzeige schielend, was sich in Nussdorf ereignet hatte. Trotz der Jahrzehnte an der Seite eines Beamten der Mordkommission war Helene Ruzicka nicht abgestumpft. Der Tod von Professor Kirschner und die Begleitumstände gingen ihr nahe. Sie hörte nur stumm zu, während ihr Mann erzählte.

Inzwischen hatten sie die Anhöhe erreicht und Ruzicka atmete auf. Gemeinsam mit dem Peugeot, wie es schien. Vor ihnen ausgebreitet lag ein weites Tal, der Blick reichte bis zu den Voralpen auf einer Seite und dem Donautal auf der anderen. Kühn geschwungene Serpentinen führten westwärts den Berg hinunter, und während seine Frau noch immer gebannt von seiner Erzählung abwesend vor sich hin schaute, ließ Ruzicka den Wagen bergab rollen. Durch das offene Seitenfenster kam ein frischer Luftzug, der ein wenig nach Regen roch.

Keine fünf Minuten später waren sie am Fuß des Riederbergs angelangt. Es war kaum Verkehr und Ruzicka hoffte, die Verspätung wieder aufholen zu können. Bis zum Haus seines Sohnes in Sieghartskirchen war es nicht mehr weit. Ruzicka junior war nach seiner Hochzeit in das große Haus seiner Frau auf dem Land gezogen und hatte der Großstadt nur zu gerne Adieu gesagt.

Ein roter Lkw mit Doppelachsen rollte langsam an die Kreuzung mit der Tullner Straße und Ruzicka wunderte sich über den hochdrehenden Motor und die aufgeblendeten Scheinwerfer an einem sonnigen Tag wie diesem. Vielleicht hat der Fahrer vergessen, sie auszuschalten, dachte er und schaute vorsichtshalber wieder geradeaus. Der Ortsbeginn von Ried am Riederberg kam näher. Seine Frau bückte sich, um etwas aus ihrer Tasche zu holen, die im Fußraum stand.

Der Lkw rammte den alten Peugeot 504 mit voller Kraft in die Seite, drückte ihn zusammen und riss ihn beinahe entzwei. Glas splitterte und Ruzicka schrie instinktiv auf und versuchte sich krampfhaft am Lenkrad anzuhalten, als sein Wagen über die Straße katapultiert wurde und in harten, rumpelnden Sprüngen direkt auf einen großen Baum zuschlitterte. Der dumpfe Lärm von brechendem Kunststoff, sich verformendem Blech und dem Aufwühlen der Erde war ohrenbetäubend. Der Stamm vollendete, was der Lkw begonnen hatte: Er brach den Peugeot endgültig entzwei. Doch das Werk war noch nicht vollbracht. Der Fahrer des Lastwagens trat erneut das Gaspedal durch und schob das Wrackteil, in dem sich Ruzicka und seine Frau befanden, mit aufröhrendem Motor und voller Wucht in eine Gartenmauer aus Beton. Dann legte er den Rückwärtsgang ein, setzte über die Grasnarbe auf die Bundesstraße zurück und fuhr rasch davon.

Christophorus 9, der gelbe Notarzthubschrauber des ÖAMTC, landete kaum zehn Minuten später direkt auf der Bundesstraße, die von quer gestellten Polizeiwagen auf beiden Spuren für den Verkehr gesperrt worden war. Der junge, leitende Flugrettungsarzt, der heraussprang, zog den Kopf ein und lief unter den wirbelnden Rotorblättern auf die winkenden Rettungssanitäter zu, die zufällig mit ihrem Krankenwagen keine drei Minuten nach dem Unfall die

Kreuzung passiert hatten. Nach einem kurzen Blick auf die eingeklemmten Unfallopfer hatte der ältere der beiden sofort zum Telefon gegriffen und den C9 von der Flugeinsatzstelle Wien/Meidling angefordert.

Die Feuerwehr war nun seit acht Minuten damit beschäftigt, die beiden Insassen mit hydraulischen Scheren aus dem Wrack zu schneiden. Es war ein Wettlauf gegen die Zeit und die erfahrenen Männer wussten, dass sie ihn fast verloren hatten. Die Sanitäter hatten dem Mann und der Frau herzstärkende Infusionen gesetzt, aber keines der beiden Unfallopfer hatte irgendeine Reaktion gezeigt. Der Puls der Frau war nicht mehr spürbar.

Der Flugrettungsarzt sah die angespannten Gesichter der Feuerwehrleute, über die der Schweiß rann und in denen die Verzweiflung geschrieben stand. Der Rettungssanitäter, der die ganze Zeit über neben der eingeschlossenen Frau gestanden hatte, legte nochmals prüfend seinen Finger an ihre Halsschlagader. Dann schüttelte er stumm den Kopf und sah den jungen Notarzt an.

»Kümmern Sie sich um den Mann, vielleicht hat der eine Chance …« Er ließ den Satz offen und zog die Infusionsnadel aus der Toten.

Wenige Sekunden später hatten die Männer der Feuerwehr das Wrack so weit geöffnet, dass sie gemeinsam mit den beiden Ärzten aus dem Hubschrauber und den Rettungssanitätern den Mann aus den Trümmern befreien konnten. Sein Atem ging stoßweise und sein Puls flatterte. Blut rann über seinen Hals und tränkte das Hemd, das an vielen Stellen aufgerissen war. Seine Beine standen in einem unnatürlichen Winkel ab.

Die Bahre mit dem Schwerverletzten war kaum im Hubschrauber gesichert, als der Captain den C9 bereits hochzog und in einer Steilkurve Kurs auf das Landeskrankenhaus St. Pölten nahm. Der leitende Arzt an Bord hatte wenig Hoffnung. Irgendwann können auch Schutzengel nichts mehr ausrichten, dachte er sich und gab dem blutüberströmten Mann auf der Bahre noch eine Injektion. Sie würden fünf Minuten brauchen bis zur Landeplattform der Klinik. Vielleicht blieb aber nur mehr die Zeit für ein kurzes Gebet.

Universität, Innere Stadt, Wien/Österreich

Georg Sina saß regungslos in seinem Schreibtischsessel und blickte nachdenklich auf einen Punkt in seinem Arbeitszimmer, ohne ihn wirklich zu sehen. In seinem Büro im Obergeschoss der Uni wurde es in der Mittagshitze heiß und stickig. Irgendetwas summte und lenkte ihn ab. Eine fette Fliege flog unablässig, wider bessere Einsicht, Angriffe gegen das Fensterglas. Sie knallte gegen die Scheibe, nahm einen neuen Anlauf, flog einen weiten Bogen und endete wieder am Fenster.

In Georgs Kopf überschlugen sich die Gedanken, aber er wollte keinen davon festhalten, formulieren und weiterspinnen. Lambergs Besuch hatte etwas in ihm geweckt, hatte eine Schublade aufgezogen und nun machte sich der Inhalt selbstständig. Es waren Szenen aus seiner Erinnerung, wie ein Film auf die Leinwand seines Bewusstseins projiziert. Phantome aus Licht und Schatten, ohne Skript und Ton. Dennoch, diese Bilder sagten ihm mehr als tausend Worte, allerdings in einer Sprache, die Sina fremd geworden war. Es war lange her, da kannte er noch ihre Bedeutung, aber jetzt wollte er sie weder hören noch jemals wieder sprechen.

Diese Zunge sprach sanft, aber sie log, das wusste er. Typen wie dieser Lamberg hatten ihr Gesäusel ständig im Ohr. Georg vergaß nie, dass es eine Zeit in seinem Leben gegeben hatte, lang bevor er zum Ehemann und Jobholder geworden war und sich an den Mainstream angepasst hatte, da hatte er die Menschen zum Denken anregen, ihnen die Augen öffnen wollen. Er hatte daran geglaubt, ihre Geisteshaltung oder überhaupt irgendetwas zum seiner Meinung nach Besseren ändern zu können. Aber mit den Jahren hatten sich die Werte gewandelt, waren viele Ideale verblasst. Es kam doch alles ganz anders, edle Träume zerplatzten und die Liebe konnte von einer Minute zur nächsten sterben. Was sagte Paul immer, wenn der weltfremde Professor, der er nun einmal war, in seinen Idealismus verfiel? »Ja, Georg, genau darum bin ich damals Journalist geworden. Wir alle sind angetreten, die Welt zu verändern, aber die Welt hat uns verändert.« Und irgendwo hatte er wahrscheinlich recht.

Aber wer konnte schon behaupten, diese Welt wirklich zu kennen, überlegte Georg. Auch Paul nicht. Und Menschen, die eindeutige Antworten auf alle Fragen lieferten, waren Georg mit den Jahren suspekt geworden. Er erinnerte sich an die erste Vorlesung Professor Kirschners, die er besucht hatte. Da hatte der stets etwas aufgelöst wirkende Kirschner zum Auditorium gesagt: »Wenn Sie eine wissenschaftliche Fragestellung bearbeiten und danach nicht noch mehr offene Fragen haben als vorher, dann haben Sie etwas falsch gemacht!« Diesen Satz hatte sich Sina hinter die Ohren geschrieben. Wenn es ein allgemeingültiges Rezept gäbe, würden doch alle denselben Brei kochen. Don Quichotte kämpfte gegen Riesen, gigantische Unholde, die für die anderen nur Windmühlen waren. Trotzdem glaubte Quichotte an seinen Auftrag. Wie oft war er, Georg, versucht zu rufen: »Sancho, mein Schwert!«

Sina schaute auf seine Hände und seine Gedanken flogen weiter, zu seiner Burgruine, die er mit diesen Händen wieder aufgebaut hatte, aber auch zu seinen beruflichen Erfolgen, die ihm scheinbar so leicht und offenbar wie von selbst zuflogen. Alles war harte Arbeit gewesen, manchmal auf Kosten des Privatlebens, das immer wieder zu kurz gekommen war. Auf seinem Weg zu einem der besten Mittelalterforscher Europas war Georg Sina oft über Hindernisse gestolpert, manchmal daran verzweifelt. Wie hatte Meitner einmal vor einem internationalen Symposium zu ihm gesagt? »Wir sollten dankbar sein, Georg, dankbar, dass wir uns mit diesen Fragen beschäftigen dürfen. Wir sind Privilegierte, dessen musst du dir bewusst sein. Die meisten Leute da draußen haben gar nicht die Möglichkeit, über solche Dinge nachzudenken. Der Durchschnittsbürger hat andere, alltägliche Sorgen, die uns nicht zu kümmern brauchen.« Optimistischer Meitner! Wenn ich beim Fenster meines Elfenbeinturmes hinausschaue, sehe ich einerseits, wie richtig diese Feststellung war, dachte Georg und lächelte. Seine Miene wurde sofort wieder ernst. Aber die Freiheit des Geistes hat ihren Preis und ihre Versuchungen, denen wir ausgeliefert sind, ob wir wollen oder nicht. Georg gab dem Abfalleimer einen Tritt, der ihn polternd quer durch das Büro ins andere Eck des Zimmers rollen ließ. Nichts war einfach in diesem Leben.

Sekunden später klopfte es an seiner Türe. Ohne eine Antwort abzuwarten, wurde sie zögernd einen Spalt weit geöffnet und Georg hörte den unverkennbaren Akzent der russischen Institutsassistentin: »Professor Sina? Alles in Ordnung?«

»Ja. Danke, Irina. Ich war nur … Ich war nur in Gedanken versunken«, winkte Georg ab und lächelte sie entschuldigend an.

Irina Sharapova kam einige Schritte herein, blieb dann aber unvermittelt stehen, als sie den umgeworfenen Papierkorb bemerkte, dessen Inhalt sich gleichmäßig über den Fußboden verteilt hatte. »Ist wirklich alles in Ordnung, Professor?« Ihre Stimme wirkte unsicher.

Sina verschränkte die Arme vor der Brust und fixierte die junge Assistentin. Wenn er mit jemandem über seine Probleme reden wollte, dann war das ganz sicher nicht Irina Sharapova. Das blonde russische Gift, wie man sie im Institut nannte, machte ihn nervös. Seit sie von Meitner eingestellt worden war, um die längst fällige Besetzung eines Assistentenpostens gendergerecht hinter sich zu bringen, war sie Georg nicht mehr von der Pelle gerückt. Ihre waffenscheinpflichtige Figur, das schwere Parfüm und die Designerklamotten, gebündelt mit einer fast krankhaften Zuvorkommenheit, hatten allen männlichen Institutsmitgliedern schlaflose Nächte bereitet und die Nichtsingles in schwere Gewissenskonflikte gestürzt. Die übrigen Assistentinnen zerrissen sich regelmäßig den Mund über die »komische Ost-Tussi aus reichem Haus, die sich hier nur einen Professor angeln will«. Sina war ab der Stunde null, als Sharapova ans Institut gekommen war, ihr bevorzugtes Opfer gewesen. Jetzt, einige Monate später, beneideten ihn die männlichen Kollegen ausnahmslos, weil er in den vollen Genuss der russischen Aufmerksamkeiten kam. Bei dem Rest der holden Instituts-Weiblichkeit war er jedoch in Ungnade gefallen.

Sina seufzte. Wenn er Irina nicht bald los würde, dann fragte sie ihn bestimmt gleich wieder, ob er ihr nicht einmal seine sagenumwobene Burg zeigen wollte. Dann jedoch bemerkte Georg ihre Verlegenheit und versuchte ein verbindliches Lächeln. »Es ist alles in bester Ordnung, Irina. Machen Sie sich keine Sorgen und genießen Sie Ihren Sonntag.« Er hoffte, dass sein Lächeln nicht zu aufgesetzt wirkte. Außerdem fiel ihm jetzt ein, dass sie ja eigentlich per Du waren. »Und, Irina, du kannst ruhig Georg zu mir sagen …«

»Treten Sie immer die Möbel um, wenn Sie nachdenken? Entschuldigung … wenn du nachdenkst.« Sie musste lachen, aber hielt sich schnell die Hand vors Gesicht. »Man hat mir schon erzählt, dass Sie … dass du zu Wutausbrüchen neigst.«

»Ach«, machte Georg und zog die Brauen hoch. Die weibliche Neidgenossenschaft hatte schon zugeschlagen. Irina war wohl nicht die Einzige, die in kurzen, gehässigen Gesprächen vor dem Kaffeeautomaten von der Institutsmafia rhetorisch hingerichtet wurde. Er schaute die Russin genauer an. Ja, kein Zweifel, das würde für einige behandlungswürdige Minderwertigkeitskomplexe unter dem weiblichen Personal reichen.

»Den anderen macht das Angst, aber ich … ich finde das sehr männlich«, sagte die Russin lächelnd und goss sich förmlich auf den Besucherstuhl vor Georgs Schreibtisch. Ihre Handtasche schob sie mit einem Bein unter den Schreibtisch. Das »r« in ihrem »sehr« hatte sie länger rollen lassen, als es für ihren Akzent üblich war.

Georg ertappte sich dabei, dass sein Blick sich in Irinas Dekolleté versenkte. Eine gewisse Art von Sommermode sollte in Vorschriften geregelt werden, dachte er, zumindest an diesem Institut. Der Busen der Russin hatte beim Hinsetzen die Führung übernommen und die Knöpfe ihrer Bluse bemühten sich tapfer, die volle Pracht im Zaum zu halten.

»Was macht ein gut aussehender Mann wie du am Sonntag alleine in seinem Büro, Georg?«, fragte Irina und riss damit Sina aus seinen Betrachtungen.

»Genau dasselbe könnte ich dich auch fragen, Irina«, antwortete Sina und schaute sie lächelnd an.

Sharapova wich kurz Georgs forschendem Blick aus, leistete sich dann einen gekonnten Augenaufschlag und wischte sich eine Strähne aus dem Gesicht, die sich aus ihrem Haarknoten gelöst hatte. Der Effekt war atemberaubend, musste Sina sich eingestehen. Die Blusenknöpfe waren knapp davor, die weiße Flagge zu hissen. »Genau dasselbe, Georg?«, kam es kehlig zurück.

»Wie bitte?« Georg verstand erst nicht. Irgendwo war seine Ratio im Begriff unterzugehen, kein Rettungsboot in Sicht. Lahm erwiderte er: »Nein … natürlich nicht dasselbe. Du bist … eine … Frau.« Das »gut aussehende« verschluckte er in letzter Minute. Das war offensichtlich. So offensichtlich, wie er sich gerade zum Idioten machte.

»Schön, dass du es endlich bemerkst«, freute sich Sharapova und strahlte ihn an.

Georg räusperte sich. Sie hatte ihn eiskalt erwischt. »Heiß ist es hier, nicht wahr?«, unterbrach er die peinliche Stille. »Ich werde das Fenster aufmachen.« Sina sprang auf und eilte an Irina vorbei zum Fenster, öffnete die Flügel und erwartete eine kühle Brise. Stattdessen blies ihm schwüle Luft ins Gesicht, die eher an einen Saunaaufguss erinnerte. Er blickte hinauf zum Himmel und betrachtete die Wolken. »Heute bekommen wir noch ein Gewitter«, versuchte er das Gespräch auf ein sichereres Terrain zu lenken und kam sich dabei vor wie ein Pennäler. Da ertönten von der Straße laute Trillerpfeifen, Stimmen und Trommeln. »Was zum Teufel ist hier los?«, wunderte sich der Wissenschaftler und streckte seinen Kopf weiter zum Fenster hinaus, um zu sehen, woher der Lärm kam.

»Darum bin ich ja heute hier, Georg«, beantwortete Irina seine Frage. »Hast du das E-Mail denn nicht bekommen? Heute ist eine große Demonstration wegen der Finanzministerkonferenz. Die Hochschülerschaft hat sich angeschlossen und zu Protesten aufgerufen. Auch die Lektoren und ein paar Professoren werden mitmarschieren.«

»Tut mir leid, den Mist lese ich nie«, grummelte Georg. »Ist Meitner auch dabei?«

»Nein. Der hält grundsätzlich nichts von Demos.« Sharapova schlug die Beine übereinander und übersah dabei offenbar, dass ihr Rock hinaufgerutscht war. Georg sehnte sich nach einer kalten Dusche und nicht nach einem Marsch durch die Innenstadt mit einem Haufen schreiender und Transparente schwingender Studenten.

»Kluger Mann, der streitbare Wilhelm«, sagte Sina mehr zu sich selbst. »Warum um Gottes willen willst du da hin? Das passt irgendwie nicht zu dir. Lass es sein«, ergänzte er an Irina gewandt, konnte den Blick aber nicht von der Ringstraße wenden. Das Trommeln und Schreien kam näher, die Demonstration schien größer als vermutet.

»Warum? Machst du dir Sorgen um mich?« Sharapova war aufgestanden und hatte sich Georg genähert. Ohne Vorwarnung legte sie ihre Arme von hinten um ihn. Er spürte ihren Atem im Nacken, erschrak und hätte sie fast abgeschüttelt. In letzter Minute konnte er den Reflex unterdrücken. Es war lange her, seit er das letzte Mal eine Frau so nahe gespürt hatte. Er dachte an Clara, doch ihr Bild wurde unscharf und zerrann sofort wieder im Grau der Vergangenheit.

Da Irina fast genauso groß wie Georg war, erreichte sie mühelos mit ihrem Mund sein Ohr. »*Come as you are* steht auf deinem T-Shirt«, hauchte sie. »Da bin ich!«

»Ähh …« Georg fiel absolut nichts mehr ein. Sharapovas Atem in seinem Ohr wurde schneller und er fragte sich noch, ob er sich umdrehen sollte, aber da wurde ihm die Entscheidung bereits abgenommen. Plötzlich stand die Russin vor ihm und der Kalvarienberg lag in Reichweite. Georg wurde heiß und kalt und dann pressten sich die Lippen Irinas auf seine und alles war ganz anders als noch Minuten zuvor.

Die Russen lassen nichts anbrennen, dachte sich Sina noch und dann genoss er nur mehr die sich ihm entgegendrängende Irina und erleichterte den Knöpfen endlich ihre Aufgabe …

»Glaubst du, wir haben genug Platz auf dem Boden zwischen den Papierstapeln?«, flüsterte Irina und Sina antwortete verwirrt: »Ich kann ja auch den Schreibtisch abräumen …« Dann sagte er gar nichts mehr.

Satt und zufrieden wie ein gestilltes Baby fand sich Georg Stunden später, wie es ihm schien, zwischen »Aufgaben der Hausmeier in der merowingischen Dynastie« und »Schildknappen am Hof von König Henry V. – eine Fallstudie« wieder. Er lag zwischen zwei Bergen Papier, die sich im Laufe des Gefechts aus dem Stapel »zu lesende Bücher« und »Unnötiges« gebildet hatten. Na bravo!, dachte er und schmunzelte. Von einer russischen Assistentin im eigenen Büro an der Uni vernascht. Paul wird sich totlachen. Dabei genoss er ungeniert den Ausblick von schräg unten auf Irina, die sich gerade wieder anzog.

Georg war sich irgendwie sicher, ziemlich blöde in die Welt zu grinsen, aber das war ihm im Augenblick egal. Irina hatte ihr blondes Haar gelöst und nun hing es ihr lose über die Schultern. »Wer bist du, Irina? Dulcinea oder Aldonza?«, fragte er sie vom Boden aus.

»Du meinst, ob ich eine Edelfrau oder eine Hure bin?« Sharapova lächelte vieldeutig. »Das musst du schon selbst herausfinden, Don Quichotte. Rosinante kennenzulernen hat keine Eile, aber vielleicht zeigst du mir ja endlich deine Raubritterburg.« Sie lachte. »Und bei der Gelegenheit kannst du mich ja deinem Hund vorstellen und mich noch näher … besser kennenlernen. Aber das hättest du ja alles schon viel früher haben können …«

Georg winkte ab und stand auf, schaute auf die Kollateralschäden an seinen Papiertürmen und nickte schließlich. »Ja, ich weiß, ich bin ein Idiot. Wenn man mir nicht mit dem Holzhammer auf den Kopf schlägt, merke ich so etwas gar nicht.« Beide lachten und Irina steckte sich ihre Haare hoch. Was für eine verdammt attraktive Frau, dachte Georg und nahm sich vor, Meitner zu seiner Assistentinnen-Wahl nachträglich zu beglückwünschen. Er lehnte sich an seinen Tisch, ohne Irina aus den Augen zu lassen. Plötzlich spürte er das in Seidenpapier gewickelte Päckchen mit Lambergs Tagebuch unter seinen Fingern. »Du, Irina, sag mal, kennst du dich mit dem 17. Jahrhundert aus?«

»Weshalb, Georg, wie kommst du drauf?« Irina blickte Sina erwartungsvoll an.

Sie wurden vom Läuten des Handys unterbrochen, das irgendwo auf dem Schreibtisch vergraben lag. »Es ist nicht zu fassen, selbst am Sonntag hat man keine Ruhe mehr«, schimpfte Georg und suchte frenetisch unter Schichten von Papieren. Dann las er die Anzeige am Display und meinte resignierend: »Tut mir leid, Irina. Das ist Paul. Ich muss dran.« Sharapova, die vor dem Spiegel über dem Waschbecken versuchte, ihr Make-up zu retten, nickte lächelnd.

»Wo hast du gesteckt, Georg? Schläfst du noch? Ich versuche seit heute Morgen vergeblich, dich zu erreichen«, drängte der Reporter am anderen Ende der Leitung.

»Nur ein Griff zum Telefon und der Sina meld' sich schon …«, scherzte Georg und klemmte sich das Handy zwischen Schulter und Kinn, während er in seine Jeans stieg. »Aber wenn du es unbedingt wissen willst, ich bin in meinem Büro.«

»Hast du einen Nachschlüssel für die Uni? In deinem Büro? An einem Sonntag im August? Unbezwingbare Arbeitswut, oder was ist los mit dir?« Paul traute seinen Ohren nicht.

»Was mit mir los ist, errätst du sowieso nie«, gluckste der Wissenschaftler vergnügt. »Wenn du mir heute Morgen erzählt hättest, was eben passiert ist, ich hätte es nicht geglaubt.«

Irina drehte sich um und sah ihn schelmisch an.

»Du redest in Rätseln wie das Orakel von Delphi, mon Cher, das ist dir schon klar. Sonntag, Universität und gute Laune, ein unverdaulicher Cocktail. Aber es tut mir leid, hier kommt die kalte Dusche: Ich habe heute Berner im Prindl getroffen. Man hat versucht ihn zu vergiften und ihn seltsamerweise gleichzeitig davor gewarnt. Er solle auf Urlaub fahren und sich nicht einmischen, in was auch immer. Georg, irgendetwas braut sich über unseren Köpfen zusammen …« Paul war ernst geworden und Georg kannte ihn zu lange, um nicht die Sorge und die Anspannung aus seiner Stimme herauszuhören.

Er ließ sich auf den Besucherstuhl fallen und hörte aufmerksam zu. Gelegentlich brummte er eine Erwiderung. Irina Sharapova beobachtete, wie sich Sinas Miene zunehmend verfinsterte. Ohne ihn aus den Augen zu lassen, hob sie sein T-Shirt auf und reichte es ihm. Er hielt es geistesabwesend in der Hand, während er den letzten Sätzen von Paul zuhörte und dann auflegte.

»Ist es etwas Schlimmes?«, wollte Irina von Sina wissen.

Georg hob den Kopf und sah sie mit nachdenklichem Blick an. Dann antwortete er ruhig, aber bestimmt: »Nein, Irina. Nichts, womit du dich belasten solltest. Aber unser Ausflug nach Grub muss leider warten. Ich verspreche dir, das holen wir nach. Aufgeschoben ist nicht aufgehoben.« Die Enttäuschung zeichnete sich deutlich in ihrem Gesicht ab, aber sie nickte tapfer. Sina gab es einen Stich in die Brust, als er in ihre Augen sah, aber der Mordversuch an Berner und das Attentat gegen die Ministerin waren eine Angelegenheit, in die er sie unter keinen Umständen mit hineinziehen wollte.

Unbeholfen streckte er die Hand nach ihr aus, aber sie wich zurück und meinte nur: »Zieh dein T-Shirt an. Ich gehe jetzt besser.« Dann suchte sie ihre Tasche und fand sie schließlich unter dem Tisch.

Georg stand auf und zog sich das T-Shirt über den Kopf. Er verhedderte sich in den Ärmeln, und als seine Sicht wieder frei war, stand Irina schon an der Tür und drückte die Klinke nieder.

»Irina, es ist nicht so, wie du denkst. Ich will dich nicht loswerden, keinesfalls, jetzt wo wir …«, setzte Georg an. Er versuchte eine Erklärung zu formulieren. »Es tut mir leid, aber in meinem Leben gehen die Dinge momentan drunter und drüber …«

»Ich weiß, das sagen alle. Lass mich raten. Du bist nicht bereit für eine Beziehung, du musst erst deine Vergangenheit aufarbeiten, du hast keinen Platz in deinem Leben, bla bla bla … Diesen Müll habe ich irgendwo schon mal gehört«, schnappte Sharapova und öffnete die Tür.

Sina schnellte vor, packte sie am Oberarm und hielt sie zurück. Irina sah ihn erschrocken an. Sofort lockerte er seinen Griff, lächelte sie an und küsste sie. Die junge Frau entspannte sich und erwiderte den Kuss. Dann sah sie ihn zärtlich an. »Wir sehen uns bald wieder«, flüsterte sie lächelnd und schlüpfte durch die Türe.

»Ja, ganz sicher! Ich verspreche es!«, rief ihr Georg hinterher, aber sie war bereits um die Ecke gebogen. Nur mehr der Hauch ihres schweren Parfüms schwebte in der heißen Luft.

Suarezstraße – Kaiserdamm, Berlin/Deutschland

Das Antiquitätengeschäft mit dem kleinen, fleckigen Messingschild »Daniel Singer« lag an einer der wohl prominentesten Adressen der Stadt und schien trotzdem schlecht zu gehen. Das Schaufenster war schmutzig, mit zahlreichen Schlieren vom letzten Regen überzogen. Die Glasetageren dahinter waren nur halb gefüllt und offensichtlich seit Jahren nicht mehr geputzt worden. Was darauf an Waren noch zum Verkauf angeboten wurde, war mit Spinnweben und einer dicken Schicht Staub bedeckt. Der Wind hatte Papiere, leere Pappbecher und eine alte Zeitung in den Eingang geweht und niemand hatte sich die Mühe gemacht, sie wegzuräumen. Der kleine Briefkasten neben der Eingangstür quoll über von Werbeschreiben, Rechnungen und blauen Postankündigungen. Die Kollegen Singers in Berlins bekannter Antiquitätenstraße machten kopfschüttelnd einen Bogen um das Geschäft. Entweder war der alte Mann bereits gestorben oder war im Heim gelandet und bald würde es ein Geschäft zu übernehmen geben, spekulierte man und rechnete bereits an einem akzeptablen Angebot für Laden samt Inhalt.

Doch Daniel Singer dachte gar nicht daran, zu sterben. Er dachte allerdings auch nicht daran, sein Geschäft so attraktiv zu machen, dass unverschämte Kunden, die irgendetwas kaufen wollten, ihn stören könnten. So, wie es war, war es gut, befand er. Andere an seiner Stelle hätten einen lebenslangen Urlaub gemacht und gar nichts gearbeitet. Singer, einer der Erben der großen Singer-Nähmaschinen-Dynastie, war nach dem Krieg nach Deutschland zurückgekehrt, hatte für die amerikanischen Truppen gedolmetscht und war als einer der »Monuments Men« in die Geschichte eingegangen. Er katalogisierte 1945 und 1946 die aufgefundenen Kunstschätze für die US-Regierung, bewahrte viele europäische Bilder und Plastiken vor dem Vergessen oder dem Verschwinden und bekam dafür einen Orden, wenig Geld, aber jede Menge Beziehungen. Ersteres fand er ganz nett, Zweiteres brauchte er nicht und das Dritte nützte er schamlos aus. Als er 1946 in Berlin seinen zweiundzwanzigsten Geburtstag feierte, mit jeder Menge Fräuleins, Champagner und russischem Kaviar, waren bereits Milliardenwerte durch seine Hände gegangen. Dank seines eigenen Vermögens konnte er selbst in den schlechten Jahren nach dem Krieg an der richtigen Stelle die richtigen Angebote machen und bald war Singer zur grauen Eminenz in Europas Kunsthandel avanciert. Er war gut aussehend, reich und vor allem erfolgreich. Die Frauen flogen auf ihn wie Bienen auf Zuckerwasser. Doch Singer hatte keine Affären, heiratete nie und lebte allein mit einem Sekretär, der gleichzeitig als sein Chauffeur fungierte und ihn meist überallhin begleitete. Denn Daniel Singer war schwul.

Jetzt, mit fast fünfundachtzig Jahren, lebte Singer zurückgezogen und allein in einer riesigen Wohnung über seinem Laden. Er hatte das Haus bereits vor Jahrzehnten gekauft und dafür gesorgt, dass niemand es je erfuhr. In den Fünfzigerjahren hatte er nach und nach die halbe Suarezstraße aufgekauft, über Strohmänner und Immobilienmakler, die niemals wussten, wer ihr Auftraggeber war. Auf die Frage von Freunden, wer all das einmal erben sollte, zuckte er meist vielsagend mit den Schultern. »Das Tierschutzheim wird sich freuen«, pflegte er dann zu antworten und verschmitzt zu lächeln.

Daniel Singer ließ sich nie in die Karten schauen und das war sein ganzes Leben lang sein größter Trumpf gewesen. So wussten auch die wenigsten von seiner Leidenschaft für alte Manuskripte und Dokumente, Autografen und Briefe. Die Regale an den Wänden seiner Wohnung reichten bis zur Decke und waren voll gestopft mit Raritäten und ungewöhnlichen, seltenen oder wertvollen Papieren. Singer hatte seit fünfzig Jahren jede Versteigerung besucht, in der Interessantes angeboten wurde, selbst in Neuseeland oder in Hongkong. Korrespondenzen aus Königs- und Kaiserhäusern, Geheimdepeschen aus dem diplomatischen Dienst, Handbillets und Anordnungen von Potentaten, Liebesbriefe an Mätressen oder Regentinnen – Singer sammelte sie alle.

Peter Marzin beachtete das vernachlässigte Geschäft gar nicht und ging daran vorbei, betrat den nächsten Hauseingang und drückte einen Klingelknopf neben einem namenlosen Schild in einem bestimmten Rhythmus. Er hatte den exzentrischen Singer vor Jahren als Kunden kennen- und schätzen gelernt, hatte seine Avancen höflich, aber bestimmt abgewiesen und war schließlich als eine Art Sohn durch den alten Mann akzeptiert worden. Singer, der seine Familie nie erwähnte und die meisten seiner Freunde bereits auf dem Friedhof besuchte, hatte Marzin ins Herz geschlossen. Nicht zuletzt, weil der es geschafft hatte, Singers Maybach57 beim Finanzamt als Dienstwagen abzuschreiben und damit durchzukommen.

Der alte Mann saß am offenen Fenster und versuchte, mit einer Lupe die verschnörkelte Schrift eines Testaments zu entziffern, das auf einem übergroßen Pergament mit drei eindrucksvollen Siegeln mehrere Grundstücke in Wales an eine Erbengemeinschaft überschrieb.

»Ich wette, die haben sich danach noch Generationen lang gestritten«, meinte Singer trocken, als Marzin sich einen Sessel aus dem Esszimmer geholt und neben dem großen Lehnsessel Platz genommen hatte. Den roten Zylinder stellte er neben sich auf den Boden.

»Wie geht es dir?«, fragte er Singer. »Dein Laden verkommt langsam zum verstaubten Panoptikum.«

»Dann hat er bereits etwas mit mir gemeinsam«, gab der alte Mann vergnügt zurück und legte die Lupe zur Seite. »Es geht mir ausnehmend gut. Solange ich nicht zum Arzt gehe, erklärt mir keiner, dass ich krank bin.« Er hob einen warnenden Zeigefinger und schaute Marzin grinsend an. »Hüte dich vor Frauen und Quacksalbern. Beide kosten dich unnötig Geld und machen krank.«

»Als dein Steuerberater würde ich sagen – setz beide von der Steuer ab«, gab Marzin lachend zurück, »aber wahrscheinlich hast du recht.« Er deutete auf das Pergament in Singers Schoß. »Was liest du Spannendes?«

»Ein Lehrstück der Verwirrung aus dem 18. Jahrhundert«, antwortete Singer und tippte mit seinem Zeigefinger auf das Schriftstück. »Ein Testament hat einfach, klar und präzise zu sein, sonst machen nur Notare, Rechtsverdreher, der Staat oder ähnliche Nichtsnutze Geld, das sie nicht verdienen. Etwa: Ich hinterlasse Herrn XY alles, was ich habe. Da gibt es nichts zu deuteln und zu drehen.«

»Das Tierschutzheim wird sich freuen«, gab Marzin zurück, »die haben für die nächsten hundert Jahre ausgesorgt.«

Singer lachte und rieb sich die Hände. »Kommt Zeit, kommt Geld«, meinte er fröhlich, sah den Zylinder neben dem Sessel Marzins und wurde ernst. »Was hast du Schönes für mich, Peter?«

»Ich weiß nicht, ob es schön ist, aber gefährlich war es allemal«, antwortete Marzin und erzählte von dem nächtlichen Abenteuer im Keller Unter den Linden. Aufmerksam hörte Singer zu, während er den Zylinder vorsichtig von allen Seiten untersuchte und mit der Lupe das Siegel betrachtete.

»Das Wappen der Romanows!«, rief er leise, »der doppelköpfige Adler, seit Iwan III., genannt der Große, das Zeichen des russischen Reiches. Darüber sieht man die Zarenkrone, in seinen Fängen trägt er den Reichsapfel und das Zepter. Auf der Brust des Adlers erkennst du das Hauptwappen Russlands mit dem heiligen Georg als Drachentöter.« Singer beugte sich vor, um besser zu sehen.

»Kannst du etwas über das Alter sagen?«, fragte Marzin den Experten.

»In dieser Darstellung ist das Wappen seit 1730 bekannt. Es ist zugleich das Wappen Moskaus, wo die russischen Großfürsten und Zaren residierten ... Von 1325 bis zur Gründung Sankt Petersburgs um das Jahr 1703, wenn ich mich recht erinnere. 1917 nahm man den letzten Zaren Nikolai gefangen und erschoss ihn mit seiner Familie ein Jahr später. Damit ging die dreihundert Jahre dauernde Herrschaft der Romanows zu Ende. Da hast du deinen Zeitrahmen.« Singer schaute Marzin forschend an. »Warum hast du den Zylinder nicht geöffnet, Peter?«

»Weil ich mir dachte, es gäbe vielleicht einen Weg, an den Inhalt zu kommen, ohne das Siegel zu zerstören.«

Singer nickte. »Es ist ein Behälter aus Karton oder Pappe, mit Leder überzogen. Ich bin dafür, den Boden mit einem Skalpell herauszutrennen und den Inhalt vorsichtig herauszuziehen.« Der Sammler stand auf und ging zu seinem Schreibtisch, zog eine Schublade auf und nahm eine offene Schachtel mit mehreren Skalpellen heraus. Dann schaltete er eine starke Lampe an, setzte vorsichtig den ersten Schnitt und wenige Augenblicke später fiel der Boden aus dem Zylinder.

Singer streifte dünne Baumwollhandschuhe über, griff vorsichtig von unten in den Lederzylinder und zog ein einzelnes, zusammengerolltes Blatt Papier heraus. Es war ebenfalls mit dem Wappen der Romanows versiegelt. Er blickte nochmals zur Kontrolle ins Innere der Röhre, stutzte und zog ein weiteres zusammengefaltetes Blatt aus dem Zylinder. Beide Schriftstücke legte er vor sich auf den Tisch und beugte sich drüber.

»Womit willst du beginnen?«, fragte er mit angespannter Stimme Peter Marzin, der neugierig über seine Schulter schaute.

»Mit dem gefalteten Blatt, würde ich sagen«, meinte der Berliner und hielt den Atem an. Als Singer es entfaltete und unter das Licht hielt, konnte man erkennen, dass die Seite mit rund dreißig Zeilen einer ebenmäßigen Handschrift gefüllt war.

»Das ist ja in kyrillischen Buchstaben geschrieben«, stellte Marzin enttäuscht fest.

»Was hast du gedacht, etwa auf Deutsch?«, gab Singer zurück. »Nur ein Glück, dass ich Russisch in der Schule gelernt habe, wie alle guten Ostjuden …«

Marzin zog unangenehm berührt die Schultern hoch. »Gott bewahre mich vor allem, was noch ein Glück ist«, zitierte er die legendäre Tante Jolesch von Friedrich Torberg.

Singer winkte nonchalant ab. »Das ist lange her, mein Freund.« Dann las er den Text laut vor und übersetzte Satz für Satz.

Werter Herr!

Wir, die man die Phantome des Zaren nennt, haben dieses Dokument mit dem Einsatz unseres Lebens und vor den Augen der roten Brut aus Moskau gerettet, um es nach Berlin zu bringen. Treue Offiziere der zaristischen Armee haben es auf dem Weg von der russischen Hauptstadt hierher mit ihrem Leben beschützt, viele sind dafür gefallen. Ihre Namen werden in keinem Geschichtsbuch erwähnt, ihre Leichen wurden neben der Straße verscharrt und ihre Familien warten bis heute vergebens auf ihre Rückkehr.

Auf Befehl unseres geliebten Zaren Nikolai haben sie alle dafür gebürgt, dass dieses Dokument nicht in die Hände der Bolschewiken fiel und sicher außer Landes kam. In der Fremde zerstreute uns das Schicksal in alle Winde. Manche von uns gingen nach Paris, andere nach Berlin, und ein jahrelanger Streit entbrannte in der Folge darüber, wo das Schriftstück sicher versteckt werden könnte. Endlich, im Jahr 1922, nach der Auflösung der Weißen Armee und vier Jahre nach der Ermordung unseres geliebten Zaren, fand ein loyaler Mitarbeiter der Botschaft durch Zufall den entlegenen Keller, der sich für unser Vorhaben anbot. Wer sollte ein zaristisches Dokument schon in der bolschewistischen Botschaft suchen? Der Rat stimmte zu und alles wurde bis ins Kleinste geplant und vorbereitet.

Hiermit ist unsere Aufgabe erfüllt. Wir legen das Schicksal dieses Schriftstücks in die Hand Gottes. Ihr, die ihr dieses Dokument gefunden habt, werdet wissen, was damit zu tun ist. Wir haben niemals auch nur einen Blick darauf geworfen, wie es der Befehl vorschrieb.

Gott schütze Russland! Er möge Gnade mit uns haben.

»Die Phantome des Zaren?« Marzin war aus seiner Erstarrung erwacht. »Wer waren die Phantome des Zaren?«

Daniel Singer fuhr mit seiner Hand liebevoll über das Schreiben und strich es glatt. »Das ist eine lange Geschichte, Peter, eine traurige lange Geschichte. Wie du vielleicht weißt, zerfiel die kaiserlich russische Armee nach der Revolution. Teile liefen zur Weißen Armee über und kämpften weiter gegen die Kommunisten, andere flüchteten Hals über Kopf über die Grenze und wanderten weiter nach Westen. Sie ließen sich vor allem in zwei Städten nieder – in Paris und in Berlin, wo bald richtiggehende russische Viertel entstanden. Dort fristeten sie meist ein karges Leben zwischen heimwehgeschwängerten russischen Kneipen, lernten mühsam die fremde Sprache und wurden Taxifahrer oder Hilfsarbeiter. Sie beluden Schiffe oder Züge, handelten mit diesem und jenem. Sie hatten ja nichts gelernt außer dem Kriegshandwerk. Viele stammten aus adeligen Familien, die der rote Terror hinwegfegte. So waren sie nicht nur staatenlos geworden, sondern auch oft die letzten Überlebenden ihrer Familie.« Daniel Singer schaute nachdenklich aus dem Fenster auf den wolkenlosen Himmel über Berlin, durch den Schwalben und Mauersegler ihre Kreise zogen. Marzin war gebannt von seiner Erzählung und wartete darauf, dass der alte Mann fortfuhr.

»Meist war es ein elendes Dasein, das sie führten. Zum Leben zu wenig, zum Sterben zu viel. Dazu kam die Verfolgung durch die russische Geheimpolizei, die auch im Ausland Jagd auf sie machte. Sie waren dem Zaren, den Romanows, der Monarchie loyal ergeben bis zum Tod. Und der kam meist schnell. Die Mehrzahl von ihnen erlebte den Zweiten Weltkrieg nicht mehr. Sie starben in Armenasylen, feuchten Absteigen oder einfach an Unterernährung im Straßengraben. Sie waren der Rest einer untergegangenen Welt und niemand wollte sie mehr haben. Manche glaubten bis zuletzt an eine Rückkehr der Zarenfamilie, es war wohl die einzige Hoffnung, die ihnen geblieben war, an die sie sich klammerten. Die meisten waren schon vorher an der Armut, dem Leben in der Fremde, der Welt, die nicht mehr die ihre war, verzweifelt und hatten sich erschossen. Die letzte Kugel einer alten Militärpistole war alles, was ihnen noch geblieben war. Das, mein Freund, waren die Phantome des Zaren.«

Universität, Innere Stadt, Wien/Österreich

Er war vor der Tür seines Büros stehen geblieben, bis ihre Schritte im Gang verhallt waren, und auch dann noch bildete er sich ein, er könne hören, wie ihre High Heels auf dem alten Steinboden klapperten. Oder war es sein Herz, das klopfte? Er ging zurück in sein Büro, schloss die Tür und ließ sich mit dem Rücken dagegen fallen. Georg Sina verstand überhaupt nichts mehr. Was war nur mit ihm los? Mit einem Schlag war sein ganzes Leben auf den Kopf gestellt worden. Anstatt den Kopf frei zu halten für die Bedrohungen und Rätsel, von denen Paul gerade am Telefon erzählt hatte, kreisten seine Gedanken jetzt um die blonde russische Assistentin. Rettungslos zappelte er im Netz einer Frau, die ihm vor kaum einer Stunde noch den Nerv geraubt hatte.

»Verflixt noch mal, Georg, du bist keine siebzehn mehr!«, ärgerte er sich und schüttelte verwundert den Kopf. »Frauen haben eine Gabe, mein Leben zu komplizieren. Das war schon immer so.«

In Gedanken versunken ging er zu seinem Schreibtischsessel und zog sich seine Schuhe an. Plötzlich schlug er mit der flachen Hand auf einen der Papierstapel. »Warum soll ich mir eigentlich immer den Schuh anziehen, der mir gar nicht passt. Ich habe gar keine Lust, schon wieder den Pfadfinder zu spielen und irgendwelche Spuren zu lesen. Seit wenigen Minuten habe zum ersten Mal nach Jahren eine echte Alternative: Ich könnte Irina nehmen, nach Grub fahren, mein

Handy abschalten und es einfach Paul und Berner überlassen, diese Nuss zu knacken. Die beiden wären bestimmt ein gutes Team. Was gehen mich irgendwelche Mordkomplotte an? Ich bin Professor für mittelalterliche Geschichte. Für Kirschner, die Ministerin und den Anschlag auf Berner gibt es die Polizei. Ich habe endlich Lust auf ein bisschen privates Glück, ich bin kein James Bond und schon gar kein Sherlock Holmes! Und lange genug musste ich darauf verzichten …« Er dachte an Clara und die Zeit ohne sie. Würde sie ihn verstehen? Bestimmt würde sie das.

Um sich abzulenken, sammelte Sina den Inhalt des Abfalleimers auf und stellte das verbeulte Stück wieder an seinen Platz. Da bemerkte er mit einem Mal die venezianische Maske, die auf der einzig freien Fläche seines Schreibtisches lag. Verstört blickte sich Georg nach allen Seiten um. Ohne Zweifel, die war vorher noch nicht da gewesen. Lamberg? Nein. Irina? Warum sollte sie?

Georg setzte sich in seinen Stuhl, nahm die Maske in beide Hände und betrachtete sie aufmerksam. »Ein Volto nero«, sagte er leise zu sich selbst. Das schwarze Gesicht sah Sina aus leeren Augenlöchern an. Vorsichtig drehte er sie ein wenig, wog sie in seiner Hand. Das Pappmaschee war federleicht. Es ist nur eine gewöhnliche Maske, beruhigte er sich. Aber – lag es an der dunklen Farbe oder an den Umständen, wie sie zu ihm gekommen war? Diese Larve beunruhigte ihn zutiefst. Ihre ebenmäßigen, ernsten Züge verströmten eine Aura, die bedrohlich und faszinierend zugleich auf ihren Betrachter wirkte. Das männliche und doch fast androgyne Gesicht wirkte beinahe wie eine Totenmaske. Sina dachte an Ludwig van Beethoven und dessen weltberühmten Abdruck. »Na, meine Hübsche, bist du etwa meine Totenmaske?«, flüsterte Sina verwirrt. Seltsame Schwingungen schienen von dem schwarzen, unbeweglichen Gesicht auszugehen.

Langsam drehte Georg die Maske um. An die weiße Innenseite war ein Zettel geklebt, ein zurechtgeschnittener Computerausdruck. Georg las die wenigen Zeilen:

»Sehr geehrter Professor Sina, wir erlauben uns, Sie aufs Höflichste einzuladen. Erweisen Sie uns bitte die Ehre, sich heute, den 30. August 2009, um 19:30 Uhr vor Schloss Schönbrunn einzufinden. Ein Wagen wird Sie dort abholen

und zu unserer Soiree bringen. Abendkleidung und Maske sind erwünscht. Mit vorzüglichster Hochachtung!«

Die Unterschrift fehlte.

»Also jetzt reicht's!«, knurrte Sina, ließ die Maske fallen und trommelte mit den Fingerspitzen auf die Tischplatte. Das ging entschieden zu weit. Machte sich irgendwer lustig über ihn? Ein Scherz von Studenten, die sich totlachen würden, wenn er in Maske und dunklem Anzug vor dem Schloss stehen würde? Das Foto würde ein Renner im Internet werden und er zur Witzfigur. »Moment!«, rief er aus und seine Miene erhellte sich schnell wieder. Nach all den Todesengeln, seltsamen Anrufen und sonstigen Verwirrungen hörte er wohl schon das Gras wachsen und vermutete hinter jeder harmlosen Geste den langen Arm einer Verschwörung. »Wir sehen uns bald wieder!«, hatte doch Irina beim Gehen zu ihm gesagt. Sie war die Einzige, die nach Lamberg mit ihm im Büro gewesen war.

Also ist die Einladung von ihr, dachte Georg beglückt, sie plant einen romantischen Abend zu zweit. Er lächelte die Maske an. So musste es sein, endlich führte sein Lebensweg auf die sonnige Seite, in die genussvolle Richtung. Er würde sich für Irina so richtig in Schale werfen, beim Treffpunkt erscheinen und sogar diese alberne Maske tragen. Spaß muss sein! Irgendwo in einem der Schränke seines Büros hingen der dunkle Anzug, ein weißes Hemd und eine passende Krawatte für die nervigen Promotionsfeiern. Und sogar duschen konnte er am Institut.

Landeskrankenhaus St. Pölten, Niederösterreich/Österreich

Nachdem Paul Wagner das Prindl verlassen hatte und bereits auf seiner Honda saß, kam Berner wild gestikulierend aus dem Café gelaufen und hielt ihn im letzten Moment auf.

»Warten Sie, wir haben ein Problem«, stieß Berner hervor.

Wagner verzog das Gesicht. »Eines? Ich wollte, es wäre so …«

»Ein neues«, gab der Kommissar zu und schaute den Reporter durchdringend an, »von dem ich nichts in der morgigen Zeitung lesen will. Ruzicka hat einen schweren Autounfall gehabt und liegt auf der Intensivstation. Eine …«, Berner stockte kurz, »hm … Informantin hat mich gerade angerufen und gemeint, es sehe nicht gut aus. Ganz im Gegenteil.«

Paul nahm den Helm wieder ab. Er hatte sich eigentlich vorgenommen, nähere Einzelheiten zu dem Lothringerkreuz in Nussdorf in Erfahrung zu bringen, aber das konnte warten. »Das tut mir leid«, antwortete er, »ich nehme an, Sie wollen ihn so schnell wie möglich sehen?«

Berner nickte.

»Ja. Gerald ist mein ältester Freund und …« Der Kommissar verstummte.

»Ja, und?«

Berner blieb stumm

»Da ist noch etwas, das Sie mir nicht gesagt haben, oder irre ich mich?« Berner legte den Kopf in den Nacken und Wagner sah zwei Tränen über seine Wangen rinnen. Der Reporter schaute wie angelegentlich auf die Neonschrift des Prindl, bis der Kommissar sich gefangen hatte.

Dann war die Stimme Berners wieder fest. »Seine Frau saß neben ihm im Wagen und starb bei dem Unfall. Ruzicka liegt im Koma, hat nur wenig Chancen, durchzukommen, und niemand konnte ihn vom Tod seiner Frau unterrichten.« Berner fixierte Wagner. »Jetzt wissen Sie, warum ich so schnell wie möglich nach St. Pölten muss.«

Der Reporter nickte und startete die Fireblade. »Steigen Sie auf, wir fahren zu mir und nehmen den Porsche. Ich will Ihnen nicht länger als nötig den kleinen Rücksitz zumuten.«

Nach einer Fahrt in die niederösterreichische Landeshauptstadt, während der er wortlos grübelnd neben Wagner gesessen war, stürmte der Kommissar nun wie ein Elefant durch die Gänge. Berner hasste Spitäler, Krankenzimmer und den Geruch von frisch gebohnertem Linoleum. Es war Sonntag und ein dichter Strom von Besuchern schob sich durch die Eingangstore.

»Alle Krankenhäuser riechen gleich«, brummte er zu Paul Wagner, der neben ihm ging und mit einem skizzierten Plan in der Hand den Weg zur Intensivstation suchte. »Ich frage mich, wie man hier gesund werden kann. Hunderte Schwestern, zu viele Ärzte, jede Menge Apparate und keine einzige Zigarette.« Paul lief wortlos neben ihm her. Er kannte den alten Griesgram Berner in der Zwischenzeit lange genug, um zu wissen, dass er sich ernste Sorgen machte.

Endlich erreichten sie die Station und gerade, als sie läuten wollten, kam eine Ärztin um die Ecke gebogen, die dunkelblonden Haare zu einem Pferdeschwanz zusammengebunden, zog eine Schlüsselkarte aus der Brusttasche und schaute die beiden Männer kühl an.

»Zu wem möchten Sie?«, fragte sie und führte die Karte in einen Schlitz neben der Tür ein, die mit einem Summen aufsprang und sich öffnete. »Hier gibt es heute keine Besuchszeit, tut mir leid.« Ihr Ton verriet, dass es ihr keineswegs leidtat.

»Ausnahmen bestätigen die Regel«, antwortete Paul Wagner und zog seinen Presseausweis. »Wir sind Freunde von Kommissar Ruzicka und wir wollten gerne mehr über seinen Zustand erfahren.«

»... und das Letzte, was ich auf der Station am Sonntag brauche, ist die Presse«, kam es schnippisch zurück.

Der Reporter verdrehte die Augen. »Können wir bitte mit der Stationsärztin reden?«, gab er zurück.

»Das tun Sie bereits, Herr Wagner, und ich habe weder Zeit noch Lust, das Gespräch weiter fortzusetzen«, stellte die Ärztin fest und wollte durch die Türe ins Innere der Station verschwinden, als Berner sich ihr in den Weg stellte. Er hielt ihr seinen Polizeiausweis vor die Nase.

»Kommissar Berner, Mordkommission Wien. Ich bin ein alter Freund von Gerald Ruzicka und ich will ihn sehen. Jetzt und sofort. Und dann will ich ein ärztliches Kommuniqué von Ihnen, und zwar in einem verständlichen Deutsch, damit ich weiß, wie es um ihn steht und was ich seiner Familie sagen soll.«

Die Ärztin nahm den Ausweis mit spitzen Fingern und beäugte ihn misstrauisch. »Kommissar Berner ... Ich habe von Ihnen gelesen, letztes Jahr, in den Zeitungen. Sind Sie nicht pensioniert?«

Berner verlor die Geduld. »Hören Sie. Ich kann dafür sorgen, dass hier in zehn Minuten die gesamte St. Pöltner Mordkommission vor der Tür steht und Ihnen das Leben schwer macht. Was haben Sie lieber? Einen Massenauflauf von besorgten Kollegen oder uns beide? Und entscheiden Sie sich schnell, ich habe keine Zeit.«

Die Ärztin überlegte einen Augenblick, dann gab sie Berner den Ausweis zurück. »Gut, kommen Sie mit.«

Die Räume der Polizeidirektion St. Pölten waren sonntäglich verwaist. Urlaubszeit und Feiertag waren eine sommerliche Kombination, die alle Büros bis auf die üblichen Wochenenddienste geleert hatte. Sogar der spärliche Verkehr auf der nahe gelegenen Westautobahn lief unfallfrei. Der Beamte im verschwitzten, kurzärmeligen Hemd schaute nur kurz von seinem Sudoku auf, als Wagner und Berner ins Büro stürmten.

»Sie wünschen?« Es war eher eine Drohung, die jeden Wunsch im Keim ersticken sollte.

»Die Spurensicherung hier in fünfzehn Minuten.« Berner war nicht mehr zu verbindlichen Eröffnungsvarianten aufgelegt. Der Mann hinter dem Schreibtisch schaute ihn an, als ob er den Verstand verloren hätte. Er legte vorsichtig den Stift zur Seite und blickte verärgert von Wagner zu Berner und wieder zurück. Dann stand er auf und baute sich vor den beiden Männern auf.

»Und warum sollte ich die Spurensicherung alarmieren? Wer sind Sie überhaupt?«

»Jetzt haben die Jungs nur mehr vierzehn Minuten und dreißig Sekunden«, stellte Wagner lakonisch nach einem Blick auf seine Armbanduhr fest und setzte sich auf den Schreibtisch. Er und Berner zogen gleichzeitig ihre Ausweise aus der Tasche und hielten sie dem Beamten vor die Nase.

»Kommissar Ruzicka liegt im Koma nach einem Unfall, der eher nach einem Mordversuch aussieht.« Die Stimme Berners klang beherrscht. »Seine Frau wurde bei dem Unfall getötet und ich glaube, dass wir mehr herausfinden können als die Kollegen von der Verkehrspolizei. Ich habe gerade mit den Tullnern gesprochen. Es gibt keine Zeugen, keine Spuren außer den üblichen Glassplittern, nicht einmal Farbreste vom Unfallgegner am Wrack. Ich will die besten Leute der Spurensicherung, und ich will sie jetzt.«

Der Beamte war wie vor den Kopf gestoßen. »Ruzicka … Um Gottes willen.« Dann griff er hastig zum Telefon und begann zu wählen.

Suarezstraße – Kaiserdamm, Berlin/Deutschland

Sie haben dieses Dokument mit ihrem Leben geschützt und es nicht einmal gelesen?« Peter Marzin konnte es nicht glauben. »Während all der Jahre?«

»Sie wussten nur, dass es in Sicherheit gebracht werden musste, und das genügte ihnen. Befehl war Befehl«, sagte Daniel Singer und drehte die kleine, versiegelte Papierrolle in seinen Fingern. Es musste eine einzelne Seite sein. Das dicke Pergament, das an der Außenseite einige braune Flecken hatte, schien in der Hand Singers immer schwerer zu werden. Das Siegel der Zaren glänzte majestätisch.

Der Antiquar zögerte. »Du weißt, Peter, dass es Dinge gibt, an die man besser nicht rührt. Ich habe mein ganzes Leben lang gesammelt und bin auf vieles gestoßen, das nicht für die Augen der Öffentlichkeit bestimmt war. Privates, Skandalöses, politisch Gefährliches, Unglaubliches und Abstoßendes, Wertvolles und Beunruhigendes. Ich habe das Tagebuch des KZ-Arztes Mengele hier, das für Albträume in ungeahnten Dimensionen sorgen kann. Geheimabkommen zwischen Kirche und Staat, Abrechnungen über Menschenverkäufe, die Berichte der Inquisition oder die Kassenbücher der Fugger erzählen oft mehr als alle Geschichtsbücher zusammen. In meinen Regalen stehen ausgesuchte, wichtige und oft geheime Dokumente, nicht einfach nur ein Haufen Papier. Viele nationale Archive würden liebend gern einige Meistereinbrecher mit meiner Adresse versorgen.« Singer schmunzelte, dann wurde er wieder ernst. »Die Sicherheitsvorkehrungen rund um dieses Dokument waren außergewöhnlich. Also ist dieses Pergament etwas ebenso Außergewöhnliches und musste dem Zarenhaus so wichtig erschienen sein, dass es seinen sicheren Transport ins Ausland organisierte. In der Hand einer Truppe, die für dieses Stück Papier gestorben wäre und es auch ist.« Er schaute Marzin in die Augen. »Das ist keine Abrechnung der Spesen des Zarenhofes oder ein Ernennungsdekret, das muss dir klar sein. Wie hat es der unbekannte Verfasser des Begleitbriefes so treffend beschrieben? ›Ihr, die ihr dieses Dokument gefunden habt, werdet wissen, was damit zu tun ist.‹ Weißt du das?«

»Deshalb bin ich zu dir gekommen«, gab Marzin zurück, »weil ich niemanden Besseren kenne, zu dem ich mehr Vertrauen haben und der mehr über alte Schriftstücke wissen könnte als du. Nach all dem, was wir heute Nacht erlebt haben, möchte ich gerne wissen, wofür das alles.«

Singer nickte und warf einen letzten Blick auf das unversehrte Siegel der Romanows. Dann brach er es und das Geräusch klang wie ein entfernter Pistolenschuss aus einer längst verlorenen Schlacht. Bevor er das Pergament entrollte, holte er vier alte Gewichte aus einer Schublade seines Schreibtisches. Dann begann er langsam und vorsichtig, das Blatt auf der Tischplatte auszubreiten. Er hielt die Ecken mit den Gewichten nieder, bevor sich beide Männer neugierig über das Pergament beugten. Es hatte die Größe eines quer gelegten DIN-A3-Blattes und enthielt nur wenige Zeilen. Sie waren in der Mitte des Schriftstückes angeordnet und mit einer dunkelgrünen Tinte geschrieben.

✠Z✠DIA✠BHGFIBFRS✠Z✠SAB✠Z✠
QTEOILUNPKWMTJWWRZLWTFMOS
VDNXLE4SHETVTHCSRSEKEGEQA
ESVRCSMFUKWIBZOHRDUNETQTE
PDRVWNNFWUZZSFEAEQ2DIHNDS
SNNWXRETLTYARZVDLFRWGOEQA
✠Z✠DIA✠BHGFIBFRS✠Z✠SAB✠Z✠

Darunter, im rechten unteren Eck, stand ganz klein eine Kombination von Zahlen und Buchstaben:

48 . . N . . . E

Als Marzin enttäuscht den Kopf sinken ließ, blickte Singer noch immer nachdenklich auf die Zeilen und holte schließlich eine starke Lupe aus der Schreibtischschublade. Keiner der beiden Männer sprach ein Wort, während der Sammler das Pergament und die Schriftzüge Zentimeter für Zentimeter untersuchte. »Mit ziemlicher Wahrscheinlichkeit stammt es aus dem 18. oder 19. Jahrhundert, also nicht aus den letzten Tagen der Romanows. Das Pergament wurde auch nicht in Russland hergestellt, das beweisen die Wasserzeichen und die Struktur der Fasern. Ich würde eher auf den norditalienischen Raum oder

Österreich tippen. Genaueres könnte uns eine Untersuchung unter dem Mikroskop verraten.«

»Es interessiert mich eigentlich nicht so sehr, wo es herkommt, ich würde gerne wissen, was der Text bedeutet«, gab Marzin zurück. »Kannst du mir verraten, was es heißt? Es sind diesmal keine kyrillischen Buchstaben, aber ich kann beim besten Willen keinen Sinn erkennen. Ich sehe zwei Zahlen – die 4 und die 2 – und zwei gleiche Zeilen – die oberste und die letzte. Dann bin ich auch schon am Ende meines Lateins.«

Daniel Singer schüttelte den Kopf. »Tut mir leid, Peter, ich kann dir nicht sagen, was der Text bedeutet. Das muss eine Art Geheimschrift sein, vielleicht ist die Verschlüsselungsmethode in den Zahlen und Buchstaben darunter enthalten. Ich bin kein Fachmann für Kryptografie.«

»Aber du kennst jemanden?«, fragte Marzin hoffnungsfroh.

»Die wirklich guten Leute sind alle bereits gestorben. Das waren die Jungs in Bletchley Park oder um Canaris. Als nach dem Krieg die ersten Rechner aufkamen, da begannen alle sich auf den Faktor Zeit zu verlassen und ließen ihre Intuition verkümmern. So nach dem Prinzip – wenn wir den Kasten nur lang genug rechnen lassen, dann kommt er schon irgendwann mit dem Ergebnis …« Singer lächelte. »Die Franzosen waren auch noch wirklich stark, selbst in den Sechziger- und Siebzigerjahren noch. Die Armee entschlüsselte die gefälschten Papiere von Rennes-le-Château, und die waren eine wirklich harte Nuss.« Der alte Mann zuckte mit den Schultern. »Aber das ist lange vorbei. Heute sind wir bei digitalen SSL-Schlüsseln, aber nicht mehr bei den klassischen Methoden.«

Marzin schien enttäuscht und ging ans offene Fenster. »Ich lass dir das gute Stück da, vielleicht fällt dir ja etwas ein. Wenn nicht, dann hast du ein seltsames Dokument mehr in deiner Sammlung. Ich geh heute früh schlafen, die Nacht war anstrengend genug und morgen hab ich einen harten Tag. Viel zu viele Termine und kaum Zeit zum Essen.«

Als Marzin um die Ecke auf den Kaiserdamm einbog, schaute ihm Daniel Singer von seiner Wohnung aus noch lange nach. Dann ging er in die Küche, schenkte sich ein Glas Orangensaft ein und setzte sich an den Schreibtisch, auf dem immer noch das Pergament lag. Er betrachtete es nachdenklich, bevor er zum Telefon griff und eine Nummer wählte, die er seit Langem auswendig kannte. Es dauerte geraume Zeit, bis die Verbindung zustande kam. Als schließlich am anderen Ende abgehoben wurde, meldete sich der Teilnehmer nur mit einem »Hallo Daniel«!

Singer lehnte sich vor und ließ die dunkelgrünen Zeilen nicht aus den Augen, während er sprach. »Hallo Oded! Du wirst es nicht glauben, aber ein drittes Dokument ist aufgetaucht. Es liegt vor mir. Ich glaube, wir sollten rasch etwas unternehmen.«

Buch 2
Die Gespielin

Universität, Innere Stadt, Wien/Österreich

Obwohl Georg Sina es für Irina und damit gerne getan hatte, fühlte er sich in dem dunklen Anzug und dem weißen Hemd wie ein aufgeputzter Pfingstochse vor dem Almabtrieb. Das Einzige, das von seinem gewohnten Erscheinungsbild übrig geblieben war, waren die Sportschuhe an seinen Füßen. Kommt vielleicht nicht so gut, schmunzelte er, aber das ist mir jetzt auch egal. Vielleicht war es sogar an der Zeit, passende Schuhe anzuschaffen. Wer weiß, welche Überraschungen noch auf ihn warteten. Skeptisch beäugte sich Georg im Spiegel. Eigentlich war es gar nicht so lange her und er hatte sich in so einem Aufzug richtig wohlgefühlt. Aber das war in einem anderen Leben gewesen und das war lange vorbei.

Vor der Universität lärmte die Protestkundgebung der Hochschülerschaft, nur unterbrochen von kurzen Pausen, in denen die üblichen Reden gehalten wurden, nach denen frenetischer Applaus aufbrandete. Ich werde den Hinterausgang in die Reichsratstraße benutzen müssen, sonst kriege ich auch noch ein Ei oder einen Joghurtbecher ans Revers, dachte Georg und schloss das Fenster. Er hatte während seines Studiums und seiner Lehrtätigkeit schon etliche Demonstrationen miterlebt, aber einen solchen Aufruhr hatte er noch nie gesehen. Der gesamte Karl-Lueger-Ring vor der Universität war gepackt voll mit Menschen, die Fahnen und Spruchbänder schwenkten und laute Slogans johlten. Schön langsam begann Sina zu interessieren, was die Wiener aus ihrer üblichen Lethargie gerissen und sie sogar auf die Straße getrieben hatte.

Sina setzte sich an seinen Schreibtisch und begann unter den Papierbergen nach seinem kleinen Radio zu suchen. Er fand den flachen Weltempfänger, der sogar auf Burg Grub Empfang hatte, inmitten eines Haufens von Einladungen, die aus den Jahren 1995 bis 1999 stammten und die er sowieso nie angenommen hatte. Er nahm sich vor, sie zu entsorgen, aber erst, wenn der Papierkorb geleert worden war. Dann schaltete er das Gerät ein und sogleich fiel die Werbung über ihn her. Sina verzog das Gesicht und sah auf die Uhr. Noch fünf Minuten bis zur vollen Stunde und damit zu den Nachrichten. Er überlegte, welche der beiden Krawatten er umbinden sollte, und stellte sich wieder vor den Spiegel. Plötzlich war ihm, als starrte ihn jemand an. Misstrauisch schaute er sich um, aber da lag nur die schwarze venezianische Maske auf dem Tisch. »Das Ding macht mich nervös«, murmelte Georg und warf einen Schnellhefter von der Spitze eines der Papierstapel über das schwarze Gesicht.

Als die Nachrichten endlich begannen, hatte er sich für die dezent blau und rot gestreifte Krawatte entschieden. Sina ging und stellte das Radio lauter. Der Sprecher klang aufgeregt. »Solche Szenen hat die österreichische Bundeshauptstadt seit dem 6. Oktober 1848 nicht mehr erlebt. Tausende Demonstranten haben sich überall entlang der Ringstraße zusammengefunden«, verkündete er.

Sina nickte bestätigend. »Richtig, da war was los in Wien. Aber, dass ihr euch in der Redaktion daran erinnert, das verblüfft mich jetzt ehrlich«, kommentierte er, der immer wieder gerne mit den Radio- und Fernsehsprechern einen Dialog begann, auch wenn es sendetechnisch eine Einbahnstraße blieb …

»Auslöser für diese Proteste war die Pressekonferenz zum Ende des internationalen Finanzministertreffens in Wien, auf der ein milliardenschweres Sanierungsprogramm aus staatlichen Mitteln für die schwer angeschlagenen Banken beschlossen worden war. Die vorgeschlagene Nulllohnrunde für Angestellte in leitenden Positionen wurde von Vertretern der Institute abgelehnt, dafür aber die Schließung Hunderter Filialen und die Freisetzung Tausender Mitarbeiter für den Arbeitsmarkt angekündigt. Die öffentliche Empörung eskalierte, als kurz danach bekannt wurde, dass die Bonuszahlungen für die verantwortlichen Manager aus eben jenen Subventionen aus Steuergeldern weiter bezahlt werden würden. Für zusätzliche Emotionen sorgte ein Artikel in einer österreichischen Tageszeitung, demnach die beliebte Wirtschaftsministerin Panosch einem Attentat zum Opfer gefallen ist. Ein Sprecher des Innenministeriums wies den Inhalt des Artikels als Spekulation zurück und kündigte rechtliche Schritte gegen das Medium an.«

»Paul, Paul, da hättest du dich lieber beherrschen sollen«, murmelte Sina und zog den Krawattenknoten fest.

»Die Veranstalter der Demonstrationszüge haben unterdessen wiederholt zu einem rein friedlichen Protest aufgerufen. Als Ziele der Protestmärsche sind die Hofburg und das Innenministerium in der Herrengasse angekündigt worden. Als Ort der Abschlusskundgebung wurde durch die österreichische Hochschülerschaft der Märzpark bei der Wiener Stadthalle gemeldet.«

»Respekt! Guter Platz.« Georg nickte anerkennend. »Da haben sie 1848 die fünfunddreißig Toten der Märzrevolution begraben. Passt nur auf, dass euch in der Herrengasse nicht dasselbe wie denen passiert. Schönes Symbol, hätte ich euch gar nicht zugetraut. Nur leider wird es niemand verstehen ...«

»Die Polizei wurde erst in höchste Alarmbereitschaft versetzt, nachdem es im Zuge der Ausschreitungen zu mehreren Übergriffen gegen Polizeistationen und islamische Glaubenseinrichtungen gekommen ist. Es gab anschließend in rascher Folge mehrere Schlägereien und Zusammenstöße vermummter, gewaltbereiter Extremisten mit der Exekutive, bei denen zahlreiche Anhänger der rechten und autonomen Szene verhaftet wurden. Mehrere Demonstranten sowie zahlreiche Polizisten wurden verletzt und mussten in Spitäler eingeliefert werden. Ursache für die Eskalation sind der mutmaßliche Mord an der Ministerin Panosch sowie der Bombenanschlag in Kleinwetzdorf in Niederösterreich heute Morgen. Der Pressesprecher des Innenministeriums betonte in diesem Zusammenhang nachdrücklich, dass weder ein Bekennerschreiben noch Ermittlungsergebnisse vorlägen, die auf einen islamisch-fundamentalistischen Hintergrund schließen lassen würden. Angesichts der ernsten Lage meldete sich der Innenminister Konrad Fürstl persönlich zu Wort und kündigte an, bei weiterer Gewaltbereitschaft Wasserwerfer und Gummigeschosse gegen die Demonstranten einsetzen zu lassen.«

»Reaktionäres Nachtschattengewächs«, schimpfte Sina. Allerdings hegte er auch keinerlei Sympathien für die Aktionen der Extremisten.

»Der Sprecher der islamischen Glaubensgemeinschaft in Österreich äußerte sich empört über die Übergriffe. Im Rahmen seiner Stellungnahme erinnerte er an die Reichspogromnacht und an die Protokolle der Weisen von Zion«, verkündete der Sprecher.

»Ach, du Scheiße!«, rief Georg verblüfft. »Wie kommt er denn da drauf?«

»Auslöser für diese verbale Entgleisung war nach Aussage eines ranghohen Mitglieds der Glaubensgemeinschaft die Tatsache, dass vor genau einhundertundzwölf Jahren der erste Zionistische Weltkongress in Basel zusammengetreten war, auf dem die Gründung des Staates Israel beschlossen worden war. Inhalt der zionistischen Weltverschwörungstheorie ist unter anderem die Unterstellung, die Organisation würde große Städte mit großflächigen Tunnelanlagen unterminieren. Wie erst heute bekannt wurde, war gestern eine Jungpappel am Schottenring in einem fünf Meter tiefen und eineinhalb Meter breiten Loch verschwunden.« Der Radiosprecher konnte seine eigene Verwunderung kaum verbergen.

Sina war ratlos. »Da wird die Reaktion aus dem anderen Lager nicht lange auf sich warten lassen«, mutmaßte er noch, da setzte der Sprecher bereits nach:

»Der Vorsitzende der israelitischen Kultusgemeinde kündigte im Gegenzug an, jede Zusammenarbeit mit der islamischen Glaubensgemeinschaft mit sofortiger Wirkung zu beenden.«

»Na bitte!«, resignierte Sina.

»Die Exekutive rät der Bevölkerung, die Wiener Innenstadt heute Abend nach Möglichkeit zu meiden. Das Bundeskanzleramt ließ vor wenigen Augenblicken verlauten, die Regierung werde personelle und juristische Konsequenzen aus der Lage ziehen.«

»Das wird auch dringend nötig sein«, warf Georg ein und zog das Jackett an.

»Wir kommen nun zur Meldungsübersicht: Das Rätsel um das kuriose Verschwinden der jungen Pappel an der Wiener Ringstraße ist gelöst: Der Baum rutschte in einen Hohlraum, der durch die Wurzel eines verrotteten Baumes entstanden sein dürfte. Bei der Pflanzung der Pappel wurde der bis dahin stabile Untergrund offenbar beschädigt – so die Vermutung der zuständigen Magistratsabteilung 29.«

»Ha! So ein Schwachsinn!«, rief Sina und zog eine Bürste durch die Haare. »Seit wann bilden verrottende Bäume einen Hohlraum? Aus Holz wird Erde, was sonst? Ihr habt doch alle keine Ahnung, wie viel Anstrengung es kostet, einen Wurzelstock auszugraben!«

Mit verrotteten Pflanzen hatte das überhaupt nichts zu tun, dachte Sina und ärgerte sich über die völlig unsinnige Erklärung. Er nahm die Maske, lief zur Tür und schlug sie hinter sich zu. Die letzte Meldung verkündete das Radio in einem verwaisten Büro:

»Zwei schwere Unfälle haben sich heute Nachmittag im Großraum Wien ereignet. Auf der A4, der Ost-Autobahn, in Richtung Budapest kam es im Baustellenbereich Fischamend zu einem folgenschweren Verkehrsunfall, als ein Pkw-Lenker aus ungeklärter Ursache mit seinem Fahrzeug in den Gegenverkehrsstreifen geriet und frontal gegen einen entgegenkommenden Lkw prallte. Für den Fahrer des Pkw kam jede Hilfe zu spät. Aufgrund der Aufräumarbeiten musste die Autobahn für mehrere Stunden gesperrt werden, was zu kilometerlangen Staus führte. Zu einem anderen schweren Unfall kam es auf der B1, östlich von Sieghartskirchen. Dabei wurde der Lenker des Pkw schwer verletzt und seine Beifahrerin getötet. Der Wagen war an einer Kreuzung von der Straße abgekommen und gegen einen Baum geprallt. Weitere Einzelheiten sind noch nicht bekannt.«

22. Dezember 1789, Wien/Österreich

Er hatte nicht mehr lange zu leben und er spürte es. Die Nacht war bitterkalt und draußen, vor den beschlagenen Scheiben des kleinen, hölzernen Raumes trieben die Schneeflocken in einem eisigen Wind. Kaiser Joseph II., ältester Sohn von Maria Theresia, die er gleichzeitig so gehasst wie verehrt hatte, fror wie ein gewöhnlicher Schneider trotz des langen, pelzbesetzten Mantels und der gefütterten Handschuhe. In dem seltsamen achteckigen Aufbau, den außer ihm und dem sorgsam gehüteten Gefangenen bisher niemand betreten hatte, stand diesmal eine weitere dick vermummte Gestalt am Fenster, wandte dem Kaiser den Rücken zu und blickte hinaus.

»Hier sind Majestät also drei Mal pro Woche hergekommen, wenn Hoheit Zeit dazu hatten?« Die Feststellung klang nach ungläubigem Staunen, gemischt mit einer gehörigen Portion Ekel. »Es hat selbst jetzt im tiefen Winter eine Odeur …« Der kleine Mann am Fenster verstummte und hielt sich demonstrativ ein parfümiertes Taschentuch vor die Nase. Er hatte vor einigen Jahren, anlässlich der Belegung des Turmes, auf Wunsch des Kaisers einen Mann auf einen der Karren geschickt und mit einem Wink das größte Geheimnis dieses Reiches für immer hinter diesen hohen Mauern verschwinden lassen. Er erinnerte sich an den jungen Offizier, den er damals eingeschüchtert hatte. Eine Woche später war der Polizist tot gewesen. Seine Kinder hatte man in ein weit entferntes Waisenheim gesteckt und seine Frau in eines der schmutzigen Freudenhäuser am Spittelberg, was sie nicht lange überlebt hatte.

Der kleine Mann lehnte sich schwer auf seinen Stock und versuchte, durch den Schneesturm etwas von den Lichtern der Stadt zu erkennen. Es sah aus, als seien sie weit weg von der vorweihnachtlichen Hauptstadt. Ein dunkles Nichts in einer schwarzen Welt.

Der Kaiser hatte nicht geantwortet, schwieg, in Gedanken versunken. Vielleicht hatte er ihn auch nicht gehört. In letzter Zeit war Joseph II. rasch körperlich verfallen. Tiefe Furchen hatten sich um seinen Mund gegraben und die Augen lagen schwarz umrandet in den Höhlen. Immer wieder schüttelten ihn Hustenanfälle, immer öfter lebte der Kaiser in seinen Erinnerungen, in der Vergangenheit. Joseph hatte vieles erlebt, noch mehr erduldet. Die Emanzipation von seiner Mutter, die Verhaftung seiner Schwester Marie Antoinette sowie die brutalen und fruchtlosen Kriege gegen die Franzosen und Türken. Aber am schlimmsten hatte ihn zuletzt die Ernüchterung getroffen, dass sein Volk seine Reformen nicht wollte. Sie lebten lieber weiterhin unter der Knute der Unvernunft, von geifernden Pfaffen und eitlen Hofschranzen gegeißelt. »Alles für das Volk, nichts durch das Volk!«, war darum sein Credo geworden. Wie lange war es wohl her, dass er, der römisch-deutsche Kaiser, in der Position gewesen war, den Papst selbst zu beschämen, ihn vor den Augen des Volkes auf sich warten zu lassen …? Es schien ihm eine Ewigkeit entfernt. Dabei hatte er Mozart gehört, und Salieri … ihre göttliche Musik … und wie gerne wäre auch er ein Musikus gewesen, aber leider …

Der kleine Mann am Fenster seufzte und schnäuzte sich unzeremoniell in das Taschentuch. Der Gefangene hatte bis heute überlebt und der Leiter des Schwarzen Bureaus wusste auch, warum.

Und der Kaiser? Der wusste, dass er wusste, weil das seine Position mit sich brachte. Man konnte dem Zwerg im langen schwarzen Mantel nichts verheimlichen, er war das personifizierte geheime Wissen der Mächtigen. Deshalb hatte er den Kaiser nie nach dem Offensichtlichen gefragt. Manche Dinge dachte man besser nicht einmal laut, auch nicht dann, wenn man die schmutzige Arbeit für den Monarchen machte.

»Der Mann ist lebendig begraben«, sagte der Leiter des Schwarzen Bureaus leise, wie zu sich selbst. Es gab keine Akten, keine Aufzeichnungen, keine Reports, dafür hatte er gesorgt. Es war eine Kunst, Menschen spurlos verschwinden zu lassen, eine Kunst, die er perfekt beherrschte.

»Vielleicht sind wir es, die lebendig begraben sind«, antwortete der Kaiser mit brüchiger Stimme und der zwergenhafte Mann in Schwarz fuhr herum. Joseph II. stand zum offenen Feuer gewandt und streckte die Hände zur Glut, die nur noch schwach glimmte und kaum Wärme ausstrahlte. »Hat Er schon daran gedacht, Jauerling? Vielleicht sind alle hier herinnen wirklich frei und wir da draußen sind Gefangene unseres eigenen Lebens. Verdammt dazu, zu leben und zu wissen und trotzdem für immer zu schweigen.«

»Majestät haben ihn nicht umbringen lassen, nicht wahr?« Ein lauernder Ausdruck lag auf Jauerlings Gesicht, das zugleich Verachtung und Mitleid ausdrückte.

Der Kaiser schüttelte müde den Kopf. Ein Hustenanfall überkam ihn wie ein Krampf, der nicht mehr enden wollte. Schließlich keuchte er nur mehr stoßweise.

»Er hat Majestät fasziniert.« Es war eine Feststellung. Jauerling, der Zwergenwüchsige, der sein ganzes Leben lang um Anerkennung und Respekt kämpfen musste, war unerbittlich und grausam geworden. Er kannte alle menschlichen Schwächen und er rechnete mit ihnen, wie ein Schachspieler mit der Macht. Dass der Kaiser am Ende seiner Tage so schwach geworden war, das erschreckte ihn zutiefst. Schwäche war in seinen Augen unverzeihlich und gefährlich.

Joseph II. wischte sich schweigend den Speichel vom Gesicht, bückte sich, zog ein Scheit aus einem Stapel neben dem Kamin und legte es nach. Die Funken stoben und der Kaiser richtete sich auf.

»Und jetzt?« Es war selten, dass Jauerling sich unbehaglich fühlte, aber dieser Turm schien ihm wie ein dunkles Loch mitten in Wien. Es ließ kein Lachen herein und keinen Laut der Verzweiflung hinaus. Die Menschen machten einen großen Bogen um das unheimliche runde Gebäude. Sie tuschelten seit Jahren, an den Wirtshaustischen und in den Salons, meist hinter vorgehaltener Hand. Der unglaubliche Turm hatte schnell einen Spitznamen bekommen. Den Gugelhupf nannten sie ihn. Verniedlichend, menschlich.

»Und jetzt?«, wiederholte er. Der Leiter des Schwarzen Bureaus kannte die Antwort, aber er wollte sie von seinem Monarchen hören.

»Jetzt bin ich allein, Jauerling, allein mit mir und dem Tod, der bereits neben mir steht.« Er blickte auf den Zwerg nieder und Jauerling fragte sich, ob er ihn damit meinte. Das war nicht die Antwort, die er zu hören gehofft hatte.

»Meine Kinder sind mir vorausgegangen, meine Frauen ebenfalls. Außer Ihm und …« Der Kaiser suchte nach dem Wort, das er nicht fand, »… ist mir niemand mehr geblieben.«

Da ertönten plötzlich näher kommende Schritte, die über die steile Holzwendeltreppe polterten. Zwei Aufseher führten in ihrer Mitte einen schmalen, blassen Mann herein, der erstaunt zurückwich, als er den kleinen Jauerling am Fenster stehen sah.

»Aber …«, brach es stockend aus dem Mann heraus und er sah alarmiert den Kaiser an. »Wieso …?«

Joseph II. drehte sich wortlos zurück zu den Flammen, die nun im Kamin prasselten und ein wenig gegen die Kälte im Raum ankämpften. Der Leiter des Schwarzen Bureaus trat näher an den Neuankömmling heran und betrachtete ihn interessiert, fixierte ihn wie eine unbekannte Spezies. Die Augen des schmalen Mannes sprangen nervös zwischen dem Kaiser und der lächerlich kleinen Figur hin und her, diesen beiden Männern, die unterschiedlicher nicht hätten sein können, die beide jedoch eine Aura des Todes umgab.

»Wer ist dieser …«, begann er, dann verstummte er.

»Zwerg?«, half ihm Jauerling kalt weiter, »Krüppel? Wicht?«

Joseph II. hob die Hand und räusperte sich. Dann streckte er sich ächzend und drehte sich langsam um.

»Mein schlechtes Gewissen, das mich überleben wird«, bemerkte er und ein trauriges Lächeln spielte um seine Mundwinkel, als er Jauerling ansah, »die dunkle Seite des Staates, der Leiter des Schwarzen Bureaus, die rechte Hand des Teufels.«

Der Kaiser wandte sich an den schmalen Mann, der fasziniert seinen Blick nicht von dem Zwerg im langen Mantel wenden konnte. »Wir beide sehen uns heute zum letzten Mal. Unsere Gespräche, so interessant sie auch waren, werden mir nicht fehlen, weil da, wo ich hingehe, alles endet. Vielleicht war es ein Fehler, Ihn am Leben zu lassen, vielleicht auch Bestimmung. Wie auch immer …« Joseph II. verstummte und Jauerling bemerkte einen Ausdruck von Respekt im Blick des Kaisers. Es stimmte also, durchfuhr es ihn, es war wirklich wahr. Trotz der Kälte brach ihm der Schweiß aus.

»Und jetzt?« Der oberste Chef der Geheimpolizei des Kaisers ließ nicht locker. Er würde diesen skurrilen Raum hoch über der Erde und im Zentrum des Turmes nicht ohne formelle Anordnung verlassen. Wenn schon kein Handbillet, dann wenigstens ein klarer Befehl Josephs II. Das hier war zu wichtig, um … Der Kaiser unterbrach seine Überlegungen.

»Nichts, Jauerling, jetzt nichts. Ich überlasse es Ihm und seiner Erfahrung, seinem diplomatischen Geschick und seinem Blick in eine Zukunft, die es für mich nicht mehr gibt. Die Verantwortung liegt nun bei Ihm. Deshalb habe ich Ihn heute hierher gebracht.«

Die Gedanken des Beamten überschlugen sich, er wollte »Nein!« schreien, aber Joseph II. hob befehlend seinen Zeigefinger und schüttelte müde den Kopf. »Sag Er nichts, gar nichts. Er war immer ein treuer Diener des Staates und ich bin überzeugt, Er wird die richtige Wahl treffen.« Damit wandte sich der sterbende Monarch um und öffnete die Tür. Bevor er jedoch den Raum verließ, drehte er sich nochmals zu den beiden Männern und fixierte Jauerling, der in seiner Verzweiflung seinen Blick nicht von dem schmalen, blassen Unbekannten wenden konnte.

»Ich war niemals Kaiser, Jauerling, vergess' Er das nie.« Mit diesen letzten Worten drehte sich Joseph II. um, stieg die Treppe hinab und verließ den Narrenturm, den er selbst entworfen hatte. Er sollte nie wieder zurückkehren. Zwei Monate später starb er an Tuberkulose, kinderlos und allein. Nur wenige trauerten um ihn.

Sein Begräbnis war ein Staatsakt, wie das aller österreichischen Monarchen vor und nach ihm. Der Leiter des Schwarzen Bureaus, der dem einfachen, schmucklosen Sarg trippelnd zur Kapuzinergruft folgte, wurde von einem schmalen, elegant gekleideten Mann begleitet, den niemand kannte und nach dem sich keiner zu fragen traute. Nach dem Kondukt waren der Zwerg und er spurlos verschwunden, wie vom Erdboden verschluckt.

Bundesstraße 1 bei Ried am Riederberg,
Niederösterreich/Österreich

»Was erwarten Sie von uns, Kommissar? Ein Wunder?« Der Leiter der Spurensicherung, in kurzer Hose und einem fleckigen T-Shirt, das die Speisekarte von drei Grillabenden auf seiner Vorderseite trug, sah Berner fragend an. Der Anruf der Einsatzleitung in St. Pölten hatte ihn und seine beiden Kollegen von der Gartenarbeit, aus der Garage oder dem Swimmingpool geholt. Als sie gehört hatten, worum es ging, waren sie alle aus dem Haus gestürmt und hatten verärgerte Frauen und enttäuschte Kinder zurückgelassen.

Berner schaute sich um, griff in die Tasche und zündete sich eine Zigarette an, während ihn die Männer der Spurensicherung umringten: zerwühltes Gras, Glassplitter, Reifenabdrücke, Überreste des Feuerwehreinsatzes, weggeworfene Mullbinden und meterlange Schleifspuren da, wo man das Wrack des Peugeot auf die Straße gezogen und dann auf den Lkw des Abschleppdienstes gehoben hatte. Die Rasenfläche zwischen den Bäumen neben der Straße sah aus wie ein Schlachtfeld. Paul Wagner war zwischen den Gartenzäunen der anliegenden Einfamilienhäuser verschwunden. Obwohl der Abend bereits anbrach, flimmerte die heiße Luft über der Straße. Der Verkehr nahm langsam wieder zu, viele fuhren zu einem Abendessen in einem Gastgarten oder einem Heurigen, bevor die neue Woche wieder begann.

»Ein einziges Wunder wird zu wenig sein«, meinte der Kommissar grimmig, »was wir brauchen, ist eher eine Hexenküche mit allen Rezepten der letzten tausend Jahre.« Berner wischte sich einen Schweißtropfen von der Nase und fuhr fort. »Die Kollegen waren fleißig und haben trotzdem keine Farbreste des Unfallgegners auf dem Wrack gefunden. Seltsam, nicht? Der Leiter der Untersuchung hat mich auf der Fahrt hierher telefonisch informiert. Wie es aussieht, hat ein

Wagen den Peugeot von rechts gerammt und gegen den Baum und dann gegen die Mauer geschleudert. Keine Augenzeugen.«

Der Leiter der Spurensicherung, ein stämmiger, glatzköpfiger Familienvater, der einen voluminösen Bierbauch vor sich herschob, nahm seine Sonnenbrille ab und begann sie mit einem schmutzigen Taschentuch andächtig zu putzen. »Ich glaube, wir können hier die übliche Routine vergessen und müssen das ganz anders angehen. Ruzicka kam aus Wien, über den Riederberg und fuhr in Richtung Sieghartskirchen. Mittagszeit, Sonntag, kaum Verkehr. Niemand konnte wissen, wie lange er brauchen würde, um genau an dieser Kreuzung anzukommen. Also musste der Angreifer, wer immer es war, auf ihn gewartet haben.« Berner nickte zustimmend und die beiden anderen Beamten blickten nachdenklich hinüber zur Kreuzung.

»Das wird er kaum mitten auf der Straße stehend gemacht haben«, meinte einer von ihnen und griff zu seinem Metallkoffer. »Ich wette, er wird sich hundert Meter weiter hinten einen Platz gesucht haben, von wo aus er den Peugeot rechtzeitig sehen konnte. Eine Ausweichmöglichkeit vielleicht, eine Einfahrt in einen Feldweg? Ich geh mal spazieren und schau mich um. Kommst du?«, meinte er zu seinem Kollegen und sie überquerten die Straße, die in der Hitze des Nachmittags zu glühen schien.

Berner sah den beiden nach, während der Leiter der Spurensicherung noch immer hingebungsvoll seine Brille putzte und weiter laut nachdachte. »Wenn ich jemanden von der Straße drängen will, endgültig und vor aller Augen, dann werde ich es entweder mit einem gestohlenen Wagen machen oder vorher zumindest die Kennzeichen abschrauben. Ich wette, er hat einen Lkw benutzt. Das Risiko, nach so einem starken Crash nicht mehr weiterfahren zu können, wäre sonst zu groß gewesen. Höchstens ein gepanzerter Pkw…« Er ließ den Satz in der Luft hängen. Der Kommissar nickte und wartete auf die Schlussfolgerung.

»Keine Farbreste am Auto von Ruzicka, das heißt, es war ein Lkw mit einer verchromten Stoßstange oder einer Art Kuhfänger. Nach dem Zusammenstoß muss er dann möglichst schnell die Nummerntafeln wieder angeschraubt haben, um nicht aufzufallen, sprich am nächsten Parkplatz oder irgendwo neben der Straße. Ich würde also sagen, wir machen auch einen kleinen Spaziergang und nehmen einmal an, dass er zurück in Richtung Wien gefahren ist.«

Während sie einträchtig nebeneinander in der Hitze des ausklingenden Tages über das Asphaltband wanderten, forderte Berner telefonisch eine Liste der gestohlenen Lastwagen im Raum Ostösterreich an und fragte sich, ob der Angreifer einen Fehler gemacht oder alles bedacht hatte. Eines war ihm zumindest nicht gelungen. Ruzicka war noch am Leben und Berner war nach seinem Besuch auf der Intensivstation klar, dass die Betonung auf »noch« lag.

Paul Wagner schaute fasziniert auf den kleinen Jungen, der im Schatten der Veranda saß und auf den grob behauenen Steinplatten spielte. Eine junge Frau in kurzen Hosen und weißer Bluse stand neben ihm und hielt dem Reporter ein Glas Mineralwasser hin. »Ich bin nach dem Mittagessen eine Stunde zu meiner Mutter gefahren und hab Jakob hiergelassen. Er spielt so gerne mit seinen Modellautos und bemerkt meist kaum, dass ich weg war«, meinte sie und lächelte, als Wagner das Glas in einem Zug leerte. »Als ich zurückkam, waren überall Einsatzfahrzeuge, alles voller Feuerwehrleute und Sanitäter und ein Hubschrauber flog in einem weiten Bogen in Richtung Donau. Ich war völlig verstört vor Angst, bis ich sah, dass es nichts mit Jakob oder unserem Haus zu tun hatte. Wollen Sie noch ein Glas?«

Die junge Frau war bereits auf dem Weg zurück zum Kühlschrank und Wagner setzte sich zu dem kleinen Jungen auf den Boden. Jakob mochte fünf oder sechs Jahre alt sein und ließ sich nicht im Geringsten stören. Er hatte auf dem Terrassenboden ein Gewirr von Straßen mit Holzstäbchen und Bauklötzen ausgelegt und ließ seine Autos zu einem Ort rollen, den nur er kannte. Wagner erkannte Sportwagen und Oldtimer, große Sattelschlepper und Bagger, die an einer Baustelle arbeiteten, und Dutzende wartender Autos, die sich vor der Absperrung stauten.

»Die werden sich aber nicht sehr freuen, wenn sie in der Hitze warten müssen«, meinte Paul und deutete auf die Kolonne.

»Geht gleich weiter«, krähte Jakob, schob mit einem Bagger einen Bauklotz weg und begann die Wagen der Kolonne weiterzuschieben.

»Hast du heute Nachmittag den Unfall auf der Straße gesehen?«, fragte der Reporter und half dem Jungen, den Bagger auf den Tieflader zu schieben. Jakob zuckte mit den Schultern.

»Vielleicht. Hast du ein Eis?«

Wagner lachte laut und zuckte seinerseits mit den Schultern. »Vielleicht …«, antwortete er und Jakob wandte sich einem Autotransporter zu, der vorwiegend teuere Sportwagen geladen hatte. Mit einem eleganten Schwung fuhr er ihn neben der Baustelle vorbei und um eine große Kurve.

»Erst hat es ›Buumm!‹ gemacht«, sagte Jakob ernsthaft und schaute Wagner zum ersten Mal an.

Paul las die Unsicherheit in den großen, braunen Augen und nahm sich vor, ganz behutsam zu sein. Er nickte und meinte wie beiläufig: »Das kann ich mir vorstellen, das muss dich richtig erschreckt haben. Hast du dich versteckt?«

Jakob schüttelte energisch den Kopf, blieb aber stumm.

»Nein? Das war aber mutig von dir. Was hast du denn gemacht?« Jakob blickte sich unsicher um, ob seine Mutter in Hörweite war. Dann sagte er leise: »Bin hingelaufen.«

»Das sagen wir aber lieber nicht deiner Mami, hm?«, antwortete Wagner ernst und Jakob schüttelte den Kopf. »Erzählst du es mir trotzdem?«

»Bin an den Zaun gelaufen. Da war ein roter Mercedes, mit einem großen Stern. Ein großer Lastwagen.«

»Kannst du mir einen zeigen? Hast du so einen in deiner Sammlung?«, hakte Paul nach und Jakob begann wie wild, in Schuhkartons voller Automodelle zu kramen. Triumphierend zog er nach wenigen Augenblicken einen Lkw mit Kastenaufbau und zwei Hinterachsen hervor und drückte ihn Paul in die Hand. Der Mercedes Actros war grün lackiert und trug auf der Seite das Logo einer internationalen Biermarke. Der Reporter drehte das kleine Modell zwischen seinen Fingern.

»So einer, nur in Rot?«

Jakob nickte aufgeregt. »Aber er hat vorn noch so ein Gitter gehabt, das hat geglänzt.« Dann verstummte er, als seine Mutter ein Tablett auf die Terrasse brachte und es unter einem Sonnenschirm abstellte. Gläser und eine Flasche klirrten.

Wagner und Jakob sahen sich verschwörerisch an. »Borgst du mir den kurz? Ich möchte ihn jemandem zeigen«, bat Wagner leise und der kleine Junge nickte eifrig. »Ich bringe ihn dir zurück und dann gibt's auch ein großes Eis, versprochen!« Die Augen des kleinen Jungen leuchteten auf, dann wandte er sich wieder seinen überfüllten Straßen zu und machte eine neue Baustelle auf.

Wagner betrachtete den Lkw in seiner Hand und es wurde ihm klar, dass Ruzicka an diesem Nachmittag nie eine echte Chance gehabt hatte.

Alserstraße, Wien-Josefstadt/Österreich

Die Nachrichten waren beunruhigend. Die Szenen, die das österreichische Fernsehen ORF aus der Wiener Innenstadt live übertrug, erinnerten an gewalttätige Proteste in Frankreich oder Griechenland. Autos waren umgeworfen und angezündet worden, die Demonstranten hatten Barrikaden errichtet. Aus den anfangs friedlichen Protesten der Studenten war eine Eskalation der Gewalt geworden, an der nun das gesamte Spektrum der Demonstrantenszene teilnahm. Die Polizei hatte einen hermetischen Ring um die Hofburg und die Tagungssäle der Finanzminister gezogen, weitere Einsatzkräfte waren aus den umliegenden Bundesländern angefordert worden. Die Lage verschärfte sich.

Eine Tasse Kaffee in der Hand, verfolgte Valerie Goldmann besorgt die Sondersendung im Fernsehen. Ihre kleine Wohnung in der Alserstraße lag weit entfernt von den Brennpunkten der Ausschreitungen. Goldmann, von der israelischen Armee auf Zeit beurlaubt, hatte sich vor knapp einem Jahr in der Geburtsstadt ihrer Eltern niedergelassen, nachdem sie gemeinsam mit Paul Wagner und Georg Sina das Geheimnis der beiden Kaiser Friedrich III. und Qin Shihuangdi entdeckt hatte. Ihr Vater, der nach dem Krieg als Jugendlicher nach Israel ausgewandert war, hatte ihren Entschluss, in Wien zu bleiben, mit gemischten Gefühlen aufgenommen. Ihre Mutter jedoch hatte sie in ihrer Entscheidung unterstützt und Valerie selbst hatte den Schritt nie bereut. In Wagner und Sina hatte sie gute Freunde gefunden, Kommissar Berner hatte sie in sein Herz geschlossen und sie hatte Wien schätzen gelernt. Es gab mondänere und aufregendere Städte, aber die österreichische Hauptstadt bot eine Lebensqualität, die Valerie bei ihren Reisen an andere Plätze dieser Welt oft vermisst hatte.

Als das Telefon klingelte, drehte Valerie den Fernseher leiser und nahm gedankenverloren das Gespräch an.

»Major Goldmann! Es ist lange her, seit wir uns gesprochen haben. Ich hoffe, ich störe Sie nicht bei etwas Wichtigem.«

Valerie seufzte. »Ich wusste nicht, dass Sie sich den Luxus der Rücksicht leisten, Mr. Shapiro. Das passt nicht zu Ihnen.«

Oded Shapiro, Leiter der Abteilung »Metsada« und damit zuständig für spezielle Operationen innerhalb des israelischen Geheimdienstes Mossad, lachte leise in sich hinein. »Noch immer die alte kriegerische Valerie Goldmann«, stellte er fest, korrigierte sich aber gleich wieder: »Verzeihung, das ›alt‹ nehme ich zurück.«

Shapiro hatte Goldmann ein Jahr zuvor als eine seiner Agentinnen nach Wien geschickt, um Israel in dem Wettrennen um das Geheimnis der beiden Kaiser einen Spitzenplatz zu sichern. Aber alles war ganz anders gekommen als geplant und Valerie war nach ihrem Einsatz nur zu gerne auf Distanz zu Shapiro und dem Mossad gegangen. Nun arbeitete sie hin und wieder in offizieller Mission für die israelische Botschaft in Wien, so wie diesmal bei der internationalen Konferenz der Finanzminister, aber es waren zumeist repräsentative Verpflichtungen. Ihr Kommandant daheim, General Danny Leder, bedrängte sie in regelmäßigen Abständen, doch wieder nach Hause zurückzukehren, und lockte sie mit dem Posten eines Militärattachés in Paris, aber Valerie konnte sich nicht entschließen. Nun, nach fast einem Jahr, löschte sie Leders E-Mails meist ungelesen.

»Alte Gewohnheiten sterben nie«, gab Valerie zurück. »Wenn ich Sie höre, dann erwacht mein Misstrauen so schnell wie Paul, wenn ihn ein Informant anruft. Nämlich augenblicklich. Ich habe Ihnen schon einmal gesagt: Gegen Ihren Job ist jeder Straßenkampf eine feine und elegante Angelegenheit.« Sie machte eine kurze Pause. »Und nein! Ich habe kein Interesse.« Goldmann ließ sich auf das Sofa fallen, das einen großen Teil ihres Wohnzimmers ausmachte, und wandte ihre Aufmerksamkeit wieder dem Fernseher zu. Die stummen Bilder der schreienden Demonstranten hatten eine skurrile Note, die alles nur noch bedrohlicher aussehen ließ.

»Haben Sie sich in Wien gut eingelebt?«, plauderte Shapiro weiter, als habe Valerie nichts gesagt. »Ich habe gehört, Sie haben eine kleine Wohnung gemietet und arbeiten an einem Buch über die Stadt Ihrer Eltern.«

»Der Smalltalk steht Ihnen nicht. Ich wette, Sie haben mich nicht einen Augenblick aus Ihren Fängen gelassen in den letzten zwölf Monaten«, stellte Goldmann kühl fest. »Kamen die Reports wöchentlich oder in unregelmäßigen Abständen?«

»Hin und wieder«, gab Shapiro zu und Valerie konnte ihn geradezu vor sich sehen, wie er in seinem Büro in Tel Aviv an dem stets überladenen Schreibtisch saß, vor dem der abgewetzte und altersschwache Besuchersessel verzweifelt versuchte, Bequemlichkeit zu verbreiten. »Aber das ist nicht der Grund meines Anrufes.«

»Wer hätte das gedacht?«, entgegnete Valerie spöttisch. »Sie haben Ähnlichkeit mit einem meiner ehemaligen Freunde, der sich stets nur dann meldete, wenn er etwas brauchte. Nach einem Jahr habe ich dankend verzichtet und ihn einer meiner Freundinnen angehängt. Wem kann ich Sie anhängen, Mr. Shapiro?«

Der Geheimdienstchef gluckste vor sich hin. »Das wird nicht leicht sein, Major Goldmann. Ich bin nicht vermittelbar, dazu bin ich zu konservativ. Ich gewöhne mich am liebsten an Menschen, die ich schon kenne. Eine Berufskrankheit, wenn Sie so wollen.«

»Könnten wir uns darauf einigen, dass Sie mich nicht mehr kennen?«, fragte Valerie und hatte wenig Hoffnung, was die Antwort betraf. »Ich kann auf Anhänglichkeit verzichten, wenn es die Metsada betrifft. Brennt die Welt wieder irgendwo und Sie stellen eine Feuerlöschtruppe zusammen, die vorwiegend aus Pyromanen bestehen sollte?«

»Neugierig, Major Goldmann?«, hakte Shapiro sofort nach und Valerie verwünschte ihre achtlos hingeworfene Bemerkung. Sie blieb stumm und Shapiro legte das als Zugeständnis aus. »Was sagen Ihnen die Phantome des Zaren?«

»Die Frage habe ich überhört und ich will gar nicht wissen, wovon Sie sprechen. Immer, wenn ich in der Vergangenheit Informationen von Ihnen erhalten habe, dann waren sie entweder bruchstückhaft, manipuliert oder so dosiert, dass man sie schon als homöopathisch bezeichnen konnte. Also warum sollte ich mich auf einen neuen Einsatz einlassen, bei dem Sie doch immer am längeren Hebel sitzen?«

»Weil Sie sich langweilen? Weil Sie wie eine gut geölte Maschine im Leerlauf sind, die sich unnütz vorkommt? Weil Ihnen das fehlt, weshalb Sie zur Armee gegangen sind – das Abenteuer?« Shapiro fragte zwar scheinbar, aber es waren eher Feststellungen, die auf den gut recherchierten Berichten seiner Agenten in Wien beruhten.

»Wenn ich ein Abenteuer suche, dann setze ich mich hinter Paul aufs Motorrad«, erwiderte Goldmann ironisch und ihr Blick fiel wieder auf die Bilder der brennenden Autowracks im Fernsehen. »Wissen Sie eigentlich, was hier in Wien gerade los ist?«, fragte sie Shapiro.

»War das jetzt eine rein rhetorische Frage oder glauben Sie tatsächlich, dass ich es nicht weiß?«, kam es erstaunt durch die sichere Telefonleitung aus Tel Aviv. Valerie schloss die Augen. Dieser Mensch ist anstrengend, daran hat sich nichts geändert, ging es ihr durch den Kopf.

»Deshalb frage ich Sie ja – was wissen Sie von den Phantomen des Zaren?« Shapiro ließ nicht locker und klang zum ersten Mal ungeduldig.

»Was um Gottes willen hat der Zar mit den Unruhen in Wien zu tun?«, entfuhr es Goldmann, »die Zarenfamilie ist nach der Revolution erschossen worden und das ist auch schon etwas länger her. Hier brennen die Straßen nach der Finanzministerkonferenz und Sie reden von irgendwelchen Phantomen, Shapiro.« Valerie hatte ein Déjà-vu-Erlebnis. Es regte sie auf, dass die Taktik des Geheimdienstchefs immer die gleiche war. Seine Fragen verschleierten konsequent den Blick auf die wirklichen Hintergründe.

»Sie beantworten Fragen noch immer mit Gegenfragen, Goldmann«, kam es postwendend zurück. »Eine schlechte Angewohnheit.«

»Dann sind wir zwei mit schlechten Angewohnheiten. Sie erzählen nach wie vor nur das, was Sie für opportun halten«, fauchte Valerie zurück. »Beenden wir also das Gespräch und vergessen wir es einfach. Ich bleibe in Wien und Sie bleiben in Tel Aviv und die Distanz zwischen uns wirkt auf mich unglaublich beruhigend.«

»Was ist Ihnen lieber, Major Goldmann?« Shapiros Stimme war plötzlich gar nicht mehr verbindlich, sondern hart und unnachgiebig. »Dass ich morgen dafür sorge, dass Ihr Pass leider ungültig wird und Sie sich einen Platz auf der ersten Maschine nach Hause sichern müssen, weil Sie plötzlich Persona non grata in Österreich sind, oder dass ich Sie für ein Problem interessieren kann, das uns unter den Nägeln brennt. Es ist alleine Ihre Entscheidung. Und ja, ich gebe es zu, ich möchte Professor Sina und Paul Wagner mit an Bord haben, aus Gründen, die ich Ihnen derzeit noch nicht sagen kann. Und zwar, weil das außerhalb meiner Kompetenzen liegt. Deshalb habe ich Sie angerufen und nicht einen anderen unserer Agenten.« Mit denen alles etwas einfacher wäre, setzte er in Gedanken dazu.

Valerie schwieg. Sie erinnerte sich an die Einsätze in Chemnitz und in Panenske-Brezany im vergangenen Jahr. Haarscharf, dachte sie, es war haarscharf und wir hätten alle dabei draufgehen können. Dann sagte sie leise: »Nennen Sie das eine Wahl, Shapiro? Das ist glatte Erpressung und das wissen Sie.«

»Ich würde es eher Unterstützung Ihrer Entschlussfreudigkeit nennen.« Shapiro klang gönnerhaft und Valerie hasste ihn dafür. Andererseits nagte die Neugier an ihr. Die Phantome des Zaren? Das klang wie der Titel eines Hollywood-Streifens aus den Sechzigerjahren. Aber alles, was Shapiro von seinem Schreibtisch aus lenkte, war stets erschreckend real gewesen, erinnerte sie sich. In seiner Welt gab es keinen Platz für Sagen und Legenden. Der Geheimdienstchef war ein Händler der Desillusion. Harte Fakten waren alles, was zählte.

»Die Phantome des Zaren?«, sagte Valerie schließlich laut und bildete sich ein, Shapiro in einigen Tausend Kilometern Entfernung aufatmen zu hören. Oder war das auch wieder nur ein Schachzug des Strategen in Tel Aviv?

»Ja, was wissen Sie davon?«

»Ehrlich gesagt gar nichts. Bis vor wenigen Minuten wusste ich gar nicht, dass es die Bezeichnung überhaupt gibt.« Als Shapiro stumm blieb, setzte Goldmann fort. »Aber es klingt ein wenig nach russischem Mythos und Verschwörung im Zobelmantel.«

»Dann lassen Sie sich von meinem Freund Daniel Singer in Berlin eines Besseren belehren, Major Goldmann, und – willkommen an Bord!« Valerie hatte plötzlich ein eisiges Gefühl in der Magengrube. So, als ob das Schiff, auf dem sie Shapiro gerade begrüßt hatte, den Namen »Titanic« trug und geradewegs auf einen bläulich schimmernden Koloss zusteuerte, von dem man nur eine harmlos kleine Spitze sah.

Herrengasse, Innere Stadt, Wien/Österreich

Innenminister Konrad Fürstl beendete grußlos sein Telefonat und stützte sich mit den Ellenbogen auf seinen Schreibtisch, um sich mit beiden Händen über die Glatze und den Hinterkopf zu streichen. Dann ballte er die Fäuste und schlug so fest er konnte auf die Tischplatte. Von der Herrengasse hörte man das Schreien und Skandieren der Demonstranten. Der Volkszorn brandete mit einer beängstigenden Stärke gegen die Fenster seines Büros in der Wiener Innenstadt. Der dienstälteste Minister der österreichischen Regierung fühlte sich zum ersten Mal in seiner jahrzehntelangen Laufbahn hilflos und ausgeliefert. Die Situation drohte außer Kontrolle zu geraten und Fürstl sah die alten Filme der Unruhen in den Zwanzigerjahren vor seinem geistigen Auge vorbeiflimmern. Alles, nur das nicht, dachte er sich und griff erneut zum Telefon.

»Schmidt? In mein Büro! Sofort!«, bellte er und wenige Augenblicke später betrat sein Kabinettschef hastig das Büro. Günther Schmidt, wie immer sportlich adrett und unauffällig gekleidet, betrachtete seinen dicken Vorgesetzten, der in dem knarrenden, ledernen Chefsessel nervös hin und her rückte, mit Argwohn. Fürstl war als roher Klotz verschrien, oder, wie es der Minister selbst eleganter ausdrückte, er neigte zum Grobianismus. Für sensiblere Gemüter war Fürstl einfach nur ordinär und taktlos, besonders wenn er unter Druck stand. Angesichts der Demonstranten vor den Toren des Innenministeriums konnte sich Schmidt ausmalen, was ihn erwartete.

»Was kann ich für Sie tun?«, wagte Schmidt einen Vorstoß.

Schnösel, dachte der Innenminister und grunzte: »Was soll die blöde Frage? Sie sollen natürlich Ihren Griffel spitzen und eine Stellungnahme schmieren, die mich nicht den Kopf kostet. Wofür werden Sie sonst bezahlt?«

Fürstl war der junge Schmidt ein Dorn im Auge, seit ihm die Partei den Yuppie auf den Hals gehetzt hatte. Frisch von der Uni, das Idealbild einer neuen Politikergeneration – aalglatt, arrogant und kopflastig, dabei aber schwach, verantwortungsscheu und so linientreu wie eine entgleiste Straßenbahn. Und diese geölten Haare, dachte Fürstl, so etwas hätte ich früher in der Pfeife geraucht, aber vor dem Frühstück.

Der Kabinettschef atmete gequält aus. »Worum geht es genau, Herr Minister?«

»Der Polizeipräsident hat mich gerade angerufen«, erklärte Fürstl knapp.

»Und? Bekommt er die Lage endlich in den Griff?«, gab Schmidt zurück und schaute angelegentlich auf seine manikürten Nägel.

»Sina bekommt gar nichts in den Griff«, schnaubte Fürstl, »ich habe ja seit Jahren den Eindruck, der Herr Präsident kann sich nicht einmal selbst die Schuhe zubinden.«

Schmidt betrachtete mit vorgetäuschtem Interesse die Wappen der neun Bundesländer an der Wand und wartete auf weitere Erklärungen.

»Soeben hat ihn der Bürgermeister fertiggemacht, weil in der Innenstadt der Teufel los ist, wer hätte das gedacht, und die Polizei völlig machtlos danebensteht. Sieht so aus, als wäre der gute Sina ziemlich am Ende mit seinem Latein. Von der Standpauke des Bürgermeisters klingen ihm noch immer die Ohren.« Der Innenminister lachte hämisch. »Jetzt hat er endlich einmal am eigenen Leib erfahren, warum der rote Genosse im Rathaus den Spitznamen ›Fiaker‹ bekommen hat.«

Du hast es gerade nötig, dachte Schmidt und verdrehte die Augen, griff dann in seine Tasche und zog einen goldenen Kugelschreiber und ein schwarzes Moleskine-Notizbuch heraus. »Bei allem Respekt, ich täte mich mit der Stellungnahme wesentlich leichter, wenn Sie mir endlich sagen würden, was Sina berichtet hat«, entgegnete Schmidt etwas schärfer.

»Bei allem Respekt, es ist mir im Moment scheißegal, womit Sie sich leichter tun.« Fürstl fixierte sein Gegenüber mit blitzenden Augen, lauerte nur auf eine Reaktion, um so richtig vom Leder zu ziehen. Aber die kam nicht. Schmidt starrte ihn an wie einen Gorilla im Käfig – milde interessiert.

Der Junge ist kalt wie ein Fisch, überlegte der Minister und fuhr angewidert fort: »Aber, wenn Sie so darauf brennen, die guten Neuigkeiten zu hören, bitte: Sina hat mir mitgeteilt, dass mehrere Rädelsführer der gewaltsamen Ausschreitungen mit Erfolg verhört worden sind. Waren sicher nicht zimperlich, die Herren von den Wachstuben. Da werden ein paar Krawallmacher gegen den Türstock gestolpert sein …« Der alte, dicke Mann kicherte fast lautlos, nur sein voluminöser Bauch bebte. Seine Heiterkeit verebbte auf ihrem Weg zu seinem Kabinettschef wie eine kleine Welle am Sandstrand und erreichte ihn nie. Enttäuscht stellte Fürstl fest, dass Schmidt sich nicht von seiner Heiterkeit anstecken ließ. Gedämpft fuhr er fort: »Jedenfalls haben Autonome und Rechte getrennt voneinander ausgesagt, dass sie von Unbekannten bezahlt worden sind, die Übergriffe anzustiften.«

»Und die anderen?«, hakte der junge Kabinettschef nach.

»Welche anderen?«, fragte Fürstl verständnislos.

»Na ja, die Rädelsführer waren ja nicht alleine auf der Straße …«, setzte Schmidt an, wurde aber vom Minister unterbrochen.

»Ach so! Alle waren sie freiwillig dabei, haben aus freien Stücken an den Krawallen teilgenommen, wie Sie das ausdrücken würden, Herr Schmidt.« Fürstl wischte sich mit einem blau karierten Taschentuch den Schweiß von der Stirn. »Das war sicher eine willkommene Gelegenheit für die Burschen, ein paar Kameltreibern in den Arsch zu treten, wie ich es nenne.« Der Minister ging ans Fenster und schaute hinunter. Sprechchöre verebbten und wurden Sekunden später von anderen Parolen abgelöst.

»Und die Linken?«

Fürstl machte eine wegwerfende Handbewegung. »Zeig diesen asozialen Subjekten eine Uniform, auf die sie feige vermummt eindreschen dürfen, und es gibt für sie kein Halten mehr. Verdammte Anarchisten! Der Teufel soll die Bagage holen!« Und dich gleich dazu, dachte Fürstl im Stillen.

»Und was bedeutet das alles?« Der Jungpolitiker schaute ratlos auf den Rücken seines Chefs.

»Das, mein werter Nachwuchsparlamentarier, heißt nur, dass der ganze Affenzirkus da draußen inszeniert ist. Es bedeutet, dass ich verdammt noch einmal recht hatte! Zuschlagen mit aller Härte, Zugriff, solange es noch geht! Das alles habe ich vorausgesagt, aber der Kanzler hört ja inzwischen lieber auf so kleine, verzogene Parvenüs wie Sie!«, brüllte Fürstl mit hochrotem Kopf, lief zu seinem Tisch zurück und donnerte seine Faust auf die Glasplatte. Aschenbecher klirrten und Schmidt zuckte zusammen.

»Entschuldigen Sie, Herr Minister«, unterbrach eine zögerliche Frauenstimme den Ausbruch. Fürstl blickte zur halb offenen Tür, durch die seine Sekretärin ihren Kopf steckte und ein betroffenes Gesicht machte.

»Rein oder raus, Hilde! Entscheiden Sie sich und stehen Sie da nicht in der Tür herum!«, schrie der Minister in Richtung seiner hageren Sekretärin. »Was gibt es? Ich bin gerade dabei, diesem Jung-Ignoranten Nachhilfestunden in angewandter Politik zu geben.«

»Der Herr Finanzminister ist da. Er wartet draußen«, stammelte Hilde und trippelte dabei nervös von einem Fuß auf den anderen.

»Großer Gott, der hat mir gerade noch gefehlt. Noch so ein Musterschüler«, ärgerte sich der Innenminister und machte eine ungeduldige Handbewegung in Richtung seines Kabinettschefs. »Schmidt, raus jetzt, aber schnell, und schauen Sie, dass dieser Sauhaufen auf der Straße endlich einmal in die Gänge kommt. Wir haben diese Krawallmacher lange genug mit Samthandschuhen angepackt. Es wird Zeit, dass sie begreifen, dass sie bisher bei uns im Vergleich zu Frankreich und Italien wie im Protest-Schlaraffenland gelebt haben. Rufen Sie sofort Sina an! Sagen Sie ihm: Wasserwerfer und Gummigeschosse marsch!«

Schmidt starrte ungläubig auf Fürstl und blieb wie zur Salzsäule erstarrt stehen.

»Was ist? Gibt's noch was? Brauchen Sie eine Extraeinladung? Irgendetwas nicht begriffen?«, war die prompte Reaktion des Ministers auf das Zögern seines Untergebenen. Der Kabinettschef wollte etwas entgegnen, aber Fürstl schnitt ihm das Wort ab und zeigte nur mit dem Finger auf die Tür. »Sind Sie noch nicht am Telefon? Dort hat der Zimmermann das Loch gemacht! Los jetzt, wir haben nicht mehr viel Zeit.«

Günther Schmidt wollte noch etwas sagen, überlegte es sich jedoch und eilte wortlos zur Tür. In diesem Moment betrat der Finanzminister mit zwei seiner Mitarbeiter das Büro und der Kabinettschef, der ihnen den Vortritt gelassen hatte, war schon halb aus der Tür draußen, als er auf der Schwelle kehrtmachte. »Sina … der Polizeipräsident … wird den Befehl schriftlich haben wollen …«, gab er zu bedenken.

»Zum Teufel noch einmal!«, rief Fürstl, schnappte sich ein Blatt Papier und kritzelte eilig einige Zeilen darauf. »Da! Faxen Sie ihm das ins Präsidium! Und zwar auf der Stelle! Ich will Ergebnisse sehen, und das gleich. Nicht erst nächstes Jahr!«

Damit ließ er sich auf den Drehsessel fallen, der ein kollabierendes Geräusch von sich gab. »Ich bin nur von Idioten umgeben«, brummte Fürstl und der Finanzminister verzog das Gesicht. »Anwesende ausgenommen«, beschwichtigte er seinen Kollegen, der mit Schmidt definitiv mehr gemein hatte als mit dem dicken, schwitzenden Innenminister. Manfred Wegscheider war das Liebkind der Regierung und der wählenden Massen. Elegant, gut aussehend und lächelnd, nie um eine Ausrede verlegen, war er der ideale Gegenpol des hemdsärmeligen und polternden Fürstl.

»Grüß dich, Konrad. Deine Probleme will ich im Moment nicht haben«, kommentierte Manfred Wegscheider dünn lächelnd. »Darf ich mich setzen?«

»Du mich auch, Manfred«, entgegnete Fürstl dem Finanzminister kühl. »Bitte, es stehen genug Sessel herum. Wie ich dich kenne, bist du wegen der kleinen Straßenprobleme durch den Hintereingang hereingeschlichen?«

»Was bitte soll das heißen, Konrad?« Wegscheider schlug die Beine übereinander, strich die Bügelfalten seiner makellosen Hose glatt und fixierte sein verschwitztes Gegenüber. »Was soll diese Feindseligkeit mir, einem Parteifreund, gegenüber? Die paar Demonstranten wirst du doch zur Räson bringen.«

»Sag mal, seid ihr Jungen heute alle schwer von Begriff, oder was habt ihr eigentlich studiert?«, zischte der Innenminister. »Finanz- und Bankenkrise. Klingelt es da irgendwo bei dir? Ich kann die Suppe auslöffeln, die du und deine sauberen Kollegen zwischen San Francisco und Moskau uns eingebrockt haben.« Wegscheider zog die Brauen hoch, blieb aber stumm.

»Du sitzt hier in meinem Büro in deinem feinen Armani-Zwirn und redest von meinen Feindseligkeiten? Spitz die Ohren, hörst du das? Da draußen, da sind die Feindseligkeiten. Aber die wollen seltsamerweise mir an die Gurgel und nicht dir, der für den ganzen Sauhaufen verantwortlich ist.«

»Ich frage mich, was Manfred Wegscheider, der jüngste und erfolgreichste Finanzminister der Zweiten Republik, mit den Unruhen zu tun haben soll, die Sie und Ihre Leute nicht in den Griff bekommen?«, mischte sich einer von Wegscheiders ständigen Begleitern empört ein.

Fürstl schürzte die Lippen, lehnte sich in seinem Stuhl zurück und legte den Kopf in den Nacken. »Und ich frage mich …«, erwiderte er ruhig, »warum Sie nicht den Mund halten, wenn Erwachsene reden!« Und an den Finanzminister gewandt setzte er hinzu: »Sag deinen Arschkriechern, sie sollen spielen gehen, am besten auf die Autobahn. Aber rasch, sonst vergesse ich mich.«

»Ja, schon gut, Konrad. Beruhige dich wieder«, erwiderte Wegscheider stoisch. Dann wandte er sich an seine Leute: »Wartet draußen auf mich. Es wird nicht lange dauern.«

Der Innenminister sah den beiden beim Hinausgehen zu, beugte sich vor und sah Wegscheider direkt in die Augen. »Jetzt, wo die zwei unnötigen Jasager gegangen sind, können wir offen reden. Ganz ehrlich, was habt ihr euch auf dieser Finanzministerkonferenz eigentlich gedacht? Das ist doch kein Beschluss, das ist ein Beschiss.«

Wegscheider öffnete den Mund zu einer Erwiderung, aber Fürstl hob die Hand. »Nein, sag nichts. Ihr habt euch gar nichts gedacht, weil euch die Banken fest in der Hand haben. Sagen dir Begriffe wie Rekordjugendarbeitslosigkeit, Politikverdrossenheit und Perspektivlosigkeit etwas? Arbeitslose, wohin das müde Auge blickt.« Der Innenminister schüttelte den Kopf, als er die Gleichgültigkeit im Gesicht Wegscheiders sah.

»Wo lebt ihr eigentlich? Herrschaftszeiten, Manfred, so viele Fortbildungs- und Umschulungskurse für das Arbeitsamt könnt ihr euch gar nicht ausdenken, dass die Arbeitslosenzahlen nicht weiter explodieren. Und euch fällt nichts Besseres ein, als ›Mitarbeiter für den Arbeitsmarkt freizustellen‹ und den Managern Prämien aus Steuergeldern in den Hals zu stopfen? In den Aufsichtsräten Boni an Bankwunderkinder zu bewilligen, die alles gerade an die Wand gefahren haben? Alleine, wenn ich eure Wortwahl höre, wird mir schon schlecht. Wundert dich dann noch die Empörung dieser Menschen auf unseren Straßen?« Fürstl legte seine Hände flach auf die Glasplatte seines Schreibtisches. »Diese Konferenz war der Tropfen, der das Fass zum Überlaufen gebracht hat. Um ehrlich zu sein, ich habe mich schon gewundert, dass es so lange gedauert hat …« Der Innenminister winkte ab, während der Finanzminister immer wieder imaginäre Stäubchen von seinem Anzug wischte.

Dann blickte Wegscheider auf. »Wie gesagt, Konrad, die paar Demonstranten wirst du sicher schnell wieder zur Räson bringen.«

Ohne eine Miene zu verziehen, schaute Wegscheider aus dem Fenster. Langsam wurde es Abend und die Gipsfiguren an der Fassade gegenüber warfen lange Schatten.

»Verdammt noch mal, das stellst du dir so einfach vor. Wie soll ich das denn bitte anstellen, in einem vertretbaren Rahmen? Wir leben nicht mehr im Jahr 1934! Da braucht heute Nacht nur ein unglücklicher Zwischenfall wie damals in Genua beim G8-Gipfel passieren, wo die Carabinieri diesen Jungen erschossen haben, und alle wollen meinen Kopf. Und der Kanzler, der wird ihnen den prompt auf einem Silbertablett servieren. Wie du weißt, wollen wir nach der nächsten Wahl wieder auf die Regierungsbank, egal wie. Hauptsache, wir enden nicht in der Opposition.«

»That's the name of the game«, gab Wegscheider kühl zurück. »Du hast auch gewusst, worauf du dich einlässt, als du zur Angelobung gegangen bist. Was kann dir denn schon groß passieren, Konrad? Du begrenzt heute den Schaden, trittst morgen zurück, hebst übermorgen deine Abfindung vom Konto ab und gehst irgendwo im Süden in Pension. Was willst du? Du warst lange genug dabei. Ich fürchte, du bist den Anforderungen der heutigen Zeit nicht mehr gewachsen.« Der Finanzminister hob den Kopf und sah Fürstl direkt in die Augen.

»Du arrogantes, kleines Arschloch!« Fürstl sprang auf und stemmte die Fäuste in die Hüften. »Ich war schon in der Partei, da hast du noch im Kindergarten den Spinat gelöffelt und in der Nase gebohrt!«

Wegscheider zeigte sich von dem Ausbruch nur mäßig beeindruckt, was den alten, erfahrenen Politiker noch wütender machte: »Du hast ja keine Ahnung, was heute Nacht noch alles vorfallen kann, wenn die Situation außer Kontrolle gerät! Hast du schon einmal den Begriff ›Laternisieren‹ gehört, Manfred? Das ist, wenn dich ein wütender Mob an einer Laterne aufknüpft. Du glaubst, du bist unverwundbar, aber das ist ein Irrtum. Der ganze Spuk ist inszeniert von Anfang bis zum Schluss, wie ich es vorausgesagt habe! Da draußen sind Protestprofis am Werk und ein paar brave Leute mit einem Anliegen sind in ein Schlamassel geraten, aus dem sie nur schwer wieder herauskommen. Und genau daran seid ihr Schuld.«

»Ich weiß, Konrad, ich weiß. Aber was willst du jetzt machen? Tu deine Pflicht und stell wieder Ruhe und Ordnung her. Mit deiner langjährigen Erfahrung …«

Ein lauter Knall unterbrach den Minister. Ein Pflasterstein war an die schusssichere Scheibe geschleudert worden. Dann ging es Schlag auf Schlag. Als sei ein Damm gebrochen, knallten immer mehr Steine gegen die Fenster. Fürstl sah sein entsetztes Gegenüber spöttisch an. »So schnell kann es gehen und die Lage eskaliert, ein Zwischenfall reicht und Wien brennt.«

Die Tür zum Büro flog auf und Hilde stürzte herein. »Herr Minister, Herr Minister, die beiden Männer, die mit dem Finanzminister gekommen sind ...«

Fürstl sprang auf. »Ist das der Grund, warum die Demonstranten so ausrasten?«, fragte der Minister die sprachlose Sekretärin, die von einem Polizisten beiseitegestoßen wurde, der an ihr vorbei aufgeregt ins Büro des Ministers stürmte.

»Das ist unglaublich! Die beiden haben eine Hundert-Euro-Banknote auf den Kopierer gelegt, vervielfältigt, die Kopien zugeschnitten und die Scheine dann durch ein offenes Fenster auf die Menge geworfen.« Der Polizist war wie vor den Kopf gestoßen.

Der Innenminister kniff die Augen zusammen, bis sie nur mehr schmale Schlitze waren. »Manfred, auf welcher Seite stehst du eigentlich? Sollte das lustig sein? Dann kann ich euren Sinn für Humor nicht teilen.« Der Innenminister warf Wegscheider einen vernichtenden Blick zu, dem er nicht standhielt. »Wo sind die zwei Spaßvögel jetzt?«

»Habe ich verhaften und abführen lassen«, antwortete der wachhabende Offizier.

»Sehr gut!«, brummte Fürstl und ignorierte den protestierenden Finanzminister. »Und du, Manfred, reg dich nicht auf, sonst liefere ich sie einfach dem Mob auf der Straße aus. Gar keine schlechte Strafe, findest du nicht?« Dann wandte er sich an den wachhabenden Offizier. »Was machen die da unten auf der Gasse im Moment?«

»Gruppen von Demonstranten versuchen, mit Sitzbänken vom Michaelerplatz die Türe des Ministeriums aufzubrechen. Bisher erfolglos«, meldete sich ein weiterer Uniformierter zu Wort.

»Was ist mit dem Tor und der Pkw-Ausfahrt auf die Herrengasse hinaus?«, erkundigte sich Fürstl, der einen Ausweg aus der Belagerung suchte.

»Frei. Bis auf die Menschenmenge davor, Herr Minister«, rapportierte der Wachhabende wie aus der Pistole geschossen.

»Gut, dann machen wir das folgendermaßen«, bekräftigte der Innenminister seinen tollkühnen Entschluss. Der Hinterausgang kam für ihn nicht in Frage. Also befahl er: »Wachmannschaft als Einsatzeinheit in voller Einsatzausrüstung im Hof antreten. Während sich die Männer umziehen, die Wagen fertig machen. Ich fahre als Zweiter hinaus, ein Wagen vor mir. Ihre Leute halten mit ihren Schilden und Stöcken den Weg durch die Herrengasse frei.« Den Protest des Offiziers schnitt Fürstl mit einer knappen Handbewegung ab. »Ich lasse mich von diesen wild zusammengerotteten Rabauken nicht einschüchtern. Wenn mein Wagen aus der Gefahrenzone ist, bringen Sie den Finanzminister in Sicherheit.« Er schaute Wegscheider an. »Oder du bleibst hier und leistest meinem Kabinettschef Gesellschaft. Ihr werdet euch sicher prächtig verstehen.«

9. Juni 1815, Palais am Ballhausplatz, Wien/Österreich

Fürst Clemens Metternich sah befriedigt D. Joaquim Lobo da Silveira zu, wie er als letzter der drei portugiesischen Delegierten die Feder aus der Hand legte. Ein Sekretär beugte sich dienstfertig über seine Schulter und trocknete die Tinte auf dem wohl wichtigsten Dokument, auf das sich Europa in diesem anbrechenden Jahrhundert geeinigt hatte. Keine Stunde zuvor hatte Metternich selbst für Österreich unterschrieben, an erster Stelle. Die 121 Artikel des Vertrags waren in monatelanger Arbeit auf dem Wiener Kongress ausgehandelt worden. Keinem anderen als ihm, Clemens Metternich, war es zu verdanken, dass der Vertrag überhaupt zustande gekommen war. Die Grenzen Europas waren neu gezogen worden, die Beratungen hatten Vertreter von mehr als zweihundert Staaten, Fürstentümern, freien Reichsstädten und Körperschaften in Wien an den Verhandlungstisch gezwungen. Es war ein ungeheures Vorhaben gewesen, das mehrfach vom Scheitern bedroht war. Aber die eiserne Hand Metternichs und sein ungewöhnliches Verhandlungsgeschick hatten das Ruder immer wieder herumgerissen.

»Bist du jetzt zufrieden?«, tuschelte Baron Wessenberg lächelnd, während Da Silveira wieder zu seinem Platz zurückging.

Metternich wandte sich dem neben ihm stehenden österreichischen Diplomaten zu, der wie er als Geheimer Rat im Dienst des Kaisers stand, und nickte.

»Ja, jetzt bin ich es zufrieden«, erwiderte er langsam, bevor die Delegationen im Saal in Jubel und Applaus ausbrachen. Sein Palais am Ballhausplatz, das Außenministerium, war für fast ein Jahr das politische Zentrum Europas gewesen, Wien das glänzende Parkett, auf dem der Kongress tanzte. Kaiser Franz I. gefiel sich in der Rolle des Gastgebers, aber sein Kanzler spielte die entscheidende Rolle. Mit der heutigen ersten und einzigen Vollversammlung des Kongresses war Metternich am Gipfel seiner Macht angelangt und blickte zu Recht stolz in die Runde. Große und weitreichende Entscheidungen in Europa waren getroffen und zukunftsweisende Beschlüsse gefasst worden. Ländergrenzen waren neu gezogen, die Verhältnisse vor den napoleonischen Kriegen wiederhergestellt und gleichzeitig die Kleinstaaten abgeschafft worden. Metternich hatte alles erreicht, was er sich vorgenommen hatte.

Aber da war noch etwas … Der Kanzler nickte rasch Wessenberg zu und verließ eilig den Saal, ohne sich umzublicken. Ohne die livrierten Diener zu beachten, die ihm die großen Türen aufhalten wollten, ging er durch eine Tapetentür und über eine schmale Treppe in sein Kabinett. Niemand sah ihn kommen und Metternich ließ sich zufrieden in seinen Sessel vor dem reich verzierten Schreibtisch fallen. Für einen kurzen Moment überlegte er, doch dann zog er die rechte Lade seines Schreibtisches auf, betätigte einen versteckten Mechanismus und ein kleines, aber langes Geheimfach öffnete sich auf Federdruck. Metternich griff rasch hinein, holte drei dünne Papierzylinder aus dem Versteck und legte sie nebeneinander auf die Tischplatte. Kaum hatte er das schmale Fach wieder zugedrückt, klopfte es auch schon an der Geheimtüre seines Bureaus und Metternich lehnte sich zurück, warf einen Blick auf die Uhr und sagte leise: »Treten Sie ein!« Der Kanzler schätzte Pünktlichkeit. Es war höchste Zeit für seine Rückversicherung …

Als der letzte Tag des Kongresses mit einem fulminanten Abendempfang in der Hofburg zu Ende ging, war der Fürst einer der Letzten, der die Soiree verließ. Nur wenige Minuten später erreichte seine Kutsche den Hof des »Palais Metternich« und der Kanzler atmete auf. Es war vollbracht. Er, Clemens Metternich, war der erfolgreichste Diplomat Europas und einer der mächtigsten Männer des Kontinents. Ein Ruhm, den ihm nun keiner mehr nehmen konnte.

Er überquerte den dunklen Hof und nahm eine Seitentreppe, nachdem er seine Bediensteten mit einer Handbewegung entlassen hatte. Ein kleiner Kerzenleuchter stand bereit und in seinem warmen Licht stieg Metternich die kleine, gewundene Wendeltreppe aus Holz und Metall hinauf, die im hinteren Teil des noblen Stadtpalais drei Stockwerke nach oben führte. Sie endete in einem schmalen Gang und vor einer unscheinbaren Türe, zu der nur Metternich und ein langjähriger Vertrauter die Schlüssel hatten. Hier oben, unter dem Dach, war die Luft warm und der Sommer kündigte sich an. Es roch ein wenig nach Staub und nach alten Akten.

Der Kanzler zögerte einen Moment, bevor er den großen eisernen Schlüssel im Schloss drehte und die Tür öffnete. Dann gab er sich einen Ruck und trat ein. Der Raum war spartanisch eingerichtet, mit einem Eisenbett und einem Waschtisch, einem kleinen Beistelltischchen und ein paar bedeutungslosen Bildern an der Wand. Die Einrichtung wirkte zusammengewürfelt, aber das war nebensächlich. Der Bewohner des Raumes unter dem Dach war seit Langem blind, seit mehr als einem Jahrzehnt schon. Er konnte auch nicht mehr gehen und nur mühsam sprechen, aber sein messerscharfer Verstand erstaunte Metternich immer wieder. Es war dieser Mann gewesen, der einen so entscheidenden Anteil an den Grundideen hinter dem Wiener Kongress und am schnellen Aufstieg des Fürsten Metternich gehabt hatte. Auch wenn ihn nie jemand zu Gesicht bekommen hatte.

Der alte Staatsmann trat an den schweren Lehnstuhl, der vor einem der offenen Dachfenster stand, und legte die Hand sanft auf die Lehne, bevor er den Leuchter auf das Fensterbrett stellte. Im Licht der flackernden Kerze, tief versunken in den Polstern, lag ein Kind im Greisenalter, die Augen geschlossen, sein Gesicht faltig und eingefallen wie das einer Mumie. Schmale, dünne Hände, von einer pergamentartigen Haut überzogen, durch die sich Venen wie blaue Fäden abzeichneten, hielten einen abgegriffenen Stock mit silbernem Knauf fest. So lange Metternich sich erinnern konnte, hatte er diese Hände nie ohne diesen Stock gesehen.

Der Mann im Lehnstuhl war nun kaum siebzig Jahre alt und sah aus wie hundert. Eigentlich hätte er bereits lange tot sein müssen. Eigentlich hätte er nie leben dürfen, korrigierte sich Metternich und schaute auf die kindliche Figur in dem abgewetzten Hausmantel hinunter. Und doch … Da war er und der Tod wollte ihn anscheinend nicht haben.

»Du hast es vollbracht, Clemens, da ist Singen auf den Straßen«, flüsterte eine dünne Stimme, die nach raschelndem Seidenpapier klang. Der zu große Kopf in den Kissen des Lehnstuhls sah aus wie ein Totenschädel, in dem sich nur die blutleeren Lippen unmerklich bewegten.

»Jauerling, du hast ein beneidenswertes Gehör«, gab Metternich zurück und trat ans Fenster, um hinunterzublicken. Eine kleine Gruppe von Diplomaten zog nach einem ausgiebigen Bordellbesuch vorbei, ausgelassen lachend und singend wie auf einem Volksfest.

»Das Einzige, was mir noch geblieben ist«, kam es aus dem Lehnstuhl wie ein Hauch aus einem anderen Leben. »Ein blinder Wicht, der nicht mehr gehen kann und den selbst der Teufel nicht will. Du hast gewonnen, Clemens, und ich kann nicht mehr verlieren.«

»Wir können verlieren, so lange wir spielen«, gab Metternich zu bedenken und zog sich einen Sessel näher an den Lehnstuhl. Jauerling hustete ein wenig. Oder lachte er? Es klang nach reißenden Papierstreifen.

»Deswegen habe ich heute Nachmittag die Dokumente ausgehändigt«, sagte der Kanzler leise. »Niemand kann in die Zukunft blicken, nur die Vermessenen glauben es.« Metternich verstummte und schaute der Kerze zu, die im Luftzug der Nacht flackerte.

»Alle vier?«, fragte der Zwerg und Metternich schüttelte den Kopf, obwohl Jauerling ihn gar nicht sehen konnte.

»Nein, nur drei. Das vierte habe ich mit einem Boten nach Berlin geschickt, an Wilhelm von Humboldt.« Der Kanzler spürte, dass Jauerling etwas sagen wollte, und kam ihm zuvor. »Einem zuverlässigen Boten, sei unbesorgt, mein Freund.« Die Lippen des Zwerges verzogen sich zu einem schiefen Grinsen, das die Falten in seinem Gesicht noch vertiefte.

»Erinnerst du dich an den alten General de Ligne?«, fragte der Kanzler und Jauerling nickte unmerklich. »›Der Kongress kommt nicht vom Fleck, er tanzt‹, hatte er gesagt.« Metternich kicherte. »Wenn er wüsste, wie sehr er sich geirrt hat, der alte Geizhals. Jeden einzelnen Florentiner war dieser Kongress wert, jeden einzelnen verdammten Gulden.« Er wurde wieder ernst. »Nun ist die Saat ausgebracht und was immer auch passieren sollte, mit mir, mit dir, mit diesem Land, irgendwann wird jemand die ganze Wahrheit erfahren.«

»Bist du zufrieden?«, flüsterte Jauerling und der Kanzler seufzte.

»Dasselbe hat mich der Wessenberg auch gefragt nach der Unterzeichnung. Ja, das bin ich, aber vor allem, weil wir beide unsere Trümpfe gut gespielt haben. Weißt du, Jauerling, dass du mehr Anteil an diesem Kongress hattest als der Kaiser? Du solltest zufrieden sein.« Metternich wartete darauf, dass der greise Zwerg etwas antworten würde, aber Jauerling blieb stumm und der Fürst fragte sich, ob er nicht eingeschlafen war. Er nahm den Kerzenleuchter vom Fensterbrett und wandte sich zur Tür.

»Ich ziehe nun schon seit siebzehn Jahren mit dir durch Europa«, kam es da überraschend klar aus dem Lehnsessel. »Erst Dresden, dann Berlin, schließlich Paris und nun seit langen Jahren Wien. Ich bin müde, Clemens, ich bin so müde und ich kann nicht sterben.« Jauerling holte röchelnd Luft und Metternich lehnte sich vor, damit der alte Freund sich nicht so sehr anstrengen musste. Der Zwerg konnte genau spüren, wie weit jemand weg war.

»Danke. Ich habe dich beraten, so gut ich konnte, habe dir das Archiv des Schwarzen Bureaus übergeben und dir Dinge beigebracht, die nur wenige wissen. Ich habe dir … das Geheimnis gezeigt …« Jauerling holte röchelnd Luft. »Ich habe versucht, meine Fehler wiedergutzumachen, aber du und ich wissen beide, dass es zu viele waren. Ich war lange Jahre die schwarze Seite der Macht, wie es ein Kaiser einmal nannte, die rechte Hand des Teufels.« Jauerling lachte leise keuchend. »Und ausgerechnet der will mich jetzt nicht haben. Vielleicht mag er keine Krüppel.«

Metternich wollte etwas sagen, aber der Zwerg hob unmerklich seine Hand vom Knauf des Stockes und der Kanzler wartete. Er schaute nachdenklich auf den verschrumpelten kleinen Mann, der in dem Lehnstuhl fast verschwand. Hatte ihn das Schicksal nicht genug gestraft? Ein brillanter Geist in einem bizarren Körper, der durch

Zähigkeit und Disziplin nicht auf einem Jahrmarkt oder in einer Schaustellerbude gelandet war. Oder im Narrenturm.

»Ich möchte hier begraben werden, Clemens, da vor dem Fenster.« Die Stimme Jauerlings klang wieder fester. »Ich hätte so gerne hinuntergeschaut auf Wien, ein letztes Mal, aber wir beide wissen, dass es sich nie erfüllen wird. Alles ist schwarz um mich, schwarz wie meine Seele.« Er machte eine Pause. »Du hast heute deinen größten Triumph gefeiert. Aber auch du wirst merken, dass es von ganz oben nur mehr abwärtsgehen kann. Ich werde nicht mehr da sein, aber du wirst an mich denken, wenn du fällst.«

Jauerling verstummte und dann tat er etwas, zu dem ihn Metternich nicht mehr für fähig gehalten hatte. Er nahm den Knauf seines kleinen Stockes in eine Hand und packte mit der anderen die Holzhülle. Mit einem sirrenden Geräusch zog er ein blitzendes, dreieckig geschliffenes Florett aus dem Stock und hielt es dem Fürsten hin.

»Und jetzt, Clemens, mach endlich Schluss«, flüsterte er, »ich will gehen.«

Herrengasse, Innere Stadt/Wien, Österreich

Die Warnleuchten in der Einfahrt des Innenministeriums warfen ihre roten Lichtkegel in einem gespenstischen Rhythmus an die weiß gestrichenen Wände. Das rote Licht tanzte über die Helme der Polizisten und spiegelte sich in den dunklen Visieren der Männer, die in der schmalen Ausfahrt in Stellung gegangen waren. Ihre Anspannung war für jedermann spürbar. Die Nerven der Männer lagen blank.

Als die Schranke in der Einfahrt hochschwenkte, rückte die Einsatztruppe Schild an Schild nach vorne. Gleichzeitig öffnete sich langsam und majestätisch das schwere Tor zur Herrengasse. Der Lärm der Demonstranten schwoll an, und die ersten schweren Wurfgeschosse prasselten gegen die Torflügel. Der Portier hinter seiner Glasscheibe zog instinktiv den Kopf ein und verschwand schließlich unter seinem Pult. »Warum haut der Alte nicht einfach durch den Hintereingang ab?«, zischte er kopfschüttelnd, griff zu seinem Handy und wählte.

Der Anführer der drei Männer, die beim Café Central in sicherer Entfernung auf diesen Moment gewartet hatten, steckte sein Telefon wieder ein. »Das Zielobjekt verlässt den Bau wie geplant«, murmelte er zufrieden und wandte sich seinen Begleitern zu. »Es ist so weit. Tarnvorrichtung aktivieren und Abfangkurs eingeben«, befahl er mit einem diabolischen Lächeln im Gesicht, und alle drei zogen sich schwarze Gesichtsmasken über, bevor sie in Richtung Ministerium eilten und die Demonstranten in ihrem Weg rüde zur Seite schoben.

Zur selben Zeit rollte die schwarze Limousine des Innenministers an, dem Chaos auf den Straßen entgegen. »Na bitte, alles geht, wenn man genug Schneid hat«, rief Fürstl aus und schlug mit der flachen Hand auf die Polster der Rücksitzbank. Sein langjähriger Chauffeur war entsetzt und beobachtete mit schreckverzerrtem Gesicht im Rückspiegel seinen Chef. Er betete inbrünstig, dass Fürstl es sich noch einmal überlegen und doch im Ministerium bleiben würde. Aber der Innenminister dachte gar nicht daran, dem Druck der Straße nachzugeben.

Die Männer der Einsatztruppe stemmten sich verzweifelt mit ihren Schilden gegen die nach vorne drängenden Demonstranten. Eier und volle Joghurtbecher platzten auf ihren Helmen, Steine prallten von den Schilden ab. Vermummte sprangen mit vollem Elan gegen den Kordon aus Uniformierten, wurden niedergerungen, mit Plastikschleifen anstelle von Handschellen gefesselt und von Exekutivbeamten in den Hof des Ministeriums geschleift.

»Lange halten die dem Ansturm nicht stand, Herr Minister«, gab der Fahrer zögernd zu bedenken.

»Ach was! Das sind die harten Jungs und die anderen sind nur Zivilisten.« Fürstl winkte ab. Die Menge öffnete sich vor dem ersten Wagen des Konvois, schloss sich aber sofort danach wieder, wie eine homogene Masse, die im Fluss war und die niemand aufhalten konnte. Der Dienstwagen des Ministers war nun vollends in die aufgebrachte Menschenmenge eingetaucht. Dumpf knallten Gegenstände auf das Dach und gegen die Seitenwände des gepanzerten Mercedes. Durch das Seitenfenster beobachtete Fürstl, wie sich die Uniformierten bemühten, die Demonstrierenden von der Limousine wegzudrängen. Einige droschen mit ihren Schlagstöcken auf zusammengekauerte oder panisch zurückweichende Jugendliche ein. Andere setzten ihre Schilde ein, um eine Gasse zu bilden, die aber immer wieder einbrach.

»Wenn das nur gut geht«, murmelte der Chauffeur und schickte noch ein Stoßgebet zum Himmel. Er sah, wie die Polizei Gewalt mit Gewalt beantwortete, drehte sich zaghaft um und fragte Fürstl: »Können Sie das vertreten, Herr Minister?«

»Pflicht ist Pflicht«, bellte der Innenminister aus dem Fond. »Ich könnte noch viel weniger damit leben, wenn ich es nicht getan hätte.«

Der Chauffeur drehte sich kopfschüttelnd wieder nach vorne, als zwei Vermummte auf die Motorhaube des Mercedes sprangen und mit ihren Fäusten gegen die Windschutzscheibe trommelten. Der Fahrer schrie auf und machte gleichzeitig eine Vollbremsung, die den gepanzerten Wagen durchschüttelte.

»Geben Sie Gas!«, rief Fürstl. »Oder wollen Sie noch länger hierbleiben?«

»Aber die Menschen ...!« Der Mann am Steuer war entsetzt und verlor damit wichtige Sekunden.

»Ich sehe keine Menschen, nur einen aufgebrachten, mordlüsternen Mob!«, brüllte der Minister.

In diesem Moment geschah das Unmögliche: laut krachend zerbarst das Seitenfenster, das Panzerglas war von einem in Watte gepackten Gegenstand durchbohrt und zerschmettert worden.

Fürstl war wie vor den Kopf gestoßen. Eine Hand in einem schwarzen Handschuh schob sich blitzschnell durch das entstandene Loch in das Wageninnere und entriegelte mit einem Griff die Tür. Im nächsten Augenblick wurde der Innenminister grob gepackt und aus der Limousine gezerrt. Der alte Mann konnte das Gesicht des Fremden unter seiner schwarzen Maske nicht erkennen, er hörte nur eine Stimme an seinem Ohr, die trotz des Lärms um ihn herum erstaunlich klar klang: »Komm, du Schwein, wir machen einen Ausflug.«

Zwei Sicherheitsbeamte hatten trotz des Chaos, das um sie herrschte, den Angriff auf den Minister bemerkt und eilten ihm sofort zu Hilfe. Sie kamen nicht weit. Mit einer routiniert wirkenden Handbewegung zog der Unbekannte eine Glock mit Schalldämpfer und benutzte den zappelnden Minister als lebenden Schutzschild. Es gab zwei Mal einen leisen Knall und der Maskierte gluckste vergnügt, als die beiden Polizisten schwer verletzt zu Boden stürzten. Er hatte sie genau zwischen Helm und Brustpanzer in den Hals getroffen.

Zufrieden darüber, dass er nur zwei Schüsse gebraucht hatte, wedelte er mit der Pistole vor Fürstls Gesicht herum. »Tja, Herr Minister, das war wohl nichts. Das sollten ihre Schergen eigentlich besser können. Gewogen, gemessen und nicht für gut genug befunden«, meinte er trocken und stülpte dann Fürstl rasch einen schwarzen Sack übers Gesicht.

Es dauerte nur wenige Augenblicke, dann kreischten die ersten Demonstranten auf, als sie sahen, dass Blutfontänen aus den Hälsen der beiden Polizisten spritzten und die Männer sich zuckend auf dem Boden wälzten. Dann brach Panik aus. Alle rannten wild durcheinander, kopflos wollte sich jeder nur noch in Sicherheit bringen. Zögernde wurden einfach überrannt, Menschen trampelten alles nieder, was ihnen in den Weg kam, und die Einsatzeinheit des Innenministeriums ging hilflos im Getümmel unter.

Um Fürstl herum war alles schwarz, unter der Kapuze war es unerträglich heiß und er konnte kaum noch atmen. Die Geräusche der Außenwelt drangen nur gedämpft an sein Ohr. Trotzdem vernahm er Schreie, Schüsse und Polizeisirenen. Erbarmungslos wurde er durch die Menge gezogen, angerempelt und gestoßen. Der Angreifer war ganz offensichtlich nicht mehr alleine, denn ein weiteres Paar Hände hielt ihn nun fest umklammert, zog ihn vorwärts. Dann wurde es ruhiger, aber die Unbekannten zerrten ihn weiter. Fürstl hatte keine Ahnung, wo sie waren, aber in jedem Fall konnte er nicht mehr mit der Hilfe seiner Beamten rechnen. Das Ministerium und die Einsatzkräfte waren bereits zu weit entfernt. Dann hörte er mit einem Mal, wie die Hintertür eines Transporters geöffnet wurde, ein Geräusch, das er Hunderte Male vernommen hatte, jedoch noch niemals so bewusst wie in dieser Sekunde. Kräftige Hände hoben den massigen Mann mühelos hoch und warfen ihn Kopf voraus auf den Boden des Laderaumes. Fürstl war betäubt vom Sturz, aber er glaubte drei Personen in den Laderaum einsteigen und die Türen zuschlagen zu hören.

»Hebt ihn auf und setzt ihn dort hin«, befahl die Stimme des Angreifers, der Fürstl aus der Limousine gezerrt hatte. Dann geschah etwas Kurioses: Der Mann summte vergnügt eine bekannte Melodie von Joseph Haydn, so, als befände er sich auf einer Vergnügungsreise durch sommerliche Landschaften.

Hände rissen Fürstl hoch und fesselten den Minister an einen Stuhl. Nach einem heftigen Ruck wurde die Kapuze von seinem Kopf gezogen und der alte Mann blickte direkt in das gleißende Licht einer Lampe. Fürstl war geblendet, zwinkerte und versuchte vergebens, irgendetwas zu erkennen. Panische Angst krallte sich in seinen Bauch, aber er wollte es sich um keinen Preis anmerken lassen. »Was soll das sein, du Kanaille«, keifte er trotzig, »das Deutschlandlied?«

»Ich bin überzeugt, das singst du viel schöner als ich«, kam es aus dem Lichtkegel und eine kräftige Hand im schwarzen Handschuh tätschelte die Wange des Ministers. Dann sah Fürstl erstmals seine Angreifer, als einer der Männer die starke Lampe an der Decke des geräumigen Laderaumes befestigte und zurücktrat.

Drei maskierte Gestalten in schwarzen Kampfanzügen lungerten in aller Seelenruhe vor ihm herum, zwei an die Wand des Transportes gelehnt und einer direkt gegenüber auf einem weiteren Sessel. Er wippte stumm auf den beiden Hinterbeinen des Stuhles wie ein ungehorsamer Schüler. Als er endlich zu reden begann, wusste Fürstl, dass es der Mann war, der ihn aus dem Wagen geholt und seine beiden Polizisten ermordet hatte.

»Weißt du, Fürstl, warum ich mir so gerne Länderspiele zwischen Österreich und Deutschland im Fernsehen anschaue?«, fragte ihn der Vermummte mit sanfter Stimme.

»Keine Ahnung. Wegen Cordoba?«, schnappte der Minister.

Der Fremde lachte laut auf. »Ach wo, dieser alte Hut! Es interessiert in Wahrheit doch niemanden mehr, welche Tore vor Urzeiten in Argentinien geschossen worden sind. Außer vielleicht ein paar ewiggestrige Sportjournalisten.«

Seine nächste Frage traf den Innenminister unvorbereitet. »Wobei wir schon beim Thema sind. Wie geht es eigentlich deinen Freunden in Argentinien?« Als Fürstl stumm blieb, winkte er großzügig ab. »Ach egal, brauchst nicht zu antworten. Also, der Grund, warum ich mir so gerne Länderspiele zwischen Österreich und Deutschland ansehe, obwohl ich kein Fußballfan bin, ist ganz einfach: weil sie da unsere beiden Hymnen hintereinander spielen. Erst die eine, dann die … improvisierte.«

»Vollkommen verrückt«, schoss es Fürstl durch den Kopf, »der Kerl ist völlig irre.« Er beschloss, bis auf Weiteres zu kooperieren und die erste Gelegenheit zu nützen, um seinen Angreifern zu entkommen.

Der seltsame Mann sah sich demonstrativ nach allen Seiten um und beugte sich dann zum Minister. »Heiß ist es hier, findest du nicht auch?« Er wartete kurz auf eine Antwort, aber der alte Mann schwieg. Da zuckte der Unbekannte mit den Achseln, zog sich die Maske vom Kopf und lachte dem Minister ins Gesicht.

»Du bist es?« Verzweifelt rüttelte Fürstl an seinen Fesseln, aber sie gaben nicht nach.

Der Mann konnte nicht aufhören zu lachen. »Ja«, stieß er schließlich atemlos hervor, »die Rebschnüre sind besser geworden, seit sie den alten Latour an das Fenster gebunden haben. Weißt du, die Schatten der Vergangenheit holen dich immer wieder ein. Jede Tat ist wie ein Bumerang. Kaum hast du ihn geworfen, knallt er dir schon wieder an die hohle Birne.« Laut kichernd tätschelte er die Glatze des Ministers.

»Du Terrorist! Du Volksaufwiegler! Schmieriger Intrigant!«, brüllte Fürstl, aber ein breiter Streifen schwarzes Textilklebeband erstickte seinen Redefluss.

»So, jetzt halten wir aber unser vorlautes Mundwerk. Es hat schon viel zu viel geplaudert«, trällerte der Fremde und strich mit seinen Fingern den Klebestreifen glatt. »Was du als Herr Minister für Worte kennst, Konrad. Solltet ihr nicht Vorbilder für unsere Jugend sein?« Plötzlich und ohne Vorwarnung verzerrte sich sein Gesicht zu einer zornigen Grimasse. »Du bist eben doch nur ein fettes Schwein! Und weißt du, was man mit vorwitzigen, kleinen Schweinchen macht, die zu viel plappern?«, brüllte er den Gefesselten an, der hysterisch den Kopf schüttelte. »Man schlachtet sie und macht Spanferkel draus!«, kreischte er und klatschte in die Hände. »Säbel!«, brüllte er und streckte die Hand aus, um sie dann mit der Waffe in einer weit ausholenden Bewegung auf den Kopf des Ministers niedersausen zu lassen.

Fürstl wollte schreien, aber das Textilklebeband presste ihm den Mund zu. Warm rann ihm das Blut über die Augen und ein brennender Schmerz fraß sich in sein Gehirn.

»Wehe dem, der unsere Ruhe stört. Wir sind nicht tot, nur weil wir schweigen«, keuchte der Mann, ließ den Säbel sinken und dann mit lautem Klirren auf den Boden fallen. »Blutung stillen! Ich habe noch etwas vor mit ihm«, befahl er seinen Begleitern.

Die beiden Männer in den schwarzen Tarnanzügen wechselten entsetzte Blicke. Dann griff der eine zum bereitgestellten Erste-Hilfe-Kasten und begann mit geschulten Handgriffen den wimmernden Minister zu versorgen. Als er fertig war, hielt er inne, kauerte sich nieder und ließ den Kopf sinken. Aber dann fasste er sich ein Herz und sagte leise: »Meinen Sie nicht, wir sollten die Sache lieber schnell und …«

Mit einem einzigen Satz war der Anführer plötzlich neben dem Maskierten, packte ihn am Kragen seines Kampfanzuges und zog ihn hoch. »Jaaa, was ist?«, zischte er durch die Zähne und spuckte dem Mann gezielt durch den Sehschlitz seiner Maske ins Auge. Der senkte den Blick, wischte sich über das Gesicht, schüttelte nur den Kopf und beugte sich wieder über den Verletzten.

»Ich denke, er hat recht …«, versuchte der andere, ihm zu Hilfe zu kommen, aber im nächsten Augenblick blickte er in die Mündung der Glock.

»Wünsche, Beschwerden, Anregungen?« Die Pistole zitterte keinen Millimeter. Über Kimme und Korn ließ der unmaskierte Mann seinen Mitstreiter nicht aus den Augen.

»Ich meine nur auch, dass es besser wäre, die Sache sauber und schnell …«, wagte der Eingeschüchterte trotzdem einen erneuten Versuch. Aber sein Gegenüber begann nur laut die Melodie von Haydn zu singen. Dann verfiel er in einen Singsang, der allen die Gänsehaut über den Rücken jagte: »Tut uns leid, im Augenblick sind alle Leitungen besetzt. Ein Servicemitarbeiter wird sich in Kürze bei Ihnen melden. Wenn Sie uns eine Nachricht hinterlassen wollen, dann machen Sie das bitte nach dem Signalton.« Er drückte den Abzug, der Hahn der Automatik schnellte vor, traf auf die leere Kammer und klickte laut. Der Maskierte riss instinktiv die Arme nach oben und wandte sich dann kopfschüttelnd ab.

Der Anführer steckte seine Glock wieder ein und lächelte zufrieden. Dann strich er sich über den Bauch, streckte sich und rief gut gelaunt: »Ach, ist das schön, wenn sich alle einig sind und mit vereinten Kräften an einem Strang ziehen!«

So schnell, wie seine gute Laune gekommen war, so rasch verflog sie wieder. Er fuhr herum, packte Fürstl am Kinn und zwang den

Gefesselten, ihn anzusehen. »Weißt du, was jetzt kommt, du schwitzende Karikatur? Darauf freue ich mich schon den ganzen Tag. Zuerst werde ich dir einen Grillspieß in dein voll gefressenes Bäuchlein stechen. Das gehört sich so für ein Spanferkel.« Schrill kichernd rammte er dem Minister eine Fingerspitze in den Magen. »Dazu muss ich dir aber erst deinen feinen Zwirn ausziehen. Wir wollen ja nicht, dass er schmutzig wird. Sonst wird aus der eBay-Versteigerung nichts und deine Fans sind traurig, weil sie kein persönliches Erinnerungsstück von dir ergattern können.«

Wie ein venezianischer Tuchhändler prüfte er am Revers des Anzuges die Stoffqualität. Mit vorquellenden Augen beobachtete Fürstl sein Tun. »Schade, den Einkaufspreis wird er nicht mehr einbringen. Aber es ist ja für eine gute Sache.« Er zog den zweiten Stuhl näher und setzte sich. »Als geschichtsbewusster Mensch weißt du ja sicherlich, wohin das Ganze führt. Oder?«

Der Minister nickte langsam, während sein Blut den provisorischen Verband durchtränkte und ihm erneut über die Augen rann.

Dann fing er an zu beten.

Schloss Schönbrunn, Wien/Österreich

Georg warf zufrieden einen Kontrollblick auf seine Armbanduhr. Es war genau 19:00 Uhr. So überpünktlich bin ich nur, wenn es um Frauen geht, dachte er lächelnd und blickte sich suchend nach Irina um. Vor dem Eingang zum Sommerpalast der Habsburger herrschte das übliche Gedränge. Touristengruppen schoben sich vom Bus zum großen Tor, um den Park zu besichtigen, oder waren bereits am Ende ihrer Tour und genossen noch den warmen Abend, bevor sie wieder in ihr Hotel zurückkehrten.

Der Wissenschaftler schaute die beiden hohen Obelisken am Tor zu Schloss Schönbrunn entlang in den Himmel. Die ausgebreiteten Schwingen der beiden goldenen Adler an ihren Spitzen glänzten in den letzten Strahlen der Sonne vor einem tiefblauen Azur.

Die schweren Kronleuchter im Spiegelsaal des imperialen Palastes erloschen, die hohen Fenster in der barocken, kaisergelben Fassade wurden dunkel. Der Tag wie auch der Sommer strebten langsam ihrem Ende zu. Die Dämmerung setzte ein, ein frischer Wind kam aus dem Wienerwald und die Wolken glühten feuerrot im Westen.

Sina registrierte erfreut die kühlende Brise und fächelte sich mit aufgeknöpftem Sakko etwas Frischluft unter die Achseln. Nass geschwitzte Hemdsärmel unter dem Anzug waren ihm zuwider.

Unter den Hecken und Bäumen, irgendwo am Rand der Springbrunnen, Kaskaden und Wasserbecken sitzend wäre es jetzt bestimmt angenehmer als hier mitten auf dem Präsentierteller, sinnierte der Wissenschaftler. Er schloss die Augen und träumte sich zusammen mit einer nackten Irina Sharapova ins kalte Nass des Neptunbrunnens. Das wäre zur Abwechselung einmal ein handfester Skandal, der Paul eifersüchtig machen würde, lächelte er. Aber diese Phantasie trug weniger zu seiner Abkühlung bei, als er gehofft hatte.

Die Glocken der Hietzinger Pfarrkirche läuteten den Abend ein und das Wolfsrudel im benachbarten Tiergarten begann zu heulen.

Georg blickte zum Himmel, wo ein Flugzeug einen rosa Strich über das Blau und durch die rötlichen Wolken zog. Ein erster Herbsthimmel, rot wie der Weltenbrand, sinnierte er, die ominöse schwarze Maske in der Hand. Der Tyrann ist verbannt, der Schlussstrich gezogen. Nur seine Adler sind geblieben ... Napoleons Adler ... vor der Sommerresidenz des österreichischen Kaisers. Sina musste schmunzeln. Bestimmt hatte ein Hofrat oder vielleicht sogar der Kaiser selbst gemeint, die zwei seien eigentlich »eh ganz hübsch«, und man hatte sie an ihrem Platz gelassen, um vor aller Augen gemeinsam ihre Bedeutung zu vergessen.

Als Georg die Maske endlich aufsetzte, fiel er zwischen den Nebenerwerbs-Mozarts und Zuverdienst-Hofdamen, die geschäftig in ihrer roten Livree oder den Reifröcken umherliefen, überhaupt nicht auf. Der schwarz maskierte Mann in elegantem Anzug, Krawatte und Sportschuhen war in den Augen der Touristen ein weiterer wandelnder Versuch, die Attraktionen Wiens in Form von überteuerten Eintritts- oder Konzertkarten an den meist fremden Mann und die weit gereiste Frau zu bringen. Sein Jackett flatterte im Wind wie ein aufgeschreckter Pinguin beim Versuch, von der Eisscholle abzuheben.

Die letzten Touristen musterten ihn misstrauisch, Joggerinnen liefen kichernd mit federnden Schritten an ihm vorbei. Nur eine japanische Besuchergruppe, auf dem Weg zum wartenden Bus, hielt kurz inne. Obwohl der Guide mit seinem bunten Schirm wild durch die Luft fuchtelte und schimpfend die riesige Stoppuhr in seiner Hand konsultierte, standen plötzlich zwei kleine Frauen mit topfähnlichem Stoffhut und Mundschutz links und rechts neben Sina, legten den Arm um ihn, und dann blitzen auch schon die Kameras die unwirkliche Szene auf. Nach einer tiefen Verbeugung verschwanden die Fotografen und ihre Partnerinnen so schnell, wie sie erschienen waren, einen erleichterten Guide im Schlepptau, der hektisch auf sie einredete.

Georg kratzte sich verlegen am Hinterkopf, verfluchte seinen Aufzug und warf wieder einen Blick auf die Uhr: 19:30 Uhr.

»Hoffentlich erlöst mich Irina bald von dieser peinlichen Warterei!«, flehte er halblaut.

Da hörte Sina hinter sich Autoreifen über den Kiesweg rollen und fuhr herum. Majestätisch und beinahe lautlos glitt ein Rolls-Royce Silver Cloud durch das Tor und blieb direkt vor ihm stehen. Die Limousine aus den Fünfzigerjahren war in Silber metallisée mit flaschengrünen Seitenpartien ausgeführt. Das Chrom der großen Scheinwerfer war fleckenlos und Sina zog erstaunt die Brauen hoch.

»So wie der Wagen aussieht, wurde er nicht nur komplett restauriert, sondern auch in mehreren Schichten handlackiert, wie es sich für einen Rolls gehört«, murmelte er bewundernd und ging langsam auf das Auto zu. Er hegte nicht den geringsten Zweifel, dass der Silver Cloud gekommen war, um ihn abzuholen. Zeit und Ort konnten kein Zufall sein.

Der Wagenschlag wurde geöffnet und eine große Gestalt in schwarzer Chauffeuruniform stieg aus, kam Sina entgegen. Georg blieb verwirrt stehen. Das war nicht Irina Sharapova, sondern unverkennbar ein Mann, das Gesicht hinter einer schwarzen Maske verborgen. Dazu trug er Kappe, Handschuhe, Reithosen und gewichste Stiefel. Die Volto nero glich Georgs Maske bis ins kleinste Detail.

Der Fremde kam weiter auf Georg zu, in der rechten Hand ein auf Hochglanz poliertes Serviertablett mit einem einzelnen weißen Kuvert. Georg wollte laut grüßen, aber der Unbekannte schlug die Hacken zusammen und streckte ihm wortlos den Brief entgegen.

Sina zögerte und ein mulmiges Gefühl machte sich in seinem Magen breit. Vielleicht wäre es das Richtige, sich einfach umzudrehen und wegzugehen – nein – wegzurennen, fuhr es ihm durch den Kopf. Jedoch sein Gegenüber hielt ihm noch immer bewegungslos das Tablett hin und schließlich griff Georg zu. Ohne den Überbringer der Nachricht aus den Augen zu lassen, öffnete er den Umschlag und zog eine elegante Carte de Visite aus Büttenpapier heraus. Der Fremde bedeutete Georg mit dem Kopf, die Nachricht darauf zu lesen. Nur zögernd kam Sina der Aufforderung nach und überflog schließlich hastig den kurzen Text, gedruckt in englischer Schreibschrift:

»Sehr geehrter Professor Sina, wir freuen uns aufrichtig, dass Sie unsere Einladung angenommen haben, und erlauben uns nun, Sie zu einer kleinen Fahrt ins Blaue zu verführen. Der Chauffeur wird sie zu einer Villa bringen, wo eine Überraschung auf Sie wartet. Versuchen Sie bitte nicht, eine Konversation mit Fahrer oder Beifahrer zu führen. Dies ist weder notwendig noch möglich, denn beide sind von Geburt an stumm. Vielleicht können Sie daraus unser Bemühen um Ihre Sicherheit und um größtmögliche Diskretion ablesen. Die Abendgesellschaft, zu der wir Sie bringen werden, ist erlesen und elitär, der Zutritt nur mittels eines Passwortes möglich. Dieses werden Ihnen unsere Mitarbeiter vor Ort übergeben. Wir wünschen Ihnen eine angenehme Fahrt und freuen uns auf Ihren Besuch.«

Das Billet sollte ihn wohl beruhigen, erreichte aber genau das Gegenteil. Der Chauffeur verbeugte sich und geleitete den Wissenschaftler mit einer einladenden Geste zum Rolls-Royce, öffnete den Wagenschlag im Fond und der Geruch von Connolly-Leder schlug Sina entgegen.

Georg stieg ein und ließ sich in die kühle Lederbank sinken. Eine Hand im schwarzen Handschuh griff nach dem Schalter für die Innenbeleuchtung, schaltete sie ein und deutete dann auf einen mit Eiswürfeln gefüllten Sektkübel mit einer geöffneten Magnumflasche Dom Perignon und die dazugehörigen Gläser. Dann wurde die Wagentür dezent geschlossen und fiel mit einem leisen Klicken ins Schloss.

»Das nenne ich Luxus pur, Herr Professor«, brummte Georg kaum hörbar, »jetzt ist nur die Frage, ob du ein Riesenrindvieh oder ein

Glückspilz bist, der sich auf so ein Abenteuer einlässt.« Er sah sich neugierig im Wageninneren um. Die Vorhänge vor den hinteren Seitenfenstern waren zugezogen und festgeknüpft, das Abendlicht fiel lediglich durch die Rück- und die Windschutzscheibe ins Wageninnere.

Der Fahrer am Lenkrad auf der rechten Wagenseite war genauso gekleidet wie sein Kollege, der Sina in den Silver Cloud hineinkomplimentiert hatte. Im Rückspiegel konnte Georg nur die Augen des Chauffeurs durch dessen schwarze Maske erkennen. Sie beobachteten ihn genau.

»Sehr schön, ein Original … rechtsgesteuert …«, versuchte es Georg im leichten Plauderton, erntete aber keinerlei Reaktion. »Entschuldigen Sie, ich vergaß, Konversation ist weder notwendig noch möglich …« Er winkte ab. Was rede ich für Blödsinn, die können mich sowieso nicht hören, dachte er, und rutschte nervös hin und her. Um seine Verwirrung zu kaschieren und um sich zu beschäftigen, begann er nach dem Sicherheitsgurt zu suchen. »Idiot, da gibt es keinen«, zischte er leise und genierte sich plötzlich vor dem Augenpaar im mittleren Rückspiegel. Der glaubt jetzt, ich komme frisch von der Scholle, dachte Georg verlegen und verschränkte schließlich die Arme vor der Brust.

Kaum hatte der Beifahrer neben dem Chauffeur Platz genommen, verriegelten sich die Türen mit einem trockenen »Klack« wie von Geisterhand. Georg war sich nicht mehr so sicher, ob es eine gute Idee gewesen war, die Einladung anzunehmen. Nur die Aussicht, endlich Irina wiederzusehen, ließ ihn das kleine Spielchen mitspielen.

Der elegante, im Vergleich zu neueren Modellen der englischen Luxusmarke schwer und kantig wirkende Rolls-Royce schien trotz allem mehr zu schweben als zu fahren, denn weder die Unebenheiten im Straßenbelag noch die Fliehkraft beim Abbiegen waren zu spüren.

So fühlt sich ein Auto mit Klasse an, schwelgte Georg trotz seiner Anspannung, egal, wie sehr sie uns ihre runden Micky-Maus-Karosserien mit diversen elektronischen Gimmicks anpreisen. Hier spürt man Holz, wo Holz ist, und Metall, wo Blech ist. Dann beäugte Georg die Champagnerflasche. »Weder meine Marke noch mein Kaliber. Haben Sie nichts Stärkeres an Bord? Mir ist etwas flau geworden … Einen Wodka vielleicht?«, fragte er seine beiden Begleiter.

Plötzlich drehte sich der Beifahrer um und reichte dem Wissenschaftler eine Flasche »Zubrowka« nach hinten.

»Respekt, meine Herren! Die bevorzugte Hausmarke des Fahrgastes. Woher wissen Sie, dass ich polnischen Büffelgraswodka allem anderen vorziehe?« Doch in diesem Augenblick bemerkte Georg die Karte am Flaschenhals und las: »Herrn Professor Sina, mit den besten Empfehlungen des Hauses. Jedoch fehlt Ihnen noch etwas ...«

»So? Was fehlt mir denn noch?«, wunderte sich Georg, aber da hielt der Beifahrer bereits eine Flasche naturtrüben Apfelsaft in der Hand und reichte sie nach hinten.

»Danke, jetzt bin ich vollends überzeugt«, sagte Sina, erfreut – diese Details konnte eigentlich nur Irina kennen.

»Zum Genießen muss ich allerdings die Maske abnehmen«, informierte er die beiden Fahrer und wollte die Volto nero absetzen, aber eine Handbewegung gebot ihm, noch kurz zu warten. Dann zog der Beifahrer schnell den Vorhang zum Fond zu und sperrte damit die Außenwelt völlig aus.

Stadteinfahrt West, Wien/Österreich

Die Scheinwerfer des alten Porsche schnitten durch die Dunkelheit und verloren sich schließlich im hellroten Licht der Straßenbeleuchtung, als sie Wien erreichten. Paul Wagner und Kommissar Berner waren schweigend bis zur Stadtgrenze gefahren, jeder in seiner eigenen Gedankenwelt versunken. Ruzicka war von den Ärzten in ein künstliches Koma versetzt worden, aber viele Hoffnungen hatte ihnen die Stationsärztin in St. Pölten nicht gemacht. »Es gibt Fälle, da ist unsere ärztliche Kunst am Ende ihrer Weisheit. Da entscheidet jemand anderer ...« Ihre Worte klangen Berner noch immer im Ohr. Darüber, wie Ruzicka den Tod seiner Frau aufnehmen würde, wollte der Kommissar gar nicht nachdenken. Er ertappte sich bei dem Gedanken, dass es Ruzicka vielleicht erspart bleiben würde ...

»Fassen wir nochmals zusammen, was wir herausgefunden haben«, meinte Wagner und holte Berner aus seinem Brüten. »Der Lenker eines zweiachsigen, roten Mercedes-Benz Actros wartet auf den Peugeot Ruzickas zweihundert Meter vor der Kreuzung auf einer kleinen Ausweiche neben der Straße. Er raucht nicht oder wirft seine Zigarettenstummel nicht weg. Aber er montiert, den Fußspuren nach zu urteilen, die Nummernschilder ab. Also ist der Lkw nicht gestohlen, was sich mit den Ergebnissen der polizeilichen Fahndungslisten von heute deckt.«

Berner nickte.

»Von seiner Position aus sieht er den Wagen Ruzickas auf eine lange Gerade einbiegen und er fährt los. Es ist Sonntag, weniger Verkehr als üblich, und er kann in Ruhe auf den Peugeot warten, selbst mitten auf der Fahrbahn stehend. Dann gibt er Gas und trifft den Wagen ziemlich genau in der Mitte. Was mich darauf schließen lässt, dass er das nicht zum ersten Mal macht. Außerdem hat er den Lkw dafür präpariert: Ein großer Kuhfänger soll den Lastwagen schützen und verhindern, dass die Polizei Lackspuren auf Ruzickas Wagen findet.« Wagner beschleunigte auf der doppelspurigen Straße entlang des Wienflusses stadteinwärts, fuhr bei Gelb über eine Ampel und warf einen kontrollierenden Blick in den Rückspiegel. Niemand war ihnen gefolgt.

Kommissar Berner spürte eine Welle der Wut aufsteigen.

»Wie die Jungs von der Spurensicherung feststellten, fuhr der Lkw nach dem Unfall in Richtung Wien weiter und blieb noch vor der ersten Kurve in der Einfahrt eines unbefestigten Feldweges stehen. Die Reifenspuren stimmen mit denen der anderen Ausweiche überein. Ich nehme an, da hat der Fahrer die Kennzeichen wieder angeschraubt und ist in aller Ruhe nach Wien zurückgefahren. Er wird niemandem aufgefallen sein, weil der Wagen keine offensichtliche Beschädigung aufwies. Und selbst dann …« Wagner dachte daran, wie oft drei Augenzeugen vier unterschiedliche Versionen eines Hergangs schilderten.

»Das war gut geplant«, murmelte Berner grimmig.

»… und dann schnell und professionell durchgezogen«, ergänzte Wagner. »Sie hatten nicht viel Zeit für die Vorbereitungen. Erst gestern Abend war Ruzicka auf der Bildfläche erschienen, als er den Mord in Nussdorf untersuchte. Keine vierundzwanzig Stunden später war alles vorbei.«

Der Kommissar schaute aus dem Fenster und sah Schönbrunn näher kommen. Die weltberühmte Sommerresidenz der Habsburger, unter Kaiserin Maria Theresia erbaut, leuchtete im Licht zahlloser Scheinwerfer. Dutzende Touristenbusse parkten vor der Sehenswürdigkeit und versperrten immer wieder den Ausblick auf große Teile der Parks und des Schlossplatzes. Die Ampel sprang auf Rot und der Porsche war kaum zum Stehen gekommen, als eine Gruppe von französischen Urlaubern hinter ihrem Reiseleiter mit der obligaten Landesfahne in der hochgereckten Hand über die Straße stürmte. Die effektvoll beleuchteten Parkanlagen waren auch am Abend ein Touristenmagnet.

Aus der Einfahrt des Schlosses glitt langsam und majestätisch ein alter, zweifarbig lackierter Rolls-Royce, der auf Hochglanz poliert war. In seinem Lack spiegelte sich die Fassade Schönbrunns.

»Was für ein Schmuckstück!«, rief Wagner bewundernd und fragte sich, wer hinter den verdunkelten Scheiben so stilvoll chauffiert wurde. »Der Rolls muss aus den Fünfzigerjahren stammen.« Die Limousine beschleunigte sanft, überquerte die Straße und verschwand in Richtung Westbahnhof.

»So lange kann niemand arbeiten, um diesen Wagen ehrlich zu verdienen«, brummte Berner und zog sein Notizbuch heraus, kritzelte etwas hinein und steckte es wieder ein. »Lassen Sie mich in der Nähe der U-Bahn aussteigen, ich muss noch mit jemandem reden, der in großer Gesellschaft immer so nervös wird«, meinte der Kommissar, als Wagner beschleunigte und weiter in Richtung Innenstadt fuhr. Zwei Ampeln später deutete der Kommissar auf die blaue Tafel mit dem weißen »U«, die in der Ferne leuchtete. »Am besten da vorn.«

Als der Porsche vor der U-Bahn-Haltestelle im Parkverbot ausrollte, öffnete Berner die Wagentür, lehnte sich zu Wagner hinüber und legte dem Reporter die Hand auf den Arm.

»Passen Sie auf sich auf. Ich frage mich die ganze Zeit, was Ruzicka so Sensibles herausgefunden hat, Wagner. Aber was immer es auch ist, viel spricht dafür, dass Sie es ebenfalls wissen. Haben Sie schon einmal darüber nachgedacht?« Damit stieg Berner aus und ließ einen nachdenklichen Reporter zurück, der sich fragte, was sie wohl beide übersehen hatten.

Innere Stadt, Wien/Österreich

Nach dem Mord an den beiden Polizeibeamten und der darauffolgenden Panik in der Herrengasse hatte sich die Demonstration in der anbrechenden Dunkelheit langsam aufzulösen begonnen. Die angeforderten Wasserwerfer spülten die wenigen noch übrig gebliebenen Randalierer weg und bereiteten damit dem Tumult ein Ende. Mannschaftstransporter, Polizei- und Rettungswagen rasten durch die Innere Stadt und über die Ringstraße. Die Notaufnahmen der Wiener Spitäler waren komplett überfüllt und der Ausnahmesituation kaum gewachsen. Die Ärzte und das Pflegepersonal versuchten, eine möglichst große Zahl an eingelieferten Verletzten nach der medizinischen Erstversorgung wieder nach Hause zu schicken, um Platz für die zahlreichen Neuankömmlinge zu schaffen. In diesem Durcheinander nach der Straßenschlacht achtete niemand auf den weißen Kleintransporter mit dem Firmenlogo einer stadtbekannten Wäscherei, der in einer Seitengasse geparkt rhythmisch hin und her schwankte. Als er endlich zum Stillstand gekommen war, verließ ein Schwarzgekleideter beinahe lautlos den Laderaum, schlug die Tür hinter sich zu und stieg ins Führerhaus. Die Scheinwerfer gingen an und der Motor wurde gestartet. Gemütlich setzte sich der Transporter in Bewegung, rollte langsam durch die verwaisten Gassen und über die leeren Plätze der Inneren Stadt, die mit weggeworfenen Transparenten, Flugzetteln und Zeitungen übersät waren.

Am Heldenplatz vor der Neuen Burg hielt der Wagen an, genau zwischen den beiden Reiterstandbildern von Prinz Eugen und Erzherzog Karl. Die Scheinwerfer erloschen, der Motor verstummte. Der Fahrer stieg aus und ging gemächlich zur Rückseite des Wagens. Die Türen zum Laderaum öffneten sich und zwei weitere schwarze Gestalten sprangen heraus, die ein großes, schweres Bündel von der Ladefläche zogen und es zwischen sich über den Asphalt schleiften. Sie hatten nicht weit zu gehen.

Der Lenker des Transporters warf inzwischen ein dickes Seil mit einem eleganten Schwung über den Arm einer Straßenlaterne und knotete rasch und gekonnt eine Schlinge in ein Ende. Dann schlang er sie um den Hals des röchelnden und halb bewusstlosen Innenministers.

»Ich hoffe, du weißt die Stelle zu würdigen«, zischte er dem blutüberströmten Fürstl zu. »Es ist ein Nachguss der originalen Kandelaber der Imperial Gaslight Association. Wir haben keine Mühe gescheut. Ich hätte dich ja gerne selbst erwürgt, aber die Fingerchen von meinen kleinen Patschehändchen reichen leider nicht um deinen fetten Hals! Grüß den Teufel von mir.« Dann zog er mit aller Kraft am Seil und Konrad Fürstl baumelte mit zappelnden Beinen an der Laterne.

»Das ist mein ganz persönliches Mahnmal dafür, dass deine Freunde und Kollegen auf ihrem Triumphwagen nicht vergessen, dass sie sterblich sind!«, kreischte der Vermummte und schlang das Seil mehrmals um den Laternenmast. Dann zog er die Glock und schoss wie besessen laut lachend auf den Gehenkten, bis schließlich ein metallisches Klicken des Hahns verkündete, dass er das Magazin restlos geleert hatte. Da packten ihn die beiden anderen Maskierten plötzlich und zerrten ihn mit sich fort zum Wagen. Zunächst wehrte er sich, verstand nicht, warum sie ihn mitzogen, doch dann sah er mehrere Polizisten aus der Dunkelheit auftauchen und auf sie zustürmen.

Mit quietschenden und durchdrehenden Reifen setzte der Klein-Lkw zur Flucht an, rumpelte über Gehsteige und Grünanlagen. Exekutivbeamte stellten sich ihm in den Weg, eröffneten das Feuer, aber sprangen schließlich doch zur Seite, nachdem der Kleintransporter direkt auf sie zuhielt. Dann hatte der weiße Transporter das Burgtor fast erreicht und schoss mit aufheulendem Motor auf die Arkaden zu, als ein Streifenwagen sich quer stellte und die Durchfahrt zur Ringstraße versperrte. Der Fahrer des Transporters fluchte laut, rammte den Passat der Polizei und schob ihn so lange vor sich her, bis der Einsatzwagen an einen Pfeiler der wuchtigen Torbögen prallte und sein Folgetonhorn verstummte.

Mit aller Kraft versuchte der Fahrer, den angeschlagenen Kleintransporter in der engen Durchfahrt unter Kontrolle zu bekommen. Trotzdem konnte er nicht verhindern, dass er mehrmals im Inneren des Tores Steinpfeiler touchierte, an der Wand entlangschrammte und den Motor abwürgte. Der weiße Lieferwagen blieb schließlich schwer beschädigt auf der offenen Fläche zwischen Ring und Burgtor liegen. Aus mehreren Einsatzfahrzeugen sprangen schwer bewaffnete Polizisten und eröffneten sofort das Feuer. Die Scheiben des Kleintransporters explodierten im Kugelhagel und Glassplitter stoben wie Schrapnelle durch das Führerhaus. Die drei Männer suchten in dem Wageninneren nach einer Deckung, die es nicht gab.

Der Lenker, wie durch ein Wunder nur leicht an der Schulter verletzt, startete den Motor erneut, legte den ersten Gang ein und gab blind Vollgas. Ungebremst durchbrach der Transporter die Polizeisperre, raste über die Hauptfahrbahn der Ringstraße, holperte über den Grünstreifen und kam an einem niedrigen, aber stabilen Metallzaun zum Stehen. Der Fahrer ließ sich sofort aus dem Wagen fallen und fand sich neben einem Kanaldeckel wieder. »Wenn das kein Fingerzeig des Schicksals ist«, kicherte er. »Mir nach, meine Getreuen!«, rief er, bekam aber keine Antwort. Seine beiden Adjutanten lagen tot und mit verdrehten Gliedern im Führerhaus.

Er verlor keine Sekunde. »Auch gut«, gluckste er, »keine Zeugen, keine Probleme.« Während sich die Polizisten vorsichtig und mit gezogenen Waffen dem Fahrzeug von der anderen Seite her näherten, öffnete der Maskierte ächzend den Kanaldeckel und verschwand spurlos in der Wiener Unterwelt. Für einige Augenblicke lag eine bekannte Melodie von Haydn in der Luft.

Gallitzinberg, Wien/Österreich

Georg nippte genüsslich an seinem Drink, als er bemerkte, dass die Route schon längere Zeit bergauf führte. Er konnte seine Neugier nicht mehr im Zaum halten, stellte das Glas ab und begann, den Vorhang vor dem Fenster aufzuknöpfen. Enttäuscht musste er jedoch feststellen, dass man das klassische Automobil mit einigen hochmodernen technischen Finessen nachgerüstet hatte. Die Scheibe war auf Knopfdruck undurchsichtig geworden und verhinderte so jeden Blick nach innen, aber auch nach außen.

Verärgert trommelte Sina mit den Fingerspitzen auf die Lederbank und begann Dreien auf seine Schenkel zu zeichnen. Schließlich drehte er sich um und spähte zum Rückfenster hinaus. Aber viel konnte er in der einsetzenden Dunkelheit und geblendet von der Straßenbeleuchtung nicht erkennen. Über den Wipfeln einiger Bäume sah er schließlich einen Augenblick lang die goldene Kuppel der Kirche am Steinhof. Interessant, dachte Georg, wir fahren auf den Gallitzinberg, eine noble Gegend. Die Anhöhe im Westen der Stadt, auch Wilhelminenberg genannt, am Rande des Wienerwaldes, wurde von großen Grünflächen und eleganten Villen bestimmt.

Er versuchte sich erneut zu orientieren und kam bald zu dem Schluss, dass die Limousine in etwa der Sanatoriumsstraße nach Westen gefolgt und nun über den Heschweg und die Savoyenstraße nach Norden in Richtung Stadtrand unterwegs war. Was die Fahrer nicht wissen konnten, war, dass sich Georg in dieser Gegend recht gut auskannte. Zum einen hatte eine Exfreundin von ihm hier gewohnt und zum anderen war er öfters in der hier eingerichteten psychiatrischen Klinik zu Besuch bei einem Freund und Studienkollegen gewesen.

Der Rolls-Royce hielt kurz im Licht einer Straßenlaterne an. Georg reckte den Hals und folgerte, dass sie am Ziel angekommen waren, denn offensichtlich wartete man vor einer Einfahrt. Und tatsächlich – im nächsten Moment fuhr die Limousine durch ein schmiedeeisernes Gartentor, das sich hinter dem Wagen automatisch wieder schloss.

Der Silver Cloud rollte über einen Kiesweg durch einen ausgedehnten parkähnlichen Garten. Sina erkannte die Äste und Wipfel eines hohen, alten Baumbestandes vor dem klaren Nachthimmel, bevor der Wagen anhielt. Wie von Zauberhand wurden die Seitenscheiben wieder klar, der Motor verstummte und die beiden Fahrer stiegen aus. Georg wartete darauf, dass der Schlag geöffnet werden würde, doch der Beifahrer klopfte erst von außen an die Scheibe und deutete auf sein Gesicht, ein Zeichen, die Maske wieder aufzusetzen.

Seufzend legte Sina die Volto nero wieder an und stieg aus. Vor ihm ragte eine riesige Villa aus der Ringstraßenzeit empor, hinter ihm plätscherte ein großer Springbrunnen im Mittelpunkt des Wendekreises der Zufahrtsstraße. Die Brunnenfigur, ein nackter, antiker Knabe aus Bronze, reckte schützend die Hände empor. Darunter stand in Marmor gemeißelt »Ilioneus«.

Wuchtige, geschwungene Kandelaber beleuchteten das Haus und eine gewaltige, geschwungene Freitreppe führte zur Eingangstüre. Auf dem weiten Kiesplatz standen Dutzende Luxuslimousinen, einige mit Diplomatenkennzeichen und kleinen Fähnchen an den Kotflügeln. Zwischen den Bäumen hatten einige Chauffeure schwarze S-Klasse-Mercedes dezent geparkt und standen nun rauchend und plaudernd beisammen. Georg sah das Aufglühen ihrer Zigaretten in der Dunkelheit.

Die Fassade des herrschaftlichen Gebäudes war aus doppelt gebrannten Wienerberger Ziegeln gemauert. Nur die Verzierungen und Fensterstürze bestanden aus Kalk- oder Sandstein. Aus den offenen Fenstern drang Musik und Lachen.

Sina atmete die kühle Abendluft, die nach frisch gemähtem Gras, Rosen und Koniferen roch. In den Ästen zirpten Zikaden und versuchten, die übermütig lauten Stimmen der Gäste zu übertönten. Schade, dachte Georg, wir werden wohl keine ruhige Ecke finden, Irina und ich. Die Party ist schon in vollem Gange. Gerne hätte Georg mit ihr einen Spaziergang durch den Park gemacht, um die Nacht und den sicher atemberaubenden Ausblick zu erkunden.

Bestimmt konnte man von hier Schloss Schönbrunn und die Gloriette auf der anderen Seite des Wientales sehen, überlegte er. Er träumte davon, vor diesem Panorama Irina zu küssen, sicher eine unvergessliche Erinnerung.

Die beiden Chauffeure rissen ihn ungeduldig aus seinen Tagträumen, nahmen ihn in die Mitte und führten ihn die Stufen hinauf zum Eingangstor der Villa. Vor dem schweren, geschnitzten Eichentürblatt, von dem ein Satyr seine Zunge und Mänaden ihre entblößten Brüste dem Besucher entgegenstreckten, standen plötzlich zwei junge Frauen in durchsichtigen, langen weißen Gewändern. Eine hielt ihm lächelnd ein Tablett hin, auf dem ein weiteres Kuvert lag. Sina griff nach der Botschaft, riss das Kuvert auf und zog das Billet aus dem Umschlag.

Er hielt es näher ans Licht, das von einer Jugendstillampe neben der Tür auf den Eingang fiel. Auch diese Nachricht war aufwendig auf handgeschöpftem Papier gedruckt, ein Beweis, dass seinen Gastgebern nichts zu teuer war. Er bemerkte die Ungeduld seiner zwei Begleiter, die offenbar noch einen weiteren Gast abholen mussten und ihn auffordernd ansahen. Die Hoffnung, mit Irina einen intimen Abend verbringen zu können, rückte in immer weitere Ferne. Wenn er ehrlich war, hatte er sie inzwischen aufgegeben. Also begann er zu lesen.

»Herzlich willkommen auf Villa Ilioneus, Hr. Professor Sina. Es ist uns eine Ehre und aufrichtige Freude, Sie in unserem exklusiven Kreis empfangen zu dürfen. Um Ihren Aufenthalt so

angenehm wie möglich zu gestalten und Ihnen uneingeschränkten Zugang zu allen Bereichen unseres Hauses zu gewähren, erhalten Sie hiermit Ihren ganz persönlichen Zugangscode, der ausschließlich für Sie und nur in dieser Nacht gültig ist. Er lautet ›Amor manet‹.

Alles Weitere erfahren Sie von Ihrer Begleiterin, die bereits auf Sie wartet. Wir wünschen Ihnen eine lustvolle Nacht.«

Grandios, ein romantisches Rendezvous mit Irina habe ich erwartet, und so etwas wie ein Nobelbordell bekomme ich. Die beiden Uniformierten verneigten sich kurz, nahmen ihm das Billet wieder aus der Hand und klopften drei Mal in einem bestimmten Rhythmus an die geschnitzte Eingangstüre. Dann verließen sie ihn.

Zunächst passierte gar nichts und Sina blickte nachdenklich die beiden Frauen an, deren Gewänder sich im leichten Nachtwind bauschten. Er fragte sich, ob der Türsteher vielleicht das Signal überhört hatte. Doch dann schwang der Satyr langsam zur Seite und ein Butler blickte durch die Öffnung in der Tür auf den Neuankömmling.

»Tempus fugit?« Die Stimme des Empfangschefs wirkte eher gelangweilt und distanziert.

»Amor manet«, antwortete Georg und wusste nicht, ob er dieses Ritual komisch oder aufregend finden sollte.

Doch dann schwang auch schon die Tür auf und der Empfangschef stand vor ihm, ein schlanker, älterer Herr im Cut mit einer gelbschwarz gestreiften Jacke darunter. Georg fühlte sich augenblicklich in das Haus am Eaton Place versetzt, sah er sich doch Gordon Jackson in der Rolle des Angus Hudson gegenüber.

Der Butler machte eine Verbeugung und bat Georg, näher zu treten.

Seltsam, da müsste doch eigentlich jemand Imposanterer für die Sicherheit am Eingang zuständig sein, dachte Georg, doch genau in diesem Moment trat der Butler einen Schritt zur Seite und gab den Blick auf den dahinter wartenden Securitychef frei.

Professionell tastete der ebenfalls maskierte Bodybuilder nach einem höflichen »Sie gestatten?«, das keinen Widerspruch duldete, Sina kurz nach versteckten Waffen ab. Er schien über einen gut getarnten Funkreceiver eine Information erhalten zu haben, denn nach einer angedeuteten Verbeugung führte er Georg tiefer in den Raum hinein und winkte eine langbeinige, grazile Frau mit hochgesteckten dunklen Haaren herbei.

Doch ein Gentlemen's Club, dachte Sina bei ihrem Anblick, aber ein sehr gehobener mit Stil und Tradition.

»Die junge Dame wird sich weiter um Sie kümmern und Sie an Ihren Bestimmungsort bringen. Wir hoffen, sie entspricht Ihren Vorstellungen«, stellte der Sicherheitschef abschließend fest und wandte sich bereits den nächsten Besuchern zu.

Sina konnte nur sprachlos seine Zustimmung nicken. Er ließ seine Augen anerkennend über die Figur der jungen Frau wandern, von den hochhackigen Manolo-Pumps über ihre perfekten Beine in schwarzen, halterlosen Strümpfen und weiter zu ihrem Oberkörper, der nur von einem schwarzen Body mit weißem Smokingkragen und schwarzer Fliege verhüllt war. Dazu trug sie seidig schimmernde Handschuhe, die beinahe bis unter ihre Achseln reichten.

Der Ausstatter des Abends hatte sich in der Kunst des Ver- und gleichzeitigen Enthüllens übertroffen. Ihr Gesicht war hinter einer mit Samt überzogenen, runden Maske verborgen. Es war eine venezianische Moretta oder Muta, eine »Stumme«, wusste Georg. Er schloss daraus, dass die gewählte, traditionelle Maskenform wieder Programm war: Von seiner Begleiterin würde er keine Auskünfte oder Antworten auf seine Fragen erhalten, aber wenn er es wünschte, würde sie ihn, wie es die Maske versprach, widerspruchslos verführen.

Bestimmt mit allen Raffinessen, dachte Georg, schluckte und lockerte seinen Hemdkragen etwas. Wo war er da hineingeraten?

Die junge Frau drehte sich um und ging voran, führte Georg durch ein geräumiges, von Wandleuchten und Kristalllüstern gedämpft beleuchtetes Entree. Ein riesiger, fast die gesamte Fläche des Raumes bedeckender antiker Isfahan mit Blüten und Arabesken dämpfte die Schritte. An den mit Stuckatur verzierten Wänden hingen seltene, kleinformatige Ölbilder.

An Stehtischen und in eleganten Polstermöbeln standen und saßen Männer und Frauen unterschiedlichen Alters. Ihre Gesichter waren unter reich verzierten, venezianischen Karnevals- und Commedia-dell'Arte-Masken verborgen. Als die junge Frau mit einer einladenden Handbewegung Georg weiter bat, unterbrachen sie ihre Konversation und nickten ihm einen Gruß zu.

Die Stumme brachte Georg über eine weiße Marmortreppe mit schwarzer Granitbalustrade in den ersten Stock und dann in einen Salon, wo sie ihm bedeutete, einen kurzen Moment an der Türe zu warten. Sie ging zu einer voll besetzten Sitzgarnitur und beugte sich zu einer blonden Frau hinunter.

Die Dame im langen roten Abendkleid erhob sich sofort und kam direkt auf Georg zu. Ihre farblich auf das Kleid abgestimmte Maske hielt sie sich mittels eines goldenen Stabes vors Gesicht. Vor Georg angekommen, senkte sie ihre Hand und gestattete ihm so einen kurzen Blick auf ihr Gesicht.

»Wie passend«, lächelte Georg sie an, »die Zeit vergeht, die Liebe bleibt.«

»Das finde ich auch«, erwiderte Irina Sharapova. »Willkommen im Tempel der Lustbarkeiten«, ergänzte sie. Dann nahm sie seinen Arm und hängte sich bei ihm ein.

»Komm«, hauchte sie und führte ihn über einen mit Rosenblüten bedeckten Marmorboden, auf dem in unregelmäßigen Abständen silberne Leuchter mit schwarzen Kerzen standen und ein gelbliches Licht spendeten.

Die Vorhalle im ersten Stock der Villa lag im Halbdunkel, und doch konnte Georg die riesigen Ausmaße des Raumes erahnen. Hohe, klassizistische Säulen trugen die bemalte Decke. Vor jeder stand unbeweglich ein mit einer Moretta maskiertes, nacktes Mädchen, das eine kleine Fackel trug. Schatten irrlichterten durch die Halle und leise Klaviermusik bildete einen Klangteppich, dicht gewebt aus klassischen und modernen Melodien. Verführerisch und lasziv zugleich. Georg legte seinen Arm um Irina und wie aus dem Nichts stand plötzlich ein Kellner im Frack neben ihnen und bot mit einer eleganten Handbewegung Drinks an.

»Ich glaube, daran könnte ich mich gewöhnen«, murmelte Georg Irina ins Ohr und tauchte in eine Wolke ihres schweren Parfüms ein, das ihn an ihr gemeinsames Erlebnis am Vormittag erinnerte.

»Das sollst du auch«, erwiderte sie augenzwinkernd und reichte ihm ein schmales, hochwandiges Glas, in dem eine bernsteinfarbene Flüssigkeit goldbraun schimmerte. »Wenn ich mich recht erinnere, dann ist Hennessy Richard Cognac genau das Richtige für den fortgeschrittenen Abend.«

»Wäre ich eine Katze, dann würdest du mich jetzt schnurren hören«, gab Georg zurück und blickte sich um. Das Einzige, das ihn jetzt noch störte, war die Maske, deren Sehschlitze sein Sichtfeld einengten.

Irina schien seine Gedanken lesen zu können. »Du kannst sie leider nicht abnehmen, hier im Haus ist es Pflicht, sie zu tragen. Sie soll dich vor den neugierigen Blicken der Außenstehenden schützen und dient als Erkennungszeichen ...« Sie zögerte und suchte nach den passenden Worten. »Wir sitzen alle im selben Boot. Der Einzelne tritt hinter der gemeinsamen Idee zurück, vereint uns zu einem Ganzen ... Trotzdem liegt die Entscheidung bei dir.« Sie kicherte kokett.

Im Hintergrund tanzten einige Paare zu der einschmeichelnden Klaviermusik und angesichts der eleganten Abendgarderoben war Georg erstmals froh über seinen schwarzen Anzug. Irina nahm ihn mit leichtem Druck am Arm und zog ihn weiter, weg von den Marmortreppen, über die bereits wieder neue Gäste in den ersten Stock strömten.

»Wird das eine große Soiree?«, fragte er die Russin und Irina nickte.

»Diese Abende werden regelmäßig abgehalten und die meisten der Gäste kennen sich seit langen Jahren. Sie haben oft auch im täglichen Leben miteinander zu tun. Man kennt sich, man schätzt sich und man schläft miteinander«, sagte Irina leichthin, »wenn auch nicht immer mit denselben.« Sie lächelte wieder und Georg fand, sie sah dabei bezaubernd aus.

Die Mädchen vor den Säulen sahen aus wie griechische Göttinnen, makellos und unbeweglich. Der Schein der Fackeln skulptierte ihre Körper, und Schatten zeichneten jede Linie nach. Georg war fasziniert und erregt zugleich.

»Wo kann man ein Dutzend so perfekter Geschöpfe auftreiben, die eine ganze Nacht lang als Lichtträgerinnen fungieren?«, fragte er Irina verwundert.

»Das Reservoir an gut aussehenden Mädchen ist unerschöpflich«, lächelte sie und schmiegte sich an ihn. »Manche sind die erwachsenen Töchter einiger unserer Gäste, andere sind Studentinnen, die ein erotisches Abenteuer suchen, und wieder andere kommen hierher, weil sie sich von ihrem Auftritt mehr Aufmerksamkeit versprechen, als sie tagsüber bekommen.«

»Du meinst, keine erhält Geld dafür?«

»Nein, die meisten nicht ...«, erwiderte Irina. »Alle, die du heute Abend hier kennenlernen wirst, sind eingeladen worden, aber keinesfalls dazu gezwungen oder dafür bezahlt. Außer sie fassen es als zusätzlichen Reiz auf ... Alles andere wäre stillos und würde den Zauber der Nacht zerstören.«

Sie strich ihm mit dem Zeigefinger über die Wange. »Komm, lass uns auf Entdeckungsreise gehen.«

»Mit dir? Auf der Tegetthoff bis zum Nordpol und wieder zurück«, lächelte Georg und nahm einen Schluck Cognac, bevor er das Glas auf das diensteifrig dargebotene Silbertablett stellte und Irina ihn mit sich fortzog.

Herbst 1888, Villa Ilioneus, Gallitzinberg, Wien/Österreich

Er war groß, fast zwei Meter, auf den ersten Blick splitterfasernackt und unglaublich laut. Der Mann, der grölend die repräsentative Freitreppe der Villa mit einer Champagnerflasche in der Hand herunterpolterte, kam Kronprinz Rudolph, der im Foyer stand, gleich bekannt vor. Ein Militärtschako, ein Säbel um die Hüften und gewichste Reitstiefel, das war die gesamte Garderobe des ansonsten völlig unbekleideten Sängers.

Hinterher eilte ein verzweifelter Adjutant, der sich die Haare raufte und immer wieder vergeblich versuchte, seinem anbefohlenen »Schützling« die himmelblaue Uniformjacke um die Schultern zu hängen.

»Kaiserliche Hoheit, ich bitte Sie ...«, forderte der Adjutant ein wenig kleinlaut und änderte seine Taktik – er hielt die Jacke wie einen Sichtschutz vor das Geschlecht des Nackten. Aber der wollte gar nicht bedeckt werden und wehrte den Versuch brüsk ab. Er holte aus, wischte den Adjutanten mit einer windmühlenartigen Armbewegung wie eine lästige Fliege beiseite und wäre beinahe gestürzt, mitgerissen vom eigenen Schwung.

Im letzten Moment gelang es ihm, die schwarze Balustrade zu erreichen und sich dort wieder hochzurappeln. Dann nahm er einen kräftigen Zug aus der Flasche, wischte sich mit dem Handrücken über den dunklen Schnurrbart und brüllte sofort wieder los:

»In Böhmen liegt ein Städtchen
das kennt wohl jedermann
die allerschönsten Mädchen
trifft man darinnen an
Und in dem kleinen Städtchen
liegt eine Garnison
von lauter schmucken Jägern
ein ganzes Bataillon
Und jeder von den Jägern
liebt ein Mägdelein
und jedes von den Mädchen
möcht einen Jäger frein
Da mussten sie marschieren
hinaus zum blutigen Krieg
zu streiten für den Kaiser
zu kämpfen um den Sieg!«

Der Adjutant war zu Boden gegangen, aber er war hart im Nehmen, nach den Abenteuern der letzten Monate. Er verdrehte die Augen, stand auf und versuchte es noch einmal mit einem »Das können S' doch nicht machen, Kaiserliche Hoheit, ich bitte Sie …«

»Was willst von mir, du Safaladibruder …?« Der Betrunkene rülpste dem Verzweifelten ins Gesicht. »Wenn's doch wahr is …« Dann rührte er kurz mit dem ausgestreckten Zeigefinger in der Luft, wie ein Dirigent, dessen Orchester längst bewusstlos geworden war und ihn nicht mehr sehen konnte. Schließlich pochte er seinem Leutnant auf die Brust.

»Du Lercherl, das war eine verdammte Schande … Und es is mir wurscht, ob ich drüber reden soll, oder nicht, verstehst?«

Der Adjutant wusste nicht mehr, was er sagen sollte, und verstummte mit gequälter Miene. Der Nackte wandte sich ebenfalls angewidert ab, stieß erneut die angebotene Uniformjacke beiseite und grölte noch viel lauter als vorher:

»Im Maimond neunundfünfzig
da ging der Jammer los
da weinten alle Mädchen
da weinten Klein und Groß
Im Hage bei Magenta
grub man ein großes Grab
da senkte man die Braven
die Tapfern all hinab
Dort liegen sie beisammen
zwölfhundert an der Zahl
getroffen von den Kugeln
getroffen von dem Stahl
Gemein' und Offiziere
sie ruhn in einem Grab
und die zum Sturmmarsch bliesen
riss auch der Tod hinab.«

»Kaiserliche Hoheit, jetzt ist es aber wirklich …«, versuchte es der junge Offizier noch einmal, aber diesmal mit mehr Nachdruck.

»Gusch!«, schrie die kaiserliche Hoheit. »Du … du … Regimentsbubi!

»… genug«, komplettierte der Leutnant seinen Satz und warf verzweifelt die Arme in die Höhe.

Der Erzherzog stolperte unterdessen weiter die marmorne Treppe hinab und grölte unbeirrt fort:

»Zwei Hörner hört man blasen
sie klingen hell und laut
da freut sich manche Mutter
da freut sich manche Braut
Sie warten vor den Toren
und alles man vergisst
denn jede hofft zu finden
was ihr am liebsten ist
Es flattert keine Fahne
kein Tambour schlagt den Streich
so ziehen sie zur Heimat

so müde und so bleich
Zwei Hörner hört man blasen
im dumpfen Trauerton
wir sind die letzten sieben
vom Jägerbataillon.«

Dann riss er den Arm mit der Champagnerflasche hoch und fügte noch einen Schlachtruf hinzu: »Jawohl! Wir leben noch! Wir brunzen und wir scheißen, und pudern woll'n wir auch!«

Das wiederum motivierte den Adjutanten zu einem neuerlichen Anlauf.

»Bitte, Kaiserliche Hoheit, jetzt ist es aber wirklich genug … Der Kaiser hat ausdrücklich untersagt …«, stammelte der Adjutant und zwang diesmal den zappelnden Erzherzog in seine Uniformjacke.

»Der Kaiser hat … Der Kaiser hat …«, äffte der Adelige ihn nach. Aber als er sich dem arretierenden Griff des Leutnants nicht mehr entziehen konnte, knurrte er:

»Du gehst mir so was von auf die Nerven, du Moralapostel, weißt du das?«

Der Adjutant war Kummer gewöhnt und nickte nur, ohne eine Miene zu verziehen. Er knöpfte die Jacke zu und vergaß gänzlich, dass sein Schützling keine Hose anhatte.

Der Erzherzog warf entnervt den Kopf in den Nacken und trat nervös auf dem Stand. Da bemerkte er den amüsierten Blick des Thronfolgers und riss sich los, stürmte nur mit der Uniformjacke bekleidet durch den Raum und baute sich mit vorgerecktem Kopf vor Rudolph auf.

»Was is, was schaust so deppert?«, fuhr er ihn an und nahm die Fäuste hoch, als ihn von hinten der alarmierte Adjutant ansprang und wie ein Ringer zu Boden riss.

»Kaiserliche Hoheit, Majestät hat Schlägereien ausdrücklich untersagt«, stöhnte der Leutnant und setzte sich mit seinem ganzen Gewicht auf den heftig Widerstand leistenden Erzherzog. »Außerdem schauen Sie bitte, wer das ist, bevor Sie …«

»Wer soll des scho sei?«, gurgelte der Halbnackte unter ihm. »Der Alte is net … Und alle anderen können mich am Arsch lecken! Die schieß ich über den Haufen …«, brummte der Wütende und kniff die Augen zusammen.

»Nein, Otto, der Alte nicht, aber dafür der Junge …«, lächelte Rudolph und fügte hinzu: »Was für eine hübsche Singstimme du hast. Wir sollten dich für die Hofoper interessieren …«

Der am Boden Liegende zog nochmals die Brauen zusammen und versuchte sein Gegenüber durch den Champagnernebel zu erkennen.

»Jessas, der Rudi. Das ist aber eine Freude, dich hier zu treffen!«, rief Otto aus. »Lass mich los, du Kanaille!«, kommandierte er barsch seinem Adjutanten, der von ihm heruntersprang und sich den Schweiß abwischte. »Jetzt is der ganze Champagner verschüttet wegen dir, du Pfeifendeckel, du blöder … du Regimentstrottel«, schrie er ihn vorwurfsvoll an und dann noch lauter: »Der Otto hat Durscht, her mit dem Schampus!«

Sofort eilte ein livrierter Kellner herbei, der auf einem Silbertablett einen wohlgefüllten Sektkübel und ein Dutzend Gläser brachte.

»Die Becher kannst dir g'halten«, lallte der betrunkene Offizier, zog seinen Säbel und köpfte die Flasche Dom Perignon mit einem Hieb. Dann ließ er sich das überschäumende Nass in seine Gurgel und über seine Uniformjacke rinnen. Der Adjutant schaute Rudolph verzweifelt an und zuckte die Schultern. Otto setzte die Flasche ab und dachte kurz über die letzten Worte Rudolphs nach.

»Aber ich bin doch eh andauernd in der Hofoper«, wunderte er sich und schwankte besorgniserregend. Der Adjutant sprang hinzu, um den Erzherzog aufzufangen.

»Ja, aber nur um die Ballettratten zu vögeln«, murmelte Rudolph und hatte Angst, sein Cousin würde gleich der Länge nach hinschlagen. Er machte zwei große Schritte und stützte ihn.

»Das, lieber Bolla, ist nicht ganz das, was ich meine …«, fügte er dicht am Ohr seines Gegenübers hinzu.

Kurz starrte Cousin Otto ins Leere, dann lachte er auf und klopfte dem Kronprinzen mit der flachen Hand auf die Stirn.

»Du hast den Kopf wirklich voller krauser Sachen. Der Alte hat recht, wir müssen dich ein bisschen ablenken und aus dem Studierstübchen ins Leben zurückholen …« Der Erzherzog hielt sich die Hand vor den Mund und rülpste. »Immer nur Politik und Naturwissenschaften machen dich noch schwindsüchtig …«

»Danke, Er kann sich zurückziehen«, wandte sich der Thronfolger mit einem schmalen Lächeln an den jungen Offizier. »Ich übernehme ab hier den Flankenschutz unseres Vetters.«

»Kaiserliche Hoheit haben keine Vorstellung, was …«, japste der Leutnant. Aber dann besann er sich, verstummte, salutierte und stand stramm vor Rudolph, der dem erneut strauchelnden Erzherzog unter die Arme griff.

»Was hast denn den armen Burschen wieder anschauen lassen, Bolla?«, erkundigte sich Rudolph und wurde von dem strauchelnden Betrunkenen fast mitgerissen.

»Moi?« Otto machte ein betroffenes Gesicht und schlug sich mit der Flasche an die Brust. »Nix! Ich schwör's.«

»Verzeihen aufs Gehorsamste, Kaiserliche Hoheit, aber der Erzherzog wollte schon wieder …«, schaltete sich der schwitzende Adjutant ein, einen hoffnungsvollen Unterton in der Stimme.

»Gusch!«, bellte der Erzherzog und der Leutnant verstummte indigniert. »So ein Judas … Zefix!«

Rudolph machte eine gebieterische Handbewegung und blickte den Adjutanten auffordernd an. »Was? Was wollte der Bolla schon wieder?« Er fixierte streng seinen Vetter, der dem Blick nicht standhielt.

»Melde gehorsamst, der Erzherzog wollte einigen Herren seine schlafende Gemahlin zu Gemüte bringen«, rapportierte der Leutnant eifrig. »Er wollte ihnen zeigen, wie eine echte Nonne aussähe …«

Rudolph presste mit Zeigefinger und Daumen sein Nasenbein und schüttelte den Kopf.

»Schon wieder. Sag, wirst du überhaupt nicht gescheiter, Bolla? Lass doch die arme Maria Josepha endlich in Ruh«, sagte er ruhig.

»Ach was, ich halte diese sächsische Betschwester nicht aus«, knurrte Otto und winkte ab. »Viel zu groß, viel zu fromm, viel zu deutsch. Blond und ungeschlacht, wie eine Melkmagd, nur ohne Witz …«

Rudolph riss die Augen auf. Ein schlanker, blonder Mann raste laut kichernd in Frauenkleidern auf einem kleinen Wagen vorbei, von zwei nackten Jünglingen gezogen. Er schwang eine Kutschenpeitsche und schrie: »Holla! Holla!«

»Servas, Luzivuzi! Na, hast recht a Hetz?«, brüllte Otto mit erhobener Champagnerflasche hinterher.

»War das Onkel Ludwig Viktor?«, fragte der Kronprinz verblüfft und deutete ratlos dem seltsamen Gefährt hinterher. »Sollte der nicht …? Ich meine, der Kaiser hat doch …«

»Ja, ja, hast ja recht, er sollte … aber warum soll man ihn nicht mal rauslassen …?« Otto zuckte mit den Schultern und machte plötzlich einen überraschend nüchternen Eindruck. »Hier wird ihm keiner eine runterhauen, wenn er Avancen macht. Im Gegenteil … Und wenn er mit Nackerten baden will, wer stört sich daran? Von hier dringt nichts nach draußen«, räsonierte der Erzherzog und hakte sich bei Rudolph ein.

»Hier darfst du alles, was dir Spaß macht. Und der Alte wird's nie erfahren.« Otto grinste verschwörerisch.

»Mach dir keine Illusionen, der Vater … der Kaiser erfährt alles«, erwiderte Rudolph ernst. Sein Gesicht verfinsterte sich.

»Drauf geschissen!«, grölte Otto und zog den Kronprinzen mit sich nach oben. »Lass dir von dem Korinthenkacker nicht die Laune verderben, Rudi. Während wir hier reden, quält sich dein Alter aus seinem Feldbett und lässt sich von einem Diener den Rücken im Badezuber schrubben. Was geht uns das an? Das Leben ist kurz!«

Bolla klopfte dem Kronprinzen auf die Schulter und entrang ihm ein müdes Lächeln.

»Wie geht's deiner Mutter?«, erkundigte sich der Erzherzog.

»Mama? Ich hab keine Ahnung, wo sie …« Rudolph verstummte kurz, »… wo die Kaiserin gerade ist. Wahrscheinlich auf Korfu«, ergänzte er dann.

»Wenigstens die weiß, wie es geht …«, kommentierte Otto trocken. »Trotzdem ganz falsche Frage … Entschuldige!«

»Ja, schon gut, Bolla. Du kannst ja nichts dafür«, erwiderte der Thronfolger resigniert.

»Es ist doch zum kerzengerade in die Luft Scheißen!«, ereiferte sich Bolla. »Wir sind die reichste Familie in Europa, aber … – Bei allem Respekt! – … ihr habt doch alle einen Vogel!« Der Erzherzog packte Rudolphs Oberarme und schüttelte ihn durch. »Carpe diem! Leb den Tag, Rudi. Vielleicht schon morgen ist alles vorbei. Königgrätz war die erste Posaune …«

»Vielleicht, Bolla.« Der Thronfolger entzog sich Ottos Griff, der wieder ziemlich sicher auf den Beinen stand. »Vielleicht auch nicht … Die Zeichen der Zeit können auch …« Rudolph hielt inne und sah sich vorsichtig um. »Vergiss es, Bolla. Es macht nichts. Aber, wo du grade vom Vögeln sprichst … Willst du dir keine Hosen anziehen?«

»Nein, will ich nicht«, erwiderte Otto knapp. »Aber, wo jetzt du grade vom Vögeln sprichst, dazu sind wir hier goldrichtig! In den Armen eines Mädchens vergehen dir die Flausen, pass auf!«

Der Erzherzog hob den Arm wie zum Sturmangriff und brüllte: »Attacke!« Mit einem gewagten Hechtsprung verschwand er zwischen einem Haufen kichernder, nackter Mädchen, die auf Kissen auf dem Boden lagen und Shisha rauchten.

»Sehr gut, sollen die sich heute mit dem Idioten rumschlagen«, hörte Rudolph eine raue Frauenstimme hinter sich. Er drehte sich um und erblickte eine dunkelhaarige Frau im eleganten Abendkleid, die dekorativ ausgebreitet auf einem Diwan lag. Sie zog genussvoll an ihrer Zigarre und streichelte der französischen Dogge in ihrem Schoß sanft über den Kopf. Der zweite Bully lag neben ihr auf dem Boden und schnarchte auf dem Rücken liegend. Anna Maria Sacher formte mit den Lippen einen Rauchkringel und blies ihn sanft vor sich in die Luft. Jetzt bemerkte Rudolph auch die beiden jungen Ulanenoffiziere, die ihr begeistert die Füße massierten.

»Bleiben Sie ruhig sitzen, Frau Sacher«, sagte Rudolph sanft, ging zu ihr und küsste ihr die dargebotene Hand.

»Kaiserliche Hoheit sind zu gütig. Ich danke ergebenst«, erwiderte die Hotelbesitzerin kokett.

»Hat er bei Ihnen endlich Hausverbot bekommen?«, erkundigte sich Rudolph und deutete mit dem Kopf auf seinen Cousin, der mit hochrotem Gesicht zwischen den Schenkeln eines quietschenden Mädchens verschwunden war.

»Das hätte ich längst, aber Ihr Herr Vater hat …«, holte Anna Sacher aus.

»… den Schaden bezahlt und noch etwas draufgelegt, oder?«, ergänzte der Thronfolger wissend.

Anna Sacher zuckte lächelnd mit den Schultern und nickte bestätigend. »Er sollte … Ich meine, Seine Majestät, der Kaiser, sollte sich überlegen, einen eigenen Hofrat und eine Hofkammer nur für …«, begann sie.

»… für die Abgeltung der Verfehlungen seiner Familie abstellen, meinen Sie«, vollendete Rudolph den Satz. »Ich glaube, das hat er längst. Aber, soviel ich weiß, kümmert er sich selbst darum …«

Die Hotelbesitzerin nickte verständnisvoll und deutete mit einer Kopfbewegung auf die beiden Ulanen. Sie machte dem Kronprinzen ein Zeichen, nicht weiterreden zu müssen. Der Thronfolger dankte ihr mit einem Nicken.

»Gehört dieses Etablissement Ihnen?«, versuchte er es mit Konversation. »Ich bin das erste Mal hier und gehöre offenbar noch nicht zum Kreis der Eingeweihten …«

»Um Gottes willen …«, echauffierte sich die Sacher. »Ich bin k. u. k. Hoflieferantin! Aber ich beliefere auch dieses … Etablissement. Wenn mein seliger Eduard das wüsste …« Sie lächelte, zwinkerte, zog an ihrer Zigarre und blies den Rauch über die beiden Ulanen mit den nackten Oberkörpern. »Ich kenne die Gastgeber nicht. Ich weiß nur, wer die Villa bauen hat lassen …«

»Und? Wer war es? Jetzt lassen S' sich nicht alles aus der Nasen ziehen«, ärgerte sich der Kronprinz.

Anna Sacher blickte empört auf. »Aber Kaiserliche Hoheit, ich bitte Sie, ich kann doch meine Zuträger … meine Gäste nicht so offen brüskieren.«

Ein weiterer, genüsslicher Zug an der Zigarre. Dabei ließ sie den Thronfolger aber nicht aus den Augen. Dann, als sie sich seiner Aufmerksamkeit ganz sicher war, griff sich die stadtbekannte Hotelbesitzerin theatralisch an die Stirn und rief: »Aber wenn Sie so in mich dringen … Ich bin doch nur ein schwaches Weib …«

Sie lächelte und sah Rudolph herausfordernd an, der das kleine Spielchen mitmachte und sichtlich Spaß daran hatte. Der Thronfolger wartete.

»Wie ich aus den Separees in meinem Hotel erfahren habe …«, erklärte sie, »war der Bauherr Heinrich von Drasche.«

»Der Ziegelbaron aus Inzersdorf, der vor acht Jahren gestorben ist?«, erkundigte sich der Kronprinz.

»Genau der. Hat in den Sechzigern eine gewaltige Erbschaft gemacht. Es ist nicht offiziell, aber wie man hört von seinem Schwiegervater, wenn Sie verstehen, was ich meine.« Anna Sacher kicherte vielsagend.

»Wie meinen Sie das?« Rudolph verstand nicht gleich.

»Kaiserliche Hoheit!« Die Hotelbesitzerin lachte. »Seine Frau war illegitim, ein Kuckucksei. Eine Tochter von Joseph Gottfried Pargfrieder …« Als sie den Namen aussprach, sah sie Rudolph erwartungsvoll ins Gesicht.

»Ach, der …«, winkte Rudolph ab, konnte aber seine Nervosität nicht ganz verbergen.

Anna Sacher schloss mit einem bedeutungsvollen Blick auf den Thronfolger die Lippen um ihre Zigarre. Kurz darauf schwebte ein blauer Rauchring auf Rudolph zu.

»Wie bereits erwähnt, ich kenne die Gastgeber nicht. Aber wissen Sie, wen ich gesehen habe …« Sie beugte sich verschwörerisch nach vorn.

Der Kronprinz lehnte sich zu ihr.

»Pauline Metternich«, flüsterte Anna Sacher und zog bedeutungsvoll die Brauen nach oben.

»Die Fürstin Metternich ist da, in diesem Haus?«, wunderte sich Rudolph. »Das würde Mama nicht freuen …«

»Nein. Gewiss nicht. Aber seit sie aus Paris zurück ist, findet man die Metternich in jedem Salon, und …« Sie formte einen weiteren Rauchkringel, »sie raucht dieselben Zigarren wie ich …«

»Und was bedeutet das?«, hakte Rudolph nach.

»Ich habe eine Kiste an die Veranstalter geliefert«, kicherte Anna Sacher und zwinkerte abermals. Mit lautem Grunzen wachte ihr Sacher-Bully auf und sprang auf die Beine. »Hast du was Übles geträumt, mein kleiner Liebling …« Sie war nun voll und ganz mit ihrer Französischen Dogge beschäftigt, tätschelte ihren Kopf und sprach ihr gut zu.

Der Kronprinz wandte sich ab und sah sich suchend um. Ein lautes Schnarchen verkündete, dass Bolla eingeschlafen war. Eine junge Frau, die rittlings auf ihm saß, schürzte zornig die Lippen und versuchte den Erzherzog wieder ins Bewusstsein zu holen. Aber Otto, wie auch seine Erektion, waren nicht wieder aufzurichten. Der Alkohol hatte gesiegt.

Rudolph schüttelte den Kopf und schlenderte durch den Gang, sah eine rote Türe und bildete sich ein, munteres Wasserplätschern zu hören. Er drückte die Klinke und befand sich in einem originalgetreu nachgebauten Harem wieder. »Potztausend! Mit einem Schritt auf dem Balkan …«, rief er anerkennend aus.

»Rudi, schön, dass du es einrichten konntest!«, freute sich Marie Louise von Larisch-Wallersee und eilte auf den Thronfolger zu.

»Es ist auch schön, dich zu sehen«, antwortete Rudolph knapp und erwiderte ihren Versuch einer Umarmung nicht.

Die Nichte der Kaiserin blieb kurz stehen, musterte den Thronfolger kurz und seufzte. »Ganz der Sohn deines Vaters ... Kannst die Tochter einer Schauspielerin nicht in den Arm nehmen ... Schade.«

»Lass Vater ... lass den Kaiser aus dem Spiel, wenn der wüsste, dass ich hier bin ...«, erwiderte Rudolph und beim Gedanken an den bürokratisch betriebsamen Monarchen fühlte er sich plötzlich ganz klein und fehl am Platz.

»Unsinn!« Die junge Frau machte eine abwehrende Geste. »Glaubst du, der Alte ist ein Heiliger? Woher hatte Tante Sisi wohl die französische Krankheit? Aus der Hofkanzlei?«

Rudolph hob drohend die Hand. »Ich warne dich ...«

Die Larisch grinste und stemmte die Arme in die Seiten. »Keine Angst, Seine Majestät erfreut sich bester Gesundheit und hat erfolgreich die hohe Schratt bestiegen ...« Sie lachte laut auf.

Rudolph fuhr herum und wollte gehen, aber die Baronin hielt ihn zurück.

»Sei mir nicht bös, Rudi. Das ist doch nur ein Spaß ...«, versuchte sie es verständnisvoll und presste den Thronfolger auf ein Sitzkissen. »Ich habe dich aus gutem Grund hergebeten, weißt du ...«

»Und der wäre?« Rudolph war skeptisch.

»Deine Mutter und ich sind der Meinung, du solltest so wie früher auch wieder etwas anderes als das hässliche Trampeltier ...«

Rudolph sprang auf und blickte wütend auf die Larisch, die sich in ein Sofa hatte fallen lassen, herunter. »Nenn Stephanie nicht so! Ich weiß, dass Mama ... Aber dir ... dir steht das nicht zu!«

Die Larisch schlug lässig die Beine übereinander, lehnte sich auf die Arme gestützt zurück und lächelte ihn herausfordernd an. Rudolph schüttelte zornig den Kopf und schickte sich an zu gehen.

»So warte doch, Rudi!« Mit beiden Händen hielt sie plötzlich die Hand des Kronprinzen umklammert. »Nicht so eilig! Ich möchte dir jemanden vorstellen ...«

»Aha. Und wen?« Der Thronfolger war ihr auf die Leimrute gestiegen und wusste es auch. Den Gedanken an seine Ehefrau verscheuchte er schnell.

»Ich habe ihre Mutter auf Schloss Gödöllö bei der Tante kennengelernt …« Sie setzte bewusst eine Pause und beobachtete den Kronprinzen genau. Dann fuhr sie fort: »Sie ist ein so bezauberndes Mädchen. Willst du sie sehen?«

Rudolph drehte sich um und nickte wortlos.

»Bitte, Rudi, darf ich dir vorstellen: Maria, genannt Mary, von Vetsera …«

Gallitzinberg, Wien/Österreich

Die Lustschreie der jungen Frau, die mit hochgeschobenem Abendkleid und weit gespreizten Beinen in einem der tiefen Fauteuils des grünen Salons saß und sich, umringt von einigen angeregt plaudernden Männern und amüsiert zusehenden Frauen, selbst befriedigte, drangen bis auf den Korridor. Dort war Georg gerade in die Betrachtung eines Paares versunken, das an ihm vorüberging. Er in Smoking und Lackschuhen, führte sie, bis auf ein diamantenbesetztes Halsband und die obligatorische Maske unbekleidet, an einer Leine hinter sich her. Die groß gewachsene Frau in High Heels, die Hände mit goldenen Handschellen auf den Rücken gefesselt, überragte selbst Georg noch um einen halben Kopf.

»Ein fesselnder Anblick, findest du nicht?«, raunte ihm Irina zu, die kurz einige Worte mit einem Neuankömmling gewechselt hatte und nun wieder neben Sina aufgetaucht war. »Unsere Gastgeber haben die Villa der Lustbarkeiten in drei Bereiche aufgeteilt, abgesehen vom Empfang.«

Sie sah der Gefesselten nach und zog dann Sina in den grünen Salon. Die junge Frau im Fauteuil hatte ihr Abendkleid nun ganz abgelegt. Ein Maskierter im Abendanzug saß vor ihr auf dem Teppich, hatte seinen Kopf in ihren Schoß gelegt und rauchte eine Zigarette. Andere standen um das Paar im Licht einer Stehlampe, deren grüner Schirm zu den Textiltapeten und den Draperien um die hohen Fenster passte.

»Dieser Stock ist so etwas wie der allgemeine Bereich, wo getanzt, gegessen, geplaudert, aber auch Geschäfte gemacht werden.« Irina griff nach einem grazilen Löffel aus Silber und tauchte ihn in eine Glasschüssel auf Eis mit Beluga-Kaviar.

»Sei artig und heb die Maske an«, scherzte sie und wedelte vorsichtig mit dem Löffel.

»Wenn du meinst ...«, antwortete er und tat wie ihm geheißen.

Irina lachte erfreut: »Sehr brav, dafür wirst du von mir belohnt ...«, und steckte Georg sanft den Löffel in den Mund. Der prickelnde Geschmack der kleinen, schwarzen Kügelchen, die auf Sinas Zunge platzten, war atemberaubend. Irina lächelte wissend und führte Georg rasch eine randvolle Wodkatulpe an die Lippen.

»Auf einen Schluck ... So macht man das bei uns daheim ...«, flüsterte sie und Sina gehorchte entzückt. Egal, was seine Begleiterin ihm heute verabreichen würde, er würde es runterschlucken. Überrascht hob Georg die Augenbrauen und nickte anerkennend. Die Kombination der Geschmäcker glich einer Explosion auf dem Gaumen.

Irina legte den Kopf zur Seite, trat einen Schritt zurück und musterte Sina von oben bis unten. »Sehr gut, Prüfung bestanden ...« Dann küsste sie ihn leidenschaftlich auf den Mund.

Jetzt ist aus der Explosion eine Atombombe geworden, ging es Georg noch durch den Kopf, bevor er den Boden unter den Füßen zu verlieren drohte.

Etwas später deutete Georg mit einer unmerklichen Kopfbewegung auf die nackte Frau im Lehnsessel.

»Die Tochter eines Botschafters und ihr Liebhaber. Du wirst sie hier selten angezogen sehen, sie ist am liebsten nackt. Wahrscheinlich, weil sie sonst in der Öffentlichkeit immer verschleiert sein muss. Und für den Burschen an ihrer Seite hält sie nur Analverkehr bereit ...«, flüsterte Irina belustigt. »Sie muss ja ›Jungfrau‹ bleiben.«

Irina führte Georg ein paar Schritte weiter.

»Solange es Stil hat und in einem eleganten Rahmen bleibt, kann man in diesem Stockwerk alles verwirklichen, wovon man sonst nur in seinen dunkelsten Phantasien träumt. Sonst wird man eine Etage höher gebeten, dem zweiten Kreis der Lustbarkeiten. Aber lass uns vorher noch einen Blick in die einzelnen Räume werfen.«

Sie verließen den grünen Salon und schlenderten über den Gang und durch das Foyer, in dem einige Paare auf Polstern lagen und Shisha rauchten, zu einer hohen, gepolsterten Doppeltüre. Irina und Georg schlüpften in den Raum und die Musik traf Sina wie ein akustischer Faustschlag in die Magengrube. Bässe stampften und Lichter zuckten, der Geruch von Trockeneis und künstlichem Nebel brannte auf der Nasenschleimhaut. An der Decke blitzen stroboskopartig Scheinwerfer in allen Farben, Schwarzlicht färbte das Weiß leuchtend blau.

Auf der überfüllten Tanzfläche war kein Quadratzentimeter mehr frei. Eng aneinandergedrängt zuckten die Körper zu Techno-Rhythmen, die aus überdimensionierten Boxen donnerten. Georg spürte, wie sich die Schallwellen in seinem Körper ausbreiteten.

Plötzlich bildete sich in der Mitte der Tanzenden ein Kreis. Ein Mädchen kniete dort vor einem schlanken, sportlichen Mann nieder, öffnete seine Hose und holte einen beeindruckenden Penis heraus. Sie begann, ihren Kopf im Techno-Beat zu bewegen. Dem Beispiel folgend, gingen andere Tänzerinnen auf die Knie, und bald sah es aus, als sei niemand mehr an der Musik interessiert. Wie ein schwarzer Wald standen Anzugträger aufrecht und wiegten sich zur Musik, während ihre Begleiterinnen vor ihnen knieten.

Der DJ reagierte blitzschnell, wechselte zu »The harder they come, the harder they fall« im Reggae-Rhythmus und dann zog Irina Georg wieder weiter, während die ersten Lustschreie hinter ihnen im Dunkel des Raumes versanken.

»Hat jeder Besucher eine persönliche … hmm … Betreuerin?«, fragte Sina, der spürte, wie ihm der Schweiß den Rücken hinunterrann.

Irina zögerte kurz, schüttelte dann den Kopf und hakte sich wieder bei ihm unter. »Nein, ganz und gar nicht«, meinte sie und nahm von einem dargebotenen Tablett ein Glas Champagner. »Die meisten kommen mit ihren Partnern, einige bringen noch Freunde mit, andere kommen absichtlich alleine und wieder andere wollen es auch bleiben.« Irina wollte weiter den Gang hinuntergehen, aber Georg hielt sie zurück.

»Wissen die anderen, wer ich bin?«, erkundigte er sich neugierig. Sie hielt überrascht inne, schaute ihn erstaunt an und schüttelte dann energisch den Kopf.

»Lediglich die Gastgeber wissen, wer auf der jeweiligen Einladungsliste steht und wer schließlich dem Ruf auch gefolgt ist.« Sie dachte kurz nach. Aber wenn man sich hier immer wieder trifft, dann weiß man bald, mit wem man es zu tun hat und wer welche Maske trägt. Netzwerke entstehen, die Intimität des Abends färbt schnell auf die Beziehungen ab. Wer heute mit der Vorstandsvorsitzenden schläft, für den sollte morgen eine kleine Ausschreibungskorrektur für den Auftragszuschlag kein Problem darstellen«, kicherte Irina, »selbst wenn der jeweilige Konzern gerade ein Sparprogramm beschlossen hat.«

Georg nickte und blickte nachdenklich der dunkelhaarigen Frau nach, die ihn zu Irina gebracht hatte und nun einen anderen Gast betreute, den sie geknebelt und so sichergestellt hatte, dass auch er keinen Laut mehr von sich geben konnte. Der Mann lag vor ihr mit nacktem Oberkörper auf den Knien und sie drückte ihm ganz langsam einen Absatz in den Handrücken. Er röchelte leise und der Schweiß rann ihm übers Gesicht. Sein an der jungen Frau emporgerichteter Blick verlangte jedoch mehr.

»Sie wird alle seine Wünsche erfüllen? Ist das ihr Auftrag?«, flüsterte Georg fragend und Irina antwortete ihm mit blitzenden Augen:

»Nicht ihr Auftrag, ihre Passion. Wenn ich dir verraten würde, wer sie ist, würdest du mir nicht glauben. Aber ein paar Illusionen sind ganz nützlich im Leben, denkst du nicht?«

Sie führte Georg mit sanftem Druck bis zum Ende des Korridors, wo sie vor einer kleinen roten Türe stehen blieb und ihn anlächelte.

»Dieser Raum heißt das Kronprinzenzimmer. Es heißt, hier habe Erzherzog Rudolph seine kleine Marie Vetsera entjungfert.« Sie hob abwehrend die Hand. »Frag mich jetzt nicht, ob es wahr ist oder ob es woanders im Haus stattgefunden hat. Die Legende will es so.«

Sie ging voran und öffnete die schmale Pforte, die wie eine geheime Tapetentür aussah. Der Duft von Patschuli und Moschus schien nur darauf gewartet zu haben, wie eine Woge aus dem Zimmer auf den Gang zu branden. Georg schloss genießerisch die Augen und atmete tief ein.

»Kommst du endlich?«, flüsterte Irina ungeduldig und zog ihn an der Hand ins Innere eines Harems, der scheinbar direkt aus den türkischen Sultanspalästen hierher gebracht worden war. Mit nur einem Schritt über die Schwelle wähnte sich Georg in den Topkapi-Sarayi versetzt. Leise orientalische Musik, die von einer dreiköpfigen Kapelle hinter einem halb durchsichtigen Vorhang angestimmt wurde, schwebte durch den Raum.

Das Herz des Harems war ein mosaikgekacheltes Wasserbassin mit Springbrunnen, das von farbigen Unterwasserscheinwerfern in eine abenteuerliche Farbpalette getaucht wurde. Darüber wölbte sich eine reich mit Stuckatur und Halbedelsteinen verzierte, osmanische Kuppel. Rundherum waren zahllose Kissen und mit orientalischen Stoffen bezogene Liegen angeordnet. An den Wänden prangten gemalte, lebensgroße Szenen aus den verschiedensten Theaterstücken und Opern, in denen Haremsdamen eine Rolle spielten. Mit schweren Vorhängen abgetrennte Separees sorgten für Intimität und waren mit orientalischen Lampen beleuchtet.

»Angeblich wurde dieser Raum seit mehr als hundertdreißig Jahren nicht verändert«, raunte Irina Georg ins Ohr. »Er war schon zu Kaisers Zeiten genau so ausgestattet und die Decke musste wegen des Bassins gleich nach der Fertigstellung des Baus wieder verstärkt werden.«

Ein muskulöser Mann mit eingeöltem Oberkörper kam aus einem der Separees. Seine weite Pluderhose konnte nicht verbergen, dass es sich um keinen Eunuchen handelte. Aber die etwas rundliche Haremsdame, die ihm folgte und die außer einer Maske nur ein Fußkettchen trug, machte nicht den Eindruck, als ob sie einen Eunuchen vermisst hätte. Sie stürzte sich in die Fluten des Bassins und zog den lachenden Haremswächter hinter sich her.

Aus einigen anderen Separees drangen klatschende Geräusche, die Georg nicht einordnen konnte und Irina fragend anschaute.

»Hier gibt es Massagen für alle, die sich in anderen Räumen der Villa Verspannungen geholt haben«, erklärte sie und hob einen der schweren Vorhänge an, damit Georg einen Blick auf einen schwitzenden Masseur werfen konnte, der einen untersetzten Mann auf einer niedrigen Liege mit Schlägen traktierte. Wohliges Stöhnen war der Lohn.

Georg sah Irina an und deutete auf eines der leeren Abteile, in dem Kissen und weiche Matten den Boden bedeckten.

»Was würdest du sagen, wenn wir ...« Die Russin legte ihm den Finger auf den Mund. »Es gibt noch viel zu sehen, lass uns erst weiter ziehen«, sagte sie leichthin und verließ den Harem über einen Seitenausgang, von dem eine schmale Treppe in das nächste Stockwerk führte. Sie stieg vor Georg die Stufen hinauf und ihre Hüften bewegten sich graziös direkt vor Sinas Augen in einem Rhythmus, der ihm den Schweiß ausbrechen ließ. Er bedauerte es, nicht mit Irina in den Pool gesprungen zu sein.

Im obersten Stockwerk angekommen, tappte Sina im wahrsten Sinne des Wortes im Dunkeln. Er stolperte über die letzte Stufe und lief in Irina hinein, die stehen geblieben war. Er versuchte seine Augen an die Dunkelheit zu gewöhnen. Der Gang, in dem sie standen, war stockdunkel, nicht ein einziger Lichtstrahl erleuchtete den Weg vor ihnen.

»Und was soll das?«, raunte Sina Irina ins Ohr.

»Warte nur, du wirst es schon sehen … na ja, direkt sehen vielleicht nicht, aber spüren«, gab sie zurück und begann sich entlang der Wand vorwärtszutasten.

Plötzlich war Irina verschwunden und Georg konnte sich nur mehr auf seinen Spürsinn, sein Gehör und den Geruchssinn verlassen. »Großartig, ich bin in einem Darkroom gelandet«, murmelte Georg. Und ganz ohne Begleitschutz, fügte er verzweifelt hinzu. Er begann sich unwohl zu fühlen in der absoluten Dunkelheit, stolperte über ein Paar, das mitten im Gang lag und stöhnte, versuchte ihm auszuweichen und lief geradewegs in etwas Weiches hinein, das aber nicht zurückwich.

Sina murmelte ein »Entschuldigung« und bekam ein sinnliches »Warum denn?« als Antwort, dem ein paar tastende Hände folgten, die über seine Oberschenkel strichen. Als er sie wegschieben wollte und behaarte Oberarme unter seinem Griff spürte, trat er den Rückzug an und ergriff die Flucht. Er ging rückwärts, stolperte wieder über das Paar in der Gangmitte, fiel und landete verdächtig weich. In der Meinung, es sei ein weiterer Mitspieler am Boden eingetroffen, griffen vier Hände nach Georg und zogen an ihm wie an einem Siegerpokal, allerdings in entgegengesetzter Richtung. Der Wissenschaftler stammelte ein hastiges »Tut mir leid«, riss sich los und richtete sich auf.

»Ich wäre echt geschmeichelt, wenn das bei mir was bringen würde …«, murmelte er und klopfte sich unbewusst ein nicht vorhandenes Stäubchen aus dem Anzug.

Aus den Augenwinkeln sah er einen Lichtschein und startete in diese Richtung.

Als er aufatmend das schummrig beleuchtete Treppenhaus erreichte, kam ihm gerade ein Pärchen entgegen, das erwartungsvoll in das Dunkel hinter Sina blickte. Irina war spurlos verschwunden und so machte sich Georg allein auf den Weg nach unten. Die Russin hatte von drei Kreisen gesprochen, zwei hatte er bereits entdeckt, also blieb nur noch der letzte übrig.

Als der Wissenschaftler die Eingangshalle erreichte, war sie mit Neuankömmlingen fast überfüllt. Das Fest schien seinem Höhepunkt zuzustreben und der Sicherheitschef hatte im wahrsten Sinne des Wortes alle Hände voll zu tun. Trotzdem gelang es Sina, ihn kurz zur Seite zu ziehen.

»Können Sie mir sagen, wo es hier in den Keller geht? Ich wollte auch noch die letzten Attraktionen des Hauses ansehen.«

Der schwarze Koloss wies Georg zu einer Tapetentür, die fast unsichtbar in die Wand eingelassen war. »Folgen Sie einfach dem Lärm«, meinte er achselzuckend und wandte sich wieder einer kleinen, untersetzten Frau im Abendkleid zu, die schon erwartungsvoll ihre Arme hob.

Georg stieß die tapezierte Tür auf und stellte fest, dass sie aus Metall, schallgedämpft und dick mit gepolstertem Stoff bespannt war. Der Grund dafür erwartete ihn ein paar Stufen tiefer. An der Wand blinkte eine rote Leuchtschrift »Hölle« und ein riesiger, bis auf den letzten Platz gefüllter Tanzsaal erstreckte sich so weit Sina im Halbdunkel sehen konnte.

Georg betrat das Inferno.

Epileptisch zuckende Menschen bevölkerten die Tanzfläche, die von einem Laufsteg zerteilt wurde. Die dazugehörende Bühne an der Rückwand des Saales wurde von noch einem dunkelroten Vorhang verhüllt. Davor tanzten an glänzenden Dancing-Poles Gogo-Girls und halb nackte Männer mit schweißnassem Oberkörper und knappem Tanga.

Über drei riesige Flachbildschirme an den Wänden flimmerten scheinbar willkürlich zusammengeschnittene Videosequenzen in rasend schneller Folge. Die Wirkung der stroboskopartig aufblitzenden Bilder hatte eine hypnotische Wirkung. Georg konnte seinen

Blick nicht abwenden. Er erkannte Bildmaterial aus diversen, heimischen Nachrichtensendungen, Hungersnöte in Afrika, Bombardements im Dschungel, Flammenwerfer, die ihre Feuerzungen flüchtenden Soldaten hinterherschickten, die Unruhen der letzten Stunden in Wiens Straßen, schlafende, zeitungslesende oder mit ihrem Handy spielende Abgeordnete im halb leeren Plenarsaal des österreichischen Nationalrates. Immer wieder blitzten in den verschiedensten Schriftzeichen Wörter auf, viel zu kurz, um bewusst gelesen zu werden, aber lange genug, um sich in die Netzhaut einzubrennen und in den Synapsen festzusetzen. Sina kniff die Augen zusammen und versuchte, die Botschaft zu entziffern, die immer wieder über die Schirme zuckte.

Was zum Teufel steht da, dachte er sich, bis es ihn wie ein Hammerschlag traf. Die Buchstaben bildeten immer wieder das gleiche Wort in verschiedenen Sprachen: Mors, Mort, Morte, Death, Tod …

Georg war sich nicht sicher, ob die Tanzenden die Botschaft auch entschlüsselten oder ob sie sich unkontrolliert in ihre Gedanken schlich. Hunderte Menschen waren in einer musikalischen Trance versunken und schienen jede Kontrolle verloren zu haben.

Da plötzlich ertönte ein Gong, der die Techno-Musik unterbrach und lange nachhallte. Wie Marionetten, denen man einen unhörbaren Befehl gegeben hatte, hörte die verschwitzte Menge auf zu tanzen und wandte sich der Bühne zu. Scheinwerfer schwenkten auf den roten Vorhang, der langsam zurückglitt. Währenddessen begleitete ein einzelner Lichtkegel eine große, blonde Frau im weißen Kleid, die gemessenen Schrittes den Laufsteg entlangging und ihren Auftritt ganz offenbar genoss. Sie trug eine federgeschmückte Maske, doch Georg meinte, den blonden Haarknoten zu erkennen, der unter dem perlenbesetzten Kopfschmuck hervorlugte. Ihm stockte der Atem. Irina?

Wer immer die unbekannte Frau in Weiß war, sie zog Georg augenblicklich in ihren Bann. Ohne zu zögern, schritt sie majestätisch in Richtung Bühne, die Blicke der Menge genießend. Die Bildschirme zeigten Großaufnahmen ihres Gesichts, ihrer Beine und der Stöckelschuhe, ein zusätzlicher Beamer warf eine Totale ihres Auftritts auf die Projektionsflächen der Bühnenkulisse.

Auf der Bühne angelangt, drehte sie sich langsam zum Publikum, ihrer Ausstrahlung und Wirkung voll bewusst. Leise Musik setzte ein und wie in Trance begann die Unbekannte zu tanzen, ließ kunstvoll Stola, Handschuhe, Kleid, BH fallen, bis sie sich schließlich nur mehr mit einem String bekleidet auf ein scharlachrotes Sofa fallen ließ, das von zwei muskulösen Gehilfen hereingetragen worden war. Es hatte die Form eines sinnlichen Mundes, leicht geöffneter weiblicher Lippen, und die Tänzerin räkelte sich in den weichen Kissen.

Wenn sie so weitermacht, kriege ich noch einen Schlaganfall, dachte Georg, öffnete den Kragen und zog sich den Krawattenknopf weiter auf. Er konnte seine Augen nicht von der Frau abwenden und hatte das Gefühl, dass sein Schicksal mit dem dieser unbekannten Tänzerin irgendwie verbunden war.

Die Unbekannte legte sich rücklings auf das Sofa und streckte beide Beine, zog ihren Slip aus und hielt schamhaft-verspielt ihre Hand vor ihr Geschlecht, bevor sie den Blick auf ihre Scham freigab. Die Kameras im Raum nahmen das Bild auf und sendeten es sofort in x-facher Vergrößerung an die Flachbildschirme.

Die Tänzerin schien nur darauf gewartet zu haben. Im nächsten Augenblick spreizte sie mit den Fingern ihre Schamlippen und ein verräterisches Glitzern wurde sichtbar.

Georg blieb der Mund offen, aber er konnte seine Augen nicht abwenden. Die Menge blickte fasziniert auf die Frau am Sofa, es war völlig ruhig geworden in dem großen Saal, alle schienen die Luft anzuhalten.

Die Maskierte griff mit ihren Fingernägeln nach dem Glitzern und zog langsam zwei lange Perlenketten aus ihrer Vagina. Georg fuhr sich mit der flachen Hand übers Gesicht, spürte aber nur die Maske unter seinen Händen. Die beiden Colliers waren völlig unterschiedlich. Auf einer Schnur glänzten schwarze, auf der zweiten gelbe Perlen.

Das Publikum fand seine Stimme wieder und tobte vor Begeisterung. Die Musik steigerte sich in triumphales Finale. Die Beamer warfen dazu die Worte *Renovatio, Réincarnation, Reincarnazione, Wiedergeburt* an die Wände und auf das Bühnenbild. Mit einem heftigen Donnerschlag wurde es stockfinster und die Menge verstummte wieder. Nach einem kurzen Moment spannungsgeladener Erwartung erstrahlte das Licht eines einzigen Spots. Am Kopf des Laufstegs, mitten unter den staunenden Menschen, stand nun im Licht des Scheinwerfers ein einzelner, fast nackter Mann. Er war von Kopf bis Fuß dick mit goldener Schminke überzogen. Seine ebenfalls überschminkten Gesichtszüge waren starr und maskenhaft. Nur ein weißes Leinentuch, mit einer goldenen Ringfibel in dekorative Falten gelegt, bedeckte seine Blöße. Auf der Stirn trug der Vergoldete einen Lorbeerkranz aus Goldblech und in der erhobenen Hand eine brennende Fackel.

Georg runzelte die Stirn, als das Publikum bei seinem Anblick völlig ausrastete. Alle schoben, drängten, schubsten und wollten so nahe wie möglich an den Laufsteg heran, um den goldenen Mann nur einmal zu berühren. Der genoss sichtlich die Ovationen und verdrehte theatralisch die Augen zum Himmel, streckte seine Arme aus. Dann zuckten und bebten seine Muskeln, als stünde er unter dem Einfluss eines heftigen Rauschmittels.

Was um Gottes willen ist das?, fuhr es Georg durch den Kopf. Das neue goldene Kalb? Zum ersten Mal an diesem Abend bekam er wirklich Angst. Die Menge rund um ihn schien jede Kontrolle verloren zu haben, alles kreischte und winkte, stieß sich an und lachte wie verrückt.

Da spürte Sina plötzlich eine Hand auf seinem Arm. Die stumme Begleiterin, die ihn empfangen hatte, als er die Villa betrat, stand neben ihm und zog ihn mit sich fort. Sie führte den Wissenschaftler zielsicher durch die ekstatisch kreischende und zum Laufsteg drängenden Frauen und Männer zu einem Seitenausgang.

Georg folgte ihr aufatmend. Das war nicht seine Welt, er hatte von jeher eine Abneigung gegen Menschenmengen, sah sie als wahrhaft körperliche Bedrohung.

Ein schmaler Gang führte tiefer in den Keller hinein, Kristalllüster spendeten ein diffuses Licht und ein hochfloriger Teppich dämpfte die Schritte. Der Gang endete in einem reich mit Figuren und Arabesken verzierten Türsturz. Seine maskierte Begleiterin blieb vor einer dunklen Holztür stehen, die weder Türknopf noch Klinke aufwies. Dann drehte sie sich um und tat etwas Merkwürdiges: Sie begann, seinen Hemdkragen wieder zuzuknöpfen, die Krawatte festzuziehen und gerade zu richten. Dann strich sie seinen Anzug glatt, knöpfte das Sakko zu und fuhr mit den Fingerspitzen unter dem Revers entlang. Ihre braunen Augen musterten ihn von oben bis unten kritisch.

Der Wissenschaftler kam sich vor wie ein Schüler, der vor dem Büro des Schuldirektors noch schnell präsentabel gemacht werden sollte. Doch da klopfte seine Begleiterin bereits drei Mal an die Tür, die sofort von einer rothaarigen »Stummen« geöffnet wurde. Sie neigte kurz den Kopf, aber Georg blickte fasziniert auf die beiden Dobermänner mit Diamanthalsbändern, deren Fell makellos glänzte und die links und rechts neben der Rothaarigen standen. Die beiden Muskelpakete auf vier Pfoten ließen ihn nicht aus den Augen. Was Georg beunruhigte, war, dass sie nicht angeleint waren.

Die »Stumme« hielt Sina ein Kuvert hin und unter den wachsamen Augen der beiden Dobermänner riss Georg den Umschlag auf. »Tempus fugit«, stand darauf … Sina nickte und vervollständigte den Spruch: »Amor manet.«

Die Rothaarige trat zur Seite und auf ihren kurzen Pfiff hin verschwanden auch die beiden Wachhunde. Georg war zunächst ratlos, doch dann machte er einen Schritt vorwärts und hinter ihm fiel die schwere Tür ins Schloss.

Er fand sich im Halbdunkel wieder, direkt vor einem schweren, purpurfarbenen Samtvorhang, der geschlossen war. Sina blickte sich ratlos um, aber die beiden Frauen waren verschwunden. Er war allein.

»Ich stürm voran, wo Engel furchtsam weichen …«, murmelte er leise und zog den Vorhang auseinander. Vor seinen Augen öffnete sich ein Gewölbe, das von Hunderten Kerzen erhellt war. Ein Dutzend Frauen in langen weißen Gewändern standen im Kreis um eine Gruppe sitzender Männer in dunklen Umhängen und schwarzen Masken. Die Dienerinnen hielten silberne Kerzenleuchter in ihren Händen und sie zitterten nicht.

Die Männer schauten Georg erwartungsvoll entgegen. Sie kamen ihm vor wie ein Gremium eines Weisenrates, das rund um einen Tisch versammelt war und auf ein weiteres Mitglied wartete.

»Sei gegrüßt, Bruder, in unserem Kreis!«, richtete einer der Maskierten das Wort an ihn.

»Den Gruß erwidere ich, ob wir Brüder sind, das weiß ich noch nicht«, antwortete Georg und ärgerte sich, dass er auf die geschraubte Redeweise eingegangen war.

Ein aufgeregtes Murmeln des Weisenrates folgte auf seine Erwiderung.

»Wir freuen uns, dass du schließlich den Weg in unsere Mitte gefunden hast«, fuhr der erste Redner unbeirrt fort und gebot mit einer Handbewegung der Runde zu schweigen, »aber wir bemerken mit Bedauern, dass du den Ring deines Großvaters nicht mehr am Finger trägst.«

Georg war erstaunt und fühlte sich andererseits ertappt. Er blickte auf den leeren Ringfinger seiner rechten Hand und dachte kurz nach. »Ich weiß ja nicht, was Sie das angeht, aber um ehrlich zu sein, fand ich ihn nicht mehr zeitgemäß«, sagte er dann und schaute die Runde irritiert an.

»Zu deiner Entschuldigung nehmen wir an, dass dich deine Frau beeinflusst hat, auch mit dieser Tradition deines Standes zu brechen?«, sagte ein anderer Maskierter vorwurfsvoll.

Sina spürte, wie Wut in ihm hochstieg. »Langsam finde ich es unerträglich, wie viele Menschen Details aus meinem Privatleben kennen und sie mir dann auch noch unverschämt servieren«, gab er zurück und stemmte die Hände in die Hüften. »Ich bin für Ihre Schulbub-vor-der-Prüfungskommission-Nummer etwas zu alt, finden Sie nicht? Außerdem habe ich zu viel erlebt, um mich von ein paar Typen, die sich hinter ihren Masken verstecken müssen, vorführen zu lassen.«

Mit diesen Worten zog Sina seine Maske ab und schaute die Mitglieder des Rates herausfordernd an. Doch keiner tat es ihm gleich.

»Das habe ich mir gedacht«, murmelte er. Lauter sagte er: »Was den Ring betrifft, so war es mein freier Entschluss. Falls Sie es nicht bemerkt haben sollten, in den letzten neunzig Jahren hat sich so einiges verändert. Ich besitze also keinen ›Stand‹ mehr … Georg Simon Freiherr von Sina ist Vergangenheit, ein Teil der Geschichte. Und die sollten Sie auch nicht vergessen, vor allem dann nicht, wenn Sie österreichische Staatsbürger sind.«

Georg blickte herausfordernd in die Runde, aber er erntete keine Reaktion. Alle starrten ihn an, schienen ihn zu mustern und zu warten.

»Hat es Ihnen jetzt die Stimme verschlagen, meine Herren?«, sagte er lakonisch, »wer immer Sie auch sind?« Mit einer einzigen Handbewegung warf er seine Maske auf den runden Tisch in die Mitte des Rates. Die Männer sprangen auf und …

»Halt!«, rief da eine Stimme neben ihm und alle erstarrten.

Georg wandte sich um und ließ die Arme wieder sinken.

»Du wirst die Regeln deiner Gastgeber ehren …«, forderte ein Maskierter, der unbemerkt hereingekommen war und nun neben Sina stand.

»Oder was?«, knurrte Sina.

»Oder du wirst unseren Zorn zu spüren bekommen, Bruder!«

»Und was wollen Sie von mir?«, fragte Georg. Er war sich nicht sicher, wie lange er dieses Spielchen noch mitmachen würde. Andererseits stand das Kräfteverhältnis etwas zu seinen Ungunsten. Er wünschte sich, Paul und Valerie wären hier.

»Wir wollen dir eine einfache Frage stellen, mehr nicht«, meldete sich einer des Rates zu Wort.

Georg nickte lediglich.

Einer der Maskierten aus der Runde trat vor Sina und begann mit feierlicher Stimme zu sprechen: »Bist du es leid, durch eine unrechtmäßige, revolutionäre Verfassung deiner Titel verlustig zu sein? Erträgst du es nicht mehr, mit anzusehen, wie Unwürdige den Reichsrat besudeln? Willst du den Hilfe suchenden und immer lauter werdenden Ruf des Volkes nach Führung beantworten? Bist du bereit, dem tatenlosen Streiten der sogenannten Volksvertreter ein Ende zu machen und dem Chaos eine ordnende Kraft voranstellen, die aus einem Willen entscheidet und mit einer, einer klaren Stimme befiehlt?«

»Was soll dieser Nonsens?«, rief Georg, ohne auch nur eine Sekunde über das Gehörte nachzudenken. »Wir leben in einer Demokratie und ich muss gestehen, ich fühle mich sehr wohl dabei.«

Der Sprecher wischte Sinas Einwurf beiseite. »Alles, was über den Marktplatz eines griechischen Stadtstaates hinausgeht, ist ein Systemfehler!«, stieß er hervor. »Die Masse ist doch gar nicht in der Lage, über die Zukunft eines Staates zu entscheiden. Den gewöhnlichen Menschen fehlt der Überblick. Sie schreien alle ihre unsinnigen Meinungen durcheinander, und was dabei herauskommt, ist pures Chaos.«

Georg lachte auf. »Und ihr reklamiert den totalen Durchblick natürlich für euch? Weil ihr die Ausbildung habt und selbstverständlich die nötige Leistung bringt? Die Demokratie wird nur auf den richtigen Grundlagen funktionieren. Bildung, Information, freie Meinung sind unbedingte Voraussetzungen für eine –«

»Wofür, Bruder?«, unterbrach ihn der Mann neben ihm. »Wir haben in unserem Land alles, was für eine Republik notwendig wäre. Die Bildungseinrichtungen sind vorhanden. Es gibt öffentliche Bibliotheken, Pressefreiheit, Informationsseiten im Internet … Aber die Leute wollen davon nichts wissen. Zu schwer drücken die Sorgen des ganz alltäglichen Lebens auf ihre Schultern. Die Demokratie funktioniert nicht. Sehr viele Bürger wünschen sich ein Ende der end- und ziellosen Debatten im Parlament. Sie wünschen sich wieder eine Regierung, die aus einem Mund spricht, die arbeitet statt streitet. Kurz: Sie wollen ein Vorbild, zu dem sie aufblicken und das sie wieder achten und lieben können. Die Menschen wollen geführt werden.«

Georg ahnte, wo das hinzielte. »Führer? Um Gottes willen, nur keinen Führer mehr!«, rief er aus. »So wie es aussieht, hat auch der kleine Mann endlich begriffen, dass er von euch an der Nase herumgeführt wurde, und ist auf die Straße gegangen.«

»Kardinal Mazarin hat damals gemeint, als man ihm die Spottlieder über eine neu eingeführte Steuer vorgelegt hatte: Lasst sie ruhig singen, solange sie nur zahlen …«, scherzte einer der Versammelten. Einige Maskierte lachten laut auf.

»Ich finde Ihren Zynismus zum Kotzen«, knurrte Sina und ballte die Fäuste. Dann atmete er tief durch und fasste sich wieder. »Ich weiß jetzt, warum Sie mich zu dieser Soiree eingeladen haben, meine Herren. Aber Sie täuschen sich in mir. Ich gebe zu, wenn Sie mir dieselben Fragen vor fünfzehn oder zwanzig Jahren gestellt hätten, ich hätte jeden ihrer Punkte bejaht. Aber diesen Sina gibt es nicht mehr. Zum Glück, man muss im Leben auch lernen können. Etwas, das Sie anscheinend nicht getan haben!« Georg schaute in die Runde. »Ich bin nicht Historiker geworden, um den Träumen von einer guten, alten Zeit nachzuhängen oder den mystischen Urzustand einer vergangenen Glorie wieder aufzurichten. Ich habe Geschichte studiert und lehre sie, um die Gegenwart zu begreifen und zu verhindern, dass wir dieselben Fehler wiederholen, die sich schon einmal als Katastrophe erwiesen haben!«

»Du lehnst es also ab, unsere gerechte Sache zu unterstützen?« Die Maskierten erhoben sich.

»Welche gerechte Sache?«, antwortete Sina unbeeindruckt. »Soll das eine Drohung sein? Dann ist sie zahnlos. Und wenn Sie mir für den

Besuch dieses erotischen Abends eine Rechnung stellen wollen, dann nur zu. Was bin ich schuldig?«

Bei diesen Worten zog Georg seine Geldbörse aus der Hosentasche und hielt sie hoch.

Der Mann neben ihm winkte ab. »Nichts, Bruder. Unsere Gäste bezahlen mit ihren Kontakten und Verbindungen, mit Unterstützung und Vernetzung, mit Hilfe und Beistand. Natürlich hilft das kompromittierende Material, das unsere Überwachungskameras aufzeichnen, manchmal nach, in besonders hartnäckigen Fällen.«

Der Maskierte lachte und trat dann einen Schritt nach vorne. »Aber das werden wir in deinem Fall sicher nicht brauchen, Bruder, oder doch?«

»Damit würden Sie bei mir gar nichts erreichen«, gab Georg zurück, »haben Sie es schon vergessen? Ich bin Single und mein Ruf ist sowieso bereits sehr strapaziert. Ein paar Videos mehr oder weniger …«

Eine »Stumme« trat aus dem Schatten und ging ans andere Ende des Raumes, wo sie eine Tür öffnete, die Georgs Blicken bisher entgangen war. Ein mit Fackeln beleuchteter und endlos scheinender Gang führte tief ins Innere des Gallitzinberges. Aber die Blicke der Weisen schienen über Georgs Schulter zu gehen.

»Knie nieder!«, befahl einer der Weisen.

»Wo ist Ihre Armee, die mich dazu zwingen soll?«, erwiderte Sina und zog die Brauen zusammen.

»Haben wir ein Problem mit dem Herrn Professor?«, kicherte plötzlich ein Mann hinter ihm und Georg drehte sich um. Vor ihm stand der Vergoldete. Er hatte die gelöschte Fackel lässig über die Schulter gelegt. Für eine Weile sahen sich Sina und der Goldene direkt in die Augen. Schließlich senkte der Mann die Fackel, drehte sie um und stützte sich darauf. Er sah aus wie eine goldene antike Statue. »Erkennst du mich? Ich bin Thanatos, der Gott deines Todes«, deklamierte der Mann. »Knie vor mir nieder, wie es sich geziemt, Sterblicher!«

»Und wovon träumst du nachts? Sind hier alle verrückt geworden?« Sina war nicht mehr in der Stimmung für solche Spinnereien. »Ich würde vorschlagen, du bepinselte Thanatos-Kopie, dass du dorthin zurückkriechst, wo Tag und Nacht sich begegnen und deine Mutter Nyx dich hingeschissen hat.«

»Knie nieder!«, wiederholte der Goldene unbeeindruckt.

Aus dem Augenwinkel bemerkte Sina, dass eine der Dienerinnen den Raum betreten hatte und ein Tablett trug, auf dem Handschellen und eine Lederpeitsche lagen. Die nackte Stripperin, die jetzt eine weiße Maske trug, war ihr lautlos gefolgt und fiel nun vor dem goldenen Thanatos auf die Knie.

Sie ergriff die Hand des Mannes und flehte: »Verzeiht, Herr! Er weiß nicht, was er tut. Sei gnädig und verschone den Unwissenden. Ich will seine Buße mit Freuden tragen, wenn er dafür freikommt.«

Georg blickte peinlich berührt zur Decke. Als die Tänzerin die Hand des Thanatos ergriffen hatte, war Sina sofort aufgefallen, dass er dabei die Augen zusammengekniffen und die Mundwinkel schmerzhaft verzogen hatte. Jetzt bemerkte der Wissenschaftler auch den Verband an der Schulter, der nur notdürftig mit Farbe und dem weißen Leinentuch kaschiert worden war.

»Nun gut. Ich will gütig sein und dein Opfer annehmen«, verkündete Thanatos und klatschte sanft in die Hände. Sofort waren zwei Stumme zur Stelle.

»Führt sie ins Verlies, dort will ich mich ihrer annehmen. Den Professor indes schafft mir aus den Augen. Wir werden uns später um ihn kümmern. Er läuft uns nicht weg!«

Eine der Dienerinnen nahm Georg am Arm, setzte ihm wieder eine Maske auf und führte ihn aus dem Gewölbe hinaus, über den Gang mit den Kronleuchtern zurück durch das Entree, das nun ganz leer war. Vor der Tür stand der Silver Cloud mit geöffnetem Fond bereit.

Die »Stumme« geleitete Sina die Freitreppe hinunter zur Limousine, als er ihr ins Ohr flüsterte: »Was geschieht jetzt mit dieser Frau?«

Das Mädchen neigte den Kopf und schmiegte sich völlig überraschend an ihn, lockerte ihre Maske und begann seine Wange zu liebkosen. Sina war völlig überrascht, aber erst als die Maskierte sicher war, dass der Sicherheitschef keinen Verdacht schöpfte, wagte sie es zu sprechen.

»Haben Sie keine Angst, es passiert ihr nichts Schlimmes. Nichts, was nach ein wenig Schlaf und ein bisschen Einkaufen nicht wieder vergessen werden könnte«, hauchte sie fast unhörbar. »Glauben Sie mir, die Bezahlung ist gut. Das hilft.« Dann küsste sie ihn auf die

Wange, löste ihre Umarmung, winkte Georg zum Abschied zu und stieg mit gemessenen Schritten wieder die Treppe in die Villa zurück.

Einer der beiden stummen Chauffeure kam Sina entgegen und nahm ihn am Ellenbogen und schob ihn in den Fond des Rolls-Royce. Georg ließ sich in die lederne Rückbank fallen, die Tür klickte sanft ins Schloss und der Wagen fuhr los.

»Da geht sie hin, die ausgesuchte Höflichkeit«, brummelte Sina, schloss die Augen und massierte sich mit beiden Händen den Nacken. »Kein Licht, kein Wodka, kein Champagner, Persona non grata …«

Doch plötzlich ging die Innenbeleuchtung an, Georg öffnete die Augen und erschrak, als er neben sich einen weiteren Mann mit schwarzer Maske sitzen sah.

»Himmel, haben Sie mir einen Schrecken eingejagt!«, rief er aus.

»Guten Abend, Georg. Na, haben sie dich auch rausgeschmissen, diese Spinner?«, tönte es unter der schwarzen Maske hervor.

Sina hob den Kopf und zog die Brauen zusammen. »Kennen wir uns?«

»Ach komm, Georg, du bist so gescheit, aber manchmal stehst du völlig auf der Leitung«, amüsierte sich sein Nachbar. »Ich kenne deinen Anzug, du hast nur den einen guten. Außerdem trägst nur du einen grau melierten Zopf und helle Sportschuhe zu einem Schurwollzweiteiler.« Wilhelm Meitner zog sich lachend die Maske vom Gesicht.

»Wilhelm? Du auch hier?« Georg stimmte in das Lachen mit ein und nahm ebenfalls die Maske ab. Doch dann wurde er ernst. »Haben sie dich … Ich meine, haben sie dich herumgekriegt?«

»Was? Mich?« Meitner winkte ab. »Ach woher! Die sind mir zwei Mal mit der Siebenschwänzigen über den blanken Hintern gefahren, und das war es auch schon. Davon werde ich nicht sterben.« Er sah Georg verschmitzt in die Augen und beide mussten laut lachen.

»Oje, die konnten ja nicht wissen, dass dir so was auch noch Spaß macht …«, prustete Sina.

Meitner legte den Zeigefinger auf seine Lippen. »Aber zu keinem ein Wort, hörst du, Georg. Wirklich nicht.«

»Nein, sicher nicht, wer möchte diesen bizarren Ausflug schon an die große Glocke hängen? Die haben ja völlig den Verstand verloren!« Georg schüttelte den Kopf.

»Und du?«, wollte Meitner wissen.

»Mir kam eine Unbekannte zu Hilfe und hat sich für mich geopfert … Ich hoffe, es geht ihr gut.« Georg schaute Meitner nachdenklich an. »Sie haben gemeint, ich laufe ihnen nicht davon, sie könnten sich auch noch später mit mir beschäftigen.«

Meitner klopfte ihm auf den Oberschenkel. »Ach was, Georg, die kochen nur mit Wasser. Zumindest was die oberen zwei Stockwerke angeht …«

»Was meinst du damit?«

Der Institutsvorstand schaute ihn ernst an. »Ich nehme an, du hattest die gleiche Begegnung wie ich mit dem Rat der Weisen und dem goldenen Thanatos. Unterschätze sie nicht, die sind vielleicht gefährlicher, als wir glauben. Viel Theater, viel Fassade, aber andererseits, was weiß man?« Meitner wirkte leicht verstört und Sina ließ ihn ausreden.

»Manchmal muss man im Leben die Dinge selbst in die Hand nehmen, obwohl man es gar nicht will. Sie werden uns aufgezwungen. Ich habe heute oft an meinen alten Freund Kirschner gedacht. Er war kein Sonderling und Träumer, sondern ein bodenständiger Realist und von einer großen Entdeckung besessen, für die er in den letzten Jahren all seine Zeit opferte. Er wollte mir davon erzählen, aber es kam nie dazu und jetzt ist es zu spät.« Meitner schluckte und sah dann Georg in die Augen. »Ich möchte, dass du herausfindest, was es war, bevor es jemand anderer versucht. Das sind wir Kirschner schuldig.« Meitner machte eine Pause. Dann war seine Stimme wieder fest. »Und wenn das jemand kann, dann sind es Paul Wagner und du.«

Georg wollte etwas erwidern, doch da hielt der Rolls-Royce mitten im Nirgendwo. Die beiden Fahrer stiegen aus, öffneten die Türen und beförderten mit einem geübten Griff die beiden Professoren hochkant in den Straßengraben. Sina und Meitner kollerten über eine feuchte Wiese einen kleinen Abhang hinunter.

»Wo zum Teufel sind wir, Wilhelm?«, fragte Georg in die Dunkelheit, als er sich aufrappelte.

»Höhenstraße«, antwortete Meitner lapidar, ergriff Georgs ausgestreckte Hand und zog sich auf die Beine.

»Woher weißt du das schon wieder?«, erkundigte sich Sina überrascht.

»Ganz einfach«, schnaufte Meitner indigniert, »da hinten steht mein Auto. Da haben sie mich herbestellt.«

»Glück für uns, die Jungs waren gnädig gestimmt. Immerhin etwas …« Georg begann den kleinen Abhang hinaufzuklettern, als ihn die Stimme Meitners stoppte.

»Verflixt, du bist mein Schüler, also trag mich gefälligst«, keuchte der Institutsvorstand.

»Vergiss es einfach, Wilhelm, ein bisschen Bewegung nach der Orgie tut gut.« Er kletterte weiter, doch nach ein paar Metern drehte er sich nach Meitner um.

»Du, ich komme aber gerade drauf, dass ich ein ganz anderes Problem habe. Mein Wagen steht beim Schloss Schönbrunn …«

Meitner winkte ab. »Kein Problem, du schläfst selbstverständlich bei mir.« Er klopfte Georg lachend auf die Schulter und die beiden Professoren verschwanden zusammen im Dunkel der Nacht.

31.8.2009

Rennweg, Wien/Österreich

Martin Kurecka bestieg seinen gelben Bagger mit dem gleichen Enthusiasmus wie andere ihren Sportwagen. Das Ungetüm der Firma Liebherr hatte einen V8-Motor, der mehr als 540 PS leistete und damit Kraft im Überfluss bot. Das Einzige, was Kurecka an diesem frühen Morgen zu seinem vollkommenen Glück fehlte, war ein CD-Radio mit Stereoanlage. Aber man kann nicht alles haben, sagte er sich tröstend, als er in die weiße Kanzel kletterte und den luftgefederten Sitz einstellte. Außerdem übertönt dieser Traum von einem Motor sowieso alles, dachte er und setzte seine Ohrschützer auf. Für ihn war sein Ungetüm der aufregendste Arbeitsplatz Wiens, für andere war das gelbe Monster nur ein lärmender, Dieselwolken pustender Berg Metall, der sich nun quietschend und rasselnd in Bewegung setzte. Die fast hundert Tonnen schwere Maschine ließ den Straßenbelag am Rennweg erzittern – oder das, was nach einem Tag intensiver Bauarbeiten noch davon übrig war.

Wie in allen Hauptstädten Europas nutzte man in Wien die Sommermonate und die damit verbundene Urlaubszeit dazu, um den dringend notwendigen Ausbesserungsmarathon auf den Straßen zu starten. Dieses Jahr stand der Rennweg auf dem Sanierungsprogramm und Kurecka wusste, was er die nächsten Tage machen würde – ab sieben Uhr morgens die Einwohner der umliegenden Häuser aus ihrem Schlaf rütteln. Er grinste bei diesem Gedanken und wendete seinen Bagger, um weiter stadtauswärts in Richtung Fasangasse zu fahren.

Kurecka war sich bewusst, dass der Rennweg ein historisches Pflaster war, über weite Teile mit der römischen Limesstraße identisch und für Jahrhunderte eine der wichtigsten Verkehrsachsen aus der Hauptstadt hinaus nach Südosten.

Auch wenn die Baustellenleiter, Ingenieure und viele seiner Kollegen es nicht für möglich hielten, seit seiner Jugend las er mit Begeisterung alles, was mit Geschichte zu tun hatte. Keine Fernseh-Dokumentation über Ausgrabungen hatte der interessierte Baggerfahrer bisher ausgelassen. Ein Gedanke nagte an ihm: Schließlich könnte er ja eines Tages mit seiner Maschine auf eine kleine archäologische Sensation stoßen, wie schon so viele Bauarbeiter zuvor.

Und sein gelber Bagger rollte auch heute wieder über zweitausend Jahre Geschichte, und nicht nur einmal dachte Kurecka daran, was er mit einem Schatz machen würde, der vielleicht eines Tages bei Grabungsarbeiten in seiner Schaufel landen könnte. Außer ein paar alten Tongefäßen und einer leeren Metalltruhe, die er aus dem Wiener Untergrund geholt hatte, war bisher allerdings nichts wirklich Sensationelles oder Wertvolles in der riesigen Schaufel gelandet.

Kurecka winkte im Vorbeifahren einigen Arbeitern zu, die mit Schweißbrennern die alten Straßenbahnschienen, die er am Vortag herausgerissen hatte, in kleinere Stücke schnitten und zum Abtransport vorbereiteten. Am Straßenrand standen die Sicherheitsleute der italienischen Botschaft in kleinen Gruppen beisammen und betrachteten misstrauisch den riesigen Bagger mit seiner erhobenen Schaufel, der überraschend schnell auf seinen breiten Ketten an ihnen vorbeirollte. Kurecka winkte, aber sie musterten ihn nur mit steinernen Mienen, ihre Augen hinter den verspiegelten Ray-Ban-Sonnenbrillen versteckt. Dann eben nicht, dachte er und ließ trotzig den V8 aufheulen, dann sah er bereits sein heutiges Einsatzgebiet näher kommen. Hunderte Meter an teilweise gesprungenen Betonplatten, löchrigem Asphalt und altgedienten Straßenbahnschienen lagen vor ihm. Kurecka senkte die Schaufel und gab Gas.

Die beiden kleinen Jungen, die an der Hand ihrer Mutter einkaufen gingen, starrten fasziniert auf den riesigen gelben Bagger. Sie wären am liebsten an der Stelle des Fahrers gewesen, der mit einer breiten Schaufel und scheinbar spielerischer Leichtigkeit Betonplatten abhob und sie hinter sich wieder ablegte. Mit offenem Mund und ausgestrecktem Arm bewunderten sie die lärmende Maschine und wurden immer langsamer, da konnte die junge Frau ziehen und zerren, so viel sie wollte. Als sie aber den Grund für die unplanmäßige Verzögerung und die Begeisterung in den Augen ihrer zwei Söhne sah, blieb sie mit den beiden Buben am Straßenrand stehen. Männer und große Maschinen, die brummen und stinken, dachte die junge Mutter amüsiert, da ist es plötzlich völlig egal, ob wir zu spät ins Freibad kommen …

Sie gab seufzend klein bei und blieb mit den beiden am Straßenrand stehen, direkt vor dem Eingang der Privatschule Sacré-Cœur. Ein hüfthohes Gitter entlang dem Gehsteig, zum Schutz der Schüler angebracht, trennte sie von der Baustelle, und die beiden Jungen pressten sich gegen die Stäbe, als könnten sie dadurch dem Bagger noch ein paar Zentimeter näher kommen. Als der Fahrer ihnen wenig später auch noch fröhlich zuwinkte und dann die Baggerschaufel wie eine Hand schwenkte, waren sie völlig aus dem Häuschen und sprangen aufgeregt von einem Bein aufs andere. Ihre Mutter lächelte, eigentlich sah der Baggerfahrer in seinem engen, weißen T-Shirt sehr gut aus. Sie winkte zurück.

Da passierte es. Überraschend und ohne warnende Vorzeichen gab der Boden unter den beiden Ketten des Baggers nach und Martin Kurecka kam sich vor wie in einem Fahrstuhl, dessen Kabine plötzlich nach hinten kippte, weil die Schaufel der Maschine noch immer auf den Betonplatten des Rennwegs lag, aber der Rest des schweren Gerätes schräg nach hinten absackte. Während der Bagger wie in Zeitlupe in die Tiefe stürzte, wurde Kurecka vom Sicherheitsgurt in seinem Sitz festgehalten und betrachtete schockiert, wie sich die Welt um ihn veränderte. Erst durchbrach das schwere Gerät die Straßendecke und fast zwei Meter Erdreich, dann das gemauerte Gewölbe einer Decke, aus dem es große Steinquader und Ziegel riss. Schließlich folgte der freie Fall über mehr als fünf Meter, der jedoch überraschend sanft gebremst wurde. Erdreich, Steine und Mauerbrocken dämpften den Aufprall und Kurecka, der inzwischen in seinem Sitz fast auf dem Rücken lag, fühlte sich in seinem kraftstrotzenden Koloss wie eine hilflose Schildkröte, die man einfach umgedreht hatte.

Die beiden Jungen konnten es nicht fassen. Der gelbe Bagger war mit einem Aufheulen des Motors verschwunden und nun schaute nur noch die Schaufel aus einem Loch in der Straße. Sie fingen an zu weinen und ihre Mutter, voller Angst, dass sich nun auch die Erde unter ihr auftun würde, schnappte hastig die beiden Kinder und rannte davon, so schnell sie konnte.

Martin Kurecka reagierte wie in Trance. Er drehte den Zündschlüssel und der Dieselmotor erstarb. Dann zog er sich die Ohrenschützer vom Kopf und die Stille, die ihn hier unten umgab, war gespenstisch. Niemand rief, keine besorgten Stimmen kamen von oben. Es war vollkommen ruhig. Kurecka blickte sich um. Im einfallenden Tageslicht konnte er dunkelrote Wände ausmachen, die stellenweise mit seltsamen Schriftzeichen bemalt waren. Ich sollte erst einmal versuchen, hier herauszukommen, dachte er sich und schaute wieder nach oben, in der Hoffnung, die ersten winkenden und rufenden Arbeiter am Rand des Loches zu sehen. Aber nichts dergleichen. Niemand hatte bisher seinen Absturz bemerkt.

Kurecka fluchte leise, schnallte sich ab und stemmte die Kabinentür auf. Dann kletterte er vorsichtig an der Seite des Baggers entlang, bis er auf dem lockeren Haufen Erdreich stand, der die Maschine umgab und ihren Fall gebremst hatte. Kurecka stemmte die Arme in die Hüften und betrachtete die Schäden an seinem Bagger, die sich in Grenzen hielten. Der Liebherr war für extreme Belastungen ausgelegt und der Sturz hatte seine robuste Struktur nicht wirklich erschüttert. Die Ketten waren ein ganz anderes Kapitel. Wenn er Pech hatte, dann waren beide gerissen oder gequetscht und die Firma würde sie erneuern müssen.

Das vordringlichste Problem würde aber ein ganz anderes sein, dachte Kurecka und rutschte den Erdhaufen hinunter. Wie werden wir das gute Stück wieder hier herausbringen? Hundert Tonnen hebt man nicht so rasch und aus dem Handgelenk.

Die Steinplatten, auf denen Kurecka stand, waren viereckig, fast einen Quadratmeter groß und alle mit einem seltsamen Zeichen in ihrer Mitte versehen. Er ging neugierig weiter in den Raum hinein und im Halbdunkel, an das sich seine Augen rasch gewöhnten, staunte er über die Größe des unterirdischen Gewölbes.

Sein Bagger war ziemlich genau in der Mitte des Raumes durchgebrochen. Die Wände, vom Boden bis an die Decke dunkelrot bemalt, waren mit goldenen, geschwungenen Buchstaben bedeckt. Von einem aufwendig mit Figuren und Tieren verzierten steinernen Türstock umrahmt, unterbrach eine einzige schwarze Pforte die nächste Wand. Kurecka drückte aus Neugier die Klinke. Die Tür war verschlossen. Hätte ja sein können, dachte er sich und umrundete weiter den abgestürzten Bagger, als ihn ein lauter Ruf von oben zusammenzucken ließ.

»Martin! Wo bist du? Um Gottes willen, ist alles in Ordnung?« Kurecka schaute hinauf zum gezackten Rand des Loches und sah einen der Arbeiter, mit dem er bereits seit langen Jahren zusammenarbeitete, wie er sich vorsichtig vorbeugte und zu ihm herunterblickte.

»Gar nichts ist in Ordnung, Thomas, blöde Frage. Hol mich lieber hier raus und dann überlegen wir uns, wie wir den Bagger bergen. So etwas hat uns gerade noch gefehlt«, rief Kurecka. »Wir sind sowieso schon knapp in der Zeit. Lauf los und beeil dich!«

Der Kopf verschwand und Kurecka wandte sich nach vorne, zur Stirnseite des seltsamen unterirdischen Gewölbes. Im Halbdunkel sah er so etwas wie einen niedrigen Altar, auf dem etwas Helles zu liegen schien. Neugierig trat der Baggerfahrer näher und erstarrte mitten in der Bewegung. Vor ihm, hingestreckt auf einem kleinen Podest, lag regungslos eine nackte Frau, die blonden Haare blutverschmiert. Kurecka wollte schreien, aber seine Kehle war wie zugeschnürt. Erst wich er zurück, bekreuzigte sich und wollte zurück zu seinem Bagger stürzen, dann überlegte er es sich. Mit drei schnellen Schritten stand er neben der Frau, ging in die Hocke und berührte sie vorsichtig am Bein. Sie war eiskalt. Da endlich drehte Kurecka sich um und lief zurück zum Liebherr, an dessen Ausleger der erste Arbeiter herunterkletterte.

»Polizei!«, schrie Kurecka so laut er konnte nach oben. »Ruft sofort die Polizei! Hier liegt eine tote Frau!«

13. März 1848, Hofburg, Wien/Österreich

Das Gespann des Hof- und Staatskanzlers rumpelte über das Kopfsteinpflaster des Kohlmarkts und sein Insasse, Fürst Clemens Wenceslaus Lothar von Metternich-Winneburg zu Beilstein, den man im Volksmund den »Peitschenknaller Europas« nannte, ärgerte sich über die immer schlechter werdenden Straßen in der Reichshauptstadt. Während sein altgedienter Kutscher die lange Gerte über die Rücken der Pferde knallen ließ und sie mit aufmunternden Zurufen anfeuerte, ging es holpernd, aber zügig der Hofburg entgegen.

Metternich zog seine Taschenuhr aus dem Rock, und nachdem er gesehen hatte, wie spät es war, klopfte er drei Mal neben sich an die Wand des Vierspänners. Ein Zeichen für seinen Kutscher, keine Zeit zu verlieren. Die eiligst einberufene Sitzung der »Geheimen Staatskonferenz« im Kaiserpalast würde in zehn Minuten beginnen und Metternich fürchtete, im Ernstfall auch ohne ihn. Er war nicht mehr unentbehrlich wie noch dreißig Jahre zuvor.

Der alte Kanzler betrachtete sein Spiegelbild im Fenster der schaukelnden Karosse. Alt bin ich geworden, dachte er, alt und schwach. Je mehr Jahre vergingen, desto öfter dachte er an seinen langjährigen Weggefährten Jauerling.

Ob ich meinen fünfundsiebzigsten Geburtstag noch erleben werde, fuhr es ihm durch den Kopf und gleichzeitig ärgerte er sich darüber, dass gerade jetzt, am Ende seines Weges und seiner Kräfte, die schlimmsten Befürchtungen Gestalt annahmen. Metternich schob die Vorhänge der Kutsche zur Seite und beobachtete misstrauisch die Gruppen von diskutierenden Menschen, die sich an Häuserecken und Hauseinfahrten zusammengerottet hatten. Ihre zornigen Blicke, die seinem Wagen folgten, spürte der alte Mann fast körperlich.

»Wie ich es mir schon vor achtzehn Jahren gedacht habe«, murmelte er, »alle haben sich am französischen Revolutionsfieber angesteckt.« Plötzlich lief ein kleiner Junge neben dem Wagen her, blieb wieder zurück, hob einen Pferdeapfel auf und schleuderte ihn schließlich mit aller Kraft nach der fürstlichen Kutsche mit den Familienwappen an den Türen.

»Fürst Mitternacht! Fürst Mitternacht!«, quietschte er dabei mit seiner dünnen Stimme. Das Geschoss verfehlte sein Ziel, aber zahlreiche Männer und Frauen applaudierten und stimmten in die beschämenden Rufe mit ein. Metternich zog die Vorhänge wieder vor. Er hätte am liebsten den Vorhang vor die ganze Welt gezogen, um nichts mehr sehen zu müssen.

»Wenn ich den Schmierfinken, der diesen Spottnamen erfunden hat, zwischen die Finger bekomme, lass ich ihn umgehend in die

Festung Spielberg verfrachten«, knurrte der Kanzler und griff zu dem Stapel Papier, den sein Diener vor der Abfahrt neben ihm auf der Sitzbank platziert hatte. Spitzel- und Polizeiberichte, Dutzende davon, aus allen Provinzen und Kronländern des Reiches. Sie verkündeten im Grunde alle dasselbe: Aufstand.

Besorgt legte Metternich die Stirn in Falten und blätterte in den beängstigenden Reports über sich formierende Aufständische in Böhmen, Revolten in Ungarn und Unruhen in den oberitalienischen Provinzen. Unbewusst griff der alte Mann mit der freien Hand an seinen Hals. Die unsichtbare Schlinge begann sich zuzuziehen. Metternich las die Abschrift jener »Taufrede der österreichischen Revolution«, die ein gewisser Ludwig Kossuth vor zehn Tagen in Pest verlesen hatte. Gemeinsam mit den zahlreichen Versammlungsprotokollen liberaler Vereine, die eine Verfassung von ihm forderten, und den anderen subversiven Elementen, die mit jedem Tag mehr und immer frecher wurden, zeichnete sich eine beängstigende Lage ab. Den Lauf der Zeit, befürchtete der Fürst, würde er trotz seines effizienten Überwachungssystems nicht mehr aufhalten können.

Plötzlich blickte der Kanzler auf. Er hörte ganz deutlich einen Männerchor, hier, mitten in der Stadt. Irritiert schob er den Stoff vor dem Fenster zur Seite, sah aber nur das k. k. Hofburgtheater zu seiner Rechten.

»Was kommt dort von der Höh',
was kommt dort von der ledern' Höh',
ça, ça, ledern' Höh',
was kommt dort von der Höh'?
Es ist der Fuchsmajor,
es ist der ledern' Fuchsmajor,
ça, ça, Fuchsmajor,
es ist der Fuchsmajor.«

Das bekannte Spottlied auf den Kanzler, das zurzeit ganz Wien sang, schallte kräftig und immer lauter, aber so sehr sich der alte Mann auch bemühte und nach allen Seiten reckte, er konnte nicht erkennen, woher der Gesang kam.

Die Kutsche wurde langsamer und Metternich versuchte, den Grund dafür zu entdecken. Vor den Fenstern seiner Kutsche wogte eine riesige, dunkle Menschenmasse, die den Burgplatz füllte, so weit man schauen konnte. Und dann sah er sie, die Sänger der Akademischen Legion, die am Michaelerplatz bis zur Burg ein Spalier für ihn bildete, durch das seine Kutsche musste. Die Studenten in der ersten Reihe, mit ihren lächerlichen Spitzbärten und bunten Bändern am Rock, zogen ihre Mützen und federgeschmückten Hüte, verneigten sich theatralisch tief. Die Menge, die hinter ihnen versammelt war, schwang zornig die Fäuste und schimpfte laut.

Der alte Kanzler zuckte bei jedem Aufschrei zusammen. Die Gasse war schmal, und als seine Kutsche an den grinsenden Sängern vorbeirollte, trat einer der Fahnenträger sogar wie zum Trotz einen Schritt vor und intonierte ein kräftiges Solo, den Ton Metternichs imitierend:

»Ihr Diener, meine Herr'n,
Ihr Diener, meine hochzuverehrenden Herr'n,
ça, ça, hohen Herr'n,
Ihr Diener, meine Herr'n!«

Lautes Gelächter war die Folge. »Sie lachen …«, murmelte Metternich, »sie spotten und lachen vor den Soldaten … und wenn sie lachen, dann haben sie keine Angst mehr.«

Die Soldaten des k. k. Leibgardeinfanterieregimentes in ihren dunkelgrünen Waffenröcken machten dem Gespann mühsam den Weg in das Michaelertor frei. Sie drohten mit ihren Spießen und Bajonetten, schrien die Menschen an, aber die Studenten und Bürger wichen nur zaghaft zur Seite. Endlich schwangen die schweren Flügel des Tores auf und die Kutsche rollte in das Innere der Einfahrt, wo der Kutscher die Pferde nur mit Mühe zum Stehen brachte. Sie spürten etwas Böses, das in der Luft lag, schnaubten und tänzelten, zerrten an ihren Geschirren.

»O weh, wie wird ihm schlecht,
o weh, wie wird ihm ledern schlecht,
ça, ça, ledern schlecht,
o weh, wie wird ihm schlecht!

So kotz' er sich 'mal aus,
so kotz' er sich 'mal ledern aus,
ça, ça, ledern aus,
so kotz' er sich 'mal aus.«

Der revolutionäre Gesang der Menge brach sich am Gewölbe, die Hunderte Stimmen hallten wider und wider. In den Ohren des Kanzlers klang es wie das Grollen eines erwachenden Vulkans. Endlich, mit einem dumpfen Knall, schloss sich die Pforte der Hofburg und es herrschte zumindest ansatzweise Ruhe. Metternich wusste jetzt, es war die Ruhe vor dem Sturm und diesmal würde ihn die Böe der Geschichte nicht verschonen.

»Mein lieber Metternich, heutzutag' sind die Völker auch wer!«, hatte der »gute« alte Kaiser Franz vor Jahren in seiner breiten Wiener Mundart einmal im Vertrauen zu Metternich gesagt, aber der Fürst hatte ihm nicht recht glauben wollen. Zu weit hergeholt, zu phantastisch war ihm die Aussage des Kaisers erschienen, um sie ins Kalkül zu ziehen. Wie es aussah, hatte der Kaiser recht behalten. Der alte Kanzler stieg aus der Kutsche, gestützt von seinem Kutscher, der ihn besorgt anblickte.

»Es ist schon gut«, wehrte der Fürst leise ab, »es ist schon gut.« Dann ging Metternich die breite Treppe in die Hofgemächer hinauf. In den Gängen und Zimmerfluchten des josephinischen Traktes der Wiener Burg herrschte chaotische Betriebsamkeit. Livrierte, Sekretäre und sogar Kammerherren liefen aufgeregt zwischen den Räumen hin und her. Alles Zeremonielle war angesichts der Belagerung durch die Protestierenden vom Hof abgefallen. Metternich verzog angewidert das Gesicht und bahnte sich mit energischen Schritten durch das hektische Durcheinander seinen Weg zum Audienzzimmer des Kaisers.

Um ein Haar wäre er mit einem Feldzeugmeister zusammengestoßen, der komplett verwirrt aus einem der Zimmer stürmte. Zahlreiche Orden bedeckten die Brust des alten Offiziers, der ein Gesicht machte, als hätte er soeben in einer offenen Feldschlacht überraschend seine gesamte Armee verloren. Metternich wollte ihn schon zurechtweisen, aber da erkannte er in dem derangierten Greis den Kriegsminister Graf Latour, der ihn mit glasigen Augen anblickte, als sähe er einen Geist. »Metternich! Endlich! Sie haben ja keine Ahnung …

Dieses Weib hat mich abgefertigt wie einen Schulbuben.« Latour wollte noch etwas sagen, klopfte dann aber nur dem Kanzler auf die Schulter und eilte wortlos davon.

In Metternich keimte ein Verdacht auf, wer den keineswegs übersensiblen Latour so abgefertigt hatte. Es gab nur eine Frau am Hof, die dazu in der Lage war. Der alte Kanzler legte voller Vorahnung die Hand auf die Klinke und erinnerte sich an die Worte des Grafen Bombelles: »Sie ist das einzige männliche Wesen am Hof zu Wien.« Der Fürst seufzte, drückte die Tür auf und betrat das Audienzzimmer.

Das Bild, das sich ihm bot, war keineswegs ermutigend. Die »Geheime Staatskonferenz« saß schweigend und mit gesenkten Köpfen um einen großen Konferenztisch voller Papiere und Karten. Eine Frau stand mit verschränkten Armen vor dem Fenster, blickte zornig auf die Menschenmenge vor der Hofburg und wippte leicht auf und ab. Die Spannung in dem Raum schnürte Metternich beinahe den Atem ab. Dann räusperte er sich geräuschvoll, um sich bemerkbar zu machen, und blickte in die Runde.

»Mein lieber Metternich! Gut, dass Sie da sind. Jetzt sind wir endlich vollzählig. Nehmen Sie doch Platz!«, rief Erzherzog Ludwig freundlich, als er den Staatskanzler erkannte. Der nicht gerade geistreiche Bruder des verstorbenen Kaiser Franz sah den Finanz- und Innenminister Graf Kolowrat-Liebsteinsky auffordernd an, der prompt dem Kanzler einen Stuhl anbot, dann fuhr er fort: »Wie wir soeben erfahren haben, hat die Akademische Legion das Niederösterreichische Landhaus gestürmt, Barrikaden errichtet und sich Waffen aus dem Zeughaus beschafft. Gewiss wisst Ihr in dieser schweren Stunde Rat.«

Metternich hatte den Eindruck, dass alle Anwesenden erleichtert waren, dass er endlich eingetroffen war. Alle bis auf eine. Erzherzogin Sophie blies verächtlich durch die Nase und fuhr herum. Sie fixierte erst den Kanzler und blickte dann nacheinander jeden Einzelnen am großen runden Tisch an. Ihre schneidende Stimme fuhr durch die atemlose Stille mit einer unerbittlichen Härte. »Oft glaube ich mich eher in einer gut organisierten Republik als in einer Monarchie, meine Herren. Denn wie soll ich mich an die Idee gewöhnen, dass unser armer kleiner Kaiser wirklich mein Gebieter sei, angesichts der …« Sie deutete über ihre Schulter und ließ den Satz in der Luft hängen.

Ein drückendes Schweigen senkte sich bleiern über die Runde. Auch Metternich blieb stumm und musste ihr doch insgeheim beipflichten. Jedes Kaiserreich brauchte einen starken Kaiser und davon war Österreich weit entfernt. Die Situation vor der Hofburg bot dafür einen deutlichen Beweis. Das Gejohle der Menge drang gedämpft in das Audienzzimmer und lieferte die misstönende Untermalung der Konferenz. Autorität strahlt nur diese Frau aus, dachte Metternich, die Söhne von Kaiser Franz bieten ein jämmerliches Bild.

Der Kanzler sah hinüber zum Kaiser, der etwas abseits saß, so als gehe ihn das alles nichts an. Ferdinand I., bei Hofe hinter vorgehaltener Hand nur der »depperte Nanderl« genannt, ließ die Füße baumeln und starrte mit offenem, schiefem Mund an die Wand. Sein grotesker Anblick weckte in dem Fürsten Abscheu. Ferdinands Kopf war zu groß, seine Beine und Arme dafür im Verhältnis zum Körper zu kurz, sodass er auch als Erwachsener wie ein monströses Kind wirkte. Vor seinen geistigen Augen sah der Kanzler die zeternden Privatlehrer wieder vor sich, die sich abgemüht hatten, dem Prinzen das allernotwendigste Wissen in den Schädel zu pumpen. Aber das Interesse Ferdinands hatte sich darauf beschränkt, sich in einen Papierkorb zu zwängen und auf dem Boden hin und her zu rollen. Sooft Metternich in den vergangenen Jahren mit einem Anliegen zu ihm gekommen war, hatte ihn eine Vision geplagt: den Kaiser plötzlich im Abfalleimer verschwinden zu sehen. Ferdinand war die Peinlichkeit in Person und Metternich verabscheute ihn zutiefst, hatte es immer getan. »I bin der Kaiser und i möcht Knödeln!«, war der erste, klare Befehl des Monarchen gewesen und leider hatte er nur zu rasch seinen Weg in die Wirtshäuser und Schankstuben im gesamten Vielvölkerstaat gefunden …

Metternichs Blick schwenkte zurück zu der Frau am Fenster. Erzherzogin Sophie, die Wittelsbacherin, die den Bruder Ferdinands geheiratet hatte, rechnete sich gute Chancen aus. Nicht darauf, Kaiserin zu werden, das hatte sie bereits aufgegeben. Aber in Bälde Kaiserinmutter zu werden, einen ihrer Söhne auf den Thron zu setzen und der Regierung von Ferdinand endlich ein Ende zu machen. Der Kanzler senkte den Kopf und schaute auf den grünen Filz des Konferenztisches. War er es doch selbst gewesen, der einen Thronwechsel in Zeiten der Krise angeregt und Sophie dazu ermutigt hatte.

Metternichs Gedanken wurden jäh unterbrochen.

»Keine Gewalt gegen mein Volk!«, meldete sich plötzlich der Kaiser zu Wort und die Versammelten wechselten irritierte Blicke. Metternich war überrascht von der Entschlossenheit, die in »Nanderls« Stimme klang.

Sophie kicherte ungeniert. »Dieser Trottel als Repräsentant der Krone ...«, entfuhr es ihr. Erzherzog Ludwig glaubte nicht richtig gehört zu haben und schüttelte erbost den Kopf. »Unerhört!«, keuchte er. Metternich machte eine beschwichtigende Geste in seine Richtung.

»Das ist doch lächerlich, wer hört schon auf so einen ...«, sagte sie, aber sie wurde unterbrochen.

Ferdinand erhob sich und fragte ruhig: »Bin i jetzt der Kaiser oder net?«

»Natürlich, Eure Majestät, Ihr seid der Kaiser«, wusste Metternich darauf nur zu antworten.

Sophie starrte entsetzt erst auf den Kaiser, dann auf den Kanzler, der ihren Blick mit Gelassenheit erwiderte, so als wollte er ihr sagen: »Beruhige dich. Am 18. August ist dein Sohn Franz achtzehn, er wird Kaiser und dann ist der Spuk vorbei ...«

Der Kaiser bemerkte ihr stummes Einverständnis aus den Augenwinkeln mit einem Gemisch aus Ärger und Enttäuschung. Sein Zorn auf den intriganten Kanzler und seine ehrgeizige Schwägerin wurde immer stärker.

»Bah! Humbug!«, rief Ferdinand erregt aus und wedelte mit einer Hand vor seinen Augen herum. Die Versammelten starrten entsetzt auf ihren Monarchen. Sie erwarteten einen weiteren epileptischen Anfall. Der Kaiser trat an Sophie heran und fixierte seine Schwägerin.

»Was habt's euch denn ausgemacht? Dass einer von den Wasa-Buben statt meiner Kaiser wird?«, fragte er sie lauter als notwendig.

»Es ist eine infame Lüge, dass Gustav Wasa von Schweden der Vater meiner Kinder ist«, zischte Sophie ihm ins Gesicht. »Franz und Max sind Erzherzöge von Österreich, Eure Neffen, die Söhne Eures Bruders ... und keinesfalls die Bastarde eines entmachteten Prinzen im Exil!«

Aber der Kaiser wich nicht zurück, diesmal nicht. »Der Franz Karl hat seine ehelichen Pflichten net wahrgenommen«, entgegnete er trocken und ließ dabei Sophie keinen Moment aus den Augen. »Und warum? Weil's ihm keiner g'schafft hat.«

Die roten Köpfe der Anwesenden senkten sich noch mehr und ein zufriedenes Lächeln erschien im Gesicht des Kaisers. Er kannte seinen Bruder nur zu gut. Ohne strikten Befehl ergriff der nie die Initiative.

»Aber vielleicht stimmt ja auch die andre G'schicht, dass es der Sohn vom Napoleon, der selige Herzog von Reichstadt war und der Max in Wahrheit ein Bonaparte ist ...«, ließ Ferdinand nicht locker und Metternich konnte sich eines Anfluges von Bewunderung nicht erwehren. Dennoch konnte er Sophie nicht im Stich lassen.

»Eure Majestät werden auf diesen Tratsch doch sicherlich nichts geben«, sprang Metternich der blassen Erzherzogin zur Seite.

Der Kaiser wandte sich um und trat an den Konferenztisch. »Is wahr, i net. Aber das ›Familienstatut‹ wird was drauf geben! Schon beim geringsten Zweifel ist es aus mit der Krone, oder net?«, drohte Ferdinand und zeigte mit dem Finger auf Metternich, den Autor des geheimen Hausgesetzes. »Was steht drin, Fürst? Ihr habt es ja g'schrieben.«

»Im Familienstatut ist verankert, Eure Majestät, dass fürderhin kein Mitglied des Erzhauses Habsburg-Lothringen ohne Erlaubnis des Kaisers heiraten darf ...«, zitierte Metternich aus der Erinnerung, »... und die Auswahl der Ehegatten beschränkt sich auf ›standesgemäße‹ Partner, ausschließlich auf Mitglieder von Familien, die bis zu den Urgroßeltern aus einem regierenden Haus stammen.« Der Kaiser ließ nicht locker.

»Und?«, drang er weiter auf Metternich ein.

»Alle anderen scheiden aus der Thronfolge aus, werden aus der sogenannten ›Liste der Lebenden‹ gestrichen«, stieß der Fürst hervor und biss sich zornig auf die Lippen. Er vermied tunlichst jeden Blickkontakt mit Sophie, die er am Fenster schwer atmen hörte.

»Danke, mein lieber Metternich«, gluckste Ferdinand, »danke!«, und ließ sich wieder in seinen Sessel fallen.

Der Fürst nickte wortlos. Ich habe dir die Krone aufgesetzt und ich nehme sie dir auch wieder ab, schoss es ihm beim Anblick des zufriedenen Monarchen durch den Kopf, der mit halb offenem Mund erneut auf einen imaginären Punkt auf der Wand starrte und die Konferenz vergessen zu haben schien. Metternich bebte vor Zorn. Der Franzi wird Kaiser und wenn nicht er, dann ein anderer, so wahr mir Gott helfe, dachte er, als plötzlich Schüsse vor der Hofburg krachten und lautes Geschrei ertönte. Der Kaiser schreckte auf und starrte mit geweiteten Augen auf das Fenster.

Ferdinand wurde blass, hob die Finger zum Mund.

»Das kommt aus der Herrengasse ...«, stieß Erzherzog Ludwig hervor, »das Militär ist vorgerückt und greift an.«

»Erzherzog Albrecht hat anscheinend die Nerven verloren«, stellte Metternich unbeeindruckt fest. Bald wurde das Feuer von den Studenten auf den Barrikaden erwidert und ein heftiger Schusswechsel setzte ein.

»Wenigstens der ist ein Mann ...«, fauchte Sophie, funkelte die »Geheime Staatskonferenz« an, drehte sich rasch um und beobachtete befriedigt die flüchtenden Wiener durch das Fenster.

Die Kämpfe dauerten Stunden, bis in die Dämmerung hinein. Sie sollten die alte kaiserliche Residenzstadt in ihren politischen Grundfesten erschüttern. Obwohl Soldaten die Barrikaden der Studenten niederrissen und die Toten abtransportierten, dauerte es nicht lange und eine große Menschenmenge fand sich erneut auf dem Platz vor der Burg ein. Stumm, anklagend, wartend.

Der Livrierte schloss geräuschlos die Türe des kaiserlichen Audienzzimmers hinter Metternich und zog unmerklich die Augenbrauen nach oben. Er durfte sich seine Überraschung und Freude nicht anmerken lassen. Es war zweifellos der alte Kanzler, der da vor seinen Augen nach draußen taumelte. Gebrochen, entmachtet, kreidebleich.

Im selben Augenblick brauste draußen auf dem Platz tosender Jubel wie Donner auf. Hunderte Kehlen schrien und sangen vor Begeisterung, ungezählte Hände applaudierten, Hüte wurden in die Luft geschleudert und Musikanten spielten einen Tusch. Kaiser Ferdinand trat an das Fenster, lüftete seinen Zylinder und rief seinem jubelnden Volk zu: »Ich gewähr euch alles! Ich gewähr euch alles!«

Metternich wusste, dass dies nur einen Waffenstillstand bedeutete. Der Hof packte bereits seine Koffer, um nach Innsbruck zu flüchten. Und der Kaiser? Er spürte ganz deutlich, dass die Tage seiner Herrschaft gezählt waren ...

Der Kanzler schüttelte den Kopf, nestelte mit zittrigen Fingern an seinem hohen, gestickten Kragen herum und atmete schwer. Das alles konnte nur ein böser Traum sein. Vor seinen Augen tanzten glühende Fünkchen, das Sternparkett unter seinen Sohlen schwankte und die Tapisserien an den Wänden drehten sich. Vorsichtig setzte er einen Fuß vor den anderen, wie in Trance. Erst als er die triumphierenden Blicke der Domestiken links und rechts der Türen in den schier endlosen Zimmerfluchten spürte, rang er um Contenance, richtete sich auf und sah ihnen voll Eiseskälte ins Gesicht. Aber keiner senkte den Blick. Selbst die Kammerherren trugen eine unbewegte Miene zur Schau, aber Metternich wusste genau, was in ihren Köpfen vorging. Er hatte sie alle durchschaut, auf dem glatten, diplomatischen Parkett zum Ausrutschen gebracht, sie alle kraft seines überlegenen Geistes übervorteilt, den Freiherrn von Stein genauso wie Talleyrand, den hinkenden Teufel aus Paris, selbst den pompösen Napoleon und sogar den »guten« Kaiser Franz. Und jetzt? Jetzt hatte ihn ausgerechnet der »depperte Nanderl« so en passant erledigt.

Der Kanzler war tief enttäuscht. Nicht vom Kaiser, sondern wegen seiner eigenen Leichtgläubigkeit und Vertrauensseligkeit. Zum Glück war das nicht immer so gewesen und es hatte eine Zeit gegeben, da war er vor dem Kaiser auf der Hut gewesen. Mit Befriedigung dachte Metternich an die Hintertür, die er sich offen gelassen hatte – für genau den Fall, der heute eingetreten war: die vier Dokumente, die er vor dreiunddreißig Jahren in weiser Voraussicht an die Vertreter von vier europäischen Mächten ausgehändigt hatte, in einem Weitblick, der ihn heute befriedigte. Er hatte die Schriftstücke persönlich auf dem Wiener Kongress an den russischen Zaren Alexander, den britischen Außenminister Lord Castlereagh, den französischen Außenminister Talleyrand ausgehändigt. Wilhelm von Humboldt, der bereits frühzeitig den Kongress verlassen hatte, erhielt seine Kopie per Kurier. Metternich hatte alles bedacht.

Der Kutscher klappte die hölzerne Treppe aus und öffnete den Fond der Kutsche. Der alte Kanzler nickte einen stummen Dank und wollte einsteigen.

»Wohin, gnädiger Herr? Nach Hause?«, fragte der Livrierte.

»Nein, nicht ins Palais …«, antwortete der Fürst nachdenklich. Wie in Trance fügte er dann hinzu: »Auf das Gut Wetzdorf. Rasch!«

Rennweg, Wien/Österreich

Paul Wagner jagte die Fireblade durch die Ungargasse, überholte in dritter Spur und dankte allen ihm geneigten Heiligen dafür, dass die Sommerzeit in Wien für einen spärlichen Verkehr mit großen Lücken sorgte und selbst die Demonstranten zuerst ins Freibad und dann erst auf die Straße gingen. Was gestern passiert ist, genügt für mehrere Albträume, dachte er, wich einem unachtsamen Linksabbieger aus und schlängelte sich an der Straßenbahn vorbei. Zwei tote Minister, die blutigen Unruhen in der Innenstadt und der Unfall Ruzickas hatten ihm nur wenige Stunden Schlaf gelassen. Georg war am Abend wohl irgendwo mit seiner neuen Flamme abgestürzt und hatte sich nicht mehr gemeldet.

Der Reporter gähnte unter seinem Vollvisierhelm. Kommt Zeit, kommt Schlaf, dachte er sich und bremste die Honda noch gerade rechtzeitig vor einem Fußgänger ab, der wohl den Wecker gehört hatte und aufgestanden war, aber die Augen noch nicht aufgemacht hatte.

Am Rennweg angekommen, ignorierte Wagner die rote Ampel und bog rechts ab, schlängelte sich an einigen Einsatzwagen mit ihrem rotierenden Blaulicht vorbei, um gleich darauf von einem quer über die Fahrbahn gespannten Absperrband der Polizei endgültig gestoppt zu werden. Ein Polizist schlenderte auf ihn zu und hinter ihm konnte Paul hektische Aktivität rund um ein Loch mitten in der Fahrbahn sehen.

»Immer wieder mal was Neues«, sagte Wagner zu dem Uniformierten, als er seinen Helm abzog, »jetzt machen sie schon Swimmingpools am Rennweg. Eine sommerliche Initiative der Stadtverwaltung?«

Der Polizist lachte. »Hallo Paul! Und ich dachte, du bist irgendwo am Strand unter Palmen, wie alle anderen vernünftigen Menschen um diese Zeit. Keine Demos, dafür Cuba libre satt.«

Der Reporter winkte ab und schlüpfte unter der Absperrung durch. »Sagen wir einfach, ich hab den Absprung verpasst und jetzt komm ich nicht mehr los von dieser Stadt. Wer spielt gegen wen?«

Der Polizist schaute über die Schulter. »Burghardt und Strasser gegen einen abgestürzten Bagger, eine nackte weibliche Leiche und einen entsetzten Schuldirektor, der die Welt nicht mehr versteht.«

»Brisante Kombination«, entgegnete Wagner und machte sich auf den Weg zu dem großen Loch, aus dem nur mehr die Baggerschaufel ragte und in das Feuerwehrleute jede Menge Stromkabel fallen ließen. »Wer gewinnt?«

»Schaut ganz gut aus für den Bagger«, rief ihm der Uniformierte lachend nach, »stumm, unbeweglich und nicht leicht zu beeindrucken. Wenn sie den bis heute Abend wieder draußen haben, dann sind sie wirklich gut.«

Am Rand des Loches in der Straßendecke stand neben den Einsatzkräften der Feuerwehren eine kleine Gruppe Polizisten. Alle blickten gebannt hinab in das Halbdunkel, aus dem zahlreiche Stimmen heraufdrangen. Einer der Uniformierten forderte über Sprechfunk einen Bergekran an, als Wagner neben dem Abbruch in die Hocke ging und hinunterschaute.

»Willst du die Direttissima nehmen, Paul, oder gehst du den bequemen Weg?«, feixte einer der Polizisten. »Lass den armen Burghardt noch ein paar Minuten im Glauben, dass der Fall ihm gehört. Wenn er dich sieht, dann ist sein Tag sowieso gelaufen.« Alle Umstehenden lachten.

»Spurensicherung?« Als Antwort auf Wagners Frage gingen rund um den Bagger Scheinwerfer an, die alles in ein gleißendes Licht tauchten. »Auch schon da«, meinte der Reporter leichthin, »ich bin heute scheinbar als Letzter aus dem Bett gekommen.« Dann machte er sich auf den Weg zum Tor der Sacré-Cœur-Volksschule, vor dem ein einzelner Polizist damit beschäftigt war, eine junge Frau mit einem Diktafon in der einen und einem Presseausweis in der anderen Hand abzuwimmeln.

Als der Uniformierte den Reporter sah, unterbrach er den Redefluss der Frau vor ihm mit einer energischen Handbewegung und wandte sich an Wagner. »Hallo Paul! Du musst runter in den Keller, dann links halten, nochmals runter und dann solltest du schon das

Licht der Scheinwerfer durch die offene Türe sehen. Nicht leicht zu finden, der Eingang war gut versteckt.« Dann wandte er sich wieder der Frau zu, die Paul mit großen Augen nachsah, als dieser im Dunkel des Eingangs verschwand.

»War das nicht …?«, setzte sie an und der Polizist antwortete wie aus der Pistole geschossen: »Nein! Und jetzt zu Ihnen …«

Als Paul durch die kleine schwarze Türe in den dunkelroten Raum trat, rannte er fast in Kommissar Burghardt hinein, der in einem blauen Hawaiihemd und einer hellgelben Hose Urlaubsflair verbreitete.

»Eine gewagte Kombination in dieser Umgebung, finden Sie nicht auch?«, meinte Wagner zur Begrüßung und der Kommissar fuhr herum wie von der Tarantel gebissen.

»Eigentlich wäre ich ja schon auf dem Weg an den Badesee und würde hier nicht Maulwurf spielen«, entgegnete Burghardt mit grimmiger Stimme, »wenn wir keine Personalprobleme, genügend Urlaubsvertretungen und keine Finanzministerkonferenz hätten, die Sicherheitsbeamte aufsaugt wie ein schwarzes Loch.«

»Dort würden Sie in dem Outfit auch so deplatziert wie ein Kanarienvogel auf einer Geburtstagstorte aussehen«, stellte Wagner trocken fest und blickte dem Gerichtsmediziner entgegen, der mit seinem Metallkoffer in der Hand soeben den Bagger umrundete und auf die beiden zukam. »Dr. Strasser ist auch schon urlaubsbereit, wie ich sehe …«

»Hallo Paul«, winkte Strasser lässig. Er trug kurze Hosen, Sandalen und einen weißen Strohhut, auf dessen Band »Rimini« prangte. Sein in psychedelischen Farben gehaltenes T-Shirt zierte der Spruch »Don't drink and drive when you can smoke and fly!«

»Ich wollte mit Burgi zum Baden, aber dann haben sie uns kurzfristig umgeleitet. Keine Zeit zum Umziehen«, meinte der Arzt entschuldigend.

»Hier sieht euch beide glücklicherweise niemand«, spottete Wagner und bemerkte erst dann einen dritten Mann im schwarzen Anzug, der in einiger Entfernung still und geistesabwesend seine Augen über die Wände mit den goldenen Buchstaben und die großen Bodenplatten wandern ließ.

»Der Direktor der Schule«, erklärte Burghardt, als er Wagners Blick bemerkte. »Er behauptet, niemand habe von der Existenz dieses Raumes gewusst und es sei für ihn völlig unerklärlich, wie die Leiche unbemerkt hierher geschafft werden konnte.« Dann wandte er sich an Strasser. »Und?«

Der Mediziner schob den Strohhut ins Genick und betrachtete die Figuren aus Stein rund um die Türe nachdenklich. »Sie ist seit acht, vielleicht neun Stunden tot. Die Striemen auf ihrem Rücken und Gesäß schauen nach SM-Spielen aus. Plakativ, aber nur schmerzhaft. Der Schlag auf den Kopf jedoch führte höchstwahrscheinlich sofort zum Tod. Vielleicht eine Gehirnblutung. Genaueres bekommst du nach der Obduktion.« Er machte eine Pause. »Aber eines steht fest. Sie wurde nicht hier ermordet. Man brachte ihre Leiche in diesen Raum und deponierte sie auf dem Podest unter dem Kreuz.«

Wagner runzelte die Stirn. »Unter einem Kreuz? Schwarze Messe?«

Dr. Strasser schüttelte den Kopf. »Glaube ich nicht. Dieser Raum ist so seltsam, mit all seinen Symbolen und Buchstaben und den Figuren hier um den Türsturz …« Der Mediziner fuhr mit seinen Fingern über die steinernen Gestalten von gebückten Zwergen, Löwen mit weit aufgerissenen Mäulern und Vögeln mit Bärenköpfen. »… aber er hat nichts mit schwarzen Messen zu tun. Das Dunkelrot und die goldenen Buchstaben passen nicht zu den Satanisten. Bei denen ist immer alles schwarz und die Symbole sehen ganz anders aus.« Dann wandte er sich an Burghardt. »Ich nehme an, du möchtest die Obduktionsergebnisse so schnell wie möglich? Sag nichts, ich sehe es an deinem Blick. Na gut, dann kümmere ich mich darum und mach ein wenig Druck. Vergessen wir das mit dem Badeausflug.« Mit einem resignierten Winken verabschiedete sich Strasser und schlüpfte an Wagner vorbei durch die Tür.

Burghardt schaute auf die Uhr und dann auf die Scheinwerfer, die den Tatort erleuchteten. Verdeckt durch den Bagger, auf der anderen Seite des Raumes, arbeitete die Spurensicherung und Paul war klar, dass er nicht so schnell näher an die Tote, das Kreuz oder das Podest herankommen würde.

»Beschreiben Sie mir, wie es da drüben aussieht?«, meinte Wagner zu Burghardt und zog ein kleines Notizbuch aus der Tasche seiner Jeans.

»Wenn Sie mit der Veröffentlichung der Details bis heute Abend warten, könnte ich darüber nachdenken«, gab der Kommissar zurück. »Wie geht es eigentlich Bernhard? Ich habe ihn schon lange nicht mehr gesehen.«

»Nicht so gut«, antwortete Paul und schilderte kurz sein Treffen mit Berner und ihre gemeinsame Fahrt nach St. Pölten in die Intensivstation. Burghardt hörte nur stumm zu. Ruzicka gehörte wie Berner zu seinem engeren Freundeskreis, der sich zwar unregelmäßig traf, aber seit Jahren bestand.

»Woran hat Ruzicka gearbeitet?«, erkundigte sich Burghardt mit flacher Stimme, als Wagner mit seiner Schilderung geendet hatte. »Was hatte er so Besonderes entdeckt, dass man ihn aus dem Weg haben wollte?«

Wagner zuckte mit den Schultern. »Keine Ahnung. Der Mord in Nussdorf kann es kaum gewesen sein«, antwortete er.

»Welcher Mord in Nussdorf?«, drängte Burghardt.

»Der Informationsfluss fängt an, ziemlich einseitig zu werden«, stellte Wagner trocken fest, erzählte aber dann doch von den Ereignissen in dem kleinen Weinort. Burghardt hörte aufmerksam zu. Dann nahm er den überraschten Reporter am Arm und zog ihn mit sich fort in Richtung der eingebrochenen Baumaschine. Als der Schuldirektor ihnen folgen wollte, stoppte Burghardt ihn mit einem lauten »Sie nicht!« nach wenigen Schritten.

»Dafür werden die von der Spurensicherung mich hassen, aber ich habe da so einen blöden Verdacht«, murmelte Burghardt vor sich hin, während er Wagner rund um den Bagger führte, bis sie in Blickweite der Toten waren. Die Scheinwerfer tauchten alles in ein unerbittlich helles Licht, das selbst die alten goldenen Buchstaben an den Wänden aufleuchten ließ.

Wagner hielt den Atem an. Direkt über der nackten Frau befand sich als Halbrelief ein Kreuz, mit beiger Farbe bemalt, in die dunkelrote Wand eingelassen. Es war eine exakte Kopie des Kreuzes von Nussdorf. Nur die beiden Pestheiligen fehlten.

Israelische Botschaft, Wien-Währing/Österreich

Valerie Goldmann hatte schlecht geschlafen und war wie gerädert aufgewacht. Was Oded Shapiro ihr gestern am frühen Abend erzählt hatte, war auch keineswegs dazu angetan gewesen, sich beruhigt ins Traumland zu begeben. Fast zwei Stunden lang hatte der israelische Geheimdienstchef sein abenteuerliches Garn aus Tatsachen, Vermutungen, Schlüssen und Worst-Case-Szenarien gesponnen, das selbst phlegmatische Zeitgenossen in fieberhafte Aktivität gestürzt hätte.

Währenddessen waren im Fernsehen die Szenen der Demonstrationen in der Innenstadt immer öfter von den Berichten über den Mord an der Familienministerin abgelöst worden. Shapiro klang keineswegs überrascht, als Goldmann ihm davon erzählte, und allein diese Tatsache beunruhigte Valerie mehr als vieles andere.

Als dann am späteren Abend auch noch ein Bericht über den bizarren Mord an Innenminister Fürstl ausgestrahlt worden war, hatte Valerie versucht, Georg oder Paul telefonisch zu erreichen. Keiner von beiden hatte abgehoben. Shapiro rief sie gar nicht erst an. Der hätte es sicher schon gewusst.

Der Beamte der Sicherheitskontrolle am Eingang der israelischen Botschaft in Wien-Währing winkte Goldmann durch, und selbst als der Metallscanner wie wild zu piepsen begann, nahm niemand Notiz davon.

Valerie wusste, dass der Botschafter auf Dienstreise war, aber sie wollte sowieso nicht in sein Büro im ersten Stock, sondern lief die Treppen im hinteren Teil des Hauses hinauf bis vor eine graue Tür, auf die ein weißer Zettel geklebt war. Valerie las ihn grinsend und riss ihn ab, dann klopfte sie und trat ein, ohne eine Antwort abzuwarten.

»Sie hätten zusperren sollen, Weinstein, und nicht nur darauf bauen, dass ich ihre Krankheitsgeschichte glaube«, sagte sie und ließ den weißen Zettel mit spitzen Fingern auf den Schreibtisch des Militärattachés fallen. »Sie glauben doch nicht, dass ich Angst vor Bazillen schleudernden Uniformträgern habe? Dazu war ich zu lange beim Militär, das sollten Sie bereits wissen.«

Samuel Weinstein versuchte es mit einem unschuldigen Lächeln, das kläglich misslang. »Oh, Major Goldmann, lange nicht mehr gesehen. Schön, dass Sie wieder einmal vorbeischauen. Ich hatte Sie gar nicht erwartet. Es ist ja schon eine Weile her, seit Sie …«

»… ein wenig Bewegung in Ihre ruhige Welt gebracht habe. Sie haben zugenommen, Weinstein«, fuhr Valerie unerbittlich fort und der Militärattaché blickte sofort an sich herunter und zog den Bauch ein.

Valerie zeigte auf den weißen Zettel. »Sie hätten ›wegen Diätversuch geschlossen‹ draufschreiben sollen, das wäre wenigstens glaubwürdig gewesen. Aber Schweinegrippe?«

»Solange sie koscher ist …«, versuchte es Weinstein lahm.

»Himmel, Weinstein, Sie waren schon einmal besser. Spaß beiseite. Oded Shapiro hat mich gestern angerufen und ich muss dringend nach Berlin. Außerdem habe ich hier eine kleine Liste …« Valerie sah den gehetzten Ausdruck in Weinsteins Augen und musste lächeln. »Nicht so schlimm, wie Sie glauben. Ein Flugticket, meine alte Smith & Wesson und ein paar Dinge, die …« Valeries Handy klingelte und auf dem Display sah sie, dass Paul anrief.

»Na endlich! Wo warst du denn? Ich muss dich so schnell wie möglich sehen.«

Paul lachte. »Du klingst wie eine besorgte Ehefrau oder eine frustrierte Freundin. Ich hab das Schlafen eingestellt, esse nur mehr in Notfällen und weiß gar nicht, was ich zuerst schreiben soll. Und als Nächstes werde ich mir einen Helikopter mit Piloten zulegen müssen, weil die Motorräder nicht mehr schnell genug sind, um in einer halbwegs vernünftigen Zeit von einem Tatort zum nächsten zu kommen.«

Goldmann hörte im Hintergrund Geschirr klappern. »Also wie ich höre, ist der Notfall ›Essen‹ bei dir gerade ausgebrochen, und was den Hubschrauber betrifft – vergiss es, mich kannst du dir sowieso nicht leisten. Ich bin gerade in der Botschaft und Weinstein lässt dich schön grüßen.« Valerie sah den Militärattaché auffordernd an und deutete auf die Liste und dann auf ihre Uhr. »Kannst du heute mit mir nach Berlin fliegen?«

»Und von da in die Karibik? Träumst du? Weißt du, was hier los ist? Warum sollte ich auch nur einen Augenblick daran denken, diese Stadt zu verlassen? Selten genug, aber im Moment passiert es genau hier und du willst, dass ich nach Berlin fliege?« Paul klang entnervt. »Ich bin froh, dass ich mir zeitlich noch ein Stehfrühstück leisten kann. Mir würde auf die Schnelle kein einziger Grund einfallen, warum ich nach Berlin fliegen sollte.«

»Vertrau mir, es gibt mehrere, Paul.«

Valerie klang, als meinte sie es ernst, und Wagner überlegte kurz. »Du stehst vor Weinstein und der sollte keinen davon kennen?«

»Sehr richtig und jetzt will ich wissen, wann du frühestens starten kannst.«

Paul überlegte. »Charter, Linie oder Privatjet? Oder fliegst du uns?«

Valerie lächelte Weinstein an: »Privatjet natürlich oder eine schnelle Militärmaschine …«

… der Attaché machte mit beiden Händen windmühlenartige Abwehrbewegungen …

»… ein Helikopter … und ich fliege uns …«

… Weinstein schüttelte energisch den Kopf …

»… such es dir aus, Paul. Oded Shapiro hat gesagt, es ist wichtig und der Militärattaché unseres Vertrauens wird uns das besorgen, was wir brauchen. Und zwar schnell!«

Weinstein legte resignierend den Kopf in beide Hände und wünschte, er hätte früher erfahren, dass Valerie Goldmann wieder in offizieller Mission unterwegs war. Dann wäre er freiwillig in ein Krankenhaus gezogen. Er griff zu einem Taschentuch und schnäuzte sich demonstrativ.

»Ich hoffe, du weißt, was du tust«, antwortete Paul, »und erzählst mir alles andere auf dem Flug. Wann willst du wieder in Wien sein?«

»Am liebsten gestern«, meinte Valerie und sah den Militärattaché an, der daraufhin zu seinem Telefon griff und anfing zu wählen. »Wenn Shapiro recht hat, dann führt die Spur von Berlin zurück nach Wien.« Sie überlegte kurz. »Und, Paul? Glaub mir, die Geschichte ist es wert …«

Der Reporter überlegte kurz. »Georg werde ich so schnell nicht auftreiben können, der ist entweder zurück auf Burg Grub oder spurlos verschwunden. Ich hab ihn seit gestern Morgen nicht gesehen.« Valerie hörte, wie Paul noch einen Kaffee bestellte. »Lass mich die letzte Meldung fertig schreiben und dann bin ich auch schon auf dem Weg zum Flughafen.«

»Danke, Paul, ich weiß, wie sehr du im Druck bist. Wir sehen uns in Schwechat, ruf mich an, wenn du da bist.«

Weinstein telefonierte noch immer, als Valerie auflegte. Sie ging ans Fenster und schaute hinaus auf den Hof der Botschaft, als ein junger Mann in Anzug eintrat und sie neugierig anblickte.

»Major Goldmann?«

Valerie nickte. »Warum?«

Der junge Mann lächelte dünn. »Können Sie sich ausweisen?«

»Warum?«

Das Lächeln verschwand langsam. »So werden wir nicht weiterkommen«, stellte der junge Mann fest. »Ich habe eine Nachricht von Mr. Shapiro, die ich Ihnen aushändigen soll. Ich wollte nur sichergehen …«

Weinstein unterbrach ihn mit einer unwirschen Handbewegung und deckte kurz die Sprechmuschel des Telefons ab. »Sie ist es, David, geben Sie ihr den Wisch und machen Sie es nicht kompliziert.«

Valerie streckte die Hand aus, nahm das Blatt und entfaltete es. Der junge Mann stand noch immer an der Türe und starrte Goldmann an, die bereits die Mitteilung Shapiros überflog. Dann blickte sie auf. »Was ist jetzt? Brauchen Sie ein Quittung?«

»Sind Sie die Valerie Goldmann?«, fragte David neugierig. »Man erzählt sich hier in der Botschaft einige Geschichten …«

»… die Sie nicht alle glauben sollten. So, raus jetzt, Autogramm gibt's keines«, meinte Goldmann trocken und funkelte Weinstein an. »Ich wette, ich kenne den Ursprung der Geschichten nur zu gut.« Der Militärattaché beendete das Gespräch und versuchte einen »Ich doch nicht«-Blick, der schon im Ansatz scheiterte.

Goldmann lehnte sich über den Schreibtisch und fixierte den Militärattaché. »So, genug geplänkelt! Wann, wie und wo? Machen Sie schnell, Weinstein, ich sollte schon in Berlin sein.«

Keine zwanzig Minuten später verließ ein dunkler Mercedes den Hof der israelischen Botschaft und brachte Valerie auf dem schnellsten Weg zum Flughafen Wien/Schwechat, wo ein Learjet schon warmlief. Die Mitteilung Shapiros war in einem der schweren Kristallaschenbecher in Weinsteins Büro in Rauch aufgegangen. Sie hatte aus einem einzigen Satz bestanden, der Valerie nicht mehr aus dem Sinn ging:

»Vertrauen Sie niemandem in der österreichischen Regierung!«

Russisches staatliches Militärarchiv/Moskau

Der Plattenbau in der Vyborgskaja Ulija 3 im Norden von Moskau, der das russische staatliche Militärarchiv beherbergte, war eine architektonische Entgleisung aus den frühen Siebzigerjahren, die alle Umstürze unbeschadet überlebt hatte. Die Fassade machte einen heruntergekommenen Eindruck und die ungeputzten Fenster, hinter denen stets zugezogene fleckige Vorhänge jede Sicht ins Innere versperrten, schreckten die Besucher ab und sollten es wohl auch.

Im krassen Gegensatz zu dem vernachlässigten Zentralarchiv machte das hellbraune klassizistische Gebäude, das im selben Komplex näher an der Leningrader Chaussee stand, einen geradezu gepflegten Eindruck. Versteckt hinter hohen Bäumen gelegen, war das vierstöckige »Sonderarchiv Moskau« den meisten Besuchern der Hauptstadt, selbst wenn sie in wissenschaftlicher Mission unterwegs waren, kein Begriff. Ende der Neunzigerjahre in das Militärarchiv eingegliedert, war die Dokumentensammlung ein brisanter Fall von Geheimhaltung und Verschleierungstaktik. Die Behörden, die schon nach der Perestroika das Archiv offiziell für geöffnet erklärt hatten, schoben die Bestände so lange zwischen dem Staatlichen Archiv der Russischen Föderation, dem Staatlichen Archiv der alten Dokumente und dem Militärarchiv hin und her, bis jedermann den Überblick und die Forscher das Interesse verloren hatten. Viele Archivalien, die als zu sensibel eingestuft worden waren, kamen in gut gepanzerten Lastwagen meist von einem Lager ins nächste, wurden ausgeladen und Monate später wieder auf die Reise geschickt.

Erst der Beginn des neuen Jahrtausends hatte das Dokumenten-Roulette beendet und es war endlich Ruhe eingekehrt. Das »Sonderarchiv Moskau« war endgültig in dem klassizistischen Bau eingezogen und mangels Verzeichnissen, Karteien oder Bestandslisten nach und nach in Vergessenheit geraten. In den meisten ausländischen Archivverzeichnissen wurde es gar nicht mehr aufgeführt. Wie überall in Russland fehlte auch hier das Geld an allen Ecken und Enden, Posten wurden gestrichen oder gar nicht erst neu besetzt und am Ende sparte man sogar den Pförtner ein und verschloss das Gebäude einfach. Wer hineinwollte, musste läuten. Wenn jemand vom Personal die Klingel hörte, ignorierte er sie. Besonders hartnäckige Besucher wurden vertröstet und mussten schließlich so lange auf die Erledigung ihres Ansuchens warten, dass sie selbst irgendwann wieder darauf vergaßen.

Anatolij Gruschenko versuchte an diesem Vormittag die schrille Torglocke zu überhören und brühte sich auf dem kleinen Elektrokocher eine weitere Kanne Tee auf. Er war kurz nach dem Umbruch aus dem staatlichen Militärarchiv abgestellt worden und hatte die lange Reise der Dokumentenkisten durch die Moskauer Archive mitgemacht, wobei ihre Zahl besorgniserregend angeschwollen war. Was als ein einziger Lkw begonnen hatte, war zu einer Kolonne angewachsen, als das Archiv schließlich das Gebäude in der Vyborgskaja-Straße bezogen hatte.

Gruschenko schüttelte den Kopf über die Hartnäckigkeit des heutigen Besuchers. Er schien seinen Daumen auf der Klingel geparkt zu haben und der Oberarchivar begann, einen Stromausfall herbeizusehnen. Gruschenko hätte bereits seit mehr als fünf Jahren in Pension sein müssen, aber er war noch immer da. Die Wahrscheinlichkeit von Lohnzahlungen übertraf in Moskau die von Rentenzahlungen bei Weitem und so blieb er im Archiv und hoffte das Beste. Vielleicht würden seine Vorgesetzten ihn ja vergessen, so wie sie scheinbar das Archiv vergessen hatten.

Seufzend machte sich der Oberarchivar auf den Weg, als ihm klar geworden war, dass der Besucher wohl nicht aufgeben würde. Er stieg die breiten Marmortreppen hinunter, die von Büsten der russischen Zaren gesäumt waren, und blieb vor der massiven Doppelflügeltür aus Holz stehen. Vielleicht …, hoffte er ein letztes Mal, aber der Besucher dachte nicht einmal daran. Also öffnete Gruschenko das Tor und erblickte vor sich vier Männer in dunklen Anzügen, die ihn ungeduldig ansahen. Am Straßenrand war der gepanzerte Transporter einer

Moskauer Sicherheitsfirma geparkt und ein weiterer Mann in einer paramilitärischen Uniform lehnte rauchend am Wagen.

»Ja, bitte?«, sagte der Oberarchivar unverbindlich, »das Militärarchiv ist ein Haus weiter, gehen Sie einfach die Straße hinunter, Sie sehen es gleich.« Er wollte die Türe schließen, aber einer der Männer schob ihn mit der flachen Hand in das Gebäude zurück. Seine drei Begleiter folgten ihm wie selbstverständlich und schlossen die Tür.

»Wir wollen doch kein Aufsehen erregen, nicht wahr, Anatolij? Nehmen Sie an, wir wissen genau, was wir suchen, und Sie müssen es nur mehr für uns heraussuchen. Wir sind einfache Kunden. Schnell rein, schnell wieder raus.« Die Stimme des Mannes klang kalt und unpersönlich. Während er sprach, sah er sich im Treppenhaus um. Es war ein schneller, professioneller Blick. Keine Kameras, keine Alarmanlagen, keine weiteren Angestellten in Sicht. Was hatte er erwartet? Das war ein vergessenes Archiv in einem ruhigen Stadtteil und nicht der Job, den sie normalerweise hatten. Nichts als Tonnen von Papier, Stockwerke voll. Er seufzte und schaute Gruschenko an. Noch so ein Simpel, urteilte er, und deutete auf die Treppen. »Gehen Sie vor, Anatolij. Wir möchten in Ruhe mit Ihnen reden.« Teilnahmslos trottete Gruschenko vor ihm her, offenbar völlig verwirrt und eingeschüchtert.

Die Teekanne pfiff mit einem durchdringenden Geräusch, als der Oberarchivar die Tür zu seinem Büro aufstieß und gefolgt von den vier Männern den großen, lichtdurchfluteten Raum betrat. Überall standen Kisten und Kartons, aus den Sternparketten waren vor langer Zeit Bretter gerissen und nie mehr ersetzt worden.

»Haben Sie einen Computer, Anatolij?«, fragte einer der Männer und blickte sich rasch um, bevor er mit einem Handgriff die Heizplatte abdrehte. »Das würde unsere Suche erleichtern und wesentlich abkürzen.« Gruschenko sah ihn an, als habe er den Verstand verloren.

»Entschuldigen Sie, meine Herren, aber ich glaube, Sie verkennen die Lage völlig. Hier gibt es nicht einmal einen Pförtner, kein Geld für die Reparatur der Büros, geschweige denn für eine funktionierende Heizung oder einen ordentlichen Samowar. Und Sie denken an einen Computer?«

Einer der Männer stand vor einer Wand von Karteikästen, die Hunderte Laden aufwiesen. Er zog eine davon auf. Sie war leer. Der Oberarchivar zuckte entschuldigend mit den Schultern und deutete auf die umstehenden Kisten. »Wir versuchen seit Jahren Studenten zu bekommen, die uns bei der Sichtung der Dokumente behilflich sind. Aber ohne Geld …« Er ließ den Satz unvollendet.

Ungeduldig trommelte einer der Männer mit den Fingern auf die Metallkästen. »Sie sind doch der Oberarchivar, Anatolij?«

Es war mehr eine Feststellung als eine Frage und Gruschenko nickte eifrig. »Selbstverständlich bin ich das, wollen Sie mein Dekret sehen?«

Der Mann winkte ab. »Ersparen Sie uns das, Väterchen. Wir suchen Akten aus der Zarenzeit und wir wissen, dass sie in dieses Archiv eingegliedert wurden. Also. Wo sind sie?«

Gruschenko kicherte leise vor sich hin. »Im zweiten Stock. Soll ich Sie hinaufführen?«, sagte er, und als die Männer eine einladende Handbewegung machten, ging er voraus.

Je weiter sie in dem Gebäude nach oben stiegen, umso wärmer wurde es. Gruschenko öffnete eine intarsierte Tür und ein weiter Saal erstreckte sich vor den Männern. Durch die Holzjalousien fiel das Licht in Streifen in den Raum und Staub tanzte in den Sonnenstrahlen. Es roch nach altem Papier und vertrockneten Schicksalen.

Hunderte von Kisten standen an den Wänden, manchmal fünf oder sechs übereinander. Sie trugen als Brandzeichen Hammer und Sichel und Nummern, die selbst für Gruschenko keinen Sinn ergaben, weil eine Liste fehlte.

»Hier liegen die Kisten aus der Zarenzeit, meine Herren, und zwar nur die internationale Korrespondenz zwischen 1800 und der Revolution, die Privatkorrespondenz der Zarenfamilie und die Berichte der ausländischen Botschaften, die zugleich Spitzeldienste für die Geheimpolizei erledigten. Dieser Teil kam aus dem Staatlichen Archiv der Russischen Föderation vor rund fünfzehn Jahren.« Der Oberarchivar verstummte, als er die ungläubigen Blicke der Männer sah.

»Moment«, sagte einer der Besucher und packte Gruschenko am Arm, »wollen Sie damit sagen, dass alles das …«

»… noch nicht aufgearbeitet ist, ganz genau«, vervollständigte der Archivar den Satz. »Und es auch in den kommenden zwanzig Jahren nicht sein wird, wenn nicht bald etwas geschieht.«

»Wir suchen ein österreichisches Dokument ...«, versuchte es einer der Männer nochmals, aber Gruschenko zuckte nur mit den Schultern.

»Dann sind Sie vielleicht genau am richtigen Platz, meine Herren, vielleicht auch nicht«, meinte er und deutete mit einer umfassenden Handbewegung auf die gestapelten Kisten. Die Männer sahen sich an und nach einer kurzen Pause holte einer von ihnen sein Handy aus dem Anzug und wählte, während Gruschenko sich zwischen den Stapeln von Kisten durchschlängelte und an eines der hohen Fenster trat. Er öffnete die Flügel und frische Luft strömte in den Saal.

»Können Sie mir sagen, was das Dokument für einen Inhalt haben soll? Wie es aussieht, von wem es sein soll oder an wen es gerichtet war?« Der Archivar schaute die Männer fragend an, aber die schwiegen und warteten. Einer von ihnen telefonierte noch immer und hörte seinem Gesprächspartner aufmerksam zu. In der Ferne erklang die Sirene einer Polizeistreife.

»Wollen Sie mir erklären, dass es nicht möglich ist, eindeutig festzustellen, ob dieses verdammte Dokument nun in diesem Archiv ist oder nicht?« Die Stimme am anderen Ende der Leitung klang gereizt und ungläubig. »Was ist das für ein Sauhaufen? Wir müssen dieses Schriftstück finden, koste es, was es wolle. Wir recherchieren nun bereits seit Jahren und wissen definitiv, wo es nicht liegt. Es bleibt nur eine Möglichkeit: Das Sonderarchiv in der Vyborgskaja Ulija.«

Der Mann im Moskauer Archiv verdrehte die Augen. »Dann kommen Sie am besten mit hundert Mann und jeder Menge Zeit«, antwortete er unbeeindruckt. »Hier stehen Kisten über Kisten, bis an die Decke gestapelt, ungesichtet und alle randvoll mit Papier.«

»Aber wir haben keine Zeit«, schrie sein Gesprächspartner verzweifelt. »Ich biete Ihnen Geld so viel Sie wollen, bestechen Sie den Archivar, kaufen Sie das Archiv ...«

»Ach, halten Sie doch den Mund, Sie haben mir gar nicht zugehört«, erwiderte der Mann ungehalten. »Selbst wenn Sie mir einen Staatsetat bieten würden, wäre es vergebens. Begreifen Sie nicht? Wir könnten das Archiv anzünden, wenn Sie wollen, und so das Dokument vor jedem Zugriff schützen ...«

»Nein! Was fällt Ihnen ein! Niemals, Sie Idiot«, unterbrach ihn der Mann mit einem panischen Unterton in der Stimme, »denken Sie nicht einmal daran.« Im Hintergrund hörte der Mann von der Sicherheitsfirma aufgeregte Stimmen in einer fremden Sprache. Ihm erschien es wie Deutsch mit einem seltsamen Akzent. Dann war sein Gesprächspartner wieder in der Leitung. »Wie haben Sie sich das vorgestellt, das Dokument vor jedem Zugriff zu schützen? Indem Sie es verbrennen? Das wäre das genaue Gegenteil von dem, was wir gerade versuchen. Wir brauchen dieses Dokument. Wenn es vernichtet wird, dann …« Die Stimme des Mannes verebbte und für einen Moment war nur mehr das Geräusch der Statik in der Leitung, »… dann wäre alles umsonst gewesen.«

Der Mann im dunklen Anzug sah Gruschenko an, dann die gestapelten Kisten mit den rabenschwarzen, eingebrannten Nummern und zuckte schließlich mit den Schultern. »Es tut mir leid, aber wir können nicht hundert Kisten abtransportieren. Eine oder zwei, kein Problem, vielleicht auch zehn. Aber was dann?« Der Oberarchivar hörte mit offenem Mund zu und schluckte schwer. Diesmal kam die telefonische Antwort prompt.

»Vergessen Sie es und verlassen Sie das Archiv. Wir werden beraten, wie wir weiter vorgehen, und melden uns dann wieder bei Ihnen.« Damit war die Leitung tot und der Mann ließ das Handy sinken. Dann, mit einer knappen Handbewegung und einem kurzen Nicken in Richtung Anatolij Gruschenko, drehte er sich um und eilte mit schnellen Schritten aus dem Saal, gefolgt von seinen Begleitern. Ihre Schritte verklangen auf der Treppe.

Der Oberarchivar trat ans Fenster und blickte ihnen nach, als sie das Haus verließen. Er beobachtete, wie der gepanzerte Transporter ausparkte, sich in den Verkehr einreihte und auf die Leningradskoy-Chaussee einbog. Dann schloss er langsam das Fenster und verließ den Saal, tief in Gedanken versunken. Im Treppenhaus nahm er die Stufen in die oberen Stockwerke und ging nicht zurück in sein Büro. Er stieg bis unters Dach.

Auf dem obersten Treppenabsatz lief eine reich geschnitzte Holzvertäfelung zwischen den Türen und Fenstern, Reminiszenz aus lang vergangenen Tagen. Gruschenko ging zu einer der Doppeltüren, die ganz offensichtlich kein Schloss hatte, drückte einen verborgenen Knopf und mit einem leisen Klick sprang ein kleines Fach in der

Vertäfelung auf. Dahinter kam ein hochmoderner Retina-Scanner zum Vorschein und ein grüner Lichtstrahl tastete das rechte Auge des Archivars ab, bevor ein elektronischer Impuls die Tür freigab.

Gruschenko trat ein und hatte wie immer das Gefühl, mit nur einem Schritt in eine völlig andere Welt zu gelangen. Klimaanlagen summten, an Dutzenden Computer-Terminals wurden Dokumente eingescannt, bearbeitet und registriert. Auf Rollwagen lagen Berge von Ordnern und Mappen. Zahllose Flachbildschirme zeigten Nummern und Codes an, gefolgt von den digitalisierten Versionen der Akten und Briefe, Dekrete und Depeschen. Am Ende des großen Saales, der genau das Ausmaß der Räume darunter hatte, saß hinter einer Glasscheibe ein junger Mann, der dem Oberarchivar erwartungsvoll entgegenblickte. Er war umringt von einer Armada elektronischer Geräte, deren genaue Aufgabe Gruschenko nie durchschaut hatte.

»Unser großzügiger Sponsor hat soeben angerufen und sich nach den Fortschritten erkundigt«, sagte der junge Mann zur Begrüßung. »Er ist äußerst zufrieden mit unserem Arbeitstempo. Nicht mehr lange und wir sehen das Ende des Tunnels und haben einen Überblick über den Inhalt des Sonderarchivs.«

Anatolij Gruschenko lächelte. »Wie gut, dass unsere Besucher das nicht gehört haben«, sagte er und schaute auf die Monitorwand, auf der sich klar der Saal im zweiten Stock mit den Kisten aus allen nur erdenklichen Blickwinkeln abzeichnete. »Und wie gut, dass wir die leeren Kisten im zweiten Stock stehen gelassen haben. Eine perfekte Kulisse für ungebetene Gäste.«

Der junge Operator nickte und suchte dann in seinen Unterlagen. »Es war eine ausländische Nummer, die sie angerufen haben, wir haben sie zurückverfolgt und das Gespräch mitgehört. Sie suchen ein Dokument, und das ziemlich verzweifelt. Ich frage mich, ob es dasselbe ist, hinter dem wir auch her sind.«

»Aber der Nachlass von Zar Alexander ist fast ganz aufgearbeitet und digitalisiert«, gab der Archivar zu bedenken. »Vielleicht haben wir uns doch geirrt und es gibt ein weiteres Konvolut Dokumente aus dem Besitz der Zarenfamilie. Irgendwo in einem Archiv in Russland …«

»Nein, das ist so gut wie ausgeschlossen«, antwortete der junge Mann und wischte den Gedanken wie eine lästige Fliege beiseite,

»dazu haben wir zu gründlich geforscht. Viel wahrscheinlicher ist, dass jemand die Bedeutung des Dokumentes erkannt und es bereits vor langer Zeit außer Landes gebracht hatte. Aber dann, Anatolij, dann ist es verloren, auch für unsere ausländischen Freunde, denen offensichtlich die Zeit davonläuft.«

Der Operator zog einen kleinen Zettel unter der Tastatur hervor und zeigte ihn Gruschenko. »Vorwahl 00431. Es war eine Telefonnummer in Österreich. Genauer gesagt das Außenministerium in Wien.«

Suarezstraße, Berlin-Charlottenburg/Deutschland

Der schwarze Maybach57 war nicht zu übersehen und mit dem uniformierten Chauffeur, der neben der Luxuslimousine stand, wirkte er wie arrangiert für ein Hochglanz-Verkaufsprospekt. Paul Wagner sah sich unwillkürlich nach dem Fotografen um, der sicher sofort hinter dem nächsten Eck hervorspringen und ihn aus dem Bild komplimentieren würde. Aber stattdessen kam der Chauffeur auf ihn und Valerie zugeeilt, hieß sie in Berlin herzlich willkommen und wirkte ein wenig indigniert, weil er keine Berge von Gepäck zu verstauen hatte. Er hielt beiden den Wagenschlag mit der Bemerkung auf, dass die Bar selbstverständlich zu ihrer Verfügung stünde.

»Seit wann ist das Budget von Shapiro in solche Regionen vorgestoßen?«, fragte Paul und streckte sich auf einem der luxuriösen Lederfauteuils aus, während auf dem kleinen Flachbildschirm in der Rückenlehne des Vordersitzes eine Nachrichtensendung mit eingeblendeten Börsenkursen lief. »Erst der Learjet und dann dieser rollende Palast. Hier könnte man eine intime Tanzveranstaltung abhalten und hätte trotzdem noch genug Platz an der Bar.«

Valerie griff nach den Gläsern und der gekühlten Sektflasche. »Du übertreibst schamlos, aber ich gebe zu, man könnte sich an den Luxus gewöhnen. Glaub trotzdem nicht, dass Shapiros Kriegskasse davon etwas spüren wird. Der Jet geht auf das Konto der Botschaft in Wien und der Maybach gehört sicher unserem Kontakt in Berlin.« Goldmann schenkte Paul und sich ein. »Wenn nicht, dann muss ich schleunigst mein Gehaltsschema bei der Armee überdenken.«

Vor den Fenstern der Luxuslimousine zog Berlin fast lautlos vorüber. Die Fahrt in die Suarezstraße dauerte kaum mehr als zehn Minuten und dann bog der schwere Wagen vom Kaiserdamm ab und in eine Hauseinfahrt, die in einen begrünten Innenhof führte. Das Tor schloss sich automatisch hinter dem Maybach und der Chauffeur ließ Valerie und Paul unter der mächtigen Krone eines Kastanienbaumes aussteigen.

»Wenn Sie mir bitte folgen würden«, murmelte der Uniformierte und öffnete eine schmale Seitentüre in der Einfahrt.

Daniel Singer sah genau so aus, wie Shapiro ihn beschrieben hatte. Groß und hager, mit einer vollen, fast weißen und seit Jahrzehnten nur mit original ›DAX Marcel Curling Wax‹ ondulierten Haarmähne und lebhaften, grüngrauen Augen, die sein Alter Lügen straften. Der Mann, der im eleganten Anzug neben ihm stand, war noch größer als Singer, wesentlich jünger und hatte goldbraune, große Augen, die Valeries Blick wie ein Magnet anzogen. Er lächelte ein sorgloses Jungenlächeln, das die Lachfalten um seine Augen vertiefte, und schaute neugierig den Besuchern entgegen.

»Ich freue mich, dass Sie beide so schnell kommen konnten«, meinte Singer und begrüßte Wagner und Goldmann herzlich. »Das ist Peter Marzin, mein Steuerberater und Vertrauter und außerdem der Mann, der das Dokument gefunden hat, das unseren gemeinsamen Freund in Tel Aviv so brennend interessiert.«

Paul blickte sich in der Bibliothek um, in der Singer sie empfangen hatte, betrachtete die Regale, die bis unter die Decke reichten und mit Papieren und Mappen voll gestopft waren. »Ich wette, hier wäre noch einiges, was unser guter Oded Shapiro nur zu gerne in seinen Unterlagen hätte«, sagte er dann und Singer nickte lächelnd.

»Aber dann bliebe mir ja gar nichts mehr«, gab der alte Sammler zurück.

»Ja, Mr. Shapiro hat ein ziemlich einnehmendes Wesen«, ergänzte Valerie, »und wie wir alle wissen, kann er gar nicht genug Unterlagen zusammentragen. Eine Berufskrankheit …«

»… die ich als Steuerberater nur gutheißen kann«, lachte Marzin. »Aber mich interessiert derzeit nur ein Manuskript, und wie es aussieht, teile ich dieses Interesse mit Mr. Shapiro.«

»Und vielleicht noch einigen anderen«, gab Singer ernst zu bedenken. »Aber wir wollen nicht vorgreifen.« Er ging hinüber zu einem Schreibtisch, wo zwei Dokumente unter einer starken Lampe ausgebreitet lagen, und lud die anderen mit einer Handbewegung ein, ihm zu folgen.

Zehn Minuten und eine lange Erzählung Marzins später standen die drei Männer und Valerie noch immer über die Tischplatte gebeugt und Paul rollte nachdenklich den Zylinder mit dem Wappen der Romanows über den grünen Filz.

»Eine abenteuerliche Geschichte«, sagte er leise und blickte zu Marzin auf. »Das hätte leicht ins Auge gehen können. So viel Aufwand für ein einzelnes Stück Papier …«

Valerie las die Transkription des Briefes, dachte an die Phantome des Zaren und an die wenigen Informationen, die Shapiro ihr am Telefon mitgeteilt hatte. Sie begann sich zu fragen, wie viel der Geheimdienstchef ihr diesmal wieder verschwiegen hatte. Er hatte viel geredet, aber nur wenig gesagt.

»Dieses eine Stück Papier ist nur ein Teil eines Puzzles, das aus mindestens vier Teilen besteht«, stellte Singer leise fest und alle Anwesenden blickten ihn überrascht an.

»Das hast du mir aber nicht gesagt, als ich dir den Zylinder gebracht habe«, meinte Marzin überrascht.

Der alte Sammler lächelte. »Das ist unter anderem der Grund, warum unsere beiden Besucher heute hier sind«, erklärte er nachdenklich.

Wagner fixierte Valerie misstrauisch mit gerunzelten Brauen. »So, ist er das? Seltsam, dass ich davon nichts weiß. Ich habe von einem geheimnisvollen Dokument erfahren, von einer Verschlüsselung und einer Verbindung nach Wien. Von vier Dokumenten war nie die Rede.«

Goldmann schaute ihrerseits Singer an und wartete auf seine Erklärung.

»Ich kenne auch nur einen Teil der Geschichte, weil Mr. Shapiro nicht gerade eloquent ist, wenn es um die Informationen geht, die er preisgeben soll.« Singer blickte Valerie an. »Aber das brauche ich Ihnen ja nicht zu erzählen.«

Valerie schüttelte stumm den Kopf.

»Wie dem auch sei«, fuhr der Sammler fort. »Wie Sie sich vorstellen und auch sehen können, beschäftige ich mich schon länger mit Dokumenten und alten Papieren. In der europäischen Archivszene, wie auf vielen anderen Gebieten, gibt es eine Liste von Dingen, von Raritäten, von verschwundenen Aufzeichnungen, die seit Jahren fieberhaft gesucht werden. Weiße Elefanten, über die man nicht auf internationalen Kongressen, sondern nur hinter vorgehaltener Hand spricht, wenn überhaupt. Vieles ist wahrscheinlich in privaten Sammlungen gelandet und das wiederzufinden ist fast unmöglich, aber vieles liegt auch noch unkatalogisiert in den Depots und Kellern oder in geheim gehaltenen Schränken der Staatsarchive.« Singer fuhr sich prüfend mit der Hand über die Wasserwellen im Haar.

»Doch nicht alles, was von den einen gesucht wird, ist auch tatsächlich verschwunden. Vieles wird versteckt gehalten und scheint nie in den offiziellen Bestandslisten auf. Parallel dazu werden Archivbestände freigegeben, die nicht mehr unter die Datenschutzklausel fallen und das schafft einen Berg aus Papier und Anfragen, der auch wieder abgearbeitet werden muss. Mit einem Wort – gezieltes Suchen ist schon aus Personalgründen nur in den wenigsten Fällen möglich.« Singer lehnte sich auf den Schreibtisch und schaute Peter Marzin direkt ins Gesicht.

»Und dann, dann gibt es auch so unglaubliche Fälle wie deinen, Peter, die selbst einen alten Mann wie mich überraschen können.« Er tippte auf das Pergament mit den grünen Schriftzeichen in der Mitte, das wie ein verschlüsselter Ruf aus längst vergangener Zeit war. »Einer dieser weißen Elefanten, die Archive und Sammler in halb Europa suchen, sind vier Dokumente, die der österreichische Staatskanzler Fürst Metternich angeblich selbst verfasst und dann an vier verschiedene Staatsmänner ausgehändigt haben soll. Kurioserweise haben zwei Staaten vor einigen Tagen aus ihren ›Giftschränken‹ genau jene Dokumente geholt, deren Existenz sie bisher vehement bestritten hatten.«

Singer sah den fragenden Blick Wagners und winkte ab. »Ich habe mir im Laufe der Jahrzehnte die Loyalität sehr guter Informanten erworben, Herr Wagner, aber das sollten wir beide gemeinsam haben.«

Der Reporter lächelte wissend. Er fing an, den alten Sammler zu mögen. »Und die beiden Staaten waren …?«

»… Frankreich und Großbritannien«, vollendete Singer den Satz.

»Hatte Oded Shapiro dieselben Informanten wie Sie?«, fragte Valerie neugierig und Singer verneinte lächelnd. »Nein, aber er hat mich«, sagte er dann einfach.

»Du hast diesen Shapiro angerufen«, warf Peter Marzin ein und sein Unterton verriet, dass er nicht sehr erfreut war.

»Ja, Peter, aber bereits bevor du mit dem Dokument aus Russland vor meiner Tür gestanden bist. Als meine Informanten mir davon berichtet haben, dass sowohl die Franzosen als auch die Briten gleichzeitig ihre Ausgabe des Dokumentes ›fanden‹, da habe ich nicht mehr an einen Zufall geglaubt und mich mit Oded beraten. Wir kennen uns seit Langem, eigentlich seit er den Posten als Leiter der Metsada angetreten hat. Ich kannte bereits seinen Vater aus der Zeit nach dem Krieg, aber das ist eine andere Geschichte.« Singer schloss die Augen und fuhr sich mit der Hand über das Gesicht. Für einen Moment war er ganz woanders. »Eine andere Welt, eine andere Zeit. Lang vorbei«, sagte er nach einer kurzen Pause und wirkte plötzlich müde und alt.

»Mit deinem sind es jetzt drei der Schriftstücke«, fuhr er dann fort, »die wieder aufgetaucht sind, und nur eines davon halten wir in unseren Händen. Aber die Legende vom weißen Elefanten besagt, dass alle vier identisch sind …« Singer schaute in die Runde.

Valerie war verwirrt. »Davon hat Shapiro auch gesprochen, meinte aber, es gäbe ein Unterscheidungsmerkmal. Er wusste aber nicht, welches.«

»Dazu muss man den Text erst einmal entschlüsseln«, meinte Paul, der inzwischen das Vergrößerungsglas von Singer genommen hatte und aufmerksam die grünen Buchstaben untersuchte. »Ist euch schon etwas aufgefallen? Oder hat sich das schon ein Experte angeschaut?«

Valerie klopfte Paul auf die Schulter. »Wieso Experte? Du bist ja da, und soviel ich weiß, ist Geheimschriften entziffern doch ein langjähriges Hobby von dir. Ich kenne niemand Besseren. Warum, glaubst du, hast du einen Privatflug nach Berlin bekommen? Das hier sollte doch zu deinen leichteren Übungen gehören!«

Peter Marzin unterbrach sie und wandte sich an Singer. »Du sagst, dass es vier Dokumente gibt. Eines in Frankreich, eines in Großbritannien und eines in Russland sind bekannt, das russische haben wir hier vor uns liegen. Wo sind die beiden anderen derzeit, und schließlich – welche Nation hat das vierte Schreiben?«

13./14. März 1848, Gut Wetzdorf/Österreich

Die Entscheidung, ihn, den mächtigen Kaufmann aufzusuchen, ihm von Angesicht zu Angesicht gegenüberzutreten, war Metternich nicht leichtgefallen. Er hatte lange gezögert. Aber die veränderten Umstände erforderten es. Das Exil wartete und wer wusste, ob er jemals wieder zurückkommen würde. Und dann trieb ihn auch noch die Neugier zusätzlich voran.

Die Fahrt war lang und beschwerlich. Hinaus aus Wien, nordwärts, weg von den geifernden Menschen und dem zögernden und ratlosen Hof. Vor den Fenstern der Kutsche war es Nacht geworden. Finsternis, wohin der Fürst auch blickte, und sein Rücken und Gesäß schmerzten unsäglich. Es war bar jeder Vernunft, durch die Dunkelheit über Land zu reisen, jeder verständige Mensch hätte Quartier in einer der Gaststätten entlang der Route bezogen. Viel zu gefährlich waren in Zeiten wie diesen die unbeleuchteten Wege.

Endlich tauchten Fackeln, Laternen und erleuchtete Fenster auf, der Kutscher zügelte die dampfenden Pferde. Das großzügige Schloss an der Straße nach Znaim war in Schönbrunner Gelb gestrichen. Aus den zahlreichen Fenstern der Hauptfassade fiel das Licht unzähliger Kerzen wie aus einer Kirche. Entlang der kiesbedeckten Wege brannten Fackeln. Bedrohlich ragte im Feuerschein die Statue des schreitenden Löwen über dem Einfahrtstor in den Nachthimmel, als das Gespann des Fürsten Metternich erschöpft hindurchtrabte. Der König der Tiere sah aus, als wolle er jeden Moment losspringen.

Fackelträger standen im Hof des zweigeschossigen Schlosses, unbeweglich wie die Marmorstatuen, die den Brunnen schmückten. Als die Kutsche über das Kopfsteinpflaster rollte, trat ein gedrungener Mann im eleganten braunen Gehrock aus einer Türe in den Hof. Die Fackeln ließen die Schatten tanzen und verliehen dem Schloss eine geheimnisvolle Aura. Der Mann hatte einen weiten Mantel aus feinstem Tuch über seine Schultern geworfen, sein Haar war dunkel und seine Augen blitzten schelmisch. Noch bevor Metternich es sich versah, hatte der Hausherr seine Diener zurückbeordert und öffnete selbst den Schlag der Kutsche.

»Seien Sie auf meinem bescheidenen Gut herzlich willkommen, Exzellenz«, sagte er und in seiner Stimme klang ein leicht amüsierter Unterton mit. »Ich wusste, dass Sie früher oder später kommen würden. Es wurde allerdings später.«

Metternich betrachtete den bekannten Kaufmann, der die gesamte Armee des österreichischen Kaiserreiches mit Schuhen, Tuch, Uniformen und Proviant ausrüstete, aufmerksam und mit schief gelegtem Kopf. Dann sagte er: »Ich danke Ihnen für den freundlichen Empfang. Ich wollte Ihnen schon lange einen Besuch abstatten, aber wie es aussieht, wird es der erste und gleichzeitig der letzte.« Damit stieg der Kanzler aus und sein Gastgeber führte ihn in den ersten Stock, wo die Empfangssalons lagen.

Keiner der Domestiken war bei dem anschließenden Essen zugelassen, man speiste allein und trug sich selbst auf. Das war mehr als ungewöhnlich und die Livrierten tuschelten. Als man feststellen musste, dass der Hausherr alle Türen zu den Salons von innen abgeschlossen hatte, waren die Diener ratlos. Mehr als zwei Stunden später öffnete sich die Tür zum Rauchsalon und der Hausherr orderte Cognac und Pfeifentabak, gleichzeitig entließ er alles Personal in die Nachtruhe. Dann zogen sich die beiden Männer wieder zurück. Es sollte fast vier Uhr früh werden, bis Metternich in einem kleinen, aber zweckmäßig eingerichteten Gästezimmer Schlaf auf einem bequemen Bett fand.

Am Morgen nahm man gemeinsam ein leichtes Frühstück ein und danach wurde die Kutsche Metternichs mit frischen Pferden angespannt.

Der Hausherr begleitete den Fürsten die Treppen hinunter. Man sprach über den Kaiser, und wie die erstaunten Diener feststellten, war man bereits per Du, wie es sonst nur unter gleichrangigen Adligen der Fall war.

»Der ›depperte Nanderl‹, wie du ihn so trefflich zu nennen beliebst, hat unzweifelhaft bewiesen, dass er so deppert nicht ist«, sagte Metternich und verzog den Mund zu einem dünnen Lächeln.

»Wie bitte?« Der Gutsherr war ehrlich verblüfft.

»Er war von dem Gemetzel, das Erzherzog Albrecht in der Herrengasse veranstaltet hat, derart schockiert, dass er darauf bestanden hat, die Waffen nicht mehr wider das Volk sprechen zu lassen. Mir hat das alles von Anfang an nicht gefallen, Ferdinand wirkte so ... besonnen. Das hätte mir eine Warnung sein sollen ... Der Kretin ist nämlich keiner. Er spricht mehrere Sprachen – wusstest du das? –, interessiert sich zudem für Botanik und Heraldik, daran hätte ich denken sollen ...« Metternich wurde leiser, erinnerte sich an immer mehr Erlebnisse mit dem Kaiser, die ihn vorsichtiger hätten machen sollen.

»Verstehe ich das richtig – es gibt keinen Armeeeinsatz?«, fragte der Heereslieferant alarmiert und trat hinter Metternich ins Freie.

Der Kanzler schüttelte den Kopf. »Nein, es gibt keinen. Beschluss des Kaisers.«

»Damit auch keine Lieferungen ...«, überlegte der Hausherr und verzog missbilligend den Mund. Ein Diener öffnete den Schlag von Metternichs Kutsche und klappte die kleine Treppe aus. Der Kanzler setzte den Fuß auf die erste Stufe, hielt kurz inne und wandte sich dann an seinen Gastgeber:

»Ich habe Kaiser Ferdinand gestern meinen Rücktritt angeboten. Natürlich habe ich ihn so vorteilhaft wie möglich formuliert. Ich war überzeugt, er würde ablehnen, weil er mich braucht, mir vertraut, so wie sein Vater.«

Der andere prustete los. »Natürlich hat er ihn abgelehnt. Was denn sonst? Ohne dich und ohne das Militär ist er verloren. Das wissen wir, das weiß er, das wissen alle.« Beim Anblick des ernsten, unbewegten Gesichtes des Kanzlers erstarb sein Lachen.

»Er hat ihn ohne Zögern angenommen«, erwiderte Metternich hart. »Und er hat offen gesagt, dass er mir nicht die Geldmittel für meine Flucht ins Exil nach England zur Verfügung stellt.«

Der Kaufmann winkte ab. »Geld spielt keine Rolle. Ich schicke dir morgen eine Börse in dein Palais, wie vereinbart.«

»Ich weiß nicht, ob ich jemals zurückkehre ...«, gab Metternich zu bedenken.

Der Hausherr lachte laut. »Dann hast auch du Schulden bei mir und nicht nur der Radetzky.« Er wurde wieder ernst. »Ich werde das Bauvorhaben, das wir gestern besprochen haben, in Erwägung ziehen. Wenn der Sieg unser ist, dann wird es kurz nach dem Friedensschluss abgeschlossen und ich erwarte, dass du zur Eröffnung kommst.«

Metternich lächelte betrübt und stieg ein. »Ich werde mein Möglichstes tun, aber ich kann nichts versprechen. Es sind unsichere Zeiten. Sollten wir uns nicht mehr sehen, dann werde ich es bedauern, ich werde aber auch mit dem Gefühl einer tiefen Befriedigung sterben. Die Weichen sind gestellt und jetzt, mein Freund, jetzt arbeitet die Zeit für uns.«

Damit klopfte der Fürst an die Wand der Kutsche und die Pferde zogen das Gespann durch das Schlosstor. Der gedrungene Mann ging hinterher, langsam und nachdenklich, und er blickte dem Gespann nach, bis es hinter den Alleebäumen der Reichsstraße verschwunden war. Dann drehte er sich um und zerriss den Schuldschein, den der Kanzler ihm unterschrieben hatte, in Dutzende kleine Stücke, die der Wind vor sich hertrieb.

Metternich sollte nie wieder nach Wetzdorf zurückkehren.

Gentzgasse, Wien-Währing/Österreich

Die Wohnung von Wilhelm Meitner war großzügig über einen ganzen Stock eines eleganten Wohnblocks verteilt. Modern, aber gemütlich eingerichtet, verfügte die Zimmerflucht über zwei Bibliotheken, die jeden Forscher übergangslos in einen Taumel der Verzückung befördern konnten. Katalogisiert, schlagwortmäßig erfasst und außerdem noch nach Erscheinungsdatum geordnet, ließen die Tausende Bände keinen Wunsch offen und so gut wie keine historische Frage unbeantwortet. Meitner, obwohl ein eingeschworener Junggeselle, war der Weiblichkeit keineswegs abgeneigt. Wer ihn allerdings vor die Wahl »Bücher oder Ehefrau« stellte, der hatte in der ausgedehnten Regallandschaft mit den zahlreichen bibliophilen Raritäten eine klare Antwort vor sich.

Als Georg Sina die Augen aufmachte, schaute er auf einige Quadratmeter lederner Bücherrücken und wusste zuerst nicht, wo er war. Ich sollte vielleicht wieder öfter zu Hause schlafen, dachte er, gähnte und streckte sich. Alles war ruhig in der Wohnung und langsam dämmerte Georg, dass er mit Meitner gestern Abend nach Hause gefahren war und gleich bei ihm geschlafen hatte. Heute früh, verbesserte er sich und schaute auf die Uhr. Dann fuhr er wie von der Tarantel gebissen hoch. Es war fast Mittag.

Im Wohnzimmer lag ein Notizblock am niedrigen Tisch zwischen den Flaschen einer Sammlung der besten Islay Whiskys. Georg wischte die Erinnerung an die gestrige, gemeinsam unternommene »Verkostung« der Bestände zur Nervenberuhigung beiseite und las die kurze Mitteilung Meitners.

»Tee ist vorbereitet und wenn du gehst, dann schlag einfach die Tür zu. Wir hören uns.«

Als Georg aus der Dusche kam, war auch der Tee fertig und die Südterrasse mit dem Holztisch und den Teak-Sesseln einladend genug, um noch für ein paar Minuten die Ruhe und den Blick über Wien zu genießen.

Kaum war Sina in einen der schweren Stühle gesunken, läutete irgendwo in der riesigen Wohnung das Telefon. Lass es läuten, es geht dich nichts an, überlegte er und versuchte das Schrillen zu ignorieren. Aber wer immer auch dran war, er wollte es nicht wahrhaben, dass Professor Meitner nicht zu Hause war. Fluchend stand Georg endlich auf und ging dem durchdringenden Läuten nach, bis er das Mobilteil auf dem Schuhschrank im Schlafzimmer fand.

»Apparat Meitner. Mein Name ist Georg Sina, was kann ich für Sie tun?«

Für einen kurzen Moment war es still auf der anderen Seite der Leitung.

»Professor Sina? Sind Sie das?«

»Höchstpersönlich, Sie werden es nicht glauben, auch wenn ich eine Stimme habe wie der Bruder von Marlene Dietrich. Aber das gibt sich wieder, haben alle gesagt, die mitgetrunken haben«, versetzte Georg und nahm einen Schluck Tee. »Wer spricht?«

»Burghardt hier, wir kennen uns vom letzten Jahr. Ich bin ein Freund von Kommissar Berner und ebenfalls bei der Mordkommission.«

»Ach ja, ich erinnere mich, der Zigarettenhändler …« Georg lachte. »Berner hat nur in den höchsten Tönen von Ihnen geredet. Und das ist selten bei ihm.«

»Glauben Sie dem alten Griesgram nur die Hälfte und das ist noch zu viel«, warf Burghardt ein. »Aber was machen Sie bei Professor Meitner? Den hätte ich übrigens gerne gesprochen.«

»Da sind Sie vermutlich ein paar Stunden zu spät dran, so genau weiß ich das nicht«, gab Georg zu. »Wir haben gestern etwas über die Stränge geschlagen und der gute Professor Meitner hat offenbar eine bessere Konstitution als ich. Jedenfalls ist er schon gegangen.«

»Das tut mir leid«, erwiderte Burghardt, »wir haben hier ein Problem. Ich bräuchte ihn für eine Identifizierung. Wir haben heute Morgen eine Frauenleiche gefunden …« Der Kommissar verstummte kurz. »Aber warten Sie, wenn ich es mir richtig überlege, können Sie uns auch weiterhelfen. Sie arbeiten ja am selben Institut, oder?«

Georg stellte vorsichtig die Tasse ab. »Ja, warum? Glauben Sie, dass es eine unserer Studentinnen ist?«

»Eher jemand vom Institutspersonal«, antwortete Burghardt. »Sagt Ihnen der Name Irina Sharapova etwas?«

Georgs Hand krampfte sich um die Lehne des Sessels. Der Boden unter seinen Füßen drohte nachzugeben und das Blut in seinen Adern schien plötzlich aus flüssigem Blei zu bestehen. Er versuchte etwas zu sagen, aber er brachte kein Wort heraus.

»Professor Sina? Sind Sie noch da?«

Georg holte tief Luft. »Ja, ja, ich bin noch da …«, krächzte er und räusperte sich. »Ja. Sharapova. Assistentin am Institut seit zwei Jahren. Was ist mit ihr?« Er hatte Angst vor der Antwort, unglaubliche Angst.

»Wir haben Grund zu der Annahme, dass es sich bei der Leiche um Irina Sharapova handelt. Nachdem sie keine Papiere bei sich hatte, haben wir ihre Fingerabdrücke mit denen in unserer Kartei verglichen. Es hatte in ihrem Wohnhaus einmal einen Einbruch gegeben und zwecks Vergleich waren die Fingerabdrücke aller Bewohner genommen worden, darunter auch ihre. Deshalb hatten wir sie in der Kartei.« Burghardt klang entschuldigend.

Sina sagte nichts.

»Sie lebte offenbar allein, ohne Familie und Angehörige. Deshalb hätte ich gerne Professor Meitner gebeten, eine Identifizierung vorzunehmen. Aber wenn Sie Frau Sharapova auch gekannt haben …« Burghardt ließ den Nachsatz offen. Georg hatte das Gefühl, in einen Abgrund zu stürzen. »Wo soll ich hinkommen?«, fragte er schließlich, bemüht, die Fassung nicht zu verlieren.

Burghardt schien erleichtert. »Auf den Wiener Zentralfriedhof. Seit wenigen Tagen werden Leichen in einem der provisorisch eingerichteten Container auf dem Gelände der Friedhofsgärtnerei obduziert. Budgetknappheit …«

»In einem Container?«, stieß Georg entsetzt hervor, »ist das Ihr Ernst?«

»Mein völliger Ernst. Das Gerichtsmedizinische Institut wurde Anfang letzten Jahres geschlossen, dann wurde vorübergehend in vier Wiener Spitälern obduziert, jetzt in ein paar Containern zwischen leeren Blumentöpfen und Kompost.«

Sina wurde plötzlich schlecht und er übergab sich in die Blumenkästen. Burghardt wartete geduldig, bis der Wissenschaftler sich wieder halbwegs unter Kontrolle hatte.

»Geht es wieder besser?«, erkundigte sich der Kommissar ehrlich besorgt.

»Wann?«, fragte Georg einsilbig und schaute automatisch auf seine Uhr. Seine Hände zitterten wie unter Drogeneinfluss. Er versuchte sich zu erinnern, wo eigentlich sein Golf stand.

»Wäre Ihnen 13:30 Uhr recht? Wir treffen uns am Haupteingang in der Simmeringer Hauptstraße. Das rechte Gebäude ist die Direktion der Städtischen Friedhofsgärtnerei. Ich warte draußen auf Sie.«

»Ich muss zuerst mein Auto finden, aber ich könnte es schaffen«, meinte Sina, noch immer unter Schock. Wo war sein Handy? Er sollte dringend Paul anrufen. Als Burghardt aufgelegt hatte, suchte Georg in seiner Anzugjacke nach dem Mobiltelefon und fand es schließlich in der Innentasche mit dunklem Display und leerem Akku. Wo ist das verdammte Ladegerät, fuhr es ihm durch den Kopf. Wahrscheinlich im Golf.

Auf Handys im Allgemeinen und auf den heutigen Tag im Besonderen fluchend, schlug Georg die Wohnungstür hinter sich zu und machte sich auf die Suche nach einem Taxi. Er lief mit großen Schritten die Straße hinunter in Richtung Stadt und kam sich im schwarzen Anzug und dem weißen Hemd in der Mittagshitze noch deplatzierter vor als gestern Abend.

Das Bild einer toten Sharapova auf dem kalten Metalltisch eines Containers verfolgte ihn bei jedem Schritt. Der Schock saß tief, Georg versuchte ihn irgendwie zu verdrängen, sich abzulenken, aber es ging nicht. Die Gentzgasse schien ihm endlos lang und die Sonne brannte vom Himmel.

Endlich bog ein Taxi um die Ecke und Georg entkam dem drohenden Hitzetod. Nach Schönbrunn sollte es nicht lange dauern, dachte er, ließ sich in die kühlen Polster fallen und hörte den Radio-Nachrichten zu, die ausführlich über die brutale Ermordung des Innenministers berichteten. Gleich anschließend gab es neue Details über das Attentat an der Wirtschafts- und Familienministerin Panosch. Georg erinnerte sich an den Abend in der Villa am Gallitzinberg und an Sharapova, an die Unruhen und die politischen Morde und schließlich an das, was Wilhelm Meitner ihm heute am frühen Morgen gesagt hatte: »Finde heraus, woran Kirschner geforscht hat. Was immer es ist, ich möchte es für unser Institut haben, schon um Kirschners willen. Aber gib acht, Georg. Es hat ihn umgebracht und ich will dich nicht auch noch verlieren.«

Sina war sich nicht sicher, ob er sich nicht gerade verloren hatte.

Rennweg, Wien/Österreich

Alter Griesgram? Den hab ich gehört und den zahl ich dir noch heim, den alten Griesgram«, knurrte Berner und sah sich in dem roten Raum unter dem Rennweg um. »Und was deine Verkleidung betrifft, dieses sommerliche Allerlei für minderbemittelte Mode-Ignoranten, so ist sie nur peinlich.«

Burghardt steckte sein Telefon weg und war unerschüttert. »Du hättest erst Dr. Strasser sehen sollen …«, meinte er und beobachtete, wie der gelbe Bagger langsam aus dem Untergrund in Richtung Himmel entschwebte. Die Feuerwehr hatte es geschafft, in rekordverdächtiger Zeit einen 100-Tonnen-Kran an die Absturzstelle zu bringen, und sein Ausleger war so lang gewesen, dass er nicht zu nahe an das große Loch in der Straßendecke heranfahren musste und den Liebherr trotzdem sicher heben konnte.

»Wie aufmerksam von dir, dass du mich erst später angerufen hast«, gab Berner zurück. »Und jetzt an die Arbeit. Die Spurensicherung ist weg, der Bagger auch gleich und dann lass uns hier in Ruhe umschauen. Bis Georg Sina am Zentralfriedhof auftaucht, haben wir noch eine knappe Stunde Zeit, genug, um hier alles auf den Kopf zu stellen und ein wenig Gedankenarbeit zu leisten. Und bevor ich es vergesse: Ruzicka liegt nach wie vor im Koma, aber er lebt.« Berner wollte »noch« hinzufügen, überlegte es sich dann aber doch. Man sollte den Teufel nicht an die Wand malen, dachte er und betrachtete aufmerksam die dunkelroten Wände mit den rätselhaften goldenen Buchstaben, während Burghardt ihm in kurzen Worten die Situation schilderte, die er am Morgen vorgefunden hatte.

»Sag mal, Burgi, hat sich schon jemand Gedanken über diese Buchstaben gemacht?«

»Bernhard, wir sind keine Spezialisten für kryptische Wandbilder, wir sind einfache Kriminalisten«, gab Burghardt zurück. »Und bevor du fragst, nein, auch über das Kreuz nicht. Wagner hat mir erzählt, dass genau dasselbe in Nussdorf ob der Traisen steht und Professor Kirschner in Blickweite davon ermordet wurde. Mehr weiß ich nicht.«

Berner nickte. »Wer wird jetzt den Fall Kirschner übernehmen, weiß man das schon?«, erkundigte er sich.

»Frag doch Paul Wagner, der weiß es schneller als der zuständige Kollege«, gab Burghardt mit todernster Miene zurück.

Der Bagger war gänzlich aus dem Sichtfeld verschwunden und ein Feuerwehrmann gab, vom Rand des Loches winkend, Entwarnung. »Wir fangen jetzt mit den Abdeckungsarbeiten an«, rief er herunter.

Langsam gingen die beiden Männer zu dem Kreuz im Halbrelief, das nun ohne grelles Scheinwerferlicht im Halbdunkel schmutzig gelb aussah. Darunter war eine Art Stufe aus Stein, etwa sechzig Zentimeter hoch und einen knappen Meter breit, die über die gesamte Länge der Wand lief.

Berner ging in die Knie und schaute sich die beiden Eisenringe näher an. Sie mussten so alt wie der Raum selbst sein, halb vom Rost zerfressen. Ihr Durchmesser erinnerte Berner an irgendetwas, aber er konnte es nicht formulieren, der Gedanke blieb vage.

»Wozu?« Berner hatte es leise gesagt und Burghardt schreckte aus seinen Gedanken hoch.

»Wozu was?«

»Warum hat man die junge Frau ausgerechnet hierher gebracht? Man hätte sie genauso gut in der Donau versenken können.« Berner zündete sich eine Zigarette an.

»Ja, aber ohne den Bagger und seinen Absturz hätten wir sie nicht gefunden, vielleicht niemals«, gab Burghardt zu bedenken. »Dieser Raum war völlig unbekannt, jedenfalls sagt das der Schuldirektor und der sollte es wissen. Sacré-Cœur ist bereits seit mehr als hundert Jahren in dem Gebäude untergebracht.«

»Und doch hat jemand davon gewusst, und zwar der oder die Mörder«, stellte Berner fest. »Er kannte den Zugang und schaffte die Leiche hierher.«

»Also muss der Platz eine ganz bestimmte Bedeutung haben.« Burghardt setzte sich auf die Stufe und schaute zur schwarzen Türe mit der steinernen Umrandung. »Sicher auch die mystischen Kreaturen neben der Tür und die goldenen Buchstaben, die Symbole auf den Bodenplatten nicht zu vergessen. Es ist eine Art von Gesamtkunstwerk, dessen Bedeutung wir nicht verstehen. Wir sollten Professor Sina nach der Identifizierung bitten, hierherzukommen, was meinst du?«

Berner nickte. »Einen Versuch ist es wert. Was weißt du über die letzten Stunden dieser Sharapova?«

»Noch gar nichts«, gab Burghardt zurück, »ich wollte mit Professor Meitner darüber sprechen, aber der war nicht erreichbar. Stattdessen war Georg Sina am Apparat. Und der war ziemlich mitgenommen von der Nachricht.«

Ein Feuerwehrmann erschien in der Türe mit zwei Handscheinwerfern, die er Berner und Burghardt in die Hand drückte. »Wir machen das Loch jetzt gleich ganz zu und dann werden Sie die brauchen«, meinte er.

Berner ließ den starken Lichtstrahl aufflammen und hörte, wie große Aluminiumbleche auf vorbereiteten Traversen über das Loch geschoben wurden. Schlagartig wurde es dunkel. Der helle Kreis glitt über die Wände und den behauenen Türsturz, die schwarze Pforte und dann quer durch den Raum über die Bodenplatten bis auf das Kreuz und die Stufe.

»Wir übersehen hier etwas«, murmelte Berner, »und es ist so offensichtlich, dass wir es deshalb einfach nicht bemerken. Warum sind das Kreuz in Nussdorf und das hier identisch? Was verbindet die beiden? Wurden hier Messen gefeiert? Aber wo ist der Altar? Es gibt auch keine anderen religiösen oder kultischen Abbildungen hier, keinen Kreuzweg, nur diese Buchstaben an der Wand.« Berner trat näher und schwenkte seine Taschenlampe. Die goldenen Schriftzeichen leuchteten auf. Geschwungene Lettern, die mit dünnen Linien verbunden waren. An jeder Wand einmal die Abfolge: B.J.G.R.U.K.J.Z.

An einigen Stellen, an denen der Verputz abgeblättert war, fehlten Buchstaben, dann wieder hatte sich die Goldfarbe gelöst. Berner verglich die Buchstaben mit denen des Kreuzes, aber es waren andere, zumindest in der Abfolge.

»Was macht dieses Kreuz hier, in einem Keller?«, dachte der Kommissar laut und schüttelte den Kopf.

»Es wird Zeit, dass wir gehen«, meinte Burghardt, »sonst schaffen wir es nicht rechtzeitig zum Zentralfriedhof. Und wer weiß? Vielleicht kann uns ja Professor Sina weiterhelfen.«

Die heiße Luft flimmerte über die weite Fläche der Parkplätze und Straßenbahngeleise vor dem zweiten Tor des Wiener Zentralfriedhofs, dem Haupteingang der gewaltigen Anlage. Die Jugendstilpfeiler des wuchtigen Repräsentationsbaus ragten bedrohlich in den wolkenlosen Himmel, drückten mit ihren Kränzen und Ornamenten Georg Sina auf das Hirn. Zwischen den Obelisken am Ende der weitläufigen Allee tanzten die Sonnenstrahlen über das grünspanige Kupfer der wuchtigen Kuppel der Luegerkirche. Sina stellte den roten Golf einfach irgendwo hin und stieg aus, im Stillen den schwarzen Anzug verfluchend, der jetzt doch wieder so passend erschien …

Er wanderte hinüber zum Tor und schaute sich um. Grasbüschel wucherten halb vertrocknet aus den Fugen der groben Pflasterung und der Betonplatten. Der Asphalt wirkte besonders an den Nahtstellen dickflüssig und aufgeweicht. Eine Zeile aus Verkaufsständen schmiegte sich an die Umfassungsmauer des Friedhofs aus rotbraunen Klinkerziegeln. Dösend im Halbschatten ihrer Holzhäuschen standen die Händlerinnen und Verkäufer und vergaßen aufgrund der brütenden Hitze sogar, ihre Kränze, Buketts, Kerzen oder Erfrischungsgetränke anzubieten. Auch der Pförtner in seinem winzigen Verschlag würdigte Sina keines Blickes und machte keine Anstalten, sich freiwillig aus dem Wind seines Ventilators zu bewegen.

Der flächenmäßig zweitgrößte, aber zahlenmäßig größte Friedhof Europas schien verlassen zu sein von allen lebenden Wesen. Die Alleen waren menschenleer, nur die Raben, die ganzjährig hier lebten, zogen majestätisch ihre Kreise oder saßen in den Ästen oder auf den Köpfen der Statuen. Auch waren keine Touristen zu sehen, die wie sonst jeden Tag verzweifelt, die Fotoapparate im Anschlag, durch die Gruppen und Reihen der Grabsteine irrten, auf der Suche nach den Ehrengräbern von Wiens bedeutendsten Komponisten. Vielleicht sind die drei Millionen Toten auf Urlaub gefahren, dachte sich Georg. Warum hatte er das Irina nicht gestern angeboten? Mit ihm nach Grub zu kommen? Sie hätten seinen Freund, den Messerschmied Benjamin, besuchen, Tschak abholen und einen langen Spaziergang machen können und alles wäre anders verlaufen. Stattdessen stand er vor der Direktion der Städtischen Friedhofsgärtnerei und hatte Angst vor dem Geruch nach Formalin, Desinfektionsmittel und kalter Luft. Und vor der toten Irina, die sie wohl hier begraben würden. Gemeinsam mit seiner Hoffnung auf ein kleines Glück.

Er hörte einen Wagen hinter ihm näher kommen und anhalten. Als er sich umdrehte, sah er Berner und Burghardt aussteigen.

»Georg! Lange nicht mehr gesehen! Schön, dass du kommen konntest«, begrüßte Berner Sina und wies auf Burghardt, der sich mit einem Taschentuch den Schweiß von der Stirn wischte. »Du erinnerst dich an Kommissar Burghardt?«

Sina nickte.

»Hier scheint der totale Wahnsinn ausgebrochen zu sein. Minister werden ermordet, Gewalt herrscht auf den Straßen, emeritierte Professoren werden am Obstbaum aufgeknüpft, Kriminalbeamte bedroht und mit Lkws überfahren. Ausnahmezustand«, erklärte Berner grimmig.

»Und Irina Sharapova«, fügte Georg leise hinzu. Burghardt schaute ihn prüfend an und wollte etwas sagen, aber Berner hielt ihn mit einer Handbewegung zurück. »Was ist mit ihr?« Die Stimme Berners war überraschend sanft und einfühlsam. Ihre Blicke trafen sich und Berner begriff.

»Gehen wir ein wenig spazieren«, sagte Sina schließlich, und die drei Männer schlenderten die große Allee mit den ausladenden Kastanienbäumen entlang, während Georg erzählte. Niemand beachtete die Schatten zwischen den Gebüschen, die ihnen in sicherem Abstand folgten.

Suarezstraße, Berlin-Charlottenburg/Deutschland

Die Gruppe rückte zielstrebig und unauffällig vor. Sie war mit einem dunkelgrünen Lieferwagen gekommen, auf dem die Aufschrift eines bekannten Sportartikelherstellers prangte. So schöpfte niemand Verdacht, als die Männer in den Jogginganzügen ausstiegen und zu laufen begannen. Was eher verwunderte, waren die Strickmützen, die trotz der sommerlichen Hitze alle Sportler trugen. Als die Gruppe in einer Hauseinfahrt verschwand, blieb ein Jogger zurück und lehnte sich lässig an die Hausmauer, bevor er den Reißverschluss seiner Jacke halb aufzog.

Das automatische Tor stellte kein Hindernis dar. Einer der Männer nahm eine Fernbedienung aus der Tasche und schon begann der Flügel aufzuschwingen. Zügig, die Umgebung sichernd, schlüpfte einer nach dem anderen durch den rasch größer werdenden Spalt. Dann schloss sich das Tor wieder hinter ihnen. Den Maybach, der unter dem großen Kastanienbaum geparkt stand, beachteten sie gar nicht, sondern bogen rasch ab und öffneten mit einem Schlüssel die kleine Nebentür. Dann rollten sie den Rand ihrer Mützen herunter und zogen ihre Waffen.

»Also, auf den ersten Blick sehe ich, dass die erste und letzte Zeile gleich sind und wir sieben Kreuze in jeder haben«, analysierte Paul, der sich mit den drei anderen über das Pergament beugte. »Außerdem zwei Zahlen in der dritten und fünften Zeile mit einer Summe von sechs. Keine Buchstabenzwischenräume in den mittleren fünf Zeilen. Wenn ihr mich fragt, dann müssen die erste und letzte Zeile sehr wichtig gewesen sein. Der Verfasser wollte darauf hinweisen und hat sie zwei Mal geschrieben.«

Der Reporter nahm ein Lineal vom Tisch und legte es an. »Trotzdem ergeben Verbindungen zwischen den Kreuzen keinen Sinn, sie gehen meist an den Buchstaben vorbei.« Wagner wies auf die Zeichen, die den Text der ersten und letzten Zeile in ungleiche Buchstabengruppen teilten. »Es geht also nicht um die geometrischen Punkte, sondern vielleicht um ...«

»Major Goldmann, lassen Sie die Hände da, wo ich sie sehen kann.« Die Stimme schallte schneidend durch den Raum.

Valerie, Paul, Singer und Marzin fuhren herum. Vier Mann mit ihren Waffen im Anschlag standen bereits im Zimmer, andere drängten lautlos durch die Tür herein. Der letzte schob den Chauffeur vor sich her, ein Kampfmesser am Hals seines Opfers. Plötzlich schien der Raum zu schrumpfen. Mit einer schnellen, wie selbstverständlichen Bewegung schnitt der Maskierte dem Mann die Kehle durch und ließ ihn zu Boden gleiten.

Singer stieß einen gurgelnden Schrei aus, seine Hand fuhr in die Schreibtischlade und kam mit einer Beretta 92FS wieder heraus. Er hatte es blitzschnell und überraschend getan, doch bevor er abdrücken konnte, trafen ihn drei Kugeln in die Brust und schleuderten ihn gegen das Bücherregal. Es schien, als versuche er mit aller Kraft stehen zu bleiben, doch dann glitt er zu Boden.

Valerie sah in die Sehschlitze der Masken. Die Männer hatten sie nicht eine Sekunde aus den Augen gelassen. Profis, fuhr es ihr durch den Kopf, ein eingespieltes Team.

Paul Wagner und Peter Marzin standen erst wie erstarrt. Als Marzin sich schließlich zu Singer hinunterbeugen wollte, erfüllte die ruhige Stimme wieder den Raum.

»Das würde ich nicht tun, Herr Marzin. Noch einen Zentimeter weiter und ich drücke ab. Die Pistole von Daniel Singer ist zu verführerisch. Aber Sie wären tot, bevor Sie auch nur daran denken könnten.« Die Stimme des Mannes, der offensichtlich der Anführer war, verriet keinerlei Emotionen. Nach einer unmerklichen Bewegung seiner Waffe ging einer der Maskierten mit großen Schritten zum Schreibtisch, schob Paul Wagner beiseite, nahm die beiden Dokumente und die Transkription vorsichtig an sich, rollte sie zusammen und steckte sie in den Zylinder mit dem Siegel der Romanows. Dann ging er, ohne sich umzudrehen, aus der Tür und Valerie hörte ihn die schmale Treppe hinablaufen.

Wie auf ein unhörbares Kommando begann sich der Raum wieder zu leeren. Wenige Sekunden später stand nur mehr der Anführer in der Tür. Er steckte die Pistole weg, griff blitzschnell in seine Jacke, zog einen schwarzen Gegenstand heraus und schleuderte ihn quer durch den Raum auf Valerie zu. Goldmann hechtete unter den Schreibtisch und dann zündete auch schon die Blendgranate mit einem gleißend hellen Lichtblitz und einem Donnerschlag, der die Fenster erzittern ließ.

Valerie hatte instinktiv die Arme hochgerissen, die Augen fest geschlossen, und sich die Ohren zugehalten. Als sie wieder auf den Beinen war, rannte sie zur Tür und verwünschte ihre Sorglosigkeit. Es klingelte in ihren Ohren und sie hörte fast gar nichts. Die Sporttasche mit ihrer Ausrüstung und den Waffen war im Kofferraum des Maybach und der Schlüssel … sie beugte sich zu der Leiche des blutüberströmten Chauffeurs und suchte in seinen Taschen, bis sie die Fernbedienung für die Zentralverriegelung gefunden hatte. Langsam kamen die Umweltgeräusche wieder zurück und sie wusste, die Wirkung der Granate würde bald verfliegen.

Dann rannte sie die Treppen hinunter, stieß die Tür auf und betrat vorsichtig den leeren Hof. Aus der sicheren Entfernung betätigte sie die Zentralverriegelung und der Maybach blinkte einmal zur Bestätigung. Nichts geschah.

Vorsichtig kontrollierte Valerie das Einfahrtstor, das geschlossen war. Niemand war zu sehen. Sie zählte leise bis drei und sprintete los. Während sie lief, betätigte sie den Knopf für die automatische Kofferraumentriegelung und die Klappe schwang lautlos auf. Ihre Sporttasche lag neben Pauls Motorradhelm in dem riesigen Gepäckabteil. Mit einem Griff riss sie die Tasche an sich und rannte zurück zur Treppe. Wie von Geisterhand schloss sich der Kofferraumdeckel des Maybach wieder.

Paul merkte, wie die Welt langsam wieder in sein Bewusstsein zurückkehrte. Er schüttelte den Kopf und hoffte, damit den Druck in den Ohren loszuwerden. Er sah Marzin neben Singer knien und plötzlich stand Valerie neben ihm und hielt ihm eine Glock hin.

»Sie sind weg, ich habe niemanden mehr gesehen im Hof«, sagte Goldmann und Paul sah einen Stummfilm vor seinen Augen ablaufen. Valerie als Karpfen in einem Aquarium, Mundbewegungen ohne Ton. Er deutete auf seine Ohren und steckte die Pistole ein.

»Das vergeht in ein paar Minuten«, meinte Valerie und sah mit der umgehängten UZI-Maschinenpistole und der Smith & Wesson im Gürtel wie eine wütende moderne Amazone aus. Sie lief zu Marzin und Singer hinüber, legte dem alten Mann die Finger auf die Halsschlagader und spürte keinen Puls mehr. Auf den fragenden Blick von Marzin antwortete sie nur mit einem Kopfschütteln. In der Ferne ertönte eine Polizeisirene.

Valerie packte Marzin am Arm und zog ihn mit, Paul folgte ihnen.

»Solange du nichts hörst, fahre ich«, drang es gedämpft an Pauls Ohr und er nickte ergeben. Dann saßen sie auch schon im Maybach und das Einfahrtstor schwang auf, Valerie beschleunigte den schweren Wagen über den Gehsteig auf die Straße und bog links in Richtung Kaiserdamm ab. Im Rückspiegel sah sie die ersten Blaulichter der Polizei näher kommen. Dann katapultierten die 500 PS den Maybach nach vorn und über die Prachtstraße in eine der Nebenstraßen. Valerie bog mit quietschenden Reifen nochmals ab und danach wieder in die andere Richtung. Mit einer Hand am Lenkrad hielt sie den Maybach auf Kurs und holte mit der anderen ihr Handy aus der Tasche. Nach einem Druck auf die Kurzwahltaste meldete sich Shapiro noch vor dem zweiten Läuten.

»Ein Kommando hat die Wohnung Singers gestürmt und das Dokument mitgenommen.« Die Stimme Valeries klang bitter. »Der alte Mann ist tot, die Polizei wahrscheinlich schon an Ort und Stelle. Wir haben seinen Wagen und sind nicht schlüssig, wohin wir fahren sollen.«

»Das ist ein Fiasko, Major Goldmann, und das ist noch gelinde ausgedrückt. Wer ist bei Ihnen?«, gab Shapiro zurück.

»Paul und ein Freund Singers, Peter Marzin. Er war es, der das Dokument gefunden hat.«

Shapiro überlegte einen Moment. »Geben Sie mir eine halbe Stunde. Fahren Sie in die Quedlinburger Straße, Ecke Darwinstraße. Ich nehme an, der Wagen hat ein Navi.«

Goldmann bestätigte.

»Da stehen drei Bürotürme einer großen Versicherung mit einer Tiefgarage.« Goldmann hörte ihn Unterlagen wälzen, Papier raschelte.

»Der Code für die Einfahrt ist 78195. Stellen Sie den Wagen ab und gehen Sie über die Straße. Da gibt es ein kleines Bordell, fragen Sie nach Rosi, sie wird Sie unterbringen, bis ich Sie zurückrufe.«

»Ein Bordell?«

»Haben Sie etwas gegen Unterhaltung, Major Goldmann? Es heißt ›Rosis Kuschelecke‹ und sie macht einen hervorragenden Espresso.« Shapiro gluckste. »Sie haben Ihre Ausrüstung mit?«

»Das, was Weinstein in der Kürze auftreiben konnte, aber bei Weitem nicht alles.«

»Sie hören von mir in spätestens einer halben Stunde, Major«, sagte der Geheimdienstchef und wollte auflegen.

Aber Valerie hakte nach. »Welche Nation hat das vierte Dokument, Shapiro? Sie haben mir nur von einem erzählt, aber Singer sprach von vier. Das russische, das französische, das britische und …?«

»Habe ich vergessen, das zu erwähnen? Das vierte Dokument wurde nach Deutschland geschickt, an Wilhelm von Humboldt, den Bruder des berühmten Forschers.« Damit legte er auf.

Valerie drehte sich zu Marzin um, der auf der Rückbank saß und seinen Gedanken nachhing. Er hatte mit Singer einen guten Freund verloren.

»Hören Sie schon wieder?«, rief sie und er blickte auf und nickte.

»Ja, etwas gedämpft, aber es geht«, meinte er und Paul stimmte zu: »Wie durch einen Bausch Watte, der im Gehörgang steckt und alles filtert.«

Valerie lächelte schelmisch. »Na, dann spitzt die Ohren, Jungs. Wir fahren in den Puff!«

Gelände der Friedhofsgärtnerei, Zentralfriedhof, Wien/Österreich

Die Handvoll grauer Container stand auf dem Gelände der Städtischen Friedhofsgärtnerei hinter einem niedrigen Zaun, der sie von den Gräberreihen trennte. Am Ende der breiten Allee, neben einem alten Gewächshaus, blieben die drei Männer kurz stehen und lauschten. Das Summen der Kühlaggregate übertönte das Zwitschern der Vögel in den Bäumen und Georg Sina wurde plötzlich kalt.

Burghardt ging voran, durch ein quietschendes Gittertor und über die fleckigen braunen Rasenflächen eines etwas vernachlässigten Areals, in dem leere Blumenkisten und Hügel von Kompost und Graberde dominierten. Unter einem kleinen Vordach aus hellem Holz lag der Eingang zu einem der Container. Neben der Türe prangte ein kleines weißes Plastikschild, das lakonisch »Obduktion I« verkündete.

Burghardt klopfte kurz und trat dann ein. Der Temperaturunterschied war gewaltig. Im Inneren des isolierten Containers mochte es achtzehn Grad haben und Georg zog dankbar das Jackett seines Anzuges über.

Berner schüttelte den Kopf. »Wir sind wirklich tief gesunken. Ein ambulanter Ersatz für ein gerichtsmedizinisches Institut auf der grünen Wiese zwischen Abfall und Recycling-Blumentöpfen. Welt- und Kulturstadt Wien«, brummte er.

»Was beschwerst du dich wieder, Bernhard?«, rief Dr. Strasser vom Schreibtisch des Nebencontainers, der über einen schmalen Durchgang mit dem Obduktionsraum verbunden war.

»Hast du noch einen Schreibtisch oder schon einen Klapptisch, damit du schneller aufbrechen kannst, wenn die Container umziehen müssen?«, meinte Berner spöttisch und ging dem Mediziner entgegen. »Und bitte lass den Mantel zu, Burgi hat mir erzählt, was du drunter trägst. Und das würde ich nicht ertragen.«

»Dir entgehen die letzten Modetrends, weil du zu viel arbeitest in der Pension«, feixte Strasser und begrüßte Sina und Burghardt. Er sah den ernsten Gesichtsausdruck des Wissenschaftlers, seinen gesenkten Kopf und warf Berner einen fragenden Blick zu. Dann trat er an eine der Metallladen.

»Bringen wir es schnell hinter uns«, sagte er und zog an dem breiten, glänzenden Handgriff. Die Lade ging mit einem sirrenden Geräusch auf, das Georg eine Gänsehaut über den Rücken jagte.

Irina sah aus, als ob sie schliefe. Aber ihre Haut schimmerte zwischen weiß, blau und purpur. Sie wirkte wie eine Perlmuttpuppe, alles Lebendige, alles Menschliche war aus ihr gewichen. Wie aus einem kalten Stück Fleisch. Georg hielt nur schwer seine Tränen zurück. Strasser hatte ein weißes Tuch bis zu ihrem Hals hochgezogen, das die Obduktionsschnitte verdeckte. Georg stand wie in Trance daneben und starrte auf das wächserne Gesicht, das so friedlich und fremd aussah. Schließlich nickte er, schluckte und drehte sich um. Wortlos ging er zur Tür und verließ den Container.

Wenige Minuten später wanderten die drei Männer schweigend die schattige Allee zurück zum Haupttor. Als sie an einer der Parkbänke mit den geschwungenen, gusseisernen Füßen vorbeikamen, setzte sich Georg nieder und legte den Kopf in den Nacken. Berner blieb stehen und schaute in das Geäst der hohen Kastanienbäume. Burghardt kickte ein paar Steinchen vom Gehweg in die umliegenden Gräberreihen.

»Ich wollte mir eigentlich diese Schuhe nicht anziehen, bei Gott nicht«, begann Georg leise. »Gestern noch war ich überzeugt, dass ich am liebsten mit Irina nach Grub gefahren wäre und mich verkrochen hätte. Ihr seid doch die Kriminalisten, oder? Ich bin nur Historiker.«

»Georg, hier geht es nicht darum, wer der Kriminalist ist oder nicht«, gab Berner zu bedenken. »Du siehst vielleicht Dinge, die uns gar nicht auffallen, weil du als Wissenschaftler auf ganz andere Sichtweisen trainiert bist. Es geht um das persönliche Engagement, um die Überzeugung. Wagner betrachtet die Welt wiederum aus seiner Sicht und kommt zu ganz anderen Schlüssen. Gemeinsam sehen wir mehr. Darum geht es.«

»Und um die Wut im Bauch«, gab Sina zu. »Erst Kirschner, jetzt Irina. Weißt du, was mich aufregt, Bernhard? Diese Hilflosigkeit, diese Ohnmacht und die Tatsache, dass hier jemand sein Spiel mit uns spielt und uns nie gefragt hat, ob wir eigentlich mitspielen wollen.«

»Mich wollten sie auf Urlaub schicken, damit ich mich nicht einmische, und haben mir als Drohung einen vergifteten Milchkarton in den Kühlschrank gestellt«, brummte Berner. Auf den verständnislosen Blick von Sina hin erzählte er von dem anonymen Anruf und dem Treffen mit Wagner im Prindl.

»Und Ruzicka? Habt ihr den vergessen?«, warf Burghardt ein.

Berner senkte den Kopf. »Ja, Gerald …«

Alle drei schwiegen.

»Ich weiß nicht, was du denkst, Georg, aber mir reicht es«, sagte Berner schließlich leise. »Ich will wissen, was hier vorgeht, und ich will herausbekommen, wer hier die Fäden zieht. Entweder du gehst zurück nach Grub und ziehst die Zugbrücke hoch, oder du kommst mit uns.

Ich weiß nicht, wo Wagner sich herumtreibt, aber ich bin sicher, Valerie ist sofort dabei, wenn wir ihr erklären, worum es geht.« Berner dachte kurz nach. »Wenn sie es nicht sowieso schon weiß.«

»Zählt auf mich«, sagte Burghardt einfach und Berner sah ihn überrascht an.

»Burgi, du hast noch eine Pension zu verspielen, aber wenn ich Zigaretten und ein Handy im Krankenhaus brauche, dann sag ich es dir«, schmunzelte er.

Der kleine Junge, der in seinen kurzen, roten Hosen und dem schmutzigen T-Shirt um die Ecke stürmte und die Allee entlanglief, hatte es offenbar sehr eilig. Er kam geradewegs auf die drei Männer zu und blieb abrupt in ihrer Mitte stehen.

»Sind Sie der Polizist?«, fragte er atemlos und schaute Burghardt mit großen Augen an.

»Und wer möchte das wissen?«, gab der Kommissar zurück.

»Ich«, krähte der Junge selbstbewusst und Georg musste lächeln.

»Und wer bist du?«, fragte Burghardt.

»Ich bin der Johannes und mit meiner Großmutter auf dem Friedhof.« Er stieg ungeduldig von einem Bein aufs andere. »Ich soll Ihnen etwas geben.« Damit griff er in sein T-Shirt, zog einen zusammengefalteten Zettel hervor und drückte ihn rasch Burghardt in die Hand. Dann drehte er sich um und rannte wieder zurück.

»Du bekommst schon Fanpost am Friedhof?«, sagte Berner leichthin und setzte sich neben Georg auf die Bank. »Lies vor, wenn es nicht zu intim ist.«

Burghardt schaute auf den Zettel und runzelte die Stirn. »Das wird euch nicht gefallen«, meinte er, »genauso wenig wie mir.«

Er hielt Georg und Berner das Blatt Papier hin. Es standen acht Namen drauf:

Kirschner – Lamberg – Sharapova – Ruzicka – Berner – Sina – Wagner – Burghardt –?

»Sieht so aus, als wäre ich der Nächste auf der Liste«, brummte Berner und blickte sich um. Außer ein paar alten Frauen, die sich auf eine der nächsten Bänke gesetzt hatten, war niemand zu sehen. »Wir hätten unseren kleinen Postillon d'Amour fragen sollen, wer ihm den Zettel gegeben hat. Aber jetzt ist er längst über alle Berge.«

Sina schaute auf das weiße Blatt mit den großen gedruckten Buchstaben und auf die durchgestrichenen Namen. »Lamberg? Warum Lamberg … Was hat der …?«, murmelte er und fuhr sich mit der Hand über das Gesicht. »Du hast recht, Bernhard«, sagte er dann, »es wird Zeit, etwas zu unternehmen. Trauer und mein Privatleben in Grub müssen warten.«

»Wir sollten als Erstes Polizeischutz für Ruzicka anfordern«, gab Burghardt zu bedenken.

Berner nickte. »Genau, denn dieses Spital in St. Pölten ist ein Durchhaus. Da kann jeder reinkommen und rausgehen, wie es ihm gerade Spaß macht. Und wir wissen jetzt ganz eindeutig, dass es ein Anschlag war.« Damit zog er sein Handy aus der Tasche und begann zu wählen.

Burghardt wandte sich an Sina. »Ich hätte gerne, dass Sie mit uns kommen und sich etwas ansehen. Einen Raum unter dem Rennweg, in dem wir uns einiges nicht erklären können, der Raum, in dem Sharapova …« Burghardt verstummte.

Georg nickte und stand auf.

»Es tut mir leid«, sagte Burghardt und er meinte es.

Kurz bevor sie das zweite Tor des Zentralfriedhofs erreichten, sahen sie in einer der Grabreihen einen kleinen Gabelstapler mit Ketten, der langsam eine Grabplatte hob. Zwei Friedhofsbedienstete mit nacktem Oberkörper stemmten sich gegen die massive Steinplatte, um einen Zusammenstoß mit dem Grabstein der Nebengruft zu vermeiden.

Berner sah genauer hin. Der Gruftdeckel schwebte an den vier Ketten, die an schweren, eingemauerten Eisenringen befestigt waren.

»Früher hat man das mit Stangen gemacht«, erklärte Georg, der den Blick bemerkt hatte. »Der Durchmesser der Ringe war etwas größer, weil die Metallstangen dick sein mussten, sonst hätten sie dem Gewicht des Steins nicht standgehalten.«

»Das ist es!«, rief Berner plötzlich. »Ich war blind! Der Raum unter dem Rennweg ist eine Gruft, eine geheime, exklusive Gruft! Das erklärt alles.«

Quedlinburger Straße, Berlin-Charlottenburg/Deutschland

Rosis Kuschelecke« war keineswegs so kuschelig, wie es das rote Neonschild versprach. Der flache Bau, zwischen einer Autowerkstatt und einer Imbissstube gelegen, hatte von außen den Charme einer Zollabfertigung aus den Achtzigerjahren. Schwarze Vorhänge verhinderten allzu tiefe Einblicke und ein kleines Leuchtschild »Kino« erlaubte unentschlossenen Freiern immer noch einen hormonellen Notausstieg, sollte ihnen das übrige Angebot Rosis doch nicht zusagen.

»Shapiro kennt seltsame Adressen«, sagte Paul und überquerte die Straße. »Da bekommt das Wort ›Kontaktperson‹ eine völlig neue Bedeutung.«

»Er hat gemeint, der Espresso sei gut«, antwortete Valerie emotionslos und beobachtete misstrauisch die Umgebung. Sie hatten den Maybach in der hintersten Ecke der Tiefgarage geparkt und hofften, dass er unter den zahlreichen Luxuslimousinen der Versicherungsvorstände nicht auffallen würde.

»Nicht gerade meine übliche Anlaufstelle für italienischen Kaffeegenuss«, stellte Peter Marzin mit gerunzelter Stirn fest, als er vor der dunklen Holztüre stand, die mit einem großen Herz aus Plastikrohr verziert war, das in regelmäßigen Abständen rot aufleuchtete.

Rosi musste eine versteckte Überwachungskamera installiert haben, denn wie auf ein Stichwort öffnete eine langbeinige, dunkelhaarige junge Frau lächelnd die Tür und blickte Marzin erwartungsvoll an. Sie trug ein elegantes Korsett, halterlose Strümpfe und ein Nichts von einem Slip.

»Als Voyeur ist man eindeutig im Vorteil, wenn man ein fotografisches Gedächtnis hat, findest du nicht auch?«, meinte Paul zu Goldmann, die im Stillen Shapiro und seine bizarren Einfälle verwünschte.

»Schon gut! Würdest du dich bitte von dem Anblick losreißen und hineingehen?«, drängte Valerie.

»Mühsam, aber doch«, gab Paul zurück und blieb knapp vor der hochgewachsenen Frau stehen, die ihn anlächelte. »Gibt es beim Kaffee einen ›free refill‹, wenn wir länger bleiben?«, fragte er neugierig. Valerie gab ihm einen Stoß in den Rücken und er stolperte in den Hausflur.

»Immer nur rin in die jute Stube«, tönte es laut und vergnügt aus einem Nebenzimmer und dann stand Rosi in der Tür. Sehr klein, untersetzt und in einem bodenlangen schwarzen Kleid sah sie aus wie eine aus der Form geratene Edith Piaf des horizontalen Gewerbes. Ihre raue Stimme zeugte von unzähligen Zigaretten und durchfeierten Nächten, ihre überschminkten Falten von einem exzessiven Lebensstil, aber ihre lebhaften Augen hatten noch immer etwas Mädchenhaftes behalten.

»Oded hat Sie schon angekündigt«, sagte sie leiser und dann öffnete sie die Tür zu einer großen Wohnküche, die überraschend aufgeräumt war. Es roch nach Putzmitteln und Kaffee. »Wir haben zwei Besucher, also gehen Sie besser hier rein und setzen sich erst mal. Linda wird sich um sie kümmern. Ich komm dann zu Ihnen.«

Paul schaute Linda, die schlanke dunkelhaarige Frau vom Eingang, bewundernd an und meinte nur: »Wenn Weinstein das erfährt, dann macht er hier eine Dependance auf.«

»Wenn du ihm das erzählst, dann sind wir geschiedene Leute«, gab Valerie zurück.

»Dann mach dich schon einmal auf die Scheidung gefasst«, feixte Paul und wandte sich an Linda. »Ich nehme meinen Kaffee mit Milch und ich nehme ebenfalls an, die steht im Kühlschrank ganz unten …«

»Du bist unmöglich«, schimpfte Valerie. »Ich nehme meinen ohne Milch und Zucker, bitte.«

»Spielverderberin«, kommentierte Paul und setzte sich an den großen Tisch mit der geblümten Resopalplatte. Er zog seine Lederjacke aus und Linda sah mit großen Augen auf die Glock in seinem Hosenbund.

Paul winkte ab. »Nur eine Rückversicherung, keine Angst. Wir hatten heute bereits ein unerfreuliches Erlebnis und mein Bedarf an dieser Art von Überraschungen ist vorerst gedeckt.«

Marzin hatte sich neben ihn gesetzt und rief in seiner Kanzlei an, um Termine abzusagen oder zu verschieben. Valerie wartete auf Shapiros Rückruf und trommelte ungeduldig mit den Fingern auf die Tischplatte.

Als der dampfende Kaffee schließlich vor ihnen stand, verschwand die schweigsame und stets lächelnde Linda und Paul wandte sich an Valerie. »Wir sollten vielleicht über einen guten Plan nachdenken. Das

Dokument ist weg, Singer tot und wir werden bald auf allen Fahndungslisten stehen. So nett es hier ist, aber wir können Rosis Gastfreundschaft nicht endlos in Anspruch nehmen.«

Marzin hatte sein Gespräch beendet und nur den letzten Satz gehört. Er nickte. »Ich habe eine große Kanzlei und kann meine Termine nicht weiter aufschieben. Ich wollte heute eigentlich durcharbeiten und bin nur zu Daniel gefahren, weil er mich dabeihaben wollte, wenn er mit euch redet.« Marzin schaute auf seine Hände. »Armer Daniel. Es ging alles so schnell ...«

»Die Spurensicherung wird zwei Tote und jede Menge Fingerabdrücke von uns finden«, gab Valerie zu bedenken. »Und keinerlei Spuren eines mysteriösen Einsatzkommandos, das mit einem alten Dokument wieder abgezogen ist, das es eigentlich gar nicht geben dürfte. Die Story ist eher unglaubwürdig, oder? Ich kann nur hoffen, dass Shapiro seinen Einfluss spielen lässt, sonst haben wir ein ernstes Problem.« Valerie sah ganz und gar nicht glücklich aus. Sich auf Oded Shapiro zu verlassen, war in ihren Augen die allerletzte Option, die sie haben wollte.

»Und vor allem frage ich mich eines: Woher wussten die, dass Singer das Dokument hatte?«, wunderte sich Paul. »Keine vierundzwanzig Stunden später und die Jungs mit den Masken standen in der Tür und haben erst geschossen und dann gefragt.«

»Das waren Profis, ohne Zweifel«, sagte Valerie, »die haben zugeschlagen und wussten genau, was sie wollten. Sie kannten die Namen aller in dem Raum, vergiss das nicht. Perfekt vorbereitet und keine Sekunde verloren.«

Es klopfte an der Küchentüre und Rosi steckte den Kopf durch den Spalt.

»Störe ich?«, fragte sie und sah Valerie, wie sie ihre Hand wieder langsam aus der Sporttasche zog. »Möchten Sie noch einen Kaffee, bis Shapiro zurückruft?«

»Danke, nein. Wie kommt es eigentlich, dass Sie und Shapiro sich kennen?«, fragte Valerie.

»Major Goldmann, solche Fragen würde ich normalerweise nicht beantworten, aber Oded hat grünes Licht gegeben für Sie und Paul Wagner. Was Ihren Freund betrifft ...«, sagte Rosi und wies auf Marzin. Valerie nickte fast unmerklich und so fuhr Rosi fort: »Die

Metsada hat in den meisten Großstädten Europas sichere Häuser, unter denen sich Uneingeweihte immer alte Villen oder den abgelegenen Teil einer Botschaft vorstellen. Aber es geht vor allem darum, dass diese Häuser unauffällig, Tag und Nacht geöffnet und besetzt sind. Also ist unser Etablissement geradezu ideal.« Sie lächelte und ein wenig Wehmut schwang mit. »Ich bin nicht mehr die Jüngste und Sie können sich daher vorstellen, dass Oded und ich uns schon länger kennen. Er kommt immer vorbei, wenn er wieder einmal in Berlin ist.«

Der Mann hat einen guten Geschmack, was Frauen betrifft, dachte sich Paul, das muss man ihm lassen.

Rosi schien seine Gedanken erraten zu haben. »Lassen Sie sich nicht vom Äußeren täuschen, das ist alles nur Fassade. Wir sind einer der exklusivsten Callgirl-Ringe in Berlin. Zu unserer Kundschaft gehören die oberen Zehntausend dieser Stadt. Linda zum Beispiel spricht fünf Sprachen und hat Philosophie und Soziologie studiert. Und darüber kann sie auch auf Italienisch mit Ihnen diskutieren«, meinte Rosi zufrieden und nahm einen Schluck Kaffee. »So, aber nun zum geschäftlichen Teil. Brauchen Sie irgendetwas an Ausrüstung? Shapiro hat mir gesagt, Sie sind ziemlich überraschend aus Wien aufgebrochen.«

In diesem Moment läutete Goldmanns Handy.

»Hören Sie mir genau zu, Major. Ich habe meine Verbindungen spielen lassen und Sie, Wagner und Marzin aus der Geschichte herausgepaukt.« Shapiro klang jedoch keineswegs zufrieden. »Aber das hat einiges gekostet. Ich musste Informationen tauschen mit dem BND und das ist etwas, das mir in diesem Fall gegen den Strich geht. Durch das Kommandounternehmen haben sich die Kräfteverhältnisse verschoben und so blieb mir nichts anderes übrig. Das russische Dokument ist für uns verloren. Konnte Wagner irgendetwas herausbekommen zum Thema Entschlüsselung?«

»Dazu reichte die Zeit nicht«, gab Valerie zurück. »Als er anfangen wollte, war es auch schon zu spät. Wie konnte das passieren? Wer konnte erfahren haben, dass Marzin das russische Dokument Singer gebracht hatte?«

»Keine Ahnung, das würde ich auch gerne wissen. Ehrlich.« Der Geheimdienstchef klang aufrichtig. »Sie müssen sich jetzt auf das deutsche Dokument konzentrieren, das an Humboldt geschickt wurde. Nach meinen Informationen ist es das einzige, das noch unentdeckt ist.« Er machte eine kurze Pause. »Rosi ist eine Fundgrube, reden Sie mit ihr. Sie kennt die Stadt besser als alle anderen und sie hat hervorragende Verbindungen zu mehr wichtigen Leuten als Wagner in Wien, und das will was heißen. Sie können ihr bedingungslos vertrauen.«

Valerie sah die kleine Frau in ihrem langen, schwarzen Kleid plötzlich mit ganz anderen Augen.

»Und noch was, Goldmann. Solche Fehler wie in der Wohnung Singers dürfen nicht wieder passieren. Die Zeit wird knapp und es gibt nur mehr ein Dokument, an das wir herankönnen. Fragen Sie mich nicht, wo die anderen drei gerade sind, wir arbeiten daran.«

Goldmann unterbrach ihn. »Was heißt, die Zeit wird knapp? Ich habe keine Ahnung, wovon Sie sprechen, Shapiro.«

Aber der Geheimdienstchef hatte schon wieder aufgelegt.

Valerie ließ frustriert das Handy auf die Tischplatte fallen. Dann berichtete sie Marzin und Wagner von dem Gespräch.

»Heißt das, ich kann in meine Kanzlei zurück und weiterarbeiten?«, fragte der Steuerberater hoffnungsvoll und Valerie bejahte.

»Sollte es irgendetwas Neues geben, dann rufe ich Sie an«, versprach sie Marzin, der bereits zur Tür unterwegs war, als Linda gerade hereinkam. Er blieb kurz vor ihr stehen, strahlte sie mit einem breiten Filmstarlächeln an und fragte: »Gelegenheit macht Diebe … wollen Sie mit mir gelegentlich einen Raubzug unternehmen?« Dann war er auch schon verschwunden.

»Wolltest du mich nicht hier vergessen?«, fragte Paul Valerie mit einem unschuldigen Blick. »Ich könnte hier die Stellung halten …«

»Das würde dir so passen«, unterbrach ihn Goldmann, »und was wird aus deiner Story? Wir brauchen das Dokument, das an Humboldt geschickt wurde, und wie es aussieht, brauchen wir es schnell. Dann musst du es entschlüsseln, während wir wahrscheinlich laufen und versuchen, unsere Haut zu retten. Also, träum weiter.«

Dann wandte sie sich an Rosi, die etwas in ihr Handy tippte. »Wir würden ein paar Dinge benötigen, die uns das Leben in den nächsten Stunden ungemein erleichtern könnten.«

Rosi sah nicht auf und tippte weiter. »Was soll es sein, Major Goldmann? Sagen Sie's, dann haben Sie's. Das pflegte Oded immer von mir zu behaupten. Also?« Die kleine Frau klang jetzt wie eine smarte Geschäftsfrau, die nichts und niemand überraschen konnte.

Paul zog seine Lederjacke an. »Schnelles Motorrad, zweiter Helm, Navi. Das wär's von meiner Seite.«

»Eine weitere UZI, genügend Munition, einen Rucksack, um alles zu verstauen«, ergänzte Valerie.

Rosi tippte weiter. »Kein Problem. Fast alles im Haus. Wäre eine Kawasaki ZX-12 das Richtige?«

Paul pfiff durch die Zähne. »Das Schnellste vom Schnellen. Jetzt bin ich wirklich beeindruckt.«

»Geben Sie mir zehn Minuten, die SMS ist unterwegs. Sonst noch was?«, sagte Rosi und schaute Valerie an.

»Wir brauchen jemanden, der uns bei der Suche nach dem verschlüsselten Dokument weiterhelfen kann. Der österreichische Kanzler Metternich schickte es 1815 während des Wiener Kongresses an Wilhelm von Humboldt. Dieses …«

Rosi unterbrach sie mit einer ungeduldigen Handbewegung. »No need to know. Je weniger ich weiß, desto besser schlafe ich. Lassen Sie mich kurz überlegen.«

»Jetzt wären die Informanten von Singer ideal«, meinte Paul und blickte nachdenklich aus dem Küchenfenster in den Hinterhof der Autowerkstatt, wo zwei Mechaniker einen alten, verrosteten Skoda auf die Hebebühne schoben. »Wenn es um seltene Dokumente ging, dann hatte der alte Fuchs seine Spürhunde überall. Wir sind hier auf seinem Terrain und weit weg von meiner Spielwiese. Leider.«

»Wir sind auf meiner Spielwiese«, korrigierte Rosi entschieden, »diese ganze Stadt ist mein ganz persönliches, seidenbezogenes Doppelbett. Vergessen Sie das nicht. Ich kannte Daniel Singer auch.«

»Wollen Sie nicht nach Wien umziehen?«, fragte Wagner lachend, »gemeinsam würden wir wirklich etwas bewegen in der alten Stadt an der grauen Donau.«

»Und Weinstein zur Verzweiflung treiben«, ergänzte Valerie. »Bis der meine Wunschliste fertig gelesen hat, liegt bei Ihnen schon alles bereit.« Wie auf ein Stichwort betrat Linda mit einem schwarzen Rucksack den Raum und stellte ihn auf den Küchentisch. Rosi bemerkte Wagners und Goldmanns erstaunten Blick.

»Sie nehmen doch nicht an, dass wir hier nicht voll verkabelt sind … Übrigens – Linda ist meine Tochter und rechte Hand. Die Figur hat sie von ihrem Vater …«

»Wenn sie auch noch den Geschäftssinn ihrer Mutter geerbt hat, mache ich mir um die Zukunft dieses Etablissements keine Sorgen«, gab Paul bewundernd zu.

Die Kaffeetassen waren kaum leer, da erstarb vor dem Haus das typische Geräusch eines schweren Motorradmotors.

»Wie ich höre, ist Ihre Rakete gelandet«, lächelte Rosi. »Schlüssel steckt, Navi ist in der Cockpit-Verkleidung, Papiere unter der Sitzbank. Das Bike ist sauber. Wäre nett, wenn …«

Paul winkte ab. »Ich weiß, ich weiß, Sie wollen sie in einem Stück zurück. Ich tu mein Bestes. Wenn nicht, dann setzen Sie es Shapiro auf die nächste Rechnung.«

»Darum geht es weniger, aber mein Sohn wäre nicht gerade erfreut, wenn Sie seine Maschine zerlegen …«, meinte Rosi beiläufig.

»Sie erstaunen mich immer mehr«, gestand Paul.

»Ist der die männliche Ausgabe von Linda?«, fragte Valerie neugierig und Paul gab ihr einen Stoß in den Rücken.

»Nee, der Junge kommt mehr nach der Frau Mama«, kommentierte Rosi und lächelte stolz.

»Wen interessiert das schon?«, fragte Paul und zwinkerte Rosi zu. »Bei wem sollen wir beginnen?«

»Ich glaube, ich habe den richtigen Ansprechpartner für Sie gefunden«, antwortete sie. »Der wird ihnen gefallen.«

Rennweg, Wien/Österreich

Es war angenehm kühl in dem unterirdischen Gewölbe. Nur noch ganz wenig Tageslicht fiel durch die Ritzen der Metallplatten, die das Loch abdeckten, und die Feuerwehrleute waren schon lange abgerückt. Morgen würden die Verantwortlichen der zuständigen Magistratsabteilung 29 darüber entscheiden, wie man die Absturzstelle endgültig verschließen könnte.

Drei starke Handscheinwerfer standen am Boden verteilt und tauchten den Raum in ein helles Licht. Georg hatte gemeinsam mit Burghardt zwei schwere Metallstangen und ein paar Werkzeuge bei den Arbeitern der Baustelle ausgeliehen. Nun stand der Wissenschaftler staunend in dem geheimnisvollen Raum und ließ den Lichtkegel einer Taschenlampe über die Wände wandern. Berner hatte sich auf die Steinstufe gesetzt und rauchte eine Zigarette, während Burghardt die beiden Metallstangen vorsichtig an die Wand neben dem Kreuz lehnte.

»Unglaublich«, murmelte Georg, »einfach unglaublich.« Er schaute hinauf zum durchbrochenen Gewölbe unter dem Rennweg und dem großen Loch. »Wer hätte gedacht …« Dann fuhr er vorsichtig mit den Fingerspitzen über die goldenen Lettern.

B.J.G.R.U.K.J.Z.

Schließlich wanderte er vor zur Stirnwand und blieb vor dem großen Kreuz über der Stufe stehen, das bis zur Decke reichte.

»Kein Zweifel, die gleiche Form, und auch Buchstaben wie in Nussdorf. Eine exakte Kopie. Oder das Original. Je nachdem …« Der Wissenschaftler überlegte kurz. »Also angesichts der Entstehungszeit des Kreuzes in Nussdorf nehme ich eher an, das hier ist die Kopie. Weil dieser Raum nicht so alt ist …«

Er verstummte, blickte sich nochmals um. »Ich würde jetzt vorsichtig schätzen und behaupten, er ist zwischen dem späten 18. Jahrhundert und Mitte des 19. entstanden. Die Steinmetzarbeiten in Laxenburger Gotik um die Türen, die Form der Buchstaben … das spricht alles dafür.«

Berner und Burghardt hörten aufmerksam zu.

»Schaut euch die seltsamen Symbole in den Bodenplatten an.« Sina kniete nieder und strich mit der Hand über die Vertiefungen. »Es sieht aus wie eine Spinne, die ihre Beute umgarnt.« Er brachte seine Taschenlampe näher an eines der Zeichen. »Da sind auch Farbreste in den Linien, schwarz. Jedes dieser Symbole war früher mit schwarz ausgemalt.«

»Eine schwarze Spinne?«, fragte Berner und runzelte die Stirn. »Nicht gerade anheimelnd.«

»Die Kreuzspinne wurde im Mittelalter wegen ihres Zeichens als gesegnetes Wesen angesehen«, gab Georg zurück. »Im Allgemeinen personifiziert die Spinne einen asketischen oder künstlerischen Menschen, oft symbolisiert sie auch die eigene dunkle Seite.« Der Historiker dachte kurz nach. »Sie führt aber in der Symbolik oft zu Verborgenem, zu vergessenen Archetypen, zu verlorenen Archiven. Zudem war die Spinne das erklärte Lieblingstier von Metternich. Sein Vorbild gewissermaßen. Er meinte, sie säße inmitten ihres fein gesponnenen Netzes und auch die kleinste Bewegung gelangt über die Fäden zu ihr. Aber umgekehrt ist sie auch eine Gefangene im eigenen Werk, gerade so wie er selbst. Sein ganzes Überwachungssystem, all seine Spitzel nutzten ihm nichts, hemmten und klagten ihn nur an, als er entmachtet zum Erzfeind England fliehen musste.«

Der Wissenschaftler machte eine umfassende Armbewegung. »Schau dir die dominanten Farben an – Dunkelrot und Gold. Rot war im Mittelalter die Farbe der Machtausübung, ein Zeichen für Respekt, in der Heraldik bedeutete es erwiesene Tapferkeit und Dienst am Vaterland, sein Planet war der Mars, der Gott des Krieges. Und Gold steht zwar heute für eine absolute Spitzenleistung, aber damals bedeutete es Verstand, Ansehen, Tugend und Hoheit. Es war das Symbol der Sonne und des Göttlichen.«

»Bist du auch meiner Meinung, dass es sich hier um eine Gruft handelt, Georg?«, fragte Berner und stand auf.

Sina nickte. »Es deutet zumindest alles darauf hin. Das Kreuz, die Stufe mit den beiden Ringen, die wahrscheinlich angebracht worden waren, um die Platte zu heben.« Georg ging vor der Stufe in die Knie und wies Burghardt und Berner auf eine dünne Linie hin. »Schaut, der Deckel der Stufe ist nicht so dick, ganz im Gegenteil. Es muss damals möglich gewesen sein, das Grab zu zweit zu öffnen. Zwei Mann, eine Stange durch die beiden Ringe und der Rest war Muskelkraft. In der Stufe ist das Grab versteckt, und nachdem es sich hier um eine geheime Gruft handelt, waren nicht viele Leute eingeweiht.«

»Aber müsste dann nicht viel mehr Schwarz hier verwendet worden sein?«, fragte Burghardt. »Als Farbe der Trauer?«

»Nein, auch Rot ist eine Farbe, die in verschiedenen Kulturen bei Beerdigungen verwendet wird«, überlegte Georg laut. »Sie gilt dann als die Farbe des Lebens, der Wiederauferstehung, aber auch als Schutz vor bösen Geistern. Irgendwie habe ich das Gefühl, um genau das geht es hier – um die bösen Geister, die abgewehrt werden sollen.«

Berner ging auf und ab und seine Schritte hallten durch den Raum. »Also, dann lasst uns zusammenfassen, was wir haben: eine geheime Gruft aus dem Beginn des 19. Jahrhunderts, in der eine mächtige, wohlhabende Persönlichkeit begraben wurde, die den Schutz vor bösen Geistern benötigte. Andererseits haben wir das Zeichen der Kreuzspinne, die uns von einem asketischen, aber künstlerischen Menschen im Zentrum eines fein gesponnenen Netzes erzählt, der eine dunkle Seite hatte und dessen Werk sich durchaus gegen ihn selbst richten hätte können oder hat. Die uns allerdings als Symbol auch zu Verborgenem, Vergessenem führen kann. Richtig?«

»Das wäre die Aussage der Gruft, wenn es nach der Symbolik ginge«, bestätigte Georg. »Und jetzt zum Kreuz über dem Grabmal, das im Original in Nussdorf steht. Es kann daher kaum eine nähere Mitteilung über den hier Begrabenen enthalten, wie etwa sein Sterbe- oder Geburtsdatum oder seinen Namen. Sind deswegen die goldenen Lettern an den Wänden? Die könnten sehr wohl eine Abkürzung seines Namens sein.«

»Ein so langer Name?«, wunderte sich Burghardt, »das kann ich mir nicht vorstellen.«

»Auf vielen Grabsteinen wurden auch Funktionen, der Beruf oder ein Motto des Verstorbenen eingemeißelt«, erinnerte ihn Sina. »Das könnte hier genauso sein. Denkt an die Buchstaben R.I.P. für Requiescat In Pace, Ruhe in Frieden. Oder etwa ›Hier liegt Franz Müller, Hausherr und Seidenfabrikant‹ oder Ähnliches.«

Georg dachte, was wohl bei Irina auf dem Grabstein stehen würde. Er sah sie plötzlich vor sich in dem geheimnisvollen roten Raum und dann in der Schublade des Obduktionscontainers und er schloss die Augen.

»Viel Platz ist in dieser Stufe aber nicht gerade«, überlegte Berner laut und die ersten Zweifel an der Theorie der geheimen Gruft kamen ihm. »Wenn da ein Sarg auch noch hineinpassen soll, dann wird es knapp.«

»Warum schauen wir nicht einfach nach?«, sagte Burghardt und griff nach einer Stange, schob sie versuchsweise durch einen der beiden Ringe und sah die beiden anderen an. »Wenn der Raum so alt ist, wie

Georg vermutet, dann werden wir nur noch ein paar Knochenreste in einem halb verfaulten Sarg finden.«

»Wir sollten uns aber sicherheitshalber ein Tuch oder etwas Ähnliches vor den Mund binden«, gab Sina zu bedenken.

»Warum um Gottes willen das?«, grunzte Berner, kramte aber bereits nach seinem Stofftaschentuch.

»Weil ich keine Lust habe, Sporen von Pilzen einzuatmen, die mich für tot halten und in mir fröhlich mit der Zersetzung weitermachen, die sie da drin begonnen oder abgeschlossen haben. Darum!«, versetzte der Wissenschaftler knapp und band sich sein Hemd vor das Gesicht.

Burghardt kramte ein giftgrünes Bandana aus einer Hosentasche und tat es ihm gleich. Den amüsierten Blick Berners über sein blaugrau kariertes Taschentuch hinweg ignorierte er geflissentlich.

Georg nahm die zweite Stange, schob sie durch den anderen Ring und meinte dann: »Wir sind zu dritt, also heben wir gemeinsam die Platte auf einer Seite hoch, ziehen sie ein Stück vor und machen dann dasselbe auf der anderen Seite. Und hoffen wir, dass die Ringe halten.«

Als die drei Männer mit aller Kraft zogen, geschah erst gar nichts, aber dann begann der Oberteil der Stufe mit einem kratzenden Geräusch zentimeterweise nach vorne zu rutschen. Nachdem sie zur zweiten Stange gewechselt waren und die andere Seite des Steins anhoben, fiel ein wenig Putz von der Wand und Mörtel bröckelte. Aber der Ring hielt und wenig später lag der Deckel schräg gegen die Stufe gelehnt und gab den Inhalt des Grabes preis.

Georg leuchtete mit der Taschenlampe in den Hohlraum. Die Stufe war tatsächlich leer, bis auf einen halb zerfallenen Sarg, der seltsam klein war.

»Liegt hier ein Kind begraben?«, wunderte sich Berner und begann vorsichtig, die morschen Bretter beiseitezuräumen.

»Eher ein Jugendlicher«, stellte Georg fest, »für einen Kindersarg ist er zu groß. Aber ein Erwachsener ist es keinesfalls. Vergiss nicht, dir danach sofort die Hände zu waschen. Was wir hier ohne Handschuhe machen, ist der blanke Wahnsinn.«

Nach und nach kam unter Staubschichten und verfaulten Brettern ein Skelett zum Vorschein, das in ein prächtiges Gewand gekleidet war. Auch wenn nur mehr Bruchstücke davon erhalten waren, so glänzten Teile der aufwendigen Stickerei noch immer im Licht der Lampe. »Das könnte ein Staatsfrack gewesen sein«, meinte Georg, »schaut euch die Schöße und die Stickerei an. Den Stehkragen kann man auch noch erkennen. Das typische Galagewand bei Hof zu Beginn des 19. Jahrhunderts. Von der Weste gibt es nur mehr Fragmente, aber einzelne Knöpfe davon sind noch da.«

»Würde ein Jugendlicher so etwas getragen haben?«, fragte Burghardt und Sina schüttelte den Kopf.

»Nein, das blieb Erwachsenen vorbehalten, die keine Hof-, Beamten- oder Militäruniform besaßen und am Kaiserhof repräsentieren mussten. Viel zu formell für einen reichen Sprössling. Es sei denn, er war Mitglied eines regierenden Hauses und schon ganz jung in die Staatsgeschäfte involviert. Aber dann wäre er kaum hier bestattet. Außerdem ist das doch ein Stock, der auf dem Körper liegt, oder irre ich mich?«

Berner nahm die Taschenlampe und leuchtete in Richtung des Schädels, der nach rückwärts gekippt war. Die Kinnbinde war komplett zersetzt, sodass der Mund weit geöffnet war. Gerade so, als würde der Tote schreien.

»Schaut!«, rief er aus, »ganz weiße Haare! Die Zähne sind auch bereits fast alle ausgefallen. Das war niemals ein Jugendlicher, ganz im Gegenteil, das war ein Greis.«

Sina betrachtete fasziniert die Leiche. »Der Kopf muss auch ein wenig überdimensioniert gewesen sein.«

»Mann oder Frau?«, warf Burghardt ein.

»Dem Frack nach zu urteilen eindeutig ein Mann«, gab Georg zurück. »Ein sehr klein gewachsener Mann, zwischen 1,40 bis 1,50 Meter groß zu Lebzeiten. Vielleicht auch etwas kleiner.«

»Ein Zwerg also«, flüsterte Berner erstaunt, »der so wichtig war, dass er eine eigene Gruft bekam. Unglaublich.« Der Kommissar wollte sich den Stock näher ansehen, dessen Knauf die skelettierten Hände noch immer fest umklammert hielten, da fiel sein Blick auf etwas Helles, das unter der Frackweste hervorlugte. Mit spitzen Fingern zog Berner vorsichtig ein Stück Papier heraus, schüttelte den Staub aus dem Falz und entfaltete es dann behutsam.

Im hellen Licht zweier Taschenlampen sah man die Zeilen einer gestochen scharfen Handschrift auf dem eng beschriebenen Blatt. Georg beugte sich vor und begann laut zu lesen.

Wien, den 20. März 1848

»Mein geschätzter Freund Balthasar,

ich schreibe Dir, obwohl Du nun bereits lange nicht mehr am Leben bist. Aber heute, mit 74 Jahren, am Ende meiner Zeit in Österreich, fällt mir das Schreiben an die Toten leichter als das Gespräch mit den Lebenden. Alles ist so gekommen, wie Du es vorhergesagt hast, alles hat sich verändert, die Welt hat sich gedreht und von ganz oben ist es rasch nach ganz unten gegangen. Jetzt, im hohen Alter, bin ich im freien Fall und in wenigen Tagen werde ich Wien verlassen, wahrscheinlich in Richtung London. Nein, es ist keine freiwillige Reise, es ist eine Flucht. Wien ist mir verhasst geworden. Der Volksmund nennt mich den ›Peitschenknaller Europas‹ und ›Fürst Mitternacht‹ und eben genau dieser Volksmund wird hier bald das Sagen haben.

Während ich schreibe und in der Dachstube sitze, die Dir so lange zur Heimat geworden war, versuche ich meine Gedanken zu ordnen. Ich bin alt geworden, dünn und gebrechlich, schwach und entbehrlich. Jetzt verstehe ich nur zu gut, wie Du Dich gefühlt haben musst, am gleichen Platz, vor nunmehr fast dreißig Jahren. Ich bin so müde wie Du damals, mein Freund. Die alte Ordnung, an die wir so bedingungslos geglaubt haben, wird bald der Vergangenheit angehören. Auf den Straßen und an den Häuserecken rotten sich immer mehr Menschen zusammen, Flugblätter werden gedruckt und paketweise verteilt. Sie rufen nach einer Verfassung, zu mehr Freiheit und zu Reformen. Überall werden die Aufstände immer offener, unverfrorener, respektloser. Nach der wahnwitzigen Erklärung des Kaisers wittern die revolutionären Elemente Morgenluft, sind angesteckt von »Liberté, égalité et fraternité«. Und es tut mir leid, ich habe nicht das passende Rezept gegen diese Krankheit. Oder nicht mehr die Kraft, es einzusetzen. Mir scheint, die Mademoiselle Guillotine hat wieder Durst …

Aufruhr und Tod liegen in der Luft und der Kaiser, ach der Kaiser ist zu schwach, der Hof auf der Flucht. Sie überlassen dem Pöbel die Straßen und die Argumente. Ferdinand I., dieser Kretin von Gottes Gnaden, ist nur mehr eine Parodie, eine Karikatur. Oder vielleicht doch nicht? Weißt Du, mein lie-

ber Balthasar, manchmal kommen mir Zweifel, da glaube ich, er sieht mehr, als wir ahnen. So wie du. Blind warst du sehender als die meisten.

Ach ja, dann ist da noch Sophie, die gierige Schwägerin des Kaisers, die Frau des schwachen Franz Karl. Sie hätte alle Talente einer Mätresse. Bei wie vielen Adeligen sie ihre Beine breit gemacht hat, ist nicht überliefert. Dafür aber bleiben jede Menge Zweifel über die Herkunft ihrer Kinder. Man sagt, dass ihr Mann, der Bruder des Kaisers, nie mit ihr geschlafen habe. Aber woher kommen, so frage ich Dich, dann ihre Kinder? Sind sie wirklich von verschiedenen Vätern, aber keines von ihm? Dann allerdings, mein Freund, dann haben wir ein ernstes Problem. Entweder wir setzen mit Franz Joseph einen Wasa auf den Thron oder mit Max einen Napoleon. Was für eine Wahl!

Am Schluss war Kaiser Ferdinand ans Fenster getreten und hatte seinem jubelnden Volk zugerufen: »Ich gewähr euch alles! Ich gewähr euch alles!« Dieser Schwachsinnige! Seine Tage sind glücklicherweise gezählt. Alles bricht auseinander und die Welt gerät aus den Fugen.

Wie recht hattest du doch mit deiner Rückversicherung, mein kluger Balthasar. Wir haben den besten Augenblick und die richtigen Adressaten gewählt. Der Wiener Kongress tanzte, aber wir bereiteten den Boden für die Zukunft vor. Vier Wege zum Wissen, vier Bausteine des Geheimnisses. Und doch – der doppelte Boden war eine geniale Idee von Dir. Wie alles, was Du geplant hast, wird auch dieses Konstrukt die Jahrhunderte überdauern, bis die Zeit kommen wird …

Ich hatte mich entschlossen, vor meiner Abreise nach London doch nach Wetzdorf zu fahren und ihn kennenzulernen. Wer weiß, ob ich jemals wieder nach Wien zurückkehre. Wenn nicht, dann hätte ich mir mein Versäumnis nie verziehen. Ich habe ihn gesehen und gesprochen und Deinen Weitblick bewundert. Mein Exil ist gesichert und es bleibt mir nur mehr, Abschied zu nehmen.

Dein Archiv ist in guten, in gebenedeiten Händen, mein Freund, auch wenn ich dieses Land verlasse. Es wird bewacht vom Schwert eines Mohren. Deine unschätzbaren Aufzeichnungen, die langen Schatten des Schwarzen Bureaus, würden morgen das Chaos ausbrechen lassen und Europa destabilisieren, und das wusstest Du nur zu gut. Aber sei unbesorgt. Wir behalten die Trümpfe im Ärmel und spielen weiter. Noch ist nichts verloren. Die Türe zu Deinem Grab ist fest verschlossen und vermauert, niemand wird Dich stören.

Und jetzt adieu, Balthasar. Es wird Zeit für mich, die Koffer zu packen und zu gehen. Nichts hält mich mehr, es ist für alles gesorgt. Das Übrige liegt in Gottes Hand.

Dein ergebener Freund

Metternich«

Es war, als wehte ein Lufthauch aus einer längst vergangenen Epoche durch den Raum. Die drei Männer blickten nachdenklich auf den Brief, der lange nach dem Tod des Adressaten zugestellt und vermutlich der bereits verwesten Leiche in den Frack gesteckt worden war.

»Ich weiß nicht, wie ihr denkt, aber für mich geht aus dem Schreiben sehr viel Zuneigung hervor.« Burghardts Stimme war ehrfürchtig. »Da schreibt jemand einen Brief an seinen toten Freund, bevor er das Land verlässt. An jemanden, der bereits vor langer Zeit gestorben war und der ihm trotzdem sehr viel bedeutet haben musste.«

»Metternich? Sprechen wir von dem berühmten Metternich? Dem Kanzler, der den Wiener Kongress einberief?« Berner schaute Georg fragend an.

»Gut aufgepasst, Bernhard, dein Geschichtslehrer wäre stolz auf dich.« Sina las nochmals den letzten Absatz. »Die langen Schatten des Schwarzen Bureaus …«, murmelte er, »das Schwarze Bureau …«

»Was war das Schwarze Bureau?« Burghardt konnte seinen Blick nicht von dem Skelett losreißen.

»Ich bin mir nicht sicher«, antwortete Georg, »das ist nicht meine Zeit. Es gibt jede Menge Informationen in diesem Brief und ich brauche meine Bibliothek in Grub, um Genaueres sagen zu können. Kann ich das Schreiben bis morgen haben?«

»Kein Problem«, sagte Burghardt, »es hat nichts mit der polizeilichen Untersuchung zu tun. Ich würde euch vorschlagen, wir schieben den Deckel der Stufe wieder an seinen Platz und warten, bis Georg Näheres herausgefunden hat.«

»Ich frage mich, wie ein Schreiben von Metternich ausgerechnet hier in die Tasche eines Zwerges kommt«, brummte Berner.

»Na ja, weit gehen musste der Kanzler nicht, wenn er es ihm persönlich brachte«, meine Georg und steckte das Papier vorsichtig in die

Innentasche des schwarzen Jacketts, das inzwischen zerknittert und durchgeschwitzt war.

Berner sah ihn überrascht an. »Wieso?«

»Wisst ihr das nicht? Es passt alles zusammen, die Spinnen, der Ort … Der Kanzler hat hier gewohnt, mehr als vierzig Jahre lang. Das Gebäude der Schule Sacré-Cœur war sein Stadthaus, sein Palais. Das Palais Metternich.«

Buch 3
Der Zwerg

Bundeskanzleramt, Ballhausplatz,
Innere Stadt, Wien/Österreich

Die Männer in den dunklen Anzügen und mit dem Knopf im Ohr, die den österreichischen Bundeskanzler Richard Schumann bewachten, waren nervöser als sonst. Der Mord an Innenminister Fürstl und Wirtschafts- und Familienministerin Panosch steckte allen in den Knochen und eine hektische Betriebsamkeit war der entspannten Stimmung gewichen, die zu Beginn der Finanzministerkonferenz noch vor zwei Tagen geherrscht hatte.

Die üblicherweise eher symbolische Bewachung des Bundeskanzleramts am Wiener Ballhausplatz, in Sichtweite der Hofburg und des Rathauses, war noch im Laufe der frühen Morgenstunden durch zusätzliche Polizeieinheiten verstärkt worden. Uniformierte mit schusssicheren Westen und Maschinenpistolen hatten vor dem doppelflügeligen Eingangstor ihre Posten bezogen, die Personenkontrollen waren schon beim Betreten des Gebäudes verschärft worden. Zusätzlich hatte eine private Sicherheitsfirma einen Durchgangsscanner aufgestellt, der von Spezialisten bedient wurde und keinen noch so kleinen metallischen Gegenstand tolerierte.

Durchsuchungen der Besucher durch erfahrene Beamte standen am Ende der Sicherheitskette, die ab sofort jeder zu durchlaufen hatte, wenn er nicht einen der roten, kreditkartengroßen Pässe vorweisen konnte. Diese eingeschweißten und fälschungssicheren Dokumente mit Hologramm wurden ausschließlich an die persönliche Wachmannschaft des Bundeskanzlers ausgegeben. Die Handvoll Männer, vor mehr als zwölf Jahren aus der Sondereinheit WEGA ausgesucht, waren keine Neulinge in dem Geschäft. Sie hatten einige Kanzler kommen und gehen gesehen, kannten sich gegenseitig seit Langem und machten die Dienstpläne untereinander aus. Jeder legte für den anderen die Hand ins Feuer. Neuzugänge hatte es in den letzten fünf Jahren keine gegeben.

Normalerweise war die Bewachung des österreichischen Bundeskanzlers in der Heimat mehr oder weniger eine reine Formsache. Bei den Reisen in die Bundesländer arbeitete man mit der lokalen Polizei zusammen, bei Auslandsreisen mit den Sicherheitskräften vor Ort, die meist nervöser waren als ihre österreichischen Kollegen.

Die Tatsache, dass es noch niemals einen Anschlag auf einen Kanzler der Zweiten Republik gegeben hatte, weder im In- noch im Ausland, beruhigte Richard Schumann mehr als die bewaffnete Truppe, die ihn umgab. Er kannte jeden einzelnen, er mochte die meisten, aber er hatte sie bisher noch nie für wirklich notwendig erachtet.

Das barocke Haus am Ballhausplatz, gerade zweihundertneunzig Jahre alt geworden, stand von jeher für Tradition und Beständigkeit. Ein einziges Mal, in den blutigen Bürgerkriegstagen der Dreißigerjahre, war ein Bundeskanzler hier in seinen Amtsräumen getötet worden. Engelbert Dollfuß wurde am 25. Juli 1934 das Opfer von illegalen Nationalsozialisten, die ihn im Bundeskanzleramt niederschossen. Er verblutete auf dem Sofa seines Büros. Das war in der langen Geschichte des Hauses der einzige gewalttätige Zwischenfall geblieben.

Die ehemalige »Geheime Hofkanzlei«, an der Stelle eines Ballspielhauses errichtet, das dem Platz den Namen gegeben hatte, diente unter mehreren Kaisern als Staatskanzlei und Außenministerium. Im Prunksaal im ersten Stock hatte der Wiener Kongress getagt und Metternich die Sternstunden seiner Karriere erlebt. Der Legende nach hatte er Lüftungsgitter an der Decke des Raumes anbringen lassen und dahinter Horchposten aufgestellt, um über jedes Wort der anwesenden Diplomaten sofort unterrichtet zu werden.

An all das dachte Schumann, als er nach dem Termin im Kongresszentrum der Hofburg aus seinem Dienstwagen stieg und die prunkvolle Treppe in seine Amtsräume hinaufeilte. Vielleicht wären Lüftungsgitter mit Lauschern auch diesmal bei der Finanzministerkonferenz nicht fehl am Platz gewesen …

Zwei seiner Sicherheitsleute begrüßten ihn lächelnd mit einem Kopfnicken und hielten ihm die Türe zu seinem Büro auf. Mit den glänzenden und intarsierten Holzvertäfelungen, die bis an die Decke reichten, den Perserteppichen und großen Kronleuchtern, war der

Arbeitsplatz des Bundeskanzlers eine Mischung aus Fünfzigerjahre-Design und traditionellen Elementen. Einer von Schumanns Vorgängern, Bruno Kreisky, hatte es abfällig »die Zigarrenkiste« genannt, weil der Architekt auch Zigarettenpackungen für die Austria Tabakregie entworfen hatte. Schumann jedoch mochte den warmen Holzton und den etwas eigenwilligen Schreibtisch, der sich nahtlos in die übrige Einrichtung einfügte.

»Jetzt hätte ich gerne einen starken Kaffee, bitte«, meinte Schumann zu seiner Sekretärin, die soeben bei der anderen Tür hereinkam.

»Schon erledigt«, lächelte sie und stellte das Tablett mit Kanne und Tasse vor Schumann auf die Arbeitsfläche des großen Schreibtisches.

»Warum funktioniert nicht alles im Leben so reibungslos?«, seufzte der Bundeskanzler und nickte dankend. »Dann hätten wir eine Menge Probleme weniger bei dieser Konferenz, die mir eher wie eine internationale Zuteilungssitzung für Bankzuschüsse erscheint und die Menschen zu Recht auf die Straßen treibt.«

Sein Kabinettschef Egon Bolz betrat das Zimmer und brachte einen Stapel Unterlagen in Mappen mit, die er neben das Tablett auf den Tisch fallen ließ.

»Tut mir leid, aber die restliche Arbeit wartet nicht«, meinte Bolz entschuldigend.

Schumann winkte ab. »Ich weiß, ich weiß. Gib mir eine Stunde, dann kannst du alles wieder mitnehmen. Und kann hier jemand die Klimaanlage etwas wärmer stellen? Ich komme mir vor wie im Kühlschrank.«

»Ich kümmere mich darum«, gab Bolz zurück und überlegte für einen Moment, die Fenster zu öffnen und die Nachmittagshitze hereinzulassen. Dann verwarf er den Gedanken wieder. In unsicheren Zeiten wie diesen sollte man das Schicksal nicht herausfordern, dachte er und verließ das Büro.

Schumann saß bereits an seinem Schreibtisch und arbeitete die ersten Blätter der obersten Mappe durch.

Die beiden Sicherheitsleute, die kurz darauf ohne anzuklopfen die Tür zum Büro des Bundeskanzlers aufrissen, waren aufgeregt und drückten mit einer Hand den Hörer ihres Funkgerätes tiefer ins Ohr, um nur keine Meldung zu verpassen.

»Bitte kommen Sie schnell, es gibt ein Problem an der Personenkontrolle im Eingangsbereich mit einer Gruppe von Männern, die sich nicht ausweisen wollen oder können. Wir haben Sicherheitsstufe rot.«

Schumann blickte auf und schaute die beiden verwirrt an. »Soll das heißen, ich muss mein Büro verlassen?«

»Ja, als reine Vorsichtsmaßnahme. In ein paar Minuten kann sich alles geklärt haben, aber wir wollen kein Risiko eingehen. Bitte folgen Sie uns.«

Der Bundeskanzler schüttelte den Kopf und nahm dann aber sein Jackett von der Sessellehne und stand auf. »Wohin?«, fragte er kurz.

»In die Kapelle des Bundeskanzleramtes«, antwortete einer der beiden. »Die wenigsten wissen, dass sie überhaupt existiert, und sie hat eine starke Holztür als einzigen Eingang. Leicht zu verteidigen.«

»Wenn ich Ihnen zuhöre, dann glaube ich langsam, wir sind im Krieg«, meinte Schumann mit einem spöttischen Unterton, aber er ging rasch voran und die beiden Sicherheitsleute folgten ihm.

Der Weg war kurz und die Türe der Kapelle versperrt, aber einer der Männer zog den großen Schlüssel aus der Tasche und öffnete die massive Eichentür. Mit einem leichten Quietschen schwang sie auf. Es roch nach abgestandener Luft und alten Möbeln.

In der kleinen barocken Kapelle war es angenehm kühl. Die üppigen, blattgoldverzierten Applikationen und die beiden geschnitzten Obelisken neben dem Kreuz schimmerten matt im Halbdunkel. Graf Kaunitz, unter Kaiserin Maria Theresia als Haus-, Hof- und Staatskanzler für die Außenpolitik Österreichs zuständig, hatte die Kapelle einrichten lassen.

»Wussten Sie, dass der Mann, dem wir die Kapelle zu verdanken haben, Mitglied der Freimaurerloge ›Zu den drei Kanonen‹ und des Illuminatenordens war?«, fragte Schumann die beiden Sicherheitsleute, die an der Tür stehen geblieben waren. »Vielleicht wollte er sich mit der Kapelle eine Rückversicherung da oben erkaufen.«

Die Beamten schienen noch immer den Nachrichten in den Ohrhörern zu lauschen und blieben stumm.

Schumann setzte sich in einen der wenigen Stühle und betrachtete das Kreuz mit dem Erlöser, ganz in Gold und der barocken Kirchentradition verpflichtet. Dann schaute er auf seine Armbanduhr und überlegte, wie er die nächsten Termine bis hin zum Abendempfang möglichst reibungslos aneinanderfügen könnte.

Als er wieder aufschaute, blickte er direkt in den Lauf einer Pistole. Er sah einen Blitz, hörte noch den ohrenbetäubenden Knall und dann versank alles um ihn herum in einer ewigen Dunkelheit.

Der Anruf, der wenige Minuten später im Bundeskanzleramt einging, erfolgte auf einer abhörsicheren Leitung der höchsten Sicherheitsstufe.

»Status?« Die Stimme des Anrufers klang ruhig und gefasst.

»Auftrag ausgeführt. Wie ist weiter vorzugehen?«

»Sehr gut. Offiziell wird der Bundeskanzler wegen eines plötzlichen Herzanfalls alle Termine absagen. Er wurde deshalb in eine Privatklinik eingeliefert.« Der Mann am anderen Ende der Leitung kannte alle Antworten.

Irgendwie war Egon Bolz froh, nicht zu wissen, mit wem er sprach. »Und die Leiche? Bisher hat niemand Verdacht geschöpft, die dicke Türe hat den Knall gedämpft …«

»Wir kümmern uns darum.« Wieder diese ruhige, bestimmte Stimme. »Ihr Auftrag ist beendet. Gehen Sie an Ihren Arbeitsplatz zurück und verhalten Sie sich unauffällig.« Dann war die Leitung tot.

Als Bolz den Hörer auflegte, nickte er zwei Sicherheitsbeamten zu, die daraufhin das Büro des Bundeskanzlers verließen. Er ließ sich in den schwarzen, gepolsterten Armsessel sinken und legte beide Hände flach auf das nussbraune Holz des Schreibtisches. Als die Sekretärin durch einen Spalt in der Tür schaute, stand er auf, nickte auch ihr zu und verließ das Büro wortlos durch den anderen Eingang. Die Würfel waren gefallen. Jetzt galt es die Nerven zu behalten.

Friedhöfe Südwestkirchhof, Stahnsdorf/Deutschland

Die Fahrbahn war eine »Straße der zufriedenen Bürger«, wie man in der ehemaligen DDR gesagt hätte. Eine sadistische Verbindung zwischen altem Kopfsteinpflaster und zahllosen Schlaglöchern, die in unregelmäßigen Abständen auftauchten, beim Fahrer eines Fahrzeuges unweigerlich bestätigendes Kopfnicken hervorriefen und so tief waren, dass Paul Wagner vorsichtig große Bögen um sie herum fuhr.

Paul versuchte vergeblich eine Geschwindigkeit zu finden, die das Rütteln auf ein Mindestmaß reduzieren würde. »Die Kawasaki fällt uns bald auseinander, wenn wir nicht schnell den Haupteingang finden.«

Doch die Allee vor den Toren Berlins, deren Straßenbelag aus den Fünfzigerjahren zu stammen schien, nahm kein Ende.

»Seien Sie pünktlich um 15:00 Uhr an den alten Springbrunnenbecken am Stahnsdorfer Friedhof«, hatte Rosi gesagt, geheimnisvoll gelächelt und ihnen kurz den Weg beschrieben. Dann hatte sie noch hinzugefügt: »Und kommen Sie nicht zu spät.«

Paul nahm die Hand vom Lenker und sah auf die Uhr. Sie hatten noch zwei Minuten bis zum Rendezvous und auf dem Weg hierher hatte er keine Sekunde verschenkt. Es war alles zu knapp bemessen, die Zeit schien ihnen zwischen den Fingern zu zerrinnen.

Da tauchte plötzlich zwischen den Baumreihen links ein kleiner Parkplatz auf und die rote Ziegelmauer, an der sie entlanggefahren waren, wich zurück. Paul sah eine kleine gepflegte Grünanlage mit Rosen und einer frisch gestrichenen, glänzenden Bank, rundherum die abgestellten Autos der Friedhofsbesucher.

Das weiße Doppeltor des Friedhofs war geschlossen und nur eine kleine Türe für Fußgänger stand weit offen. Paul zögerte nicht einen Moment und beschleunigte die schwere Maschine durch den schmalen Durchgang, dann den betonierten Hauptfahrweg des Friedhofs entlang und bog schließlich nach einigen Metern rechts auf einen kleinen Weg ab, der sich im Unterholz zu verlieren schien.

»Ducken!«, rief er Valerie zu, bevor er die Kawasaki unter den tief hängenden dunklen Ästen der eng stehenden Fichten und Tannen hindurchschlängelte und beschleunigte. Der Boden bestand aus grünem Moos und das Hinterrad des Motorrads rutschte in alle Richtungen über Wurzeln und den feuchten Boden. Der schmale Weg schien zu Ende und eine grüne Wand aus Zweigen und Blättern flog auf sie zu.

»Stopp! Bleib stehen!«, rief Valerie aus, aber Paul stellte das Motorrad quer und bog im letzten Moment scharf rechts ab.

Sie waren auf einer weiten Lichtung angelangt, auf der die Zeit stillzustehen schien und nur Vögel zu hören waren, als Paul den Motor abstellte. Die Sonnenstrahlen fielen durch die hohen Bäume auf den grasigen Boden, in den alte Steinbecken eingelassen waren, und zeichneten große helle Muster auf das Grün.

Der gemauerte Boden der ehemaligen Springbrunnen war seit Langem mit Moos bedeckt, Blätter und Zweige erzählten eine Geschichte von Verfall und Vernachlässigung. Ein paar alte Grabsteine ohne Aufschrift schimmerten durch das Unterholz und auf einer einsamen grauen Bank am Rande der Lichtung saß eine zusammengesunkene Gestalt, eine Metallgießkanne neben sich.

Valerie zog den Helm ab und atmete tief durch. Es roch nach Wald und vermodernden Blättern, nach kühlem Schatten und Ligusterhecken.

»Sieht so aus, als hätten wir es gerade noch geschafft«, stellte Paul fest und deutete auf die Gestalt auf der Steinbank.

»Das war riskant vorhin«, gab Valerie zurück, »ich dachte, du parkst uns im Gebüsch.«

»Nichts gegen deine Eskapaden mit dem Helikopter, wenn ich mich recht erinnere«, sagte Paul spitz und hängte seinen Helm auf den Lenker. Dann machten sich beide auf den Weg zum anderen Ende der Lichtung.

Die Erde unter ihren Füßen war weich wie ein dicker Teppich und schluckte jedes Geräusch. Die Gestalt hatte sich noch immer nicht bewegt. Wer immer auf sie wartete, er schien eingeschlafen zu sein.

»Bleiben Sie da stehen, wo ich Sie gut sehen kann«, schnitt eine schrille Stimme durch die Ruhe des verlassenen Friedhofs.

»Das wird langsam eine Unart«, murmelte Paul und zog den Reißverschluss seiner Lederjacke auf. Die Glock steckte hinten in seinem Hosenbund und ihr Druck beruhigte ihn. Dann blieb er stehen und schaute neugierig hinüber zu der kleinen Gestalt auf der Bank. Valerie stand mit gerunzelter Stirn neben ihm und stemmte erwartungsvoll die Hände in die Seiten.

»Falsche Seite, Herr Wagner, ganz falsche Seite«, flüsterte da eine weibliche Stimme neben ihm kichernd und Paul fuhr herum. Eine alte Frau mit kurzen grauen Haaren und einem grünen Sommerkleid blickte kopfschüttelnd zu ihm hoch, bevor sie sich an Valerie wandte. »Major Goldmann, ein Friedhof ist nicht immer so friedlich, wie es sein Name präjudiziert. Und nur weil Rosi Sie angekündigt und mich Ihnen empfohlen hat, sollten Sie nicht so vertrauensselig sein. Hier liegen Hunderte Menschen, die einmal zu oft Vertrauen geschenkt hatten.«

Damit ging die alte Frau zu der Gestalt auf der Bank, zog eine volle Einkaufstüte und einen kleinen Rucksack aus dem blauen Mantel und setzte sich den Hut auf. Die Strumpfhose, ausgestopft mit hellen Tüchern, steckte sie in den Beutel und die kleine Gestalt war verschwunden.

»Setzen wir uns«, meinte die Unbekannte und klopfte auf den warmen Stein neben sich.

Paul war sprachlos.

»Sie sind der … Kontakt von Rosi?«, meinte Valerie verwundert und deutete dann mit einer weit ausholenden Armbewegung auf die alten Springbrunnenbecken mit den riesigen Rhododendron-Büschen dahinter. »Und das hier …«

»… ist der zweitgrößte Friedhof in Deutschland. Nach dem Krieg bis zum Mauerbau war er nur mit einer Sondergenehmigung zu betreten … Danach abgeschottet, in Bedeutungslosigkeit versunken, vergessen und vierzig Jahre lang vernachlässigt«, vollendete die alte Frau nachdenklich ihren Satz. »Bis zur Wiedervereinigung. Seitdem ist er im Dornröschenschlaf und wartet auf den Prinzen, der ihn wieder wach küsst. Der ideale Platz für ein ungestörtes Treffen unter Freunden.« Sie sah Paul und Valerie an. »Oder mit einem österreichischen Journalisten und einem Major der israelischen Armee.« Ihr Handy piepste leise und sie nahm das Gespräch an, hörte kurz zu und legte mit einem Dank auf.

»Es ist Ihnen niemand gefolgt, wir sind also ganz unter uns. Der Mann am Eingang ist ein Freund von mir, er hat auch die Tür für Sie offen gelassen. Normalerweise ist sie geschlossen.« Die Unbekannte lächelte. »Ein wenig Organisation hat noch niemals geschadet, wenn man überleben will.«

»Wer sind Sie?«, fragte Paul ganz unvermittelt und wusste doch zugleich, dass er darauf keine befriedigende Antwort bekommen würde.

»Nennen Sie mich einfach Sarah, Herr Wagner. Ich bin das lebende Gedächtnis der Stadt Berlin. Rosi ist ihre Hure, ich bin das Gedächtnis. Wir verstehen uns gut. Vielleicht könnte eine ohne die andere nicht überleben? Wer weiß?« Ihr Blick fiel auf einen Grabstein mit einem liegenden Engel, dem der Kopf fehlte.

»Ich komme gerne hierher, auf diesen Friedhof. So viele, die meine Zeit prägten, liegen hier begraben. Nehmen Sie zum Beispiel den berühmten Schauspieler Joachim Gottschalk. Er entging der Verfolgung durch das NS-Regime durch Selbstmord, gemeinsam mit seiner Frau und seinem Sohn. In seinem Testament vermachte er seinen Schädel dem Deutschen Theater, für die zukünftigen Aufführungen des ›Hamlet‹ …«

Ihre Stimme verstummte und Paul wurde kalt, trotz der Hitze des Nachmittages. »Alas, poor Yorick …«, flüsterte er. Ein verfolgter Schauspieler mit Leib und Seele in seiner letzten großen Bühnenrolle, als verwester Hofnarr Yorick, dachte er und ihn schauderte.

Sarah nickte stumm.

Valerie schwieg und schaute in die Ferne.

»Oder den Hellseher Hanussen, der eigentlich Erik Jan Steinschneider hieß. Er wurde in Ihrer Heimatstadt geboren, in Wien-Ottakring«, ergänzte Sarah. »Er entstammte einer jüdischen Familie und hieß in Wahrheit Chaim mit zweitem Vornamen. Nach seinem kometenhaften Aufstieg ging es steil bergab, als er den Reichstagsbrand vorhergesagt hatte. Ob aus Zufall oder aufgrund von guten Informationen, das konnte man niemals in Erfahrung bringen. Ein dreiköpfiges Kommando der SA erschoss ihn in Tempelhof und ließ seine Leiche in einem Waldstück verrotten. Heute liegen seine sterblichen Überreste nicht weit von hier.«

Sarah zog einen kleinen Plan aus ihrem Kleid und entfaltete ihn. »Hier ruhen viele große Söhne dieser Stadt, aber auch lange vergessene. Nehmen Sie den Maler Lovis Corinth oder den Widerstandskämpfer Hanno Günther, der aufgrund eines Volksgerichtsurteils im Dezember 1942 hingerichtet wurde. Den Komponisten Engelbert Humperdinck oder den Sinologen Emil Krebs, der über sechzig Sprachen beherrschte und dessen Gehirn man heute noch in der Heinrich-Heine-Universität in Düsseldorf aufbewahrt, als eines der Elitegehirne der Menschheit.«

Ihr Finger fuhr über die Karte und stoppte bei jedem Namen an einem anderen Ort. »Heinrich Zille, der berühmte Berliner Zeichner und Grafiker, der Zeitungsverleger Louis-Ferdinand Ullstein, Werner von Siemens oder der Regisseur der Stummfilme ›Nosferatu‹ und ›Faust‹, Friedrich-Wilhelm Murnau. Ein Who was who Berlins.«

Sie straffte sich und strich behutsam den Plan glatt. »Aber deswegen sind Sie nicht hierhergekommen, habe ich recht? Rosi hat mir nicht viel erzählt, aber sie hat Sie mir ans Herz gelegt.«

»Sarah, wir sind auf der Suche nach einem Dokument, einem alten Schriftstück, aber wir sind nicht sicher, ob uns Rosi an die richtige … hm, sagen wir mal, Adresse geschickt hat«, erklärte Goldmann jetzt und beobachtete die alte Frau genau. Ihr Gesicht verriet nichts von ihren Gedanken.

»Die beste Adresse wäre Daniel Singer gewesen, aber der kommt nicht mehr in Frage. Armer Daniel«, sagte die alte Frau ruhig und strich wieder über den Plan.

»Woher wissen Sie das mit Singer?«, entfuhr es Paul überrascht.

Sarah schüttelte den Kopf.

»Sie stellen die falschen Fragen, Herr Wagner«, meinte sie bestimmt und ihre Stimme verlor jede Sympathie. »Ich weiß, dass es Ihr Beruf ist, aber bei mir werden Sie die richtigen Fragen stellen müssen, sonst wird unsere Unterhaltung sehr kurz sein. Ich habe immer weniger Zeit, je älter ich werde. Und ich suche mir sehr genau aus, mit wem ich sie verbringe. Auch wenn ich wie in Ihrem Fall nur die zweite Wahl bin …«

Mit einem Mal spürte Paul die Anwesenheit der vielen Toten und die ganz besondere Atmosphäre des Ortes holte ihn ein. »Ich bin sicher, Rosi hätte uns nie zu Ihnen geschickt, wenn Sie nicht von Ihrem Wissen überzeugt gewesen wäre«, lenkte er ein. »Wir suchen ein verschlüsseltes Dokument, das in vierfacher Ausfertigung existiert. Drei wurden in den letzten Tagen gefunden, eines ist nach wie vor verschwunden. Es handelt sich um einen Text, der vom österreichischen Kanzler Metternich beim Wiener Kongress 1815 an die Vertreter von vier Mächten übergeben wurde. Das noch fehlende Schriftstück überreichte Metternich dem deutschen Politiker Wilhelm von Humboldt. Das ist in groben Zügen unser Informationsstand und wir haben verdammt wenig Zeit, um dieses mysteriöse Dokument zu finden.«

Sarah sah ihn forschend an, dann wanderte ihr Blick zu Valerie. »Hat Oded Shapiro wieder einmal die Daumenschrauben angezogen?«

»Woher kennen Sie …«, begann Wagner und bremste sich noch rechtzeitig. »Nein, vergessen Sie es, ich will es gar nicht wissen. Betrachten Sie die Frage als nicht gestellt.«

Sarah schmunzelte. »Sie lernen schnell, Herr Wagner. Kommen Sie, gehen wir ein wenig spazieren.« Damit stand die alte Frau auf und schritt langsam einen schmalen Weg entlang, der tiefer in den Friedhof führte, unter dem dichten Dach der ungezügelt wachsenden Rhododendren und an efeuüberwucherten Gräbern vorbei.

Sie standen schweigend an vernachlässigten Grüften und stiegen über dicke Wurzeln, die wie Adern über den Weg liefen. Schließlich kamen sie zu einem monumentalen Grabdenkmal, dessen zentrale Figur ein riesiger, sitzender Engel mit mächtigen Schwingen und einem in Trauer gesenkten Kopf war.

Sarah blieb davor stehen. »Schauen Sie genau hin, dieser Engel hat etwas Besonderes. Sehen Sie die Schlange, die er in seinen Händen hält? Eine Äskulapnatter, riesengroß, und trotzdem hält er sie so zärtlich und selbst sie scheint zu trauern. Es ist das Grab zweier Ärzte aus Berlin.«

Paul las die Namen und meinte: »Der Engel ist so schön, das ist das wunderbarste Grabdenkmal, das ich je gesehen habe.«

»Und doch ist auch hier nichts, wie es auf den ersten Blick zu sein scheint«, gab sich Sarah kryptisch.

»Wie meinen Sie das?«, war Wagner irritiert.

»Schauen Sie genau hin. Die Schlange windet sich um einen dicken Stock. Die Figur des Mannes selbst ist stark und muskulös, gar nicht androgyn und ätherisch wie die anderen geflügelten Grabwächter.«

»Nein, Sie haben recht«, meldete sich Valerie zu Wort und betrachtete die kräftigen Arme des Trauernden. »Und er trägt einen Lorbeerkranz, wie ein Sieger oder ein großer Poet. Ja, er sieht ein wenig aus wie Dante, nur frisch aus dem Fitnessstudio.«

Sarah schmunzelte. »Nein, es ist kein Poetus laureatus, kein lorbeergekrönter Dichter mit Hang zu Anabolika, es ist ein Gott. Und ein sehr alter noch dazu. Seinen Namen habe ich Ihnen schon verraten …«

Mit schelmisch funkelnden Augen beäugte sie ihr Gegenüber. Sie sah aber nur ratlose Gesichter und fuhr daher fort: »Es ist Asklepios, Äskulap, der Gott der Heilkunde mit seinem legendären, schlangenumwundenen Stab. Sein Vater, der Gott Apollon, tötete seine Mutter, als sie mit dem Knaben schwanger war. Der listige Hermes jedoch rettete das Kind während der Leichenverbrennung aus dem Mutterleib und übergab es dem Kentauren Cheiron. Der missgestaltete Cheiron, er war halb Mensch, halb Pferd, nahm das Kind auf, verbarg es vor seinem Vater und unterwies es in der Heilkunst, die er selbst einst von Apollon gelernt hatte. Und schon bald verbreitete sich die Kunde von einem Gott, der Menschen heilte und Tote zum Leben erwecken konnte …« Sie schaute nachdenklich die große Figur aus Bronze an.

»Äskulap trauert selbst um die Toten, die hier liegen. Aber er ist ein gestürzter Fürst, muss sich mit Engelsflügeln tarnen, um unter den neuen, christlichen Machthabern nicht aufzufallen. Er sitzt hier bei den Bewahrern seiner Kunst, und seinen Anspruch auf die Herrschaft über sie, so macht es den Eindruck, hat er niemals aufgegeben … Und sie hielten ihm die Treue, bis über den Tod hinaus.«

Sarah warf Paul einen weiteren vielsagenden Blick zu. Jedoch der Reporter verstand nicht recht, was sie ihm mitteilen wollte.

»Vielleicht ist Äskulap mitten unter all den Söhnen des Himmels, oder den Söhnen der Götter, wie man die Thorastelle zu den Engeln auch übersetzen könnte, ein ›Schläfer‹? Sitzt einfach nur da und wartet auf den richtigen Zeitpunkt, die alte Ordnung wiederherzustellen?«, flüsterte Sarah, gerade so, als wollte sie die Figur nicht aufwecken.

Was hatten gestürzte antike Götter mit Daniel Singer und Metternichs Dokumenten zu tun?

Valerie zitierte laut den Sinnspruch, der auf der Grabplatte der beiden Mediziner stand: »Sei getreu bis in den Tod, dann will ich Dir die Krone des Lebens geben.«

Die alte Frau nickte nachdenklich. »Sagt Ihnen der Name Baldur von Schirach etwas?«, fragte sie dann unvermittelt.

Valerie sah sie verwirrt an, bevor sie antwortete. »Der Rattenfänger? Schirach war Reichsjugendführer unter Hitler, wenn ich mich recht erinnere.«

»Baldur von Schirach kam aus einem kaisertreuen Milieu, obwohl man seine Familie oft als progressiv und aufgeklärt bezeichnete. Sein älterer Bruder erschoss sich 1919 aus Gram über die Abdankung des Kaisers und den Abschluss des Versailler Vertrages. Vielleicht erklärt das einiges.«

Sarah drehte sich um und ging langsam weiter in den Friedhof hinein, während sie erzählte.

»Er nahm am Frankreichfeldzug teil, meldete sich 1939 freiwillig an die Front und zog mit Hitler in Paris ein. Und dort entdeckte der neugierige Schirach aus Zufall in den geheimen Regierungsarchiven, die sich Hitler sofort aneignete, das französische Dokument. Er kehrte zurück nach Berlin und es ließ ihm keine Ruhe, als er erfuhr, dass es auch ein deutsches Pendant dazu gegeben hatte. Er setzte seinen gesamten Apparat ein, kontaktierte die Familie Humboldts in Tegel, recherchierte und überzeugte. So kam Baldur von Schirach Anfang 1941 zu dem Dokument Metternichs, wenige Monate bevor er Gauleiter und Reichsstatthalter von Wien wurde und mit seiner Familie in der Hofburg einzog.«

Die alte Frau stieg einige Stufen tiefer zu einer verlassenen Gruft und setzte sich auf die Steinumfriedung.

Dann sah sie Paul an und lächelte. »Sie werden jetzt gleich wieder fragen, woher ich das weiß.«

Der Reporter winkte ab.

»Die Frage wäre aber berechtigt. Daniel Singer hat es mir erzählt. Daniel Düsentrieb, wie wir ihn genannt haben. Dem Ingenieur ist nichts zu schwör …« Sie lächelte. »Er war der Mann mit den unbegrenzten Mitteln und den grenzenlosen Beziehungen. Der schöne, elegante Daniel, den wir alle so gerne gehabt hätten und den keine von uns bekam. Ich werde einen Stein auf sein Grab legen und Peter Marzin bitten, das Kaddisch für ihn zu beten. Er ist zwar kein Jude und auch nicht sein Sohn, aber trotzdem so etwas wie sein nächster männlicher Verwandter.«

Valerie begann die alte Frau mit ganz anderen Augen zu sehen.

»Was machte Schirach mit dem Dokument, als er es endlich in Händen hielt?«, fragte sie behutsam und versuchte, Sarah wieder zum ursprünglichen Thema zurückzuführen.

»Er nahm es mit nach Wien, er wollte es nicht mehr aus den Händen geben. Vielleicht war es auch so etwas wie eine Lebensversicherung für ihn. Ich weiß es nicht. Ich habe auch keine Ahnung, was drinsteht, Daniel hat es mir nie gesagt. Aber auch er war hinter den vier Schriftstücken her wie der Teufel hinter den armen Seelen.«

»Sie meinen, das vierte und letzte Dokument ist in Wien und gar nicht in Berlin?«, fragte Wagner überrascht.

»Zumindest war es das, so viel hatte Daniel mir erzählt. Er hatte den Weg des vierten Schriftstücks lange nachverfolgt. In Wien verliert sich dann die Spur des geheimnisvollen Papiers. Doch zurück zum

Gauleiter. Baldur von Schirach kehrte nie wieder in die österreichische Hauptstadt zurück, er flüchtete bei Kriegsende nach Tirol, arbeitete als Dolmetscher für die Amerikaner und stellte sich schließlich. In Nürnberg wurde er verurteilt und saß seine zwanzig Jahre ab, bevor er 1966 mit Speer gemeinsam entlassen wurde und an die Mosel zog, wo er auch einige Jahre später starb.«

Valerie und Paul hatten sich auf die Stufen gesetzt, und als die alte Frau geendet hatte, hing jeder seinen eigenen Gedanken nach.

»Die Wirren des Krieges haben die Spur des Dokuments verwischt«, murmelte Paul, »das Kriegsende in Wien war chaotisch, wie überall sonst auch.«

»Danach ist es nirgendwo mehr aufgetaucht, das steht fest«, ergänzte Valerie, »sonst würde Shapiro wissen, wo es ist.«

»Oder er weiß es und hat es dir nicht gesagt«, stellte Paul an Valerie gewandt fest. »Es wäre nicht das erste Mal …«

Goldmann griff zum Telefon und wählte. Wie immer hob Shapiro nach dem zweiten Läuten ab.

»Was würden Sie sagen, wenn das vierte Dokument nicht in Berlin, sondern in Wien wäre?«, eröffnete Valerie grußlos das Gespräch.

»In Wien?« Shapiro klang betroffen. »Wie kommen Sie darauf? Ausgerechnet in Wien? Das wäre nicht …« Er verstummte.

»Das wäre was nicht?«, setzte Goldmann nach.

»Das wäre nicht wirklich gut«, meinte Shapiro tonlos. »Das würde eine völlig neue Situation schaffen …«

»Sie reden in Rätseln«, erwiderte Valerie und wartete. Als Shapiro schließlich nach einer kurzen Pause zu sprechen begann, klang seine Stimme zum ersten Mal, seit ihn Goldmann kannte, gehetzt.

»Fliegen Sie sofort nach Wien zurück und kontaktieren Sie mich auf einer sicheren Leitung aus der Botschaft, und zwar so schnell wie möglich. Wir müssen dieses Dokument finden und in unsere Hand bekommen.« Damit legte er auf.

Valerie sah Paul an und schüttelte den Kopf. »Nein, Shapiro ist gerade aus allen Wolken gefallen, als ich ihm die Neuigkeit erzählt habe.«

»Und der fällt nicht oft aus allen Wolken«, stellte Sarah trocken fest. »Ich werde jetzt meinen Nachmittagsspaziergang fortsetzen. Ich glaube, Sie wissen nun alles, was ich Ihnen zu dem Dokument erzählen kann. Noch eines: Werfen Sie doch einen Blick auf die Operation Radetzky.«

»Operation Radetzky?« Paul war verwirrt. »Nie gehört, was soll das sein?«, fragte er verwundert, aber Sarah war bereits aufgestanden und ging an Valerie und Paul vorbei, stieg die Treppen hoch und verließ die Gruft.

Oben angekommen, drehte sie sich noch einmal um. »Folgendes sollten Sie vielleicht wissen. Daniel hat einmal behauptet, diese vier Dokumente seien nicht das Ende einer Geschichte, sie seien der Anfang von Geschichte. Genau das waren seine Worte.«

Damit drehte sie sich um und bald war ihre kleine Gestalt im Schatten der tief hängenden Äste verschwunden.

Irgendwo in Wien, Innere Stadt/Österreich

Sie sehen, dass wir vor nichts zurückschrecken und überall sind.« Die Stimme des Anrufers war ruhig, konzentriert und völlig distanziert. Das machte dem Mann, der gerade den Hörer abgehoben hatte, die meiste Angst. Er hätte locker und professionell mit Terroristen oder mit schreienden Extremisten umgehen können, aber nicht mit dieser Art von unterkühltem, beinahe nebensächlichem Ton. Es war, als lese der Anrufer die Börsenkurse vor.

»Erst die Wirtschafts- und Familienministerin, dann der Innenminister und jetzt der Bundeskanzler. Sie brauchen nicht viel Phantasie, um zu erraten, wer der Nächste sein wird.«

»Nein«, antwortete ihm sein Gesprächspartner einsilbig.

»Und zweifeln Sie bitte nicht einen Augenblick daran, dass es nicht nur in unserer Macht liegt, sondern auch in unserem Ermessen. Ob, wann, wo und wie, entscheiden wir.« Keine Regung in der Stimme des Anrufers. Da war keine Überheblichkeit, nicht ein kleines bisschen Stolz oder Anmaßung. Da war jemand, der genau wusste, dass es nur ein kleiner Schritt zu einer großen Entscheidung war, ein Fingerschnippen, ein einziger Anruf, der über Leben und Tod entschied.

»Was sind Ihre Forderungen?«

»Aber das wissen Sie doch seit drei Tagen ganz genau. Warum sind

Sie nicht früher darauf eingegangen? Haben Sie uns nicht geglaubt? Haben Sie gedacht, wir bluffen, wie Pokerspieler mit einer leeren Hand? Dann haben Sie den Tod der drei Regierungsmitglieder auf dem Gewissen. Wir ziehen schon seit Langem alle Fäden, wir leiten das Spiel, auch wenn Sie es bis jetzt nicht geglaubt oder bemerkt haben.« Der Anrufer schwieg kurz. »Ich brauche eine Zusage von Ihnen für die Übergabe der Dokumente, der drei Schriftstücke von Metternich, die sich in der Hand der Regierung befinden.«

»Vielleicht haben wir sie gar nicht und Ihre Informationen sind nicht korrekt«, versuchte sein Gesprächspartner einen Einwurf.

»Hat es noch nicht genug Tote gegeben?« Noch immer keine Regung in der Stimme. Der Mann musste Nerven aus Stahl haben. »Eine kleine Gedankenstütze: Zum Finanzministertreffen brachten zwei Vertreter ihre Dokumente nach Wien mit, und zwar auf Ansuchen der österreichischen Bundesregierung. Der französische und der britische Minister übergaben Ihnen die Schriftstücke vor drei Tagen, ein Kommando des österreichischen EKO Cobra holte sich das russische Papier heute Mittag in Berlin von einem Sammler. Es ist vor wenigen Minuten in Ihre Hände gelangt.«

Der Angerufene schwieg.

»Sie haben sich also drei der vier Metternich-Dokumente beschafft und wir hätten sie gerne von Ihnen. So einfach ist das«, stellte der Anrufer fest und fuhr fort: »Was das vierte betrifft, so hoffe ich, dass entweder Ihre oder unsere Anstrengungen zum Erfolg führen werden. So oder so, am Ende werden wir auch dieses Papier in Händen halten.«

»Und wenn das vierte Dokument nie gefunden wird? Wie Sie wissen, ist es seit fast zweihundert Jahren verschwunden.«

»Das war das russische auch und ein Zufall hat es wieder ans Tageslicht gebracht. Nichts bleibt für immer verborgen. Die Sonne bringt es an den Tag und bald pfeifen es die Spatzen von den Dächern.« Die Selbstsicherheit des Anrufers war unerschütterlich. »Aber wir betrachten drei von vier Schriftstücken schon als eine solide Ausgangsbasis.«

»Was schlagen Sie vor?«, gab sein Gesprächspartner zurück, während er fieberhaft über einen Ausweg nachdachte und doch wusste, dass es keinen gab.

»Eine rasche Übergabe der Dokumente, am besten sofort. Den Platz haben wir bereits ausgewählt und es sollte kein Problem sein, einen reibungslosen Ablauf zu garantieren. Wenn Sie Ihre Bürotüre öffnen, dann klebt an der Außenseite ein weißes Kuvert mit einer großen, schwarzen Drei darauf. Sie finden darin alle Anweisungen und Sie sollten sich strikt daran halten. Sonst sehen wir uns bald bei der Bundespräsidentengruft aus einem anderen Anlass wieder ...« Damit legte der Anrufer auf.

Kaum dreißig Minuten später fuhr eine schwarze Mercedes-S-Klasse-Limousine durch das zweite Tor des Wiener Zentralfriedhofs, ein Blaulicht mit Magnetfuß auf dem Dach. Die verspiegelten Scheiben verhinderten jeden Blick in das Innere des Wagens, der langsam über die schnurgerade Allee auf die Dr.-Karl-Lueger-Gedächtniskirche, einen monumentalen Jugendstilbau vom Beginn des letzten Jahrhunderts, zurollte.

Vor dem Ende der Allee, die auf die große Kirchenanlage mit Parks und Nebengebäuden zulief, gabelte sich die Straße an einem großen dreieckigen Platz und führte links und rechts an den Grünanlagen entlang.

Im Zentrum des Dreiecks war eine große Vertiefung in der Form eines Weihekreuzes eingelassen. Das mit Schieferplatten ausgelegte Rondeau wurde von einem einzelnen Sarkophag mit dem österreichischen Bundeswappen beherrscht. Die Bundespräsidentengruft diente seit 1951 als Begräbnisstätte der österreichischen Staatsoberhäupter der Zweiten Republik.

Der dunkle Wagen rollte leise über das in der Hitze flimmernde Asphaltband zwischen den hohen, grünen Wipfeln der Alleebäume. Einige Besucher saßen auf den Bänken im Schatten der dunklen Stämme. Als sie den fast lautlos an den repräsentativen Ehrengräbern vorbeigleitenden Wagen bemerkten, senkten sie ihre Zeitung, legten kurz ihr Buch beiseite oder vernachlässigten für einige Momente die Fütterung der Eichhörnchen und blickten neugierig der Limousine hinterher.

Als die kleinen Baumbewohner bereits ungeduldig wurden, weil sie keine Nüsse mehr zugeworfen bekamen, verloren die Friedhofsbesucher wieder das Interesse an dem Mercedes, der keine Anstalten machte anzuhalten. Zufrieden huschten die Eichhörnchen wieder mit einem frischen Vorrat in den Backen auf die Bäume und in die Sträucher.

Die Limousine bog in die rechte Seite der Straßengabelung und fuhr langsam auf die Kolonnaden zu, die mit ihren Säulen, der Kirchenfassade und der Geometrie der Wege ein Gesamtkunstwerk bildeten.

Doch dann vollführte der schwarze Mercedes plötzlich eine Spitzkehre und schwenkte nach links zum Hauptportal der Kirche. Im Schatten vor der breiten Freitreppe hielt er an und verharrte dort. Nichts geschah. Es schien, als wartete der Wagen auf jemanden, der als Trauergast in dem Gotteshaus gewesen war und nun wieder heimfahren wollte. Eine Präsidentenwitwe oder ein Regierungsmitglied vielleicht.

Endlich schwang eine der hinteren Wagentüren auf und ein Mann im dunkelblauen Anzug stieg aus, eine Mappe unter den Arm geklemmt und ein Telefon in der Hand. Er stieg die Stufen zur Kirche hinauf, drehte sich kurz um und warf einen prüfenden Blick zurück über Platz und Allee. Schließlich verschwand er zwischen den Säulen durch die dunkelbraune Tür und betrat durch die Vorhalle und eine weitere Flügeltür die Kirche.

Im Inneren war es kühl und die hohe Kuppel gab dem Kirchenraum eine luftige Atmosphäre, die durch die hellen, fast weißen Wände noch verstärkt wurde. Die Glasmosaike verströmten einen farbigen, sphärischen Glanz und die Sonne strahlte durch die zahllosen Fenster in der Basis der wuchtigen Kuppelwölbung. Der Geruch von Streichhölzern und abgebrannten Kerzen, gemischt mit einer Ahnung verblassten Weihrauchs lag in der Luft.

Der Mann sah sich suchend um. Er war das erste Mal hier und die Größe der Kirche erstaunte ihn. Nur wenige Andächtige hatten in den Bänken Platz genommen. Der spätsommerliche Nachmittag war zu verlockend, um länger in einer Kirche zu bleiben. Oder waren es am Ende gar keine Betenden, sondern nur Leute, die Kühle und Erfrischung gesucht hatten, fragte er sich beim Anblick der Touristenkleidung und der entspannten Mienen.

Schließlich zählte der Mann die Bankreihen und setzte sich in die fünfte vom Altar aus gesehen. Sie war leer. Er hatte es nicht anders erwartet.

»Wissen Sie, dass die Turmuhr keine Ziffern hat? Eine Besonderheit dieser Kirche. Sie hat stattdessen elf Buchstaben und ein Kreuz an der Stelle der Ziffer zwölf. Im Uhrzeigersinn gelesen ergeben sie die Worte ›Tempus fugit‹, die Zeit vergeht.« Die Stimme des Unbekannten war ganz nahe an seinem Ohr. Er musste hinter ihm Platz genommen haben.

»Kennen Sie auch die zweite Hälfte des Spruches? Tempus fugit, amor manet. Die Zeit vergeht, die Liebe bleibt.« Ein leises, gedämpftes Lachen ertönte. »Drehen Sie sich lieber nicht um, sonst braucht man Sie nicht mehr weit bis zu Ihrer Einsegnung zu tragen.«

Der Kurier hatte die Mappe auf seinen Schoß gelegt und senkte nun stumm den Kopf.

»Sie halten ein Stück geheime Geschichte dieses Landes in Händen, sind Sie sich dessen bewusst? Ich darf Sie ersuchen, die Mappe nun langsam über Ihre Schulter nach hinten zu reichen. Versuchen Sie bitte nichts Unüberlegtes, nicht alle Andächtigen hier sind katholisch … Schon gar nicht die Japaner.«

Er kicherte kurz über seinen Scherz, wurde aber rasch wieder ernst.

»Ich würde an Ihrer Stelle auch nicht gerne daran schuld sein, dass dieses Land in den nächsten Wochen Präsidentschaftswahlen ausschreiben müsste. Also?«

Ohne sich umzudrehen, reichte der Mann im blauen Anzug die Mappe nach hinten. Er hörte ein Rascheln und das Geräusch von Papierblättern, die verschoben wurden.

»Perfekt! Bleiben Sie noch einige Minuten so sitzen, bis die Kirchenuhr geschlagen hat. Sie wissen ja: Tempus fugit …«

»… amor manet!«, ergänzte der Bote hastig. Er fühlte plötzlich seinen Tod im Nacken.

»Sehr richtig!«, quittierte der Fremde vergnügt, tätschelte ihm den Hinterkopf und die Sicherung einer Schusswaffe rastete wieder ein.

Für einen kurzen Moment glaubte der Mann im blauen Anzug, eine gesummte Melodie gehört zu haben. Aber vielleicht hatte er sich auch geirrt. Die darauffolgende Stille verriet ihm, dass der Unbekannte verschwunden war.

Der Kurier blieb in der Kirchenbank sitzen, betrachtete die Mosaiken der vier Evangelisten unter dem nachtblauen Sternenhimmel im

Kuppelinneren und schaltete schließlich die Aufnahmefunktion in seinem Handy wieder ab.

Dann blieb sein Blick am Jüngsten Gericht über dem Hochaltar hängen und die goldene Inschrift zog seine ganze Aufmerksamkeit auf sich. In großen Lettern stand dort unter einem Symbol, das dieselbe Form wie die Bundespräsidentengruft aus der Vogelperspektive hatte: EGO SUM RESURRECTIO ET VITA – Ich bin die Auferstehung und das Leben.

Als er langsam zum Wagen zurückging, fragte sich der Mann im blauen Anzug, ob nicht gerade die Boten der Hölle auferstanden waren.

Universität Wien/Österreich

Georg Sina hielt den Zettel in der Hand, den der kleine Johannes auf dem Zentralfriedhof Berner, Burghardt und ihm überbracht hatte. Fassungslos las er die Namen auf der Todesliste wieder und wieder.

Schon beim ersten Mal hatte er nicht begriffen, was Ireneusz Lamberg auf dem kleinen Stück weißem Papier zu suchen hatte. Wie konnte sein eigenwilliger Besucher von gestern bloß in diese Geschichte verstrickt sein? Doch dann, während der Autofahrt vom Rennweg in Wien zu seiner Burg im Waldviertel war es ihm wie Schuppen von den Augen gefallen: Es ging um das in Seidenpapier gewickelte Päckchen, um das Tagebuchfragment seines Vorfahren!

Georg hatte sich auf halber Strecke entschlossen, es so schnell wie möglich aus seinem Büro holen. Er hatte den roten Golf gewendet und war sofort zur Universität gerast, fast alle Verkehrsregeln ignorierend. Jede rote Ampelphase hatte wie ein Ackergaul an seinen Nerven gezerrt.

Endlich war er vor der Universität angekommen, hatte den Golf im Halteverbot stehenlassen und war die Stiegen hinaufgestürmt. Als er dann jedoch vor der Türe des Instituts stand, zögerte er, aufzusperren und einzutreten. Eine unsichtbare Schranke schien ihn zurückzuhalten.

Georg war unsicher, was ihn in seinem Büro erwarten würde. Waren sein Schreibtisch, seine Regale und die Schränke bereits durchwühlt, lag sein akademisches Leben chaotisch über den Boden verstreut, waren seine Möbel zerschlagen, das Tagebuch zerstört oder geraubt?

Aber je mehr er darüber nachdachte, umso mehr wurde ihm klar, dass ihn das nicht mehr wirklich kümmerte. Nach all dem, was er bisher erlebt und gesehen hatte, würde ihn der Anblick seines durchsuchten Büros auch nicht mehr erschüttern können.

Es ist ja doch nur seelenloses Zeug, sagte er sich und stieß mit einem Ruck die Türe auf. Sein Privatleben war sowieso schon komplett zerfranst, was würden ihn also ein paar durchwühlte Schubladen kümmern?

Doch nach dem ersten prüfenden Blick stellte Sina fest, dass sein Arbeitsplatz sich genau so präsentierte, wie er ihn gestern verlassen hatte. Der Raum war gänzlich unberührt.

Erst wollte er aufatmen, aber dann traf ihn die Erinnerung wie ein Schlag in die Magengrube, härter als erwartet, und ihm wurde sofort klar, wovor er sich in Wirklichkeit gefürchtet hatte.

Ihm war, als könnte er in diesem Zimmer, in dieser erstarrten Momentaufnahme eines konservierten Glücksmomentes, noch einen Nachhall von Sharapovas Gegenwart und eine Note ihres Parfüms in der Luft spüren. Georg betrachtete den Boden zwischen den Papier- und Aktenstößen und konnte seine Erschütterung nicht länger unterdrücken. Er spürte ihren Körper an den seinen geschmiegt, ihre Wärme, hörte ihre Stimme und ihr Lachen. Dann fühlte er sich plötzlich wieder in den Container zurückversetzt, die tote, kalte und fremde Irina vor sich auf dem Obduktionstisch, sein Magen krampfte sich zusammen und er schluchzte laut. Seit Claras Tod hatte er nicht mehr geweint.

Langsam machte er ein paar Schritte zu seinem Schreibtisch, ließ sich in seinen Sessel fallen, zog sein durchgeschwitztes Hemd aus, zerriss es und warf es in den Papierkorb. Danach stützte er sich mit den Ellenbogen auf die Tischplatte, verbarg sein Gesicht in den Händen und seine Schultern bebten.

Georg blieb lange Zeit so sitzen, regungslos. Danach fühlte er sich etwas besser. Er wischte sich die Tränen ab und zog das T-Shirt an, das immer noch auf dem Besucherstuhl herumlag. Gänzlich unerwartet ging ihm ein absurder Gedanke durch den Kopf. Was, dachte er, wenn Lamberg in Wahrheit gar nicht tot war, die Erwähnung seines Namens wieder nur ein Bluff war, um ihn nervös zu machen, ihn dort hinzubekommen, wo man ihn haben wollte?

Sina fuhr herum und blickte sich um. Seine Augen überflogen die Regale und das Chaos. Er konnte aber nichts Verdächtiges feststellen, alles war wie immer.

»Langsam, aber sicher schnappe ich über«, sagte er zu sich selbst und wandte sich wieder seinem Schreibtisch zu, wo er nach Lambergs Tagebuch zu kramen begann.

Siedend heiß fiel ihm etwas Absurdes ein. War Irina vielleicht gar nicht an ihm, sondern an dem Tagebuch interessiert? Er verscheuchte aber den Gedanken gleich wieder. Vielleicht war es besser, nicht allen Dingen auf den Grund zu gehen.

»Die Wahrheit hat Dutzende Gesichter und viele Facetten, sie sieht verzerrt wie das Auge einer Fliege ... Und wir, wir sind die Fliegen am Scheißhaufen des Lebens«, murmelte Georg und zog endlich die Visitenkarte aus dem Konvolut im Seidenpapier, hob den Hörer ab und wählte die ungarische Festnetznummer.

Er lauschte angespannt, erst nach mehrmaligem Läuten meldete sich eine Frauenstimme.

»Hálló, itt Lamberg Ireneuszné ...« Die Stimme stockte, Georg hörte schweres Atmen. Dann sagte die Frau gefasst: »Hálló, tessék!«

Georg war verunsichert, schließlich zwang er sich zu einem freundlichen: »Hello Mrs. Lamberg, this is Professor Georg Sina calling from Vienna. May I talk to your husband, please?«

»Professor Sina? Aus Wien? Das ist sehr freundlich von Ihnen, dass Sie mich anrufen, um mir zu kondolieren«, antwortete die Frauenstimme fast völlig akzentfrei. »Sie waren der Letzte, der meinen armen Ireneusz noch lebend getroffen hat. Und er war sehr von Ihnen angetan.«

»Wie bitte?« Georg glaubte nicht richtig gehört zu haben.

»Sie wissen es also noch gar nicht?« Die Frau begann zu weinen, fing sich aber rasch wieder und wandte ihre ganze Selbstbeherrschung auf, um mit ruhiger Stimme weiterzusprechen: »Nachdem mein Mann Sie getroffen hatte, haben wir noch telefoniert. Er war gerade dabei, sich auf den Weg zurück nach Budapest zu machen, und freute sich schon auf zu Hause. Er hatte alle Dinge geregelt, wie er es sich vorgenommen hatte. Aber dann ist er niemals bei mir angekommen.«

»Das ist ja furchtbar …«, stammelte Georg, unfähig, die passenden Worte zu finden. Es war eine jener Situationen, in denen alle Phrasen fehl am Platz schienen. »Wie? Entschuldigen Sie bitte … Was ist geschehen?«

»Es war ein Unfall.« Die Witwe überspielte geschickt Georgs Unsicherheit und Direktheit. »Ireneusz hat wohl in einer Baustelle, ich glaube bei einem Ort namens Fischamend, die Kontrolle über sein Fahrzeug verloren und …« Sie verstummte und schluckte ein paarmal, bevor sie wie im Polizeijargon fortfuhr: »Ein Lkw im Gegenverkehrsbereich hat seinem Leben frühzeitig ein Ende gemacht.«

»Das tut mir sehr leid. Ich verstehe, was sie durchmachen. Meine Frau ist auch …« Georg stammelte mehr, als dass er sprach.

»Das ist sehr freundlich von Ihnen, Professor«, unterbrach ihn die Frau unvermittelt. »Wenn Sie mir Trost spenden wollen und das Andenken von Ireneusz Lamberg bewahren wollen, dann tun Sie bitte, worum er Sie ersucht hat. Und finden Sie seinen Mörder, führen Sie ihn der Gerechtigkeit zu! Und jetzt, Professor, entschuldigen Sie mich. Leben Sie wohl!«

»Selbstverständlich! Auf Wiederhören!« Georg legte auf und fühlte sich, als ob ihm jemand einen Eimer eiskaltes Wasser über den Kopf gegossen hätte. Die Namen auf der Liste tanzten vor seinen Augen. Es entsprach also den Tatsachen. Lamberg war tot und seine Witwe ließ keinen Zweifel offen, dass es sich bei seinem Unfall um einen Mord gehandelt hatte.

Lkw, Gegenverkehr … Georg dachte an Ruzicka und wie sich die Fälle glichen. Vielleicht war es sogar derselbe gewesen, der Ruzicka …

In diesem Moment verwandelte sich Lamberg in Georgs Erinnerung in einen recht angenehmen und sympathischen Zeitgenossen und es tat ihm augenblicklich leid, nicht freundlicher zu ihm gewesen zu sein. Aber das waren Versäumnisse im Leben, die nicht mehr rückgängig zu machen waren, sagte er sich. Er hätte schließlich auch Claras Spritztour auf dem Motorrad verhindern oder mit Irina nach Grub fahren können.

Sina klopfte mit den Fingerknöcheln seiner Faust auf den Tisch. Keine Vorwürfe mehr, um sich mit ihnen zu steinigen, beschloss er, das hatte keinen Sinn und war total fruchtlos. Schließlich wischte Georg die Chimären mit einer Handbewegung fort.

Noch einmal betrachtete er den Zettel vom Zentralfriedhof. Jeder dieser Namen war eine einzige Anklage, forderte Gerechtigkeit. Nein, sagte er sich, es war mehr: Sie schrien zu ihm nach Vergeltung. Berner hatte recht, die Zeit des Wegsehens war vorbei.

Die Jagd auf die Verschwörer war eröffnet.

Flughafen Tegel, Berlin/Deutschland

Als Paul die Kawasaki über die Rampe im Tunnel am Flughafen Tegel hinauf beschleunigte, sprang der Haupttermminal geradezu in sein Blickfeld. Valerie saß nicht mehr ganz so entspannt auf dem Rücksitz des Motorrads wie noch zu Beginn der Fahrt in Stahnsdorf. Der Reporter musste auf der Strecke Friedhof-Flughafen den inoffiziellen Berliner Rekord unterboten haben, und zwar gleich um einige Minuten.

Er legte die Kawasaki in eine weit gezogene Rechtskurve, wich ein paar Taxis aus, die auf der Jagd nach Passagieren waren, und flog geradezu über die Nebenfahrbahn zum Eingang 6. Knapp vor einem wartenden jungen Mann in Lederkombi bremste er die schwere Maschine. Valerie kletterte mit etwas weichen Knien vom Rücksitz und holte tief Atem.

Paul klappte das Visier hoch und lächelte zufrieden, bevor er den Zündschlüssel umdrehte und der Motor verstummte.

»Ich nehme an, Sie sind der Sohn von Rosi?«, fragte er den Wartenden und streckte seine Hand aus.

Der junge Mann schüttelte sie und nickte. »Und Sie müssen Paul Wagner und Valerie Goldmann sein«, antwortete er und ließ einen anerkennenden Blick über Valerie gleiten. Dann legte er seine Hand auf die Verkleidung des Motorrads und schaute Paul fragend an.

»Zufrieden mit der Leistung?«, fragte er, während er Valerie ihren Helm abnahm.

»Ach, na ja, im mittleren Drehzahlband lässt sie ein wenig nach, aber sonst …«, meinte Wagner und grinste.

Valerie boxte ihn in den Rücken. »Glauben Sie ihm kein Wort, er gibt immer so an. Das ist das schnellste Ding auf zwei Rädern, auf dem ich jemals gesessen bin.«

»Dann halte ich Sie auch nicht weiter auf«, meinte der junge Mann, setzte sich den Helm auf und winkte zum Abschied. Die Kawasaki heulte auf und verschwand blitzschnell im Verkehr.

Der Diplomatenpass von Valerie schleuste sie zuverlässig um jede Sicherheitskontrolle herum. Ein Anruf Goldmanns hatte die Besatzung des wartenden Learjets rechtzeitig informiert. So liefen die Motoren bereits warm und die Piloten hatten alle Flugvorbereitungen abgeschlossen.

Paul und Valerie gingen den schmalen Gang zum Flugfeld hinunter und konnten schon die Turbinen des Jets hören, als drei Männer aus einem Seitengang traten und ihnen den Weg versperrten. Sie trugen helle Jacketts, die an den üblichen Stellen ausgebeult waren, und verspiegelte Sonnenbrillen, über die Paul lächeln musste. Er wollte sich zwischen zwei der Männer durchschlängeln, aber einer der beiden hob den Arm und hielt ihn zurück.

»Was soll das jetzt werden?«, fragte Paul und wischte mit einer Handbewegung den Arm von seiner Schulter.

Der Mann holte einen Ausweis aus der Innentasche seiner Jacke und hielt ihn Wagner vor die Nase. »BND«, sagte er nur und ließ die eingeschweißte Bescheinigung wieder sinken.

»Na und?«, gab Paul vermeintlich unbeeindruckt zurück. »Soll ich jetzt mit Ihrem Vorgesetzten sprechen und die Telefonnummer steht da irgendwo? Auf uns wartet ein Flugzeug und keine Zeit hatten wir bereits gestern.«

»Sie gehen nirgendwo hin, Sie kommen mit uns«, versetzte der Mann mit dem Ausweis ungeduldig. »Es gibt einige Fragen zu Daniel Singer, die wir Ihnen stellen wollen …«

»… und auf die wir wiederum sicher nicht antworten wollen«, vollendete Paul den Satz. »Machen Sie weiter so und Sie sind morgen in den Schlagzeilen.«

Alle Augen waren auf den Reporter gerichtet, der sich mit hochgezogener Schulter zwischen den beiden Männern durchdrängen wollte.

»Paul, bitte geh mir aus dem Weg, ich will keine Blutflecken auf deinem Hemd haben«, schnitt die Stimme von Valerie durch den Gang und alle fuhren herum. Sie hatte eine UZI in einer und den schwarzen Rucksack in der anderen Hand und sah nicht so aus, als ob sie zu Scherzen aufgelegt wäre.

»Und es wäre nett, wenn ich Ihre Hände sehen kann. Ich habe heute bereits einen Fehler gemacht, ein zweites Mal überlege ich nicht einmal, bevor ich abdrücke. Dann hat der BND drei Mitarbeiter weniger und die sind auf Kosten einer kleinen diplomatischen Verstimmung mit dem Mossad durchaus zu verschmerzen.«

Paul sah die Männer zurückweichen. »Ich würde ihr wirklich ganz genau zuhören, sie ist heute nicht gut drauf«, meinte er nur trocken. Die Männer schluckten. Der Reporter schielte nach den Sicherheitskameras an der Decke, aber die zeigten in die andere Richtung.

»Es hat im Laufe des Tages schon einen Handel mit Informationen zwischen meinem Institut und Ihrem gegeben und ich bin der Ansicht, das genügt völlig.« Valeries Stimme duldete keinen Widerspruch. »Alles andere wäre ein unbegründeter Übergriff auf einen Vertreter der Presse und das Mitglied eines befreundeten Geheimdienstes – na ja, mehr oder weniger.«

»Das würden Sie nicht wagen …«, meinte einer der Männer, der peinlich genau darauf bedacht war, seine Hände weit weg vom Körper zu halten.

»Waffen mit zwei Fingern langsam rausholen und dann runter auf den Boden«, kommandierte Valerie und unterstrich die Forderung mit einer leichten Bewegung des Laufs.

»Damit kommen Sie nicht durch«, knirschte einer der Geheimdienstmitarbeiter.

»Lassen Sie das bitte meine Sorge sein, womit ich durchkomme und womit nicht«, gab Goldmann zurück. »Sie gehören nicht zur Liga meiner Albträume. Waffen auf den Boden!«

Drei Pistolen klapperten auf die Fliesen und Paul sammelte sie ein.

»Hinlegen, auf den Bauch, Hände auf den Rücken.«

»Major Goldmann, hören Sie bitte zu, wir …«, versuchte es einer der Männer.

»... sind zum falschen Zeitpunkt am falschen Platz gewesen, das passiert manchmal im Leben«, vollendete Valerie lakonisch. »Runter!«

Mit zornig verzerrten Gesichtern gingen die Männer in die Knie und legten sich auf den Boden. Valerie zog sechs große Kabelbinder aus dem Rucksack und reichte sie Paul.

»Wie gut, wenn man für alle Fälle gerüstet ist«, kommentierte sie und verstaute die UZI wieder im Rucksack, während Paul die drei Männer an Händen und Füßen fesselte.

»Sie könnten jetzt noch Stil beweisen und uns eine gute Reise wünschen, aber ich erwarte vermutlich zu viel«, sagte Goldmann, stieg über die am Boden liegenden Geheimdienstleute und stieß die Tür zum Rollfeld auf, wo eine blaue Limousine auf sie wartete.

»Das war schnell und schmerzlos, Major Goldmann«, meinte Paul bewundernd, als er neben Valerie auf dem Rücksitz Platz nahm.

»Wie hast du vorhin so richtig gesagt? Keine Zeit hatten wir schon gestern«, gab sie zurück und lehnte sich tief in die Polster, als der Wagen anfuhr und sie die letzten hundert Meter zum Learjet 45XR brachte.

Wenige Minuten später hob das dunkelblaue Privatflugzeug steil von der Rollbahn des Berliner Flughafens ab und flog über die nördlichen Stadtteile, bevor es in einer leichten Rechtskurve einen südlichen Kurs nach Wien einschlug. Das Innere des Jets mit dem dunklen Wurzelholzdekor und den breiten, cremefarbenen Ledersitzen erinnerte Paul an die großen amerikanischen Limousinen der Neunzigerjahre.

Er sah Berlin unter ihnen vorüberziehen wie eine Modellbahnlandschaft. Einige Turbulenzen schüttelten den komfortablen Jet, der mit fast 900 km/h Reisegeschwindigkeit fliegen konnte und eine Reichweite von mehr als 3600 km hatte. Aber das Wetter würde stabil, schön und fast wolkenlos sein bis zur Landung in Wien. Diese Prognose war kurz nach dem Start aus dem Cockpit gekommen, und wenn Paul in den tiefblauen Himmel schaute, dann hatten die Wetterfrösche sicher recht.

Valerie hatte sich in einen der tiefen Fauteuils fallen lassen und war in Gedanken versunken. Sie würden noch etwas mehr als eine Stunde

Flugzeit nach Wien-Schwechat haben, wo ein Wagen der Botschaft bereitstand, um sie abzuholen.

»Paul, kannst du mir etwas erklären?«, fragte sie und trommelte mit den Fingerspitzen auf die Armlehne des Ledersitzes. »Warum sind alle so sehr hinter dem vierten Dokument her? Wenn auf allen der gleiche Text draufsteht, dann ist es doch egal, welches man hat. Oder habe ich etwas übersehen?«

Der Reporter schloss die Augen und rief sich die grüne Schrift des Dokuments in Erinnerung. Sein Gedächtnis ließ ihn auch diesmal nicht im Stich. Er sah die gleichlautenden Zeilen oben und unten, die zwei Zahlen, die Kreuze. Und trotzdem ... da war noch etwas gewesen.

»Ich bilde mir ein, dass im rechten unteren Eck ein paar kleine Zahlen und Buchstaben waren, dazwischen ungleiche Abstände. Aber ich bin mir nicht sicher. Als ich das genauer untersuchen wollte, da waren auch schon die Männer des Kommandos da und stürmten den Raum.«

Valerie schwieg.

»Es könnte also sein, dass diese Zahlen und Buchstaben eine Kombination darstellen, vielleicht auch eine versteckte Bedeutung haben, die auf jedem der Schriftstücke einen anderen Bezugspunkt hat. Ich habe keine Ahnung.« Paul öffnete die Augen wieder. »Wir wissen ja nicht einmal, was der Text heißt, der angeblich vier Mal der gleiche ist.«

»Könntest du ihn aus der Erinnerung rekonstruieren?«, fragte Valerie und Paul schüttelte sofort energisch den Kopf.

»Nein, niemals. Das war ein verschlüsselter Text ohne offensichtliche Bedeutung. Ein einziger Buchstabe verschoben, ein Kreuzzeichen falsch gesetzt und die Entschlüsselung würde nie funktionieren.« Er zuckte die Schulter. »Tut mir leid, aber da kann ich dir nicht weiterhelfen. Wir brauchen zumindest eines der Dokumente, um den Text zu dechiffrieren. Dann sind wir aber noch immer nicht weiter, was die kleinen Buchstaben und Zahlen betrifft.«

»Also hat Shapiro recht. Wir müssen das vierte Schriftstück finden«, seufzte Valerie.

»Ja, und zwar bevor es das geheimnisvolle Kommando in die Finger bekommt«, gab Paul zu bedenken.

Montag, 9. April 1945, Wien/Österreich

Die Hölle hatte ihre Pforten geöffnet und all ihre Dämonen ausgespuckt. Jetzt schlichen sie durch die Schatten der Stadt, blutdürstig und hinterhältig. Maxim Michajlowitsch Solowjov dachte an das Gedicht, das er vor langer Zeit in sein Notizbuch geschrieben hatte, in seiner kindlichen Schrift. Inzwischen kam es ihm vor, als sei es in einem anderen Leben gewesen.

Solowjov hatte einen Weg aus Blut, Tod und Tränen zurückgelegt, bis er hierhergekommen war, in dieses Wien des Frühjahrs 1945. Er war dem Teufel begegnet und er hatte zu Gott gebetet. Er hatte Menschen erschossen und über einem Bild seiner Mutter deswegen stundenlang geweint. Solowjov schlief nicht mehr. Seine Albträume waren ständige Begleiter, und sobald es dunkel wurde, schüttelten sie ihn und fraßen sich erst in seine Gedanken und dann in seine Eingeweide.

Ich bin verflucht, dachte er, als er das Gewehr fester fasste und um die zerschossene Häuserecke schaute. Seine Augen waren rot und das Gesicht ausgezehrt wie das eines Bettlers auf den Straßen Moskaus.

Die Querschläger eines deutschen Maschinengewehrs pfiffen durch die Dämmerung. Morgengrauen. Für Solowjov war es der blanke Horror. Vor ihm lag die Leiche seines Freundes Aleksis, dem der halbe Schädel fehlte. Er zwang sich, nicht hinzusehen. Die Tränen würden später kommen.

Über seinem Kopf heulten die Granaten der deutschen Verteidiger, die einen todbringenden Hagel aus unsichtbaren Stellungen auf die angreifende russische 6. Panzergarde-Armee abfeuerten.

Solowjov wusste nicht genau, wo er war. Ein schmutziger Straßenzug sah aus wie der nächste, der Strom in der Stadt war abgeschaltet worden, so schien es, und jetzt tappten sie alle im Halbdunkel.

Einige fast gleichzeitig geworfene Handgranaten brachten mit einer gewaltigen Explosion die deutsche Maschinengewehrstellung hinter einer umgestürzten Straßenbahngarnitur zum Schweigen. Die darauf folgende Stille war gespenstisch. Für einen Augenblick schien der Krieg Atem zu holen.

Auf ein Zeichen seines Gruppenführers stürmte Solowjov in einen Hauseingang, zusammen mit zwei seiner Kameraden. Bevor sie sich den Keller vornahmen, liefen sie die ausgetretenen Stufen nach oben, kontrollierten die Stockwerke und traten Wohnungstüren ein, durchsuchten flüchtig die leer stehenden Räume, sicherten das Haus.

»Vorsichtig vorrücken, umsichtig handeln, unbarmherzig zuschlagen«, hatte der Tagesbefehl gelautet und Solowjov hatte nur genickt und gehofft, dass er den nächsten Tagesbefehl noch erleben würde. Er hatte sich bekreuzigt und das kleine Amulett geküsst, das ihm seine Mutter umgehängt hatte, dann sein Gewehr kontrolliert und zusätzliche Munition in Empfang genommen. Damit war ein neuer Tag des scheinbar endlosen Schreckens angebrochen.

Im Keller blickten ihm im Strahl der Taschenlampe Augen entgegen, die ihn an seine eigenen erinnerten. Erschöpft, desillusioniert, weit aufgerissen. Und dann war da noch etwas. Die Angst, der Geruch der Angst, der sich über den dumpfen Kellermief gelegt hatte wie ein Leichentuch.

Solowjov machte einen kurzen Rundgang durch die Abteile, die im Kerzenlicht winzig aussahen und überbelegt waren. Kinder und Frauen wichen vor ihm zurück, als ob er die Pest hätte. Männer waren nirgends zu sehen. Maxim ließ den Karabiner sinken, drehte sich um und ging wieder hinaus, nahm seinem Kameraden einen Pinsel mit weißer Farbe aus der Hand und malte mit großen kyrillischen Buchstaben die Worte »Kwartal prowiereno«, »Häuserblock überprüft«, auf die Hauswand.

Brandgeruch zog durch die Straße, Feuer schlug aus einem der Dachstühle und Solowjov wechselte vorsichtig die Straßenseite, gebückt laufend und betend. Wenn er starb, dann wollte er betend sterben. Das hatte er seiner Mutter versprechen müssen.

Der Granatenbeschuss war stärker geworden, es regnete Mauerstücke und Dachziegel. Als er um die Ecke in eine Nebengasse bog, fiel sein Blick auf ein Plakat, das ziemlich neu zu sein schien. In großen schwarzen Lettern wurde Wien zum Verteidigungsbereich erklärt. Maxim, der in seiner Jugend Deutsch gelernt hatte, überflog den Anschlag, sich immer wieder vorsichtig umblickend. Das Plakat war keine Woche alt, datiert mit dem 2. April 1945, gezeichnet mit einem Heil Hitler und der Unterschrift des Gauleiters Baldur von Schirach.

Ein Schrei brachte Solowjov in die Gegenwart zurück und er fuhr herum. Eine kleine Gruppe russischer Soldaten zog einen Heckenschützen an den Haaren aus seinem Versteck in einem halb zerstörten und geplünderten Feinkostladen. In diesem Moment schlug eine Granate in die Hauswand über ihnen ein, sprengte ein scheunentorgroßes Loch in die Fassade und schleuderte Ziegel und große Brocken Verputz durch die Luft. Der deutsche Soldat riss sich los und versuchte zu flüchten, rannte im Zickzack die schmale Seitengasse hinunter, die Arme wie zum Schutz über den Kopf gelegt. Eine Salve aus einer Maschinenpistole schleuderte ihn in den nächsten Hauseingang, er zuckte noch einige Male und lag dann still.

Solowjov war auf der Hut und blickte aufmerksam die Häuserzeile entlang. Der Rauch ließ seine Augen tränen. Es war hell geworden in der Zwischenzeit und die abschüssige Gasse verlief in Richtung Innenstadt. Maxim sah eine große Kirche, aus der eine riesige Rauchwolke aufstieg und sich wie ein Mahnmal in den Himmel wälzte.

Dann lief er weiter die Häuser entlang und betete.

»Der Stephansdom brennt!« Mit diesem Ruf stürmte ein SS-Oberscharführer mit großen Schritten in das Vorzimmer des Wiener Gauleiters Baldur von Schirach. Dessen langjährige Sekretärin, eine geborene Wienerin aus Mariahilf, schaute den großen Mann in der schwarzen Uniform ungläubig von ihrem Arbeitsplatz aus an. Sie war gerade dabei, die restlichen Akten aus den Schreibtischschubladen zu holen und zu hohen Stapeln aufzuschichten. Soldaten liefen durch die Räume, Befehle hallten durch die Gänge der Hofburg, Säcke mit Ausrüstung wurden über die alten Parkettböden geschleift.

»O mein Gott ...«, war alles, was die Sekretärin schreckensbleich hervorstoßen konnte, da ging auch schon die Türe auf und Schirach, der ihre Worte gehört hatte, schaute sie verächtlich an.

»Not lehrt beten«, sagte er nur kalt, »hoffentlich lehrt sie den Wienern endlich auch das Denken. Wie ist die Lage?«

Der SS-Mann schlug die Hacken zusammen, salutierte mit erhobenem Arm und einem lauten »Heil Hitler«.

Schirach winkte ärgerlich ab.

»Die Russen sind am Gürtel, haben die südlichen und östlichen Bezirke in ihrer Gewalt und sind dabei, die Westumschließung der Stadt zu vollenden. Die Gürtellinie ist vom 10. bis zum 19. Bezirk besetzt. Marschall Tolbuchin hat seine Karten gut gespielt. Die Iwans sind schneller vorangekommen, als wir je geglaubt haben«, berichtete der SS-Oberscharführer und zuckte entschuldigend mit den Schultern.

»Weil die Wiener sie unterstützt haben«, geiferte Schirach und schlug wütend mit der Faust auf den Schreibtisch. »Seit vier Tagen donnern die Kanonen und diese Defätisten haben nichts anderes zu tun, als weiße Fahnen zu hissen und die Angreifer mit offenen Armen zu begrüßen. Seit ich diese Stadt zur Festung erklärt habe, ist die Lage geradezu stündlich schlechter geworden!« Schirach verzog zornig das Gesicht. »General Bühnau hatte recht, als er gestern nach Berlin kabelte, dass die Wiener Bevölkerung ein stärkeres Feuer gegen die deutschen Truppen richte als der Feind. Ohne diese Bande von Kollaborateuren hätten die Iwans niemals so schnell ihr Ziel erreichen können. Man sollte sie alle an die Wand stellen!«, brüllte er und der SS-Mann beeilte sich gerade, entschieden zuzustimmen, als hinter ihm ein weiterer Soldat auftauchte und ihn aufgeregt beiseitestieß. Es war der Chauffeur Schirachs.

»Herr Gauleiter, Sie müssen sofort verschwinden, die Russen können jeden Moment die Innenstadt erreichen. Die Hofburg ist nicht mehr sicher. Ich weiß nicht wohin, aber ...«

Schirach unterbrach ihn mit einer ungeduldigen Handbewegung, drehte sich auf dem Absatz um und verschwand in seinem Büro. Er schloss wütend die Tür und ließ sich in seinen Schreibtischsessel fallen. Sein Blick ging an die Decke mit den Fresken römisch-deutscher Kaiser, in ihrem Zentrum Maria Theresia. Er wünschte sich für einen Moment, so viel Macht zu haben wie die beliebte österreichische Kaiserin damals. Nun spürte er, wie ihm die Zeit davonlief und all die Macht, die tausend Jahre währen sollte, so unglaublich schnell zwischen seinen Fingern zerrann.

Er blickte sich in seinem Büro um, als sähe er es zum letzten Mal. Der relativ kleine Raum im josephinischen Trakt der Wiener Hofburg war ihm ans Herz gewachsen und er zog ihn allen anderen Repräsentationsräumen in dem riesigen Gebäude vor. Eine bis zur Decke reichende, üppig geschnitzte Holzvertäfelung verbarg nicht nur Schränke und Fächer, sondern zwei Geheimtüren führten von hier in die versteckten Gänge der Hofburg, die den gesamten Palast durchzogen. Die kaum einen Meter breiten Gänge verliefen im Inneren der Wände und bildeten ein zweites Kommunikationssystem neben dem offiziellen. Ursprünglich für die Heizer der Öfen mit ihren Holzbutten konstruiert, waren die meisten nun vergessen oder nur mehr auf den alten Plänen eingezeichnet, die Schirach vorsorglich alle requiriert hatte. Manche, die nur durch mündliche Überlieferung von einem Heizer zum anderen weitergegeben wurden, waren gänzlich verschollen. Man hatte sie vor langen Jahren entweder provisorisch verschlossen oder abgemauert.

Im Stockwerk über seinem Büro, in den sogenannten Thronfolger-Appartements, hatte Schirach gleich zu Beginn seiner Tätigkeit in Wien den Sicherheitsdienst untergebracht. Ursprünglich für Kronprinz Rudolph bestimmt, der sich in Mayerling mit seiner Geliebten erschossen hatte, waren die Räume vorher niemals bewohnt gewesen. Rudolphs Nachfolger, abergläubisch und vorsichtig, hatten die Appartements gemieden. Der Gauleiter hielt nichts von solchen Bedenken. Auch wenn man ihm von der Ostfront zugetragen hatte, dass einige Offiziere aus der Ostmark am 30. Jänner eher der Tragödie in Mayerling als des großen Tages der Partei gedachten, der auf das gleiche Datum fiel …

Eine kleine geheime Wendeltreppe in der Wand führte direkt in das Büro des Leiters des SD und das war Schirach das Wichtigste. So konnte er unbemerkt hinter der dünnen Geheimtür stehend Konferenzen und Gespräche belauschen.

Jetzt musste er schnellstens verschwinden, so viel stand fest. Er warf einen Blick auf die Akten auf seinem Schreibtisch, zog die Schubladen auf und überlegte kurz. Nichts wirklich Wichtiges. Er stand auf und wollte zu dem Geheimfach tief im Inneren der Vertäfelung, als ein wildes Klopfen an der Tür ihn stoppte.

»Ja!«, schrie er unwirsch und seine Sekretärin stürmte aufgeregt herein.

»Ein Telegramm des Führers, Herr Gauleiter.« Ihre Stimme klang ehrfürchtig.

Schirach riss hastig die Depesche auf. Der Wortlaut war kurz und klar: »Vorgehet mit brutalsten Mitteln gegen die Rebellen von Wien. Gezeichnet Hitler.«

»Zu spät«, stieß Schirach hervor, »viel zu spät.«

Er zerknüllte das Telegramm und warf es achtlos in eine Ecke. Mit einer ungeduldigen Handbewegung wies er seine Sekretärin aus dem

Raum, als auch schon sein Chauffeur in der Tür stand und aufgeregt von einem Fuß auf den anderen trat.

»Sie dürfen keine Zeit mehr verlieren«, stieß er hervor und deutete alarmiert nach draußen.

»Ja!«, schrie Schirach, »ja, Teufel noch mal!« Dieses verdammte Dokument! Es blieb einfach keine Zeit mehr. Zehn Minuten, nur zehn Minuten mehr, dachte er, dann griff er nach seinem Uniformrock, warf einen letzten Blick auf das Chaos in seinem Büro. Das Dokument … schoss es ihm noch einmal durch den Kopf, doch dann wischte er den Gedanken hastig beiseite. Er konnte fast körperlich spüren, wie die Russen immer näher kamen. Die Götterdämmerung stand unmittelbar bevor und sie würde auch das Papier Metternichs verschlingen, im Höllenfeuer der Geschichte.

»Ich kann Ihnen keine sichere Route mehr vorschlagen«, meinte der Fahrer bedauernd, doch Schirach stieß ihn ungeduldig zur Seite.

»Ich brauche Sie nicht mehr!«, fuhr er ihn an, ging an ihm vorbei und nickte seiner Sekretärin zum Abschied zu. Der SS-Oberscharführer salutierte wieder, als Schirach seine Handschuhe anzog.

»Irgendwelche Befehle, Gauleiter?«, fragte er dann.

»Ja, halten Sie Wien bis zum letzten Mann!«, stieß Schirach hervor und verschwand durch die Tür, wich auf dem Korridor einem Soldaten aus, der einen schweren Sack mit Waffen und Munition hinter sich herzerrte, und lief mit großen Schritten die Treppen hinauf.

Genau für diesen Fall hatte er vorgesorgt. Er bog um die Ecke, betrat einen kleinen Abstellraum, verschloss die Tür hinter sich und schob einen sorgfältig platzierten Schrank zur Seite. Dann verschwand er im Geheimgang dahinter und lief vorsichtig eine Wendeltreppe in die Tiefe.

Schirach war in den Geheimgängen auf vertrautem Territorium. Gleich nach seiner Bestellung zum Gauleiter und seinem Einzug in die Wiener Hofburg hatte er begonnen, in den Archiven zu stöbern, hatte sich für den Bau und die Geschichte der kaiserlichen Burg im Herzen Wiens interessiert. Eigenhändig hatte er Aktenberge und Pläne gewälzt und nach langen Monaten der Suche hatte er gefunden, was andere nur als Legende abgetan hatten.

Unter dem geschichtsträchtigen Gebäude der Hofburg wiederholte sich das weitläufige Labyrinth an Räumen, das auch über der Erde manchen Besucher zur Verzweiflung brachte. Unzählige Keller, endlose Gänge, verwinkelte Räume, durch Korridore verbunden, waren wie ein riesiger Maulwurfsbau in Hunderten Jahren nach und nach entstanden, ausgebaut und ständig erweitert worden. Drei, vier und mehr Stockwerke tief reichten die Anlagen, der Weinkeller der Burg war zu einer wahren Legende geworden.

Schirach folgte dem Gang in die Tiefe, bog nochmals ab und öffnete eine weitere schmale Tür. Er sah sich misstrauisch um, aber wie erwartet war niemand zu sehen. Er bog nicht in die Richtung der Luftschutzkeller ab, sondern nahm aus einer versteckten Nische neben einer unscheinbaren Tapetentüre eine Taschenlampe. Er schaltete sie ein und steckte noch zusätzliche Batterien, die er vorbereitet hatte, in seine Uniformtasche. Dann machte er sich auf den Weg, hinunter in die Unterwelt von Wien.

Feuchte, abgestandene Luft schlug ihm entgegen, mit dem Geruch alter Fässer und von Weinstein geschwängert. Er lief drei Stockwerke hinunter, immer darauf bedacht, nicht auf den feuchten Stufen auszurutschen. Ein gebrochenes Bein hätte jetzt den sicheren Tod bedeutet.

Er drang immer tiefer in die Keller vor, vor seinem geistigen Auge den Plan, den er selbst erstellt hatte. Schließlich, am Ende eines Ganges, von dessen Wänden lange weiße Pilzfäden hingen, blieb der Gauleiter stehen und ließ den Kegel seiner Taschenlampe über die Wand huschen. Nichts Besonderes war zu sehen, außer einem rostigen eisernen Rad, das seit Langem keine Funktion mehr hatte und doch …

Schirach drehte das Rad in einem bestimmten Rhythmus erst links, dann rechts und schließlich schwang ein Teil der Ziegelwand auf und ein schmaler Gang öffnete sich, der sich im Dunkel verlor. Schirach schlüpfte hinein und zog die versteckte Türe hinter sich wieder zu. Keine zehn Meter weiter betrat er einen Tunnel, dessen schiere Größe und Länge ihn immer wieder beeindruckte. Er war so hoch, dass man mit einer Kutsche bequem vierspännig fahren konnte. Doch für ihn begann hier der Fußmarsch. Schirach hoffte, dass kein Bombentreffer seine Flucht vereiteln würde.

Kaum eine Stunde später bog der Wiener Gauleiter schwer atmend in einen Seitengang ab und stand nach wenigen Minuten vor einer fast schwarzen Holztüre. Er entriegelte sie und drückte sie vorsichtig auf. Zentimeterweise gab sie nach, lautlos drehte sie sich in den Angeln. Als er sicher war, unbeobachtet zu sein, schlüpfte er durch den Spalt in einen kleinen, aber erstaunlich trockenen Keller.

Die Taschenlampe war schwach geworden und ihr Strahl leuchtete nur mehr fahlgelblich. Er wechselte die Batterien und stieg hinter dem Lichtkegel die letzten breiten Treppen nach oben. Die Erleichterung zeichnete sich auf seinem Gesicht ab. Nun lag nur mehr ein doppelflügeliges Tor zwischen ihm und dem nächsten Abschnitt seiner Flucht. Er zog einen großen Schlüssel aus seiner Uniformtasche, sperrte auf und betrat einen der zahlreichen langen Gänge des Schlosses Schönbrunn.

Vorsichtig blickte er sich um, doch es war niemand zu sehen und so lief er los.

Die schwarze Mercedes-Limousine in der weitläufigen Stallanlage stand genau da, wo er sie zu Beginn des Jahres platziert hatte, hinter Strohballen versteckt, mit vollem Tank, zusätzlichen Reservekanistern und Zivilkleidung im Kofferraum. Er schloss die Batterie an, drehte den Zündschlüssel und atmete auf, als der Sechszylinder hustend zum Leben erwachte.

Schirach zog sich um und steckte die Ausweise in seine Brusttasche, die ihn als österreichischen Kurier im Auftrag der Roten Armee legitimierten. Das wichtigste und größte Dokument war kyrillisch geschrieben und trug so viele Stempel, dass sich Schirach fragte, ob die Fälscher es nicht übertrieben hatten.

Dann fuhr er los, die gewundenen Wege im Schlossgarten bergauf, an der Gloriette vorbei und verließ schließlich das Areal des Schlosses Schönbrunn über das Tirolertor, einem unverschlossenen Seitentor bei der Kammermeierei, im Nordosten der Parkanlage. Niemand hatte ihn kommen gesehen, niemand sah ihn abfahren. Sein Ziel war tatsächlich Tirol im Westen des Landes, in sicherer Entfernung von Wien.

Baldur von Schirach sollte nie wieder in die österreichische Bundeshauptstadt zurückkehren.

Der schwarze Wagen der Botschaft wartete bereits auf sie und stand da, wo er immer stand – im Halteverbot. Als Valerie in Begleitung von Paul aus dem Flughafengebäude in Wien-Schwechat kam, erschien ihr nach dem kühlen Jet die brütende Sommerhitze des frühen Abends doppelt so heiß. Die Aussicht auf eine klimatisierte Limousine war deshalb doppelt verlockend.

»Soll ich dich in die Stadt mitnehmen?«, fragte Valerie und deutete auf den großen Mercedes.

»Nein, lass nur«, winkte der Reporter ab. »Ich muss als Erstes ein paar Anrufe machen, schauen, wo Georg sich herumtreibt, dann die verlorenen Stunden aufholen, die uns der Ausflug nach Berlin gekostet hat. Du weißt ja: Keine Zeit hatten wir gestern …«

Valerie nickte. »Es tut mir leid, dass wir in Berlin so wenig Erfolg hatten, aber jetzt wissen wir wenigstens, dass das vierte Dokument in Wien ist«, sagte sie und öffnete den Kofferraum des Botschaftswagens, ließ ihren Rucksack hineinfallen und umarmte Paul.

»Pass auf dich auf und lass uns später telefonieren«, sagte sie, als die Fondtür des Mercedes aufging und Samuel Weinstein ausstieg. Der Militärattaché schnippte ein unsichtbares Staubkörnchen von seiner Uniform und lächelte gekünstelt.

Wagner musste lachen, als er Valeries Gesicht sah.

»Ich wünsche dir noch eine unterhaltsame Fahrt!«, rief er schließlich, winkte und war bereits um die Ecke verschwunden.

»Ich hoffe, der kostspielige Ausflug nach Berlin hatte den gewünschten Erfolg«, versuchte es Weinstein mit einem geschäftsmäßigen Beginn. Goldmann nickte nur stumm und stieg ein. Der Militärattaché nahm neben ihr Platz und betrachtete angelegentlich seine Fingernägel, während der schwere Wagen fast lautlos anrollte und sich auf die Fahrspur in Richtung Wien einreihte.

»Der Botschafter möchte Sie übrigens sprechen«, meinte er mit einem vorsichtigen Seitenblick auf Valerie. »Er ist nicht so überzeugt von der Berliner Blitzaktion, schon gar nicht angesichts der Spesen.«

Valerie drehte sich zu Weinstein und legte ihren Kopf schief. »Ich frage mich gerade, woher der Botschafter die buchhalterischen Informationen bekam«, meinte sie schnippisch. »Derselbe Informant ist sicherlich perfekt darüber unterrichtet, worum es ging und wie dringend es war. Weinstein, Sie sind ein wahrer Quell der Freude. Danke für die Unterstützung und dafür, dass Sie mir den Rücken freigehalten haben. Sollte ich wieder einmal Ihre Hilfe brauchen, dann erinnern Sie mich daran, dass ich auf Ihre Urlaubszeit warte. Vielleicht ist Ihr Vertreter loyaler.«

»Major Goldmann, Sie wissen genauso gut wie ich, dass der Informationsfluss in die Chefetage Priorität hat«, verteidigte sich Weinstein und schaute auf die silbern glitzernden Leitungen und Hochbehälter der Raffinerie Schwechat, die vor den Fenstern vorbeizogen.

»Das war wohl eher eine Flutwelle«, fuhr ihn Valerie an. »Reden Sie mit Shapiro, wenn Sie das noch nicht getan haben, und dann können Sie sich bei mir entschuldigen.«

»Ich habe schon mit Shapiro geredet«, gab Weinstein zurück. »Er ist nicht begeistert von Ihrem Vorgehen in Berlin, weder was den Verlust des Dokumentes betrifft noch von ihrem Abgang am Flughafen Tegel. Der BND hat vor Kurzem eine offizielle Beschwerde losgelassen, erst nach Tel Aviv und dann nach Wien. Die haben Ihre mangelnde Kooperation gar nicht lustig gefunden.«

»Wenn ich kooperiert hätte, wie Sie das so schön formulieren, dann säßen wir noch immer und wahrscheinlich noch die ganze Nacht in einem Büro in Berlin und würden versuchen, auf unnötige Fragen möglichst unverbindliche Antworten zu geben«, sagte Valerie scharf, »und wertvolle Zeit verlieren.«

Sie überlegte, ob sie Weinstein vom letzten Telefonat mit Shapiro erzählen sollte, entschied sich aber dagegen.

Der Militärattaché setzte eine überhebliche Miene auf. »Nun, Major Goldmann, lassen Sie mich kurz Bilanz ziehen. Sie haben das russische Dokument verloren, bevor Paul Wagner es entziffern konnten, Daniel Singer wurde trotz Ihrer Anwesenheit erschossen, Sie haben den BND verärgert und ein paar Zehntausend Euro an Flugkosten verbraten. Und das in einigen wenigen Stunden. Eine reife Leistung …« Weinstein verschränkte die Arme vor der Brust und ein zufriedener Zug erschien auf seinem Gesicht.

»Sie sind erstaunlich gut unterrichtet«, gab Valerie zu und ärgerte sich darüber, wie viele Informationen Shapiro offenbar im Gespräch mit dem Militärattaché herausgerückt hatte. Andererseits war Weinstein der offizielle Verbindungsmann des Mossad in der Wiener Botschaft, dachte sie, auch wenn die wichtigen Dinge meist direkt über den Botschafter liefen.

»Ich brauche möglichst schnell eine sichere Leitung nach Tel Aviv«, sagte sie schließlich und schaute demonstrativ auf ihre Uhr.

»Aber erst, nachdem Sie mit dem Botschafter gesprochen haben«, gab Weinstein zurück. »Ich habe die strikte Anweisung, Sie direkt zu ihm zu bringen.«

»Kommt nicht in Frage, zuerst muss ich mit Shapiro reden und dann können wir die Beschwerde der Deutschen abhandeln«, erwiderte Goldmann entschieden. »Überlassen Sie die Prioritäten mir, Weinstein.«

»Tut mir leid, Major, das liegt nicht in meinem Ermessen«, stellte der Militärattaché fest und zuckte die Schultern. »Sie werden sich diesmal an die Spielregeln halten müssen wie alle anderen auch.«

Ein wütendes Hupkonzert erklang vor dem Wagen der Botschaft. Der Abendverkehr hatte zugenommen und die ersten Kolonnen bildeten sich vor den roten Ampeln der Stadteinfahrt. Wer nicht schnell genug anfuhr, bekam postwendend die audiophile Quittung seiner ungeduldigen Hintermänner serviert.

Valerie funkelte den Militärattaché an. »Träumen Sie weiter, Weinstein. Ein guter Rat: Bevor Sie sich an einen der Tische mit dem grünen Filz setzen, sollten Sie wissen, was gespielt wird. Und was die Regeln betrifft – die mache ich selbst.«

Ehe ein alarmierter Weinstein die Zentralverriegelung betätigen konnte, hatte Valerie schon den Wagenschlag geöffnet, war mit einem Satz auf die Straße gesprungen und im Zickzack laufend in wenigen Augenblicken zwischen den Autos der fünfspurigen Kolonne verschwunden.

Als sie auf die Kreuzung vor ihr zueilte, hörte sie Weinstein, der ebenfalls aus dem Fond geklettert war, wütend hinter ihr herrufen.

Sie sprang vor ein leeres Taxi, das soeben anfahren wollte, rief dem Fahrer durchs offene Fenster »Einfach geradeaus« zu und ließ sich in die Polster fallen. Als sie sich suchend nach Weinstein umblickte, sah sie ihn mit zornrotem Gesicht an der Kreuzung stehen. Er gab dem Fahrer des im Verkehr steckenden Mercedes vergeblich hektische Zeichen.

»Fahren Sie bitte immer weiter und fahren Sie schnell«, sagte Valerie und holte ihr Handy heraus. Sie ärgerte sich darüber, dass der Rucksack mit ihrer Ausrüstung jetzt im Kofferraum des Botschaftswagens lag.

Noch mehr aber beschäftigte sie die Frage, woher sie nun eine sichere Leitung nach Tel Aviv nehmen sollte.

Fünf Minuten später hatte das Taxi mit Valerie die Donau erreicht und sie ließ das Handy frustriert neben sich auf die fleckige Rückbank fallen. Sie hatte weder Paul noch Georg erreichen können. Sina war anscheinend in seinem ganz privaten Funkloch auf Burg Grub, dachte sie, und Paul hing wahrscheinlich ununterbrochen am Telefon mit Informanten, die ihn auf den neuesten Stand brachten.

Ihr lief wieder einmal die Zeit davon. Shapiro wartete auf ihren Anruf und ewig konnte sie auch nicht mit dem Taxi kreuz und quer durch Wien fahren.

Da begann ihr Handy zu läuten und Goldmann warf erst einen misstrauischen Blick auf die Nummer am Display, doch dann lächelte sie und nahm das Gespräch an.

»Bernhard! Schön, dass du dich meldest! Ich hab gerade an dich gedacht.«

»Du warst in den letzten zwei Stunden nicht erreichbar, Valerie«, brummte Berner missmutig, »ich habe dich ein paar Mal angerufen, bin aber nur auf der Mailbox gelandet.«

Im Hintergrund hörte Goldmann eine Ambulanz-Sirene, dann wurden Türen zugeschlagen und aufgeregte Stimmen ertönten.

»Ja, das ist richtig, ich war unterwegs«, meinte sie vorsichtig. »Weißt du, wo Georg ist?«

»Wahrscheinlich auf seiner abrissreifen Burg im Waldviertel, fernab jeder vernünftigen Kommunikation«, meinte Berner. »Ich muss unbedingt mit dir sprechen, Valerie. Du hast wahrscheinlich von den zwei Politikermorden gehört, die sind alarmierend genug in so kurzer Zeit, aber jemand hat uns heute auch noch eine Todesliste in die Hand gedrückt. Darauf stehen die Namen von bereits Ermordeten und meiner ist der nächste.« Berner zögerte kurz. »Du erinnerst dich sicher noch an den Kollegen Ruzicka. Nach einem Attentat liegt er auf der Intensivstation und seine Frau wurde getötet. Hier braut sich etwas zusammen, das viel größer ist, als es den Anschein hat. Wo bist du?«

»In einem Taxi in Wien auf der Suche nach einer sicheren Telefonleitung, aber das erzähle ich dir später«, sagte Valerie leise und warf misstrauisch einen Blick auf den Fahrer, der aber voll und ganz damit beschäftigt war, einen neuen Musiksender mit anatolischen Heimatliedern im Autoradio zu speichern. Es klang, als ob jemand einer Katze auf den Schwanz gestiegen war und dazu noch mit beiden Händen in einem undefinierten Rhythmus Applaus klatschte.

»Warum fährst du nicht in die Botschaft?«, fragte Berner, »die sollten sogar den passenden abhörsicheren Raum dazu haben.«

»Danke, das weiß ich selbst, Bernhard«, gab Valerie seufzend zurück. »Das geht aber nicht.«

Berner schwieg, dachte kurz nach und schaltete dann rasch. »Verstehe. Wo bist du genau?«

Goldmann sah aus dem Fenster und blickte auf die Donau, die im Schein der letzten Sonnenstrahlen glitzerte. »Ich fahre gerade über die Reichsbrücke in Richtung UNO-City.«

»Die Richtung stimmt«, meinte Berner, »schreib dir eine Adresse auf und gib sie dem Fahrer. Er soll dich hinbringen.«

»Was hat das mit meiner sicheren Leitung zu tun?«, fragte Goldmann verwirrt und bat den Fahrer um Papier und einen Stift.

»Ach, du wirst schon sehen, das ist eine seiner leichtesten Übungen«, antwortet Berner geheimnisvoll und begann zu diktieren.

Als der Fahrer eine halbe Stunde später das Taxi anhielt, sich umdrehte und Valerie auffordernd anschaute, dachte sie, er hätte sich in der Adresse geirrt. Vor ihnen versickerte die unbefestigte Straße erst in zwei Fahrspuren, dann verlor sie sich ganz in einem Feld, aus dem Kornblumen und roter Mohn wie Farbkleckse auf einem impressionistischen Aquarell leuchteten. Valerie blickte aus dem Seitenfenster und sah ein paar schräge Zäune mit alten Plakaten, Holzstapel, durch die Gras wuchs, und einige windschiefe Baracken, die nur noch von der Hartnäckigkeit ihrer Besitzer aufrecht gehalten wurden.

Beim Aussteigen trat sie auf einen schmutzigen, schwarz-weißen Fußball mit dem Aufdruck »euro2008«, dem schon lange die Luft ausgegangen war.

Der Taxifahrer wendete und verschwand blitzschnell in einer kleinen Staubwolke. Die Gegend scheint nicht die beste zu sein, dachte Valerie, während sie sich umblickte. Es roch nach Wiesen und trockenem Stroh. Die mondänen Bezirke der Stadt lagen weit weg, auf der anderen Seite der Donau. Hier war alles kleiner, unaufgeräumter, ländlicher. Der Stadtrand im Osten Wiens schuf einen unmerklichen Übergang zwischen Metropole und flacher, ländlicher Peripherie.

Auf der einen Seite des Fahrweges stand ein Bungalow aus den Siebzigerjahren, mit geschlossenen Rollläden und großen Rissen im Verputz. Ein Hund, der auf den Eingangsstufen die letzten Sonnenstrahlen des Tages genoss, rührte sich nicht.

Ein leichter Ostwind brachte kaum Abkühlung. Es wird eine heiße Nacht werden, dachte Valerie und schaute nochmals prüfend auf den Zettel mit der Adresse. Dann ging sie los, entlang einem schiefen Eisenzaun auf ein Tor zu, das nur noch vom Rost zusammengehalten wurde und seit einer Ewigkeit nicht mehr bewegt worden war. Es hing lose in den Angeln, gestützt durch einen kleinen Baum, der auch jeden Versuch erfolgreich verhindert hätte, es jemals wieder zu schließen.

Valerie ging hindurch und fand sich inmitten eines Labyrinths an Zylindern, Schrottteilen, achtlos weggelegten Gittern, durch die wilde Rosen wuchsen, Rohren und Stangen, Motoren und Autowracks wieder. Durch dieses Wirrwarr führte ein schmaler Fußpfad, der sich wand und schlängelte, um Hindernisse herumführte und dokumentierte, dass sich hier so schnell nichts ändern würde. Goldmann folgte ihm und stand bald vor einer überraschend großen Wellblechwerkstatt, die, hinter Bäumen und Fliederbüschen versteckt, von der Straße nicht zu sehen gewesen war.

Durch die schmutzigen Fensterscheiben unter dem Dach blitzte das grelle Licht der Schweißgeräte auf, in einem hektischen Rhythmus, der Valerie an eine Diskothek erinnerte. Aber das durchdringende Geräusch einer hochtourigen Metallsäge und das Stakkato an Hammerschlägen passten nicht zum Bild der Tanzfläche.

Angesichts des Lärmes ersparte sich Goldmann das Anklopfen und drückte einfach die Tür auf oder versuchte es zumindest. Nachdem sich das Tor keinen Millimeter rührte, warf sie sich schließlich dagegen, schlüpfte durch den Spalt und stand mitten im Funkenregen einer Trennscheibe, die sich durch Metall fraß. Eine Wolke von Metallstaub und der Geruch nach brennendem Schweißdraht hüllten sie ein und nahmen ihr den Atem.

Die Hitze in der Baracke war unerträglich. Mehrere Männer mit nacktem Oberkörper, schweißbedeckt, blickten kurz auf, ließen ihren Blick anerkennend über Valeries Figur gleiten und arbeiteten dann wieder weiter. Riesige, bis zur Decke reichende Gestelle und halb fertige Maschinen beherrschten den Raum, durch den ein alter Gabelstapler an einer Kette einen seltsam geformten Zylinder hinter sich herzog. Der Boden war tiefschwarz und rutschig.

Auf der rechten Seite der Halle, hinter einem Haufen von Metallstücken aller Größen, sah Valerie eine Holzwand mit fast undurchsichtigen Fenstern, die offenbar ein Büro von der Werkstatt abtrennte. An der schmutzig grauen Wand hingen verblichene Schönheiten aus einschlägigen Männermagazinen und ein einsamer Pin-up-Kalender aus dem Jahr 1988.

Berner hatte sie gewarnt und doch war Valerie von dem öligen Schmutz, dem schwarzen Staub und den jahrelangen Ablagerungen, die in Schichten Geschichten erzählten, beeindruckt. Als sie die Bürotür erreichte, die vor Schmiere stellenweise glänzte wie eine Öllache, fragte sie sich, wie sie die Schmutzschicht jemals wieder von ihren Händen bekäme, wenn sie nur die Klinke drücken würde. Also stieß sie die Tür schwungvoll mit dem Fuß auf und stand dem dicksten Mann gegenüber, den sie in ihrem Leben je gesehen hatte.

»Aah, Major Goldmann, Sie haben uns also doch gefunden«, lächelte er und streckte eine riesige Hand zur Begrüßung aus. Sein Gesicht, so rund, voll und faltenfrei wie das einer Putte, war offen und drückte Herzlichkeit aus. Sein Schädel glich einer polierten Kugel und die kleinen Augen musterten sie ungeniert und schauten sie schließlich forschend an.

»Kommissar Berner hat sie kurz beschrieben, aber nur unzureichend, wenn man das so sagen kann«, kicherte er. »Darf ich mich vorstellen? Mein Name ist Eduard Bogner, aber alle nennen mich Eddy.«

»Valerie Goldmann, und den Rang kennen sie ja schon«, lächelte sie. »Bernhard, ich meine Kommissar Berner, hat mir gar nichts über

Sie erzählt und normalerweise würde mich so ein Informationsungleichgewicht stören, aber ihm vertraue ich blind.«

»Dann sind wir schon zwei, Major«, gab Eddy zurück und ließ sich hinter seinem Schreibtisch in einen Sessel fallen, der eine Sonderanfertigung sein musste.

Valerie nahm an, dass der altersschwache, abgesessene Drehstuhl mit dem löchrigen braunen Kunstlederbezug als Besuchersessel fungierte. und ließ sich vorsichtig hineinsinken.

»Was kann ich für Sie tun?«, fragte Eddy und schob dabei ein paar Papiere offensichtlich planlos von links nach rechts.

»Ich brauche eine sichere Telefonleitung und einen ruhigen Platz für ein wichtiges Gespräch.«

Eddy schaute sie überrascht an. »Ich frage Sie jetzt nicht, warum Sie nicht in die Botschaft gehen, Sie werden Ihre Gründe dafür haben und die will ich auch gar nicht kennen. Wann?«

»So schnell wie möglich«, antwortete Valerie, schaute durch die blinden Scheiben in die Werkstatt, wo sich die Arbeiter lautlos bewegten, wie zu einer unbekannten Choreografie eines Arbeitermusicals. Goldmann machte sich keine Illusionen. Wie sollte sie hier zu einer sicheren Telefonleitung kommen?

Eddy war aufgestanden, und als Valerie wieder ihren Blick von der Werkstatt losreißen konnte, hielt er ihr ein kleines schwarzes Handy hin, das er aus seiner Hosentasche gezogen hatte. Sie sah ihn verständnislos an.

»Ihre sichere Leitung und ich lasse Sie hier so lange alleine, bis sie alles geklärt haben, einverstanden?«, meinte Eddy und schickte sich an, aus dem Raum zu kullern.

»Moment, was ist das? Ich kann nicht über eine offene Handy-Leitung telefonieren«, sagte Valerie.

»Das ist ein Siemens S35 Top Sec mit Sprachverschlüsselung«, dozierte Eddy und ein stolzer Unterton klang in seiner Stimme mit. »Ich nehme an, Sie wollen mit Ihrer Dienststelle sprechen. Dann rufen Sie einfach da an, die sollen sich das gleiche Telefon aus dem Fundus organisieren. Das dürfte beim Mossad höchstens ein paar Minuten dauern. Dann drücken Sie diesen Knopf und voilà – 128 bit Verschlüsselung. Darauf verlässt sich auch die deutsche Bundeskanzlerin.«

Eddy kicherte und rieb sich zufrieden die Hände. »Die Nummer ist übrigens nicht registriert.« Er drehte sich um und deutete eine galante Verbeugung an.

»Mein Büro ist Ihr Büro … und jetzt lasse ich Sie allein.«

Burg Grub, Waldviertel/Österreich

Tschak, der kleine tibetanische Hirtenhund, war nicht mehr zu halten. Er lief vor und zurück, bellte aufgeregt und sauste schließlich in Richtung Burg Grub über die Wiese davon. Georg Sina sah ihm nach und verabschiedete sich dann von seinem Freund Benjamin, dem Eigenbrötler und Messerschmied, der stets aufopfernd den kleinen Hund und den Haflinger versorgte, wenn der Wissenschaftler nicht zu Hause war.

Schließlich legte er die Satteltaschen auf und schwang sich auf sein Pferd. Langsam folgte er Tschak durch Haselnussbüsche und über die feuchten Wiesen, aus denen die ersten dünnen Nebel aufstiegen. Der Abend färbte die Schatten violett, die Luft wurde kühler und aus den Wäldern rundum kam der Geruch nach Pilzen und Moos. Georg liebte dieses Land, das oft so rau und verschlossen war wie der Menschenschlag, der es bewohnte. Der Spätsommer ließ es in einem milderen Licht erscheinen, wie durch einen goldenen Filter.

Wie ein Wilder tobte Tschak durch das Unterholz und schaute sich von Zeit zu Zeit um, ob Georg auch nachkam. Der Haflinger trabte an und bald war Benjamins Gehöft hinter den Bäumen verschwunden.

Sina dachte an seinen ersten Besuch bei dem seltsamen Kauz zurück, der seit Menschengedenken ganz alleine in einem ehemals verlassenen Bauernhof hauste. Nur ein paar Hühner, eine Kuh und einige Schafe leisteten ihm Gesellschaft. Georg hatte damals gehört, dass Benjamin Eier verkaufte, und so war er eines Tages vorbeigeritten und hatte an die alte, schiefe Holztür geklopft. Als niemand geantwortet hatte und Sina wieder gehen wollte, fiel sein Blick auf eine Schmiede, keinen Steinwurf vom Bauernhof entfernt. Eine Rauchsäule stieg aus dem Kamin und so wanderte Georg hinüber und traf zum ersten Mal auf Benjamin, der in seiner neuen Esse Messerklingen in den verschiedensten Formen zum Glühen brachte. Der Einsiedler war damals einsilbig, verschlossen und misstrauisch gewesen, hatte auf die Fragen Georgs nach den Klingen nicht geantwortet, ihm notgedrungen ein paar Eier verkauft und dann die Tür der Schmiede wieder mit einem lauten Knall vor Georgs Nase zugeschlagen.

Es hatte Sina mehr als ein Jahr und Dutzende Besuche gekostet, bis der Eigenbrötler Vertrauen gefasst hatte. Als Georg einmal einige seiner Messer mitbrachte und Benjamin zeigte, wie gut und zielsicher er damit umgehen konnte, hatte der alte Mann gelächelt und geschwiegen. Dann hatte er ihm ein paar Eier verkauft, wie immer, und war wieder in seine Schmiede verschwunden.

Wieder waren einige weitere Monate ins Land gezogen, bis Benjamin eines Tages urplötzlich in Grub auftauchte, mit drei Messern, die er stolz aus einem abgegriffenen Lederflecken auswickelte. Keines der drei Messer glich dem anderen. Sie hatten alle dieselbe Länge, aber die Form der Klingen war verschieden. Eines hatte sogar eine dreieckige Klinge, während die anderen beiden in der Damaszener Technik gearbeitet waren. Georg hatte sie bewundernd in der Hand gewogen und Benjamin war mit vor Stolz blitzenden Augen schweigend danebengestanden.

»Die sind wunderschön, jedes einzelne ein wahres Kunstwerk«, hatte er zu dem Schmied gesagt und ihn um Erlaubnis gebeten, sie auszuprobieren. Benjamin hatte nur genickt und zugesehen, wie Sina drei Spielkarten an einer Holzwand im Hof seiner Burg befestigt hatte. Als Georg das erste Messer werfen wollte, fiel ihm der Schmied in den Arm und zog ihn ein paar Meter weiter weg vom Ziel. Als der Wissenschaftler etwas sagen wollte, nahm Benjamin wortlos das Messer mit der dreieckigen Klinge und in einer blitzschnellen und flüssigen Bewegung schleuderte er es mit einer Kraft, die Georg dem alten Mann nicht zugetraut hätte. Der Stahl durchbohrte das Pikass direkt in der Mitte und steckte so tief im Holz, dass Sina all seine Kraft aufbieten musste, um es wieder herauszuziehen.

Das war der Tag gewesen, an dem Benjamin ihm das erste Messer verkaufte. Das Eis war gebrochen und von da an fertigte der Schmied für Sina Messer an, die genau auf die Länge seines Unterarmes, die Größe seiner Hände und die Wurfkraft abgestimmt waren. Vor allem aber entsprachen sie Benjamins Vorstellungen von Perfektion.

Der heiße Sommer hatte selbst die dicken Mauern von Burg Grub erwärmt, aber wie für die Gegend typisch, fielen nach Sonnenuntergang die Temperaturen rapide und Georg zündete den offenen Kamin an. Draußen war es inzwischen fast ganz dunkel geworden.

Er wickelte vorsichtig das Tagebuch Lambergs aus und legte es neben den Brief Metternichs auf den kleinen Tisch beim Fenster, bevor er sich in seinen alten Lehnsessel fallen ließ. Tschak hatte seinen Stammplatz auf dem Sofa besetzt und es sich bequem gemacht. Bald war er eingeschlafen, wie das leise Schnarchen bewies.

Ein Glas Zubrowka mit Apfelsaft in der Hand, überflog Georg die ersten Seiten des Tagebuches.

Die mit dem Federkiel niedergeschriebenen Zeilen waren eine kaum zu knackende Nuss. Die Kurrentschrift aus dem 18. Jahrhundert war auch für einen Historiker, der keine Übung im Transkribieren entsprechender Schriftstücke hatte, schwer zu entziffern. Georg hatte Glück im Unglück und die Memoiren waren nicht, wie es der Zeit entsprach und er es befürchtet hatte, auf Französisch verfasst, sondern auf Deutsch. Sinas Schulfranzösisch hätte nicht ausgereicht, den Phrasen und Schilderungen sinngemäß zu folgen. Aber es dauerte auch so lange genug, mehr als vier Stunden, bis er sich auf die Handschrift von Matthias Fürst von Lamberg eingestellt hatte.

Georg betrachtete sorgfältig das bemalte Titelblatt des Tagebuches und das Schild, das es zeigte. Das Wappen war wirklich beinahe identisch mit jenem der Grafen von Lamberg zu Ortenegg und Ottenstein. Schloss Ottenstein lag keine dreiundzwanzig Kilometer von Burg Grub entfernt am gleichnamigen Stausee.

In die ungarische Linie dieses Geschlechtes, genauer gesagt in jene aus Mór im ungarischen Komitat Fejér, war Ireneusz hineingeboren worden.

Georg hatte zunächst einmal das Tagebuch rasch quergelesen, um sich einen Überblick über die Einträge und den zeitlichen Rahmen zu verschaffen. Er musste sich eingestehen, dass er bisher nicht einmal etwas von der Existenz dieses Fürsten von Lamberg gewusst hatte. Trotzdem stöberte er jetzt in dessen intimsten Erinnerungen und das war ein seltsames Gefühl.

Die Memoiren waren bruchstückhaft zusammengefügt, etliche Seiten waren entfernt worden. Sina war zunächst völlig unklar, ob ein

System dahintersteckte, warum ganz bestimmte Ereignisse belassen worden waren, andere wiederum fehlten. Der Großteil der Erinnerungen betraf, wie es Ireneusz Lamberg richtig gesagt hatte, die Zeit Kaiser Josephs I.

Georg stand kurz auf und legte ein paar Scheite ins Feuer, schenkte sich noch einen Wodka ein und schaute nach Tschak, der im Schlaf offenbar Kaninchen jagte.

Vorsichtig nahm er die Aufzeichnungen wieder zur Hand und blätterte weiter. Einmal fehlten Tage, dann Wochen und Monate, manchmal sogar ganze Jahre. Aber vielleicht würde sich bei genauerem Studieren der handschriftlichen Seiten ein System abzeichnen.

So begann Georg erneut bei den ersten Einträgen und begleitete den Adligen ab den Tagen seiner frühen Jugend, die geprägt war von einem strengen Tagesablauf und einer harten Ausbildung. Von den Morgenstunden, knapp nach Sonnenaufgang, bis zum späten Abend und dem Zubettgehen mit einem Abendgebet waren die Tage von Matthias peinlichst genau geregelt.

Der Junge war seit Kindesbeinen an bereits in der Gunst Kaiser Leopolds I. gestanden. Dessen Sohn Joseph hatte den leichtblütigen, in Wort und Witz schlagfertigen Weltmann, zu dem Matthias herangewachsen war, vollends ins Herz geschlossen. Am Hof Josephs I. erlebte Lamberg einen kometenhaften Aufstieg vom Grafen und Kämmerer zum Reichsfürsten und Träger hoher erblicher Hofwürden. Er wurde sogar des Goldenen Vlieses für würdig empfunden.

Aber seiner fulminanten Karriere setzte der Tod ein frühes und jähes Ende. Lamberg starb mit gerade einmal vierundvierzig Jahren, auf dem Höhepunkt seines Schaffens.

Hier brachen die Notizen im Tagebuch dann auch ab. In einer gänzlich anderen Handschrift war auf der letzten Seite vermerkt, dass Matthias Fürst von Lamberg am 10. März 1711 an einem Herzleiden verstorben war und in der Familiengruft in der Wiener Augustinerkirche seine letzte Ruhe gefunden hatte.

Kaiser Joseph I. hatte ihn demnach nur um einen Monat überlebt.

Georg fuhr sich mit einer Hand über die Augen und dachte nach. Das gesamte Tagebuch gründlich durchzuarbeiten war in nur einer Nacht unmöglich – und da gab es noch immer den Brief des Staatskanzlers Metternich ....

So entschied sich Sina, die sechs Jahre im Dienst und in der Gunst Josephs I. einer genaueren Prüfung zu unterziehen. Doch zuerst musste er sich die Beine vertreten und etwas frische Luft atmen. Er schenkte sich noch einen Wodka ein und nahm das Glas in den Burghof mit. Die Nacht war kühl und der Sternenhimmel prangte von einem schwarzen Himmel. Fast sah es so aus, als hätte jemand eine große Schüssel umgedreht und sie über ihn und seine Burg gestülpt.

Er machte die starken Außenscheinwerfer an und ließ einen kritischen Blick über die Mauerkronen der Ringmauern und Türme wandern. Zornig stellte er am Bergfried fest, dass der Mörtel, den ihm das Bundesdenkmalamt aufgeschwatzt hatte, ganz offensichtlich nichts taugte. Er hatte sich gleich gedacht, dass gelöschter Kalk alleine nicht reichen würde, und wollte lieber einen Kalkteig mit Sand anrühren. Aber das Denkmalamt hatte ein Machtwort gesprochen, er hatte sich gefügt und – das hatte er jetzt davon … Wieder waren größere Steine aus der Mauer herausgebrochen und abgestürzt.

»Hoffentlich hat sie keiner aufs Dach gekriegt«, murmelte Georg ärgerlich und kratzte sich den Bart.

Er wusste beim besten Willen nicht mehr, wie viele Tausend Arbeitsstunden er investiert hatte, um die Ruine vor dem Verfall zu retten und sie bewohnbar zu machen. Die Steine und Holzträger waren mittlerweile bestimmt mit ihm verwandt, so oft hatte er sich bei der Arbeit schon verletzt und sein Blut auf sie vergossen.

Im Herzen war er längst eins geworden mit seiner Burg. Mit jedem Zentimeter, den die Mauern wieder emporwuchsen, vertiefte sich dieses Gefühl. Er hatte jahrelang weder Schmerz noch Anstrengung gespürt, war wie ein Besessener und Getriebener gewesen, nur mit dem einen Ziel vor Augen – über den Verlust von Clara hinwegzukommen. Vielleicht hatte er darum zu lange gezögert, Irina hierher zu bringen? Diese Burg war das Monument seiner Trauer, aber auch seines Stolzes.

Ja, sagte sich Georg, bestimmt war es der Hochmut gewesen, der ihn ins Exil getrieben hatte. Zu dem freiwilligen Eremiten gemacht hatte, der wohl das größte Leid der Welt auf seinen Schultern trug und darum keinen anderen Menschen an seiner Seite mehr ertragen hatte. Weder seinen Vater, noch Paul, noch irgendwen …

Georg löschte die Scheinwerfer wieder und ging zurück in den Palas, nahm das Tagebuch und verlegte seine Studien nach oben, wo er seine Bücher und Archivalien verstaut hatte.

Der Rittersaal roch muffig und feucht. Sina drehte das Licht an, öffnete mehrere Fenster und atmete die saubere, kühle Luft ein. Zum Arbeiten brauchte er einen klaren Kopf. Es war spät geworden, aber die Uhrzeit war ihm inzwischen völlig egal.

Sina ging durch den Saal und strich mit den Fingern über die lange Tafel, an der mehr als sechzehn Stühle Platz fanden. Putzen würde hier keineswegs schaden, dachte er sich. Zwischen den hohen Lehnen der Sessel hatten Spinnen ihre Netze ausgelegt, und die gemalten Wappen an den Rückenlehnen waren unter einer dicken Staubschicht fast verschwunden. Die alten, regionalen Familien hätten Schwierigkeiten, ihre Wappen auseinanderzuhalten, grinste Georg und nahm sich vor, einen ausgedehnten Putztag einzulegen.

Die ebenfalls mit Schilden und Helmen verzierte Täfelung der Decke sah nicht viel besser aus. Sina hatte es niemals über das Herz gebracht, das Wappen des alten Burgherrn Franz Josef Hampapa, der mit der Renovierung von Grub begonnen und diesen Raum gebaut hatte, mit seinem eigenen zu übermalen. Und nach dem Erlebnis am Gallitzinberg war ihm die Lust dazu erst recht vergangen.

Als er keine nassen Stellen, Sprünge oder Sinterflecken an der Bausubstanz erkennen konnte, war er zufrieden. Alles andere würde noch eine Weile warten müssen.

Nachdem er provisorisch über den Tisch gewischt hatte und mehrere Kerzenleuchter anstelle des elektrischen Lichtes entzündet hatte, setzte er sich in den schweren Armsessel am Kopf der Tafel. Der trug das Schild der Freiherren von Sina auf der Rückenlehne und war Georgs Stammplatz an dieser Tafel.

Er beugte sich erneut über die Seiten des Manuskriptes. Im Gedenken an Ireneusz Lamberg war dieser Ort absolut passend, sah er doch schräg gegenüber das Wappen derer von Lamberg.

»Setzen Sie sich doch zu mir, Graf Ireneusz«, flüsterte Georg, »und erzählen Sie mir Ihr Leben.« Er machte eine einladende Geste und begann dann zu lesen. Es war nicht das erste Mal, dass er auf Grub mit den Verstorbenen sprach. Clara war ja auch immer wieder zu

Besuch gekommen, war hier mit ihm gesessen und sie hatten sich nächtelang unterhalten.

Die Schatten der Vergangenheit, die beim Lesen der handgeschriebenen Zeilen heraufstiegen, schienen Georg nach und nach einzukreisen. Es war, als hätten sie einer nach dem anderen auf den harten Stühlen Platz genommen und rückten ungeduldig immer näher, je weiter der Wissenschaftler ins Leben Fürst Lambergs eintauchte.

Als er aufschaute, sah er die großen Nachtfalter, die bald um die Kerzenflammen flatterten, sich gelegentlich die Flügel versengten und dann hilflos abstürzten, um auf der alten Tischplatte zu verenden. Doch Georg sah sie nicht wirklich, er blickte gedankenverloren ins Leere und hatte das Gefühl, dass die Phantome in seinen Eingeweiden wühlten und gekommen waren, um ihn zu holen. Ich hätte nicht anfangen sollen zu lesen, dachte er, ich hätte die verdammten Geister dort belassen sollen, wo sie waren. Aber jetzt war es zu spät.

Endlich, nachdem er die sechs letzten Lebensjahre des Fürsten sowie seines Kaisers aufmerksam bis zum Ende gelesen hatte, verstand Georg, was so Ungeheuerliches und Außergewöhnliches an der Hinterlassenschaft von Matthias Lamberg war. Wenn diese Behauptungen stimmen, dann haben wir nicht nur ein Problem, sondern eine ganze Lawine, dachte Georg und blickte auf das Wappen derer von Lamberg. Das war eine völlig unerwartete Wendung der Historie, die es notwendig machen würde, die Geschichtsbücher neu zu schreiben.

Joseph I., das wusste Georg, galt als der hübscheste und fähigste aller Habsburger, auch wenn er, anders als sein Bruder, der spätere Karl VI. und Vater Maria Theresias, nicht besonders fromm gewesen sein soll. Er begann den Bau von Schloss Schönbrunn mit dem Ziel, Versailles an Größe und Pracht noch zu übertreffen. Andererseits ließ er die Wiener Kanalisation anlegen, um den Unrat aus der Stadt zu befördern.

Lamberg war bei all dem an seiner Seite, begleitete den Kaiser fast auf Schritt und Tritt. Er war einer der engsten Vertrauten des Kaisers, ging mit ihm auf die Jagd, zähmte mit ihm Pferde und gemeinsam durchzechten sie so manche Nacht.

Josephs Regierungszeit als römisch-deutscher Kaiser war jedoch nur kurz. Sein Wahlspruch hatte »Amore et timore«, »Durch Liebe und Furcht«, gelautet, was Georg irgendwie bekannt vorkam.

In manchen Dingen war das Tagebuch erstaunlich genau. Kaiser Joseph gab offensichtlich Unsummen für Mätressen und Günstlinge aus, einer davon war Matthias von Lamberg. Doch die wichtigste Frau an Josephs Seite war nicht etwa seine Gemahlin, Amalia Wilhelmine von Braunschweig-Lüneburg, eine Nachfahrin der Lukrezia Borgia, gewesen, sondern Marianne Palffy. Die Tochter eines ungarischen Bans war eine wahre Skandalnudel ihrer Zeit, wie Lamberg eher amüsiert festgehalten hatte. Sie hatte sich auf Festen mehrfach öffentlich übergeben und nahm es mit der Moral nicht sehr genau. Sie hatte, das wusste Lamberg zu berichten, Joseph mehrere Kinder geboren, darunter mindestens einen Sohn.

Das musste für seine Frau Amalia keineswegs angenehm gewesen sein, hatte sie Joseph doch lediglich zwei Töchter und einen Erben für das Reich geschenkt, der nach nur einem Lebensjahr wieder gestorben war. Und nachdem sie Joseph mit der Syphilis infiziert hatte, wurde die Kaiserin überhaupt unfruchtbar.

Das Tagebuch war unerbittlich. Der Hass der Kaiserin auf Marianne Palffy und ihre schier unbegrenzte Fruchtbarkeit wurde laut Matthias grenzenlos. Joseph unterdessen sah das Ende seiner Familie und ihres Reiches näher kommen. Sein Bruder Karl stand jetzt unter dem Druck, gleich zwei Erben zu zeugen, einen für den Thron des Reiches, den anderen für die spanische Krone. Und Karl, so glaubte Joseph, würde scheitern. Darum erklärte er seine Kinder aus der Verbindung mit Marianne Palffy für erbberechtigt. Er vollzog an seinen Söhnen eine »legitimatio per rescriptum principis«, eine Legitimation durch einen Gnadenakt des Fürsten, unter Berufung auf das römische Recht und ein Privileg Kaiser Friedrichs III. vom 6. Jänner 1453. Demzufolge war es den österreichischen Erzherzögen möglich, Bastarde und Uneheliche zu legitimieren, sie in den Rechtsstatus ehelicher Kinder zu versetzen, und sie somit auch für Ehren, Würden, Stände und zu allen Ämtern fähig zu machen.

Marianne Palffys Kinder wurden dadurch zu Erzherzögen und Erzherzoginnen aus dem Haus Habsburg.

Der Rest der Dynastie war davon wenig begeistert, allen voran Kaiserin Amalia. So erhielt Matthias den allerhöchsten Befehl, Josephs Erben insbesondere vor der Kaiserin in Sicherheit zu bringen. Lamberg, treuer Diener seines Herrn, entzog das Legitimationsdekret dem Zugriff der restlichen Familie Habsburg und verwahrte es, dann evakuierte er Marianne Palffys Kinder nach Ungarn und schützte sie, was ihm mehr schlecht als recht gelang …

Der Hass der Kaiserin verfolgte ihn, wo immer er auch hinging. Wie es aussah, kostete ihn ein vergiftetes Abendessen bei einem Getreuen Amalias und kein Herzleiden das Leben.

Was weder Joseph noch Matthias Lamberg miterleben sollten, es geschah tatsächlich: Der Kaiser hatte mit seiner dunklen Vorahnung recht behalten und mit Karl VI. starb die Familie Habsburg offiziell im Mannesstamm aus.

Aber, und diese Erkenntnis erschütterte Sina nach den letzten Seiten des Tagebuches, durch die legitimierten Kinder der Mätresse existierte aufgrund einer Gesetzeslücke nach wie vor eine männliche Linie aus dem Hause Habsburg. Somit lebte parallel zum Erzhaus Habsburg-Lothringen eine weitere, erbberechtigte Linie, vergleichbar in etwa mit Regierung und Schattenkabinett im Parlament Großbritanniens.

War das Lamberg-Tagebuch echt, gab es eine Schattenlinie mit einem niemals widerrufenen Anspruch auf den Thron Österreichs.

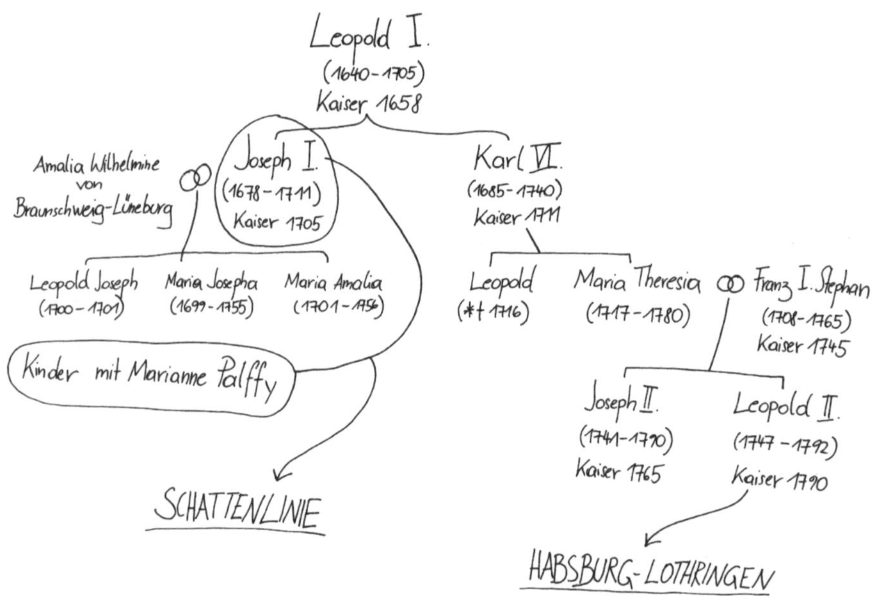

Die Kerzen waren heruntergebrannt und auf der großen Tischplatte lagen die Leichen von Dutzenden Faltern.

Plötzlich wurde Sina heiß und kalt. Was wäre, wenn Ireneusz Lamberg das kaiserliche Privileg ebenfalls von seinem Vorfahren geerbt und in seinem Besitz gehabt hatte? Vielleicht hatte er es Kirschner in Nussdorf sogar übergeben oder zeigen wollen? Unter Umständen hatte es der Ungar versäumt, das Dekret im letzten Augenblick zu retten und es zusammen mit dem Tagebuch an die Uni mitzunehmen. Hatte es Ireneusz Lamberg womöglich die ganze Zeit über bei sich gehabt, in seinem Wagen etwa? Just in dem Wagen, mit dem er verunglückt war?

»Das wäre ein logisches Tatmotiv für die zwei Morde gewesen«, murmelte er und schaute grübelnd auf seinen schnell hingeworfenen Stammbaum. Noch fehlten für seine Theorie die handfesten Beweise …

Georg schlug mit der Faust auf den Tisch und die Leuchter klirrten. Verdammt, dann war es jetzt bereits zu spät … Dann war das Dokument für immer verloren oder in den Händen der Mörder.

Café Prindl, Wien/Österreich

Mit der Abenddämmerung hatte auch die Besucherschicht des Prindl gewechselt. Die Hausfrauen und alten Damen, die auf einen Nachmittagskaffee vorbeigeschaut hatten und dann doch länger geblieben waren, überließen ihre Plätze den Taxifahrern, die auf ein schnelles Abendessen vorbeikamen, Kartenspielern, Stadtflaneuren oder den Stammgästen, die einfach noch nicht nach Hause gehen wollten.

Kommissar Berner schlenderte über den Gaußplatz und schaute nachdenklich zum runden, dunklen Flakturm im Augarten hinüber. Das Monument aus Stahl und Beton hatte nicht nur den Krieg, sondern auch die darauffolgenden Jahrzehnte unbeschadet überstanden. Die kleineren Schäden an dem riesigen Betonturm waren ironischerweise ein Jahr nach Kriegsende durch spielende Kinder entstanden. Sie hatten durch Unachtsamkeit zweitausend Granaten zur Explosion gebracht und dem Stahlbeton damit mehr zugesetzt als der gesamte Luftkrieg. Der Klotz würde auch in hundert Jahren noch dastehen, wie ein unzerstörbares Mahnmal gegen den Krieg und die Überheblichkeit eines wahnsinnigen Diktators, dachte Berner und überquerte die Fahrbahn.

Was hatte Wagner am Telefon gesagt? Baldur von Schirach habe 1940 ein Dokument nach Wien gebracht, um das heute ein Wettrennen entbrannt sei. Berner schüttelte den Kopf und fragte sich, ob der Reporter diesmal nicht auf der falschen Spur war. Es gab weiß Gott wichtigere Ereignisse in diesen Tagen als das alte Dokument eines Nazi-Bonzen, auch wenn er Gauleiter von Wien gewesen war.

Berner schob sich am Schanigarten vorbei und stieß die Tür zum Prindl auf. Er blickte sich kurz um, nickte einigen Stammgästen zu und gab der Bedienung ein Zeichen, das mit einem »Kommt gleich!« quittiert wurde. Dann pflügte er durch eine Gruppe von Pensionisten, die sich nicht entscheiden konnten, ob sie nun gehen oder doch lieber bleiben wollten, und steuerte seinen Stammtisch an. Burghardt hatte es mit Hinweis auf Frau und Familie abgelehnt, mitzukommen. Selber schuld, dachte Berner und sah auf die Uhr. Dann stand da auch schon das große, frisch gezapfte Bier vor ihm, und gerade als der Kommissar genüsslich zum ersten Schluck ansetzen wollte, schob sich Paul Wagner in sein Blickfeld.

»Prost, und genau dasselbe hätte ich auch gerne«, meinte der Reporter und ließ sich auf den Stuhl neben Berner fallen.

»Haben Sie kein eigenes Stammcafé?«, brummte Berner und nahm einen tiefen Zug. »Das wird langsam zur anstrengenden Gewohnheit, den Tisch teilen zu müssen.«

»Besser als das Bett«, gab Paul trocken zurück. »Haben Sie keine Wohnung, weil Sie immer in schlechter Gesellschaft trinken?«

Berner grinste. »Anwesende eingeschlossen?«, fragte er und stieß mit Wagner an, als die Bedienung das zweite Bier brachte.

»Wie geht es Ruzicka?«, erkundigte sich Paul und der Kommissar wurde ernst.

»Unverändert. Er liegt noch immer im Koma, ich komme gerade aus St. Pölten. Die Ärzte meinen, er sei noch nicht über den Berg, über dauerhafte Schäden will niemand spekulieren. Aber wenigstens funktioniert die Bewachung lückenlos, rund um die Uhr.« Berner erzählte dem Reporter von der Begegnung am Zentralfriedhof mit dem kleinen Johannes und von der mysteriösen Todesliste.

»Damit haben wir den Beweis, dass es ein gut vorbereiteter Anschlag war«, stellte Wagner grimmig fest. »Sie sollten aufpassen, Herr Kommissar. Ihr Name ist der nächste auf der Liste, und wer immer auf der anderen Seite steht, scheint ziemlich entschlossen zu sein, es zu Ende zu bringen.«

Berner winkte ab. »Unkraut und ich haben einiges gemeinsam«, brummte er. »Aber jetzt erst einmal zu diesem alten Dokument. Was ist so dringend daran, dass es nicht bis morgen warten kann?«, erkundigte er sich und zündete sich eine Zigarette an.

»Ich möchte Ihre Meinung dazu hören und bei dieser Gelegenheit gleich etwas essen«, meinte Wagner hoffnungsvoll, »weil Valerie dieses Thema in Berlin gar nicht erst angeschnitten hat.«

»Ihr beide wart in Berlin?«, fragte der Kommissar überrascht. »Ich glaube, die Geschichte wird interessant, aber etwas länger.« Er drehte sich suchend nach der Bedienung um und bestellte zwei Mal Fiakergulasch. Dann nahm Paul einen großen Schluck Bier und fing an zu erzählen.

Das Auftauchen von Valerie Goldmann und Eddy Bogner im Prindl keine halbe Stunde später sorgte für einige Aufregung, aber aus völlig unterschiedlichen Gründen. Der frühere Ringer und ungekrönte König der Safeknacker wurde von den Gästen einiger Tische mit lautem Hallo begrüßt, während andere nur kurz aufblickten, um dann noch tiefer in ihre Karten zu schauen. Alle übrigen männlichen Besucher waren voll und ganz damit beschäftigt, ihr Interesse an dem hübschen, dunkelhaarigen Neuankömmling nicht allzu auffällig kundzutun, ihrer meist weiblichen Begleitung zuliebe, die ihrerseits Goldmann geflissentlich ignorierte.

»Wie ich sehe, habt ihr euch schon angefreundet«, sagte Berner zur Begrüßung und umarmte Valerie unter den neidischen Blicken der Umgebung.

»Eddy ist ein Schatz«, bestätigte Goldmann und schaute sich nach ihrem Begleiter um, der an einem der Tische in ein fröhliches Gespräch vertieft war. »Wusstest du, dass er in seinem Betrieb nur Vorbestrafte beschäftigt und ihnen damit eine neue Chance gibt?«

Berner nickte. »Und wie es aussieht, ist er seit Jahren sehr gut im Geschäft«, meinte er, »manche behaupten, Eddy rieche Ausschreibungen schon Tage, bevor sie überhaupt bekannt werden.«

»Sein umfassendes privates Informationsnetzwerk hier in Wien ist legendär«, bestätigte Paul, »dagegen sind meine Verbindungen nett, aber harmlos.« Wagner zog einen Stuhl für Valerie heran.

»Eddys Netzwerk ist lückenlos und reicht bis in die Chefetagen, das weiß ich aus eigener Erfahrung«, gab Berner zu. »Andererseits hilft er immer, wenn Not am Mann ist, und das rechne ich ihm hoch an.«

»Hier riecht es nach köstlichem Kaffee«, strahlte Valerie und wie auf ein Stichwort stand Eddy mit einer dampfenden Tasse Kaffee neben ihr.

»Wenn ich der Bedienung die Arbeit abnehmen würde, wäre ich meinen Stammplatz los und bekäme Lokalverbot«, bemerkte Berner trocken.

»Herr Kommissar, Sie wissen doch, bei mir drückt man oft ein Auge zu, weil ich so unauffällig bin«, kicherte er und begrüßte Wagner. »Die Presse ist auch hier, jetzt muss ich aufpassen, was ich sage, sonst lese ich mich morgen in der Zeitung.«

Berner nahm einen Schluck von seinem Bier und winkte ab. »Lass es gut sein, Eddy, Paul ist der einzige Schreiberling, für den ich meine Hand ins Feuer lege.« Auf den erstaunten Blick Pauls hin ergänzte er brummend: »Das kann sich aber jederzeit wieder ändern.«

»Weißt du, wo Georg ist?«, erkundigte sich Valerie.

»Ja, er hat den Nachmittag mit Burgi und mir verbracht und ist dann nach Grub hinausgefahren, um seine Bibliothek zurate zu ziehen«, berichtete Berner. »Er hat mir versprochen, morgen wieder nach Wien zurückzukommen. Aber nachdem wir diesen geheimnisvollen Brief gefunden haben, auf den wir uns keinen Reim machen können …«

»Einen Brief? Davon weiß ich gar nichts«, warf Paul ein. »Vielleicht wäre jetzt ein guter Zeitpunkt für einen Informationsaustausch?«

»Aber ich möchte nichts davon morgen in den internationalen Schlagzeilen wiederfinden«, brummte Berner, dachte kurz nach und begann dann seinen Bericht mit dem Besuch des Zentralfriedhofs und der Identifizierung der Leiche von Irina Sharapova.

Das Prindl wurde zu später Stunde immer voller und die Bedienungen kamen kaum noch nach, die Bestellungen aufzunehmen und an die Tische zu bringen. Die Nachtschwärmer, von den spätsommerlichen Temperaturen ins Freie gelockt, besetzten den Schanigarten bis auf den letzten Platz. An einigen Tischen ging es hoch her, das Lachen der Gäste schallte über die Straße in die sternenklare Nacht.

Im Gegensatz dazu war es an Berners Stammtisch eine sehr nachdenkliche Runde, die noch ein letztes Mal Kaffee bestellte, bevor sie aufbrechen wollte.

»Das ist alles andere als beruhigend«, meinte Paul leise, nachdem der Kommissar seinen Bericht beendet hatte. »Wenn wir von dem Mord an Professor Kirschner bis zu Irina Sharapova einen großen Bogen schlagen, dann weiß ich einfach nicht, was er alles umfasst und welche Ereignisse nichts damit zu tun haben. Ich sehe die Zusammenhänge nicht. Für die historischen Hintergründe hätte ich jetzt gerne Georg hier, vor allem was das vierte Dokument und den Brief aus der Gruft des Palais Metternich betrifft. Die beiden hängen unmittelbar zusammen, da bin ich mir ganz sicher.«

»Nach meinem Gespräch mit Shapiro heute Abend, der paranoid wie immer hinter jedem Hauseck einen Spion und hinter jedem Unheil einen großen Plan vermutet, weiß ich gar nicht mehr, was ich glauben soll«, stellte Valerie fest. »Er ist der Meinung, das vierte Dokument sei von eminenter Bedeutung, und spricht von einer tiefen Krise, in die Österreich in den letzten Tagen gerutscht sei, eine Krise mit internationalen Auswirkungen. Für ihn ist dieses Stück Papier so etwas wie eine letzte Bastion, bevor der Damm bricht. Ich hab ihn noch nie so nervös erlebt.«

»Und was sagt er zu den Politikermorden?«, erkundigte sich Berner und zündete sich eine weitere Zigarette an.

»Er traut nichts und niemandem«, gab Valerie zurück, »nicht einmal der österreichischen Regierung.« Alle am Tisch schauten Goldmann erstaunt an.

»Was meinst du damit?«, fragte Paul überrascht. In diesem Augenblick klingelte sein Handy und der Reporter nahm das Gespräch an. Fast gleichzeitig griff Eddy in seine Hosentasche, zog das S35 heraus und meldete sich mit einem kurzen »Bogner«.

Beide hörten stumm zu und Berner wie auch Valerie hatten den seltsamen Eindruck, dass beide die gleiche Nachricht erhielten. Eddy und Paul wurden blass und saßen wie versteinert, nachdem sie schweigend zugehört und schließlich aufgelegt hatten.

Wagner fing sich als Erster. Er fuhr sich mit der Hand übers Gesicht und sah Berner müde an. »Das wird eine lange Nacht. Der Bundeskanzler ist erschossen worden.«

Eddy nickte nur.

1.9.2009

Burg Grub, Waldviertel/Österreich

Lautes Vogelgezwitscher war aus den Bäumen der Wälder rund um die Burg zu hören. Sina erwachte in seinem Lehnsessel, schaute überrascht auf die Uhr und streckte sich laut gähnend. Dabei fiel ihm auf, dass er den Brief Metternichs an den ominösen Balthasar immer noch in seiner Hand hielt. Er war einfach eingeschlafen, nach der Lektüre des Tagebuches zu erschöpft gewesen, um noch weiterzuarbeiten. Früher, erinnerte er sich, hatte er mehrere Nächte am Computer oder über Bücher gebeugt durchgemacht, aber er war eben keine zwanzig mehr.

Sina stand auf und trat ans Fenster. Über dem Taffatal war bereits der Morgen heraufgedämmert. Während er seinen Blick über die Wipfel der Fichten und Eichen schweifen ließ, bemerkte er, wie aus dem Reutgraben der Nebel an seinen Mauern hochkroch. Konnte diese unerhörte Geschichte den Tatsachen entsprechen?

Wenn dem so ist, sagte er sich, hängt all das mit den Ereignissen der letzten Tage womöglich direkt zusammen? Haben sich inzwischen ganz andere, bösartige Nebelgeister über dem Gallitzinberg erhoben und dringen bereits durch die Ritzen, Luken und Sprünge in die Grundfesten der Republik ein?

Sina legte den Brief vorsichtig auf den kleinen Tisch neben dem Lehnstuhl. Tschak schlief nach wie vor zusammengerollt und leise schnarchend auf dem Sofa. Er schien sich seit dem gestrigen Abend nicht bewegt zu haben.

Der Geruch von kalter Asche und abgebranntem Feuer im Kamin erfüllte die Luft. Der Wissenschaftler öffnete die Fenster, ließ die frische Morgenluft herein, bevor er das Wasser für den Tee aufsetzte. Zur Feier des Tages holte er den besten Orange Pekoe aus der geheimen und gut versteckten Reserve. Die kleine Packung, die er bei einem kleinen Händler in London vor einigen Monaten erstanden hatte, trug die Buchstaben FTGFOP – Finest Tippy Golden Flowery Orange Pekoe – und enthielt den qualitativ hochwertigsten schwarzen Tee, der für Geld zu kaufen war. Wie Teekenner immer zynisch zu behaupten pflegten, standen die Buchstaben für »far too good for ordinary people«, also für »viel zu gut für gewöhnliche Leute«.

»Aber heute fühle ich mich nicht wie ein gewöhnlicher Leut«, murmelte Georg und sah den Blattspitzen zu, wie sie zarte Arabesken ins Wasser malten und es goldgelb färbten. Mit einer duftenden Schale Tee ging er in den Burghof, setzte sich auf eine der niedrigen Mauern und genoss den Morgen. Seidige Fäden glänzten in den Sonnenstrahlen. Es war der erste Tag im September, der Altweibersommer hatte begonnen, und die frisch geschlüpften Spinnen, die dieser Zeit ihren Namen gaben, begannen ihre Flüge. Mit dem Gesang der Vögel, den Schreien der Turmfalken, die in den brüchigen Mauern nisteten und flügge wurden, und dem beruhigenden Summen der Insekten über den Disteln und Wiesenblumen im Burghof hätte all das ein Idyll sein können, aber die Schatten der vergangenen Nacht ließen Georg keine Ruhe. Seine Entdeckungen hatten ihn zwar einerseits befriedigt, aber andererseits erschreckt. Das Tagebuch Lambergs zeichnete ein beeindruckendes und zugleich beängstigendes Bild.

Nachdenklich ging er auf und ab. Es waren unterm Strich mehr Fragen offengeblieben, als er befürchtet hatte. Der Brief auf seinem Tisch ließ ihm außerdem keine Ruhe. Sina bedauerte, dass es gestern Abend, oder besser gesagt heute früh, zu spät geworden war, um ihn genauer zu untersuchen.

Deshalb ging Georg zurück in den Palas und holte den Brief Metternichs, nahm ihn mit und begann neuerlich seinen Rundgang im Burghof. Er las das Schreiben aufmerksam und kramte in seinen Kenntnissen über das 19. Jahrhundert. Metternich und der Wiener Kongress weckten Assoziationen und Erinnerungen an vor langer Zeit absolvierte Vorlesungen, aber ein »geschätzter Freund Balthasar« sagte ihm gar nichts. Der Adressat der Zeilen musste der Tote in der Gruft sein, der Zwerg in seinem steinernen Grab, umgeben von den goldenen Buchstaben an den Wänden. Die Buchstaben … Wie hatten sie noch gelautet? B.J.G.R.U.K.J.Z.? Sina war sich nicht mehr ganz sicher. Aber »B« könnte für Balthasar stehen. Logisch überlegt, wäre dann das »J« der erste Buchstabe seines Familiennamens.

Die ominöse Dachstube, die im Text Erwähnung gefunden hatte, war wohl der Ort gewesen, an dem der Zwerg lange Jahre gelebt haben musste, verborgen vor den Augen der Welt. Wenn die Beziehung so eng, so intim gewesen war, wie die Zeilen des Staatskanzlers an seinen Freund Balthasar suggerierten, dann war sie wohl im unmittelbaren Umfeld des Fürsten gewesen, womöglich sogar im obersten Stock des Palais Metternich.

Vier Wege zum Wissen, vier Bausteine des Geheimnisses. Georg strich sich über den Bart. Und dann auch noch der doppelte Boden, eine geniale Idee jenes klein gewachsenen Balthasars, an den der Brief gerichtet war. Eine Konstruktion, die Jahrhunderte überdauern werde. Sina schüttelte den Kopf. Daraus konnte man nicht schlau werden.

Bei Wetzdorf war das schon anders. *»Ich hatte mich entschlossen, vor meiner Abreise nach London doch nach Wetzdorf zu fahren und ihn kennenzulernen. Wer weiß, ob ich jemals wieder nach Wien zurückkehre. Wenn nicht, dann hätte ich mir mein Versäumnis nie verziehen. Ich habe ihn gesehen und gesprochen und deinen Weitblick bewundert.«* Der Name des Ortes kam Georg bekannt vor. Er hatte ihn erst neulich gehört, war er sich sicher. War Wetzdorf nicht der Ort, an dem vor zwei Tagen die Bahnlinie gesprengt worden war? Metternich hatte jemanden aufgesucht, der 1848 ganz offenbar in Wetzdorf gewesen war, an einem Ort, der es erst kürzlich mit lautem Knall aus dem Vergessen in die Schlagzeilen geschafft hatte.

Die ganze Geschichte wurde mit jedem Indiz, das Georg wie die verstreuten Perlen einer gerissenen Kette auflas, immer abstruser. Egal, wie weit die Ereignisse aus den Dokumenten auch zurücklagen, sie drängten sich mit Nachdruck an die Oberfläche. Und trotzdem, die Identität dieses Balthasars mit Weitblick war Georg nach wie vor ein Rätsel. Er musste mit dem Schwarzen Bureau zu tun gehabt haben, von seinem Archiv war die Rede, von den Aufzeichnungen, die Europa ins Chaos stürzen könnten.

»Was hätte damals solche Auswirkungen haben können?«, murmelte Georg. Schwarze Bureaus hatte es zu dieser Zeit in vielen Staaten gegeben, nicht nur in Österreich. Sie waren die Vorläufer der

Geheimdienste, die Spezialisten für Geheimschriften, Ver- und Entschlüsselung, diplomatische Depeschen und Korrespondenzen zwischen Staatschefs.

Fürst Metternich jedenfalls musste es wie ein Geschenk des Himmels vorgekommen sein, als der kleinwüchsige Geheimnisträger an seine Tür klopfte. War es der Leiter des Schwarzen Bureaus gewesen? War der Zwerg jener Mann, der alles über alle in diesem Reich wusste, der die dunkelsten Geheimnisse der Macht kannte und noch dazu sein gesamtes Archiv mitbrachte? War er der Garant für Metternichs Aufstieg gewesen?

»Unbezahlbar«, sagte Georg nachdenklich und nahm einen Schluck Tee. Mit dem Wissen des Zwerges im Rücken war es kein Wunder, dass der Staatskanzler zum wichtigsten Staatsmann seiner Zeit wurde, überlegte er, den Wiener Kongress zum Erfolg führte und erst 1848 in Ungnade fiel. Da war sein Mentor bereits lange tot und hatte seine Ruhe in der Gruft unter dem Rennweg gefunden.

Er überflog wieder den Brief. Dieser Balthasar, dieser scharfsinnige und geniale Stratege, hatte noch zu Lebzeiten Metternichs Sturz vorhergesagt, unfehlbar wie ein griechisches Orakel. Schließlich war alles ganz genau so eingetroffen und der große Metternich wurde mit Schimpf und Schande verjagt, ins Exil nach London.

Ein Schatten der Geschichte, dachte Georg. Dieser Zwerg war einer jener Männer, die immer im Dunkeln blieben und doch die Fäden in der Hand hielten. Sie bestimmten den Lauf der Ereignisse stärker und nachhaltiger, als es viele für möglich hielten. Er war die Spinne gewesen, die im Zentrum des Netzes auf Fliegen gelauert hatte, gut vorbereitet, tödlich und immer hungrig.

Das Läuten am Tor riss ihn aus seinen Gedanken. Dienstag früh, knapp vor acht, wer kann das sein, schoss es ihm durch den Kopf und er erwog kurz, einfach nicht zu öffnen. Aber dann sprang schon Tschak bellend an ihm vorbei in Richtung Fallgatter und Georg folgte ihm seufzend.

»Tschak, du kleiner Racker, wo ist denn dein großes Herrchen? Schläft er noch? Das würde ihm ähnlich sehen!«

Georg erkannte Pauls Stimme bereits aus der Ferne. »Reporter haben um diese Zeit keinen Zutritt«, rief er, »in dreißig Sekunden wird heißes Pech aus den Löchern über der Zugbrücke gegossen, die Federn folgen auf dem Fuße.«

»Eine leere Drohung«, rief Paul zurück, »Tschak ist durch das Gitter geschlüpft und tollt gerade um meine Beine. Ich wette, er hätte etwas dagegen, als schwarzes Huhn zu enden, du unfreundlicher Troll. Mach lieber auf und drück mir eine Tasse Kaffee in die Hand, ich hab so gut wie nicht geschlafen.«

Georg zog an der Kette des Mechanismus und mit einem ohrenbetäubenden Rattern glitt das massive, eisenbeschlagene Fallgatter nach oben.

»Hast du die Selbstschussanlagen entschärft?«, fragte Paul, als er unter den Spitzen des Fallgatters durchschlüpfte. »Diese Burg ist ein sicherheitstechnischer Über-GAU. Man könnte glauben, du verschanzt dich für den nächsten Krieg.«

»Sie hält mir zumindest im Normalfall morgendliche Ruhestörer vom Leib«, gab Georg zurück. »Komm rein, ich mach dir einen Kaffee.« Er warf einen prüfenden Blick auf den Reporter. »Ich hoffe, du wirst jemals so alt, wie du aussiehst.«

»Danke, das habe ich gebraucht«, erwiderte Wagner. »Aber du weißt ja, guter Sex hält jung.«

»Ich wusste nicht, dass du so lange keinen mehr hattest«, meinte Georg trocken und stieß die Tür zu seiner Küche auf.

»Genug geplänkelt«, seufzte Wagner. »Der Bundeskanzler wurde gestern erschossen, ich hab die ganze Nacht recherchiert und versucht, Einzelheiten herauszubekommen.«

Georg stellte schockiert die Kaffeedose auf die Tischplatte. »Was? Der Bundeskanzler? Das ist nicht dein Ernst. Der wird doch sicher rund um die Uhr bewacht, vor allem nach den Politikermorden der letzten Tage.«

»Wurde rund um die Uhr bewacht, sollte es heißen«, meinte Paul und stellte den Wasserkocher an. Er zuckte mit den Schultern. »Frag mich nicht weiter, es halten alle dicht. Ich bin selten gegen eine solch massive Wand an Desinformation und Schweigen gelaufen. Nicht einmal die Tatsache des Todes wird offiziell bestätigt. Das meiste sind Gerüchte und Vermutungen von Informanten, die links und rechts etwas aufgeschnappt haben. Die offiziellen Stellen blocken alle ab, während das Ausland den Druck erhöht. Mit den lapidaren Worten

›Kein Kommentar‹ kommt man allerdings in unserer Zeit der Vernetzung und der Massenmedien nicht lange durch.«

Der Reporter setzte sich an den Küchentisch und berichtete Georg von seinem Treffen mit Berner, Valerie und Eddy im Café Prindl und vom Anruf seines Informanten. »Eddy hat zur gleichen Zeit einen Anruf mit derselben Information erhalten. Wir gehen also davon aus, dass es stimmt.«

»Eddy ist unter Menschen gegangen?«, fragte Georg überrascht. »Normalerweise bringen ihn doch keine zehn Pferde aus seiner Werkstatt.«

»Valerie hat es im Handumdrehen geschafft«, lächelte Paul. »Ich glaube, da haben sich zwei gefunden.« Er goss sich eine große Tasse duftenden Kaffee ein und schlürfte genussvoll. »Hör zu, Georg. Wir müssen so schnell wie möglich nach Wien zurück. Ich bringe dich während der Fahrt auf den letzten Stand und du erzählst mir, was du in dem Brief Metternichs und dem Tagebuch herausgefunden hast.«

Tschak hatte es sich auf Pauls Schoß gemütlich gemacht und genoss es sichtlich, hinter den Ohren gekrault zu werden.

»Wir nehmen den kleinen Flohzirkus hier mit, damit er wieder einmal in die Stadt und in die Zivilisation kommt«, meinte Wagner, »sonst wird der so ein Landei wie du.«

»Ich wäre wirklich gerne ein paar Tage hiergeblieben, glaub mir«, sagte Sina nachdenklich, »vor allem mit Irina ...« Er verstummte und leerte seine Tasse in einem Zug.

»Es tut mir leid, Georg, Berner hat mir davon erzählt«, meinte Wagner leise. »Manchmal würfelt das Leben und wir spielen nur mit. Es hätte mich für dich gefreut.«

»Danke, ich weiß«, sagte Sina. »Aber je länger ich darüber nachdenke, umso mehr komme ich zu der Überzeugung, dass alle Ereignisse auf etwas ganz Bestimmtes hinauslaufen. Jemand hat einen großen Plan, und das nicht erst seit gestern oder letzter Woche. Und weißt du, was mich erschreckt?«

Er sah Paul an, der den Kopf schüttelte, und legte dann Metternichs Brief und Lambergs Tagebuch vor dem Reporter auf den Tisch.

»Dass dieser Plan jahrhundertealt zu sein scheint und mit unglaublicher Präzision durchgezogen wird.«

Batthyanystiege, Hofburg, Wien/Österreich

Dienstagmorgen in der Wiener Innenstadt herrschte das übliche Verkehrschaos. Am Wochenende waren die meisten Sommerurlauber wieder nach Hause zurückgekehrt und jetzt stürzte sich alles auf die notwendigen Einkäufe und kämpfte um jeden freien Parkplatz. Paul drehte mit Georg an seiner Seite die dritte Runde um die Oper und die Albertinarampe, gab dann auf und fuhr auf den Heldenplatz. Die Polizeiabsperrungen nach dem Mord an Innenminister Fürstl waren beseitigt worden und Paul hoffte, dass wenigstens die Dutzend Kurzparkzonenparkplätze noch vorhanden waren, die eigentlich für die Besucher der Nationalbibliothek und des Museums für Völkerkunde in der Neuen Burg bereitgestellt sein sollten. Aber die Finanzministerkonferenz, die heute zu Ende ging, machte ihm einen Strich durch die Rechnung. Die gesamte Fläche vor dem Konferenzzentrum war für die Fahrzeuge der Europäischen Union reserviert.

»Und was jetzt?«, fragte Georg und kraulte Tschak, der auf seinem Schoß saß und interessiert auf die Grünanlagen neben den beiden Reiterdenkmälern schaute.

»Jetzt? Jetzt lassen wir den Porsche hier stehen und nach uns die Sintflut, sonst kommen wir nie in die Hofburg«, brummte Paul und legte eine Presseparkkarte hinter die Windschutzscheibe. Das Ablaufdatum zeigte das Jahr 2003 an.

»Und hoffen auf blinde Polizisten«, ergänzte Sina und stieg aus. »Aber wir könnten Tschak hierlassen, vielleicht fürchten sich die Parkwächter dann vor dem Furcht einflößenden Hund und klemmen uns kein Strafmandat hinter den Scheibenwischer. Schau gefährlich, Tschak!«

»Dann müsste er blitzartig zur Dogge mutieren«, grinste Wagner und schloss den Wagen ab. »Schirach residierte als Gauleiter in der Hofburg und Sarah, unser Kontakt in Berlin, war überzeugt, dass er das vierte Dokument nach Wien mitgenommen hat. Also lass uns den roten Faden von hier aufrollen, schauen, ob wir vielleicht sein Büro finden.«

Georg nickte. »Vier Dokumente und Metternich spricht von vier Wegen zum Wissen, vier Bausteinen des Geheimnisses. Schade, dass sie euch das dritte in Berlin abgenommen haben, von den anderen zwei ganz zu schweigen. Wo immer die jetzt sind. Nur der doppelte Boden lässt mir keine Ruhe. Darüber denke ich seit gestern nach, als Berner mir den Brief in die Hand gedrückt hat.«

Sie gingen am rot-schwarz gestreiften Schweizer Tor zum ältesten Trakt der Hofburg vorbei, und Paul überlegte kurz, im Hof der Alten Burg an der Zergadenstiege mit der Recherche bei der Burghauptmannschaft anzufangen. Aber Sina zog ihn mit sich. Unter den kritischen Blicken des bronzenen Kaiser Franz überquerten sie an Touristengruppen und Straßenmusikanten vorbei, die »Eine kleine Nachtmusik« in routinierter Endlosschleife absolvierten, den weitläufigen Innenhof. Nachdem sie zwischen den wuchtigen Herkulesstatuen, den Wächtern der Torbögen, hindurchgingen, verschwanden sie im Halbdunkel der weit ausgebreiteten Kuppel des Michaelertores.

»Ich habe einmal hier als Zweitfach Theaterwissenschaften studiert, wie du weißt«, erklärte Sina. »Das Universitätsinstitut, das neben dem Sisi-Museum immer noch an der Batthyanystiege untergebracht ist, wurde 1943 von Schirach ins Leben gerufen und der schuf auch Platz dafür in seinen Amtsräumen. Warum erkundigen wir uns nicht einfach dort?«

Wagner nickte. »Gute Idee, das machen wir. Die Frage ist, wo du ein so wichtiges Dokument verstecken würdest, wenn du es mitgebracht hast, aber niemand etwas davon wissen sollte«, dachte er laut nach. »Man hat es nicht gefunden, also war es nicht in den Unterlagen, die er zurückließ. Auf seine Flucht nach Tirol hätte er es mitnehmen können, aber man hat nie mehr etwas davon gehört, es tauchte nach dem Krieg nicht wieder auf. Schirach kehrte auch nicht mehr nach Österreich zurück, starb in einer Pension an der Mosel. Also musste er entweder annehmen, das Dokument war verloren, oder es war so gut versteckt, dass es niemand finden würde. Wahrscheinlich eher Ersteres.«

Sie betraten das Stiegenhaus, das vom Michaelertor tiefer in den älteren josephinischen Teil der Hofburg führte, unter dem mächtigen roten Baldachin. Dann bogen sie aber anders als die Mehrzahl der Leute, die mit ihnen durch die schweren Holzflügel der hohen Tür geschlüpft waren, nicht nach links zu Café und Museen, sondern nach rechts und stiegen die Treppen hinauf zum Institut für Theaterwissenschaften.

Als Georg über die Böden aus Solnhofener Kalkstein marschierte, das intensive Putzmittel der Reinigungskolonne roch und schließlich hinter Paul durch den wohlbekannten, engen dunklen Gang zur Tür des Sekretariats kam, überkamen ihn nostalgische Gefühle. Wie oft und wie lange war er wohl vor diesen Schaukästen gestanden und hatte Lehrveranstaltungstermine notiert? Es war kaum ein Jahrzehnt vergangen, aber damals war ein Online-Vorlesungsverzeichnis noch eine ferne Zukunftsvision. Sina lächelte, schüttelte den Kopf und stieß die Tür auf.

In dem kleinen überfüllten Sekretariatsraum mit vier Schreibtischen und so wenig Platz, dass Georg knapp an einem klaustrophobischen Anfall vorbeischrammte, hatte sich kaum etwas verändert. Wie noch vor gefühlten Urzeiten saßen dort vier Mitarbeiterinnen und lächelten sie an. Er schaute sich kurz um. Den großen Ordner, aus dem man sich die alphabetisch geordneten, handgeschriebenen Zeugnisse suchen konnte, konnte er nirgends mehr erkennen. Irgendwie beruhigte ihn das. Er hatte immer schon Prüfungsangst gehabt.

»Georg! Was machst denn du hier?«, rief eine der Institutsangestellten aus und eilte schnurstracks auf Sina zu, umarmte ihn und sah ihm entzückt ins Gesicht. »Gut schaust du aus, die Lehrtätigkeit bekommt dir anscheinend«, sagte sie und fuhr sich kokett durchs Haar. »Schön, dass du wieder einmal vorbeikommst, ich dachte schon, du hättest mich vergessen …«

»Ach wo, das würde er nie schaffen«, warf Paul ein und kam Georg zu Hilfe. Der Reporter grinste von einem Ohr zum anderen und schaute Sina von der Seite an. »Jaja, so holen einen die weiblichen Schatten der Vergangenheit ein«, murmelte er und sagte dann laut zu der Frau, die den Wissenschaftler noch immer beglückt ansah: »Er hat ja so viel von Ihnen erzählt, da kann er Sie doch niemals vergessen haben.«

Sina warf ihm einen vernichtenden Blick zu, um sich gleich wieder gequält lächelnd seinem weiblichen Gegenüber zuzuwenden.

»Trudi, wirklich schön, dass du heute da bist. Wir haben gar nicht damit gerechnet …« Seine Stimme verstummte, als ihm bewusst wurde, dass er gerade in eine ganz falsche Richtung unterwegs war.

Paul verdrehte die Augen. »Wir konnten nämlich nicht wissen, ob Sie nicht vielleicht auf Urlaub sind«, sprang er in die Bresche und Trudi wandte sich ihm lächelnd zu.

»Wie wahr, wie wahr, Herr …?«

»Wagner, Paul Wagner«, antwortete der Reporter und schüttelte die angebotene Hand. »Ich habe Georg ein oder zwei Mal vom Institut abgeholt, aber das war vor langer Zeit und Sie werden sich nicht an mich erinnern, dafür aber ich mich an Sie.«

Trudi lächelte geschmeichelt und nahm die Visitenkarte Pauls mit so offensichtlicher Begeisterung entgegen, als sei es ein Scheck über zehntausend Euro. »Und wie kann ich der Presse behilflich sein?«, fragte sie erwartungsvoll.

»Mit einer kurzen, aber äußerst wichtigen Auskunft«, meinte Paul und nahm Trudi verschwörerisch am Arm. »Aber hier ist es vielleicht nicht so gut …«, und er warf einen bedeutungsvollen Blick in die Runde.

Trudi nickte eifrig und winkte Georg und Paul in einen kleinen Gang, den sie ein paar Schritte entlanglief und dann stehen blieb.

»Sie haben ja so recht, Herr Wagner, die sind alle so neugierig«, flüsterte sie und zwinkerte dem Reporter zu.

Paul nickte dankbar. »Es geht um Folgendes: Wir würden gerne wissen, in welchem Raum der Gauleiter Baldur von Schirach damals sein Büro hatte. Nach einigen Gesprächen mit Historikern sind wir nicht mehr sicher, ob es in diesem Trakt oder in einem anderen Teil der Hofburg war. Wissen Sie darüber Genaueres?«

Trudi überlegte kurz und legte ihren Finger an die Nase. »Ich glaube, Sie sind an der richtigen Stelle gelandet. Folgen Sie mir bitte.« Sie drehte sich um und ging voraus, durch ein paar verwinkelte Gänge und einen schmalen Durchgang, bis sie vor einer Holztür stand und anklopfte.

Sina packte beim Anblick der durchgesessenen Sitzgelegenheiten entlang der Wand das sanfte Grauen. Hier hatte er nicht nur einmal auf eine Prüfung im angrenzenden Professorenzimmer warten müssen.

Auf ein energisches »Herein!« öffnete Trudi die Türe und steckte ihren Kopf durch.

»Herr Professor Breitenecker, da ist ein Herr von der Presse in Begleitung von Professor Sina. Sie möchten gerne mehr über das Büro Schirach erfahren. Kann ich sie hereinschicken?«

Wenige Augenblicke später standen Sina und Wagner in einem Raum, der an drei Seiten bis unter die Decke mit historischen Kanzleikästen vertäfelt war. Die Anordnung, die Beschläge und Verzierungen sowie die Machart der zahlreichen Schranktüren verrieten die Entstehungszeit des geräumigen Büros im 18. Jahrhundert. Breitenecker kam ihnen entgegen und breitete erfreut seine Arme aus.

»Herr Kollege Sina, was für ein Glanz in unserer bescheidenen Hütte. Schön, dass Sie wieder einmal vorbeikommen.«

Georg lächelte verlegen. »Ich freue mich auch, Sie wiederzusehen!« Er erwiderte den trockenen und festen Händedruck des älteren, aber drahtigen Professors, der ihm oft Prüfungen abgenommen hatte. Dann deutete er auf die Fresken an der Decke und die üppig verzierten holzgeschnitzten Türen. »So bescheiden ist die Hütte gar nicht, wenn ich das anmerken darf. Sie haben noch immer Ihr wundervolles Büro.«

Breitenecker tupfte sich mit dem Zeigefinger an die Nase und zwinkerte Sina zu. »Ja, gewusst wie … und das, obwohl ich schon lange nicht mehr Institutsvorstand bin.«

Nachdem Breitenecker Paul begrüßt hatte, führte er die beiden Besucher an die Stirnseite des Raumes, von wo aus man einen Überblick über das ganze Büro hatte.

»Um ihre Frage nach dem Büro des Gauleiters zu beantworten, so kann ich Ihnen nur eines sagen: So genau weiß das eigentlich niemand mehr, aber Schirach hat meiner Meinung nach genau diesen Raum als sein Büro gewählt, und zwar aus mehreren Gründen …«, begann der Professor seine Ausführungen. »Erstens besaß er zwei Geheimtüren, die in jene Heizgänge führten, die sich in den dicken Wänden durch die gesamte Hofburg zogen. Ein paralleles Gangsystem, das von Heizern benutzt wurde, um die zahlreichen Öfen zu befeuern, ohne die Herrschaften zu stören. Viele dieser Gänge sind heute verschollen oder wurden im Laufe der Zeit zugemauert. Aber Schirach kannte die Schlupflöcher ganz genau. Er brachte den SD direkt über diesem Raum unter, weil eine schmale Wendeltreppe von hier hinauf zum Büro des Geheimdienstes führte.«

Paul und Georg sahen sich aufmerksam um.

»Zweitens war dieser Raum einer der schönsten im josephinischen Trakt, die Kaiserappartements jetzt einmal ausgenommen. Schirach, genau wie ich heute, saß in einem traditionsreichen Zimmer, das bereits Staatskanzler Kaunitz einrichten und dekorieren ließ. Beachten Sie die Malereien an der Decke, die Maria Theresia in der Mitte des Deckenfreskos zeigen. Das harmoniert perfekt mit den vier Medaillen weiter unterhalb, die römisch-deutsche Kaiser zeigen. Schirach saß unter dem Medaillon Heinrichs IV. und das dürfte ihm durchaus gefallen haben.«

Paul erkannte das markante Profil Friedrichs III. und stieß Georg in die Seite. Der nickte nur, lauschte aber weiter den Ausführungen Breiteneckers.

Breitenecker lächelte und deutete auf einen Plan, der gerahmt an der Wand zwischen den Fenstern hing. »Drittens war es von hier nicht weit zur Batthyanystiege. Die Gefahr, sich in den endlosen Gängen der Hofburg zu verlaufen, war hier wirklich gering«, gab der Professor zu bedenken. »Obwohl man sagt, dass sich Schirach lange Jahre mit den Plänen der Hofburg beschäftigt hatte und sich im Haus besser auskannte als mancher Angestellte der Burghauptmannschaft.«

Georgs Gedanken arbeiteten auf Hochtouren. Er überflog rasch die Einteilung der Kästen, das Deckenfresko, die Medaillons mit den Kaiserporträts an den Basen der Gewölbebögen, entzifferte die Abkürzungen der aufgelisteten Titel, analysierte einige der Verzierungen und die Positionen der Putten, die Windungen der Schnitzereien. Hatte Schirach das vierte Dokument in seinem Büro versteckt? Oder in seiner Wohnung? Wahrscheinlicher waren seine Arbeitsräume, dachte Georg, da hatte er es immer unter Kontrolle.

Er wandte sich an Breitenecker. »Darf ich mir einmal die Bauweise dieser Schränke anschauen?«, fragte er, »es ist selten, ein so komplett erhaltenes Ensemble in Augenschein nehmen zu können, an dem es offenbar keine Restaurierungen oder Änderungen in zweihundert Jahren gegeben hatte.«

Der Professor nickte. »Selbstverständlich, Herr Kollege, die Türen sind offen und wir haben keine Geheimnisse. Wenn Sie mich in der Zwischenzeit kurz entschuldigen wollen, ich werde versuchen, uns einen Kaffee aufzutreiben.« Breitenecker verließ den Raum.

Paul stieß Georg an. »Der Countdown läuft! Wir haben nur ein paar Minuten. Wo könnte Schirach dieses verdammte Dokument versteckt haben? Ich zerbreche mir schon die ganze Zeit den Kopf. Dieses hier ist ohne Zweifel sein Büro, und Platz hatte er in diesem hölzernen Labyrinth aus Fächern, Türen, Durchgängen und Verkleidungen mehr als genug. Die Frage ist also nur – wo? Es muss einen Hinweis geben.« Er warf einen Blick auf die Kanzleikästen und ließ seinen Blick über die Schnitzereien wandern. »Die geschnitzten Applikationen sind auf allen Türen identisch, also vergiss es. Außerdem kann man dahinter nichts verstecken. Die Anordnung der Kästen ist symmetrisch, die Pilaster, Schnecken und Lisenen sehen alle gleich aus. Wie Professor Breitenecker uns verraten hat, sind die Geheimtüren mit Platten verschlossen worden. Sollte das Dokument dahinter stecken, dann haben wir keine Chance. Größere Bauaktionen in der Hofburg würden nicht unbemerkt über die Bühne gehen …«

Paul verstummte, sah Sina an und rief aus: »Georg! Hörst du mir überhaupt zu?«

Der Wissenschaftler blickte in Gedanken versunken auf die Decke mit ihren farbenfrohen Fresken. Maria Theresia, Friedrich, Heinrich …

»Komm rasch hier herüber«, sagte er leise und zog Paul am Ärmel hinter sich her. Dann deutete er auf die Verkleidung unter dem Kaiserporträt. »Wenn du genau schaust, dann treffen sich hier zwei Teile des riesigen Schrankes. Die Türen links und rechts der Verkleidung gehen nicht in dieselbe Richtung auf, sondern entgegengesetzt. Während an allen anderen Stellen die Trennbretter zwischen den einzelnen Elementen nur dünn sind, hier ist der Zwischenraum so breit wie die Verkleidung davor.«

Wagner nickte und öffnete die beiden Holztüren. Dahinter kamen Vorlesungsverzeichnisse, Seminararbeiten, einige Bücher über Shakespeare, mittelalterliches Theater und ein Dutzend Filmlexika zum Vorschein.

»Direkt unter dem Canossa-Heinrich«, murmelte Sina, »schon seltsam … Heinrich war der dritte Herrscher aus der Salierdynastie, trotzdem ist direkt unter ihm das Wappen von Habsburg-Lothringen an der Blende des Schrankes angebracht …«

»So, meine Herren, starker schwarzer Kaffee, der unsere müden Lebensgeister weckt«, rief Breitenecker aus, der ein Tablett mit dampfenden Tassen vor sich hertrug und auf seinem Schreibtisch abstellte. Er sah Georg und Paul vor dem offenen Schrank stehen und aufmerksam die Trennwand begutachten.

»Ein schönes Stück, nicht wahr?«, begeisterte er sich und hielt den beiden Besuchern zwei Tassen hin. »Der Überlieferung nach kommt er aus einem Kloster in der Nähe von Wien, das im Zuge der Säkularisierung aufgelöst wurde. Daher musste man beim Einbau mit dem vorliebnehmen, was da war. Die Größe der Türen ist jedenfalls verschieden, daran erkennt man, dass die Schrankwände adaptiert werden mussten.«

»Das würde aber bedeuten ... also, wenn die Schränke erst nach der Säkularisierung in diesen Raum gekommen sind, dass die Möbel erst unter Joseph II. hierher ...«, holte Georg aus, aber Paul trat ihm auf die Zehen.

»Entschuldigen Sie, Herr Professor, könnten Sie vielleicht noch etwas Milch für den Kaffee holen gehen? Ich bekomme Magenschmerzen, wenn ich ihn schwarz trinke.« Paul verzog leidend das Gesicht.

Mit den Worten »Ach, das habe ich ja ganz vergessen« war Breitenecker auch schon wieder verschwunden und Wagner und Sina musterten erneut die Trennwand.

»Ich glaube, ich hab's«, flüsterte Georg und deutete auf eine haarfeine Linie. »Wie in jedem alten Büro muss hier irgendwo eine Giftlade sein, wo die Besitzer pikantes oder heißes Material verstecken konnten. Der oberste Teil des Pilasters an der Frontverkleidung ist sicher beweglich. Damals waren das entweder einfache, durch die Ornamente getarnte Laden, oder die Geheimfächer wurden mit Federn zugehalten. Der Entriegelungsmechanismus muss also leicht aktivierbar sein, und zwar von innen, sonst könnte ja jeder daherkommen. Also ...«

Paul beugte sich in den Schrank und tastete frenetisch darin herum. »Keine Metallteile außer den Beschlägen und den Eingriffen für die Riegel der Schlösser ... Moment mal!« Er holte zwei Kaffeelöffel vom Tablett und drückte gleichzeitig links und rechts jeweils mit der Spitze in die Kanäle für die Riegel. Mit einem leisen Klick sprang das Geheimfach auf und der hölzerne Pilaster fiel Georg in die Hände.

Die wenige Zentimeter breite Giftlade war gut einen halben Meter hoch und bis auf eine alte Lederhülle leer. Mit einem schnellen Griff steckte Paul die Hülle in seine Jacke, während Georg die Verkleidung wieder aufsetzte und festdrückte. Der alte Mechanismus rastete mühelos wieder in die Ausgangsposition ein.

»Hoffentlich haben wir jetzt nicht die Pornoheftchen eines k. u. k. Kanzleirates mitgehen lassen«, flüsterte der Reporter Georg zu.

In diesem Moment betrat Professor Breitenecker mit einem Kännchen Milch das Büro und hielt es triumphierend hoch. »Heureka! Ich hab's gefunden«, scherzte er. Dann goss er etwas Milch in jede Tasse und reichte sie an seine beiden Besucher mit den Worten: »So, aber jetzt erzählen Sie mir endlich, wonach Sie eigentlich suchen!«

Breitensee, Wien/Österreich

Bernhard, sie haben das vierte Dokument.« Valeries Stimme verriet ihre Aufregung.

»Wer hat das vierte Dokument?« Berner presste das Handy ans Ohr und war blitzartig wach. Er schaute auf die Uhr und erschrak. Er hatte verschlafen, und zwar gründlich.

»Hab ich dich aufgeweckt? Sag mir, dass das nicht wahr ist. Weißt du, wie spät es ist?«

»Valerie, ich … ach vergiss es, ich hab meinen Wecker überhört«, grummelte Berner. Er fühlte sich ertappt. Dann drang die Nachricht zu seinem Gehirn durch. »Das vierte Dokument ist aufgetaucht? Wer hat es?«

»Paul und Georg haben es gerade in der Hofburg entdeckt, versteckt in der Vertäfelung von Schirachs ehemaligem Büro.« Während sie telefonierte, schlüpfte Valerie in ihre Jacke und überlegte kurz, dann steckte sie die Smith & Wesson in den Hosenbund, wollte wie gewohnt ihre Sporttasche mit der übrigen Ausrüstung nehmen, bevor ihr einfiel, dass die im Wagen der Botschaft lag. Valerie fluchte leise.

»Unglaublich, die beiden sind unschlagbar«, gab Berner zu und schwang sich aus dem Bett. »Wo sind sie jetzt und wo bist du?« Die Spinnweben in seinem Gehirn lösten sich langsam auf.

»Ich habe in Pauls Refugium übernachtet, nachdem die Botschaft mich sicher suchen lässt. Ich wollte es ihnen nicht zu einfach machen und zu mir nach Hause fahren. Paul war die ganze Nacht unterwegs wegen dem Mord am Bundeskanzler, also war es ruhig hier und ich habe mich verbarrikadiert und kein Licht gemacht.« Valerie lief die Treppe aus der oberen Etage mit den Gästezimmern hinunter in den großen Wohnraum der Remise.

»Und wo sind Wagner und Sina?«, stieß Berner nach und versuchte einhändig, seine Hose anzuziehen.

»Als Paul mich angerufen hat, waren sie am Heldenplatz und haben überlegt, was sie als Nächstes unternehmen und wohin sie das Dokument in Sicherheit bringen sollten.« Valerie dachte über einen Kaffee nach, verwarf den Gedanken aber gleich wieder. Sie lief hastig in den hinteren Teil der Remise, zu Pauls Motorradsammlung.

Berner hüpfte auf einem Bein und zog verzweifelt an seiner Hose. »Scheiße, Scheiße, Scheiße ...«, brummte er.

»Bernhard, was sind das für Worte am frühen Mittag? Das bin ich nicht gewohnt von dir«, stichelte Valerie und blickte sich im Garagenteil um.

»Ach, ist doch wahr«, ärgerte sich Berner. »Dir ist klar, dass die beiden jetzt auf einer Zeitbombe sitzen? Wenn euer hoch motiviertes Kommando aus Berlin herausbekommt, dass plötzlich das vierte Dokument Metternichs zu haben ist, dann werden die zur vollen Form auflaufen. Und zwar blitzkriegartig.« Der Kommissar überlegte fieberhaft, während er ein sauberes Hemd suchte.

»Das ist mir auch klar«, gab Valerie zurück, »warum, glaubst du, hab ich dich gleich alarmiert? Jetzt geht es um Minuten.«

Ihr Blick fiel auf den »Pizza Expresss« und sie verzog das Gesicht. Der schnelle Mazda 3 MPS hatte sie mit viel Glück durch ihr letztes Abenteuer gebracht, bevor ihn Paul seinem ehemaligen Besitzer abgekauft und seiner Sammlung an fahrbaren Untersätzen eingegliedert hatte.

Warum hat er um Gottes willen nicht die peinliche Werbeschrift entfernt, dachte Valerie und schaute sich nach einer Alternative um. Aber alle anderen Fahrzeuge waren einspurig, mit dem Porsche war Paul selbst unterwegs und seinen alten roten Golf hatte er Sina geschenkt.

»Mir bleibt auch nichts erspart«, murmelte Goldmann und sperrte die großen Türen auf, durch die früher die Straßenbahngarnituren zur Reparatur in die Remise gefahren wurden.

»Was ist los?«, erkundigte sich Berner und schlüpfte in sein Jackett.

»Du wirst mich nicht übersehen können, wenn ich dich abhole«, gab Valerie zurück und startete den 300-PS-Boliden. Mit einem lauten Röhren erwachte der Mazda zum Leben.

»O nein, Valerie«, stöhnte Berner, »ist es dieses unauffällige Gefährt, mit dem ihr nach Panenske-Brezany gekommen seid? Pizza in Schnitten, dafür schnell?«

»Ich bin unterwegs«, gab Goldmann zurück, ohne auf Berners Frage einzugehen. »Wir sehen uns in einer Viertelstunde. Vielleicht könntest du bis dahin über die Lösung eines unserer größten Probleme nachdenken. Nämlich – was machen wir jetzt? Die Botschaft wird uns nicht helfen, der Regierung sollen wir nicht trauen, das Kommando sollte uns nicht erwischen, Shapiro will ich nicht anrufen … und dann fallen mir nicht mehr viele Optionen ein. Ehrlich gesagt gar keine mehr.«

Bevor Berner antworten konnte, warf Goldmann das Handy auf den Beifahrersitz und legte den Gang ein. Mit einem Aufheulen raste der Mazda zwischen den Lagerhäusern davon und driftete dann um eine Ecke.

Berner stand telefonierend auf der Straße und hörte Valerie, bevor er sie sah. Die ruhige Gasse in der Innenstadt schien plötzlich von einer Lärmwelle durchflutet zu werden, bevor der »Pizza Expresss« heranschoss und vor dem Kommissar bremste.

»Ist so etwas legal?«, fragte Berner Valerie zur Begrüßung, als er einstieg.

»Was meinst du? Den Auspuff oder die Aufschrift?«, gab Valerie bissig zurück und reihte sich wieder in den Verkehr ein. »Außerdem, Bernhard, was kümmert es dich? Bist du Polizist?«

Der Kommissar schmunzelte. »Bieg da vorne links ab, wir fahren zum Rennweg. Ich hab gerade mit Burgi gesprochen, die Gruft ist immer noch abgesperrt und wird als Tatort von der Polizei bewacht. Da können wir uns das Dokument in Ruhe ansehen und alles Weitere entscheiden. Die Erzdiözese möchte zwar auch gerne hinein, aber die werden noch ein wenig warten müssen.«

Valerie nickte und sah ihn anerkennend von der Seite an. »Geniale Idee. Da werden wir ungestört sein und die Polizei wacht über uns. Wissen Georg und Paul schon davon?«

»Ich hab sie angerufen, sie sind auf dem Weg«, brummte Berner. »Wir treffen uns alle vier in der Gruft. Burgi kann nicht kommen, sie haben ihm noch einen zusätzlichen Fall aufgebrummt. Du weißt ja, Personalknappheit. Mein Gott, bin ich froh, dass ich bei dem Verein nicht mehr Mitglied bin.«

»Ach was«, witzelte Goldmann, »Bernhard Berner ist schon als Polizist auf die Welt gekommen und wird auch als Polizist sterben. Du hast ja Entzugserscheinungen, wenn du keine geheimnisumwitterten Fälle lösen kannst.«

Sie überquerte die Ringstraße in dem Moment, als die Ampel auf Rot sprang, wich einer Straßenbahn aus, die vor ihr abbog, und raste auf dem Gleiskörper weiter, weil auf der regulären Fahrspur der Verkehr zum Erliegen gekommen war.

Berner hielt sich fest und stützte sich mit beiden Beinen ab, als Valerie mit einem eleganten Schwung vor allen anderen durch die auf Grün umschaltende Ampel fuhr und wieder auf die Fahrbahn zurückschwenkte.

»Fährst du immer so?«, keuchte Berner, »ich dachte, du fliegst nur so …«

»Du klingst schon wie Paul«, antwortete Goldmann vergnügt und ignorierte erfolgreich die »Einfahrt verboten«-Tafel wegen der Bauarbeiten am Rennweg.

»Vielleicht will ich auch nur überleben, wie er«, brummte der Kommissar und sah einige Bauarbeiter zur Seite springen, die sich vor dem Pizza Expresss in Sicherheit brachten.

Doch die Staubfahne, die der rote Mazda aufwirbelte, zog die Aufmerksamkeit von zwei Streifenpolizisten auf sich, die sofort auf die Fahrbahn sprangen und sich mit erhobenem Arm und der ganzen Autorität des Gesetzes Valerie in den Weg stellten.

»Uh, oh, die haben wir nicht gebraucht«, sagte Valerie leise und bremste, keine dreihundert Meter vom Palais Metternich entfernt.

»Wagenpapiereführerscheinausweis!«, stieß einer der Uniformierten grimmig hervor, als Goldmann das Fenster heruntergelassen hatte. Sein Kollege hatte bereits Block und Stift gezückt und notierte das Autokennzeichen. Doch wie von Zauberhand erschien vor dem Gesicht von Valerie Berners Hand mit einem Ausweis.

»Dringender Einsatz, Herr Kollege, über alles Weitere reden wir nachher«, sagte er, und: »Valerie, fahr los, wir haben keine Zeit.«

Goldmann grinste und gab Gas. »War das etwa dein Polizeiausweis?«, fragte sie unschuldig. »Ich dachte, den hast du abgeben müssen?«

»Vergiss es einfach«, brummte Berner und deutete nach vorne, »da links ist es, da müssen wir hin.«

Die beiden Polizisten, die den Eingang zum Palais bewachten und interessiert den Pizza Expresss beäugten, salutierten kurz, als sie Kommissar Berner erkannten.

»Zwei Männer kommen noch, einer davon ist Paul Wagner, den Sie ja sicher kennen«, meinte Berner seufzend zu den Uniformierten. »Lassen Sie ihn durch, er gehört zu mir. Sonst darf niemand passieren. Ich hätte niemals gedacht, dass ich das je sagen würde«, ergänzte er und ging voran ins Gebäude.

Der Porsche steckte hoffnungslos fest, eingekeilt in einem Stau, der durch die Sperre des Rennwegs verursacht war.

»Wir hätten gleich zu Fuß gehen können«, beschwerte sich Georg und schaute auf zwei Dutzend Leidensgenossen auf den Spuren links und rechts neben ihnen.

»Du hast so recht, Herr Wissenschaftler! Weil wir ja einen so guten Parkplatz gehabt haben …«, gab Paul zurück und schaute auf seine Uhr. »Wir werden die Letzten sein. Valerie und Berner sind sicher schon da.«

»Wenigstens kann uns inmitten dieses Menschenauflaufs nichts passieren«, murmelte Sina. »Tschak hat's gut, der schläft auf dem Rücksitz.« Er hatte das Dokument aus der Ledermappe geholt und sah es sich genauer an.

»Georg, greif in die Seitenverkleidung, da ist meine Kamera drin, und mach ein Foto von dem guten Stück. Man kann nie wissen …«, meinte Paul und ließ die Scheibe herunter. Er lehnte sich hinaus und versuchte, weiter vorn eine Lücke oder eine Möglichkeit zu finden, abzubiegen und einen anderen Weg zu nehmen. Vergeblich.

»He! Da drüben geht Burghardt!«, rief er aus, hupte kurz und winkte dem Kommissar zu, der interessiert herüberblickte. Burgi schlängelte sich durch die Fahrzeuge zu Wagners Porsche.

»Ich sag jetzt nichts von wegen 270 PS und einem Stau«, grinste Burghardt. »Ich dachte, ihr seid schon längst in der Gruft. Mein anderer Fall kann warten, das hier ist wichtiger. Bernhard wird eher überrascht sein, wenn er mich sieht, weil ich ihm eigentlich abgesagt habe.«

Am Stauanfang kam Bewegung in die Kolonne und Paul lud Burghardt mit einer Handbewegung ein, neben sich Platz zu nehmen. Georg verstaute sich schnell auf der Rückbank für klein gewachsene Kinder und zog die Knie bis zum Kinn hoch. Tschak rutschte indigniert zur Seite.

»Es ist ja nicht mehr weit«, vertröstete ihn Paul, fand eine Lücke und eine freie Fahrspur und beschleunigte über die Kreuzung.

»Immer geradeaus, über den Schwarzenbergplatz, wir nehmen den Rennweg«, sagte Burghardt, »wir sind sowieso schon zu spät dran. Geht das Ding auch schneller oder sieht der nur so aus?«

Die »Einfahrt verboten«-Tafel flog an ihnen vorbei, der Splitt spritzte und Wagner fing den schleudernden Porsche mit einer Handbewegung wieder ein.

»Na also«, grunzte Burghardt befriedigt und schaute auf die Uhr. Als er wieder hochblickte, sprangen zwei Uniformierte todesmutig vom Gehsteig und stellten sich gebieterisch in die Mitte der Fahrbahn.

»Herrschaftszeiten!«, entfuhr es Burghardt.

Wagner hielt an.

»Wagenpapierefüh…«, setzte der Beamte an.

»Aus dem Weg!«, herrschte Burghardt ihn an und hielt ihm seinen Ausweis unter die Nase. Und dann zu Paul: »Gas!«

Der Porsche schoss nach vorne. »So mag ich das«, grinste Wagner, »kurz und schmerzlos. Sie könnten öfter mit mir mitfahren.« Dann brach er in lautes Gelächter aus, als er den Pizza Expresss vor dem Palais Metternich stehen sah. »Es ist nicht zu übersehen, dass Valerie schon da ist. Ich wusste gar nicht, dass sie so an dem Wagen hängt«, sagte er und stieß Georg an.

Burghardt schüttelte den Kopf. »Echt unauffällig! Da fährt Bernhard mit? Und dann beschwert er sich über meine Sommergarderobe …«

Die Metallplatten lagen noch immer über dem großen Loch, das der Bagger gerissen hatte. Paul nahm zwei Taschenlampen aus dem

Porsche und folgte Burghardt und Sina an den beiden Polizisten vorbei ins Stadtpalais, während Tschak das Auto hütete – und tief schlief.

Palais Metternich, Rennweg, Wien/Österreich

Valerie sah sich staunend um. Im Schein der Taschenlampen leuchteten die goldenen Buchstaben auf dem dunklen Blutrot der Wände wie Stickereien auf rotem Samt. Sie hatte als einzige aller Anwesenden die Gruft noch nie gesehen und war fasziniert. »Wisst ihr schon, was die Buchstaben bedeuten?«, sagte sie und ihre Stimme hallte ein wenig nach.

Georg schüttelte den Kopf. »Ich nehme an, dass der erste Buchstabe, das B, für Balthasar steht. Aber dann …« Er legte die Lederhülle mit dem Dokument auf die Steinstufe unter dem Kreuz, direkt über dem Grab des Zwerges. Direkt auf die Stelle, wo Irina … Sina wandte sich an Burghardt. »Habt ihr über die Villa am Gallitzinberg schon etwas herausgefunden?«

»Sie gehört einem internationalen Konsortium mit Sitz auf den Cayman Islands. Wir haben eine Hausdurchsuchung beantragt, aber gestern war Sonntag.« Burghardt schaute angelegentlich auf seine Schuhspitzen. »Wir sind trotzdem rein, mit einem Dietrich. Es war keine Menschenseele da und die Spurensicherung braucht länger. Dazu benötigen wir ein offizielles Papier, tut mir leid.«

Georg nickte. »Ich kann leider auch keine Angaben zu den Personen machen, alle waren maskiert. Der Einzige, den ich erkannte, war mein Freund Wilhelm Meitner.«

»Ich möchte jetzt endlich einmal eines dieser mysteriösen Dokumente sehen«, brummte Berner und deutetet auf die Ledermappe.

In diesem Moment ertönte ein metallischer Lärm von oben.

»Ah, die Magistratsabteilung hat mit der Reparatur des Loches begonnen«, sagte Paul und schaute nach oben, wo die leichten Platten eine nach der anderen langsam zur Seite gezogen wurden. Arbeiter in ihren orangen Signaljacken winkten herunter und man hörte einen Lkw, der einen Hebekran ausfuhr, um die Platten aufzuladen.

»Gehen Sie ein wenig zur Seite, es könnten Steine herunterfallen«, rief einer der Arbeiter besorgt und winkte der Gruppe zu. »Es wird nicht lange dauern.«

Burghardt nahm Valerie am Arm und zog sie nach vorne zu der Steinstufe und dem Grab, wo Berner und Sina bereits saßen. Paul holte das Dokument aus seiner Hülle und breitete es aus. Es wurde immer heller in der Gruft, je mehr Platten vom Bautrupp weggezogen wurden.

»Es sieht wirklich so aus, als ob jedes dieser verschlüsselten Schriftstücke gleich ist«, sagte Wagner nachdenklich und betrachtete das große Blatt genau. »Ich habe auch das russische gesehen, zwar nicht lange, aber doch, und ich kann auf den ersten Blick keinen Unterschied feststellen.«

Alle schauten auf den Text in der dunkelgrünen Schrift. Die sieben Zeilen waren in der Mitte des Blattes angeordnet, das in etwa die Größe eines DIN-A3-Bogens hatte.

✚Z✚DIA✚BHGFIBFRS✚Z✚SAB✚Z✚
QTEOILUNPKWMTJWWRZLWTFMOS
VDNXLE4SHETVTHCSRSEKEGEQA
ESVRCSMFUKWIBZOHRDUNETQTE
PDRVWNNFWUZZSFEAEQ2DIHNDS
SNNWXRETLTYARZVDLFRWGOEQA
✚Z✚DIA✚BHGFIBFRS✚Z✚SAB✚Z✚

Darunter standen, im rechten unteren Eck und ganz klein geschrieben, einige Zahlen:

. 11 . . . . . . 11.76.

»Komisch, ich hätte mir eingebildet, auf dem russischen Dokument waren auch Buchstaben rechts unten«, murmelte Paul und tippte mit dem Finger auf die kurze Zeile aus Punkten und Zahlen. »Ich könnte schwören, es waren ein ›N‹ und ein ›O‹ und dann …«

Ein zischendes Geräusch riss sie aus ihren Betrachtungen. Es klang nach dünnem Papier, das in Streifen gerissen wurde und dann in noch einen und noch einen …

Schwarze Seile flogen von der Höhe des Loches durch die Luft und strafften sich, dann hingen auch schon Arbeiter des Bautrupps daran und glitten in die Tiefe.

Valerie sprang auf und wollte zugleich ihre Waffe ziehen, da stoppte sie eine Stimme aus dem Schatten neben der Tür mitten in der Bewegung.

»Major Goldmann, das wäre keine gute Idee.« Ein Mann im schwarzen Kampfanzug mit Gesichtsmaske trat aus dem Dunkel und hielt eine große Desert-Eagle-Pistole direkt auf ihren Kopf gerichtet. Er kam mit ruhigen Schritten auf Valerie zu. »Geben Sie mir Ihre Waffe, bitte.« Er streckte die Hand aus und Goldmann sah in seinen Augen, dass es keine Verhandlungen geben würde. Sie reichte ihm die Smith & Wesson und er winkte sie zur Seite. Die Männer in den Warnwesten hatten inzwischen den Boden der Gruft erreicht, sich verteilt und sicherten nun mit kurzläufigen Maschinenpistolen die Lage. Es war totenstill, nur der Baulärm vom Rennweg drang gedämpft bis hierher.

»Ich möchte nicht, dass Sie etwas Unüberlegtes unternehmen, Kommissar Berner. Ich würde keine Sekunde zögern, glauben Sie mir.«

Der Mann schaute dann Paul an und streckte erneut seine Hand aus. »Sie wissen, warum wir hier sind. Und bitte stecken Sie das Dokument wieder in die Lederhülle, wir wollen doch nicht, dass ihm etwas passiert.«

Wagner verzog das Gesicht, schüttelte den Kopf und verstaute das Blatt wieder in der schmalen Ledermappe, die er anschließend dem Maskierten hinhielt.

»Der Schlag soll Sie treffen, wer immer Sie auch sind«, zischte er.

Der Mann im Kampfanzug antwortete nicht, sondern sammelte die Waffen von Berner und Burghardt ein, gab seinen Männern ein Zeichen, Paul und Georg zu durchsuchen, und ging schließlich zurück zur Türe. Im Schatten angelangt, lehnte er sich an die Wand, die Pistole im Anschlag.

»Abrücken«, kommandierte er halblaut und jeder der Männer zog einen kleinen Würfel mit einer Schlaufe aus der Tasche, fädelte ihn in das Seil und ließ sich von einem starken Elektromotor nach oben ziehen. Nach kaum zehn Sekunden war auch der letzte über den Rand des Loches nach draußen geklettert und ein massives, offenbar vorbereitetes Gerüst wurde vom Kran des Lkw abgesenkt. Es war eine

Spezialkonstruktion, passte sich ganz genau den Konturen des Loches an, saß allerdings rund einen halben Meter tiefer als das Straßenniveau.

Metallplatten schwebten ein, wurden verteilt und es wurde wieder dunkel. Die ganze Aktion hatte keine fünf Minuten gedauert. Dann kam ein seltsames Geräusch von oben, wie ein kleiner Erdrutsch, der nicht aufhören wollte.

»Wir sollten das Loch ja wirklich gut verschließen, hieß es in unserem Auftrag. Was Sie hören, ist ein halber Meter Beton, der eingebracht wird.« Die Stimme des Mannes klang kalt und unbeteiligt. Er zog eine Stirnlampe aus der Tasche, schaltete sie ein und öffnete die Tür.

»Ich darf mich verabschieden, man wartet bereits auf mich. Diese Gruft ist Ihre Gruft. Platz genug ist jedenfalls.«

Damit warf er die massive Türe zu und sperrte ab. Den Schlüssel warf er achtlos weg. Dann streifte er die Maske vom Kopf, zog den vorbereiteten Blaumann an, schlüpfte in die orange Jacke und stieg ohne Eile die Treppe nach oben.

Als er durch den unbewachten Eingang nach draußen auf den Rennweg trat, rollte der schwere Betonmischer bereits wieder an und machte sich auf den Weg. Er trat an den Rand des frisch zementierten Loches und schaute genauer hin. Von den beiden Polizisten war nichts mehr zu sehen.

Georg Sina kämpfte gegen seine Klaustrophobie, sobald die Tür zugeschlagen war. Obwohl die drei Taschenlampen sofort aufflammten, schien das Gewölbe immer näher zu kommen.

»Wir werden vorläufig nur eine Lampe einschalten«, schlug Paul vor, »damit wir Batterien sparen. Die Dinger liegen seit Ewigkeiten bei mir im Auto herum.« Georg wollte etwas einwenden, schwieg aber dann. Wagner hatte recht. Zwei Lichtkegel verschwanden, nur Pauls Lampe brannte noch.

»So weit zum vierten Dokument«, meinte Valerie niedergeschlagen. »Wir haben uns darauf verlassen, dass die Polizisten den Zugang bewachen. Aber das war ein Fehler, ein großer Fehler. Ich könnte mich …«

»Das ehrt dich, bringt uns aber nicht einen Schritt weiter«, unterbrach sie Paul. »Ich frage mich, wie die so schnell hier sein konnten.«

»In dieser Stadt werden immer mehr Überwachungskameras installiert«, brummte Berner, »und nur die wenigsten sind offiziell. Ich nehme an, ihr beide steht auf jeder nur erdenklichen Wunschliste. Jemand hat jemanden anderen informiert und der hat beim Höchstbieter angerufen. Das müsste Ihnen ja ein Begriff sein«, meinte er lakonisch zu Wagner.

»Wie gewonnen, so zerronnen«, zitierte Georg und spürte, wie sein Zorn über die Ohnmacht der Situation in ihm hochstieg.

»Noch ist nicht alles verloren«, sagte Paul, »du hast ja ein Foto gemacht, also haben wir diesmal etwas, worauf wir zurückgreifen können. Damit sollte die Entschlüsselung auch gelingen.«

»Soll ich dir die Kamera aus dem Porsche holen?«, spottete Sina und deutete nach oben.

»Handy-Empfang können wir hier vergessen«, warf Burghardt ein, der unter dem Kreuz saß und das Display seines Mobiltelefons nicht aus dem Auge ließ.

»Hat irgendwer einen Satz Dietriche dabei?«, fragte Paul hoffnungsvoll in die Runde und ließ den Schein seiner Taschenlampe von einem zum anderen springen. Allgemeines Kopfschütteln war die Antwort. »Und ich dachte immer, das gehört zur Standardausrüstung jedes guten Kriminalisten«, murmelte er.

»Sie sehen zu viele schlechte Krimis«, bemerkte Berner trocken und stieß Burghardt an. »Komm, Burgi, wenn wir schon hier sind und wie es aussieht noch etwas Zeit in trauter Gemeinschaft verbringen werden, dann lass uns nochmals den mysteriösen Toten anschauen. Vielleicht bringt uns der Zwerg aus der Vergangenheit auf irgendwelche Gedanken, wie wir hier rauskommen könnten.«

»Ja, unser Freund Balthasar«, sagte Georg nachdenklich und zog den Brief Metternichs aus der Tasche. »Der Kleinwüchsige im Staatsfrack, der Meister der Rückversicherung.«

»Du hast den Brief dabei?«, fragte Paul überrascht. »Ich dachte, du hast ihn im Wagen gelassen.«

Sina schüttelte den Kopf. »Einige Dinge in dem Schreiben lassen mir keine Ruhe und ich dachte, vielleicht finden wir Hinweise, die Licht in das Schriftstück bringen könnten.« Er nahm dem Reporter die Lampe aus der Hand und richtete sie auf den Brief.

»Hör zu. Metternich schreibt: ›*Vier Wege zum Wissen, vier Bausteine des Geheimnisses. Und doch – der doppelte Boden war eine geniale Idee von Dir.*‹« Er schaute Paul an. »Welcher doppelte Boden? Wo sollte der sein?«

Burghardts Stimme kam aus dem Dunkel.

»Wenn ihr hier herüber leuchten könntet, dann wäre uns schon viel geholfen. Ob doppelter Boden unter dem Sarg oder nicht, die Steinplatte ist verdammt schwer und ich möchte sie nicht aus Versehen auf meinen Füßen abstellen.«

Valerie schaltete ihre Taschenlampe ebenfalls ein und im schwankenden, gelblichen Licht schienen die Schatten dem kleinen Skelett plötzlich Leben einzuhauchen. Die Reste des Staatsfracks verliehen dem Toten einen Hauch von Pomp und höfischer Eleganz längst vergangener Tage.

Paul beugte sich fasziniert über den kleinen Leichnam. Er vergaß alle Vorsicht und schob ein paar der halb verfaulten Bretter beiseite, die wohl den Deckel gebildet haben mussten. Die Schuhe des Toten waren überraschend gut erhalten. Dann sah er plötzlich eine Art Schild, eine ovale Metallplatte, die unter einem der Bretter versteckt gewesen war. Mit spitzen Fingern fasste er das Medaillon und zog daran. Sofort war Georg an seiner Seite und begann mit einem Taschentuch die Oberfläche blank zu reiben.

»Eine Art Funeralschild«, stieß er aufgeregt hervor, »vielleicht werden wir endlich wissen, wer hier begraben liegt.« Nach einigen Augenblicken kam im Licht der Taschenlampen eine Inschrift zutage. Georg las laut vor und seine Stimme hallte durch das Gewölbe:

SISTE VIATOR GRADVM
INNITE IN BACULUM ET ECCE
IN HAC FOSSA QVIESCVNT OSSA
VIRI PARVIS UT FORTIS CLARISSIMI ET DOCTISSIMI
DOMINI BALTHASAR JAUERLING
CONSILIARII SECRETI IMP. ROM. JOSEPHI II
CELEBERRIMI
QVI
NEMINI VNQVAM NISI HAC MORTE INIVRIAM FECIT;
LICET IN HAC VITA IN IUDICIO VERSATVS

NUNC TAMEN VICIT SINE OMNI LITE
IN CAVSSA PROPRIA
CORAM TRIBVNALI DIVINO CHRISTO ADVOCATO
SIC ACTA FELICITER SUNT VICTA,
CVM DEBITVM NATVRAE SOLVERET
MORTE QVIDEM PRAEMATVRA
d. 9. IUNIUS. 1815
FINITIS ANNIS LXIX.
ABI VIATOR
TVAMQVE CAVSSAM ALIOQVANDO SIC
AGERE DISCE

»Eine Übersetzung wäre jetzt sehr willkommen, Herr Professor«, gab Paul zu bedenken. »Ich hab zwar rudimentäre Lateinkenntnisse, aber die versagen hier eindeutig.«

Georg nickte nachdenklich, er war mit seinen Gedanken bereits ganz woanders. »Die langen Schatten des Schwarzen Bureaus«, murmelte er, »Jauerling, Balthasar Jauerling …« Dann drehte er sich um und nahm Berner die Taschenlampe aus der Hand, leuchtete die blutrote Wand mit den goldenen Buchstaben an.

B.J.G.R.U.K.J.Z

Er lächelte und las schließlich laut vor: »Balthasar Jauerling, geheimer Rat unter Kaiser Joseph dem Zweiten. Da habt ihr die Bedeutung der Buchstaben.«

Alle Augen waren auf die goldenen Lettern gerichtet. Dann pfiff Paul durch die Zähne. »Glatter Treffer«, sagte er anerkennend. »Geht das aus dem lateinischen Text hervor?«

»Mehr oder weniger, hör zu«, sagte Sina und übersetzte sinngemäß: »Halt an, Pilger, den Schritt; stütze dich auf den Stab und siehe! In diesem Grab ruhen die Gebeine eines kleinen, aber kraftvollen Mannes, des sehr vornehmen und gelehrten Herrn Balthasar Jauerling, eines sehr berühmten, geheimen Rates des römischen Kaisers Joseph II., der nie jemandem ein Unrecht zufügte, außer durch diesen Tod. Mag er auch in diesem Leben mit gerichtlicher Untersuchung befasst gewesen sein, hat er nun ohne jeden Rechtsstreit gewonnen in eigener Sache, vor dem göttlichen Gericht, weil Christus sein Anwalt war: So sind seine Taten glücklich übertroffen worden, als er der Natur die Schuld bezahlte durch seinen allerdings verfrühten Tod am 9. Juni 1815 im Alter von 69 Jahren.

Geh, Wanderer, und lerne, auch deine Causa dereinst so zu führen!«

Georg verstummte und niemand konnte seinen Blick von dem kleinen Skelett abwenden. Es war, als ob der Tote selbst die Worte gesprochen hatte.

»Er war es«, sagte Georg schließlich in die Stille, »er war der Mann hinter Metternich. Er war der Leiter des berüchtigten Schwarzen Bureaus.«

Keiner sprach ein Wort. Es war, als ob die Gewölbe sich gesenkt hätten und der Druck auf den Schultern aller lasten würde.

Georg schluckte und schloss die Augen. »Gott sei seiner Seele gnädig.«

Irgendwo in Wien, Innere Stadt/Österreich

Die vier alten Dokumente lagen nebeneinander auf einem großen, glänzenden Sitzungstisch und sahen auf der meterlangen Platte klein und unbedeutend aus.

Die bewaffneten Männer in den schwarzen Kampfanzügen neben der Tür und vor den Fenstern hingegen verliehen der Situation etwas Dramatisches. Sie passten nicht zu den Stilmöbeln, den wertvollen Bildern und dem gewaltigen Lobmeyr-Kristalllüster, der eine Sonderanfertigung gewesen sein musste.

Über die Dokumente gelehnt, beratschlagten zwei Wissenschaftler und ein Kryptologe, während am anderen Ende des Tisches eine größere Gruppe in dunklen Anzügen miteinander konferierte.

»Kein Zweifel, alle vier Dokumente beinhalten den gleichen Text. Keinerlei Abweichung bei den sieben Zeilen, alle Buchstaben gleich und die Entschlüsselung ergibt jedes Mal dasselbe Resultat«, meinte der Fachmann für Geheimschriften und blätterte in seinem abgegriffenen Notizbuch. »Darin gibt es keinen Hinweis auf den Platz, an dem die entscheidenden beiden Urkunden versteckt sind, die wir eigentlich suchen.«

»Nun, wenn wir annehmen, dass die Dokumente zur Zeit des Wiener Kongresses entstanden sind beziehungsweise aus der Hand gegeben wurden, dann muss es sich bei dem Versteck der Urkunden um einen Ort handeln, der leicht wiederzufinden ist«, meinte der Historiker, der als Spezialist für das 19. Jahrhundert besonders beeindruckt von der Entdeckung der bis dahin unbekannten Dokumente war. »Es muss außerdem ein Ort gewesen sein, der bereits existierte, der sicher war, an den man nicht leicht oder aus Versehen herankam, und ich kann mir nur schwer vorstellen, dass Metternich so wichtige Urkunden vergraben ließ.«

Der Kryptologe schüttelte den Kopf. »Hat er nicht, das glaube ich auch nicht, die Dokumente müssen leichter zugänglich sein.«

Die Gruppe am anderen Ende des Tisches unterbrach ihr Gespräch und einer der Männer wandte sich an den Geheimschriftenexperten.

»Haben Sie den Ausdruck mit der Entschlüsselung hier? Der Minister hätte gerne einen Blick drauf geworfen und vielleicht wären Sie so freundlich und würden uns die Vorgehensweise erklären?«

»Selbstverständlich gern«, antwortete der Wissenschaftler und zog ein dicht beschriebenes Blatt aus seiner Aktentasche. Dann kam er um den Tisch herum, nahm im Vorbeigehen eines der Dokumente mit und legte es vor dem Minister auf den Sitzungstisch.

»Der siebenzeilige Text, den Sie vor sich sehen, enthält zwei gleiche Zeilen, die erste und die letzte. Der Verfasser der Verschlüsselung wollte damit auf ihre Wichtigkeit hinweisen und wichtig sind sie in der Tat – sie sind der Schlüssel zum Text, der aus den restlichen fünf Zeilen gebildet wird. Die Zeile

✠Z✠DIA✠BHGFIBFRS✠Z✠SAB✠Z✠

– übrigens die Inschrift des Pestkreuzes aus Nussdorf ob der Traisen – ist der Schlüssel zum gesamten Text. Wir können also die erste und die letzte Zeile abziehen und erhalten fünf Zeilen tatsächliche Nachricht:

QTEOILUNPKWMTJWWRZLWTFMOS
VDNXLE4SHETVTHCSRSEKEGEQA
ESVRCSMFUKWIBZOHRDUNETQTE
PDRVWNNFWUZZSFEAEQ2DIHNDS
SNNWXRETLTYARZVDLFRWGOEQA

Wenn Sie genau schauen, dann haben alle Zeilen die gleiche Anzahl an Buchstaben, inklusive der ersten und letzten, also des Schlüssels. Damit und angesichts der Zeit der Entstehung kommt als gängige Methode nur das Quadrat von Vigenère in Frage, damals eine übliche Vorgehensweise.«

Der Kryptologe sah die verständnislosen Gesichter und holte weiter aus.

»Das Quadrat von Vigenère ist ein einfaches Buchstabenquadrat, beginnend mit A und fortlaufend bis Z, sowohl waagrecht als auch senkrecht. Je kürzer der Schlüssel ist, desto öfter werden sich Buchstaben wiederholen. Je länger er ist, desto schwieriger wird es.«

Er klopfte auf das Dokument vor ihm.

»Hier kommt dazu, dass es im Schlüssel sieben Kreuze gibt, die in verschiedener Art interpretiert werden könnten. Wir haben jedoch herausgefunden, dass die Kreuze die Funktion einer Null hatten, was heißen soll, dass der Buchstabe unverändert aus dem Originaltext übernommen wurde.«

Die Gruppe beugte sich über die dunkelgrün geschriebenen Zeilen.

»Das würde aber heißen«, stellte einer von ihnen fest, »dass der erste Buchstabe im Originaltext ein Q wäre.«

»Völlig korrekt«, lächelte der Wissenschaftler, »es ist ein Q.«

»Aber welches deutsche Wort beginnt mit Q?«, wunderte sich der Mann, »abgesehen von Quelle und quasi …«

»Wer hat behauptet, dass es sich um Deutsch handelt?«, gab der Wissenschaftler zurück. »Die gängige Diplomatensprache im 19. Jahrhundert war Französisch und da gibt es jede Menge Worte, die mit einem Q beginnen.«

Die Runde schwieg und schaute fasziniert auf das Dokument. Schließlich sagte einer von ihnen: »Und was heißt jetzt der entschlüsselte Text genau?«

Der Kryptologe legte die Finger aneinander und rezitierte aus dem Gedächtnis:

»Que la lumière se fera le temps
venu De 4 rayons clarté se fera
et vous menera aux preuves que
personne pourra nier 2 lignes
sont presents Quelle regnera?

Oder sinngemäß übersetzt:

Dass das Licht scheine, wenn die Zeit gekommen ist.
Aus vier Strahlen wird die Klarheit entstehen
Und wird Euch bis zu den Beweisen führen,
die keiner mehr verleugnen kann. Zwei Linien
sind vorhanden. Welche wird regieren?«

»Sie wollen sagen, dass die beiden Zahlen ebenfalls in das Rätsel mit eingebaut waren?«, fragte einer aus der Gruppe erstaunt.

Der Wissenschaftler nickte. »Ja, die Vier und die Zwei, die übrigens in einer perfekten Symmetrieachse stehen, waren Teil des Rätsels. Vier Strahlen und zwei Linien. Die Zahlen standen jeweils an der siebenten Stelle. Die Vier von vorne und die Zwei von hinten gezählt. Und falls es Ihnen noch nicht aufgefallen sein sollte, gibt es sieben Kreuze in der Inschrift des Kreuzes aus Nussdorf.« Er blickte in die erstaunten Gesichter der Männer, die langsam zu begreifen schienen.

»Wer immer dieses Dokument verschlüsselt hat, er hat sein Handwerk verstanden. Es gab überall Querverbindungen und er hat keine einzige ausgelassen.« Er fuhr mit seiner Hand fast zärtlich über das alte Papier. »Kryptografie ist angewandte Mathematik. Ich will Ihnen noch ein Beispiel geben, an dem Sie die Kunst der Verschlüsselung erkennen können. Die Inschrift des Kreuzes besteht aus achtzehn Buchstaben und sieben Kreuzen. Ergibt zusammen fünfundzwanzig Stellen. Nun, jede Zeile des kodierten Dokumentes hatte fünfundzwanzig Zeichen. Und der Text wiederum sieben Zeilen, so viele wie Kreuze in der Inschrift.«

Der Minister winkte ab. »Danke, ich glaube, wir haben alle jetzt verstanden, dass die Verschlüsselung von jemandem mit messerscharfem Verstand vorgenommen wurde. Aber was hat es mit den vier Strahlen auf sich?«

»Sie meinen die vier Strahlen, aus denen die Klarheit entstehen wird?«, hakte der Wissenschaftler nach.

Der Minister nickte zustimmend.

»War es bisher schon ein Meisterstück, so wird es jetzt schlichtweg genial«, gab der Kryptologe zu. »Stellen Sie sich vor, Sie händigen vier Dokumente an verschiedene Länder aus, denen Sie zwar den Schlüssel für die Dechiffrierung gleich mitliefern, vor denen Sie aber den entgültigen Ort, das Versteck der ›Beweise‹, geheim halten wollen. Die Informationen in allen Dokumenten sind die gleichen, nur im Endeffekt konnte niemand wirklich etwas damit anfangen. Denn es gab keine Ortsangabe, keinen Weg zum Schatz sozusagen.«

Er tippte mit dem Ende seines Bleistiftes auf die kleinen Zahlen rechts unten.

»Wären da nicht vier verschiedene Zahlen- und Buchstabenkombinationen, die so unscheinbar erschienen, aber in Wahrheit der wichtigste Bestandteil des Plans waren, den Metternich so elegant durchzog. Einer allein konnte mit seinem Schriftstück nichts anfangen.«

Der Wissenschaftler ging zum anderen Ende des Tisches und kam mit den restlichen drei Dokumenten zurück. »Ich darf Sie daran erinnern – ›Aus vier Strahlen wird die Klarheit entstehen‹. Mit anderen Worten, Sie brauchen alle vier Blätter, um ans Ziel zu kommen.«

Vorsichtig legte er die Schriftstücke übereinander und hielt sie gegen das Licht.

»Halten Sie die exakt ausgerichteten Blätter vor eine starke Lampe, dann werden Sie sehen, dass die kleinen Buchstaben- und Zahlengruppen sich zu einem Ganzen zusammenfügen, nämlich zu einer Koordinate. In diesem Fall

48, 11, 56, 42 Nord
16, 22, 11, 76 Ost

Niemand hätte mit seinem Dokument allein jemals zu dem Versteck gelangen können, an dem die Wahrheit liegt. Nur alle vier gemeinsam waren dazu in der Lage. Aber Metternich wusste auch, dass genau damit die Sicherheit seines Versteckes garantiert war. Die Wahrscheinlichkeit, dass alle vier Dokumente zusammenkommen und seine Besitzer sich einig seien würden, war verschwindend gering.«

Der Minister stand auf und begann auf und ab zu gehen, die Hände tief in seinen Hosentaschen versenkt. »Der Plan war genial, einfach genial, und er hat die Jahrhunderte überdauert. Was für ein Staatsmann«, murmelte er bewundernd. Dann blieb er vor dem Kryptologen stehen und blickte ihm erwartungsvoll in die Augen. »Also wo?«

»In der alten Technischen Universität Wien am Karlsplatz.«

Palais Metternich, Rennweg, Wien/Österreich

Es war deutlich kühler geworden. Ohne die warme Sommerluft, die durch das Loch geströmt war, fiel die Temperatur in der Gruft stetig.

»Balthasar Jauerling, was für ein schöner Name«, sagte Valerie leise und betrachtete das Skelett, das nun eine Persönlichkeit zu haben schien. »Ein kleiner Mann mit einer großen Vergangenheit.«

»Ein einflussreicher und gefährlicher Mann«, ergänzte Georg und Berner ließ den Lichtstrahl der Lampe über den zerbrochenen Sarg wandern. »Das Schwarze Bureau war nicht zimperlich, wenn es um Menschenleben ging. Der Kaiser gab einen Wink, schrieb eines seiner berüchtigten Handbillets, und der Mann im Schatten gehorchte wie ein gut funktionierendes Uhrwerk.«

»Also vergleichbar mit einem Geheimdienst unserer Tage«, meinte Berner, reichte die Lampe an Burghardt weiter und zündete sich eine Zigarette an.

»Nur noch schlimmer«, wandte Georg ein, »viel schlimmer. Geheimdienste heute werden irgendwann einmal kontrolliert, von staatlichen Stellen, oder die Medien reißen den Schleier von vielen ihrer Aktionen und Einsätze. Damals war Jauerling niemandem Rechenschaft schuldig außer dem Kaiser selbst. Und Joseph II. hätte sich gehütet, seinen besten Mann zu diskreditieren. Der Zwerg war der Herrscher der Schatten, die dunkle Seite der Macht. Er entschied über Leben und Tod, vielleicht mit einem Wink seines Stockes.«

Alle beugten sich über den Sarg und sahen, dass selbst im Tod die skelettierten Finger den Knauf des Stockes fest umklammert hielten.

»Ich habe mir schon beim ersten Mal eingebildet, ich hätte einen Stock gesehen«, brummte Berner.

»Viele Kleinwüchsige hatten Schwierigkeiten mit dem Rückgrat oder der Hüfte«, erklärte Paul, »und je älter sie wurden, desto öfter brauchten sie eine Gehhilfe. Jauerling scheint ganz besonders an seinem Stock gehangen zu haben.«

Sina stutzte. »Wartet mal, was steht auf seinem Funeralschild? ›Halt an, Pilger, den Schritt; stütze dich auf den Stab und siehe!‹«

»Was willst du damit sagen?«, fragte Valerie. »Ich glaube, man sollte diese Inschrift nicht zu ernst nehmen. Da steht doch auch, dass Jauerling nie jemandem ein Unrecht zugefügt habe, außer durch seinen Tod. Nach dem, was du gerade erzählt hast, ist das glatt gelogen.«

»Das darfst du jetzt wiederum nicht so ernst nehmen«, lächelte Georg, »das sind Floskeln, die auf allen diesen Medaillons stehen. So wie ›Er ruhe in Frieden‹ oder ›Hier liegt der ehrenwerte Herr XY …‹, auch wenn er gar nicht ehrenwert war. Aber der erste Satz ist seltsam.«

Der Wissenschaftler nagte an seiner Unterlippe und schwieg. Er ging in die Hocke und begann Dreien auf seinen Handrücken zu zeichnen.

Burghardt ging mit der Lampe näher an den Knauf des kleinen Stockes heran. Er war schwarz, mit Staub und Moder überzogen.

»Man kann erkennen, dass er eine seltsame Form hat«, meinte Burghardt und schwenkte die Lampe hin und her. Er wollte ungeduldig zugreifen und den Stock herausziehen, aber Berner hielt ihn zurück.

»Halt, Burgi! Lass Georg zuerst seine Schlüsse ziehen. Jetzt kommt es nach zweihundert Jahren auf ein paar Minuten auch nicht mehr an«, stellte er fest und blickte auf Sina, der noch immer tief in Gedanken versunken war. »Außerdem haben wir doch keinen wirklich dringenden Termin im Moment, oder? Wir sitzen hier fest, wenn ich dich daran erinnern darf.«

Dann wandte er sich an Sina. »Stand in dem Brief Metternichs an seinen alten Freund nicht etwas von einem doppelten Boden?«

Georg nickte und zog das Schreiben aus der Tasche. Paul schaltete seine Taschenlampe ein und das alte Briefpapier leuchtete im Dunkel auf.

»*Wie recht hattest du doch mit deiner Rückversicherung, mein kluger Balthasar. Wir haben den besten Augenblick und die richtigen Adressaten gewählt.*

Der Wiener Kongress tanzte, aber wir bereiteten den Boden für die Zukunft vor. Vier Wege zum Wissen, vier Bausteine des Geheimnisses. Und doch – der doppelte Boden war eine geniale Idee von Dir. Wie alles, was Du geplant hast, wird auch dieses Konstrukt die Jahrhunderte überdauern, bis die Zeit kommen wird …«, las Sina leise vor.

»Unser Meisterstratege hier hat also einen doppelten Boden eingebaut, für den Fall der Fälle, falls alle Stricke reißen sollten, falls also eines der Dokumente endgültig verloren gehen sollte«, brummte Berner.

»Ja, ohne Zweifel …« Sina zögerte einen kurzen Moment.

»Die Aufforderung ›SISTE VIATOR GRADVM‹ ist eine weitverbreitete Wendung in barocken Grabinschriften. Auch wenn wir es hier mit dem Ende des Empires zu tun haben, Jauerling war ein Mann des Spätbarock. Der Einschub ›INNITE IN BACULUM‹ ist eigentlich total ungebräuchlich … Sich auf den Stab stützen …« Sina zog die Brauen zusammen und zupfte sich den Bart. Dann meinte er bestimmt: »Ich glaube, es ist der Stock, der ihn sein Leben lang begleitet hat. Die Rückversicherung waren die vier Dokumente, die Metternich am Wiener Kongress ausgehändigt hat. Aber was wäre gewesen, wenn eines davon plötzlich unauffindbar gewesen wäre, nach, sagen wir, hundert oder zweihundert Jahren?«

»Tut mir leid, das verstehe ich jetzt nicht. Entweder ihr wisst mehr als ich, oder …«, begann Valerie, aber Georg unterbrach sie mit einer Handbewegung.

»Ganz und gar nicht. Vier Wege zum Wissen heißt zwar, dass du vier Möglichkeiten hast, an die Information dranzukommen, aber es sind auch vier Bausteine des Wissens«, sagte Georg aufgeregt. »Bernhard hat recht. Du brauchst alle vier, um an das Wissen zu kommen.«

»Das sind sicher die kleinen grünen Buchstaben- und Zahlenkombinationen rechts unten«, warf Paul ein.

»Also musste Jauerling sicherstellen, dass es einen Notausgang gab«, bestätigte Georg. »In diesem Sinne lest jetzt den ersten Satz des Funeralschildes: ›Halt an, Pilger, den Schritt; stütze dich auf den Stab und siehe!‹«

»Das würde aber heißen, dass der Verfasser des Textes das Geheimnis Jauerlings kannte«, gab Berner zu bedenken.

»Richtig«, antwortete Georg, »und es würde mich nicht wundern, wenn es Metternich selbst war.«

»Das heißt, es ist noch nichts verloren, selbst wenn wir keines der vier Dokumente in Händen halten?«, fragte Valerie verwundert. »Jauerling hatte auch daran gedacht?«

»Ich glaube, der Leiter des Schwarzen Bureaus hatte an alles gedacht, er war einer der großen Strategen der Diplomatie und des Verbergens«, gab Georg zu. »Schauen wir uns den Stock genauer an.«

Es war, als ob das Skelett den Knauf des Stockes nicht loslassen wollte. Selbst im Tod umklammerte der Zwerg das kostbare Stück, das ihn sein halbes Leben lang begleitet haben musste.

Schließlich gelang es Burghardt mit sanfter Gewalt, den überraschend schweren Stock aus dem Sarg zu heben. Er wog ihn kurz in der Hand und reichte ihn an Sina weiter.

»Licht, Tupfer, Tücher, Wasser, Skalpell!«, forderte der Wissenschaftler scherzhaft.

»Ich kann dir zwei Stofftaschentücher und ein Taschenmesser anbieten«, brummte Berner. »Für archäologische Feldforschung bin ich nicht ausgerüstet.«

»Damit wird es gehen müssen. Zur professionellen Reinigung brauche ich noch ein leistungsstarkes Ferment …«, meinte Georg, spuckte auf das Metall und begann mit der Säuberung des Knaufes. »Es gibt nur zwei Lebewesen, die einen so brauchbaren Speichel haben, Ratten und Menschen … Aber was sagt uns das über unsere Natur …?«, murmelte er, während er polierte.

Wenige Minuten später war klar, dass der Silberknauf von Jauerlings Stock ein ziseliertes und graviertes Meisterwerk war. Zwei geflügelte Figuren, Schulter an Schulter, bildeten den Hauptkörper des Griffes. Am Ring der Schäftung, also der Verbindung zwischen Knauf und dem Holzteil des Stockes, war ein Sinnspruch eingraviert.

»Entweder handelt es sich um ein schweres Tropenholz, oder der Griff ist massiv«, dachte Georg laut nach. »Schaltet alle Taschenlampen ein und richtet sie auf den Knauf.«

Genau in diesem Moment verlöschte die erste Lampe.

»Noch zwei«, sagte Berner, »wir sollten uns beeilen, sonst stehen wir bald völlig im Dunkeln.«

»Was sind das?«, fragte Paul misstrauisch. »Engel?«

Georg schüttelte den Kopf. »Es sieht auf den ersten Blick so aus und dann doch wieder nicht. Engel tragen andere Gewänder, sie haben keinen Bart.«

Die Lampen ließen die Züge der beiden Figuren messerscharf hervortreten. Jede für sich war ein Kunstwerk, mit feinsten Details ausgearbeitet und schließlich meisterhaft vereint, fast schon ineinander verschlungen.

Die kurze Kleidung ließ ihre Beine frei. Die silbernen Figuren glänzten, nur auf den Oberschenkeln gab es noch einige schwarze Flecken. Aber Sina legte das Taschentuch weg und wandte sich zuerst dem Sinnspruch auf dem Ring der Schäftung zu.

PUPILLUS VENTI NUNTIUM DEFERRET

»Was so viel heißt wie ...?«, fragte Valerie.

»Der Waisenknabe, oder der Schutzbefohlene, überbringt dem Wind die Botschaft«, sagte Georg, »sinngemäß übersetzt.«

»Total unverständlich«, grummelte Berner. »Das hilft uns gar nicht weiter.«

Alle betrachteten den Knauf, ein raffiniertes Rebus aus der Vergangenheit.

»Vielleicht doch«, sinnierte der Wissenschaftler, »vielleicht doch. Ich bin gerade am Wort ›Wind‹ hängen geblieben. War einer von euch einmal im Turm der Winde in Athen?«

»Du meinst den sechseckigen Turm mit den Darstellungen der Himmelsrichtungen«, antwortete ihm Berner. »Ich hab vor vier Jahren einen Urlaub in Griechenland gemacht und dabei bin ich auch ...« Der Kommissar verstummte und nahm Sina den Stock aus der Hand, drehte ihn und schaute genauer hin. »Ja, ich erinnere mich«, murmelte er.

»Die beiden Figuren, die den Knauf bilden, sind zwei Figuren aus der griechischen Mythologie, Apeliotes und Boreas, der Ost- und der Nordwind«, stellte Georg fest. »Sie sind zwar geflügelt, haben aber nichts mit Engeln zu tun. Ich kann dich beruhigen, Paul.«

»Woher weißt du, dass es ausgerechnet Ost- und Nordwind sind?«, erkundigte sich Wagner.

»Boreas wird immer als bärtiger Mann dargestellt und Apeliotes trägt in seinem Mantel Blumen und Früchte und auf dem Kopf eine Dauerwelle«, scherzte Sina.

»Und was steht da auf den Figuren?«, fragte Berner und deutete auf die schwarzen Flecken an den Oberschenkeln der beiden mythologischen Gottessöhne.

»Wo steht was«, gab Georg zurück und nahm Berner den Stock wieder ab.

»Siehst du es nicht? In den schwarzen Flecken …«, meinte der Kommissar und Sina begann neuerlich zu putzen.

»Du hast recht, Bernhard, es sind Zahlen«, sagte Georg aufgeregt. »Warte mal …« Er spuckte auf die Figuren und rieb mit dem Tuch.

»Auf dem Schenkel des Ostwindes steht 16 – 22 – 11 – 76 und auf dem Oberschenkel des Nordwindes 48 – 11 – 56 – 42.«

»So weit zu unseren Buchstaben- und Zahlengruppen rechts unten auf jedem Dokument«, stellte Paul begeistert fest. »Es ist alles da. Dieser Stock ist der zweite Weg zur Lösung.«

»Jetzt komme ich nicht mehr mit«, gab Burghardt zu. »Welche Lösung?«

»Nun, wir wissen zwar nicht, was in dem Dokument steht, aber wir wissen, wo alle vier Dokumente hinführen, wenn sie in einer Hand vereint sind.« Paul hatte die Augen geschlossen und versuchte, sich an die kleinen Gruppen von Zahlen zu erinnern.

»Es sind zwei Koordinaten, ganz einfach«, fasste Georg zusammen. »Längen- und Breitenmaß, ein Punkt in der nördlichen Hemisphäre und östlich des Greenwich Meridians, daher Nordwind und Ostwind. Ich möchte wetten, es ist ein Punkt in Wien.«

»Und was hat der Schutzbefohlene damit zu tun, der dem Wind die Botschaft bringt?«, fragte Valerie.

»Ehrlich gesagt, ich habe keine Ahnung.« Georg zuckte mit den Schultern.

»Wenn wir hier wieder draußen sind, dann kann ich uns mit der Satellitennavigation meines Blackberry dahin bringen, wo Jauerling uns hin haben will«, bot Paul an. »Aber da ist noch ein kleines Hindernis …«, und er deutete auf die Tür.

Sina hatte ihm gar nicht zugehört und drehte den Stock in seinen Händen. Das Gewicht, das nicht zu der Größe passen wollte, irritierte ihn. Er schaute die Schäftung genauer an, las den Spruch nochmals und versuchte, den Ring zu verschieben. Er bewegte sich ein wenig, fast unmerklich, und kehrte dann wieder in die Ausgangslage zurück.

»Ich habe eine Überraschung für euch«, kündigte Sina leise an, nahm den Ring fester, schob ihn und zog zugleich am Knauf. Mit einem Unheil verkündenden, sirrenden Geräusch kam aus dem Inneren des Holzteils ein dreikantig geschliffenes Florett zum Vorschein, das mit roten Flecken bedeckt war. Paul pfiff durch die Zähne.

»Mit dem Mann war nicht zu spaßen«, sagte Berner beeindruckt.

»Ist das Rost?«, fragte Wagner, aber da war Burghardt bereits mit zwei Schritten bei Sina und beugte sich über die Klinge. Als er wieder aufsah, stand die Überraschung in sein Gesicht geschrieben.

»Nein, das ist kein Rost, das ist getrocknetes Blut.«

In diesem Moment erlosch die zweite Lampe.

Die wilden Tiere und Fabelwesen auf dem Türsturz schienen den Ausgang aus der Gruft zu bewachen.

»Sollten sie die Albträume symbolisieren, die Jauerling hatte?«, fragte Paul leise. »Oder sind das unsere, wenn sich herausstellt, dass wir nicht von hier entkommen können?«

»Eine Holztüre kann kein großes Hindernis sein«, stellte Burghardt optimistisch fest. »Außerdem werden uns die beiden Polizisten bald vermissen und nachschauen kommen.«

»Seltsam, dass sie bisher keinen Verdacht geschöpft haben«, brummte Berner und klopfte die Tür ab. »Die ist massiv, Burgi, wenn es gut geht auch noch an der Außenseite mit Eisen beschlagen. Da kommst du nicht mit der Schulter durch.«

»Wo sind die Angeln?«, erkundigte sich Georg aus der Dunkelheit hinter ihnen.

Paul schüttelte den Kopf. »Außen, was dachtest du?«

»Was haben wir an Werkzeug hier?«, fragte Valerie, die sich zum Türschloss gebeugt hatte und das Schlüsselloch näher untersuchte.

»Zwei Eisenstangen, ein Florett und ein Taschenmesser«, fasste Paul zusammen.

»Vergiss das Florett, nur über meine Leiche«, rief Georg bestimmt.

»Zwei Eisenstangen und ein Taschenmesser«, korrigierte Wagner trocken.

»Und ihr vergesst die Steinplatte«, meldete sich Burghardt aus dem Hintergrund.

Der Strahl der letzten Lampe wurde gelblicher und schwächer.

»Gute Idee, Burgi«, gab Berner zu. »Los, die Eisenstangen durch die Ringe und dann her mit der Platte, ich will nicht im Dunkeln stehen und meine Hand vor den Augen nicht mehr sehen. Dann wird alles zehn Mal schwieriger.«

Die vier Männer trugen die Platte gemeinsam zur Tür und nahmen davor Aufstellung. Die schwere Steinplatte pendelte zwischen ihnen.

»So, Aktion Rammbock!«, rief Georg. »Und erinnert mich, dass ich nie wieder meine Messer zu Hause lasse, wenn ich mit euch unterwegs bin.«

Mit einem dumpfen Knall donnerte die Platte gegen die Türe und erschütterte das Holz. Die Gruft schien zu vibrieren. Mit vereinten Kräften ließen die vier Männer den schweren Stein immer wieder gegen die Tür schlagen. Nach einem Dutzend Stöße setzten sie ab und betrachteten den Erfolg. Ein schmaler Spalt entlang der Zarge bewies, dass die Konstruktion langsam nachgab.

Valerie leuchtete in das Schloss und dann in Richtung Riegel, als auch die letzte Taschenlampe verlöschte. Die Dunkelheit war nun vollkommen.

»Das ist das Signal, endlich von hier zu verschwinden«, sagte Berner grimmig. »Als Nächstes möchte ich diese Tür auffliegen sehen.«

Georg versuchte verzweifelt, seinen klaustrophobischen Anfall zu unterdrücken. Das Schwarz um ihn herum begann ihn einzuschließen und ihm den Atem zu rauben.

»Alle Mann an die Ruder«, rief Paul und legte seine Hände um die kalte Eisenstange. »Auf drei!«

Bald schwebte die Steinplatte wieder an den Ringen und donnerte gegen die schwere Holztüre. Zehn Mal, fünfzehn Mal, zwanzig Mal … plötzlich gab es einen Knall und der Schwung riss die vier Männer mit. Paul und Berner knallten gegen den steinernen Türsturz, Burghardt und Georg fielen in der Dunkelheit in sie hinein. Die Platte hatte die Tür durchschlagen, war durch den Türrahmen gesaust, als sie auf keinen Widerstand mehr gestoßen war. Schwaches Licht drang aus dem Gang vor der Gruft und Georg rappelte sich auf, schwer atmend. Die Dämonen der Dunkelheit zogen sich wieder zurück.

»Ich mag es nicht, wenn man mich einsperrt, und schon gar nicht in einer so unverfrorenen Aktion«, brummte Berner gereizt. »Jetzt heize ich den Brüdern ein, wer immer das war.« Mit diesen Worten stürmte er in den Gang hinaus.

»Und ich frage mich, ob die beiden Polizisten am Eingang eingeschlafen sind. Den Lärm hätte man bis in den nächsten Bezirk hören müssen«, wunderte sich Burghardt und lief schnell hinter Berner die Treppe hinauf.

Wagner folgte den beiden rasch und Georg wollte sich ihm bereits anschließen, doch dann erinnerte er sich im letzten Moment an den Stock des genialen Zwerges, der noch immer an der Stufe bei seinem Grab lehnte. Er drehte sich um und wollte nochmals in die Dunkelheit zurückkehren, aber da kam ihm bereits Valerie entgegen und streckte ihm ihre Hand hin.

»Ich nehme an, du suchst den hier«, sagte sie und drückte Sina das letzte Erinnerungsstück des Balthasar Jauerling in die Hand. »Ich bin sicher, er hätte gewollt, dass du ihn bekommst«, murmelte sie im Vorübergehen und lief dann den anderen nach.

Georg hörte ihre Schritte die Treppe nach oben eilen und sah auf den Stock in seiner Hand. Im Halbdunkel schienen die beiden Figuren am Knauf zu leben, ein ewiges Rondo zu tanzen, Rücken an Rücken. Wenige Zentimeter unter ihnen begann der tödliche Stahl.

»Adieu, Balthasar, ich werde ihn in Ehren halten«, sagte Sina leise. Dann stieg er über die schwere Tür, die nun zerbrochen am Boden lag, und lief die Stufen nach oben ins Palais Metternich.

Fisher Island, Miami Beach, Florida/USA

Medienmogul Fred Wineberg blickte indigniert zu den Kähnen mit den Baggern hinüber, die frischen Sand aus den Bahamas für den Strand der Privatinsel Fisher Island lieferten und in riesige schwarze Dieselwolken gehüllt auch gleich abluden. Wineberg lief mit seiner 110-Fuß-Jacht »Incommunicado« von den Florida Keys kommend auf Miami zu und hatte sich wie immer als einer der prominentesten Bewohner den besten Platz in der Marina von Amerikas exklusivster Insel gesichert. Der rund einen Quadratkilometer große Spielplatz der Superreichen, in der Hafeneinfahrt vor Miami und südlich von Miami Beach gelegen, bot zwei Golfplätze, ein Hotel-Resort, eine Marina, die Gesellschaft von Weltstars und Luxusvillen mit Exklusivitätsgarantie.

Eines der größten Anwesen auf der satellitenüberwachten, künstlichen Insel, zu dem die Öffentlichkeit keinen Zutritt hatte, gehörte seit Jahren dem ehemaligen Wiener Wineberg. Er hatte als kleiner Reporter vor dem Krieg in den USA angefangen und war nun Besitzer von drei einflussreichen Tageszeitungen und zwei bekannten TV-Stationen.

Maggie, seine Sekretärin, die ihn auf allen seinen Reisen begleitete, folgte seinem Blick und witterte Unheil.

»Ich möchte einen Zeitplan dieser verdammten Schiffe haben, und zwar so schnell wie möglich. Wenn ich gewusst hätte, dass diese Stinker hier arbeiten, wäre ich länger in Key West geblieben.«

»Ja, Mr Wineberg, ich werde das sofort veranlassen. Soll ich jetzt die Krankenschwester zu Ihnen schicken?«, fragte Maggie und machte sich eine Notiz in ihren Unterlagen.

Der alte Mann lag auf dem Oberdeck in seinem Liegestuhl, eine Infusionsflasche und jede Menge medizinischer Geräte in Griffweite. Wineberg hatte Krebs und nur die horrend teuere Behandlung, in Verbindung mit einer Rund-um-die-Uhr-Betreuung, gepaart mit seiner Sturheit hatte ihn bisher am Leben erhalten. Der Inhaber der UMG, der United Media Group, und damit einer der Arbeitgeber von Paul Wagner schaute Maggie gequält an.

»Ich halte diese Frau nicht aus, das wissen Sie doch«, brummte er verärgert und schloss die Augen.

»Aber diese Frau hält Sie am Leben«, tönte es energisch aus dem Hintergrund. »Ich wäre auch gerne woanders, glauben Sie mir. Grantige alte Männer sind mir zuwider.«

Maggie grinste und nickte der resoluten Schwester zu, die selbst in der Hitze der Keys stets einen makellos weißen Mantel und eine Schwesternhaube trug.

»Ich werde zwar nicht als Ihr Laufbursche bezahlt, aber das hier soll ich Ihnen aus dem Funkraum bringen«, meinte sie und ließ ein Kuvert in den Schoß des Medienmoguls fallen.

Der alte Mann öffnete die Augen, warf erst einen ärgerlichen Blick auf die Schwester und dann auf den Umschlag und sagte: »Meine Brille.«

»Noch immer auf Ihrer Stirn«, gab die Schwester ungerührt zurück. »Und es ist Zeit für Ihre Behandlung.«

»Ach was, es ist zu spät dafür«, entgegnete Wineberg unwillig. »Ich bin so gut wie tot und Sie werden bald arbeitslos, der einzig befriedigende Gedanke, was mein Ableben betrifft. Und ein Toter kann Ihnen kein gutes Zeugnis mehr ausschreiben.«

»Wann haben Sie eigentlich die letzten Zeilen geschrieben? Vor fünfzig Jahren?«, murrte die Schwester. Dann setzte sie ihm eine Spritze.

»Haben Sie eigentlich einen Badeanzug unter diesem ewigen weißen Mantel an?«, fragte der alte Mann wie nebenbei und riss den Umschlag auf.

»Ich will nicht für einen Herzinfarkt verantwortlich sein«, antwortete die Schwester und zog die Nadel wieder aus der Haut.

»Warum nicht?«, versetzte Wineberg. »Dann wären Sie mich los, mit einem Schlag.«

»Wen sollte ich dann quälen?«, gab die Schwester trocken zurück, kontrollierte die Messgeräte und überzeugte sich, dass die Sender des Dauer-EKGs klaglos funktionierten. »Mir scheint, Sie werden immer gesünder«, sagte sie zum Abschied, »Sie könnten mein Gehalt erhöhen, schon wegen der aufopfernden Pflege.«

Wineberg tat, als wäre er bereits in die Fernschreiben vertieft und hätte sie nicht gehört.

»Schlecht geschauspielert, alter Mann. Ihre Brille ist noch immer auf Ihrer Stirn, Mr Maulwurf.« Damit verließ sie ihn und stieg wieder aufs Hauptdeck hinunter.

Wineberg runzelte verärgert die Stirn, setzte seine Brille auf und begann zu lesen. Es war ein Bericht Paul Wagners über die Ermordung der beiden österreichischen Minister und vier ominöse Dokumente, die damit in Zusammenhang stehen sollten.

Das Palais Metternich … Wineberg setzte die Brille wieder ab und dachte nach. Er hatte 1938 Wien verlassen, aber davor war er einmal im dritten Bezirk, in der Ungargasse, um die Ecke des Rennwegs und des Palais, zu Hause gewesen. Dann war er in die Czerningasse gezogen, zu seiner Frau.

Wien ... Der alte Mann erinnerte sich zurück an seine Jugend in der österreichischen Hauptstadt. Aus Alfred Wimberger, dem Laufburschen und späteren jungen Buchhalter im Kaufhaus »Herzmansky« auf der Wiener Mariahilfer Straße, war nach seiner Emigration 1938 auf Ellis Island der Reporter Fred Wineberg geworden, der mit hohen Erwartungen auf den New Yorker Docks gestanden war und die Freiheitsstatue bestaunt hatte. Wien war ihm mit einem Mal so weit weg erschienen wie der Mond, alles war so viel größer, impulsiver, aber auch fremder als im kleinen, provinziellen Österreich.

Er war in New York geblieben, hatte sich durchgebissen, war immer ein wenig schneller und immer ein wenig besser gewesen als die anderen, manchmal auch ein wenig skrupelloser. Amerika hatte ihn groß gemacht und das vergaß er ihm nie. Aber heimisch war er zwischen San Francisco und New York nirgends geworden, trotz einiger großer Häuser und weitläufiger Anwesen. Wineberg war zeit seines Lebens ein Vertriebener geblieben und ein Getriebener geworden. Dass er nun, am Ende seiner Tage, auf einem Boot lebte, war vielleicht ein Ausdruck dieser Rastlosigkeit.

Österreich hatte für ihn nach 1945 nicht stattgefunden, und erst als Paul Wagner vor zehn Jahren seine ersten Berichte an UMG schickte, hatte er seine Wurzeln wieder gespürt, das Ziehen in der Herzgegend. Dann war er letztes Jahr zum ersten Mal wieder nach Wien geflogen, war vor dem Riesenrad gestanden und hatte versucht, seine Enkelin für sich zu gewinnen, was gründlich misslungen war. Valerie Goldmann, das in Israel geborene Kind von Winebergs Tochter, hatte ihrem Großvater unmissverständlich klargemacht, was sie von seinem Verhalten vor dem Krieg dachte. Sie hatte ihm vorgehalten, dass er seine schwangere Frau zurückgelassen hatte angesichts der Nationalsozialisten, die vor den Toren Österreichs standen. Wineberg war über Nacht verschwunden – verschwunden aus seinem Leben als Buchhalter, aus seiner Ehe, aus seinem gewohnten Umfeld, aus der gemeinsamen Wohnung in der Czerningasse in Wien-Leopoldstadt. Er hatte alles zurückgelassen und nichts mitgenommen außer einem Schiffsticket und ein paar Diamanten, die ihm sein Onkel vererbt hatte, als er fünfzehn Jahre alt war. Seine Frau hatte er nie mehr wiedergesehen, kein Foto seines Kindes verlangt und bekommen, seiner Familie nie wieder geschrieben. Das alles hatte Valerie ihm schonungslos vorgehalten, bevor sie sich aus der Suite, die Wineberg im Hotel Sacher gebucht hatte, mit den Worten verabschiedet hatte: »Mein Großvater ist für mich gestorben, vor langer, langer Zeit.«

Das wird nun bald Wirklichkeit, dachte der Medienmogul zynisch und las den Bericht Wagners aufmerksam zum zweiten Mal durch. Das Schmerzmittel tat langsam seine Wirkung und Wineberg atmete auf.

Die »Incommunicado« manövrierte durch die Einfahrt in die Marina und der Kapitän legte mit wenigen Handgriffen an den Gashebeln und dem Steuerruder das Schiff gekonnt an die Stirnseite des Piers. Die Leinen wurden festgemacht, dann erstarben die großen Dieselmotoren und die Generatoren sprangen an.

Wineberg griff zum Telefon und rief im Büro der UMG an, wo Elena Millt, eine dunkelhaarige Südstaatenschönheit, in seinem Sekretariat die Geschäfte führte.

»Millt, United Media Group.« Elenas Stimme klang melodiös wie immer.

»Wineberg hier! Elena, ich habe Wagners letzte Reportage über die Ereignisse in Wien vorliegen. Stichwort Mord an den Ministern und die vier Dokumente. Hat er danach noch etwas geschickt?«

»Warten Sie, Mr Wineberg, ich schaue sofort in meinen E-Mails nach.« Der große, alte Mann erhob sich ächzend aus seinem Liegestuhl, während er Elena auf der Tastatur tippen hörte.

»Ich habe hier noch eine ganz kurze Mail Wagners, in der er den Verdacht äußert, dass der österreichische Bundeskanzler erschossen wurde«, sagte Elena nachdenklich.

Zum ersten Mal seit langen Jahren war Wineberg sprachlos.

Elena lauschte, ob ihr Chef noch atmete. »Mr Wineberg, sind Sie noch da?«, fragte sie dann besorgt.

»Ja, ja«, murmelte der alte Mann geistesabwesend und geschockt. »Noch bin ich da …« Dann fing er sich. »Rufen Sie Paul Wagner an, er soll so schnell wie möglich alles zu diesem Thema an uns schicken. Wir kaufen ihm seine Meldungen exklusiv ab, ich möchte nicht, dass er noch jemand anderen mit diesen Nachrichten beliefert. Haben Sie mich verstanden, Elena?«

»Ja, selbstverständlich, Mr Wineberg«, gab Millt eifrig zurück und machte sich eine Notiz.

»Und zahlen Sie ihm das Doppelte, wenn es ein muss«, sagte der alte Zeitungsmacher und zog sich einen Bademantel an. »Aber … Elena?«

»Ja, Sir?«

»Erst wenn er danach verlangt, sonst nicht«, knurrte Wineberg und legte auf.

Technische Universität, Karlsplatz, Wien/Österreich

Die frische Luft tut gut, dachte sich Kommissar Berner, selbst wenn es die frische Luft des Karlsplatzes ist, dem berühmt-berüchtigten Drogenumschlagplatz mitten im Herz der Stadt. Immer Paul Wagner und seinem Wunderhandy folgend, waren sie bis hierher gelangt, erst mit den beiden Wagen, dann zu Fuß und einem begeisterten Tschak an der Leine, der sich über den Spaziergang freute.

Georg fragte sich, wie alle anderen auch, wohin die Spur führen, wohin die Koordinaten des Balthasar Jauerling sie nach fast zweihundert Jahren schicken würden. Eine Gruppe Obdachloser saß, in die Betrachtung zweier hechelnder Bullterrier vertieft, auf einer beschädigten Parkbank. Ein paar von ihnen schauten gelegentlich misstrauisch zu ihnen herüber. Ältere Sandler schwankten mit Bierdosen in der Hand an ihnen vorbei und verschwanden im Schatten der hohen Bäume.

Paul gab unabsichtlich einer der herumliegenden leeren Dosen einen Tritt und sie kullerte laut klappernd vor die Füße von zwei jungen Junkies, die von ihren Ersatzdrogen blau gefärbte Lippen hatten. Ihre Augen starrten glasig ins Leere, sie sahen weder Valerie noch Berner, die hinter Paul und Georg versuchten, den Anschluss nicht zu verlieren.

An Szenen wie diese waren die Wiener im Resselpark am Karlsplatz gewöhnt und die meisten huschten, ohne einen zweiten Seitenblick auf die Parallelgesellschaft zu riskieren, in die U-Bahn-Station oder in Richtung Innere Stadt. Die Touristen und die übrigen Besucher der Bundeshauptstadt waren von diesem Anblick an einem zentralen Ort der Musik- und Kulturstadt meist schockiert.

Paul verscheuchte einen Betrunkenen, der ihn um etwas Kleingeld anbetteln wollte, mit einer ungeduldigen Handbewegung und ließ dabei das Display seines Blackberry nicht aus den Augen. Die Zahlen der Koordinaten huschten über die beleuchtete Anzeige und der Reporter stand schließlich neben einem Denkmal vor einer hohen Hausfassade im klassizistischen Stil.

Joseph Ressel, der Erfinder der Schiffsschraube, der mitten auf einem breiten Spazierweg auf seinem Sockel stehend dem Park den Namen gegeben hatte, blickte auf ihn herunter.

Berner zündete sich eine Zigarette an. »Ist das der Ort, an dem uns Ihre Höllenmaschine haben will?«

»An dem uns der Leiter des Schwarzen Bureaus haben will«, verbesserte ihn Wagner und sah hoch. »Die gesuchte Koordinate befindet sich laut Navi direkt vor uns.«

»Schau an, der Meister der Rückversicherung hat uns also zur alten Technischen Universität geführt«, meinte Georg nachdenklich und tippte mit dem Stock Jauerlings auf eine der Stufen des Denkmals. Dann hielt er den Knauf hoch und verglich die beiden Figuren mit jenen an der Spitze des Gebäudes. Sein Blick glitt über die Fassade, ihre strenge klassizistische Gliederung, die Säulen, die goldene Inschrift und die Statuen auf dem breiten Sims darüber. Allegorien, Musen, griechische Mythologie, dachte der Historiker, immer für eine Überraschung gut.

»Schaut euch einmal die Figur in der Mitte an«, sagte er dann und alle blickten nach oben. Sina zitierte die Inschrift auf dem Stock. Tschak pinkelte hingebungsvoll die Stufen des Denkmals an.

»Unser Professor ist uns schon wieder einen Schritt voraus«, kommentierte Paul und steckte sein Smartphone ein. »Ich hab uns hergebracht, du bringst uns weiter.«

Valerie blickte sich vorsichtig in der Parkanlage um. Nicht weit entfernt kontrollierten drei Polizeibeamte in Uniform einen Afrikaner, Hausfrauen kamen mit ihren Einkaufstaschen vorbei, Mütter schoben Kinderwagen durch den Sommertag. Ein friedliches Bild, das nur von herumliegendem Müll und den Gruppen betrunkener Junkies getrübt wurde, die sich über die Kontrolle des Schwarzen ereiferten.

Der Kommissar nahm Valerie am Arm und zog sie ein wenig zur Seite, bis der historische Ziegelbau rechts neben der alten Universität ins Blickfeld kam. »Eingerichtet wurde der überwachte Bereich auf besonderen Wunsch, um die Kinder und Jugendlichen der evangelischen Schule da vorne vor den Dealern und ihren Angeboten zu schützen.«

»Das erklärt ja dann wohl das Graffiti hier am Sockel«, stellte Valerie fest und zeigte auf die schwarze Videokamera, die auf die Basis des Resseldenkmals gesprayt worden war. Der Slogan »Stop Control« darunter war mit übergroßen Buchstaben und drei Ausrufezeichen ein visueller Protestschrei.

»Mehr oder weniger …«, nickte Berner. »Diese Grafittis tauchen gerade überall in Wien auf wie die Schneeglöckchen im Märzschnee …«

Paul blickte sich um und sah die grauen Kameras auf ihren Schwenkarmen.

»Gar nicht gut!«, rief er alarmiert. »Wir sollten schauen, dass wir von hier verschwinden.« Er zog die Schultern hoch. »Georg, wie weit bist du? Können wir in die Universität hineingehen? Die Typen vor den Bildschirmen können nach Belieben ihre Kameras aus den Stationseingängen auf unseren Tascheninhalt fokussieren. Wenn du nichts dagegen hast, dann würde ich nicht so gerne Fernsehstar spielen. Die letzte Aufführung war ein Misserfolg.«

»Kein Problem, kommt mit, wir müssen nicht hierbleiben«, sagte Sina, zog kurz an Tschaks Leine und ging, den Stock unter den Arm geklemmt, zu einer der Bänke zwischen mannshohen Hecken, etwas abseits des Hauptweges und außer Sichtweite der Überwachungskameras.

Die anderen sahen sich zunächst fragend an, folgten ihm aber dann schließlich und setzten sich zu ihm auf die Bank.

»Und was jetzt?«, wollte Wagner von Sina wissen, lehnte sich zurück und blickte nach oben. Die hellgraue Fassade der Universität wuchs vor ihnen in die Höhe.

»Es ist genau so, wie es hier steht.« Georg deutete auf den Silberknauf. »Der Waisenknabe übergibt dem Wind die Botschaft.« Der Wissenschaftler lächelte. »Wir haben die Auflösung direkt vor der Nase. Nichts ist unauffälliger als Offensichtliches. Hunderttausende Blicke jeden Tag, aber niemand sieht wirklich etwas.«

»Könntest du dich bitte weniger kryptisch ausdrücken«, drängte Berner und verschränkte die Arme vor der Brust.

»Seht ihr die Figurengruppe ganz oben am mittleren Teil des Gebäudes?«, fragte Sina und deutete wie ein Fremdenführer mit dem Stock in der ausgestreckten Hand auf den Giebel der Universität.

»Also beginnen wir im unteren, linken Drittel des Dreiecks, das von den Figuren gebildet wird. Hier wurde allerhand verschiedenartiges technisches Gerät vereint, vom Globus bis zum Fernrohr. Direkt daneben sitzt eine weibliche Figur, meiner Meinung nach Clio, die Muse der Geschichtsschreibung.

Paul zog die Brauen zusammen und blickte nach oben auf die weibliche Figur mit dem Griffel in der Hand. »Was schreibt sie da auf das aufgerollte Pergament … Das sieht für mich nach einer Jahreszahl aus.« Er schaute genauer hin. »Ja, das heißt 1816, das Jahr nach dem Wiener Kongress …«

»Der Waisenknabe, oder der Schutzbefohlene, wie du willst, ist eine der beiden Bubenfiguren, die von dem alten Mann in ihrer Mitte zu der zentralen, geflügelten Männergestalt geführt werden«, bemerkte Sina.

»Und wer ist der Methusalem?«, wollte Berner wissen, der sich vorgelehnt hatte und nun ebenfalls wie gebannt nach oben starrte.

»Ein Pädagoge, ein Knabenführer. Der Kleidung nach ein Grieche«, schmunzelte Georg.

»Ein Lehrer also, das passt zur Bildungseinrichtung«, ergänzte Paul.

»Genau!«, bestätigte Sina. »Der Bursche mit den Schwingen im Brennpunkt der Bildgeschichte an der Spitze des Dreiecks …«

»… der mit dem Wappenschild mit Doppeladler in der Hand …«, meinte Paul und holte erneut sein Handy heraus, um einige Fotos zu machen.

»… das ist in meinen Augen niemand Geringerer als Apeliotes, der Ostwind«, vollendete Sina. »Und warum? Erstens, weil zu seinen jugendlichen Füßen ein ausgeschüttetes Glückshorn mit Früchten und Blüten liegt. Zweitens, weil er gemeinsam mit Pallas Athene, der Göttin der Staatskunst und des Krieges, die da mit Eule und Helm neben ihm steht, die österreichischen Schiffe voll beladen mit kostbaren Waren wieder heimbringen sollte. Wohlstand durch Handel, daher der Helm des Hermes, der auf dem Frachtbündel ruht.«

»Wo bitte siehst du das jetzt wieder?« Berner war verwirrt und versuchte vergeblich das Frachtbündel zu entdecken.

»Im rechten unteren Eck der Gruppe liegt Poseidon mit seinem goldenen Dreizack«, erläuterte Georg und nahm wieder den Stock zu Hilfe. »Direkt neben ihm kannst du einen vergoldeten Anker und ein großes, verschnürtes Paket sehen, wie sie als Schiffsladungen gebräuchlich waren. In dieser Form kamen sie nach Triest, damals unser Tor zu den Weltmeeren. Die jungen Mädchen bei Pallas Athene und Apeliotes haben bereits ihre Gaben ausgepackt und präsentieren dem Ostwind stolz die Schätze des Orients, Geschmeide und Teppiche.«

»Wenn wir also annehmen, dass jede Figur ihre eigene Geschichte erzählt und alles zusammen ein großes symbolisches Bild ergeben soll, dann schließe ich daraus Folgendes.« Paul schaute nachdenklich nach oben und steckte sein Handy wieder weg. »Von links nach rechts gesehen ergibt das: Was die Wissenschaft nutzbar macht, wird den Knaben in dieser neuen Hochschule von geachteten Lehrern seit 1816 beigebracht. Dieses Wissen überbringen sie dem Apeliotes, der sie gnädig über die Weltmeere zu Ruhm und Wohlstand für den österreichischen Staat in die Levante geleiten soll.«

»Wäre ich dein Lehrer, würde ich jetzt ›Sehr gut, setzen!‹ sagen«, nickte Georg. »PUPILLUS VENTI NUNTIUM DEFERRET.«

»Das heißt, die Botschaft, die wir suchen, ist die Schriftrolle, die der Junge dem Ostwind übergibt. Für jedermann seit fast zweihundert Jahren weithin sichtbar. Das perfekte Versteck«, gab Berner zu.

»Wie es auf dem Stock steht …«, flüsterte Valerie andächtig und bewunderte die Kunst des Zwerges, der so raffiniert die Allegorie für seine Zwecke eingesetzt hatte.

»Zu perfekt …«, musste Paul eingestehen. »Wir haben es begriffen, wir haben unser Ziel vor Augen und kommen doch nicht dran. Die Botschaft hängt vor unserer Nase wie die Karotte am Faden vom Stock des Maultiertreibers. Wir kommen nicht ran. Wir können ja nicht einfach da reinspazieren, raufklettern und die Figurengruppe demolieren.« Er verstummte kurz und kratzte sich am Kinn. »Andererseits, warum eigentlich nicht?«

»Na also, ich habe mich schon gewundert, wo Ihre kriminelle Energie geblieben ist«, brummte Berner, stand auf und ging auf den Eingang der TU zu. Halblaut zählte er auf: »Besitzstörung, Zerstörung kulturellen Eigentums und mindestens noch drei Paragrafen, die mir auf die Schnelle nicht einfallen. Das gibt eine fette Liste …«

»Was meint ihr?«, fragte Paul und schaute Georg und Valerie an. »Es wird nicht gerade ein unauffälliger Aufstieg und du als langhaariger Gott der Wissenschaft in Jeans … das wird Neptun und Pallas Athene nicht wirklich erfreuen.«

»Also, um ganz ehrlich zu sein, es ist mir eigentlich völlig egal, was die Herrschaften aus Stein da oben denken. Ein paar lächerliche Höhenmeter trennen uns von einem jahrhundertealten Geheimnis, zu dem uns der Stock von Jauerling geführt hat«, antwortete Sina bestimmt und erhob sich. »Ich klettere jetzt da rauf und schaue nach, was der Junge in seiner Hand hält und dem Ostwind unbedingt geben will.«

Alle drei blickten hinauf zum Dach der Universität.

»Das ist nicht gerade der Kirschbaum in Nachbars Garten und keine kleine Mauer auf deiner Burg«, gab Paul zu bedenken.

Georg winkte ab. »Nicht so viel Unterschied, es wäre nicht das erste Mal, dass ich ungesichert in luftigen Höhen turne. Schaut genau hin. Durch das ovale Dachfenster rechts können wir bequem über das Kupferdach zu dem Knaben hinüber.«

»Und wenn der Dachboden versperrt ist?«, meinte Wagner. »Du kannst nicht einfach den Hausmeister um Hilfe bitten und dann aus dem Dachfenster steigen.«

»Wenn es sein muss, dann gibt es noch immer brachiale Methoden, um die Tür aufzubekommen«, grinste Sina, drückte Paul die Hundeleine in die Hand und war schon auf dem Weg.

»Ich komme mit!«, rief Valerie und lief Georg entschlossen nach.

»Na, dann bleibe ich mit Tschak hier unten und versorge euch mit guten Tipps und aufmunternden Zurufen«, scherzte Paul. »Nein, im Ernst, ich werde Schmiere stehen und die Augen offen halten. Ihr wisst ja: You fool me once, shame on you. You fool me twice, shame on me.«

Berners Polizeiausweis und ein dezent beigelegter 50-Euro-Schein beschwichtigten alle Bedenken des Portiers. Er drückte dem Kommissar den Schlüssel zum Dachboden in die Hand, der ihn an Sina weiterreichte. Nur wenige Minuten später steckte Georg seinen Kopf aus der Dachluke und schaute sich um.

Paul und Berner blickten aufmerksam nach oben und beobachteten, wie erst Sina und dann Valerie aus dem Fenster stiegen, um sich dann mit dem Rücken zum Kupferdach hinter die Figurengruppe zu tasten. Selbst Tschak hatte den Kopf schräg gelegt und blickte interessiert zur Spitze des Gebäudes.

»Er macht sich ganz gut da oben zwischen den mythologischen Standbildern, finden Sie nicht, Wagner?«, brummte der Kommissar und zündete sich eine Zigarette an. »Jetzt noch eine Toga und irgendein Palmwedel in der Hand und er fällt gar nicht mehr auf.«

»Wie wahr«, meinte Paul und schirmte mit der Hand seine Augen gegen die Sonne ab. »Aber jetzt im Vergleich zu Georg und Valerie erkennt man erst, wie groß die Statuen in Wahrheit sind. Dieses Gebäude ist verdammt hoch.« Der Reporter machte ein besorgtes Gesicht.

Sina und Goldmann kamen gut voran, turnten zwischen den riesigen Figuren hindurch und erreichten in überraschend schneller Zeit den Knaben mit seiner ausgestreckten Hand und der Dokumentenrolle.

»Ausgezeichnet, sie sind schon fast am Ziel«, freute sich Berner und blickte sich vorsichtig um. Überraschenderweise waren keine Passanten auf die halsbrecherische Aktion aufmerksam geworden. Vielleicht würde sich das Blatt nun endlich wenden.

»Das jahrelange Herumklettern auf seiner Ruine hat ihn scheinbar schwindelfrei gemacht. Das hätte ich ihm gar nicht zugetraut, wenn ich ehrlich bin«, meinte Paul respektvoll. »Früher ist er im Schwimmbad nicht einmal auf den Turm vom Dreimeterbrett ohne Pickel und Seil hinaufgekommen, geschweige denn hinuntergesprungen.«

»Was für ein Glück, weil mich keine zehn Pferde da hinaufbrächten«, gab Berner zu und stemmte die Hände in die Seiten, die Zigarette zwischen den Lippen. »Was zum Teufel! Was machen sie jetzt, um Himmels willen?«

Sina hatte auf dem Dach ein Stück Flacheisen gefunden, mit dem er nun hartnäckig auf die Faust des Knaben einhämmerte.

»Herr Professor versucht mit handfester Methode hinter das Geheimnis zu kommen«, lachte Paul, »eine eher unwissenschaftliche Vorgangsweise, die den Vorzug der Effektivität hat.«

Valerie hielt sich mit einer Hand an dem Knaben fest und versuchte Sina zu helfen, indem sie mit einem Taschenmesser die gesprungenen Teile der Hand und der steinernen Schriftrolle wegsprengte. Steine rieselten an der Fassade der Universität herab und Berner empfand es als ein kleines Wunder, dass noch niemand die Polizei alarmiert hatte.

Da hob Georg hob triumphierend den Arm und hielt einen kleinen Kupferzylinder hoch, der sich in der steinernen Schriftrolle befunden hatte. Er steckte ihn in sein Hemd und wenige Augenblicke später verschwanden Sina und Goldmann durch die Dachluke ins Innere des Hauses.

Berner und Wagner gingen erleichtert hinüber zum Eingang der Universität und warteten darauf, dass die Agentin und der Wissenschaftler wieder zu ihnen stießen. Nach einem freundlichen Nicken in Richtung des Portiers, der etwas befremdet die Steinsplitter in Georgs Haaren betrachtete, machten sich alle zusammen auf den Weg durch den Resselpark zurück zu den Autos. Georg drückte den Kupferzylinder an seine Brust und hatte den Stock Jauerlings unter den Arm geklemmt.

»Jetzt werden wir gleich wissen, was es mit dem Geheimnis Metternichs und seines Mentors auf sich hat«, sagte er leise zu Berner, der neben ihm ging. »Die Jagd durch halb Europa ist zu Ende. Nach fast zweihundert Jahren wird der kleine Zylinder endlich seine Schätze preisgeben.«

Sie kamen vor die Karlskirche, wo eine Gruppe von Obdachlosen sich balgte, von kläffenden Hunden umringt. Tschak war in keiner sozialen Stimmung, hielt einen Respektsabstand und wechselte auf die andere Seite von Georgs Beinen.

Einige Junkies standen da und grölten, die Bierdosen hochgestreckt, eine Freiheitsstatue der Trunkenheit. Als Berner, Paul, Georg und Valerie vorbeigingen, stolperte einer der Betrunkenen und fiel Goldmann vor die Füße. Alles lachte, Tschak bellte. Valerie wollte mit einem großen Schritt über den verwahrlosten Mann steigen, als er ihren Fuß packte und fest anzog, sie unbarmherzig zu Boden riss. Plötzlich waren alle Sandler nüchtern und hatten Pistolen in der Hand, die auf Sina, den Kommissar und Wagner gerichtet waren. Niemand sprach ein Wort. Nur das Knurren des kleinen Hirtenhundes war zu hören.

Der große Mann, der sich aus der Gruppe löste, war genauso zerfleddert angezogen wie alle anderen, aber es ging eine Aura der Autorität von ihm aus. Er kam auf Georg zu und streckte einfach die Hand aus. »Es sind genug Menschen dafür gestorben, finden Sie nicht auch, Professor? Es wird Zeit, dass gewisse Dinge zu ihren rechtmäßigen Besitzern zurückkehren. Ich darf Sie also bitten?«

Sina schob seine Hand vorsichtig in sein Hemd und zog den kleinen Zylinder hervor. Er hielt Tschak zurück, der an seiner Leine zog und knurrte. Valerie schaute zornig und machtlos vom Boden aus zu, den Fuß des Angreifers auf ihrer Brust und die Mündung seiner Waffe vor den Augen.

Der Unbekannte nahm Sina den kleinen Behälter aus der Hand. Er tippte salutierend mit dem Finger an die Stirn und drehte sich zu Kommissar Berner.

»Ich sollte vielleicht erwähnen, dass Sie alle noch ein paar Minuten hier stehen bleiben werden, bis wir endgültig verschwunden sind. Und dann, dann gehen Sie doch noch ein wenig spazieren oder kaufen sich einen Kaffee, aber zahlen müssen Sie ihn sich schon selbst. Habe die Ehre!«

Damit drehte er sich um und verschwand zwischen den Obdachlosen, die mit einem Mal wieder laut wurden, sich einhakten und mit erhobenen Bierdosen vom Platz wankten. Tschak bellte ihnen wütend hinterher.

Buch 4
Der Soldat

2.9.2009

Präsidentschaftskanzlei, Hofburg, Wien/Österreich

Der grüne Salon in der ehemaligen Wohnung von Joseph II. in der Hofburg war seit 1946 das Arbeitszimmer der österreichischen Bundespräsidenten. Der große Raum, in dem bereits Balthasar Jauerling in seinem pompösen Staatsfrack zum Kaiser aufgeblickt hatte, wurde von zwei gewaltigen Gemälden dominiert. Das eine zeigte eine Gruppe von vier jungen Mädchen in der Kleidung griechischer Göttinnen nach der Mode des Rokoko vor einer Berg- und Waldlandschaft. Auf dem anderen Bild erblickte man den voll besetzten Zuschauerraum eines kleinen Theaters. Am rechten Bildrand war ein Teil der Bühne zu erkennen.

Lange Zeit war es ein Rätsel gewesen, was die beiden Gemälde darstellten. In den Sechzigerjahren fand man dann heraus, dass es sich bei beiden um Darstellungen aus der Oper »Il parnaso confuso« von Christoph Willibald Gluck handelte. Der Text dieser Oper stammte vom Hofdichter Maria Theresias, Pietro Antonio Metastasio, und vier Kinder der Kaiserin verkörperten Apollo und die drei Musen bei der im Bild festgehaltenen Aufführung. Komponiert hatte Gluck das Stück anlässlich der Vermählung des Erzherzogs Joseph, der sogar selbst dirigierte.

Der Albtraum Narrenturm, die Handbillets und der ergebene Jauerling lagen damals noch in weiter Ferne.

Wolfgang Ebner, achter Präsident der Zweiten Österreichischen Republik, betrachtete nachdenklich das Gemälde der Theateraufführung. Die Mitglieder der Hofgesellschaft mit Kaiser Franz I. Stephan, Kaiserin Maria Theresia, Kronprinz Joseph und dem Feldherrn Karl von Lothringen waren auf dem Bild porträtgetreu dargestellt. Auch die Überfüllung des Saales war ganz eindeutig erkennbar. Damals musste der Sohn des Obersthofmeisters Khevenhüller ohnmächtig an der offenen Bühne vorbei aus dem Zuschauerraum getragen werden, so heiß und stickig war es.

Ebner setzte sich an diesem Mittwochmorgen wie an jedem der letzten Tage unausgeschlafen an seinen Schreibtisch in dem voll klimatisierten Büro. Die Hitze der letzten Sommertage würde vor den schusssicheren Scheiben auf dem Ballhausplatz und im Volksgarten bleiben.

Der Mord an Bundeskanzler Richard Schumann vor zwei Tagen war der Höhepunkt der Mordwelle an Politikern aller Couleurs. Dem Staatsoberhaupt kam es vor wie ein Fanal und es beschäftigte ihn selbst in seinen Träumen. Es war der erste Mord an einem Bundeskanzler in der Zweiten Republik, der zweite in der Geschichte des Landes überhaupt. Dinge waren in Bewegung gesetzt worden, die Ebner tief beunruhigten und erschreckten. Die Insel der Seligen war in wenigen Tagen zu einem politischen Atlantis geworden. Und Ebner konnte sich des Gefühls nicht erwehren, dass der Untergang kurz bevorstand.

Die Demonstrationen, die in der letzten Woche das Tagesgeschehen beherrscht hatten, waren zwar ausgesetzt worden und in den Straßen war es ruhig geblieben, aber das Bild des von Kugeln durchsiebten Innenministers, von einer Laterne baumelnd, verfolgte den Staatspräsidenten Tag und Nacht. Ein Wandel hatte sich vollzogen, eine beängstigend schnelle Wendung von der politischen Stabilität zu einem Treibsand an hochkochenden Emotionen.

Der Bundespräsident überflog die Schlagzeilen der heutigen Tageszeitungen. Politikermorde, Kritik an der Europäischen Union, Bilanz der Finanzministerkonferenz und die unmittelbaren Folgen, steigende Arbeitslosigkeit und Politikverdrossenheit, Misstrauen gegenüber den Banken, denen gerade Milliardenzuschüsse gewährt wurden. Ebner schüttelte den Kopf. Die weltweite Bankenkrise, dieses Luftgeschäft mit nicht real existierendem Geld, hatte den Globus in ein größeres Chaos gestürzt, als die Verantwortlichen zugeben wollten. Es war eine Kettenreaktion eingetreten, deren Ende niemand vorhersagen konnte. Die Staatengemeinschaft hatte riesige Summen mobilisiert und sich damit bis in das nächste Jahrhundert verschuldet. Die Last, die auf den Schultern der künftigen Generationen ruhte, war in wenigen Wochen unverantwortlich angewachsen. Angesichts der aufgeheizten Stimmung schien es nicht angebracht, darüber nun eine Diskussion zu beginnen. Besser das Thema auf später verschieben, wenn die Lage stabiler geworden war und die ersten Erfolgsmeldungen nach den Rettungsaktionen die Wogen glätten würden.

Als das Telefon auf seinem Schreibtisch läutete, griff der Präsident abwesend nach dem Hörer und hob ab, während er in der größten Tageszeitung des Landes die Vorwürfe gegen die Regierung überflog.

»Ebner«, sagte er und blätterte um.

»Es freut mich, dass unser Bundespräsident so zeitig bereits arbeitet«, meinte eine Stimme am anderen Ende der Leitung sarkastisch. »Haben Sie auch schon bemerkt, dass diesem Land das Wasser bis zum Hals steht und die Insel der Seligen soeben Schlagseite bekommt?«

Der Bundespräsident war verblüfft. Die Telefonnummer des Apparates war in keinem Verzeichnis gelistet und nur seinen engsten Mitarbeitern bekannt. Und der Stimme nach war ihm dieser Mann völlig unbekannt.

»Wer sind Sie? Wie kommen Sie auf diese Leitung?«, fragte Ebner entgeistert.

»Das tut nichts zur Sache, mein Name würde Ihnen nichts sagen und unsere Unterhaltung unnötig komplizieren. Hören Sie mir einfach nur zu.« Der Mann am anderen Ende der Leitung war die Ruhe in Person. Ebner drückte geistesgegenwärtig auf eine Sondertaste des Telefons und das Gespräch wurde ab sofort mitgeschnitten. Gleichzeitig erging ein Alarm an die Telefonzentrale der Präsidentschaftskanzlei, den Teilnehmer zu ermitteln.

»Sie wissen selbst, dass diese Republik in eine tiefe Krise geschlittert ist, und sie ist damit innerhalb der Gemeinschaft der europäischen Staaten nicht die einzige. Ich will jetzt gar nicht ins Detail gehen und Ihnen Dinge erzählen, die Sie sowieso wissen und die Sie gerade jetzt Tag und Nacht beschäftigen. Der Konsens, der lange Zeit in Österreich geherrscht hat, wurde vom Chaos abgelöst. Ermordete Minister, Volksaufstand auf den Straßen, der Bundeskanzler erschossen. Unzufriedenheit allerorten, steigende Massenarbeitslosigkeit. Denn eines wissen wir beide – die offiziellen Zahlen sind alle geschönt.«

Der Anrufer schwieg kurz und Ebner fragte sich, wohin das Gespräch führen sollte.

»Aber diese Fassade, die gegenüber den Bürgern krampfhaft aufrechterhalten wird, bröckelt. Gerade sind die neuesten Zahlen aus

Griechenland gekommen. Das Land steht vor dem Staatsbankrott und in den anderen Ländern der EU können die Unsummen, die an die Banken geflossen sind, nur mit Steuererhöhungen und weiteren Schuldenbergen finanziert werden. Der Euro knickt an den Börsen ein. Und die nächsten tickenden Zeitbomben heißen Portugal, Italien, Irland ... Welcher Mitgliedstaat wird wohl der nächste sein? Es ist ein Karussell, aus dem es kein Entrinnen gibt. Wieder werden es die Banken sein, die finanzieren, und wieder werden sie spekulieren, um angeblich durch Risikogeschäfte die Risiken bei anderen Krediten zu minimieren. Oder warum, denken Sie, wurden die Bad Banks gegründet, an die nun alle faulen Papiere und Verträge überschrieben werden? Aber dadurch werden die Verträge nicht weniger faul und die Forderungen sind nach wie vor uneinbringlich. Eine weitere Fassade.«

Ebner musste seinem telefonischen Gegenüber zumindest ein gewisses Maß an Information und Wirtschaftsverständnis zugestehen. Trotzdem ... Er hakte nach.

»Seien Sie mir nicht böse, aber ich sehe wirklich nicht ein, warum ich mir von einem Unbekannten Vorträge über die Lage der Nation anhören sollte. Ich weiß nicht, wie Sie es geschafft haben, diese Nummer in Erfahrung zu bringen, aber jetzt haben Sie lange genug gestört. Ich habe zu tun«, sagte der Bundespräsident entschieden.

»Wer weiß, wie lange noch«, meinte der Anrufer lauernd. »Haben Sie sich keine Gedanken darüber gemacht, dass der Bundeskanzler trotz der höchsten Sicherheitsstufe in seinem eigenen Amt erschossen wurde? Dass die Familienministerin trotz Rund-um-die-Uhr-Bewachung in ihrem Haus umgebracht wurde? Dass der Innenminister an einer historischen Laterne baumelnd gefunden wurde, obwohl ein unerhörtes Aufgebot an Polizisten und Ordnungskräften die Wiener Innenstadt sicherte?«

Ebner schluckte.

»Glauben Sie wirklich, Sie sind sicher? Woher nehmen Sie diese Illusion? Vielleicht ist nach diesem Telefonat Ihre Aufgabe erfüllt und Sie werden genauso beseitigt wie die drei Politiker vor Ihnen. Ist Ihnen noch nicht aufgefallen, dass es bei keinem der drei Morde entscheidende Fortschritte in den Ermittlungen gibt? Die Staatspolizei ist keinen Schritt weitergekommen. Sollte Ihnen das nicht zu denken geben?« Der Anrufer ließ seine Worte wirken. Er schien es nicht eilig zu haben, das Gespräch zu beenden.

»Sollten Sie jetzt glauben, dass Ihre Telefonzentrale hektisch versucht, diesen Anruf nachzuverfolgen, dann muss ich Sie enttäuschen, Herr Bundespräsident. Sie tut es nicht.«

Ebner glaubte inzwischen, in einem schlechten Film gelandet zu sein. Jeden Moment erwartete er, jemanden hinter den Vorhängen hervorspringen zu sehen, der lachend »Versteckte Kamera!« schreien würde.

»Wenn Sie jetzt jemanden aus Ihrem Stab herbeizitieren, sind Sie dann sicher, dass Sie nicht Ihren Mörder hereinrufen, wie es vielleicht Bundeskanzler Richard Schumann vor wenigen Tagen getan hat? Niemand ist sicher, Herr Bundespräsident. Wir sind überall. Habe ich jetzt Ihre volle Aufmerksamkeit?«

Als er keine Antwort auf seine Frage erhielt, sprach der Anrufer weiter und sein Tonfall war noch immer der einer Nachmittagsplauderei bei einem Kaffeekränzchen.

Dem Staatsoberhaupt brach der Schweiß aus.

»Wenn Sie niemandem mehr trauen können, ich meine gar niemandem, was gedenken Sie dann zu tun? Wenn ich jetzt auflege, dann ändert sich dadurch gar nichts. Seit mehr als hundertfünfzig Jahren haben Kräfte in diesem Land genau auf diesen Augenblick hingearbeitet. Wir sind da, wo Sie uns nicht vermuten. Wir haben jahrzehntelang Zeit gehabt, die Strukturen dieses Landes zu infiltrieren, unauffällig, unermüdlich. Heute sind wir aus dem Geschehen nicht mehr wegzudenken, wir sind unentbehrlich und allgegenwärtig. Aber wo? Jede Fehleinschätzung wäre tödlich. Die drei Morde an Panosch, Fürstl und Schumann sollten Ihnen das ins Bewusstsein bringen. Wir können den Druck der Straße jederzeit beliebig erhöhen. Tage- und wochenlange Demonstrationen, ein Generalstreik, das Chaos, der Zusammenbruch der Ordnung.«

Ebner sah ein Szenario vor sich, das ihn an die schlimmsten Tage der Ersten Republik erinnerte. »Was hätten Sie davon?«, warf er dann ein. »Das Land wäre am Ende und die Menschen würden nicht mehr an den Staat glauben.«

»Völlig richtig«, meinte der Anrufer zufrieden. »Doch wie ein Phönix aus der Asche würde ein neuer, starker Mann kommen, ein Retter, eine Leitfigur. Alle würden zu ihm aufsehen und sie würden wieder hoffen, glauben, etwa an eine Zukunft für ihre Kinder und an die moralischen Grundwerte, die in den letzten Jahren mit Füßen getreten wurden. Je skrupelloser man ist, desto erfolgreicher ist man, so lautet das Credo, das keiner mehr hören will.«

»Dieses Land hat seinen Anteil an Führern in der Vergangenheit wahrlich gehabt«, gab der Bundespräsident ärgerlich zurück. »Ich bin mir sicher, dass niemand hier einer extremen Rechten nachlaufen würde.«

»Warum nur Schwarz und Weiß?«, fragte der Mann am anderen Ende der Leitung ruhig. »Kann sich Ihre politische Phantasie keinen Zwischenweg ausmalen? Die etablierten Parteien kämpfen gegen das Versinken in einer uninteressierten und demotivierten Masse an Wechselwählern, die kurzfristigen Argumenten nachlaufen. Fühlen Sie sich politisch so sicher? Kann nicht alles morgen ganz anders sein? Vergessen Sie niemals, die stärkste politische Kraft in diesem Land sind die Nichtwähler. Wären sie eine Partei, die Zweidrittelmehrheit im Nationalrat wäre ihnen sicher ...«

Ebner schwieg. Die Tatsache, dass eine unbekannte Kraft über einen so langen Zeitraum, durch Zeiten der Krise und des Wohlstandes, in diesem Land eine Position erlangen konnte, ohne Wahlen oder Volksentscheid, das erschütterte ihn zutiefst. Er wollte den Knopf an der Gegensprechanlage drücken, um seinen Sekretär hereinzurufen, aber dann ließ er seine Hand wieder sinken. Niemand war mehr sicher ...

»Ich möchte Ihre Aufmerksamkeit nicht länger in Anspruch nehmen als notwendig. Mir ist bewusst, dass Sie ein volles Arbeitspensum haben. Leider wird sich der Schwerpunkt in den kommenden vierundzwanzig Stunden etwas verschieben. Prioritäten werden neu definiert, wichtige Entscheidungen anstehen. Ich möchte nicht in Ihrer Haut stecken.«

Der Bundespräsident war am Ende seiner Geduld. »Was wollen Sie?«, schrie er und sprang auf. Dann schlug er mit der Faust auf den Tisch.

»Wir geben Ihnen vierundzwanzig Stunden Zeit, um uns die Regierungsgeschäfte zu übergeben beziehungsweise die von uns vorgeschlagenen Personen mit der Regierungsbildung zu beauftragen. Das hängt von der Staatsform ab, die wir wählen werden.«

»Sie haben den Verstand verloren«, flüsterte Ebner. »Das werde ich niemals tun, so wahr ich hier stehe. Niemals!«

»Sie haben den Ernst der Lage offenbar noch immer nicht begriffen. Was wollen Sie denn dagegen machen? Der starke Mann steht bereit, es ist alles bis ins Letzte durchgeplant. Hören Sie mir gut zu. Um Ihnen eine Entscheidungshilfe zu geben und die Unfähigkeit Ihrer Regierung zu illustrieren, wird alle sechs Stunden in Wien ein geheimes Depot an Senfgasgranaten aus dem Ersten Weltkrieg explodieren. Wir sind sehr geschichtsbewusst, müssen Sie wissen.«

Es war das erste Mal, dass sich der Anrufer so etwas wie eine Regung leistete. Er unterdrückte offenbar ein Lachen. Dann fuhr er fort, ohne Ebner zu Wort kommen zu lassen.

»Der Ablauf der Explosionen hat ein Muster, damit auch jeder nachvollziehen kann, worum es geht. Nicht einfach vier wahllose Sprengungen, nein, hier geht es um Demonstrationen unserer Macht, aber auch Offenlegung der historischen Hintergründe. Wir sind keine gewöhnlichen Terroristen, bitte denken Sie das nicht. Wir haben einen legalen Anspruch auf die Regierung in diesem Land, das können und werden wir auch jederzeit belegen.«

Ebner war völlig verwirrt. »Was nennen Sie einen legalen Anspruch?«, fragte er zögernd. »Sie wurden nicht demokratisch gewählt, Sie sitzen nicht im Nationalrat …«

»Wer sagt Ihnen, dass wir nicht im Parlament vertreten sind? Nur weil wir unter anderen Farben unsere Sitze einnehmen, nur weil wir nicht hinausschreien, wer wir sind? Vertrauen Sie dieser parlamentarischen Demokratie so unbedingt? Ist keine andere Variante denkbar?« Der Anrufer schwieg kurz. »Es ist jetzt kurz vor zehn Uhr vormittags. Der Countdown läuft.«

»Aber …«, versuchte der Bundespräsident einen Einwand.

»Es gibt kein Aber«, unterbrach ihn der Unbekannte. »Wägen Sie Ihre Schritte in den nächsten Stunden sorgsam ab. Wir sind überall, wir sehen alles, wir wissen alles, wir überwachen alles. Wir sind in den langen Jahren in jene Ränge aufgestiegen, wo die staatliche Kontrolle versagt, weil die Intimität zur Macht zu groß ist. Machen Sie keinen Fehler. Sie tragen die Verantwortung.«

Ebner wollte noch etwas sagen, aber der Anrufer hatte die Verbindung bereits getrennt.

Als der Bundespräsident den Hörer auflegte, zitterten seine Hände und seine Gedanken rasten. Er schob die Tageszeitungen mit fahrigen Gesten auf einem Stoß zusammen und schaute dabei auf seine Gegensprechanlage. Dann hob er den Hörer erneut ab und verlangte die Telefonzentrale der Präsidentschaftskanzlei. Die zuständige Beamtin meldete sich nach dem ersten Läuten.

»Ebner hier. Haben Sie ein Signal empfangen, dass Sie einen Anruf auf meiner geheimen Leitung zurückverfolgen sollen?«

»Nein, Herr Bundespräsident, es ist kein Signal bei mir eingetroffen. Haben Sie den Alarmknopf betätigt?«

»Hm … seltsam … Danke, ist schon in Ordnung.« Ebner spürte, wie die Panik in ihm aufstieg. Der Anrufer hatte recht gehabt, zumindest was den Alarm betraf. Und wenn alles andere auch …?

Ebner wischte den Gedanken weg. Es konnte einfach nicht sein, es durfte nicht sein. Der Bundespräsident konnte sich nicht vorstellen, dass die Zukunft des Landes in den Händen einer Gruppe liegen könnte, die sich nicht um demokratische Regeln kümmern und mit einem Federstrich womöglich eine andere politische Staatsform einführen würde.

»Einen legalen Anspruch auf die Regierung in diesem Land«, murmelte der Bundespräsident und schüttelte den Kopf. In diesem Moment klopfte es an der Tür und Ebner schreckte hoch. Sein Sekretär betrat das Büro und schwenkte ein großes Kuvert in seiner Hand.

»Guten Morgen! Das kam gerade per Boten, an Sie persönlich adressiert«, meinte er fröhlich und legte den braunen Umschlag vor das Staatsoberhaupt. »Es ist durch den Scanner gegangen, nur Papier drin, keine Bombe«, scherzte er und war schon wieder draußen, bevor Ebner etwas fragen konnte.

Vorsichtig riss der große grauhaarige Mann das Kuvert auf. Ein Zettel fiel heraus, zwei fotokopierte Blätter blieben im Umschlag. Ebner entfaltete erst das lose Blatt. Mit schwarzen Blockbuchstaben stand darauf: »Vergessen Sie nicht – vierundzwanzig Stunden …«

Dann zog der Bundespräsident die beiden Kopien heraus, setzte sich hin und begann zu lesen. Je weiter er kam, desto blasser wurde er. Sein Kopf schmerzte und er ahnte, welches Ausmaß der ausgeklügelte Plan hatte.

Er hob den Hörer an, wollte jemanden anrufen, sich mitteilen, seine Hilflosigkeit hinausschreien. Aber wem konnte er trauen? Jeder Fehler wäre tödlich, hatte der Unbekannte gesagt. Ebner hatte keine Angst um sich. Er hatte Angst um Österreich.

»Wia Zhaus«, Leopoldstadt, Wien/Österreich

Das »Wia Zhaus« war ein traditionelles Wiener Gasthaus oder Beisl, wie man in der Bundeshauptstadt sagte, ein Familienbetrieb mit der Mutter in der Küche, dem Vater hinter dem Ausschank und der Tochter als Bedienung. Die Gäste kamen bereits seit Jahrzehnten und es waren meist immer dieselben. Man kannte sich, man war befreundet, manchmal auch verwandt. Die Lage des »Wia Zhaus« in einer kleinen Nebenstraße des Handelskais ließ die Wellen der Touristen vorbeibranden. Man verirrte sich nicht hierher, man kannte das mit Resopalplatten getäfelte Lokal, und für viele aus den umliegenden Wohnblöcken war es ein zweites Zuhause. Das Essen war Hausmannskost vom Feinsten und das Bier stets frisch gezapft. Zu einem Geheimtipp in den einschlägigen Führern fehlte dem »Wia Zhaus« das gehobene Preisniveau, der Firlefanz und die Schickimicki-Besucherschicht. Das Beisl erhob nie den Anspruch, ein Restaurant zu werden. Es war, was es war, und das war gut so.

Die Eilmeldung, die in den Vormittagsstunden über den Fernseher in der Gaststube flimmerte, traf alle Gäste des Beisls unvorbereitet. Plötzlich herrschte Totenstille in den beiden Räumen, die durch eine Doppeltür verbunden waren. Nur aus der Küche klang noch das Klappern der Pfannen und Löffel.

»Wie soeben bekannt wurde, erlag Bundeskanzler Richard Schumann heute Morgen den Folgen eines Attentats, das in den gestrigen Abendstunden auf ihn verübt worden war. Nähere Einzelheiten wurden noch nicht bekannt. Ein Sprecher der Bundesregierung begründete die bisher aufrechterhaltene Nachrichtensperre mit den nach wie vor auf Hochtouren laufenden Ermittlungen. Soweit bekannt wurde, fehlt vom Täter jede Spur. Schumann wurde aus nächster Nähe in den Kopf geschossen, ein privates Motiv wird nicht ausgeschlossen.

Die Amtsgeschäfte wurden interimsmäßig von Vizekanzler Finanzminister Manfred Wegscheider übernommen. Nun zu den weiteren Meldungen. Der Nationalrat …«

Die weiteren Worte des Nachrichtensprechers gingen im Tumult unter. Alles schrie und redete durcheinander, die Gäste versuchten einander zu übertönen und doch verstand niemand ein Wort. Erst allmählich klang die erste Überraschung ab und machte einer tiefen Betroffenheit Platz.

Der Wirt hinter der Schank hatte die Hand am Zapfhahn und schaute ins Leere. Das Bier floss über den Rand des Glases und versickerte im Ausguss. Nach einigen Augenblicken der Ruhe steckte seine Frau den Kopf aus der Küche und schaute verständnislos in die Runde. Dann sah sie ihren Mann, der wie versteinert dastand, stieß ihn an und deutete wortlos mit einer Kopfbewegung auf das überschäumende Bierglas.

»Was ist mit euch los?«, fragte sie. »Habt ihr einen Geist gesehen? Das Essen dauert noch ein wenig, aber darauf braucht ihr nicht so andächtig zu warten.«

»Sie haben den Schumann erschossen«, sagte ihr Mann leise und stützte sich schwer mit beiden Händen auf die zerkratzte Metallplatte der Schänke.

Sie schaute ihn mit großen Augen an. »Den Schumann? Unseren Bundeskanzler? Das gibt's nicht. Den kann man doch nicht so einfach erschießen. Der wird doch bewacht, oder?«, fragte sie unsicher und wurde blass, als ihr Mann stumm mit den Schultern zuckte.

Viele Gäste saßen da wie versteinert, schauten in ihr Glas und schwiegen. Die Männer am Stammtisch fingen sich als Erste wieder.

»Wir können gar nicht so schnell wählen, wie unsere Regierung wegstirbt«, murmelte einer der Arbeitslosen, die den ganzen Vormittag im »Wia Zhaus« verbrachten und ihren Alkoholpegel nie unter ein Promille fallen ließen.

Die beiden pensionierten Bundesbahner am Stammtisch warfen ihm einen indignierten Blick zu, nickten aber dann in ihre Biergläser.

»Wo er recht hat, hat er recht«, gab der Ältere der beiden zu. »Erst die Panosch, dann der Fürstl und jetzt der Schumann. Wer ist der Nächste? Es geht zu bei uns wie in einer südamerikanischen Bananenrepublik. Nur so warm ist es nicht.«

»Ja, jetzt haben s' den Bundeskanzler erschossen«, sagte der andere nachdenklich. »Dabei sollt man annehmen, das ist völlig unmöglich. Wozu haben wir eine Polizei? Haben die nicht auf ihn aufgepasst?«

Ein alter Sektionschef des Innenministeriums schloss gequält die Augen und beugte sich tiefer über sein Kreuzworträtsel. »Die versammelte Bundesbahn referiert über die Sicherheit im Staat, wie passend«, murmelte er. »Wenn einer heute sagt, er wirft sich auf einer Nebenstrecke vor den Zug, dann verhungert er vorher, bevor ein Zug vorbeikommt. Das ist die einzige Sicherheit, die wir bei der Bahn noch haben.«

»Hast was g'sagt, Hofrat?«, fuhr einer der Pensionisten auf, der früher Zugführer auf der Westbahnstrecke war. »Sei froh, dass du nicht mehr im Ministerium bist, sonst täten s' dich auch noch erschießen. Heut muss jeder dran glauben, egal ob schwarz oder rot.«

Ein ehemaliger Fuhrunternehmer, der bisher geschwiegen hatte, leerte sein Bier auf einen Zug und stellte das Glas lautstark auf den Stammtisch. »Fest steht, dass es so nicht weitergehen kann. Die Banken haben uns ins Unglück gerissen und alle Politiker sind sofort Gewehr bei Fuß gestanden und haben gerettet, was nur zu retten war. Die haben denen das Geld hinten hineingeschoben und alle waren sich einig. So schnell waren zehn Milliarden noch nie auf dem Tisch. Und unsere Kindergärtnerinnen bekommen weniger Stundenlohn als eine Putzfrau. Aber da sagt niemand was.«

Ein zustimmendes Murmeln war zu hören. Selbst an den Nebentischen waren die Unterhaltungen verstummt.

»Es wird Zeit, dass sich was ändert«, setzte der beleibte Mann fort und bestellte mit einer Handbewegung ein weiteres großes Bier. »Die Volksvertreter vertreten nur mehr sich selbst und ihre Gehälter in diesem Land. Egal, wo man hinschaut, es kümmert sich keiner mehr darum, was nach seiner Amtszeit passiert. Hauptsache, er geht mit einer fünfstelligen Pension nach Hause …« Er blickte in die Runde und war sich der ungeteilten Aufmerksamkeit des Lokals bewusst.

»Warum vergessen die da oben ihre Wahlversprechen immer wieder gleich nach der Auszählung?«, fragte er niemanden im Besonderen, als der Wirt das Bier brachte und vor ihm abstellte.

»Wenn Wahlen was ändern könnten, wären sie verboten«, warf einer ein und rülpste laut. »Egal, wo du dein Kreuzl hinmachst, es sind immer die gleichen Seilschaften …«

Der alte Hofrat blickte angewidert auf den verwahrlosten Mann mit den struppigen Haaren. »Minderbemittelter mit fünf Buchstaben«, sagte er bitter. »Idiot!«

»Irgendwo ist schon ein wahrer Kern drin«, besänftigte ihn der Fuhrunternehmer. »Was bitte hat es in den letzten Jahren schon Positives gegeben? Bankenkrise, Unruhen, Schulden über Schulden, einen Skandal nach dem anderen, die EU, die sich in alles einmischt und doch nichts besser weiß. Mit dem Euro ist alles doppelt so teuer und nur die Gehälter sind gleich niedrig geblieben. Ein Blick auf die Benzinpreise genügt. Und die Politiker? Die Politiker streiten sich für unser Geld, um unser Geld und verschwinden danach ebenfalls mit unserem Geld. Zahlen tun im Endeffekt eh nur wir.« Die Zustimmung aus dem gesamten Lokal war laut hörbar.

»Ich weiß ja nicht, wie ihr denkt, aber entweder es gibt einen Wechsel da oben oder wir werden unser Österreich in ein paar Jahren nicht mehr erkennen. Dann ist unser Wien ein Klein-Istanbul und statt dem Läuten der Pummerin hören wir den Muezzin vom Steffl. Und wir werden es uns nicht mehr leisten können.« Er griff zum Bierglas. »Ich will mein Bier aber auch in Zukunft noch da trinken! Prost!«

»Vielleicht wirst dann weniger saufen«, lallte der Arbeitslose, »tut dir sicher nicht schlecht, Rosstreiber. Dei Biergrab is eh schon a Familiengruft.«

Das Kreuzworträtselheft flog durch die Luft und traf genau. Die beiden pensionierten Bundesbahner lachten. »Uii, der Hofrat wird handgreiflich!«, meinte einer spöttisch.

»Bei solchen Gehirnamputierten kein Wunder«, meinte der Sektionschef aufgebracht und kippte sich die Neige seines Weinglases hinter die Binde. »Wo ist denn heute das Fräulein Tochter?«, fragte er den Wirt, der ihm unaufgefordert ein weiteres Viertel Weißwein hinstellte.

»Die ist auf Besuch im Krankenhaus. Einer ihrer Freunde ist bei den Demonstrationen verletzt worden und sie hält ihm die Hand, damit er schneller gesund wird«, antwortete der Wirt und wischte über die blitzblanke Schank.

»Na, wenn's nur die Hand ist …«, murmelte der Arbeitslose und duckte sich, als er den Hofrat ausholen sah.

»Die jungen Leut haben ja recht«, warf der Fuhrunternehmer ein. »Es is ihre Zukunft und ihr Land und wir sollten alle auf die Straßen gehen, wenn ihr mich fragt. Wir sind auch schon zu bequem geworden. Darauf bauen die da oben ja.«

Alles nickte.

»Aber vielleicht passiert ja jetzt was, nach den ganzen Morden. Ich spür, es tut sich was …«

Aus der Küche kam ein Schlachtruf, der alle endgültig mobilisierte: »Essen is fertig!«

Breitensee, Wien/Österreich

Die Gruppe, die auf der neuen Ledergarnitur in Pauls Remise beisammensaß, war verärgert und niedergeschlagen. Nach dem gestrigen Fiasko vor der Technischen Universität hatten Enttäuschung und Mutlosigkeit um sich gegriffen wie eine hochansteckende Krankheit.

Ein noch grüblerischer und schweigsamer Berner als sonst war tags davor mit einem kurzen Kopfnicken vom Karlsplatz verschwunden und hatte sich nicht mehr gemeldet. Valerie war wie ein begossener Pudel auf einer der Bänke im Park gesessen und hatte sich immer wieder gefragt, wieso ihre Gegenspieler stets alle ihre Züge kannten und sie selbst nicht einmal Zeit zum Reagieren, geschweige denn zum Agieren hatten.

Georg, scheinbar ganz in die Betrachtung der allegorischen Figurengruppe am Dach der Technischen Universität versunken, hatte an einen Baum gelehnt dagestanden, die Hände tief in den Hosentaschen vergraben. Wer ihn so gut kannte wie Paul, der neben ihm im Gras gesessen hatte, der wusste, dass er maßlos frustriert war. Und Wagner selbst, der sonst immer nach Lösungen suchte und sie meistens auch fand, hatte einfach nur wütend dagesessen und auf das Angebot eines Drogendealers mit einem so urwienerischen Fluch reagiert, dass der Junkie entsetzt das Weite gesucht hatte.

Jetzt, eine unruhige Nacht später, saßen Valerie, Paul und Georg schweigsam auf dem großen Sofa und jeder hing seinen Gedanken nach, eine Tasse Kaffee oder Tee in der Hand. Tschak erkundete schnüffelnd die große Halle oder lief aufgeregt einem kleinen, roten Ball nach, den er sich selbst immer wieder mit der Nase oder der Pfote in alle möglichen Ecken schoss.

»Na, wenigstens dem Hund geht's gut«, murmelte Paul und nahm noch einen Schluck Kaffee. »Wir sind heute spät dran, ist euch das klar? Es ist fast Mittag und ich habe noch keine Zeile geschrieben. Aber irgendwie fehlt mir heute die Motivation …«

Valerie schaute Tschak hinterher und sah den tibetanischen Hirtenhund auf allen vier Pfoten über das glatte Parkett rodelnd um die Ecke verschwinden.

»Wir rauschen von einer Niederlage zur nächsten, ungebremst wie Tschak«, sagte sie leise. »Meine Ausrüstung ist weg, in die Botschaft kann ich nicht, Shapiro ist so hilfreich wie ein wütender Alligator und wir haben außer einem Foto des vierten Dokumentes und einem Stock nichts in der Hand. Wir wissen nicht, was in dem Kupferzylinder drin war, woraus das Geheimnis Jauerlings überhaupt bestand. Wir haben für die anderen die Kastanien aus dem Feuer geholt und ich habe mich in den letzten Tagen zu oft wie ein dummes Schulmädchen von diesen Typen überraschen lassen. Mit einem Wort – alles Sch…«

»Sag's nicht«, unterbrach sie Georg seufzend, »zu früh für Kraftausdrücke. Wenn wir so weitermachen, dann geht uns sonst bis zum Abend das Vokabular aus. Aber ich bin ganz deiner Meinung. Ich frage mich überhaupt, was Shapiro für ein Interesse am Geheimnis Jauerlings hat. Was immer in diesem Zylinder war, was geht es den israelischen Geheimdienst an?«

Valerie zuckte mit den Schultern. »Wie du weißt, agiert unser Freund in Tel Aviv nach dem Prinzip der »Need to know«-Politik. Seine Informationen reichen meist gerade bis zum nächsten Tag, wenn es hoch kommt noch einen Schritt weiter. Shapiro, der große Meister im Haushalten mit Information.«

»Damit kaschiert er vielleicht auch, dass er manchmal einfach zu wenig weiß«, gab Paul zu bedenken. »Er kennt unter Umständen den großen Plan, aber die Details solltest du herausfinden.«

»Er wollte das vierte Dokument unbedingt haben«, erinnerte sich Valerie. »Aber er hat niemals etwas von einem weiteren Versteck gesagt, einem verborgenen Zylinder oder von einem Geheimnis des Balthasar Jauerling.«

»Vielleicht wusste er gar nicht, wohin die Spur der kleinen Zahlen und Buchstaben führen würde«, warf Georg ein, »vielleicht wollte er nur eines der Dokumente in die Hand bekommen, um es zu entschlüsseln. Das französische und englische konnte er nicht bekommen, die waren bereits in Wien. Das deutsche war verschollen und das russische zwar in der Hand Singers, aber nicht lange genug.«

»Erinnere mich auch noch daran«, stöhnte Valerie.

»Also schickt er dich in Berlin los, zurück nach Wien, um das vierte zu sichern. Wir haben es in der Hofburg gefunden und gleich wieder an das Einsatzkommando der Bauarbeiter verloren.«

»Und genau deshalb würde ich derzeit nicht so gerne mit Shapiro telefonieren. Du hast eine so effektive Art, mich aufzubauen, die erinnert an eine Abrissbirne.«

»Tut mir leid, ich ziehe nur Bilanz«, entschuldigte sich Georg und schlürfte seinen Tee.

»Und was jetzt?«, fragte Paul, »die haben uns abgefertigt wie die ersten Menschen. Wir haben Jauerlings Rätsel geknackt, Georg hat seinen Hals riskiert bei der Fassadenkletterei, wir haben diesen verdammten Zylinder gefunden und nur, um ihn gleich wieder loszuwerden. Die stehen dabei und lachen uns aus. Jetzt haben sie alles. Die vier Dokumente, den Zylinder samt Inhalt, alle Informationen, Sieg auf der ganzen Linie. Und der Mord an Kirschner ist noch immer nicht geklärt, von den Ministern reden wir gar nicht. Ich komme mir so blöd vor wie seit Langem nicht mehr.«

»Dann bist du in guter Gesellschaft«, brummte Georg ärgerlich.

»Mich wundert nur, warum die Botschaft nicht intensiver nach dir fahndet«, meinte Paul.

»Vielleicht haben sie den Einsatz jemand anderem übertragen«, antwortete Valerie. »Etwa Weinstein, dem Attaché du Malheur, oder der Botschafter selbst hat es in die Hand genommen. Ich weiß nicht, wie wichtig die Sache wirklich ist.«

In diesem Moment läutete das Telefon und Paul nahm das Gespräch an.

»Hier spricht der automatische Anrufbeantworter von Paul Wagner. Sie haben drei Sekunden Zeit, um eine Nachricht zu hinterlassen … Piep … zu spät!«

»Witzig, Wagner, wirklich witzig, ich lache, wenn es mir wieder besser geht«, sagte Berner.

»Wir sitzen gerade in der Gruppentherapie und schwanken zwischen Ärger und Mutlosigkeit, da ist alles Balsam für die Seele«, entgegnete Wagner knapp. »Ich stelle jetzt laut, damit hier alle mithören können. Vielleicht vertreibt das die schwarzen Gedanken. Ich habe mich stundenlang im Bett hin und her gewälzt und versucht, ein wenig Klarheit in die verfahrene Lage zu bringen.«

»Verständlich«, gab Berner zu, »mir ging es genauso. Ich habe die ganze Nacht überlegt, wer hinter der Geschichte steckt. Das läuft mir alles zu glatt und reibungslos. Die wissen alles, sind überall, haben keine Skrupel. Übrigens: Ruzicka geht es besser, er kommt durch. Die Ärztin aus St. Pölten hat mich angerufen.« Der Kommissar schwieg.

»Was uns wiederum zur Todesliste bringt«, sagte Paul. »Ich hoffe, die Bewachung von Ruzicka ist in den richtigen Händen, und Sie sollten etwas mehr auf sich aufpassen, Commissario. Mein Bedarf an Gräbern ist für die nächste Zeit gedeckt.«

»Meiner auch«, antwortete Berner, »außerdem weiß ich sowieso nicht, was ich auf meinen Grabstein schreiben sollte.«

»Ich halte mich mit meinen Vorschlägen zurück«, warf Georg ein.

»Ist auch besser so, an Latein habe ich nicht gedacht«, gab Berner zurück. »Aber jetzt zum Ernst der Lage. Was machen wir nun?«

»Wir sind gerade in Gedanken durchgegangen, was wir in den letzten Tagen falsch gemacht haben«, stellte Valerie fest. »Davon ausgehend sollten wir vielleicht gar nichts mehr anfassen. Wir helfen sonst der Gegenseite nur noch mehr.«

In diesem Augenblick klopfte ein weiterer Anrufer an.

»Moment, da will noch jemand etwas von uns. Bleiben Sie kurz dran, Kommissar«, sagte Paul und nahm das zweite Gespräch an.

»Hier spricht Sina«, tönte es durch den Raum und Georg verdrehte die Augen. Ein Anruf seines Vaters hatte ihm jetzt noch gefehlt. Paul sah ihn fragend an und der Wissenschaftler nickte ergeben.

»Schön, Sie wieder einmal zu hören, Herr Doktor«, meinte Paul vorsichtig und wartete ab. Der Wiener Polizeipräsident war bekannt für seine manchmal etwas eigenwilligen Telefongespräche.

»Ist mein Sohn bei Ihnen?«, fragte Sina senior kurz angebunden und Paul meinte, einen Ton von Dringlichkeit aus seiner Stimme herauszuhören.

»Ja, er sitzt neben mir und hört Sie, wir haben das Telefon auf laut geschalten. Valerie Goldmann ist bei uns und Kommissar ...äh, Herr Berner wartet auf der anderen Leitung.«

Der Polizeipräsident schwieg und Wagner dachte schon, er habe wieder aufgelegt, als er sich erneut zu Wort meldete.

»Dann schalten Sie Berner dazu, das erspart mir einen weiteren Anruf.« Paul und Georg sahen sich überrascht an, dann holte Wagner Berner ins Gespräch.

»Bernhard, Georgs Vater ist auf der anderen Leitung, wir haben ein Konferenzgespräch eingerichtet, weil er auch mit dir reden möchte«, informierte Valerie den Kommissar.

»Warum ahne ich Unheil auf mich zukommen?«, brummte Berner.

»Das Unheil ist bereits da, ob wir es wollen oder nicht«, gab der Polizeipräsident zurück. »Ich habe eben einen verzweifelten Anruf meines Jugendfreundes Wolfgang Ebner bekommen. Er hat mehr als eine Stunde überlegt, bevor er endlich zum Hörer gegriffen hat, und dann war ich der Einzige, der ihm eingefallen ist. Ich frage mich im Nachhinein, ob das ein Kompliment oder eine Bankrotterklärung ist.«

»Könntest du dich etwas weniger kryptisch ausdrücken«, bat Georg und füllte seine Teetasse nach. »Ich nehme an, wir reden alle vom gleichen Wolfgang Ebner?«

»Natürlich«, bestätigte sein Vater, »und die Neuigkeiten, die er auf Lager hatte, waren alles andere als rosig. Wir haben keine Zeit zu verlieren und ich möchte, dass ihr so schnell wie möglich zu mir kommt. Auch Sie, Herr Berner. Bei euch bin ich mir wenigstens sicher, dass ihr nicht ...« Der Präsident verstummte.

»Dass wir was nicht?«, erkundigte sich Georg misstrauisch.

»Lassen Sie mich raten, Herr Doktor Sina«, schaltete sich Berner ein. »Sie brauchen jemanden, auf den Sie sich verlassen können und der die Schäfchen ins Trockene holt und zusammentreibt, ohne viel zu fragen. Aber wir werden jede Menge Fragen stellen, weil wir in den letzten Tagen zu oft an die Falschen geraten und ziemlich sauer sind. Ich habe mir meine Pension etwas anders vorgestellt. Ruhiger und besinnlicher nämlich und ohne vergiftete Milchkartons in meinem Kühlschrank.«

»Dann wird es am besten sein, Sie machen sich endlich auf den Weg, Berner. Die Antworten kann ich Ihnen liefern, ob sie Ihnen gefallen, weiß ich nicht. Und was Ihre ruhige Pension betrifft: Sollten wir bis 16:00 Uhr nicht sehr viel weiter sein als bisher, dann wird es höchstwahrscheinlich keine Pension mehr geben. Es ist jetzt 11:30 Uhr und ich erwarte euch alle noch vor zwölf in meinem Büro.« Damit legte Sina senior auf und ließ eine verwirrte Runde zurück.

»So weit zum Thema väterliche Autorität«, seufzte Georg.

»Wir sollten uns auf den Weg machen, bevor er uns verhaften lässt«, grinste Valerie.

»Porsche oder Mazda?«, warf Paul in die Runde und ging seine Lederjacke holen.

»Porsche«, antwortete Valerie wie aus der Pistole geschossen.

»Mazda«, sagte Georg bestimmt, »ich will ordentlich sitzen können und nicht Rücksitzbankyoga betreiben, und Tschak ist meiner Meinung. Die mitfahrende Mehrheit hat entschieden …«

Der Pizza Expresss röhrte wenige Minuten später aus der Halle wie eine startende Rakete. Valerie hatte mit einem ergebenen Gesichtsausdruck das Steuer übernommen, Paul hielt sich vorsorglich fest und Georg umklammerte Tschak, der neugierig aus dem Seitenfenster auf die vorbeifliegende Landschaft blickte.

Bei der ersten roten Ampel, die Valerie ignorierte, schlossen Georg und Paul gleichzeitig resigniert die Augen.

Lycée français de Vienne, Alsergrund, Wien/Österreich

Die französische Schule in Wien war ein Überrest des Zweiten Weltkrieges und der nachfolgenden Vierteilung der Stadt an der Donau. Russen, Franzosen, Engländer und Amerikaner hatten zehn Jahre lang ihre Truppen in Wien stationiert und erst 1955, anlässlich der Unterzeichnung des Staatsvertrages, hatte der letzte fremde Soldat Österreich verlassen. Um aber den Söhnen und Töchtern der Besatzungssoldaten in dieser Zeit eine angemessene Schulbildung in den jeweiligen Landessprachen zu ermöglichen, richtete jede der vier Großmächte eine Schule ein, die vom Kindergarten bis zum Abitur reichte.

Die Franzosen errichteten, in Ermangelung eines passenden Gebäudes, gleich einen ganzen Schulkomplex auf einem Grundstück in der Liechtensteinstraße, schräg gegenüber des gleichnamigen Palais. Der graue, U-förmige Bau aus Beton war funktional, riesengroß und das gelungene Beispiel eines Nutzbaus im Stil der Nachkriegsarchitektur.

Nach dem Abzug der Soldaten stellte sich heraus, dass durchaus Bedarf an einer Privatschule mit französischem Bildungssystem in Österreich bestand. Während die russische und englische Schule schließen mussten, wurde das Institut in Wien-Alsergrund weitergeführt, als eine Art Eliteschule und Speerspitze der Kultur von La Fontaine und Molière, von Rimbaud und Verlaine.

In der Mittagspause, in der entweder in einem riesigen Speisesaal gegessen wurde oder aber die Kinder aus den umliegenden Wohngegenden nach Hause essen gehen konnten, kehrte für kurze Zeit Ruhe in den langen Fluren ein. Um 14:00 Uhr wurde der Unterricht wieder aufgenommen und ging dann bis in die späten Nachmittagsstunden, für manche Schüler sogar bis in den Abend.

Elisabeth Mantler, von ihren Freundinnen Sissi genannt, ging die Einfahrt des Lycées hinunter und schlüpfte an der Schranke vorbei auf die Liechtensteinstraße. Dabei winkte sie dem Portier zu, der sie seit Jahren kannte. Die aufgeweckte Zwölfjährige mit einem Talent für Sprachen und Mathematik, eine eher ungewöhnliche Kombination, war bei allen beliebt. Sie liebte Jeans und Johnny Depp, Shakira und Salsa, kurze Röcke und ihre langen, roten Haare. Sie hatte die Sommerkurse, die das Lycée zusätzlich zum Lehrplan anbot, mit Begeisterung wahrgenommen. Aber sie verbat sich die Bezeichnung »Streberin« entschieden …

Sissi schaute sich kurz nach ihrer Freundin Saskia um, aber die war wieder bei einer Gruppe Jungs hängen geblieben. Das würde länger dauern, das wusste Elisabeth, und wandte sich zum Gehen. Sie war hungrig und heute hatte ihre Mutter versprochen, Wiener Schnitzel mit Kartoffelsalat zu kochen, eine von Sissis Lieblingsspeisen. Es war also keine Minute zu verlieren und so nahm das schlanke Mädchen seine Bücher unter den Arm und lief los. Die roten Haare wehten wie eine Fahne im Wind hinter ihr her.

Die Kurse hatten heute eine halbe Stunde früher geendet und damit würde der freie Nachmittag auch dementsprechend länger dauern. Sissi überlegte sich, was sie mit der zusätzlichen halben Stunde anfangen würde.

Sie schaute links und rechts und setzte zum Überqueren einer Seitengasse an, da schob sich ein silberblauer VW-Bus vor sie. Die Seitentür glitt auf und ein Polizist in seiner blauen Uniform winkte ihr zu.

»Hallo Elisabeth!«, rief er aus, »schön, dass wir dich doch noch gefunden haben, du bist früher dran als sonst.« Sissi nickte und trat näher. Weitere drei Polizisten saßen in dem Wagen und lächelten sie an.

»Dein Großvater hat uns geschickt, wir sollen deine Mutter und dich zu ihm bringen, es ist dringend.« Die Stimme des Polizisten hatte einen drängenden Unterton. Sissi sah ihr Schnitzel in weite Ferne verschwinden.

»Komm, steig ein, wir fahren noch bei deiner Mutter vorbei und dann in die Stadt«, sagte er und half Elisabeth beim Einsteigen. Die anderen Polizisten rückten zusammen.

»Ist Großvater etwas passiert?«, fragte Sissi besorgt und ärgerte sich, dass sie ihr Handy zu Hause gelassen hatte.

»Nein, ganz im Gegenteil, es wird ein großes Essen für ihn gegeben und er wollte euch beide auch dabeihaben.« Der freundliche Polizist lächelte wieder und Sissi sah ein anderes, noch größeres Schnitzel am Horizont auftauchen. Ihr Magen knurrte.

»Also dann, Blaulicht, Sirene und los, bevor nichts mehr übrig ist«, sagte Elisabeth und lehnte sich zurück. Das Mittagessen ist gerettet, dachte sie, das gibt zwei Mal Schnitzel heute. Mami wird überrascht sein.

Die Hand mit dem Chloroformbausch kam aus heiterem Himmel und legte sich von hinten mit unerbittlicher Kraft auf Mund und Nase des jungen Mädchens. Dann kamen die klebrigen Feuerräder. Ein kurzes Aufbäumen und einige tiefe Atemzüge später lag Elisabeth zusammengesunken bewusstlos auf der Sitzbank.

Der Polizist neben ihr tippte dem Fahrer auf die Schulter. Der bog daraufhin in Richtung Donaukanal ab und beschleunigte mit aufheulendem Motor. Gleichzeitig schaltete er das Blaulicht und die Sirene ein. Jetzt würde sie niemand mehr aufhalten.

Polizeidirektion Wien, Innere Stadt, Wien/Österreich

Goldmann stellte den Mazda mit der Bemerkung »Ehh, wie aufmerksam, man hat uns einen Parkplatz freigehalten« im Halteverbot direkt vor dem Eingang der Polizeidirektion ab. Unter dem Schild »Nur für Einsatzfahrzeuge« kletterten Georg und Paul aus dem Pizza Expresss, als ein verstörter uniformierter Posten auf sie zueilte und hektisch zu deuten begann – erst auf das Auto, dann auf die Schilder, dann auf Valerie. Tschak pinkelte das Halteverbotsschild an und blickte den Polizisten dabei unschuldig an.

»Sie können doch nicht ... Sehen Sie denn nicht? ... Stellen Sie den Wagen sofort woanders ...« Valerie unterbrach den aufgeregten Polizisten, indem sie ihm die Wagenschlüssel hinhielt. Er brach ab und sah sie verständnislos an.

»Das ist ein Einsatzfahrzeug, auch wenn es nicht so aussieht, wir kommen zu Dr. Sina, den Sie sicher kennen, und der Hund braucht jede Stunde Wasser«, lächelte Goldmann gewinnend und drückte dem sprachlosen Uniformierten den Schlüssel in die Hand. »Ihr Auto!«

Währenddessen war Georg zum Empfang vorgedrungen, der sich in einem kleinen Raum neben dem Eingang befand. Er erinnerte sich an seinen Besuch vor einem Jahr und beschloss, das Verfahren abzukürzen.

»Goldmann, Wagner und Sina für Dr. Sina. Rufen Sie ihn einfach an und sagen Sie ihm, dass wir da sind.« Georg schaute den Beamten hinter der Glasscheibe erwartungsvoll an.

»Und Sie sagen mir nicht, was ich zu tun habe«, erwiderte der Beamte kaltschnäuzig. »Ausweispapiere und mit dem Hund kommen Sie hier gar nicht rein.«

Paul trat neben Georg und hielt seinen Presseausweis an die Scheibe. »Ich würde jetzt an Ihrer Stelle wirklich rasch den Hörer abheben, es geht um jede Minute. Dr. Sina wird stinksauer sein, wenn Sie uns hier aufhalten.«

Der Beamte schaute sie spöttisch an. Er drückte ohne hinzusehen auf den automatischen Türöffner, um jemanden aus dem Haus in den Empfangsraum zu lassen. Valerie stellte rasch ihren Fuß in den Spalt.

»Genug diskutiert, Jungs«, meinte sie, »wir sind in Eile.« Sie stieß die Tür auf und lief voran, dicht gefolgt von Georg und Paul und den lauten Protestrufen des Beamten am Empfang.

»Fünfter Stock«, rief Georg und eilte voran die Treppen hinauf, immer zwei Stufen auf einmal nehmend, einen vergnügt bellenden Tschak an der Leine. Hinter ihnen hörten sie hastige Schritte und Rufe.

An der Tür zum Büro seines Vaters nahm sich Georg nicht die Zeit, anzuklopfen, riss sie einfach auf und lief direkt der Sekretärin in die Arme, die ihn erst überrascht anschaute und dann lächelte, als Paul und Valerie hinter ihm in den Raum drängten.

»Schön, dass Sie so rasch kommen konnten. Gehen Sie einfach hinein, er wartet bereits auf Sie und Kommissar Berner ist auch schon da«, sagte sie und runzelte die Stirn, als vor der Tür Stimmen laut wurden.

»Kümmern Sie sich bitte um die Nachhut?«, meinte Paul grinsend, bevor er als Letzter im Büro des Polizeipräsidenten verschwand und drei erboste Polizisten die Tür zum Sekretariat aufrissen.

Das Büro von Dr. Walter Sina wirkte mit der gepolsterten roten Doppeltür, der dunklen Holztäfelung, den Perserteppichen und den alten Stichen von Wien an der Wand fast gemütlich. Einem großen, überladenen Schreibtisch stand eine Sitzgarnitur gegenüber, die zu informellen Treffen einlud. Dort hatte bereits Kommissar Berner Platz genommen und blickte Valerie, Georg und Paul über eine dampfende Tasse Kaffee neugierig an, nachdem die empörten Stimmen der Polizisten bis hierher drangen.

»Habt ihr euch danebenbenommen?«, brummte er schmunzelnd und wehrte Tschak ab, der ihn schwanzwedelnd begrüßte.

»Wir haben das Empfangsverfahren etwas abgekürzt«, meinte Paul trocken und schüttelte dem Polizeipräsidenten die Hand. Paul hatte Georgs Vater vor langer Zeit kennengelernt. Sie hatten gemeinsame

Wochenenden im Haus der Sinas verbracht, als sie noch zur Schule gingen. Danach war der Kontakt spärlicher geworden, schließlich ganz abgerissen. Aber Paul kannte Georgs Vater gut genug, um zu wissen, dass der massige, grauhaarige Mann unter Hochspannung stand.

Der Polizeipräsident begrüßte Valerie herzlich. Sie hatten sich im vergangenen Jahr nach dem Ende des Abenteuers um das Geheimnis der beiden Kaiser ein paar Mal getroffen und Dr. Sina schätzte Goldmann, sowohl wegen ihrer Professionalität als auch ihrer Warmherzigkeit.

Als die Tür sich öffnete und die Sekretärin ein Tablett mit Kaffee- und Teekannen und weiteren Tassen hereinbrachte, ging Dr. Sina zu seinem Schreibtisch und klappte seinen Laptop auf.

»Ich möchte in der nächsten halben Stunde nicht gestört werden«, sagte er zu der netten Blondine, »von nichts und niemandem, außer dem Bundespräsidenten.« Seine Sekretärin nickte nur stumm und schloss die gepolsterte Tür leise hinter sich.

Der Polizeipräsident drückte eine Taste seines Notebooks und eine ruhige, männliche Stimme erfüllte den Raum: »Sie wissen selbst, dass diese Republik in eine tiefe Krise geschlittert ist und sie ist damit innerhalb der Gemeinschaft der europäischen Staaten nicht die einzige. Ich will jetzt gar nicht ins Detail gehen …«

Atemlos hörten Berner, Valerie, Paul und Georg der Unterhaltung des Bundespräsidenten mit dem unbekannten Anrufer zu. Niemand wagte sich zu rühren. Dr. Sina stand am Fenster und schaute scheinbar dem Verkehr auf der Ringstraße zu. Er wippte auf den Fußspitzen und seine Hände, hinter dem Rücken verschränkt, öffneten und schlossen sich unentwegt und verrieten seine Anspannung.

»… Wägen Sie Ihre Schritte in den nächsten Stunden sorgsam ab. Wir sind überall, wir sehen alles, wir wissen alles, wir überwachen alles. Wir sind in den langen Jahren in jene Ränge aufgestiegen, wo die staatliche Kontrolle versagt, weil die Intimität zur Macht zu groß ist. Machen Sie keinen Fehler. Sie tragen die Verantwortung.«

Das Tut-Tut-Tut der toten Leitung hallte unheimlich durch das große Büro. Dann schaltete Sina das Gerät ab.

Georg malte Dreien auf die Tischplatte, während Berner gedankenverloren wieder und wieder seinen Kaffee umrührte. Paul stand auf und trat neben den Polizeipräsidenten ans Fenster.

»Das war kein Scherz, nehme ich an«, sagte er leise und Dr. Sina schüttelte stumm den Kopf.

»Selbst mein alter Freund Ebner war so verunsichert, dass er sich nicht traute, irgendjemanden außer mir anzurufen. Ich kann es ihm nicht verdenken«, erwiderte der Polizeichef.

»Wie realistisch ist das Szenario?«, wollte Valerie wissen. »Spinnt hier jemand oder ist es tatsächlich möglich?«

»Nach dem Mord an Panosch und Fürstl, nach den Demonstrationen und der kaltblütigen Ermordung des Bundeskanzlers stellt sich die Frage wohl nicht mehr«, gab Dr. Sina zurück. »Wir müssen davon ausgehen, dass jemand ganz genau weiß, was er tut. Dass eine Gruppe den Nationalrat infiltriert hat, geduldig, behutsam und seit Jahrzehnten auf ein Ziel hinarbeitend. Eine Gruppe, die sich selbst als legitimiert dazu ansieht, jetzt die Regierung zu übernehmen, auf welcher Basis auch immer.«

Berner beobachtete Georg, der noch immer tief in Gedanken versunken war.

»Oder vielleicht seit Jahrhunderten …«, sagte der Wissenschaftler leise.

Alles drehte sich nach ihm um.

»Kommt es euch nicht seltsam vor, dass ausgerechnet jetzt, wenige Stunden nach dem Auffinden des Kupferzylinders, diese Forderung gestellt wird? Nach Jahren und Jahrzehnten der Vorbereitung ist die Zeit reif, und zwar heute? Nein, an solche Zufälle glaube ich nicht. Vor allem nicht, nachdem ich das Tagebuch Lambergs gelesen habe.« Georg schüttelte energisch den Kopf. »Außerdem – was heißt hier legitim? Wer in diesem Land regiert, das bestimmt das Volk durch demokratische Wahlen. Artikel 1 des österreichischen Bundesverfassungsgesetzes lautet schließlich: Österreich ist eine demokratische Republik. Ihr Recht geht vom Volk aus.« Er verstummte. »Andererseits …«

»Andererseits?«, wiederholte Berner ungeduldig.

»Wenn wir etwas in der Geschichte zurückgehen, dann haben wir ein paar Fakten, die vielleicht nicht allgemein bekannt, aber dennoch Tatsachen sind – ziemlich verdrehte, aber nachvollziehbare, wenn man sich in den fiebrigen Verstand solcher Leute versetzt …«

»Könntest du das etwas weiter ausführen?«, bat Berner.

Georg nickte und überlegte kurz. Sein Vater und Paul kamen zurück an den Tisch und lauschten aufmerksam.

»Kaiser Karl I. von Österreich hat, anders als Wilhelm II. im Deutschen Reich, im Jahr 1918 nicht abgedankt, sondern lediglich auf die Ausübung seiner Regierungsgeschäfte verzichtet. Darauf hat uns nicht zuletzt seine Witwe Zita immer wieder hingewiesen. Karl tat dies allerdings in dem Glauben und der Hoffnung, die Nachfolgestaaten der Monarchie würden sich zu einem Bundesstaat zusammenfinden, einem föderalistischen, multiethnischen Bund unter Habsburgs Führung und möglicherweise sogar auf konstitutioneller Basis. Das passierte jedoch niemals, wie wir wissen, das alte Kaiserreich zerfiel in lauter Kleinstaaten, die auf dem direkten Weg in nationale Diktaturen waren. Nur die Tschechoslowakei bildete dabei eine Ausnahme.«

Georg goss sich Tee nach. »In der Logik mancher Hardliner stellt somit nicht nur die Erste Republik in Österreich eine Staatsform da, die durch eine Revolution zustande gekommen ist, sondern auch die Zweite Republik. Auch wenn diese Revolution eigentlich unbemerkt stattgefunden hat. Aber stattgefunden hat sie.«

»Worauf willst du eigentlich hinaus?«, warf sein Vater ein.

»Schau, eine revolutionäre Verfassung hat in den Augen jeder Form von Restaurationspolitik keine Rechtsgültigkeit. Du brauchst nur den Wiener Kongress in Betracht zu ziehen, da spricht man von Restauration, weil man den Zustand vor dem Umbruch, vor der Französischen Revolution und Napoleon, wiederherstellen wollte. Das bedeutet, dass die Verfassung der Ersten Republik und alles, was danach kam, inklusive der Besetzung durch das Dritte Reich und der anschließenden Zweiten Republik, unter diesem Aspekt unrechtmäßig sind.«

Georg blickte in die Runde und sah die erstaunten Gesichter.

»Anders ausgedrückt: Egal, ob demokratisch gewählt oder nicht, die Grundfesten des heute existierenden Staates sind somit nicht rechtsbindend und für diese Leute ungültig. Sie sehen in der Republik das Werk von Putschisten.«

Paul pfiff durch die Zähne. »Das erklärt manches.«

»Vergiss nicht, dass damals das Erzhaus Habsburg-Lothringen auf seinen Thronanspruch verzichten musste, um überhaupt österreichische Pässe oder eine Einreisegenehmigung für seine Mitglieder zu bekommen. Bis heute haben die Mitglieder dieser Familie nur ein aktives, kein passives Wahlrecht, das heißt, sie können nicht zur Wahl aufgestellt und somit auch nicht gewählt werden.«

Dr. Sina nickte seinem Sohn auffordernd zu, während Valerie sich interessiert vorbeugte.

»Nehmen wir aber an«, fuhr Georg fort, »es gäbe eine Linie des Kaiserhauses, die nicht auf ihre Ansprüche verzichtet hätte, niemals, nämlich seit der Regentschaft Kaiser Josephs I. nicht, wie Matthias Lamberg uns in seinem Tagebuch mitteilt. Dann gäbe es mit der Existenz eines alternativen Thronerben für die Kaiserkrone eine unbelastete Anschlussstelle an die alte Rechtsordnung.«

»Daher die Legitimität, die sie reklamieren?«, brummte Berner.

»Weit mehr noch«, gab Georg zurück. »Könnte diese Schattenlinie ihre direkte und legitimierte Abstammung von Kaiser Joseph I. schlüssig beweisen, dann wäre sie nicht nur rechtskräftiger Thronanwärter, sondern außerdem blutreines Habsburg und kein »verwässerter« Zweig Habsburg-Lothringen.«

»Und der Beweis war in dem Kupferzylinder«, ergänzte Paul nachdenklich. »Seit gestern halten sie ihn in Händen und damit war der Startschuss gegeben. Ist euch klar, dass wir ihnen das gute Stück auf dem Silbertablett serviert haben?«

»Das würde aber bedeuten, diese Leute ignorieren geflissentlich sämtliche sozialen und politischen Entwicklungen der letzten neunzig Jahre«, warf Dr. Sina ein.

»Nicht unbedingt«, antwortete Georg, »deshalb sind sie ja auch gleichzeitig den zweiten Weg gegangen. Ich zweifle nicht, dass sie bereits im Nationalrat sowie im Bundesrat sitzen und damit gewählte Volksvertreter sind. Das Habsburgergesetz, wie der Name schon sagt, gilt nur für das Haus Habsburg-Lothringen. Von einer Blutlinie mit anderem Namen war nie die Rede, da ja zum Beispiel die Erben des Erzherzogthronfolgers Franz Ferdinand, die Hohenbergs, aufgrund der unstandesgemäßen Ehe ihres Vaters noch zur Zeit Franz Josephs von der Erbfolge ausgeschlossen wurden. Dasselbe gilt auch für die Grafen von Meran und für alle anderen Nebenlinien. Das ist perfiderweise der lange Schatten des Hausgesetzes aus der Feder des Fürsten Metternich, das die strenge Thronfolge innerhalb des Erzhauses der Familie regelt. In diesem Punkt folgt das Gesetzbuch der Republik der Rechtsauffassung Metternichs. Damit sind der Schattenlinie

Tür und Tor geöffnet. Und da schließt sich jetzt der Kreis zu Metternich und Jauerling, die bis heute die Fäden ihres meisterhaften Plans in der Hand halten …«

»Vielleicht sind ihre Leute bereits Regierungsmitglieder und wir wissen es gar nicht«, warf Berner ein. »Aber sie sitzen noch nicht offiziell an der Macht und das wollen sie ändern.«

»Und zwar bis morgen um 10:00 Uhr«, erinnerte Valerie und schaute auf die Uhr. »Wir sollten langsam überlegen, wo diese verdammten Depots sind. Ich zweifle nicht einen Augenblick daran, dass sie ihre Drohung wahr machen, allein schon, um die Machtlosigkeit der derzeitigen Regierung zu demonstrieren.«

Israelische Botschaft, Wien-Währing/Österreich

Die Runde, die im Sitzungszimmer der israelischen Botschaft beisammensaß, war klein und überschaubar. Sie bestand aus drei Leuten: Militärattaché Samuel Weinstein, dem Botschafter Israels in Wien, Exzellenz Alon Bar Ilan, und einem Mossad-Agenten namens Yftach Spector, den der Wagen der Botschaft soeben vom Flughafen abgeholt und nach Wien-Währing gebracht hatte. Der Leiter der Abteilung Metsada des Mossad, Oded Shapiro, war über Video-Leitung zugeschaltet und blickte wie ein Familienvater mit großer Brille von einem riesigen Flatscreen an der Wand auf den runden Tisch mit den Mineralwasserflaschen und der israelischen Tischflagge herunter.

Nachdem Spector sein Zimmer unter dem Dach bezogen und sich kurz frischgemacht hatte, sah er nun aus wie die geballte Effektivität in Person und war Weinstein auf den ersten Blick unsympathisch. Der Agent aus Tel Aviv war braun gebrannt, schlank und sportlich, hatte einen kleinen Schnauzbart als Kontrapunkt zu seinem geradezu griechischen Profil und strahlte jene Art von Selbstsicherheit aus, die der Militärattaché schon bei Major Valerie Goldmann nicht ausstehen konnte. Allerdings war sie bei Goldmann attraktiver verpackt, dachte Weinstein und warf einen versteckten Seitenblick auf Spector, der in seinen mitgebrachten Unterlagen blätterte. Samuel Weinstein verwünschte sich dafür, nur einen kleinen Notizblock zu der Besprechung mitgenommen zu haben. Er begann kleine Männchen auf das oberste Blatt zu kritzeln, während der Botschafter sein Telefongespräch beendete.

Als Weinstein aufblickte, sah ihm ein grinsender Spector zu und Weinstein fühlte sich ertappt. Er zerteilte seine Männchen mit großen Strichen und begrub sie unter einem Chaos an hastigen Schnörkeln.

Der Botschafter beendete sein Telefonat und wandte sich den beiden Männern am Tisch zu.

»Shalom! Es ist schön, Sie bei uns im Team zu haben, Mr. Spector. Attaché Weinstein haben Sie ja bereits kennengelernt und Oded Shapiro hat Sie gestern Abend in Tel Aviv auf Ihren Einsatz vorbereitet. Lassen Sie uns also gleich in medias res gehen.«

Bar Ilan wandte sich an Shapiro. »Oder möchten Sie zuerst etwas zur Lage sagen, Oberst?«

»Lediglich zu den neuesten Entwicklungen«, antwortete Shapiro und zog ein Blatt aus dem Wust der Unterlagen, die sich auf seinem Schreibtisch stapelten. »Wie Sie wissen, hat die österreichische Regierung in der Zwischenzeit offiziell zugegeben, dass der Bundeskanzler Richard Schumann gestern erschossen wurde. Unseren Informationen nach war es ein politisches Attentat und keinesfalls eine Tat mit privatem Hintergrund, wie es in den Nachrichten angeklungen ist. Wir nehmen ferner an, dass damit genau jene Vorbereitungen abgeschlossen wurden, die einer tief greifenden politischen Veränderung in Österreich den Boden bereiten sollten. Wie Sie wissen, Exzellenz, haben wir nach dem überraschenden Auftauchen der bis dato verschollenen Dokumente Metternichs in Wien genau das befürchtet.«

Shapiro blickte erwartungsvoll auf die drei Männer am Konferenztisch. Als keiner etwas sagte, setzte er fort: »Das Attentat war auch der Grund oder besser gesagt einer der Gründe, warum wir Major Spector nach Wien geschickt haben. Nachdem Major Goldmann es vorgezogen hat, einfach auszusteigen – im wahrsten Sinne des Wortes –, und untergetaucht ist, schien es uns ratsam, einen verlässlicheren Mann einzusetzen.«

Spector lächelte selbstzufrieden

»Major Goldmann hat mich vorgestern, nachdem sie aus Berlin kommend wieder in Wien eingetroffen war, angerufen und über ihr

Abenteuer mit dem BND berichtet. Sie hat mich auch darüber informiert, dass das vierte Dokument vermutlich in Wien versteckt sei, ein Ergebnis ihrer Recherchen in der deutschen Hauptstadt. Dann aber verlor sich jede Spur von ihr und die Nachforschungen unseres Militärattachés in Wien waren nicht gerade von Erfolg gekrönt.«

Alle Blicke wandten sich Weinstein zu, der wieder begann, Männchen auf seinen Notizblock zu zeichnen, und möglichst unbeteiligt schaute.

»Wir haben jeden Grund zur Annahme, dass die vier Dokumente zu einem Versteck führten«, setzte Shapiro fort, »und zwar nur alle vier gemeinsam. Hätten wir lediglich eines dieser Schriftstücke in unsere Hand bekommen, wäre die Spur laut Daniel Singer nicht nachzuverfolgen, das Puzzle nicht komplett gewesen. Das Versteck wäre nach wie vor sicher.«

Eine Spur von Enttäuschung klang in der Stimme Shapiros mit.

»Leider ist Major Goldmann in Berlin gescheitert und in Wien offenbar auch. Major Spector wird nicht scheitern, davon bin ich überzeugt.«

»Aber ist es jetzt nicht bereits zu spät?«, warf der Botschafter ein.

»Soviel wir in Erfahrung bringen konnten, hat die sogenannte ›Schattenlinie‹ ein Ultimatum gestellt. Sie erwartet bis morgen die Übergabe der Regierungsgeschäfte durch den Bundespräsidenten, das wissen wir aus seiner unmittelbaren Umgebung. Und – sie werden die Dringlichkeit dieses Ultimatums durch eine Reihe von Sprengungen unterstreichen.«

»Sprengungen?«, fragte Bar Ilan alarmiert. »Wissen Sie, wo und wann die erfolgen sollen?«

»Nein, leider nicht«, gab Shapiro zu, »aber dazu haben wir ja nun Major Spector vor Ort. Er wird, unterstützt durch Attaché Weinstein, versuchen, die Lage auszukundschaften und Verbindung mit unserem Informanten in der Regierung aufzunehmen.«

»Ich nehme doch an, wir haben überhaupt kein Interesse daran, dass sich die Lage in Österreich und damit in Mitteleuropa grundlegend verändert«, warf der Botschafter ein.

Shapiro nickte. »Ganz genau«, bestätigte er. »Mir wurde vor einigen Tagen vom Innenminister eine alarmierende Mitteilung gemacht, aufgrund derer wir uns überhaupt eingeschaltet haben.«

Der Geheimdienstchef machte eine effektvolle Pause und Weinstein blickte überrascht von seinen Zeichnungen hoch, die inzwischen fast das halbe Blatt füllten. Er spürte erneut Spectors spöttischen Blick auf sich ruhen und ignorierte ihn geflissentlich.

»Diese ›Schattenlinie‹, die sich angeblich auf eine direkte Blutlinie der Habsburger bezieht, beansprucht nicht nur die Regierung in Österreich, sondern auch die Titel, die sie in den Kronländern einmal hatte.«

Der Botschafter blickte ratlos auf den großen Flatscreen und zuckte mit den Schultern. »Ja und, was geht das den Staat Israel an?«

Shapiro konnte sich eines erstaunten Blickes nicht erwehren. »Mehr, als Sie denken, Exzellenz. Darf ich Sie erinnern, dass unter den zahllosen Titeln und Würden auch der des Königs von Jerusalem war? Unsere Informanten machten eines klar – dass die neue Regierung diesen Anspruch auch tatsächlich sehr ernst nehmen und ihre Rechte darauf auf jeden Fall geltend machen würde.«

Bar Ilan versuchte ein Lächeln, das kläglich misslang. »Sie wollen doch nicht sagen, dass eine solch total absurde Forderung Aussicht auf Erfolg hätte«, stieß er hervor.

»Darum geht es gar nicht, Exzellenz«, antwortete Shapiro kalt. »Absurd oder nicht, nur die Forderung alleine würde Dinge in Bewegung setzen und Strömungen an die politische Oberfläche kommen lassen, deren Folgen weder Sie noch ich, noch unsere Regierung auch nur im Geringsten abschätzen kann. Darf ich Sie daran erinnern, wie labil derzeit die Situation in Israel ist? Glauben Sie nicht, dass es in der Bevölkerung jede Menge Elemente gäbe, die mit Freude einen Vorwand wie diesen ausnutzen würden, egal, wie hanebüchen er uns auch vorkommt, um alles nur Erdenkliche gegen unseren Staat zu unternehmen? Mit der Aussicht, einen unbeteiligten und weit entfernten, wenn auch katholischen Regenten für Jerusalem zu haben, der ihr Anliegen unterstützen könnte? Und nicht nur für die christlichen Konfessionen des Mittleren Ostens sowie für Teile des Libanons würde sich so eine willkommene Alternative bieten, in dasselbe Horn zu stoßen. Nicht wenige könnten an die Regierung durch das Kalifat erinnert werden, die eine lange Zeit des Friedens an den Pilgerstätten der drei Buchreligionen garantiert hatte. Unter diesem Aspekt, nämlich unsere Position durch einen dritten Player zu schwächen, ist der

Kreuzfahrerhintergrund schnell vergessen. Oder soll ich Sie weiter an den latenten Antisemitismus erinnern, der in den Ländern beim Untergang der Donaumonarchie geherrscht hat?«

Der Botschafter schwieg betroffen. Er wollte noch einwenden, dass sich diese Regierung unweigerlich die Hamas und andere radikal islamische Gruppen zum Feind machen würde, entschied sich aber dagegen, denn Shapiro schien für alles eine passende Antwort parat zu haben. Weinstein hatte aufgehört zu zeichnen und blickte auf seine Hände, die nun die kleinen Männchen zudeckten. Major Spector schien den Davidstern auf der israelischen Flagge zu hypnotisieren.

»Major Goldmann hatte die Aufgabe, eines der Dokumente für uns zu sichern, und sie hat kläglich versagt. Hätte sie Erfolg gehabt, dann säßen wir jetzt nicht hier. Also müssen wir nun versuchen, das Schlimmste zu verhindern. Die demokratische Regierung in Österreich darf nicht destabilisiert werden, diese Sprengungen dürfen nicht passieren, die ›Schattenlinie‹ darf nie an die Macht kommen.«

Shapiro wandte sich an Weinstein. »Ich erwarte von Ihnen, dass Sie Major Spector Ihre volle Unterstützung zuteil werden lassen. Es bleibt nicht mehr viel Zeit und wir müssen schnell handeln.«

Polizeidirektion Wien, Innere Stadt, Wien/Österreich

Die Sekretärin brachte Nachschub an Kaffee, Tee, Mineralwasser und eine Platte mit Sandwiches als schnelles Mittagessen. Dann stellte sie eine Schüssel mit Wasser für Tschak auf den Boden und streichelte mit den Worten »Der ist ja so süß« über den Kopf des kleinen Hirtenhundes.

Weder Valerie noch Georg, Paul oder Berner griffen zu den Sandwiches. Sie hörten nun zum dritten Mal den Mitschnitt des Telefongesprächs und suchten nach Hinweisen, wo die Sprengladungen versteckt sein könnten.

»Ich bin mir sicher, dass es sich um sehr bewusst gewählte Plätze in Wien handelt«, überlegte Paul laut, »das geht aus dem anderen Satz hervor, der mir nicht aus dem Kopf gehen will.« Paul stand auf, ging zum Schreibtisch und drückte erneut die Play-Taste. Die ruhige

Stimme füllte wieder das Büro: »Der Ablauf der Explosionen hat ein Muster, damit auch jeder nachvollziehen kann, worum es geht. Nicht einfach wahllose Sprengungen, nein, hier geht es um Demonstrationen unserer Macht, aber auch Offenlegung der historischen Hintergründe.«

»Explosionen nach einem Muster?«, fragte Valerie nachdenklich. »Was kann er damit meinen?«

»Das Gleiche wie mit der Offenlegung der historischen Hintergründe«, meinte Berner. »Sie haben die Senfgasgranaten an verschiedene Stellen der Stadt gebracht, Zeit genug hatten sie ja dazu, und die Granaten selbst sind ein Erbe des Ersten Weltkrieges. Die liegen also ebenfalls schon länger herum, wo auch immer.«

»Das klingt nach einem Selbstbedienungsladen für den kleinen Bombenbastler«, resümierte Georg, »nur mit dem Unterschied, dass jetzt jemand zugegriffen hat.« Er wandte sich an seinen Vater. »Gibt es so etwas wie ein Verzeichnis der Depots? Oder war das bisher streng geheim?«

»Es war nicht geheim. Die Lager waren unbekannt, was noch viel schlimmer ist«, gab Dr. Sina zurück. »Wären es geheime Depots gewesen, dann hätte man sicherlich im Laufe der Jahrzehnte die Granaten nach und nach herausgeholt und vernichtet. Aber das Einzige, was es bisher zu dem Thema gab, waren Vermutungen, Legenden, Gerüchte und mündliche Überlieferungen, die niemand wirklich ernst nahm. Es gab einige Ereignisse, die auf die möglichen Lagerstätten hinweisen könnten.« Der Polizeipräsident schenkte sich Kaffee nach. »Ich erinnere mich an einen Omnibus der Autobuslinie 13A, der vor ein paar Jahren in der Neubaugasse in einen unbekannten, unterirdischen Lagerraum aus den Weltkriegen gestürzt ist. Dann wurde am 11. Mai dieses Jahres eine Panzergranate im Kaiser-Franz-Josefs-Spital entdeckt. Und erst vor ein paar Tagen, am 20. August, wurde der Neubaugürtel etwa eine Stunde lang gesperrt, weil man bei Bauarbeiten auf eine Stielgranate gestoßen war.«

Dr. Sina schaute seinen Sohn an und zuckte die Schultern. »Lauter Einzelfälle, nichts Handfestes also. Mit einer Ausnahme, nämlich dem Fund eines Depots von Granaten aus dem Ersten Weltkrieg in einer Villa in Wien-Hetzendorf. Aber dieser Vorfall wurde nicht weiter verfolgt, weil er sich als harmlos herausgestellt hat. Wir konnten keinen terroristischen Hintergrund entdecken. Von einer Liste an Depots ist mir nie etwas zu Ohren gekommen.«

Der Polizeipräsident stand auf und ging nachdenklich zum Fenster. »Du kannst in einer Stadt wie Wien nicht aufgrund von irgendwelchen Gerüchten unter Häusern oder wichtigen Straßenzügen graben lassen. Abgesehen von den Kosten wartet die jeweilige Opposition nur auf solche Gelegenheiten, um eine Breitseite nach der anderen abzufeuern. Und du weißt, wie es in der Politik ist – irgendetwas bleibt immer hängen. Also hätte man nur aus Zufall draufkommen können. Ist man aber nicht.«

»Es war an den Legenden also doch etwas Wahres dran, wenn jetzt plötzlich vier Depots mit den Granaten bestückt werden können«, stellte Paul fest, »und dann finde ich, sollten wir uns langsam den Kopf darüber zerbrechen, wo wir mit der Suche beginnen. Die Minuten zerrinnen uns zwischen den Fingern.«

»Genau«, bestätigte Valerie, »wir haben kaum mehr als drei Stunden, bevor in dieser Stadt das erste Mal irgendwo eine Bombe hochgeht.« Sie nahm ihre Fliegeruhr ab und legte sie auf den Tisch. »Wir brauchen erst einmal Informationen, was Senfgasgranaten betrifft, ihr Verhalten bei Sprengung, ihren Aufbau, über das Gas selbst. Sollten wir nicht mit dem Entminungsdienst reden?«

Der Polizeipräsident schüttelte den Kopf. »Wir können es nicht riskieren, irgendwo Aufsehen zu erregen. Wenn die Gegenseite Wind davon bekommt, dass wir an der Entschärfung arbeiten, dann haben wir das Gegenteil von dem erreicht, was wir wollen. Und nach dem Gespräch mit Ebner muss ich gestehen, dass ich bezüglich der Personen meines Vertrauens sehr unsicher geworden bin.«

»Deswegen sind wir ja hier, weil wir so vertrauenswürdig sind«, brummte Berner und griff nach seinem Telefon. »Langsam wird mir so einiges klar.« Er wählte eine Nummer und wartete.

»Ich dachte, Sie sind noch immer in der Besprechung, Herr Kommissar«, kicherte Eddy ins Telefon. »Das wird Herr Dr. Sina aber nicht gerne sehen, wenn er draufkommt, mit wem sie telefonieren.«

»Ich glaube, im Moment würde er sogar den Teufel an seiner Seite akzeptieren«, gab Berner zurück. »Woher weißt du von …?« Der Kommissar unterbrach sich, überlegte kurz und lächelte dann. »Deine Tochter hat den schnellen Finger, wenn es um Informationen geht.«

»Sie hat gewisse Prioritäten, wenn plötzlich Prominenz in so geballter Form im Polizeipräsidium auftaucht und sich am Empfang unbeliebt macht«, gab Eddy zurück. »Noch dazu wenn diese Prominenz im Büro ihres Chefs eine Krisensitzung abhält.«

»Dein Netzwerk beunruhigt mich«, brummte Berner, »andererseits werden wir wahrscheinlich darauf zurückgreifen müssen. Wir brauchen so schnell wie möglich …«

»… Informationen über Senfgasgranaten«, vollendete der Exringer selbstzufrieden.

»Jetzt fange ich langsam an, an Telepathie zu glauben«, flüsterte der Kommissar geschockt.

»Was denken Sie denn, Herr Kommissar, wer das Telefonat des Bundespräsidenten vom Server geholt hat, nachdem Ebner seinen alten Schulfreund Sina angerufen hat?«, fragte Eddy. »Sehen Sie, und genau das macht mir große Sorgen. Wenn es nicht meine Tochter gewesen wäre, für die ich meine Hand ins Feuer lege, wer hätte dann noch davon erfahren können?«

Berner schwieg betroffen und plötzlich schien die Bedrohung allgegenwärtig zu sein, greifbar und unglaublich real.

»Ich bin bereits unterwegs zu Ihnen, weil ich zwei und zwei zusammengezählt habe. Neben mir sitzt ein Spezialist für Sprengmittel, einer meiner besten Mitarbeiter in der Werkstatt. Er ist etwas nervös, weil die Aussicht auf einen Besuch in der Polizeidirektion seine Nerven nicht gerade beruhigt. Aber das werden Sie bei seiner Vergangenheit sicher verstehen …«, ließ Eddy den Satz unvollendet in der Luft hängen.

»Sag ihm, er soll sich keine Sorgen machen«, beruhigte Berner den Exringer nach einem Blick in die Runde. »Es wurde noch selten jemand so sehnsüchtig hier erwartet wie er.« Der Kommissar schaute den Polizeipräsidenten mit schräg gelegtem Kopf an.

»Ach, und noch etwas, Eddy. Im Halteverbot vor dem Haus ist noch ein Platz frei. Dr. Sina bestätigt gerade, dass er das Strafmandat mit Freude zahlt. Der Empfang ist verständigt und den Lift schicken wir dir hinunter, damit du keinen Herzinfarkt bekommst, bis du in den fünften Stock hochgestiegen bist.«

»Ich wusste gar nicht, dass die Lage so ernst ist«, gab Eddy zurück und legte auf.

Keine zehn Minuten später öffnete sich die Tür und Sinas Sekretärin steckte den Kopf herein. »Die beiden Herren wären jetzt hier, Herr Doktor«, sagte sie und trat zur Seite.

Eduard Bogner hatte sich in einen dunklen Anzug gequetscht und füllte die gesamte Türbreite aus, als er sich in das Büro des Polizeipräsidenten schob. Ein schmaler, fast zerbrechlich wirkender Mann mittleren Alters folgte ihm, den Blick zu Boden gesenkt und eine fleckige Schirmkappe verlegen in seiner Hand drehend. Tschak lief auf die beiden zu und beschnüffelte sie schwanzwedelnd.

»Ich habe damals Ihre Ringkämpfe in der Arena am Heumarkt mit Begeisterung verfolgt, Herr Bogner«, sagte Dr. Sina und ging mit ausgestreckter Hand auf Eddy zu, der verlegen lächelte und den Polizeipräsidenten begrüßte.

»Danke, Herr Doktor, zu freundlich«, stotterte er, »aber das ist lange her, und wie Sie sehen, hab ich ein wenig zugenommen und noch dazu an den falschen Stellen.«

»Nur unerheblich, Eddy«, meldete sich Berner zu Wort und Valerie gab ihm zur Begrüßung einen Kuss auf jede Wange.

»Eddy, lassen Sie uns sagen, wir sind unglaublich erleichtert, dass Sie da sind«, meinte Paul und Georg nickte. »Kommissar Berner hat uns erzählt, Sie hätten den richtigen Spezialisten gleich mitgebracht.«

Der schlaksige Mann stand noch immer an der Türe und schaute schüchtern und misstrauisch von einem zum anderen. Tschak saß zu seinen Füßen und blickte ihn aufmerksam an.

Schließlich stand Georg auf. »Mein Name ist Georg Sina, ich bin der Historiker in dieser Runde, das ist mein treuer Begleiter Tschak und ich bin heilfroh, dass Sie gekommen sind.«

Der schmächtige Mann lächelte dünn.

»Major Goldmann ist zwar beim israelischen Militär«, sagte Georg und deutete auf Valerie, »aber ihre Kenntnisse von Senfgasgranaten beschränken sich auf ein paar Absätze in einem Lehrbuch, das wahrscheinlich schon wieder veraltet ist. Kommissar Berner kennen Sie sicher bereits seit Langem und mein Freund Paul Wagner schreibt in seiner Freizeit für diverse Zeitungen, wenn er nicht gerade versucht, sich auf zwei Rädern umzubringen.« Sina warf Paul einen Blick zu. »Jetzt kennen Sie alle hier und ich sage Ihnen gleich, wir haben keine Ahnung, was uns erwartet, wenn eines dieser Depots hochgeht.«

Damit nahm er ihn am Arm und führte ihn zum großen Tisch der Sitzgarnitur, wo ihn alle erwartungsvoll anblickten. Georg holte einen weiteren Stuhl und der Mann ließ sich auf dem Rand nieder, sprungbereit, seine Mütze noch immer nervös in der Hand drehend.

»Johann, jetzt entspann dich endlich«, forderte ihn Eddy auf. »Niemand will dich hierbehalten, du bist heute Abend wieder daheim.« An die anderen gewandt sagte er: »Darf ich vorstellen? Johann, Spitzname ›das Gespenst‹, weil er so viel Fleisch auf den Rippen hat.«

Der Polizeipräsident kam ihm zu Hilfe. »Ich versichere Ihnen, Johann, wir sind Ihnen sehr dankbar, dass Sie gekommen sind, und wissen es sehr zu schätzen. Und ich gebe Ihnen darüber hinaus mein Wort, dass Sie jederzeit wieder unbehelligt gehen können, wann immer Sie möchten.«

»Danke«, antwortete der Angesprochene leise, »das ... das ist sehr freundlich von Ihnen allen.« Er blickte unsicher in die Runde. »Wollen Sie fragen oder soll ich einfach ...«

»Wie weit wissen Sie denn Bescheid über die Situation?«, wollte Paul wissen.

»Eddy, ich meine Herr Bogner, hat mich auf der Fahrt hierher eingeweiht«, antwortete Johann zögernd, bedacht, nichts Falsches zu sagen. »Wenn das stimmt, was er mir erzählt hat, dann ist das eine unglaubliche Sauerei, Entschuldigung ...«

»Wir sind alle deiner Meinung, Johann«, beruhigte ihn Berner, »und deswegen sind wir hier. Wir brauchen alle Informationen, die wir bekommen können, und Eddy sagte, du bist der Beste.«

Der Mann nickte geschmeichelt. »Na ja, das will ich nicht sagen ... Sprengmittel sind meine Leidenschaft seit früher Kindheit. Ich hab alles in die Luft gejagt, was ich zwischen die Finger bekommen konnte. Von den Kochtöpfen meiner Mutter bis zu Autotanks und Abfalleimern an den Straßenecken, nichts war vor mir sicher. Nebenher habe ich alles an Büchern und Zeitschriften, wissenschaftlichen Werken und Berichten chemischer Labors gelesen, was man in den städtischen Büchereien so bekommen kann. Wir waren arm und ...« Er zuckte mit den Schultern. »Dann kam das Internet und seitdem ist es einfacher, Informationen zu bekommen.«

Valerie lehnte sich vor. »Es geht um Depots von Senfgasgranaten aus dem Ersten Weltkrieg. Ich weiß, dass man nach dem Beginn des

Gaskrieges 1915 versuchte, die an die Truppen verteilten Gasmasken zu umgehen, und eine andere Art von Giftgas entwickelte. So entstand Senfgas.«

Johann nickte eifrig. »Man sagt auch Yperit und ›Gelbkreuzstoff‹ dazu, weil die Granaten mit einem gelben Kreuz gekennzeichnet waren.«

Paul machte sich eifrig Notizen und der schmächtige Mann kam in Fahrt.

»Senfgas, oder Dichlordiethylsulfid, ist ein sogenanntes Hautreiz- oder Kontaktgift, eine sehr toxische, aber auch relativ leicht herzustellende Substanz, die über die Atemwege und über die Haut aufgenommen wird. Es ist ziemlich universell einsetzbar, sowohl in flüssigem als auch in gasförmigem Zustand. Es kann aus Flugzeugen über bestimmten Gebieten versprüht werden, als Bomben abgeworfen oder in Granaten verschossen werden. Für ein Zellgift hält es ziemlich viel aus«, meinte Johann und legte endlich seine Mütze auf den Tisch. »Es riecht wie Knoblauch, Senf oder Kren«, fuhr der Experte fort, »Senfgas gehört chemisch gesehen zu den halogenierten Thioethern.«

Eddy verschränkte die Hände über seinem ausladenden Bauch und betrachtete seinen Mitarbeiter zufrieden. Berner hob überrascht die Augenbrauen.

»Senfgas ist gut fettlöslich und dringt darum innerhalb von Minuten über die Haut in den Organismus ein. Es ist allerdings erst nach einer Latenzzeit von mehreren Stunden durch Hautrötungen und Blasenbildungen zu diagnostizieren«, dozierte Johann weiter und blühte sichtlich auf. »Die Hauptwirkung des Senfgases besteht in einer Schädigung der DNA, wodurch es zu einer Hemmung der Zellteilung kommt. Die daraus folgenden Schäden sind die genannten schweren Entzündungen und schwer heilenden Wunden auf der Haut, die wie Verbrennungen mit großen Blasen aussehen. Großflächig betroffene Gliedmaßen beim Menschen müssen meistens amputiert werden. Später kommt es zu Schädigungen der oberen Atemwege und der Lunge, des Nervensystems sowie des Kreislaufsystems. Atmet man die Dämpfe ein, so werden die Bronchien zerstört, es kommt zum Lungenödem und weiter zu Leber- und Nierenschädigung. Ein Spritzer Senfgas im Auge genügt, um zu erblinden und das Auge zu zerstören.«

Johann sah die entsetzten Gesichter der Gruppe am Tisch.

»Das ist leider noch nicht alles«, fuhr er fort. »Das Opfer merkt in der Regel die Vergiftung nicht, die Symptome können erst Tage später auftreten. Aufgrund der Hemmung der weißen Blutkörperchen enden ansonsten eher harmlose Infektionen in schweren Erkrankungen. Die Explosionen würden wahrscheinlich das komplette Gesundheitssystem des Landes blockieren, und zwar auf eine lange Zeit, da die betroffenen Patienten monatelang intensivmedizinisch betreut werden müssen, danach unter Umständen jahrzehntelang ambulant. Neben der akuten Toxizität besitzt Senfgas hochgradig kanzerogene Eigenschaften, die Spätfolgen sind also unabsehbar.«

Paul war so geschockt, dass er aufgehört hatte, sich Notizen zu machen, und an seinem Stift kaute. »Was gibt es für eine Möglichkeit, sich zu schützen?«, wollte er wissen. »Gibt es ein Gegenmittel?«

Johann schüttelte den Kopf. »Zu Senfgas gibt es bis heute kein Antidot. Und Schutz bieten nur die ABC-Ganzkörperanzüge, die niemand länger als zwei Stunden tragen kann. Senfgas durchdringt alles. Egal, ob normale Kleidung, feste Schuhe, stabile Uniformen, das Zeug hält nichts auf. Man kann mit Schmierseife seine Haut abwaschen, wenn man kontaminiert wurde, aber das ist ein sehr fragliches Verfahren. Jede Behandlung muss die Zerstörung des Giftes zum Ziel haben. In den Feldlazaretten des Zweiten Weltkrieges setzte man auf die Verabreichung großer Mengen von Chlorkalkbrei oder Chloraminlösung. Im Notfall griff man auf Soda und warmes Seifenwasser zurück und konnte so eine allmähliche Giftzersetzung erreichen. Da es nicht wasserlöslich ist, bringt ein Abwaschen mit reinem Wasser nicht nur keinen Erfolg, sondern ist sogar schädlich, da die Haut durch Wasser aufgeweicht wird und das Gift daher besser in den Organismus gelangen kann.«

»Was ist mit einer medizinischen Behandlung unmittelbar danach?«, wollte Dr. Sina wissen.

»So gut wie unmöglich«, gab Johann zurück. »Da es kein probates Gegenmittel gibt, existiert keine spezifische Behandlungsmöglichkeit, außer einer meist viele Wochen dauernden intensivmedizinischen Versorgung der auftretenden Symptome. Und zu den erzielten Erfolgen in den Feldspitälern fehlen mir die Daten. Die teilweise unerträglichen Schmerzen müssen mit Morphinen oder ähnlichen stark wirksamen Medikamenten behandelt werden. Aber das ist nur eine Linderung der Folgen.«

»Das ist ein wahres Teufelszeug«, flüsterte Valerie. »Welches kranke Hirn kann das in versteckten Depots mitten in einer Stadt lagern?«

»Das hängt mit den Gesetzen zusammen, die nach und nach im letzten Jahrhundert von den meisten Staaten ratifiziert wurden«, führte Johann weiter aus. »Erst 1997 trat ein Vertrag in Kraft, der die Herstellung, Entwicklung und Lagerung der Kampfstoffe verbot. Bis dahin waren Depots am liebsten vergessen worden oder ihr Inhalt sang- und klanglos ins Meer entsorgt. Noch heute liegen Hunderttausende Giftgasgranaten in der Adria, der Nord- und Ostsee und an manchen Tagen gehen sie auch Fischern ins Netz.«

»Nachdem wir nach 1918 keinen Zugang mehr zum Meer hatten, denke ich jetzt lieber nicht über die Depots nach, die nach dem Zusammenbruch der Monarchie übrig geblieben sind«, murmelte Georg. »Wie lange bleibt das Zeug wirksam, wenn es erst einmal an der Luft ist?«

Johann sah den Wissenschaftler an. »Bei den derzeitigen sommerlichen Temperaturen nicht so lange wie beispielsweise im Winter. Aber wir müssen noch immer mit bis zu sieben Tagen rechnen, selbst bei leichtem Wind.«

»Sieben Tage?«, rief Paul aus. »So lange? Das ist unglaublich. Kann man die Zivilbevölkerung irgendwie schützen?«

»Praktisch nicht«, antwortete Johann wie aus der Pistole geschossen. »Vor allem nicht gegen einen überraschenden Terroranschlag. Der Aufenthalt in geschlossenen und nicht vom Giftgas betroffenen Räumen würde bei einer entsprechenden Vorwarnzeit einen relativ sicheren Schutz bieten. Dabei sollten aber auch alle Fenster, Türen und anderen Maueröffnungen mit Klebeband verschlossen werden. Also nicht durchführbar in unserem Fall, und schon gar nicht bei vier Explosionen hintereinander und in verschiedenen Stadtteilen.«

»Diese Explosionen sind einfach nur menschenverachtend«, stellte Berner zornig fest, »es geht ausschließlich darum, nach den Demonstrationen und den Politikermorden die derzeitige Regierung zu diskreditieren und unter Druck zu setzen, auf Kosten von Tausenden Zivilopfern.«

»Vielleicht ist das alles nur eine leere Drohung, um den Bundespräsidenten zum Einlenken zu bewegen, und es ist nie eine Explosion geplant?«, gab Paul zu bedenken.

»Und wenn doch?«, antwortete Georg. »Wer von euch möchte das Risiko übernehmen?«

Alle schwiegen betroffen.

»Also müssen wir etwas unternehmen.« Er wandte sich an Johann. »Eine letzte Frage. Wie sehen diese Granaten aus?«

Der schmächtige Mann dachte kurz nach. »Am einfachsten sind sie natürlich an dem gelben Kreuz zu erkennen, das auf jede Granate gemalt wurde. Aber auch das muss nicht unbedingt sein.« Er kratzte sich an der Nasenspitze. »Es gab im Ersten Weltkrieg Kampfstoffgranaten, bei denen der Kampfstoff in dem Geschoss in separate Glasflaschen gefüllt wurde. Die könnte man natürlich auch wieder herausnehmen. Wie die genaue Maße aussehen, ist mir nicht bekannt, aber ich schätze so um die zwanzig Zentimeter Höhe und fünf Zentimeter im Durchmesser. Im Zweifelsfalle müsste man das Senfgas durch das Glas hindurch an seiner Farbe und Konsistenz erkennen. In technischer Reinheit ist es ein bräunlich gelbes, eher dickflüssiges Öl.«

»Danke, Johann«, sagte Dr. Sina und meinte es ehrlich, »jetzt wissen wir, woran wir sind, und es sieht wahrlich nicht gut aus.«

»Es sieht schlechter aus, als ich mir in meinen schlimmsten Albträumen vorgestellt habe«, brummte Berner, »wir müssen diese verdammten Depots finden, und vor allem schnell. Georg, hast du irgendeine Idee, wo diese historischen Hintergründe in Wien sein könnten, von denen der Anrufer gesprochen hat? Wie dieses fatale Muster aussehen könnte?«

»Ich bin nicht der brennende Dornbusch, Bernhard, obwohl ich es in diesem Fall gerne wäre«, sagte Sina nachdenklich. »Auf Anhieb fallen mir jede Menge Plätze ein, wo man auf historischem Boden eine Explosion zünden könnte, auch mitten in der Stadt. Wien ist voll mit Sehenswürdigkeiten, die alle eine geschichtliche Bedeutung haben, alle hängen irgendwie indirekt oder direkt mit den Habsburgern zusammen.«

Georg entfaltete einen Plan der Stadt, den ihm sein Vater gereicht hatte. Alle beugten sich vor, um besser sehen zu können.

»Wenn wir uns alleine die Innenstadt mit dem Ring ansehen, dann haben wir die Hofburg als Regierungszentrum, daneben das Haus-, Hof- und Staatsarchiv, den Stephansdom als wichtigste Kirche, das Rathaus, das Parlament, die Ministerien, die meist in alten Palais untergebracht sind, die Polizeikaserne und die Polizeidirektion. Und die Liste ließe sich beliebig fortsetzen.« Der Wissenschaftler fuhr mit der Hand über den Plan und glättete die Falten.

»Weiter draußen haben wir das Belvedere, das Palais Metternich, das ehemalige Aufmarschgebiet von Heer und Heimwehr, die Schmelz, das Arsenal als Waffendepot, jede Menge alte Kasernen, Schloss Schönbrunn und, und, und … Da könnten wir irgendwo anfangen und zwei Wochen später hätten wir noch immer keine einzige Granate entdeckt. Der Anrufer war vorsichtig genug, nicht weiter ins Detail zu gehen. Aber ich kann mir eines vorstellen: Es gibt eine Art von Ablauf in der Wahl der Orte, eine Sequenz, die wahrscheinlich geschichtlich bedingt ist, einen Weg durch die Jahrhunderte sozusagen.«

»Das hat er mit dem Muster und den historischen Hintergründen gemeint«, bestätigte Paul, »das ging mir auch gerade durch den Kopf.«

»Aber dafür brauchen wir einen Startpunkt und ich will nicht nerven, aber wir brauchen ihn schnell«, gab Valerie zu bedenken.

»Und was wollen Sie dann machen?«, erkundigte sich Eddy mit einem neugierigen Blick auf Valerie. »Die Bomben entschärfen? Die Depots werden sicher bewacht, in irgendeiner Form. Kann die Polizei Sie unterstützen?«, fragte er und schaute dabei Dr. Sina an.

Der Polizeipräsident schüttelte den Kopf. »Mir geht es wie meinem Freund Ebner. Ich weiß nicht, wem ich trauen kann und wer der Gegenseite angehört. Wen immer ich anrufe, es können langjährige Mitarbeiter sein, die vielleicht schon vor mir auf ihren Posten waren und trotzdem nicht auf unserer Seite stehen. Es tut mir leid. Außer den Personen in diesem Raum traue ich gar niemandem. Daher …« Er hob die Arme. »Ich kann euch nicht einmal Ausrüstung anbieten, weil jede Waffe, die dieses Haus verlässt, registriert werden muss.«

»Und was ist mit der Botschaft?« Eddy sah Valerie an.

»Negativ. Dort hätte ich mich schon lange melden sollen und werde wahrscheinlich gesucht. Keine Unterstützung von dieser Seite zu erwarten.«

»Haben Sie überhaupt eine Ahnung von Bomben und ihrer Entschärfung?« Der Exringer ließ nicht locker.

»Unsere Moral ist sowieso schon so gut wie auf dem Tiefpunkt, Eddy«, warf Paul ein, »wollen Sie, dass sie völlig abstürzt? Nein, niemand von uns hat ein solches Ding jemals näher als in James-Bond-Filmen gesehen.«

Schweigen senkte sich über die Runde. Jeder hing seinen Gedanken nach und Eddy saß da wie ein Buddha, die Hände vor dem Bauch verschränkt, und blickte nachdenklich vor sich hin. Berner lächelte in sich hinein und Paul fragte sich irritiert, was es in dieser Situation noch zu lachen gäbe. Tschak schlief zusammengerollt unter Georgs Sessel.

Johann war der Erste, der in die Stille hinein ein paar Worte sagte, an die sich alle noch lange erinnern sollten.

»Ich könnte ja vielleicht … Ich meine nur … wenn Sie mich brauchen …«, stotterte er und schaute angestrengt auf seine Schuhe.

Berners Lächeln vertiefte sich. Er schaute Eddy von der Seite an. »Das ist das Stichwort für deinen Auftritt, wenn mich nicht alles täuscht«, sagte er leichthin.

»Sie meinen, wir sollten wieder einmal ein Gastspiel geben?«, gab Eddy fröhlich zurück. »Sie und ich, Herr Kommissar? Wie letztes Jahr in …«

Berner hob die Hand und warf Eddy einen warnenden Blick zu. Dann nickte er. »Aber so wie es heute aussieht, werden wir das gesamte Orchester dazu brauchen und eine wohlgefüllte Requisitenkammer. Einen Vorteil haben wir außerdem noch: Das Stammensemble ist größer.«

»Und es sind einige wirklich gute Leute dabei«, kicherte Eddy und schaute Valerie an, die etwas ratlos der Unterhaltung gefolgt war.

»Wir werden allerdings keine Zeit für eine Generalprobe haben«, gab Berner zu bedenken und wurde ernst. »Es muss alles schon bei der Premiere klappen. Du wirst alle Register ziehen müssen, Eddy.«

»Verstehe ich euch beide richtig?«, warf Paul ein, »ihr wollt das wirklich durchziehen? Ohne Hilfe von außen?«

Eddy lächelte bescheiden. »Lieber Herr Wagner, in meiner Werkstatt arbeiten Spezialisten aus allen Berufen, gestrauchelte, die langsam wieder Tritt fassen, wie Johann. Sie haben alle ihre Fehler gemacht und dafür bezahlt. Aber sie sind die Besten, die ich finden konnte, in ihrem Beruf und in ihrer … Zweittätigkeit?« Er schaute Dr. Sina vorsichtig an, der ihm jedoch aufmunternd zunickte.

»Johann hier kann sich seinen Weg aus einem Zimmer heraussprengen, ohne die Einrichtung zu zerkratzen. Was er nicht kennt, das gibt es auf dem Gebiet des Bombenbaus nicht. Den Exkurs über Senfgasgranaten hätte er auch über jeden anderen Kampfstoff halten können.« Johann wehrte mit einer bescheidenen Handbewegung ab und senkte den Kopf noch weiter.

»So sind alle Männer in meiner Werkstatt. Hundertfünfzig Jahre Gefängnis, sicher keine Kommunikationstalente, aber ein geballter Schatz an Erfahrung und Wissen, den Sie nicht so bald wieder irgendwo in diesem Land finden werden«, sagte Eddy stolz.

»Aber wir brauchen Ausrüstung, Waffen, Handgranaten, Seile, Kampfmesser und vielleicht sogar einen Hubschrauber, was weiß ich …«, gab Valerie zu bedenken.

»Major Goldmann, wer hat Ihnen eine sichere Leitung nach Tel Aviv aus der Hosentasche gezaubert?«, spielte Eddy den Ball zurück. »Es gibt kaum etwas, das ich nicht innerhalb kürzester Zeit organisieren könnte. Wunder dauern etwas länger, aber alles andere …«

»Das wird unter Umständen kein Lustspiel, sondern eine griechische Tragödie«, warf Georg mit ernster Miene ein. »Mit jeder Menge Toter und einem teuflischen Stoff, der nur darauf lauert, Krankheit und Verderben zu verbreiten.«

»Sehen Sie irgendeine andere Option, Professor Sina?«, fragte der Exringer. »Ich bin sicher kein Engel und wir haben alle unsere dunkle Vergangenheit, aber ich bin mit Johann einer Meinung: Es gibt Dinge, die sind und bleiben eine Sauerei, egal, wer sie macht.«

Schemerl-Brücke, Nussdorf, Wien/Österreich

Der silberblaue Polizeibus rollte langsam gemeinsam mit einer Gruppe von Radfahrern über die geschichtsträchtige Schemerl-Brücke, gleich neben der Nussdorfer Wehr- und Schleusenanlage mit ihren beiden monumentalen Löwen. Die beiden bronzenen Tierstatuen aus dem Jahr 1899, die stolz und wachsam nach Norden schauten, waren das Vorbild für die Kühlerfigur der österreichischen Traditionsmarke »Gräf & Stift« gewesen, bis diese nach dem Krieg von MAN übernommen wurde. Vor allem in den ersten vierzig Jahren des 20. Jahrhunderts waren die majestätischen Löwen auf Lkws und luxuriösen Personenkraftwagen auf Österreichs Straßen unterwegs gewesen.

Ihre großen Vorbilder bewachten seit mehr als hundert Jahren den nördlichen Eingang zur Stadt, hatten Krieg, Bomben und Besatzung unbeschadet überstanden.

Die Brücke unmittelbar neben dem Wehr überspannte den Donaukanal, der hier vom Hauptstrom abgezweigt wurde.

Der VW-Bus erreichte die kleine Insel, die Donau und den Kanal trennte, und bog nach links ab, umrundete ein Jugendstilgebäude und fuhr weiter nordwärts, bevor er auf einem kleinen Parkplatz ausrollte.

Die Polizisten warteten einige Minuten, dann stiegen sie aus, richteten sich ihre Gürtel und schauten sich um. Einige wenige Radfahrer waren unterwegs in Richtung Donauuferweg, zwei Jogger liefen vorbei und ein Paar führte ihre beiden Hunde aus. Die meisten Erholungssuchenden saßen um diese Zeit bei den Heurigen in Nussdorf vor einer kalten Platte und einem Glas Wein.

Als niemand mehr in unmittelbarer Nähe zu sehen war, zog einer der Beamten einen Schlüssel aus seiner Tasche, öffnete damit das Tor des weißen Verwaltungsgebäudes und gab den übrigen Polizisten ein Zeichen. Sie trugen einen unauffällig in eine graue Decke gewickelten Körper in das Haus und wandten sich nicht in Richtung Keller, sondern stiegen die Treppen hinauf bis in das letzte Stockwerk. Auf dem weit vorkragenden Dach des sezessionistischen Baus befand sich ein Dachaufsatz, der früher als Beobachtungsstation gedient hatte. Der Aufbau mit den übergroßen Fenstern erlaubte einen perfekten Rundumblick auf die Donau, den Kanal und die Brücke.

Die Polizisten legten die Gestalt neben die noch immer bewusstlose Sissi Mantler auf ein Sofa. Dann schlugen sie die Decken zur Seite und eine attraktive, brünette Frau Ende dreißig kam zum Vorschein, die mit einem breiten Streifen Textilband geknebelt war. Die Handschellen an Händen und Füßen schränkten ihre Bewegungsfreiheit stark ein. Ihre Augen schossen Blitze auf die Polizisten ab. Dann sah sie ihre Tochter unversehrt neben sich liegen und beruhigte sich ein wenig. Sie kannte Handschellen gut genug, um zu wissen, dass es sinnlos sein würde, dagegen anzukämpfen.

»Zwei bleiben hier und passen auf, während wir die Gegend sichern«, sagte einer der Uniformierten, deutete auf zwei seiner Kollegen und hielt den Schlüssel hoch. »Sperrt hinter mir zu. In spätestens einer halben Stunde sind wir wieder zurück. Und es gibt keinen Grund zur Aufregung, noch kann niemand von der Entführung erfahren haben. Heikel wird es erst in den Nachtstunden.«

Vor dem Gebäude trennte sich die Gruppe der Uniformierten. Während ein Teil die kleine Insel in nördlicher Richtung hinaufwanderte, machte sich der andere südwärts auf den Weg, erkundete die Grünanlagen und notierte die Kennzeichen der abgestellten Wagen auf den Parkplätzen. Dann gingen sie per Funkgerät mit der Einsatzzentrale die Liste durch. Es war kein verdächtiges Auto darunter.

Als sie nach etwas mehr als einer halben Stunde ihre Kollegen vor dem braunen Tor des Otto-Wagner-Baus wieder trafen, gab es überall zufriedene Mienen. Sie stiegen die Treppen hinauf bis zur Beobachtungsstation auf dem Dach und richteten sich auf einen langen Tag und eine schlaflose Nacht ein.

Polizeidirektion Wien, Innere Stadt, Wien/Österreich

Valerie hatte ihre Fliegeruhr auf den ausgebreiteten Wien-Plan gelegt und allen wurde klar, dass es kaum mehr als drei Stunden bis zur Explosion der ersten Bombe waren. Johann rutschte unruhig auf seinem Sessel hin und her.

»Wir müssen zunächst einmal wissen, wo sich das erste Lager befindet«, meinte Eddy und schaute Georg an. »Ich kann meine Männer jederzeit alarmieren, das ist kein Problem.«

Er schob Valerie einen Notizblock hin. »Major Goldmann, schreiben Sie inzwischen Ihre Wunschliste, aber bitte ohne Panzer und Raketenwerfer, wenn es geht. Die zu besorgen würde zwei Tage dauern und so viel Zeit haben wir nicht.«

Georg zeichnete Dreien auf die Tischplatte. »Es gibt einfach zu viele Möglichkeiten«, murmelte er, »und wir können uns keinen Fehler leisten.«

Dann griff er in seine Tasche, holte sein Handy hervor und wählte.

»Meitner!«

»Hallo Wilhelm, Georg hier.« Sina warf einen unsicheren Blick in die Runde. »Du erinnerst dich an unser gemeinsames Abenteuer am Gallitzinberg?«, fragte er Meitner vorsichtig.

»Das werde ich nicht so schnell vergessen«, antwortete Meitner unbefangen, »Wer weiß, ob wir jemals wieder eine Einladung in die Villa bekommen.«

»Wir haben ein Problem, und zwar ein ziemlich dringendes, aber das erzähle ich dir nächstes Mal, wenn wir uns sehen. Hast du an dem bewussten Abend irgendetwas Seltsames gehört, eine Unterhaltung der Veranstalter, etwas, das du dir nicht erklären konntest?«

»Hm … nicht, dass ich wüsste, Georg. Da war nichts, was mir aufgefallen wäre. Dieser seltsame Rat der Weisen war ziemlich schweigsam«, meinte Meitner nachdenklich, »zumindest, als ich im Raum war.«

»Schade, wir hätten ja Glück haben können. Ich weiß nicht, wen ich noch fragen könnte, du warst der einzige Anwesende, den ich kenne«, meinte Georg enttäuscht.

»Na ja, ich habe schon noch jemanden erkannt, aus reinem Zufall, weil er einen so charakteristischen Gang hat und ich lange mit ihm in einer Studentenverbindung war …«, gab Meitner zu. »Du kennst ihn sicher auch. Breitenecker vom Institut für Theaterwissenschaften.«

»Der Breitenecker?«, rief Georg erstaunt aus.

»Ja, ich bin sicher, er war auch dort. Die Frage ist nur, ob er es zugeben wird.« Meitner lachte. »Nicht alle gehen damit so locker um wie wir.«

Als Georg die Nummer des Instituts in der Hofburg gewählt hatte, war zuerst Trudi am Apparat und er verlor eine gute Minute mit Smalltalk, bevor sie ihn mit Professor Breitenecker verband.

»Kollege Sina, wie schön, Sie zu hören!«, tönte die begeisterte Stimme an Sinas Ohr. »Kann ich Ihnen noch etwas zur Geschichte unseres Instituts mitteilen? Sie wissen, ich helfe immer gerne weiter, vor allem so renommierten Kollegen und Absolventen unseres Studienfaches.«

Georg musste innerlich lachen bei dem Gedanken, wie schnell die Hilfsbereitschaft Breiteneckers verebben würde, wenn das Gespräch auf das Thema Gallitzinberg käme.

»Es geht heute um etwas ganz anderes«, bereitete Sina das Gespräch vor. »Ich habe gehört, dass wir beide vor einigen Tagen auf der gleichen Veranstaltung in einer herrschaftlichen Villa am Gallitzinberg waren. Ist das möglich?«

Das Schweigen in der Leitung war Antwort genug. Breitenecker rang offenbar um Worte und um seine Contenance.

»Ich denke, es ist besser, ich lege jetzt auf«, murmelte Breitenecker.

»O nein, das werden Sie nicht«, forderte Sina. »Verstehen Sie mich nicht falsch, Herr Kollege«, fuhr Georg fort. »Es liegt mir nichts ferner, als über gewisse sexuelle Vorlieben anderer zu urteilen. Ich bin weder Ankläger noch Richter, mehr noch, es geht mich überhaupt nichts an. Aber hier geht es um mehr als eine gewöhnliche kleine Orgie. Hier geht es um politische Interessen, um Bestechung, um Erpressung und um einen Staatsstreich. Genau darum brauche ich Ihre Hilfe.«

Breitenecker atmete schwer und konnte sich noch immer nicht dazu entschließen, etwas zu sagen. Aber immerhin blieb er am Apparat.

»Ich meine es todernst«, sagte Georg und wunderte sich über seine Ruhe. »Sie haben sicherlich die Meldung von der Ermordung des Bundeskanzlers gehört. Nun wird der Bundespräsident unter Druck gesetzt und ich vermute stark, dass es sich um dieselben Leute handelt, die uns am Gallitzinberg für sich gewinnen wollten. Sie können doch keinen Massenmord gutheißen, in wessen Namen auch immer!«

Breitenecker versuchte ein paar Worte zu formulieren, aber es kam nur ein unverständliches Gurgeln durch die Leitung.

»Ich möchte wissen, ob Sie an diesem Abend irgendetwas gehört haben, das Ihnen seltsam vorkam, das ...«

Breitenecker unterbrach ihn hastig, fast atemlos. »Ich war ja anfangs begeistert von der Idee ... dem Konzept ... und der historischen Dimension ... Sie dürfen mich nicht falsch verstehen ...« Er stotterte, verschluckte in der Eile ganze Sätze. »Diese Abende ... ich hielt das alles für eine harmlose Spielerei ... es wurden immer mehr ... man fühlte sich inmitten von Freunden, die einem stets helfen würden, was immer auch passiert. Es war alles so … verlockend.« Seine Stimme versagte.

»Mir geht es nicht um Ihre Motivation«, setzte Georg nach, »ich brauche konkrete Hinweise auf bevorstehende Explosionen in der Wiener Innenstadt. Und ich brauche sie jetzt! Es sollen Senfgasgranaten gezündet werden, in dicht besiedeltem Gebiet.«

Breitenecker keuchte auf. »Sie sind zu weit gegangen, einfach zu weit … all diese Morde, diese Unruhen und Demonstrationen … zu viel Blut, zu viel Blut an unseren Händen.«

Georg stützte den Kopf in seine Hand und wartete. Alle im Raum sahen ihn gespannt an.

»Ich … ich werde Ihnen sagen, was ich gehört habe. Sie haben von einem Erstschlag gesprochen, von einem Exempel, das sie statuieren wollen.« Breitenecker hatte sich gefangen und redete immer schneller. »Sie sprachen von einer Nadel Josephs, die zu einem Dorn im Fleisch der Regierung werden sollte, einem Fanal und einem Beweis für ihre Stärke und Entschlossenheit und es sollte die Initialzündung in einer ganzen Kette von Exempeln sein … Der erste Schritt auf dem Weg zur Sonne …« Dann brach er ab. »Sonst weiß ich nichts.«

Georg zeichnete wie beiläufig Dreien auf die Tischplatte, aber sein Gesicht verriet seine Anspannung.

»Ich will da wieder raus, Sina, ich will nichts mehr mit denen zu tun haben, hören Sie?«, bettelte Breitenecker. »Die sind wahnsinnig, die haben alles Maß verloren, die wissen nicht mehr, was sie tun!«

»O doch, das wissen sie ganz genau«, gab Georg leise zurück und legte auf. »Ich glaube, ich weiß jetzt, wo sie zuerst zuschlagen werden«, sagte er dann in die atemlose Stille hinein. »Und ich weiß auch, mit wem ich reden muss, um die anderen drei Explosionsorte zu finden.«

Schloss Schönbrunn, Hietzing, Wien/Österreich

Der Schlosspark von Schönbrunn war von zahlreichen Spaziergängern und Touristengruppen bevölkert. Junge Mütter auf ihrem Nachmittagsspaziergang schoben Kinderwagen vor sich her, während jugendliche Jogger die letzten Ferientage ausnützten und zu zweit oder zu dritt die breiten, kerzengeraden Parkwege entlangliefen. Pensionisten saßen auf den Bänken und plauderten oder hielten im Schatten der perfekt geschnittenen Alleebäume ein kurzes Nickerchen.

Eine deutsche Reisegruppe schlenderte den Weg zum Neptunbrunnen entlang und die Fremdenführerin, eine junge Studentin, genoss die volle Aufmerksamkeit der Touristen aus Berlin.

»Der von Kaiser Joseph I. in Auftrag gegebene Neubau sollte sogar noch Versailles an Größe und Pracht übertreffen. Jedoch blieb es zunächst nur bei ehrgeizigen Plänen und einer Baustelle. Erst die Regierungszeit Maria Theresias brachte neuen Glanz. Das Schloss wurde zu einem Mittelpunkt des höfischen und politischen Lebens. Im Laufe von zwanzig Jahren bis 1763 wurde es zu einem prunkvollen Residenzschloss im Stil des Rokoko umgebaut und kostbar ausgestattet.«

Die Studentin wandte sich nach rechts und deutete in eine der großen Querachsen, an deren Ende ein großer Obelisk stand.

»Hier sehen sie den bekannten Obeliskbrunnen, der neben der Gloriette und der Menagerie einen der wichtigsten Blickpunkte der Gartenachsen darstellt.« Sie schaute leicht irritiert, weil sich drei Männer und eine Frau der Gruppe angeschlossen hatten und ihr interessiert zuhörten. Aber das war sie gewöhnt, seit sie den Job bei der Schönbrunner Schlossverwaltung angenommen hatte. Außerdem war hier ihre Führung der Berliner Reisenden sowieso beendet. Sie bedankte sich bei allen für die Aufmerksamkeit, nahm die üblichen kleinen Trinkgelder entgegen und wollte sich gerade auf den Weg zurück ins Büro machen, als sie einer der Männer aufhielt.

»Wir würden ein paar Auskünfte über genau jenen Obelisken benötigen, den Sie gerade beschrieben haben«, meinte der ältere Herr und hielt ihr dezent einen Polizeiausweis hin, auf dem ein zusammengefalteter 20-Euro-Schein lag.

»Nehmen Sie ihn ruhig«, forderte er sie auf. Sie las seinen Namen und ließ die Banknote schnell in ihrer Jackentasche verschwinden.

»Was würden Sie gerne wissen, Herr Gruppeninspektor Berner?«, fragte sie freundlich und gab ihm den Ausweis wieder zurück.

»Sagen Sie ruhig Kommissar Berner zu mir, das macht hierzulande sowieso jeder. Wir werden Ihre Hilfe nicht lange brauchen«, versicherte ihr Berner, »geben Sie uns nur die wichtigsten historischen Fakten.« Er nickte ihr aufmunternd zu.

»Der Obelisk wurde über einem Brunnen errichtet und wird von vier vergoldeten Schildkröten getragen, ein Symbol der Stabilität«, begann sie. »Der Brunnen selbst besteht aus einem Bassin, dahinter befindet sich eine halbrunde Stützmauer mit einer vasenbesetzten Balustrade. Man sagt, Joseph II. habe persönlich den Bau überwacht.«

Sie wanderten langsam die lange Allee in Richtung des Brunnens, während die Studentin erzählte. Valerie schaute ungeduldig auf ihre Armbanduhr und fragte sich, ob Eddy bereits mit seinen Männern eingetroffen war.

»Der Obelisk sollte mit seinen Hieroglyphen die Geschichte des Hauses Habsburg erzählen. Diese Hieroglyphen sind allerdings erfunden, da die ägyptischen Zeichen erst ab 1822 entziffert werden konnten, nach der Auffindung des Steines von Rosette. Die Obelisken selbst standen als kosmische Symbole schon bei den Ägyptern mit dem Sonnenkult in Verbindung. Von einer Goldkugel als Sonnensymbol bekrönt, verkörpern sie den Weg der Sonnenstrahlen zur Erde, während die vier Kanten die Weltrichtungen markieren. Hier sitzt auf der Kugel noch zusätzlich ein goldener Adler, das einzige Wesen, das sich ohne Schaden der Sonne nähern konnte. Er symbolisiert den zwischen Himmel und Erde vermittelnden Herrscher.«

»Der Obelisk ist also ein absolutes Herrschersymbol des Hauses Habsburg?«, fragte Paul die Fremdenführerin.

»Bei der Schönbrunner Obeliskenanlage ist es mehr als das«, meinte die Studentin. »Es sollte wohl auch der Anspruch auf die unumstößliche und fortdauernde Herrschaft des Hauses Habsburg zum Ausdruck kommen.«

»Sie meinen der Linie Habsburg-Lothringen«, warf Georg ein. Mit einem überraschten Blick nickte die junge Frau.

»Können Sie uns noch ein wenig über das Bauwerk selbst erzählen?«, warf Berner rasch ein.

»Gern«, lächelte ihn die junge Frau an. »Die Mitte der Rückwand des Brunnens ist als Grottenberg ausgebildet, der sich bis zum Brunnenbecken vorwölbt und von Flussgöttern bevölkert wird. Das Wasser strömt aus dem Mund einer zentralen Maske und aus den Vasen der Flussgötter und ergießt sich dann in das Brunnenbecken. Verschiedene exotische Tiere und Pflanzen sind auf den Felsen dargestellt. Zwischen dem Grottenberg und der halbrunden Mauer führt eine breite, zweiläufige Treppe zu einer Plattform, von der aus eine kleine Höhle im Grottenberg den Ausblick in die Allee ermöglicht. Es ist eine sehr großzügige Anlage, aber das können Sie ja selbst am besten beurteilen. Machen Sie einfach einen Spaziergang hin, es ist nicht mehr weit von hier. Wenn Sie mich nicht mehr brauchen …?«

»Danke für Ihre Zeit und Ihre Hilfe«, sagte Valerie, »wir finden uns schon zurecht.«

Die weite Kiesfläche direkt vor dem beeindruckenden Obeliskenbrunnen war leer. Auf den Stufen der breiten Freitreppe, die in einem weiten Bogen hinter dem Bauwerk hinauflief, saßen einige Paare und blätterten in Wien-Broschüren oder in Reiseführern. Auf den Bänken im Schatten der Alleebäume saßen zeitungslesende Müßiggänger, die Berner misstrauisch beobachtete.

»Ich möchte wissen, wer von denen echt ist und wer zur Bewachung gehört«, meinte er leise zu Paul und Georg, während sie vorüberschlenderten. Georg sah auf die Uhr. Es war kurz nach zwei.

»Ich würde gerne hierbleiben und euch helfen«, murmelte der Wissenschaftler, »aber wenn ich mich jetzt nicht auf den Weg mache, dann ist alles zu spät. Ich muss mich mit meinem Freund Max unterhalten, und der ist fast zwei Fahrstunden entfernt. Wenn wir rechtzeitig mehr über die Orte der anderen drei Depots erfahren wollen, dann muss ich jetzt von hier verschwinden.«

Paul und Berner nickten, während Valerie wie eine Touristin um den Obelisken wanderte und fotografierte.

»Mach dir keine Sorgen«, meinte Berner, »wir haben Johann und das Team von Eddy als Verstärkung, Valerie ist auch da, und wenn unsere Ausrüstung eingetroffen ist, dann fühle ich mich schon viel sicherer. Also mach dich ruhig auf den Weg und komm bitte rechtzeitig wieder zurück. Denn ohne Anhaltspunkte wissen wir nicht, wo die nächste Bombe hochgehen soll.«

»Und fahr ausnahmsweise etwas schneller, bitte«, meinte Paul und drückte ihm den Autoschlüssel für den Pizza Expresss in die Hand.

Georg verabschiedete sich mit einem kurzen Winken und hoffte im Stillen, dass Max ihm die richtigen Hinweise geben konnte. Was, wenn er gar keine Ahnung hatte oder die Krankheit ihn so verwirrt hatte, dass er Georg nicht einmal wiedererkannte?

Dann joggte er los und hoffte, dass Eddy und Johann wussten, was sie taten. Und vor allem, dass sie es rechtzeitig tun würden.

Aber Zeit war genau das Problem, mit dem Eddy und sein Team kämpften. Nach einem Banküberfall in Wien-Donaustadt in den Mittagsstunden waren auf allen Donaubrücken Polizeisperren und Kontrollen eingerichtet worden. Der Rückstau reichte mehrere Häuserblocks weit in allen Hauptstraßen, die Kolonne frustrierter Autofahrer war am Hupen und am Diskutieren, dass man so ganz sicher keine Bankräuber dingfest machen würde, und schon gar nicht am helllichten Tag und mit einer Sperre, die sowieso weithin sichtbar war.

Die Spannung in dem schwarzen Kleinbus mit der Aufschrift »Bogner Metallverarbeitung« stieg. Als der endlich die Sperre hinter sich gelassen hatte, war es 14:12 Uhr und das Team hatte noch eine gute halbe Stunde Fahrt vor sich. Johann, der neben Eddy auf dem Beifahrersitz Platz genommen hatte, schaute ungeduldig immer wieder auf die Uhr und streichelte über den Kopf von Tschak. Georg hatte den kleinen Hund Eddy anvertraut, weil es in Schönbrunn ein Hundeverbot gab, das strikt kontrolliert wurde. Aber Tschak war mit Vergnügen mit dem schweigsamen Johann mitgegangen. Er hatte einen neuen Freund gefunden.

Die übrigen acht Mann waren schweigsam. Es war eine zusammengeschweißte Truppe, die sich nun bereits seit Jahren kannte und in Eddys Werkstatt arbeitete. Die Männer hatten alle eine mehrjährige Haftstrafe hinter sich, sie hatten für ihre Jugendsünden gezahlt und waren dank Eddy nicht wieder ins Milieu abgerutscht. Dafür konnte sich der Exringer voll und ganz auf sie verlassen. Als er ihnen kurz geschildert hatte, worum es ging, waren zuerst alle schockiert und wie versteinert dagesessen. Sie hatten Eddy ungläubig angeblickt, waren aber dann alle mit grimmigem Gesicht aufgestanden, hatten die Ausrüstungsgegenstände in den Kleinbus geladen und sich auf die Sitzbänke gequetscht. Johann hatte einen flachen Metallkoffer aus seinem Spind gezogen, der nun zwischen seinen Beinen stand. Eddy hatte keine Ahnung, was er enthielt, aber er vertraute ihm. Er würde sie heute alle wohlbehalten nach Hause bringen – oder ins Nirwana sprengen. Aber dann hätte es auch niemand anderer geschafft, die Bomben zu entschärfen.

»Ich wollte nur noch eines loswerden, bevor wir in Schönbrunn eintreffen«, sagte Eddy und alle blickten auf. »Das ist keine Übung und kein Kinderspiel. Das ist ein Anschlag auf diese Stadt und auf die Menschen, die hier leben. Wenn Johann einen Fehler macht, dann sind nicht nur wir geliefert, sondern es werden Tausende sterben. Darauf haben es diese Verbrecher angelegt und sie denken, sie kommen damit durch. Sie werden Wachmannschaften versteckt haben und sie sind gut, das hat mir Major Goldmann erzählt. Wir werden also alle Register ziehen müssen und jeder, der jetzt aussteigen möchte, der soll es tun und ich würde es verstehen.«

Eddy machte eine Pause und sah die harten Gesichter der Männer im Rückspiegel. Sie waren alle muskulös und breitschultrig, mit großen Händen und tätowierten Oberarmen. Viele hatten Narben von Messerstechereien im Gefängnis zurückbehalten. Metallbearbeitung war kein Handwerk für Schwächlinge. Einzig und alleine Johann machte eine Ausnahme. Er war der Feinmechaniker der Truppe. Seine schlanken Finger kamen noch an Stellen, an denen alle anderen verzweifelten.

»Es kann sein, dass wir diese Nacht nicht überleben, weil wir einen Fehler machen oder die Gegenseite zu stark ist. Wir haben vier Möglichkeiten zu verlieren. Dieses Senfgas ist ein Teufelszeug. Also …« Eddy fuhr rechts an den Straßenrand, hielt an und drehte sich um.

»Ich brauche Johann unbedingt und er war auch der Erste, der sich zu diesem Himmelfahrtskommando gemeldet hat. Er ist alleine, aber viele von euch haben Familie. Jeder, der gehen will, steigt jetzt besser aus.«

»Chef, wir sind spät dran und die anderen warten auf uns.« Die Stimme von der zweiten Rückbank klang ruhig und gefasst. »Wir sind uns alle einig, diesen Schweinen gehört das Handwerk gelegt. Und wenn nur mehr wir da sind, um die Verbrecher aufzuhalten, dann wird keiner von uns kneifen.«

Eddy schaute den Männern in die Augen und sah die Entschlossenheit. Was immer auch auf sie zukam, sie würden es der Gegenseite nicht leicht machen.

Valerie sah auf die Uhr und wurde langsam nervös. Sie hatten nun zum dritten Mal den Platz vor dem Brunnen überquert, und obwohl Paul und Berner die ins Gespräch vertieften Spaziergänger mimten, hatte Goldmann das Gefühl, dass misstrauische Blicke ihnen folgten. Wo blieb Eddy? Hatte er doch noch kalte Füße bekommen? Valerie konnte es ihm nicht verdenken. Nach dem Vortrag Johanns über das Senfgas war der erste Gedanke aller wohl »Nichts wie weg« gewesen. Aber Eddy hatte keine Sekunde gezögert.

Valerie stieg die Stufen auf die Terrassen hinter dem Obeliskenbrunnen hinauf und spürte fast körperlich die Nähe der Granaten. Sie kam an einer Metalltüre vorbei, die cremefarben gestrichen war und in die große Hangabstützung neben dem Brunnen führte. Zwei Männer in Jeans und T-Shirt hatten es sich davor bequem gemacht, saßen an die Mauer gelehnt, Kopfhörer im Ohr und ein Taschenbuch in der Hand.

Goldmann lächelte sie im Vorübergehen an und einer der beiden schaute hoch und zwinkerte zurück. Die Bewacher würden rechtzeitig verschwinden, um genügend Distanz zwischen sich und die Explosion zu bringen. Dann … großer Auftritt Johann. Aber vielleicht wurde es auch nur ein kurzes Gastspiel, dachte Valerie, gefolgt von einer Katastrophe.

Sie war an der Rückseite des Brunnens angekommen, einer weitläufigen begrünten Terrasse mit einem wunderbaren Blick auf das Schloss und den Gallitzinberg im Hintergrund. Die goldene Kuppel der Kirche am Steinhof, der größten psychiatrischen Klink der Stadt, leuchtete im Nachmittagslicht. Sie blickte hoch auf den Obelisken. An der Rückseite waren wesentlich weniger Hieroglyphen eingemeißelt worden als vorne, ein paar Eulen und Figuren, Schlangen und ein Pferdekopf. Das letzte Symbol in der Reihe sah aus wie der Auswurfknopf auf DVD-Spielern, ein Dreieck über einem schmalen, waagrechten Rechteck in einem Kreis. Wie passend, dachte Valerie, der Auswurfknopf für das Höllenfeuer. Wenn sie mit ihrer Annahme recht hatte, dann befand sie sich genau über den Granaten und der tickenden Bombe.

Riesige, weiße Vasen standen über die hohe Balustrade verteilt im Halbkreis hinter dem Brunnen. Die Henkel wurden von züngelnden Schlangen gebildet, die sich mit ihren Leibern um die ausladenden Gefäße wanden. Valerie trat näher heran, blickte in eine der Vasen und erschrak. Durchsichtige Leitungen waren erst kürzlich verlegt worden, dünne Rohrleitungen, die im Fuß der Vase verschwanden.

»Sie leiten das Gas durch die Vasen ins Freie«, flüsterte sie entsetzt und blickte sich rasch um. Niemand war ihr gefolgt, aber sie trat eilig zurück und war mit wenigen Schritten wieder auf dem Kiesweg, lief bergauf, bis sie unter den ausladenden Ästen der Buchen auf den nächsten breiteren Weg kam.

Sie blickte sich um.

Weit und breit war nichts von Eddy und seinen Männern zu sehen.

Am Maria-Theresia-Tor des Schönbrunner Schlossgartens war eine elektrische rot-weiße Schranke heruntergelassen und von einem Wächter war nichts zu sehen.

»Warten Sie, Chef, das System kenne ich.« Mit diesen Worten ließ Johann Tschak von seinem Schoß springen und kletterte aus dem Kleinbus. Mit wenigen Schritten war er bei der Schranke, beugte sich hinunter und öffnete eine Klappe im Standfuß. Einige Sekunden später schwenkte der Balken nach oben und senkte sich vorschriftsmäßig wieder, nachdem Eddy durchgefahren war. Johann stieg wieder zu und der Bus bog nach rechts ab, in Richtung des Schönbrunner Bades. Tschak saß nun neben dem schmächtigen Mann und schaute interessiert durch die Windschutzscheibe.

Die ehemalige Militärschwimmschule, die in der Zeit zwischen 1938 und 1945 von der deutschen Wehrmacht genutzt wurde und anschließend als Bad für die britischen Besatzer diente, war heute ein öffentliches Bad und wurde vor allem im Sommer wegen der ruhigen Lage im Grünen von zahlreichen Familien mit Kindern besucht. Es lag südlich des Obeliskenbrunnens, keine fünfzig Meter entfernt.

Eddy war nur mehr Sekunden vom vereinbarten Treffpunkt entfernt, da sprangen zwei Männer in schwarzen Kampfanzügen aus dem Unterholz. Sie bauten sich vor dem schwarzen Kleinbus auf und kamen ans Fahrerfenster, nachdem Eddy gehalten hatte. Tschak knurrte leise und seine Nackenhaare stellten sich auf.

»Sicherheitszone! Was machen Sie hier?« Der ältere der beiden sah Eddy und den Bus durch seine verspiegelte Sonnenbrille an. Die Waffen steckten im Halfter am Gürtel.

»Das ist sehr unvorsichtig, was Sie hier machen«, meinte Eddy freundlich und lehnte sich aus dem Wagenfenster.

»Wieso?«, fragte der ältere erstaunt und Eddy wies nach vorne. »Sehen Sie nicht die Kindergruppe mit ihrer Lehrerin? Wollen Sie die Kleinen erschrecken?«

Wie auf ein Kommando drehten beide Männer die Köpfe und suchten mit ihren Augen den Kiesweg ab. Als sie niemanden sahen, schnellten die Köpfe wieder zurück und – schauten in die Läufe von zwei Pistolen.

»Wo seid ihr Gesindel denn herausgekrochen?«, zischte Walter, einer der Schweißer, der blitzschnell die Seitentür geöffnet hatte und mit seiner Glock unbewegt auf den Kopf des Mannes in Schwarz zielte. »Mach mir die Freude und beweg dich.«

Eddy zog seelenruhig eine Spraydose aus der Türverkleidung, zielte kurz und schoss beiden Uniformierten einen Strahl Flüssigkeit ins Gesicht, bevor sie reagieren konnten. Als sie in sich zusammensackten, fingen sie die beiden Team-Mitglieder von Eddy auf und schleiften sie ins Unterholz.

»Wir haben zwei Kampfanzüge zu vergeben, die Größen habt ihr ja gesehen. Zwei Mann ins Gebüsch!«, befahl Eddy.

Keine drei Minuten später stand er vor einer erleichterten Valerie, die ihm um den Hals fiel.

»Das nenne ich einmal ein herzliches Willkommen, Major Goldmann«, grinste er und deutete auf das Heck des Busses. »Sie finden Ihre Bestellungen da hinten. Greifen Sie zu, wir hatten fast alles vorrätig. Tschak bewacht die Taschen, also seien Sie vorsichtig.« Eddy kicherte. »Wo sind Wagner und Kommissar Berner?«

»Die spielen vor dem Brunnen die unbeteiligten Touristen und versuchen mehr über die Bewachung des Depots herauszufinden«, meinte Valerie hastig, bevor sie zur Ladetür des Busses lief. Dann hielt sie plötzlich an, drehte sich noch einmal um und schaute Eddy in die Augen. »Und danke, dass Sie gekommen sind, Herr Bogner.«

Der dicke Mann winkte verlegen ab. »Ach, keine Sache. Sagen Sie einfach Eddy zu mir«, erwiderte er fröhlich und rieb sich die Hände.

Als Valerie sich erneut umwandte, standen plötzlich zwei Männer in schwarzen Kampfanzügen und verspiegelten Sonnenbrillen vor ihr und betrachteten sie spöttisch lächelnd von oben bis unten.

»Langsam läuft uns die Zeit davon«, murmelte Paul nervös und stützte den Kopf in die Hände. Er und Berner saßen auf einer der Bänke entlang des breiten Querweges in Sichtweite des Brunnens. »Valerie hat noch nicht angerufen, also ist Eddy noch nicht da. Damit ist auch Johann, unser Feuerwerker, nicht vor Ort und wir können eigentlich schon die Vorstellung absagen, um mit Ihren Worten zu sprechen.«

Der Kommissar blies eine Rauchwolke in den azurblauen Himmel und gab sich nach außen hin ruhiger, als er war.

»Wagner, wie immer Sie es betrachten, Sie können nur gewinnen«, gab Berner zu bedenken. »Entweder wir überleben das hier und Sie haben einen Aufmacher, oder wir gehen unter und Sie sind der Aufmacher. Was beschweren Sie sich also dauernd?«

»Das war gedacht wie ein Chefredakteur«, erwiderte Paul. »Aber für einen Aufmacher sollte man vielleicht einmal ab und zu etwas in seinen Laptop tippen. In den letzten Tagen laufen wir …« Das Klingeln seines Handys unterbrach ihn.

»Eddy ist hier und er hat seine gesamte Mannschaft mitgebracht«, stieß Valerie hervor und Paul fiel ein Felsbrocken vom Herzen. »Kommt so schnell ihr könnt herauf zum Schwimmbad. Es geht los!«

Israelische Botschaft, Wien-Währing/Österreich

Yftach Spector war wütend und enttäuscht. Nach zahllosen Versuchen, den Informanten in der österreichischen Regierung an die Leitung zu bekommen, war in einem langen Telefonat genau nichts herausgekommen, was den israelischen Agenten auch nur einen Schritt weitergebracht hätte. Ja, die Drohung mit den Sprengungen sei eingegangen, nein, man habe keine Ahnung, wo die Depots sein könnten. Im Übrigen, so betonte der Informant, bevor er das Gespräch beendete, sei die Taktik der Regierung das Abwarten. Man sei keineswegs davon überzeugt, dass die angekündigten Explosionen auch tatsächlich stattfinden würden.

»Man müsste Paul Wagners Netzwerk anzapfen können«, meinte Weinstein, der an seinem Schreibtisch saß und nachdenklich an einem

Kugelschreiber kaute. »Major Goldmann hätte das nur einen Anruf gekostet.«

»Und Sie kosten mich meine letzten Nerven«, gab Spector zurück. »Major Goldmann hat sich abgesetzt und ist verschwunden, wenn ich Sie daran erinnern darf, und zwar unter Ihrer Aufsicht.« Sein Zeigefinger deutete auf die Brust des Militärattachés.

Weinstein zuckte mit den Schultern. »Warum rufen Sie Goldmann nicht an?«, fragte er Spector. »Wenn sie nicht mehr weiß als dieser Informant, dann lass ich meinen nächsten Urlaub ausfallen.«

»Wenn wir nicht bald weiterkommen in dieser Sache, dann sieht es sowieso rabenschwarz für Ihren Urlaub aus«, gab Spector wütend zurück, »und für die der nächsten Jahre. Machen Sie sich auf einen Posten ganz weit draußen gefasst, Weinstein, denn Sie haben das versaut.«

»Sie können ja auch Oberst Shapiro anrufen und ihm sagen, dass Sie keinen Schritt weitergekommen sind«, antwortete der Militärattaché spöttisch. »Solche Feuerwehraktionen gehen meist in die Hose. Was haben Sie gedacht, Sie retten die Welt in vierundzwanzig Stunden?«

»Sie hatten ja die letzten Wochen Zeit und haben sie auch nicht gerettet«, schnappte Spector zurück und funkelte Weinstein an. »Haben Sie kein Netzwerk zu Presse, Funk und Fernsehen? Wie wäre es denn damit?«

»Der Presseattaché ist seit einer Woche auf Urlaub und –« Weinstein sah auf den Kalender »– seit heute früh auf der Heimreise, nachdem der Weg aus den norwegischen Fjorden etwas mühsam ist und man nicht an allen Waldecken einen Flughafen findet. Der Botschafter hat ihn vor zwei Tagen zurückbeordert.«

Weinstein wandte sich seinen Strichmännchen zu, die auf der Schreibtischunterlage mit der Aufschrift »WINDOWS ERROR: REALITY.SYS corrupted – universe unrecoverable« herumschwebten und damit Werbung für eine Computerfirma machten.

»Aber ich kann Ihnen gerne die Nummer von Major Goldmann …«

»Weinstein, Sie nerven«, fuhr ihn Spector an.

Der Militärattaché legte den Stift beiseite und stand auf. »Ich muss zur monatlichen informellen Sitzung der Militärattachés in der Hofburg. Nachdem ich nichts weiter für Sie tun kann …« Er hielt Spector einen Zettel mit einer Nummer hin und lächelte spöttisch. »Nur für alle Fälle. Sie wissen schon. Goldmann.«

Mit einem flüchtigen »Shalom« war Weinstein aus der Tür, bevor dem israelischen Agenten eine passende Erwiderung einfiel.

Noch während er die Treppen hinunterlief, griff der Militärattaché in die Tasche seiner Uniform und holte sein Handy heraus. Er drückte eine Kurzwahltaste und wartete.

»Major?«, sagte er leise, aber mit einem dringlichen Unterton in der Stimme, »legen Sie nicht auf. Weinstein hier. Sie werden gleich einen Anruf bekommen von einem Ihrer Kollegen, Major Spector, Yftach Spector. Shapiro hat ihn nach Wien geschickt, weil er Ihnen offenbar nicht mehr traut und Ihnen die letzten Pannen in Berlin übel genommen hat. Der BND ist noch immer sauer und bombardiert uns mit Anfragen.« Der Militärattaché kicherte leise. »Aber das werden die überleben. Spector soll die Interessen der israelischen Regierung vertreten und dafür sorgen, dass es keinen politischen Machtwechsel in Österreich gibt. Aber dafür ist er eine Nummer zu klein. Und außerdem unsympathisch«, fügte Weinstein hinzu und verzog das Gesicht.

»Und was soll das Ganze?«, meldete sich Valerie zu Wort, die bisher schweigend zugehört und, das Handy ans Ohr geklemmt, ihre Waffen geladen hatte. Dabei ließ sie den schattigen Kiesweg zum Obeliskenbrunnen, der rund hundert Meter entfernt war, keinen Moment aus den Augen. Tschak tollte in den Gebüschen herum und jagte Eichhörnchen.

»Ich habe ein paar Erkundigungen eingezogen, als ich erfahren habe, wer Sie vertreten würde«, flüsterte Weinstein und Valerie musste sich anstrengen, um ihn zu verstehen. »Es gibt Gerüchte, vor allem in Osteuropa, dass Spector noch auf zwei Gehaltslisten steht. Seien Sie auf der Hut.« Damit war die Leitung tot.

Obeliskenbrunnen, Schloss Schönbrunn, Wien/Österreich

Es war genau 15:00 Uhr, als Paul Wagner und Kommissar Berner bei dem schwarzen VW-Transporter eintrafen. Als sie die beiden Männer in den schwarzen Kampfanzügen sahen, fuhren sie zurück, aber da bog auch schon Eddy um die Ecke des Kleinbusses und beruhigte sie.

»Major Goldmann hatte auch schon ihre Schrecksekunde«, sagte er. »Es sieht so aus, als würden Sie nicht gerade die besten Erfahrungen mit dieser Uniform verbinden … Darf ich vorstellen? Walter und Manfred, Schweißer seit langen Jahren bei der Firma Bogner. Und jetzt unsere ganz persönliche Security.«

Die anderen Männer kamen ebenfalls dazu und standen im Halbkreis um Paul, Eddy und Berner. Valerie ging in einiger Entfernung auf und ab und telefonierte.

Der Kommissar blickte kurz in die Runde und nickte zufrieden. »Ich will jetzt keine großen Worte machen, sonst stehen wir nicht mehr lange hier und mit uns sterben als Erste die Kinder im Park und im Schönbrunner Bad. Ich möchte euch alle morgen Abend unversehrt im Prindl sehen, zu einem Riesenumtrunk. Das ist mein sehnlichster Wunsch. Aber bis dahin ist es noch ein weiter Weg, und ein gefährlicher dazu. Major Goldmann von der israelischen Armee hat gemeinsam mit Eddy einen Plan entwickelt, den wir bei Bedarf jederzeit abändern können. Niemand weiß, was uns erwartet, deshalb müssen wir flexibel sein. Aber ich weiß es zu schätzen, dass ihr da seid.«

Berner nickte abschließend allen zu und wandte sich um. Die offene Heckklappe des Kleinbusses gab den Blick auf etwas frei, das wie das Waffenarsenal einer Einsatzgruppe zur Terrorbekämpfung aussah.

»Wenn ich bedenke, dass du das in aller Kürze zusammengestellt hast, dann frage ich mich, was du auftreibst, wenn man dir mehr als zwei Stunden Zeit lässt«, stellte der Kommissar bewundernd fest.

Eddy freute sich wie ein kleines Kind. »Greifen Sie zu, Kommissar, ich habe noch eine eiserne Reserve für die Matinee aufgespart«, meinte er und sah in seinem Blaumann wie eine farbige Kanonenkugel aus.

Valerie war zum ersten Mal in ihrem Leben mit Samuel Weinstein einer Meinung. Spector war ein Kotzbrocken, das wurde mit jeder Sekunde, die das Gespräch dauerte, augenfälliger. Selbstgefällig, überheblich und ein Macho vom Scheitel bis zur Einlegsohle. Außerdem stahl er ihr die Zeit, die sie dringend brauchte. Aus den Augenwinkeln heraus beobachtete sie Eddy, Paul und die Männer bei den letzten Vorbereitungen. Tschak lief aufgeregt zwischen den Beinen Johanns herum, der mit seinem Metallkoffer in der Hand bereitstand.

»Spector, Sie vergeuden Ihre und meine Zeit«, sagte Valerie bestimmt. »Ich habe mich nicht um diesen Job gerissen und ich bin nach wie vor Mitglied der israelischen Armee. Wenn Oberst Shapiro meint, dass Sie das alles besser können, dann wünsche ich Ihnen viel Glück und werde mich sicherlich nicht in Ihren Einsatz einmischen. Aber erwarten Sie auch nicht von mir, Ihnen auch noch die Informationen zu liefern, die Ihnen andere ganz offenbar nicht mitgeteilt haben. Was hätte ich davon?«

»Vielleicht den Dank Ihrer Regierung?«, versuchte es Spector.

»Kommen Sie mir nicht patriotisch, das steht Ihnen nicht«, schnappte Valerie. »Shapiro hat mir mit dem Entzug des Reisepasses gedroht, damit ich mitmache. Das ist nicht die feine Art und meine Regierung hat vor zwei Tagen versucht, mich kaltzustellen, bevor ich aus dem Wagen Weinsteins verschwunden bin. Und jetzt kommen Sie und reden von Patriotismus. Spector, Sie haben keine Ahnung, wo die Bomben liegen. Sie tappen im Dunkeln und Sie hoffen, dass jemand für Sie den Lichtschalter findet und ihn umlegt. Aber das werde sicher nicht ich sein.«

»Major, wir ziehen doch am selben Strang«, versuchte es der Agent erneut. »Sie wollen, dass diese Bomben entschärft werden, ich will es auch. Warum können wir nicht einfach unsere Talente kombinieren und zusammenarbeiten? Sie hätten einen Mann mehr und ich könnte meinen Auftrag erledigen.«

Valerie dachte kurz nach. Im Grunde war es kein unlogisches Angebot. Im ihrem Hinterkopf tönte die Warnung von Weinstein wie ein Mantra. Vielleicht konnte sie Spector einfacher kontrollieren, wenn er in ihrer Nähe war. Sonst würde er womöglich zum unpassendsten Zeitpunkt auftauchen und alles ruinieren.

»Hören Sie zu, Major Spector«, sagte Valerie entschieden. »Rufen Sie mich nach 17:00 Uhr wieder an. Dann werden wir eine Lösung finden. Und noch eines. Sollte ich nicht abheben, dann können Sie nach Tel Aviv heimfliegen und sich zwei vergnügliche Tage am Strand machen. Weil Wien dann sicherlich kein lebenswerter Platz mehr ist und ich kein Rückflugticket mehr brauche.«

Als Eddy eifrig die Stufen der Brunnentreppe heruntertrippelte, erblickte er bereits aus der Ferne die beiden Männer in Jeans und T-Shirt noch immer an der Mauer bei der Tür lehnend, Kopfhörer im Ohr und Taschenbuch in der Hand. Es war 15:21 Uhr und Goldmann hatte recht gehabt. Die Bewacher hatten scheinbar keine Ahnung, dass hinter ihnen der Tod lauerte. Sonst wären sie jetzt alle bereits verschwunden und hätten so rasch wie möglich das Weite gesucht.

»Es sind Bauern im Schachspiel, und die werden geopfert«, hatte Valerie gesagt, »oder, was noch weit schlimmer wäre, wir haben es mit fanatischen Selbstmordattentätern zu tun. Wir dürfen nicht darauf hoffen, dass sie die Wachen abziehen. Wir müssen sie ausschalten.«

Das in den Hang eingelassene Brunnenhaus lag direkt an der Treppe und die Eingangstüre war etwas versteckt angebracht, im Anschluss an eine kleine Terrasse. Als Eddy den letzten Treppenabsatz herunterstieg, blickte er fast direkt von oben auf die Köpfe der beiden Männer, die ziemlich sorglos in ihren Büchern blätterten. Hinter sich hörte er die Schritte von Paul Wagner und Berner.

Eddy bog schwungvoll um die Ecke und stand mit wenigen Schritten vor den Männern, die ihn neugierig ansahen. »Könnten Sie bitte Platz machen, ich muss ins Brunnenhaus«, meinte er geschäftig und zog einen Schlüsselbund aus der Tasche.

Die beiden sprangen auf, einen alarmierten Blick auf den vermeintlichen Wassertechniker, den Werkzeugkoffer und den Schlüssel werfend, den der Mann erwartungsvoll in Richtung Tür streckte.

»Hier können Sie jetzt nicht hinein, das ist eine Sicherheitszone, Betreten verboten«, stieß einer von ihnen nervös hervor. »Aber kommen Sie doch morgen wieder, da ist der ganze Spuk vorbei.«

Da waren auch schon zwei Schatten über ihnen, die vom Treppenabsatz über das Geländer gesprungen waren und mit gezogenen Waffen direkt hinter den beiden Wachen landeten.

»Der Spuk ist für euch beiden Wichtel jetzt schon vorbei«, stellte Walter trocken fest und Manfred, der dem zweiten Mann die Kopfhörer aus den Ohren zog und einmal kräftig draufstieg, ergänzte: »Ich möchte keine bösen Gesichter sehen, wenn wir jetzt einen kleinen Spaziergang machen. Es wird notwendig, dass ihr endlich einmal lernt, was es heißt, zu verlieren.«

Wagner und Berner gingen vorbei und kümmerten sich nicht um das Geschehen, sondern hielten die umliegenden Bänke im Auge. Bisher hatten sie vier Wachen ausgeschaltet, aber es waren sicherlich noch mehr. Wenn sie Pech hatten, viel mehr.

Valerie kam langsam hinter ihnen die Treppe herunter und beobachtete aufmerksam die gesamte Umgebung des Brunnens. Die beiden Pärchen auf der breiten Freitreppe hinter dem Brunnenberg saßen noch immer da und das wunderte sie. Zu lange, zu bemüht um eine offensichtliche Unterhaltung, dachte sich Goldmann und schlenderte hinüber, vorbei an Kinderwagen schiebenden Müttern und Großvätern, die mit ihren Enkeln spielten.

Eddy schloss derweil in aller Ruhe mit einem Dietrich die Brunnenhaustüre auf, flankiert von den grimmig dreinschauenden Walter und Manfred in ihren schwarzen Kampfanzügen, die links und rechts des schmalen Eingangs Aufstellung genommen hatten. Niemand schien etwas bemerkt zu haben, noch war alles ruhig.

Johann, den schmalen Metallkoffer in der Hand, eilte im dunklen Anzug die Treppen herunter. Er sah nun aus wie ein Geschäftsmann auf dem Weg zu einem Termin, den Scheitel akkurat gezogen und ein blütenweißes Hemd unter der gestreiften Clubkrawatte. Nach einem kurzen Blick in die Runde bog er zum Brunnenhaus ab und verschwand im Inneren.

Das erste Pärchen auf der Treppe hatte ihn bemerkt, stutzte, sah sich erschrocken an und wollte aufspringen, als eine ruhige Stimme hinter ihnen meinte: »Ich würde an Ihrer Stelle jetzt ganz ruhig sitzen bleiben. Meine Geduld ist aufgebraucht und ich habe es satt, dauernd ausgetrickst zu werden. Mit einem Wort, ich bin stinksauer.« Valerie drückte der Frau den Lauf ihrer Pistole in den Nacken. »Reichen Sie Ihre Waffen nach hinten, und zwar mit zwei Fingern, und ich möchte Ihre Hände sehen. Und vertrauen Sie weder auf Ihr Glück noch auf Ihre Schnelligkeit.«

Paul und Berner erfassten die Lage mit einem Blick. Das zweite Pärchen, das weiter unten auf der Treppe gesessen hatte, war nun aufgesprungen und rannte ihnen entgegen auf ihrem Weg zum Brunnenhaus. Der Mann kramte im Laufen hektisch in seinem Rucksack. Als Berner sein Bein ausstreckte, bemerkte er es zu spät und konnte nicht mehr bremsen. Er schlug der Länge nach hin und die Frau machte den Fehler, stehen zu bleiben, um ihm wieder aufzuhelfen.

»Lassen Sie mich das machen«, brummte Berner ihr zu und riss den schlanken jungen Mann mit einem Griff hoch. Paul hatte inzwischen seinen Arm um die Frau gelegt und für zufällige Beobachter sah es so aus, als wolle er sie trösten. Sein Colt bohrte sich fest in ihren Bauch und sie verzog ärgerlich das Gesicht.

»Die haben die zweite Garnitur geschickt, Wagner«, beschwerte sich Berner leise. »Die Restposten, die sie bei der Explosion loswerden wollten.« Dann wandte er sich an den Mann, den er noch immer eisern im Griff hielt. »Wie viele von euch gibt es hier noch?«

»Lassen Sie mich sofort los«, zischte der Mann atemlos, »ich bin von der Polizei. Ich lasse Sie verhaften.«

»Bei der Polizei?«, fragte Berner kalt. »Die nehmen auch schon jeden.« Er griff in die Tasche und hielt ihm mit einer schnellen Bewegung seinen Polizeiausweis vor die Augen. »Und jetzt, Herr Kollege? Patt?« Der Kommissar schaute den Mann durchdringend an. »Also. Wer noch, wo und wie viele?«

Die Verwirrung, die sich auf den Gesichtern des Paares abzeichnete, war grenzenlos. Berner bückte sich und nahm den Rucksack vom Boden, machte ihn auf und zog eine Pistole mit Schalldämpfer heraus.

»Nicht gerade regulär«, zischte Berner abfällig. »Es wäre nicht das erste Mal, dass ein Polizist mit seiner Dienstwaffe erschossen wird. Ich habe keine Zeit mehr für Spielchen. Also zum letzten Mal: Wer, wo und wie viele?«

Der junge Mann senkte den Kopf. »Zwölf Mann, verteilt über das Gelände«, murmelte er.

»Wie lautet der Auftrag?« Berners Stimme wurde hart.

»Bewachung des Brunnenhauses, um einen Bombenanschlag während des Ministerbesuches in Schönbrunn zu verhindern«, gab der Mann zurück und blickte sich hoffnungsvoll um, als er eilige Schritte hörte. Aber es waren nur vier Männer Eddys, die gekommen waren, um die neuen Gefangenen abzuholen.

»Zu verhindern? Mit zwölf Mann für eine Tür?«, fuhr ihn Berner zornig an. »Wie dumm kann man noch sein! Denkt ihr auch manchmal nach? Die wollten euch verheizen, ohne Rücksicht auf Verluste. Hier wird in wenigen Minuten eine Bombe hochgehen, wenn wir nichts dagegen unternehmen. Das haben sie euch nicht gesagt!« Das verstörte Gesicht des Polizeibeamten zeigte ihm, dass er nichts verstanden hatte.

Berner gab ein Zeichen und das Team brachte die beiden weg. Keiner der Spaziergänger hatte den Zwischenfall bemerkt. Für Außenstehende hatte es nach einer angeregten Unterhaltung ausgesehen.

»Bleiben vier Wachen«, sagte Paul und blickte sich um. »Vielleicht sollten wir uns trennen und die Gegend patrouillieren. Das war zu einfach bisher.«

Berner nickte. »Wir bleiben in Sichtkontakt«, brummte er und schlenderte davon. Wagner schaute auf seine Uhr. Es war zwanzig Minuten vor vier. Valerie war verschwunden und Paul fragte sich, ob Johann bereits an der Arbeit war.

Eddy beugte sich vor, ließ den Strahl seines Handscheinwerfers durch das dunkle Brunnenhaus wandern und schauderte. Ein Stapel Senfgasgranaten war mitten im Raum aufgeschichtet worden, mannshoch und drohend. Die dunkelgrünen Geschosse waren mit einem leuchtend gelben Kreuz gekennzeichnet. Die Spitzen zeigten direkt auf ihn.

Am Fuße des Stapels kniete Johann vor einem Metallkasten, der wie eine polierte Keksdose aussah und aus dem vier Drähte herauskamen, die sich zwischen den Granaten verloren. Der Sprengstoffexperte wählte eine kleine, aber äußerst starke Punktlichtlampe aus seinem Koffer, der geöffnet neben ihm lag.

»Leuchten Sie bitte hierher, Chef?«, bat er Eddy und besah sich die Kontrolleinheit näher.

»Und?« Irgendwie hatte der Exringer Angst vor der Antwort.

»Vier Drähte, also zwei Zünder, wahrscheinlich noch ein paar Dynamitstangen zwischen den Granaten. Wenn die hochgehen, reagieren die Zünder der Geschosse und jagen jede einzelne hoch.« Johann deutete auf frisch gebohrte Löcher in der Decke des Raumes. »Ich wette, dahinter sind Leitungen nach draußen, für den Fall, dass die Explosion nicht das ganze Brunnenhaus in seine Bestandteile zerlegt.«

Eddy schluckte und schaute auf die Uhr. Noch zwölf Minuten bis zum Finale.

Der Mann mit dem Scharfschützengewehr lag hinter der Balustrade des Obeliskenbrunnens im Schatten der Bäume. Ein Tarnanzug machte ihn so gut wie unsichtbar, die schwarze Strickmütze, die seine helle Glatze verbarg, ließ ihm den Schweiß in Strömen über die Schläfen rinnen. Durch sein Zielfernrohr hatte er die ganze Szene am Brunnenvorplatz beobachtet. Diese Tölpel haben sich überrumpeln lassen wie die Anfänger, dachte er unmutig, und ärgerte sich darüber, dass er weder die Tür noch die Freitreppe überblicken konnte. Wo waren bloß die anderen geblieben? Die Funkverbindung war seit zehn Minuten gestört und sein Kopfhörer gab nur mehr statisches Rauschen von sich.

Die gesamte Situation war außer Kontrolle geraten. Er visierte den älteren Mann an, der sich vor wenigen Minuten von seinem Begleiter getrennt hatte und nun nach ein paar Runden auf dem kiesbedeckten Vorplatz direkt in seine Richtung ging. Das Fadenkreuz des Zielfernrohrs kam genau auf der Brust der Zielperson zur Ruhe. Keine hundert Meter, dachte sich der Scharfschütze, nicht zu verfehlen. Und diesmal waren keine Kollegen oder Spaziergänger in der Schusslinie. Er atmete ein und hielt die Luft an, suchte den Druckpunkt am Abzug. Einer weniger, fuhr es ihm durch den Kopf, als ihn ein Schlag auf die Schläfe traf und er das Gewehr fallen ließ. Es wurde kurz schwarz vor seinen Augen und dann war da auch schon Valeries Kopf keine zehn Zentimeter vor ihm und füllte sein Blickfeld.

»Ich mag keine Heckenschützen«, fauchte Goldmann ihn an und die Mündung ihrer Smith & Wesson bohrte sich schmerzhaft in sein Ohr. »Miese kleine Ratten, die aus dem Hinterhalt töten. Ich möchte wissen, wie viele noch als Strandgut diesen Park verunzieren. Und du hast nicht einmal drei Sekunden, um dir die Antwort zu überlegen.« Der Druck an seinem Ohr verstärkte sich auffordernd.

»Ich bin der Einzige«, presste der Mann im Tarnanzug hervor. »Die anderen sind alle als Touristen verkleidet.«

Valerie hörte es hinter sich rascheln und fuhr herum. Zwei Männer aus Eddys Team kamen durch das Unterholz gestürmt und rissen den Heckenschützen hoch, nahmen ihn in ihre Mitte und zogen ihn nach einer kurzen Kopfbewegung Goldmanns fort. Sie trat an die Balustrade, schaute hinunter zu Berner und überlegte fieberhaft, ob der Scharfschütze sie vielleicht belogen hatte.

Paul Wagner spürte, wie sich die Nervosität immer tiefer in seinen Nervenbahnen einnistete. Er kam sich hilflos vor angesichts der übermächtigen Bedrohung. Die Minuten verrannen und er hatte keine Ahnung, was im Brunnenhaus vor sich ging. Wo waren die anderen Wachen, fragte er sich und blickte zur Türe hinüber, neben der Walter und Manfred noch immer wie schwarze Statuen regungslos standen. Ein paar Kleinkinder liefen einem großen, bunten Ball nach und ihr Vater eilte lachend hinterher.

Vielleicht sind sie in den Tiefen des Parks unterwegs, hoffte Paul, und würden keine unmittelbare Bedrohung darstellen. Als er das blitzende Messer in der Hand des Familienvaters sah, war es zu spät. Eine Schrecksekunde später bohrte sich die Spitze in seinen Hals und eine wütende Stimme drang an sein Ohr. »Wenn du nicht sofort alle aus dem Brunnenhaus herauskommandierst, dann schneid ich dir die Kehle durch.«

Die beiden Kinder standen mit großen Augen vor dem Reporter und blickten ihn unverwandt an, den Ball in der Hand.

»Sie haben den Kasten zugelötet, nachdem sie die Uhr gestartet haben«, stellte Johann fest. Seine Stimme war ruhig und konzentriert. Er hielt die Augen geschlossen und dachte nach.

»Was heißt das?«, fragte Eddy besorgt und beugte sich vor.

»Wir können nicht so leicht hinein, um die Elektrik lahmzulegen«, gab der schmächtige Mann zurück und deutete auf die Drähte, die zu den Granaten liefen. »Und ich möchte auch nicht riskieren, die falsche Leitung durchzuschneiden.«

Eddy schüttelte den Kopf. »Nein, das wäre nicht so gut«, murmelte er und betrachtete das Display der Kontrolleinheit, über das rote Zahlen sprangen. Johann zog seine Aufzeichnungen aus einer Seitentasche im Deckel des Koffers. Sie hatten noch knappe vier Minuten bis 16:00 Uhr.

Berner traute seinen Augen kaum. Er sah die Kinder, Paul und einen großen, hageren Mann, der dem Reporter ein Messer an die Kehle hielt und auf ihn einredete. Und plötzlich gesellte sich wie durch Zufall ein weiteres Paar zu der Gruppe, eine Frau mit Gehstock und ein älterer, grauhaariger Mann. Berner zog hastig sein Handy aus der

Tasche und drückte den Kurzwahlknopf. Valerie hob nach dem ersten Läuten ab.

»Da haben wir ja die ganze restliche Bande und Wagner steht wieder einmal im Mittelpunkt des Geschehens«, stieß Berner hervor.

»Schon gesehen, Bernhard, misch dich nicht ein«, gab Goldmann zurück und legte auf.

In diesem Augenblick liefen drei Jogger in verschwitzten T-Shirts und kurzen Hosen mit federnden Schritten die Treppen hinunter und riefen sich lachend etwas zu. Auf der Höhe Wagners angekommen, griffen zwei Läufer wie auf Kommando gleichzeitig in ihr T-Shirt und zogen Pistolen aus dem Hosenbund, während der dritte mit einer katzenhaften Bewegung dem hageren Mann mit dem Messer die Handkante gegen den Hals schlug.

»Danke, Jungs, das war knapp«, atmete Paul auf und ein dünner roter Blutfaden rann über seine Kehle. Der Mann am Boden wand sich in Schmerzen und röchelte. Die beiden Kinder starrten mit erschrecktem Blick auf den Verletzten, bevor sich aus einer nahen Gruppe eine junge Frau löste, »Claudius! Anna!« rief und aufgeregt herüberlief.

»Sind das Ihre Kinder?«, fragte einer aus Eddys Team, und als die Mutter bejahte, schob er ihr die beiden in die Arme. »Das ist ein Polizeieinsatz, bitte machen Sie kein Aufsehen.« Die Frau nicke stumm und zog ihre Kinder mit sich fort.

»Frank, das hat so echt geklungen, da wäre sogar ich verschwunden«, meinte Paul und die beiden anderen Männer schmunzelten.

»Glauben Sie mir, Herr Wagner, ich hätte nie gedacht, dass ich das einmal sagen werde«, grinste Frank und sah den Verletzten mitleidslos an. »Was sollen wir mit ihm machen? Im Gebüsch wird es schön langsam voll.«

»Lasst seine beiden Kollegen ihn tragen, dann kommen sie auf keine dummen Gedanken«, regte Paul an und sah sich nach Berner um. Dann schaute er auf die Uhr. Die letzte Minute hatte begonnen.

Johann hatte seine Unterlagen beiseitegelegt und ein kleines Kästchen aus seinem Koffer gezogen. Damit fuhr er nun mit sicheren Bewegungen kreuz und quer über die Oberfläche des Kontrollgerätes. Die roten Zahlen, die nun nur mehr zweistellig waren, schienen ihn nicht im

Geringsten zu beeindrucken. Eddy brach der Schweiß aus und er dachte daran, dass es jetzt vielleicht an der Zeit wäre zu beten, egal, aus welchen Gründen. Die Zahlen flimmerten vor seinen Augen. Er wollte etwas sagen, aber es kam nur ein Krächzen aus seiner Kehle.

Johann zog mit dem Kästchen seine Bahnen, wie ein Schachspieler seine Figuren übers Brett. Er beobachtete dabei die rote Flüssigkristallanzeige, die den tödlichen Countdown unbeirrt herunterzählte. Es kam Eddy vor, als flimmerten die Zahlen ganz leicht. Johann lächelte dünn, drehte den Kontrollkasten rasch um, legte das Kästchen auf eine ganz bestimmte Stelle, drückte einen Knopf und richtete sich auf.

»Ein starker Magnet«, meinte er leise erklärend zu Eddy, der noch immer den Atem anhielt. »Es gibt immer einen Schwachpunkt, Chef.«

Dann verließ er das Brunnenhaus, ging vor die Tür und atmete tief ein. Es war genau 16:00 Uhr.

Sozialtherapeutisches Zentrum, Ybbs a. d. Donau/Österreich

Georg hatte den Pizza Expresss auf dem Besucherparkplatz abgestellt und näherte sich mit zögernden Schritten dem Portierhäuschen an der Einfahrt von »Haus 1«. Zwischen den hohen Bäumen sah er die kaisergelbe Fassade des lang gestreckten, zweigeschossigen Gebäudes durchschimmern, das 1720 als Kavalleriekaserne errichtet worden war.

Einmal Kaserne, immer Kaserne, überlegte Georg bei dem nostalgischen Anblick. Die militärischen Einrichtungen des alten Österreich mit ihren klaren, zweckmäßigen Linien hatten etwas Unverwechselbares an sich, das sie selbst in Jahrhunderten nicht verlieren konnten. Und egal, wohin man auf dem Gebiet des ehemaligen Vielvölkerstaates schaute, ob nach Norditalien, Polen oder Tschechien, man erkannte diese vertrauten Bauten meist auf den ersten Blick. Sie waren ein Stück altes Österreich, ein Teil der Heimat auf fremdem Terrain.

Dieses Gefühl der Beständigkeit und Wiedererkennung gab Georg ein wenig Sicherheit zurück. Denn er hatte Angst. Er fürchtete sich vor dem Therapiezentrum, vor seinen Patienten und viel mehr noch vor dem Wiedersehen mit einem Freund, den er jahrelang vernachlässigt hatte. Außerdem wusste er, dass in diesen Augenblicken Paul, Valerie und Berner gemeinsam mit Eddys Team gegen die teuflische Maschinerie der Schattenlinie antraten, und er konnte nicht dabei sein. Georg schlug frustriert mit der Faust auf das Geländer des Gehweges. Er würde Paul anrufen, nach 16:00 Uhr, obwohl er auch davor Angst hatte. Was, wenn niemand dranging?

Dieses Haus hier beunruhigte und verunsicherte ihn. Waren gewöhnliche Spitäler mit ihrem Geruch und ihrer Atmosphäre für den Wissenschaftler schon eine Herausforderung, so war ein Irrenhaus der letzte Platz auf Erden, den er sich herbeiwünschte. Heute kam er zudem nicht, um einen lange überfälligen Krankenbesuch zu machen, sondern weil er dringend Hilfe benötigte. Und so fühlte sich Sina ganz und gar nicht wohl dabei, diesmal einfach hineinzugehen, sich das zu holen, was er brauchte, und dann wieder zu verschwinden. Dazu kam, dass er keine Ahnung hatte, in welchem Zustand sich Max ihm zeigen würde. Er wusste nicht, wie es ihm ging oder was Krankheit und Medikamente inzwischen aus ihm gemacht hatten.

Georg steckte die Hände in die Jackentaschen und hoffte inständig, dass Max etwas Klarheit in diese verworrene Sache bringen würde. Er brauchte Informationen und Hinweise auf die restlichen drei Depots, und zwar so viele wie möglich. Der Verdacht alleine würde nicht genügen. Sonst wäre alles verloren und vielleicht war es das auch schon, dachte er sich und bemerkte, dass seine Hände zitterten.

Also rettete er sich in seiner Nervosität auf bekanntes Gelände, auf den festen historischen Grund der Fakten. Er erinnerte sich, was er dank Pauls Blackberry in aller Kürze im Internet über dieses Gelände erfahren hatte. Niemand anderer als Kaiser Joseph II. hatte diese Einrichtung 1780 in ein staatliches Versorgungshaus verwandelt, knapp bevor er den Narrenturm in Wien gebaut hatte. Seit 1859 wurde es vom niederösterreichischen Irrenfonds verwaltet. Allein das Wort schickte ihm Schauer über den Rücken.

Einmal mehr wunderte er sich über die Zusammenhänge. Die scheinbar blinden Zufälle, die sich vereinten und ein Bild zeichneten, in dem gar nichts ohne Plan geschehen wollte. Es erinnerte ihn an das Geheimnis Friedrichs und er hasste einmal mehr diese wachsende Paranoia, der er sich weniger und weniger entziehen konnte. Vor seinem geistigen Auge sah er plötzlich Dutzende aufeinandergestapelter Gelbkreuzgranaten in modrigen Gewölben, die nur darauf warteten, in wenigen Stunden hochzugehen, um ihren giftigen Atem auf die Bundeshauptstadt zu speien.

Er zog die Schultern hoch. Diese Bedrohung war verdammt real und sie kam mit der Präzision eines Uhrwerkes näher und näher. Waren sie nicht alle – er, Paul, Valerie und Berner – Marionetten, die an unsichtbaren Fäden tanzten? Letztes Jahr hatte ein mittelalterlicher Kaiser das Stück inszeniert, wer war es dieses Mal? Hinter einer Wand, hinter den Kulissen, in der Schwärze des Bühnenraumes, agierte jemand im Verborgenen, ließ die Puppen tanzen. Und er, Georg, er war der Kasperl in diesem Stück, der Narr, der den ausgestreuten Brotkrumen hinterherwackelte, wie der dumme Bulle zur Schlachtbank. Aber von dem lauernden Krokodil, dem er nach der Tradition des alten Wiener Marionettentheaters seinen Prügel auf den Schädel hauen konnte, war nirgends eine Spur zu finden. Es hatte sich im Dickicht vor seinen Jägern verborgen, zusammen mit der scheinbar unabwendbaren Gefahr.

Der freundliche Portier, der ihm am Eingang erwartungsvoll entgegenlächelte, war hilfsbereit und lotste Georg mit dem Finger über den Gebäudeplan fahrend durch das verwinkelte Labyrinth aus drei Abteilungen und sechs Stationen. Schnell hatte er im Computer den gewünschten Patienten gefunden und verwies Sina auf die Zweite psychiatrische Abteilung, zur Behandlung von Menschen mit Persönlichkeitsstörungen, dem sogenannten Borderline-Syndrom.

»Aber passen S' auf«, meinte er noch verschmitzt. »Die Pfleger und Patienten schauen alle gleich aus. Alle tragen dieselbe legere Freizeitkleidung und das hat so manchen Rettungsfahrer schon in die Irre geführt …«

»Wie bitte?«, stieß Georg ungläubig hervor.

Der feiste Mann lachte. »Na ja, wie das halt so ist, die können sich nicht alle leiden. Wenn also einer von ihnen verlegt werden soll, dann ist es schon vorgekommen, dass sie den einen oder anderen Widersacher vorschieben und ihn abtransportieren lassen wollten. Die Fahrer kennen ja die Patienten nicht …«

»Im Ernst?« Sina traute seinen Ohren nicht.

»Ja, ja, aber keine Sorge, solche Missverständnisse lösen sich in der Regel schnell wieder auf.« Der Portier amüsierte sich prächtig und winkte lässig ab. »Kein Grund zur Beunruhigung. Ich wollte Ihnen das nur sagen, falls Sie sich weiß gekleidetes Pflegepersonal wie in den Fernsehserien erwartet haben. Nur die behandelnden Ärzte tragen die üblichen Kittel, halten Sie sich im Zweifelsfall an die.«

»Danke, das werde ich«, antwortete Georg und machte sich auf den Weg, nicht sicher, ob sich der Portier nicht einen Scherz auf seine Kosten erlaubt hatte.

Auf dem Weg in die Zweite psychiatrische Abteilung versuchte er das erste Mal, Paul anzurufen. Er landete aber immer wieder auf der Mailbox seines Freundes. Berner – gleiches Resultat. Georg war zutiefst verunsichert. Waren sie an der Bombe gescheitert?

Schneller als erwartet fand er die ruhigen und freundlichen Räume. Georg war überrascht, denn nichts war hier so, wie er es sich vorgestellt hatte. Da war kein lautes, chaotisches Durcheinander, wie er es aus Filmen und Büchern immer kannte. In Wirklichkeit waren die Zimmer hell, trotz der dicken Wände und kleinen Fenster. Georg fühlte sich in ein Jugendzimmer von Ikea versetzt. Das lichte, hölzerne Interieur vermittelte ihm das seit Kindheitstagen bekannte Empfinden eines Jugendlagers oder einer Klassenfahrt. Männer und Frauen gingen oder saßen in den Gängen, trugen T-Shirts und Jogginghosen und verströmten eine innere Ruhe und Gefasstheit, die es für einen Außenstehenden wirklich unmöglich machte, das Pflegepersonal von den Patienten zu unterscheiden.

Der Wissenschaftler sah sich rasch um. Er musste jemanden nach Max fragen und er wollte nicht an den Falschen geraten. Sina suchte nach einer Möglichkeit, einem sichtbaren Kriterium, um die Patienten von den Pflegern zu unterscheiden. Er schaute genauer hin. Die meisten, die gemächlich über den Gang spazierten, hielten ihre Zeigefinger ausgestreckt. Das sind wohl die Patienten, dachte Sina. Also war nach dieser Theorie kein Pfleger in Sicht.

Vorsichtig steckte er seinen Kopf durch eine Tür und blickte in einen Aufenthaltsraum. Männer und Frauen saßen an Tischen beisammen und rauchten schweigend, ihre Blicke auf den Fernseher geheftet, über dessen Bildschirm eine Spielshow flimmerte. Der Aschenbecher in ihrer Mitte quoll fast über. Etwas abseits bemerkte Georg einen Mann, der auf einem Sessel vor dem geöffneten Fenster ein Buch las. Er entsprach am ehesten dem Bild eines Aufpassers.

»Entschuldigen Sie bitte«, sprach Georg ihn an, »ich suche den Patienten Max Werfling. Könnten Sie mir sagen, wo ich ihn wohl finde?«

Der Angesprochene sah ihn mit großen Augen an, lächelte freundlich, legte sein Buch zur Seite und wandte sich dann an eine Figur aus Lego-Bausteinen, die neben ihm auf einem weiteren Stuhl saß und die Georg gar nicht bemerkt hatte.

»Hast du gehört, Harro?«, fragte er den Lego-Mann im Plauderton. »Der Max hat Besuch. Der Mann weiß noch nicht, dass wir hier alle per Du sind. Nur die Ärzte siezen wir. Stimmt's, Harro?«

Sina verkrampfte sich der Magen. Mit sicherem Griff an den Falschen geraten, dachte er sich. Georg, jetzt sei nicht kindisch, der ist doch nett, beruhigte er sich andererseits und versuchte es noch einmal. »Entschuldige, das wusste ich wirklich nicht. Ich bin Georg. Ich suche meinen Freund Max Werfling.«

»Macht ja nichts. Stimmt's, Harro?«

Der Patient sah den kleinen Mann aus bunten Steinen aufmerksam an und nickte dann. Er hob die Figur auf, hielt sie wenige Zentimeter vor seine Augen und blickte ihr direkt ins kantige Gesicht.

»Harro, weißt du, wo der Max gerade ist?« Er legte den Kopf schief, hielt sein Ohr an die Figur und tat so, als würde er ihr zuhören.

»Nein? Das ist schade. Ja, ich habe ihn auch zum letzten Mal um halb drei bei der Entspannungstherapie gesehen. Aber du hast recht, Georg sollte besser im Stationsstützpunkt fragen. Die wissen sicher, wo der Max unterwegs ist.«

»Vielen Dank, Harro und …?«, erwiderte Georg.

»Gernot«, ertönte es rasch.

»Danke, Harro und Gernot«, erwiderte Sina und eilte zurück auf den Gang. Seine Nerven lagen blank. Der redet mit einer Lego-Figur und mir läuft die Zeit davon, schoss es ihm durch den Kopf. In Wien ticken vier Bomben, während ich hier Konversation mit Irren mache. Wo war dieser verdammte Stationsstützpunkt?

»Grüß Gott, kann ich Ihnen helfen?«, sprach ihn eine blonde Frau in hellblauen Jogginghosen an.

»Hallo, ich bin Georg … Sind Sie …? Ich meine, bist du eine …«, stotterte Georg.

Die Frau lachte und streckte ihm die rechte Hand entgegen. »Hallo, ich bin Viktoria. Und ja, ich bin eine Pflegerin.«

Sina erwiderte zögernd den Gruß.

»Keine Angst, du kannst mir schon vertrauen.« Viktoria legte den Kopf zur Seite. »Du bist wohl das erste Mal hier bei uns, Georg?«

»Ja, Sie, ähh … du hast recht. Das sieht man mir wohl an … Ich bin Professor Georg Sina und suche meinen Freund Doktor Max Werfling.« Georg versuchte seine Gedanken zu ordnen.

»So so, den Max suchst du. Der ist unten im Park. Ich bringe dich zu ihm.« Viktoria nahm Georg mit festem Griff am Arm und er kam sich plötzlich vor wie einer der Patienten hier.

»Danke, das ist sehr freundlich von dir, Viktoria«, murmelte er und folgte ihr erst aus dem Haus, dann über eine Wiese in Richtung der hohen Bäume, in deren Ästen der Wind rauschte.

In einiger Entfernung konnte Sina Sportplätze sehen. Auf einem Feld standen sich zwei Mannschaften gegenüber. Ein Ball sauste durch die Luft und traf einen der Mitspieler auf der Brust. Nach einer erstaunlich langen Schrecksekunde hob der Getroffene die Arme, bewegte die Hände so, als wollte er das Geschoss fangen, das aber bereits munter über den Boden hüpfte und von einem anderen Spieler aufgehoben wurde.

Viktoria zeigte auf eine Bank am Ufer der Donau, auf der ein Mann saß und aufs Wasser schaute. Ein aufgeschlagenes Buch lag in seinem Schoß.

»Das dort ist Max. Er sitzt fast immer am gleichen Platz, nahe am Fluss, und betrachtet die Wellen, wenn er nicht gerade liest.«

»Was liest er denn so?«, hakte Sina nach.

»Ach, das ist ganz verschieden«, antwortete Viktoria achselzuckend, »meist Sachbücher, immer historische Themen und dazu noch viel Philosophie.«

»Er kann es nicht lassen«, schmunzelte Georg.

»Du, Viktoria, entschuldige bitte …«, ertönte da eine dünne Mädchenstimme hinter ihnen.

»Ja?«

Viktoria und Georg drehten sich nach dem dürren Mädchen um, das plötzlich zu ihnen gelaufen war. Sina stockte der Atem. Das schmale, weiße Gesicht der jungen Frau wirkte zwischen ihren dunklen Haarsträhnen totenblass. In der einen Hand hielt sie eine Rasierklinge, den Arm streckte sie demonstrativ von ihrem Körper ab. Aus ihrem dünnen Oberarm quollen breite Ströme dunkelroten Blutes, das eine purpurne Spur des Grauens auf ihre weiße Haut zeichnete, bevor es ins Gras tropfte. Mehrere, tiefe und parallele Schnitte klafften in ihrem Fleisch. Vor Sinas Augen zerfloss das idyllische Bild der Bank an der Donau in Strömen von Blut.

»Ruf bitte die Rettung, ich habe mich wieder geschnitten«, piepste das Mädchen mit dünner Stimme und Georgs Magen verkrampfte sich. Nur mit Mühe unterdrückte er den Drang, sich zu übergeben oder nach Hilfe zu brüllen. In Viktorias Gesicht bewegte sich kein Muskel. Nach einem beruhigenden Blick auf Sina streichelte sie sanft den Kopf des Mädchens.

»Ist gut, Bernadette, ist alles gut. Komm mit, ich kümmere mich darum. Hab keine Angst, vielleicht müssen wir nähen.« An Georg gewandt fügte sie hinzu: »Entschuldige, das ist ein Notfall. Aber das passiert leider sehr häufig. Ich kümmere mich schon darum. Setz dich zu deinem Freund. Er kennt sich aus und wird dir alles erklären. Bis später, Georg.«

Dann legte sie ihren Arm um das Mädchen und führte sie zur Station zurück. Sina blickte starr vor Schreck hinterher und hörte die sanfte Stimme der Pflegerin immer leiser werden.

»Eine Schneideaktion«, erklang eine sonore Männerstimme hinter ihm. »Unangenehme Sache. Die arme Bernadette, aber anders spürt sie sich nicht.«

Georg fuhr herum. Max Werfling stand keinen Meter entfernt, ein Buch unter den Arm geklemmt, die kurzen blonden Haare struppig und wirr auf dem Kopf. Er hatte sich überhaupt nicht verändert, sah noch immer aus wie vor zehn Jahren.

»Grüß dich, Georg«, sagte er ruhig. »Dass du dich hierher verirrst … Ich weiß doch, wie sehr du Krankenhäuser hasst und dass du panische Angst hast vor Menschen wie uns.« Max ließ seinen prüfenden Blick über den Wissenschaftler wandern. Dann lächelte er und klopfte ihm auf die Schulter. »Egal, schön, dass du da bist. Mit dir habe ich überhaupt nicht mehr gerechnet.«

»Servus, Max!« Sina kam langsam wieder zu Atem, das Bild des Blutes und der schmalen, blassen Figur wurde unschärfer. »Es tut mir leid, dass ich dich so lange …«

Werfling machte eine abwehrende Geste. »Aber jetzt bist du da. Tapfer, von einem Zivilisten, wie du einer bist, hierherzukommen.«

»Ein Zivilist?«, wunderte sich Georg.

»Aber natürlich. So nennen wir euch von draußen. Denn wir sind ja die Soldaten. Die Soldaten, die gegen die Krankheit kämpfen«, erklärte Max und lächelte. Georgs Magen knotete sich wieder zusammen. Das war der Mann, von dem alles abhing. Der Soldat, der die Schlacht entscheiden konnte oder den Untergang besiegelte. Ein Geisteskranker.

Obeliskenbrunnen, Schloss Schönbrunn, Wien/Österreich

Der Lkw, den Eddy rasch organisiert hatte, stand auf der Fläche vor dem Brunnenhaus und wurde von zahlreichen Händen beladen. Lage für Lage wurden die Granaten abgetragen und sicher verstaut. Die zwölf Dynamitstangen, die dazwischen gefunden wurden, wanderten in den Kleinbus, die Zünder hatte Johann mit raschem Griff von den Leitungen getrennt und in seinem Metallkoffer verstaut. Walter und Manfred standen aufmerksam neben dem Lastwagen und beobachteten die Passanten, während Valerie unermüdlich die Umgebung um den Obeliskenbrunnen durchstreifte.

Paul Wagner und Kommissar Berner hatten sich auf eine Bank beim Schönbrunner Bad zurückgezogen und beratschlagten die nächsten Schritte.

»Ich glaube, wir sollten noch etwas unternehmen, um die Gegenseite zu beruhigen«, meinte Berner, schaute Paul von der Seite an und hielt ein Streichholz an seine Zigarette.

Der Reporter beobachtete Tschak, der einem kleinen Gummiball nachsprang, den er vor dem Zaun des Schwimmbades gefunden haben musste und den er nun gegen alle und jeden verteidigte, vor allem gegen imaginäre vierbeinige Angreifer.

»Ich bin für alle Vorschläge offen«, meinte Paul nachdenklich. »Wir haben noch drei Bomben vor uns, und je weniger die anderen von unseren Bemühungen mitbekommen, umso besser, umso nachlässiger wird die Bewachung werden.«

Berner schwieg, nahm einen alten Kastanienzweig, der am Boden lag, und begann abstrakte Figuren in den Staub zu zeichnen. Dann brummte er: »Der Vorschlag wird Ihnen aber nicht gefallen, Wagner. Der geht an die Substanz.«

Paul sah den Kommissar aufmerksam an und bemerkte, wie ernst Berner mit einem Schlag geworden war. Die Erleichterung über das gute Ende des ersten Abenteuers lag hinter ihnen, jede Menge unabwägbarer Risiken noch vor ihnen. Und doch ...

»Was meinen Sie mit Substanz?«, erkundigte er sich vorsichtig und lehnte sich zurück. Über ihnen rauschte der Wind in den alten Kastanien. Bald würden die stachligen Früchte reif werden und wie ein brauner Hagel herabprasseln.

»Nehmen wir an, Sie rufen alle großen Tageszeitungen, Rundfunk und Fernsehen an und erzählen denen von einer großen Explosion mit zahlreichen Toten, zumindest gerüchteweise.« Berner malte weiter im Staub, bis Tschak angeschossen kam und mit ihm um den Stock kämpfte.

»Sie meinen ...« Wagner schluckte. »Sie meinen, ich soll eine Falschmeldung hinausgeben, bewusst und vorsätzlich?«

Berner nickte langsam. »Sie haben einen ausgezeichneten Ruf, Ihnen wird jeder glauben. Während der nächsten Stunden wird die Meldung zahllose Male über den Äther gehen und uns ein wenig Zeit verschaffen.«

Paul schwieg. Tschak hatte den Kampf gewonnen und trug stolz das Holz ins Gebüsch, um dann hingebungsvoll daran zu knabbern.

»Ich habe diesen Ruf, weil ich noch nie eine Falschmeldung hinausgegeben habe«, meinte der Reporter leise. »Berufsehre. Check, recheck, double-check.«

»Ich weiß, Wagner, und lassen Sie mich sagen, dass ich die größte Hochachtung vor Ihrer Arbeit bekommen habe, seit wir uns näher kennen. Aber das hier ist ein Notfall.« Berner nahm sein Handy und schaute Paul an. »Ich werde jetzt Dr. Sina anrufen und ihn bitten, dieselbe Meldung über die Pressestelle der Polizei hinauszugeben. Das wird die richtigen Kreise innerhalb der Exekutive beruhigen und es wird eine Bestätigung Ihrer Meldung sein.«

»Sie haben eine seltsame Art, jemanden zu überzeugen, Kommissar«, meinte Paul unglücklich. »Das kann das Ende meiner Karriere als Journalist sein und das wissen Sie.«

Berner zuckte die Achseln. »Sehen Sie es von dieser Seite, Wagner. Sollten wir kein Glück haben und Johann schafft es nicht, dann haben Sie höchstens eine schlechte Nachrede. Aber die kann Ihnen dann schon egal sein. Andererseits, sollten wir es bis zum Ende schaffen, dann wischen Sie mit der phantastischen Aufmacherstory die mediale Notlüge mit einem Federstrich ins kollektive Vergessen.«

»Was haben Sie eigentlich bei der Polizei gemacht?«, fragte Paul und lächelte zaghaft. »Sie hätten Prediger werden sollen. Die Kirchen hätten sich vor Neueintritten gar nicht mehr retten können.«

Der Kommissar beugte sich vor und legte ihm die Hand auf den Arm. »Paul, es haben viele Menschen mit viel mehr dafür bezahlt als mit ihrem Ruf. Denk an Ruzicka.«

Paul schaute den Kommissar an und er verstand. »Du hast recht, Bernhard, du hast recht«, sagte er leise. Damit zog er sein Handy aus der Tasche und begann zu telefonieren.

Das Team war mit dem Einladen der Granaten fertig geworden und machte sich zur Abfahrt bereit. Valerie und Johann fuhren mit dem Lkw mit, den Frank lenkte, und die übrigen beluden den VW-Bus. Die Gefangenen hatten sie im Brunnenhaus eingesperrt.

Berner und Wagner telefonierten noch immer und der Kommissar rief Eddy kurz zu: »Wir treffen uns bei dir in der Werkstatt!«, als der an ihnen vorbeifuhr. Dann sprach er weiter.

Zwanzig Minuten später hatte Wagner alle wichtigen Medien darüber informiert, dass es im Schlosspark Schönbrunn offenbar eine große Explosion gegeben habe. Berner und er legten nach dem letzten Gespräch fast gleichzeitig auf.

»Das sollte uns hoffentlich die Meute zumindest bis heute Abend 22:00 Uhr vom Hals halten«, meinte Paul. »Bis morgen früh wird die Ente nicht schwimmen.«

»Gut gemacht, Wagner, und es klang alles sehr überzeugend«, schmunzelte Berner. »Erinnern Sie mich, dass ich mich in Zukunft vor der Presse wieder mehr in Acht nehme.«

Tschak hatte es sich unter der Bank bequem gemacht und kaute noch immer an seinem Stock.

»Jetzt wäre ein Taxi nett, das uns samt Hund hier abholt, nachdem Georg mit dem Pizza Expresss unterwegs ist«, gab Wagner zu bedenken.

»Wozu hat man Verbindungen?«, brummte Berner und wählte ein letztes Mal.

»Bernhard, was brauchst du?«, tönte es an Berners Ohr, als Burghardt abgehoben hatte.

»Burgi, hol uns bitte aus Schönbrunn ab, wir müssen dringend etwas mit dir besprechen und außerdem nach Donaustadt. Also könnten wir zwei Fliegen mit einer Klappe schlagen, wenn du dich beeilst.«

»Ruheständler, die Touristen in Schönbrunn spielen und dann die Polizei anrufen, um sie abzuholen«, beschwerte sich Burghardt demonstrativ. »Bin ich schon so tief gesunken?«

»Nein, Burgi, aber du bist der Einzige, dem wir vertrauen können«, sagte Berner leise und sein Tonfall ließ keinen Zweifel daran, dass er es verdammt ernst meinte.

»Ich bin in fünfzehn Minuten da«, sagte Burghardt kurz. »Treffpunkt Meidlinger Tor.« Dann legte er auf.

Sozialtherapeutisches Zentrum, Ybbs a. d. Donau/Österreich

Max und Georg saßen nebeneinander auf der Bank am Donauufer und blickten auf den Strom hinaus. Die Sonne glitzerte auf den Wellen, Insekten schwirrten vorbei und gelegentlich unterbrach Vogelgesang das Rauschen der Blätter im Wind. Leise klatschte die Strömung an die Steine der Uferbefestigung. Der Geruch des Wassers erfüllte die abkühlende Luft.

»Du sitzt also oft hier?«, fragte Georg vorsichtig und dachte daran, dass er so rasch wie möglich Paul anrufen musste.

»Ja.« Max wandte seinen Blick nicht vom Wasser ab. »Im Frühjahr hatten wir eine Überschwemmung, das war sehr beruhigend.« Er drehte sich Sina zu und bemerkte seinen fragenden Blick. »Ich bin hier gestanden oder gesessen und habe zugesehen, wie der Pegelstand gestiegen ist. Jeden Tag ein wenig mehr, bis die Donau schließlich über die Ufer getreten ist. Das war eine reale, elementare Bedrohung. Ein Fluss außer Kontrolle, kein Symptom der Krankheit, kein Problem in und aus meinem Kopf. Verstehst du?«

»Ich glaube schon«, antwortete Georg und verstand besser, als ihm lieb war. »Wie geht es dir? Fühlst du dich hier wohl?«

Max lachte in sich hinein. »Wohlfühlen? Ja und nein. Es ist ein Auf und Ab. Möchtest du eine höfliche, ausweichende Antwort wie die meisten Leute draußen oder willst du wirklich wissen, wie es mir geht? Weißt du, was mich am meisten fertigmacht?« Er blickte Sina auffordernd an.

Der Wissenschaftler schüttelte stumm den Kopf und schlug die Beine übereinander.

»Was mich am meisten Kraft kostet, ist die ständige Frage nach meinem Befinden. Dieser ständige Zwang zur Reflexion«, erklärte Werfling und richtete seine Augen wieder auf den Strom. »Die Therapeuten haben den Auftrag, ständig in mich hineinzuschauen. Aber man kann in einen Menschen nicht hineinschauen. Also bin ich gezwungen, die Grenze von innen und außen aufzuheben. Ein Beispiel …«, meinte Max und legte Georg kurz seine Hand auf den Schenkel. »Wir sitzen und schleifen Specksteine. Das musst du dir bildhaft vorstellen, ein Haufen Erwachsener sitzt im Aufenthaltsraum und feilt an fettigen und staubigen Steinen, wie die Volksschüler. Ich werkle natürlich auch herum, denke mir im Grunde gar nichts dabei. Aber schon beugt sich ein Pfleger über mich, fragt, was ich da mache, und erklärt mir dann auch noch, warum ich es tue. Ich laufe den ganzen Tag herum wie ein umgestülptes Hemd. Das ist das Einzige, was mich fertigmacht, dieses dauernde Aufmachen statt Zumachen, weil es das genaue Gegenteil vom Leben draußen ist.«

Georg strich sich nervös über seinen Bart. »Max, ich brauche deine Hilfe«, setzte er an. »Du warst lange Zeit Kirschners Assistent und engster Vertrauter …«

»Ich weiß, sonst wärst du nicht gekommen.« Werfling zeigte keine Regung und fixierte einen Vogel, der über die Wellen schoss, um Mücken knapp über der Wasseroberfläche zu fangen. »Hast du sie schon einmal gehört?« Er verschränkte die Arme über der Brust und wirkte ein wenig geistesabwesend.

»Wen?«, wunderte sich Sina.

»Die Stimme der Donau«, erklärte Werfling. »Halt einmal deinen Kopf unter das Wasser. Du kannst auch eine Metallstange oder ein Ruder in die Strömung halten und dann leg dein Ohr dran. Dann kannst du sie hören. Es ist ein leises Sirren.«

»Das ist doch …«, runzelte Georg die Stirn, aber er bremste sich rechtzeitig ein.

»Verrückt?« Werfling zog die Brauen zusammen. »Esoterik? Ihr Zivilisten seid schon komische Leute. Nein, es ist Physik.«

Max stand auf und deutete mit beiden Armen über die Donau. »Tausende Tonnen Wasser wälzen sich in diesem Augenblick über Schotter und Steine. Sie alle vibrieren und reiben sich aneinander. Es entstehen Schallwellen, also ein Geräusch.« Werfling grinste. »Was euch nicht auf den ersten Blick ins Konzept passt, kann es nicht geben. Ihr lehnt es so ab, dass ihr es wahrscheinlich nicht einmal hören könnt.« Er stellte sich breitbeinig vor Georg und sah ihm direkt in die Augen. »Jetzt fragst du dich bestimmt, warum ich dir das erzählt habe, nicht wahr?«

Sina zuckte unbehaglich mit den Achseln und überlegte, wie er, ohne Max zu vergrämen, Paul anrufen könnte.

»Weil ich weiß, warum du gekommen bist. Komm, wir machen einen kleinen Spaziergang.« Max ging einen schmalen Weg entlang der Donau und redete vor sich hin. »Der Fernseher im Aufenthaltsraum läuft ständig. Ab und an sehe sogar ich eine Nachrichtensendung. Und dann haben wir da noch den Radiomann. Ja, der Radiomann. Ich nenne ihn so, weil er andauernd ein eingeschaltetes Transistorradio auf der Schulter mit sich herumträgt. Er wechselt ständig die Sender. Als ich ihn gefragt habe, warum er das tut, hat er geantwortet: ›Es gibt doch so viele, und ich muss sie alle hören.‹ Macht ein Zivilist dasselbe mit seinem Fernseher, nennt man es ganz harmlos zappen. Aber bei ihm ist es eine Verhaltensstörung. Er ist freiwillig hier, aber er weiß über alles Bescheid. Also mit anderen Worten, ich bin auf dem Laufenden.«

Georg war hinter ihm hergegangen und hatte unbemerkt Pauls Nummer gewählt. Er lauschte der Mailboxansage und fluchte im Geiste. Max redete noch immer vor sich hin, während er den Pfad entlangging. »Wir laufen zur Schleuse hinüber. Es ist nicht weit.«

Sina wählte Berners Nummer. Mailbox. Seine Stimmung sank auf den Nullpunkt.

»Max!«, rief Georg. »Ich habe wirklich keine Zeit, mit dir spazieren zu gehen. Es gibt ein Ultimatum und ich muss so schnell wie möglich wieder nach Wien zurück.«

»Wie hast du dir das denn vorgestellt?« Max hielt an, drehte sich um und schaute Sina verärgert an. »Dass du hierherkommst, mich aushorchst und wieder abdampfst? Nein, mein Freund, so läuft das leider nicht. Ich bin meschugge, hast du das vergessen? Erst gehen wir eine Runde. Dann wirst du mit mir zu Abend essen, das gibt es um halb sechs. Du wirst also rechtzeitig wieder in Wien sein. Alles andere wäre …«

»Respektlos«, ergänzte Sina kraftlos, stand auf und trottete hinterher.

»Genau! Du hast also nicht alles vergessen«, sagte Werfling erfreut und ging mit federnden Schritten voraus. »Und unterwegs erzähle ich dir, was ich von der Schattenlinie weiß.«

Bis zum Donaukraftwerk Ybbs-Persenbeug, dem ältesten in Österreich, war es nicht weit. Georg und Max liefen das Stauwerk entlang und zu ihren Füßen brandete das endlos scheinende breite Band des Flusses. Ein wuchtiger Schlepper unter bulgarischer Flagge näherte sich der Schleusenanlage und wartete auf Durchlass. Laut kläffend rannte ein struppiger Hund auf dem Deck des rostigen Frachters hin und her und kräftige Männer in schmutzigen Pullovern machten das Schiff für die Passage klar.

Max Werfling hatte wie versprochen aus den Jahren seiner Arbeit mit Kirschner erzählt. Der schrullige Professor war erst auf das Pestkreuz und dann auf Balthasar Jauerling aufmerksam geworden, der in Nussdorf ob der Traisen geboren worden war, als eines von vier unehelichen Kindern einer Magd. Jauerling, das Genie, der eben dieses Pestkreuz, das er seine gesamte Jugend vor Augen gehabt hatte, als Chiffre für seine Nachrichten und Depeschen benutzte. Mühsam hatten Kirschner und Werfling in vergessenen Archiven gewühlt und in alten Tagebüchern geblättert. Es war ihnen schließlich gelungen, die Existenz einer weiteren, erbberechtigten Blutlinie der Habsburger, zurückgehend auf Joseph I., aufzudecken. Allein es fehlten ihnen stichhaltige Beweise. Dann war Max krank geworden und schließlich auf eigenen Wunsch eingeliefert worden. Das letzte Jahr hatte Kirschner allein geforscht. Georgs Gedanken rasten. Die Beweise? Die hätte Kirschner Ireneusz Lamberg liefern sollen, dachte der Wissenschaftler. Wenn alles gut gegangen wäre, dann hätte der Professor damit sein Lebenswerk vollenden können. Aber dann wusste er bereits zu viel, hatte zu viele Hintergründe aufgedeckt und bezahlte dafür in einer Augustnacht mit dem Leben.

Sina erzählte Max kurz von seiner Begegnung mit Lamberg und den Seiten aus dem Tagebuch. »So weit ist mir im Moment auch alles klar«, fasste Georg zusammen. »Wenn ich es recht bedenke, dann habe ich nicht das Tagebuch, sondern nur die daraus entfernten Teile des Journals von Matthias Lamberg bekommen.«

»So wird es sein«, nickte Max. »Was du gelesen hast, war die Stimme der Donau. Du hast gehört, was es nicht geben sollte.«

Die beiden Männer waren am Kraftwerk angekommen und stützten ihre Arme auf das Geländer. Vor ihnen lag die Schleusenkammer, die sich langsam mit Wasser füllte. Georg erzählte Max in kurzen Worten von den Senfgasdepots und dem Ultimatum.

Der Freund nickte. »Ich weiß mehr, als du glaubst, aber vielleicht weniger, als du hoffst.« Er dachte kurz nach. »Kennst du diesen mitleidigen Gesichtsausdruck, den die Zivilisten machen, wenn sie bemerken, dass du antike Philosophen liest?« Max zog ein Papiertaschentuch aus seiner Hose und begann kleine Papierkügelchen zu drehen. Dann warf er eines nach dem anderen auf die dunkle Wasseroberfläche hinunter. »Es ist so ein mitleidiges Lächeln. Sie bedauern dich, weil du dich auf so altes Zeug verlässt.«

»Leider ja, das kenne ich gut.« Sina schüttelte den Kopf und unterdrückte ein Lachen.

»Weißt du auch, was Seneca über Verschwörer schreibt?«, hakte Max nach.

»Was meinst du? Dass sich Verrückte gegenseitig anziehen?« Georg drehte sich um und lehnte sich mit dem Rücken an die Brüstung, um Max besser ansehen zu können.

»Genau, der Mann hatte schließlich reiche Erfahrung in diesem wilden, mörderischen Durcheinander, das man römische Politik nannte«, bestätigte Werfling. »Verschwörer, Gerüchte, Meinungen, Gerede, das so oft wiederholt wird, dass man schließlich daran glaubt. Schließlich treffen sich die Gleichgesinnten im Geheimen, besprechen Möglichkeiten und wälzen Pläne. So lange, bis sie schließlich glauben, dass sie auch umsetzbar sind.«

»Du meinst, die Anhänger der Schattenlinie glauben, dass jetzt der Zeitpunkt gekommen ist, ihre jahrelang eingeredeten Machtansprüche umzusetzen?« Georg sah Max neugierig an.

»Genau. Nach dem, was du mir erzählt hast, haben sie durch euch endlich die so heiß ersehnten Urkunden in die Hand bekommen, in denen Joseph I. die Kinder seiner ungarischen Mätresse anerkennt und sie für erbberechtigt erklärt. Sie können also beweisen, dass ihr Kandidat für die Krone den rechtmäßigen Anspruch darauf besitzt.«

Max warf eine Handvoll kleiner weißer Kugeln in das schwarze Wasser der Donau.

»Für Seneca reichen den Verschwörern Monate bis zur Tat. Was, glaubst du, passiert, wenn solche Männer Jahrhunderte Zeit hatten, um sich gegenseitig Mut zuzusprechen, zu unterstützen und sich auf die Machtergreifung vorzubereiten?«

»Ganz einfach«, antwortete Sina prompt. »Sie werden mehr und immer mehr, verlieren alle Skrupel und jede Hemmung.«

Max lachte auf. »Ist es nicht unglaublich, wie schnell solch altes Zeug glaubwürdig und gefährlich wird, wenn es sich in einem Stapel Gelbkreuzgranaten manifestiert?«

Sina drehte sich wieder um und schaute in die Schleusenkammer. Dann blickte er auf die Uhr. Es war fast zwanzig Minuten nach vier. Der Pegelstand stieg und stieg, die dunkle Wasseroberfläche kam näher und näher. Wirbel und Strömungen zeigten, dass das Wasser aus dem Hauptstrom unablässig nachfloss. Die beiden Männer standen stumm nebeneinander. Georg wollte Max nicht aus dem Konzept bringen. Er brauchte den letzten Rest Verstand, den dieser Mann zur Verfügung hatte.

»Siehst du das Schloss dort?«, brach Max dann das Schweigen und zeigte auf das Ufer gegenüber. Georg nickte und betrachtete das weiße, vierkantige Gebäude mit seinem zentralen Zwiebelturm.

»Das ist das Schloss Persenbeug. Auf den ersten Blick hat es überhaupt nichts mit unserer Geschichte zu tun. Aber auf den zweiten sehr viel. Hör zu. Am 3. Dezember 1800, also zu jener Zeit, als Metternich Staatskanzler war, kaufte es sich Kaiser Franz I. als Privatbesitz. Dann gehörte es Franz Joseph, dann seiner Tochter Marie Valerie, und schließlich wurde im Jahr 1887 Karl, unser letzter Kaiser, hier geboren. Bis heute ist es im Besitz der Familien Habsburg-Lothringen und Waldburg-Zeil.« Max lächelte geheimnisvoll und Georg konnte ihm nicht folgen. Aber er wartete ab.

»Verstehst du nicht, Georg?«, fragte Max schließlich, als der Historiker stumm blieb. »Die Geschichte ist alt, aber sie ist überall um uns herum. Und was gibt es Gefährlicheres als ein altes Raubtier, das auf der Lauer liegt? Wir Menschen haben uns seit Tausenden von Jahren kaum verändert. Wir haben immer noch dieselben Probleme, begehen dauernd dieselben Fehler und machen stets dieselben banalen Konflikte durch. Das Biest Geschichte hat Erfahrung mit seiner Beute. Die Zivilisten lachen die alte Jägerin aus, aber ehe sie es sich versehen, beißt sie ihnen das Genick durch.«

»Ich würde sie lieber als alte Lehrerin sehen«, widersprach Georg.

»Was hat sie dir denn beigebracht? Hat sie dich gelehrt, Clara von ihrer Spritztour abzuhalten, nicht an ihrem Tod zu zerbrechen, dich nicht auf deiner Burg zu verkriechen?« Das Gesicht Werflings verfinsterte sich. »Ich werde dir ein paar Dinge erzählen, die du so noch nie gehört hast. Aber sie werden dir klarmachen, mit wem du es zu tun hast. Das sind keine Spinner, Georg, die kalte Asche anbeten, sie geben das Feuer weiter.«

Max warf das ganze Taschentuch ins Wasser und sah ihm zu, wie es trudelnd tiefer sank. Herrgott, kann er nicht endlich auf den Punkt kommen, dachte Sina ungeduldig, schielte auf seine Uhr und fixierte Max. Der war noch immer vom im Wasser treibenden Taschentuch fasziniert.

»Glaubst du etwa, dass am 28. Juli 1914 der Fahrer von Franz Ferdinand in Sarajevo rein zufällig so lange im Zickzack durch die Stadt gefahren ist, bis der österreichische Thronfolger endlich vor der Pistole von Gavrilo Princip aufgetaucht ist? Wer hat den neunzehnjährigen Gymnasiasten wohl gerade dorthin gestellt?«

Sina war wie erstarrt. Seine Gedanken überschlugen sich, aber Werfling sprach bereits weiter.

»Wer, denkst du denn, hat am 10. September 1898 in Genf dem verzweifelten und in seinen Attentatsplänen gescheiterten Anarchisten Luigi Lucheni den freundlichen Tipp gegeben, dass die unscheinbare, in Schwarz gekleidete Gräfin dort am Kai in Wahrheit die Kaiserin von Österreich war?«

Sina hatte das Gefühl, der finstere Wasserspiegel drohte sich plötzlich aufzubäumen und sich eiskalt um seine Brust zu schließen.

Werfling war nicht zu bremsen, seine Augen blitzten. »Wer hat dem vor Eifersucht rasenden Förster von Mayerling, einem gewissen Bauer, gesteckt, seine Frau würde sich gerade mit dem Kronprinzen vergnügen? Blöd nur, dass die Kleine im Bett nicht die Frau Gemahlin, sondern Mary Vetsera gewesen war. Tja, dumm gelaufen, daraufhin hat er sich erhängt, Rudolph war tot, die Vetsera auch und der Staat hatte einen Skandal, der selbst heute noch nachhallt.«

»Moment!«, wehrte Sina ab. »Du willst mir also weismachen, die Schattenlinie würde hinter all diesen Morden und Attentaten im Kaiserhaus stecken? Sie wären ominöse Dunkelmänner gewesen, immer zur rechten Zeit am richtigen Ort, um das Reich zu destabilisieren und sogar den Ersten Weltkrieg loszutreten?«

Max blieb völlig gefasst, schien klar im Kopf und Georg lief eine Gänsehaut über den Nacken.

»Ist das nicht der Job eines Schwarzen Bureaus?« Max klang so rational wie schon lange nicht mehr.

Sina umklammerte das Geländer und seine Knöchel traten weiß hervor. Das Bild begann langsam Gestalt anzunehmen, so unglaublich sie auch schien.

»Du warst doch sicher auch in der Villa Ilioneus, oder?«, erkundigte sich Werfling wie beiläufig.

Sina nickte stumm.

»Dann wirst du ja verstehen, warum ausgerechnet der debile und homosexuelle Bruder von Franz Joseph über den Tod von Kronprinz Rudolph sagte: ›Die ganze Wahrheit ist so schrecklich, dass man sie nie gestehen kann!‹«

»Du glaubst, Ludwig Viktor war auch in der Villa?« Georg begann langsam die historische Dimension zu verstehen, sah den roten Faden, der sich durch die Jahrhunderte zog wie eine Blutspur.

»Sie waren alle dort. Der Luzivuzi, Otto und sogar Rudolph.« Max wischte mit der Hand hektisch über die Brüstung, als wolle er die Farbe abreiben. Unter ihnen glitt der nächste Schlepper in die Schleusenkammer.

»Aber warum Rudolph? Warum haben sie Rudolph getötet? Weil er Franz Josephs Erbe war?« Georg konnte es nicht fassen.

»Nein, obwohl Rudolph ein Hoffnungsträger gewesen ist«, erläuterte Max und legte Georg den Arm um die Schultern. »Rudolph ist in der Villa am Gallitzinberg gewesen und er hat schnell durchschaut, was dort gespielt wurde. Darum sah er nur eine Möglichkeit, der politischen Eskalation, dem grassierenden Nationalismus und der Schattenlinie beizukommen: Österreich-Ungarn musste zur Republik werden und er ihr Präsident.«

»Also ein Putsch, um einen anderen zu verhindern?«, meinte Georg nachdenklich.

»Mehr oder weniger«, gab Max zurück. »Die Macht in den Händen des Volkes würde jeden Usurpator unmöglich machen. Nur würde Rudolph als rechtmäßiges Staatsoberhaupt keinen Putsch benötigen, um eine Verfassungsreform durchzuführen. Keine Revolution, sondern ein ganz korrekter Vorgang.«

»Und damit keine Möglichkeit für die Schattenlinie, ihre Ansprüche geltend zu machen«, ergänzte Sina.

»Exakt«, bestätigte Werfling. »Rudolph sammelte alle chiffrierten Dokumente Jauerlings, deren er habhaft werden konnte, und deponierte sie in einer Schatulle mit der Aufschrift ›R.I.O.U.‹.«

»Republik in Österreich-Ungarn!«, rief Sina bestätigend aus. »Ich erinnere mich dunkel daran, etwas gehört zu haben. Was passierte mit dem Kästchen?«

»Nach Rudolphs Tod übergab die Gräfin Larisch die Schatulle Erzherzog Salvator, einem Verbündeten und Vertrauten des Kronprinzen. Salvator trat daraufhin aus dem Erzhaus aus und versank als Kapitän Johann Orth mit Mann und Maus in den Fluten vor Kap Hoorn.«

Werfling drehte sich unvermittelt um und machte sich auf den Rückweg, während er weitersprach. »Das Kästchen soll sich bis heute im Besitz der Familie Habsburg-Lothringen befinden. Man munkelt, es sei sogar bis zu seinem Tod auf dem Schreibtisch von Franz Joseph gestanden.«

»Packende Geschichte, aber gibt es Beweise?« Sina bezweifelte im Grunde seines Herzens diese Version der Ereignisse.

Werfling lachte auf. »Weil, so schließt er messerscharf, nicht sein kann, was nicht sein darf!«

»Ich glaube dir ja«, beruhigte ihn Sina, blickte auf die Uhr und drückte den Wiederwahlknopf. »Aber ich weiß immer noch nicht, wo ich nach den Senfgasgranaten suchen soll.«

»Mach dir keine Sorgen, Georg, das erzähle ich dir beim Essen«, gluckste Werfling und ging gut gelaunt in Richtung Haus voraus, während aus Georgs Handy die Mobilboxansage von Paul Wagners Nummer flötete.

Die Tische im Aufenthaltsraum der Station waren bereits für das Essen gedeckt. Nach einem kurzen Gespräch mit Viktoria hatte man für Georg neben Max Platz gemacht. Die Qualität der Mahlzeit überraschte Sina, aber die Angst um Paul, Berner und Valerie schnürte ihm die Kehle zusammen. Er versuchte trotzdem, ein Wiener Schnitzel hinunterzuwürgen.

Werfling redete kein Wort. Mehrmals blickte Georg demonstrativ auf die Uhr und wartete auf eine Reaktion des Freundes. Langsam befürchtete der Wissenschaftler, Max würde nichts Genaueres wissen, aber trotzdem bluffen, um ihn noch länger hierzubehalten.

Werfling bemerkte schließlich Georgs Blicke auf das Ziffernblatt, tätschelte ihm väterlich den Arm und meinte lächelnd: »Kommt Zeit, kommt Rat.« Dann widmete er seine ungeteilte Aufmerksamkeit wieder dem Gemüsereis auf seinem Teller.

Georg blickte sich verstohlen um. An einem der nächsten Tische saßen Männer und Frauen, die mit spitzen Fingern die Speisen auf ihren Tellern in ihre Bestandteile zerlegten und so innerhalb weniger Sekunden das appetitlich angerichtete Abendessen in ein Schlachtfeld verwandelten.

»Leute mit Essstörungen«, erläuterte Max, der seinem Blick gefolgt war. »Kein Mensch weiß, was die da wirklich machen. Manchmal bekommen wir auch zwei Büchsen Sardinen, etwas Gemüse und drei

Semmeln zum Abendbrot. Da geht es dann dort drüben richtig hoch her. Heute haben wir ja noch Glück.« Werfling grinste und schaufelte einen weiteren Berg Gemüsereis in seinen Mund.

»He! Wilhelm Tell!«, rief ein hagerer Typ von einem Tisch an der Wand herüber.

»Einfach ignorieren«, flüsterte Max. »Der geht mir schon die ganze Zeit auf die Nerven. Irgendwer hat ihm erzählt, dass ich ganz gut im Messerwerfen bin. Du erinnerst dich noch an unsere Sessions an der Uni?« Für einen intensiven Moment fühlte sich Georg mit Max wieder ganz verbunden, erinnerte sich an früher, wie sie auf die kopierten Fotos von ungeliebten Professoren gezielt hatten. Beide lächelten verschwörerisch.

»Trainierst du noch?«, erkundigte sich Georg beiläufig.

Max lachte laut auf. »Sehe ich aus, als ob mir noch jemand ein Messer in die Hand drückt?«

»Nein, wenn ich ehrlich bin«, schmunzelte Georg und schielte auf sein Handy.

»Wilhelm Tell! Wilhelm Tell!«, feixte der Mann am anderen Ende des Raumes weiter. »Hol dir das Apferl! Oder traust du dich nicht?«

Der Hagere stellte sich einen roten Apfel auf den Kopf und verfiel in einen Singsang. »Wilhelm Tell, der Schisser! Wilhelm Tell, der Schisser!« Schließlich wagte er ein Tänzchen und balancierte die Frucht auf seinem Scheitel. Die anderen lachten.

Blitzschnell sauste die Gabel mit einem sirrenden Geräusch durch die Luft und heftete den Apfel an die Wand. Es wurde totenstill im Raum und Georg hielt die Luft an. Der Spötter fror förmlich mit weit aufgerissenen Augen an Ort und Stelle fest und guckte mit offenem Mund nach oben, wo auf seinem Kopf vor Kurzem noch der Apfel gelegen hatte.

Max zog die Brauen zusammen und erhob sich mit einem fremden, brutalen Ausdruck im Gesicht. Da erschien wie aus dem Nichts eine massige, fleischige Hand auf Werflings Schulter. Hinter ihm stand ein muskulöser Krankenpfleger mit kurz geschorenen Haaren und sanftem Gesicht.

»Max, ich glaube, wir gehen jetzt auf die Akut. Okay?«

»Okay, Otto. Kein Problem«, sagte Max leise und sein Gesicht erhellte sich wieder. »Ich muss nur kurz meinem Freund etwas erklären, ich hab's ihm versprochen.«

Aus dem Fernseher, der in einem Eck vor sich hin flimmerte, drangen die neuesten Nachrichten. Gerade als die Sprecherin von einer großen Explosion in Schönbrunn mit mehreren Toten berichtete, wechselte jemand per Fernbedienung den Sender.

Georg hatte das Gefühl, ins Bodenlose zu fallen. Wie durch einen Schleier sah er Otto und Max und fragte sich, ob jetzt nicht sowieso schon alles egal sei.

»Geht klar, Max, aber mach schnell.« Otto nickte freundlich, aber er umfasste zugleich auch Werflings Oberarme. Unter dem Griff des Pflegers wirkte Max wie ein kleiner, hilfloser Junge.

»Hör zu, Georg«, stieß er hastig hervor, »wie du siehst, muss ich auf die Akutstation. Du musst logisch denken, es ist eine Zeitlinie, eine Perlenschnur der Geschichte, die sich jetzt zusammenzieht. Es beginnt mit Joseph II., besser gesagt mit seinem Obelisken. Es folgt Metternich. Erinnere dich, sein Kongress tanzt auf einer Gruft mit zwei Linien darin. Aber vergiss die Franzosen dabei nicht. Und dann: Vive la Révolution! Der Kaiser braucht eine Burg und am besten fährt er mit der U-Bahn hin. Der Friede kehrt ein, die Straßen sind wieder ruhig. Jedoch das arme Niederösterreich hat keinen Dom. Darum baut er einen in Transdanubien.« Max zwinkerte Georg zu.

Aber Sina verstand nicht. Er hatte nicht die leiseste Ahnung, wovon Max sprach. War er bereits wieder unterwegs in die Abgründe seines kranken Hirns? Hilfe suchend wandte sich Georg an den Krankenpfleger. Aber Otto schloss nur die Augen und schüttelte seinen quadratischen Kopf. Dann führte er Max weg.

Georg verließ das »Haus 1« panisch und voller Enttäuschung zugleich. Sein zeitraubender Ausflug hatte ihn am Ende mit leeren Händen stehen lassen. Er zog einen Zettel aus der Tasche und notierte mit fahrigen Bewegungen und halbherzig die seltsamen Hinweise, die ihm Max gegeben hatte. Es war ein Strohhalm, mehr nicht, aber er musste sich daran klammern.

Dann wählte er Pauls Nummer nochmals. Dieser hob nach dem zweiten Läuten ab. Die Erleichterung darüber ließ Sina ins Gras sinken.

»Georg! Ich hab schon gedacht, die wollen dich dabehalten«, sagte Paul vergnügt und Georg hörte den brummenden Bass von Berner im Hintergrund.

»Paul«, rief der Wissenschaftler aus, »Gott sei Dank, es geht dir gut. Ich habe schon gedacht … im Fernsehen …«

Wagner unterbrach den stotternden Freund. »Eine Idee von unserem Pressereferenten Kommissar Bernhard Berner, die mich Kopf und Kragen kosten wird, wenn die Kollegen draufkommen, dass ich sie angelogen habe.«

Georg musste lachen. »Du hast eine Falschmeldung rausgeschickt? Ausgerechnet du?«

»Bohr nur weiter in meiner Wunde herum«, gab Paul zurück, »aber wir müssen mit allen Tricks arbeiten, damit wir nicht kampflos im Senfgas ertrinken. Ich hoffe, du hast gute Nachrichten. Wir brauchen dich hier dringend und haben keine Ahnung, wie es weitergehen soll. Mach dich auf den Rückweg, wir treffen uns in Eddys Werkstatt.«

»Na ja, ich weiß nicht so ganz, was ich eigentlich weiß«, gab Georg zu und dann zog ein lautes Männerlachen seine Aufmerksamkeit auf sich. Aus den Sporthallen der Sozialtherapeutischen Klinik ergoss sich eine Blaskapelle, die hier ihre Proberäume hatte. Die Männer waren alle in Tracht. Sie trugen bunte Westen, Kniehosen und hohe Hüte mit Federn daran, die im Wind auf und ab wippten. Die Frauen hatten sich in ihre Dirndl gezwängt. Die Gesichter waren allesamt rosig, prall und gut gelaunt. Die Trachtengruppe reihte sich auf dem Gehweg auf und brachte ihre Instrumente in Position. Auf einen Wink des Kapellmeisters mit seinem blumenumwundenen Taktstock verstummten die Scherze und das Geplauder. Der dicke Mann mit Schnauzbart zählte ein, dann erschallte der Radetzkymarsch. Links, rechts, links, rechts …

»Ich höre, du hast Unterhaltung im Überfluss«, mokierte sich Wagner. »Mach dich bitte auf den Weg, es brennt!« Damit legte er auf.

Inzwischen marschierte die Kapelle im Gleichschritt erst am verblüfften Georg Sina und dann am Portierhäuschen vorbei durch die Einfahrt auf die Straße. Der Pförtner kam aus seinem kleinen Büro, sah den Musikern nach und klatschte frenetisch den Takt mit. Dann bog die Truppe in Richtung Innenstadt ab, gefolgt von Passanten, die zu Fuß oder mit dem Fahrrad unterwegs waren. Eine Volksfeststimmung brandete auf, die mit der Ruhe im Inneren der Anstalt bizarr kontrastierte.

Georg ging zum Pizza Expresss, hinter dessen Scheibenwischer ein Witzbold eine Bestellung über drei Capricciosa, eine Margarita und zwei Calzone geklemmt hatte. Er warf den Zettel weg und blickte der rasch größer werdenden Menschentraube hinterher. Der Radetzkymarsch verklang in der Ferne.

»So, ich glaube, jetzt sollte ich besser auch auf die Akut«, seufzte er und startete den Motor.

Fisher Island, Miami Beach, Florida/USA

Chopins Klavierkonzert Opus 11 in E-Moll tönte aus versteckten Lautsprechern über das Deck der »Incommunicado«. Das Schiff wiegte sich ganz leicht in der Dünung, die durch das Inlet vom Atlantik hereinrollte und in langen, weichen Wellen bis an das Dock gelangte. Die Luft war tropisch heiß und überall hörte man das Summen der Klimaanlagen. Fred Wineberg lag am Oberdeck im Schatten und überflog die neuesten Berichte, die Elena Millt ihm geschickt hatte. Eine dezent platzierte Düse über ihm versuchte, mit einem stetigen kühlen Luftstrom gegen die Hitze anzukämpfen und das Leben an Deck erträglich zu machen.

Wineberg erkannte seine Krankenschwester schon an ihrem Schritt, als sie die Treppe aus dem Hauptdeck heraufstieg. Er seufzte ergeben und bereitete sich auf das Unvermeidliche vor.

»Meine Brille ist auf meiner Nase und ich sehe ganz genau, dass Sie einen Badeanzug unter Ihrem weißen Kittel anhaben«, grummelte Wineberg, ohne seinen Blick von den Berichten Elenas zu wenden.

»Und ich dachte, Sie seien endlich gestorben, damit ich schwimmen gehen kann«, gab die Schwester zurück und setzte sich auf einen Deckstuhl neben der Liege. »Was gibt es in der Welt Neues?«

»Nichts, was Sie wirklich interessieren dürfte«, murmelte Wineberg, »das Übliche in den dafür bekannten Ländern. Skandale, Kämpfe, Unruhen, Selbstmordanschläge, korrupte Politiker und marode Banken. Das Karussell der schlechten Nachrichten dreht sich unentwegt, vierundzwanzig Stunden am Tag …«

»… und macht Sie immer reicher«, gab die Schwester zurück und zog die nächste Spritze auf. Dann griff sie in ihre Tasche und reichte Wineberg einen zusammengefalteten Computerausdruck. »Das hätte ich fast vergessen. Der Funkoffizier hat es mir in die Hand gedrückt, als er hörte, ich sei auf meinem Weg zu Ihnen.«

»Faules Pack«, beschwerte sich Wineberg und entriss ihr mit einer ärgerlichen Handbewegung das Blatt. »Die glauben alle, sie machen einen Karibik-Urlaub auf meine Kosten, und hoffen, ich bin zu senil, um es zu bemerken.«

»Wo wir uns doch alle sooo freuen, für Sie zu arbeiten«, feixte die Schwester. »Diese regelmäßigen Dienststunden, das fürstliche Gehalt, die nette und zuvorkommende Behandlung durch den Arbeitgeber, die riesige Dienstwohnung und die …«

»Es reicht!«, unterbrach sie Wineberg. »Ich bin ein kranker Mann und Sie sollten Rücksicht darauf nehmen. Behandeln Sie mich und dann verschwinden Sie wieder.«

Er überflog die Eilmeldung und las sie dann mit großen Augen nochmals. Die Krankenschwester war mit einem Schlag vergessen. Die Zeilen flimmerten vor den Augen Winebergs und die Buchstaben schienen zu tanzen.

»Ist etwas?«, fragte die Frau im weißen Kittel plötzlich ehrlich besorgt, als sie ihm die übliche Spritze setzte. »Geht es Ihnen nicht gut?«

Der Medienmogul winkte geistesabwesend ab. Dann griff er zu seinem Telefon und rief Elena Millt an. »Elena? Hat sich Paul Wagner in den letzten Stunden gemeldet?« Seine Stimme klang rau.

»Nein, Mr Wineberg«, antwortete Millt, »ich habe mich auch schon gewundert, aber ich habe keine Nachricht mehr von ihm erhalten.«

»Hat er jemals etwas zu diesen Exklusivmeldungen gesagt und dem höheren Honorar, das ich ihm angeboten habe?«

»Nein, Sir, hat er nicht«, gab Elena zurück. »Er hat sich nach den ersten Berichten über die ermordeten Minister nicht mehr gemeldet.«

Wineberg schwieg und drehte das Blatt in seiner Hand, wie um eine Antwort auf seine Fragen auf der Rückseite zu entdecken. Die Krankenschwester war dabei, ihm aus dem linken Arm Blut für die wöchentliche Kontrolluntersuchung abzunehmen.

»Versuchen Sie ihn zu erreichen, Elena. Ich habe hier eine Eilmeldung aus Österreich, die mich … nun sagen wir … überrascht«, meinte Wineberg zögernd.

»Mache ich, Sir, ich rufe Sie zurück, sobald ich ihn gesprochen habe«, gab Millt zurück. »Geht es Ihnen gut, Sir?«

»Ja, ja, danke«, murmelte Wineberg gedankenverloren und legte auf. Er tippte mit dem Blatt Papier gegen seine Lippen und überlegte. Da läutete das Telefon erneut.

»Sir, ein Anruf aus Wien«, teilte ihm sein Funkoffizier eifrig mit, »soll ich durchstellen?«

Das ist doch nicht möglich, dass Wagner so schnell zurückruft, dachte sich Wineberg und nahm das Gespräch an.

»Ich nehme an, Sie haben die Meldung bereits gelesen«, gluckste der Anrufer ohne Vorwarnung. Wie Wineberg inzwischen wusste, hielt er sich nie mit langen Vorreden auf. Der Unbekannte hatte ihn das erste Mal vor sechs Monaten kontaktiert und in keinem der zahlreichen Gespräche jemals seinen Namen genannt. Aber der Medienmogul war sich so gut wie sicher, dass es sich um ein Mitglied der österreichischen Regierung handeln musste. Kein anderer hätte sonst so weitreichende Informationen dieser Größenordnung haben können.

Der Plan, den ihm dieser Unbekannte im Laufe der Zeit unterbreitet hatte, war faszinierend genug. Ob er, Wineberg, dazu bereit sei, die amerikanische Öffentlichkeit auf einen Regierungswechsel in Österreich vorzubereiten, hatte er ihn gefragt. Einen Regierungswechsel, der historisch gerechtfertigt und vom Großteil der Bevölkerung unterstützt werden würde, hatte er immer wieder betont. Und der Anrufer hatte nicht mit Hintergrundinformationen gegeizt. Für Wineberg war die Schattenlinie in der Zwischenzeit ein fester Begriff geworden und die Aussicht, ein Sprachrohr der neuen Regierung zu werden, und zwar in Form einer Zeitung und eines Radiosenders in Wien, hatte ihn fasziniert. Und jetzt …

Der Anrufer riss ihn aus seinen Gedanken. »Wir haben die letzte Phase eingeleitet, das Ultimatum an den Bundespräsidenten wurde gestellt und wir werden morgen, so alles gut geht, die Regierungsgeschäfte übernehmen.« Der Mann klang unerschütterlich selbstsicher.

»Ich habe die Nachricht über die Explosion in Schönbrunn vor mir«, antwortete Wineberg, »es wundert mich nur, dass Paul Wagner sie nicht übermittelt hat.«

Der Anrufer lachte. »Vielleicht kann Herr Wagner nicht mehr schreiben«, meinte er.

Wineberg war verwirrt. »Was meinen Sie damit?«, fragte er nach und gab der Krankenschwester ein Zeichen, zu verschwinden.

»Nun, ich nehme an, er war in der Nähe des Explosionsortes, wie es sich für einen guten Reporter gehört«, erwiderte der Anrufer kühl. »Zumindest erhielten wir dementsprechende Informationen. Senfgas führt nicht gleich zum Tod, wissen Sie? Vielleicht hat Wagner gerade noch lange genug gelebt, um die erste Meldung abzusetzen. Und dann – gestorben für Schlagzeilen und Aufmacher, dahingerafft im Medieneinsatz. Was für ein passender Tod!«

Wineberg schluckte und überlegte kurz. »Dann stimmt die Meldung also?

»Zweifeln Sie an unserer Schlagkraft und Entschlossenheit?«, kam es ruhig zurück. »Sie sollten die Eilmeldung schnellstens an die Medien weitergeben. Sie wollen doch nicht von anderen überholt werden?«

Der hagere, grauhaarige Mann auf der Deckliege ließ den Hörer sinken und überflog die Eilmeldung noch einmal. Es war ganz offenbar so weit. Morgen um diese Zeit würde Österreich wieder einen Kaiser haben.

Wineberg blickte auf den 18-Loch-Golfplatz hinüber und beobachtete die vielen weiß gekleideten Spieler, die trotz der Mittagshitze ihre Bälle schlugen. Er würde auch wieder einmal Golf spielen müssen, schon um seinen Konkurrenten zu beweisen, dass er noch nicht am Verwesen war. Wineberg grinste bei dem Gedanken, dann begann er zu wählen.

Donaustadt, Wien/Österreich

Burghardt sah sich interessiert auf dem Hof der Metallverarbeitung Eduard Bogner um.

»Geradezu idyllisch«, stellte er fest, »das ist ein jahrelang gewachsenes Chaos.« Langsam suchte er gemeinsam mit Berner und Wagner einen Weg durch die Berge von Metallteilen, die scheinbar wahllos über das Gelände verstreut waren.

»Da steckt sicher ein System dahinter«, gab Paul zu bedenken und hielt Tschak davon ab, einen Stapel alter verrosteter Röhren zu erklimmen, zwischen denen das Gras meterhoch emporwuchs.

Burghardt stand inzwischen bewundernd vor dem riesigen Chassis eines Heeres-Lkws, das von zwei mannshohen Brombeersträuchern durchdrungen wurde. Die schwarzen Früchte waren kirschengroß und hingen schwer an den Zweigen.

»Die sehen köstlich aus«, sagte Berner und pflückte einige der vollreifen Früchte.

»Die brennen wir jedes Jahr zu einem sagenhaften Brombeerschnaps«, rief ihm Eddy vom Tor der Werkstatt zu. »Für Freunde gibt es noch das eine oder andere Fläschchen.«

»Dann werden wir wohl nie eines zu sehen bekommen«, schmunzelte Berner, zog Burghardt vom Strauch weg und schob ihn weiter. Eddy sah fragend herüber.

»Das ist Kommissar Burghardt, ein alter Freund, dem man blind vertrauen kann, zumindest solange es nicht um seinen Modegeschmack geht.«

Der Exringer nickte und streckte seine große Hand aus. »Langsam füllt sich das Haus, wir können jede Verstärkung gebrauchen, auch wenn sie von der Polizei kommt.«

Die große Werkstatt lag ruhig und verlassen da. Alle drängten sich im Büro und in den Personalräumen. Valerie stand mit Johann bei einem großen Metalltisch über eine große Zeichnung gebeugt. Tschak lief hinüber und begrüßte seinen neuen Freund kläffend.

»Bernhard hat mir gesagt, wir haben kaum noch vier Stunden bis zur nächsten Explosion«, stellte Burghardt fest und schaute von Paul zu Eddy. »Wissen wir schon, wohin wir müssen?«

Wagner schüttelte den Kopf. »Das werden wir voraussichtlich erfahren, wenn Georg aus Ybbs wieder zurückkommt. Ich hoffe, dass er Kirschners ehemaligem Assistenten das Geheimnis entlocken konnte. Sonst sind wir am Ende unserer Weisheit.«

Knapp eine Stunde später stand fest, dass der Wissenschaftler nicht das Licht der Weisheit mitbrachte. Sina war verärgert und drückte Wagner frustriert die Autoschlüssel in die Hand, als sie alle in Eddys kleinem Büro beisammensaßen.

»Es tut mir leid, aber das waren vier verlorene Stunden«, berichtete er. »Max hat eine Menge Fragen beantwortet, aber zum Kern unseres Problems nur nebulöse Andeutungen gemacht, mit denen ich so gut wie gar nichts anfangen kann.« Sina kramte aus seiner Tasche den zerknitterten Zettel mit den schnell hingeworfenen Notizen hervor.

»Max meinte, auf den Obelisken folge Metternich. Er hat etwas von einem Kongress gesagt, der auf einer Gruft mit zwei Linien tanzt, also dem Wiener Kongress. Er sagte wörtlich ›eine Gruft mit zwei Linien darin‹. Dann sprang er zu den Franzosen, die man dabei nicht vergessen solle.«

Georg blickte in verständnislose Gesichter. »Es ist noch nicht fertig. Dann meinte er Vive la Révolution! Der Kaiser brauche eine Burg und am besten fahre er mit der U-Bahn hin.«

»Wie bitte?«, unterbrach ihn Paul. »Der Kaiser fährt U-Bahn? Tut mir leid, Georg, ich weiß, wie sehr du Max schätzt, aber sei mir nicht böse.« Wagner tippte sich an die Stirn.

Georg zuckte ratlos mit den Schultern. »Geht noch weiter«, sagte er und ging die Liste seiner Stichworte durch. »Nach dem Frieden und den ruhigen Straßen sprach er von dem armen Niederösterreich, das keinen Dom habe. Also baue er, wer immer das ist, einen Dom in Transdanubien.«

»Das heißt also auf dieser Seite der Donau«, meinte Eddy nachdenklich. »Aber er sagt uns nicht, wo. Das kann in Wien sein oder im Umland der Stadt oder ganz woanders. Transdanubien erstreckt sich bis nach Ungarn.«

»Sonst noch etwas?«, fragte Berner, drückte seine Zigarette aus und schaute Georg erwartungsvoll an.

»Leider nein, mehr habe ich nicht aus ihm herausbekommen«, meinte Georg niedergeschlagen.

Bedrücktes Schweigen legte sich über die Runde.

»So weit zu unserem Informanten«, brummte Berner und schloss die Augen. »Fällt irgendjemandem dazu was ein?«

»Das fiele selbst einem Hellseher schwer«, murmelte Valerie, die auf Eddys Schreibtisch saß und die verschiedenen Handwerksauszeichnungen überflog, die gerahmt an den Wänden des Büros hingen.

Johann hatte bisher schweigend zugehört. »Darf ... darf ich einen Vorschlag machen?«, fragte er schüchtern.

»Wir sind im Moment für jede noch so ausgefallene Idee sehr, sehr dankbar«, bemerkte Paul und nickte dem schmalen Mann auffordernd zu.

»Wenn wir die Informationen so rational wie den Bauplan einer Bombe betrachten und davon ausgehen, dass dieser Max einen lichten Moment hatte, dann müssen in seinen Hinweisen drei Orte versteckt sein, und zwar in chronologischer Reihenfolge. Also sollten wir vielleicht damit beginnen, die Angaben aufzuteilen.«

»Gute Idee«, sagte Burghardt, »das könnte von Ruzicka stammen. Analytisches Denken, wie unser geschätzter Kollege das immer nennt. Also, was haben wir, Georg?«

»Hm ... also erst einmal Metternich und die Gruft mit den zwei Linien darin oder darauf. Der Wiener Kongress, der tanzt. Und die Franzosen, die wir nicht vergessen sollen. Das könnte der erste Hinweis sein, denn mit ›Vive la Révolution‹ kann nicht 1815 gemeint sein. Die Französische Revolution war lang vorbei und 1848 stand noch in den Sternen.« Sina strich sich über den Bart.

»Also gehört der Hinweis auf die Revolution bereits zum zweiten Ort«, sagte Johann leise.

»Das klingt logisch«, kam ihm Berner zu Hilfe. »Dabei muss es sich um 1848 handeln, das Jahr, in dem Metternich ins Exil geht.«

»Also, zweiter Ort«, fasste Sina zusammen. »Vive la Révolution! Der Kaiser braucht eine Burg und am besten fährt er mit der U-Bahn hin. Dann ist Frieden in den Straßen.«

»Das könnte die Periode nach 1848 betreffen, nach der Niederschlagung der Aufstände«, warf Berner ein.

»Das wäre dann die Überleitung zum dritten Depot. Das mit dem Dom in Transdanubien«, stellte Johann fest.

»Und über die U-Bahn will ich mir wirklich noch nicht den Kopf zerbrechen«, sagte Paul lakonisch. »Also denken wir erst einmal über den Wiener Kongress nach. Wo bitte tanzt der genau?«

»So weit ich mich erinnere, geht die Tradition des Opernballs auf die Ballfeste während des Wiener Kongresses zurück«, warf Frank ein, der aufmerksam zugehört hatte. »Ich habe Blumenbinder gelernt und unser Betrieb hat einmal den Blumenschmuck für den Opernball geliefert, daher weiß ich das. Ist aber schon lang her«, meinte er entschuldigend.

»Ja, aber in dieser Zeit war das alte Burgtheater am Michaelerplatz die Wiener Hofoper!«, kam eine Stimme aus dem Nebenraum. »Joseph II. hat es als Deutsches Nationaltheater gegründet und die bedeutendsten Opernpremieren fanden auf dieser Bühne statt, von Salieri bis Mozart. Als Alternative bietet sich auch noch das Kärntnertortheater an, ein k.k. Hoftheater, das italienische und deutsche Opern im Repertoire hatte. Zudem wurde dort 1814 Beethovens einzige Oper uraufgeführt. Fidelio!«

Eddy erklärte: »Das ist der Franz, unser Theaterfachmann. Er war einmal Platzanweiser im Volkstheater, bevor er …« Er unterbrach sich und warf einen vorsichtigen Blick auf Burghardt. »Na, ist ja auch egal«, fuhr er fort, »jedenfalls weiß er, wovon er spricht.«

»Könnte der Kongress im Kärntnertortheater getanzt haben?«, wunderte sich Paul.

Georg schüttelte den Kopf. »Das kann ich mir nicht vorstellen, das waren zu viele Delegierte, die hätten in dem Theater nie Platz gehabt. Auch wenn das Kärntnertortheater eine Stiftung von Joseph I. ist, was uns direkt an den Ursprung der Schattenlinie führen würde«, meinte er entschieden. »Außerdem, was hat das mit der Gruft, den beiden Linien und den Franzosen zu tun? Der Kongress hat viel eher in den Redoutensälen am Josephsplatz getanzt …« Sina zupfte sich am Bart. »Die Säle wurden, soweit ich weiß, ebenfalls ursprünglich von Joseph I. errichtet. Und am Platz davor steht zudem ein Reiterstandbild von Joseph II. Die nächste Gruft in Reichweite ist die in der Augustinerkirche. Matthias Lamberg liegt dort bestattet. Und nicht nur das, die Augustinergruft war auch die Herzgruft der Habsburger …« Georg begann Dreier zu zeichnen, wie immer in den Augenblicken höchster Konzentration. »Die Augustinerkirche war die traditionelle Hochzeitskirche des Hofes ... In der Kirche hat Maria Theresia auch ihren Franz Stephan von Lothringen geheiratet. Und seither ruhen in der ›Herzlgruft‹ auch die Habsburg-Lothringer! Also zwei Linien in einer Gruft. Oder irre ich mich?« Sina lächelte zufrieden, erntete aber nicht die erwartete Zustimmung.

»Richtig, richtig, die beiden Linien und die Franzosen«, murmelte Burghardt, ohne dem Wissenschaftler zugehört zu haben. »Habt ihr in der Gruft von Jauerling irgendwo zwei Linien gesehen?«

Alle schüttelten den Kopf. Valerie sah auf ihre Uhr, wollte etwas sagen und überlegte es sich dann doch wieder. Alle schwiegen.

»Franzosen, Franzosen ...«, flüsterte Paul vor sich hin. In der gespenstischen Stille klangen die beiden Worte laut und klar. »Bei der Geschichte mit der Augustinerkirche habe ich kein gutes Gefühl, tut mir leid, Georg. Da war doch noch etwas ...« Er hob abwehrend die Hand. »Wartet, sagt noch nichts, lasst mich nachdenken. Der Kongress tanzt ... und die Franzosen. Georg, wer sagte das mit dem Kongress, der tanzt und nichts arbeitet?«

»Ach das, das war ein gewisser Fürst Charles Joseph de Ligne, der an den französischen Delegierten Talleyrand geschrieben hatte, dass man ihm zugetragen hätte, der Kongress tanzt, aber er kommt nicht weiter.«

»So wie wir«, brummte Berner, »wir kommen auch nicht weiter.«

Paul lächelte versonnen und stand dann plötzlich auf. »De Ligne schreibt dem französischen Gesandten, dem hinkenden Teufel aus Paris ... Das passt doch! Französisch war nicht nur die Sprache der Diplomaten, sie ist auch eine ungemein lautmalerische Sprache, in der man Doppelbedeutungen sehr leicht in einem Wort verstecken kann.« Er nahm ein Blatt Papier und einen Stift von Eddys Schreibtisch und schrieb in großen Buchstaben die Worte:

De Ligne
Deux lignes

»Das Erste ist der Familienname des Fürsten, das Zweite bedeutet zwei Linien. Ausgesprochen wird es gleich.«

»Du meinst«, stieß Georg aufgeregt hervor, »das Grab des Fürsten? Die Gruft mit den zwei Linien darin … Er war zwar Belgier, aber er publizierte auf Französisch, und das meist in Paris, das stimmt … und das mit dem tanzenden Kongress ist auch von ihm … Vielleicht geht es bei den Franzosen einfach um die Sprache, um die deux lignes?«

»Angesichts der beiden Habsburger-Linien ein schönes Wortspiel«, meinte Paul, »das würde auch für das Grab als Depot sprechen.«

»Wer von euch weiß, wo der Herr begraben ist?«, fragte Berner und lehnte sich vor.

In diesem Moment klingelte Valeries Handy und sie verzog das Gesicht, als sie den Namen des Anrufers auf dem Display las.

Kahlenberger Friedhof, Wien-Döbling/Österreich

Eine dreiviertel Stunde später fuhr ein voll besetzter schwarzer VW-Bus, gelenkt von Eddy Bogner, über die Wiener Höhenstraße in Richtung Kahlenberg. Dicht hinter ihm folgten ein schwarzer Mercedes mit Diplomatenkennzeichen und der Pizza Expresss mit Paul Wagner am Steuer. Nach wenigen Minuten erreichte die kleine Kolonne die weite asphaltierte Fläche des Parkplatzes auf dem bekannten Wiener Ausflugsberg.

Der Kahlenberg, eine Wiener Sehenswürdigkeit und zugleich der spektakulärste Ausblick auf die Stadt, war in dieser Jahreszeit fest in der Hand der Touristen. Sie drängten sich auf der Aussichtsplattform mit den fest installierten Fernrohren, um auf das abendliche Wien hinunterzuschauen, in dem nach und nach die Lichter angingen.

»Im 19. Jahrhundert führte die erste österreichische Zahnradbahn hier herauf«, erinnerte Wagner Kommissar Berner, der neben ihm saß und mit misstrauischen Blicken den vorausfahrenden Mercedes betrachtete. Georg hatte es sich mit Tschak auf der Rückbank bequem gemacht.

»Ich weiß nicht, warum Valerie diesen Spector mitgenommen hat«, brummte Berner und blies den Zigarettenrauch durch das offene Seitenfenster. »Wir haben schon genügend Probleme, auch ohne zusätzliche Geheimagenten.«

»Seid ihr sicher, dass wir die richtige Zufahrt nehmen?«, fragte Sina von hinten.

»Warum mache ich hier überhaupt auf Fremdenführer, wenn mir sowieso niemand zuhört?«, beschwerte sich Paul und hätte beinahe Eddy aus den Augen verloren, der den Kleinbus zwischen zwei Reisebussen durchschlängelte und plötzlich unter den weit überhängenden Bäumen verschwunden war. Dann sah auch Wagner die enge Durchfahrt am Ende des Parkplatzes und bog in die Kahlenberger Straße ein. Der geteerte, schmale Weg führte in kleinen Serpentinen bergab durch einen dichten Laubwald.

Der Mercedes der israelischen Botschaft mit Valerie Goldmann und Yftach Spector am Steuer hatte im Getümmel des Parkplatzes kurz den Anschluss verloren und tauchte schließlich in Pauls Rückspiegel wieder auf.

»Auch fahren kann er nicht«, kommentierte Berner trocken und schnippte den Zigarettenstummel auf die Straße. »Ab jetzt sollten wir aufpassen, die Wachen können nicht mehr weit sein.«

»Immer noch vorausgesetzt, wir sind auf der richtigen Fährte«, murmelte Wagner und schloss zu Eddy auf, der nun den schwarzen Bus im Schritttempo bergab rollen ließ. Blutrot verschwand die Sonne hinter den Hügeln des Wienerwaldes und die Stadt schien wieder zu Atem zu kommen. Die Hitze des Tages würde bald in einer sternenklaren Nacht zerfließen. Sie waren nur mehr wenige Meter von ihrem Ziel entfernt. Berner sah auf die grünen Leuchtziffern der Uhr am Armaturenbrett des Mazda. Sie zeigten 19:22 Uhr.

Zehn Minuten später war auch Berner nicht mehr sicher, ob nicht doch der Josephsplatz die bessere Wahl gewesen wäre, zentral gelegen und nicht am Busen der Natur, oder gar etwas tiefer. Keine Menschenseele war zu sehen, weder auf der Straße noch in den Wäldern. Die steile Treppe aus Pflastersteinen, die bergan von der Straße in den Wald führte, schien nicht oft begangen zu werden. Zwischen den Rohren der gusseisernen Geländer hatten Spinnen ihre komplizierten Netze gebaut, auf deren Fäden die letzten Sonnenstrahlen schimmerten.

Die Touristenströme schienen meilenweit weg zu sein, obwohl die Plattform mit ihrem Panoramablick über Wien keine zweihundert Meter entfernt lag.

Der kleine Friedhof kämpfte tapfer gegen den Wald, der ihn langsam verschlang. Viele Gräber waren bereits unter dem Dickicht aus wilden Brombeeren, Brennnesseln und Efeu verschwunden, untergegangen in einer grünen Flut, die immer weiter anstieg und die niemand aufhalten konnte. Nur eine Handvoll Gräber und Grüfte waren freigelegt und gepflegt.

»Da weiß man nicht mehr, wo der Wald beginnt und der Friedhof endet«, brummte Berner, der durch das windschiefe kleine Tor gegangen war und sich umblickte. Eddy trat zu ihm, während ein Teil seines Teams die Ausrüstung zusammenstellte und der andere die Gegend sicherte. Valerie schien mit Spector im Mercedes zu diskutieren.

»Nicht gerade eine Festspielbühne«, wunderte sich Eddy, während er sich die Reste eines Spinnennetzes aus dem Gesicht wischte.

»Und kein einziger Bewacher«, gab Georg zu bedenken, der mit Tschak an der Leine die Treppe heraufkam.

Paul stand vor einer fast vergilbten Papiertafel, die an einen Baumstamm genagelt war, und las vor: »Der Kahlenberger Friedhof wurde am 21. Dezember 1783 eingeweiht. Er liegt mitten in Wienerwald und umfasst eine Handvoll Gräber mit Grabdenkmälern, vorwiegend aus dem Biedermeier. Hier wurden unter anderem Charles Joseph de Ligne, seine Gattin und seine Enkelin bestattet sowie Karoline Traunwieser, die als die schönste Wienerin zur Zeit des Wiener Kongresses galt und am 8. März 1815 im Alter von nur einundzwanzig Jahren an Lungenschwindsucht starb.«

Johann, seinen Metallkoffer in der Hand, ging mit zögernden Schritten an ihnen vorbei und tiefer in den kleinen Friedhof hinein. Georg ließ Tschak von der Leine und der kleine Hund folgte schnüffelnd dem schmächtigen Sprengstoffexperten, der sich nach wenigen Metern über ein Metallgitter beugte und versuchte, die Inschrift auf zwei monumentalen Grabsteinen zu entziffern. Tschak interessierte sich mehr für die steinernen Einfassungen.

»Ich weiß ja nicht, was du denkst, aber findest du nicht, dass uns Max vielleicht falsche Hinweise gegeben hat?«, meinte Paul leise, als er zu Georg trat und sich umblickte. »De Ligne mag ja stimmen, der Wiener Kongress ist mit der hübschen Karoline auch vertreten, aber hier ist kein Mensch außer uns. In Schönbrunn gab es zwölf Wachen …«

»Langsam werde ich auch unsicher«, gab Sina zurück und schaute sich um. Der Friedhof und die umgebenden Waldstücke lagen verlassen da. »Würdest du hier eine Ladung Senfgasgranaten unbewacht herumliegen lassen oder sie lieber an einem touristischen Hotspot wie der Augustinerkirche, direkt neben dem Kongresszentrum und der OESZE, zünden?« Georg zog die Brauen zusammen.

Wie auf ein Stichwort hin erschien Frank neben ihnen und schüttelte auf einen fragenden Blick des Kommissars hin nur stumm den Kopf.

»Es sieht so aus, als seien wir alleine hier«, brummte Berner nachdenklich. »Das gefällt mir gar nicht. Wo sind eigentlich unsere beiden Geheimagenten?«

»Die sitzen noch immer im Wagen und scheinen in einen intensiven Gedankenaustausch vertieft zu sein«, meinte Frank und bezog dann als Wachposten am Friedhofseingang Stellung, ein Steyr Sturmgewehr im Anschlag.

Aus den Augenwinkeln sah Paul, wie Manfred und Walter in ihren schwarzen Kampfanzügen begannen, die Gräber und Grüfte zu kontrollieren, hinter jeden Stein schauten und die kleine Gruftkapelle umkreisten. Im Schatten der Bäume tauchten immer wieder Mitglieder des Teams auf, die schwer bewaffnet ihre Kreise zogen.

»Ich glaube, wir haben die Lage auf der Bühne im Griff«, sagte Eddy leise zu Berner, der eine Packung Streichhölzer zwischen den Fingern drehte.

»Ich weiß nur nicht, ob wir im richtigen Theater sind«, gab der Kommissar seufzend zurück. »Was ist, wenn dieser Max sich ganz einfach geirrt hat oder nicht mehr wusste, was er sagte?«

»Dann haben wir ausgesprochen schlechte Karten«, meinte Wagner und ging den schmalen Kiesweg entlang, auf eine lebensgroße Jesus-Statue zu, die am anderen Ende des kleinen Friedhofs zwischen Buchsbaumhecken über ein weißes Grab wachte. Die Nervosität war mit einem Schlag wieder da, stieg in ihm hoch und nistete sich in seinem Bauch ein.

Johann war über das niedrige schmiedeeiserne Geländer gestiegen und stand nun nachdenklich zwischen den Grabsteinen des Fürsten de Ligne und seiner Frau auf der einen und dem Grab der Enkelin auf der anderen Seite, als Paul vorbeiging.

»Herr Wagner?«, rief ihm Johann leise nach. »Ist Ihnen schon aufgefallen, dass die Gräber hier und das anschließende Kreuz eine Einheit bilden? Der umlaufende Sockel verbindet alle, aber das Geländer selbst umschließt nur die drei Grabsteine.«

Paul schaute genauer hin und nickte. »Das ist richtig, Johann, aber ich kann beim besten Willen keine Bedeutung daraus ablesen«, meinte er. »Senfgasgranaten kann man sicher auch in Gräbern verstecken, aber wir können nicht alle Grüfte hier aufmachen und suchen. Dazu bleibt uns gar keine Zeit.«

Johann schüttelte den Kopf. »Das meine ich nicht. Gräber wären zu klein und zu tief und außerdem sehe ich keine Leitungen wie etwa in Schönbrunn, die das Gas nach außen leiten sollten. Schauen Sie genauer hin. Innerhalb der Umzäunung stehen hohe Bäume und alter Buchsbaum, der bekanntlich sehr langsam wächst. Hier wurde seit Langem nichts verändert.«

»Soll das heißen, wir sind am falschen Platz, Johann?«, gab Wagner zurück.

»Ich will damit nur sagen, dass wir außerhalb der Umzäunung der Gräber suchen sollten«, erklärte der schmächtige Mann. »Rund um das Kreuz gibt es nur schnell wachsende Pflanzen, die kaum kniehoch sind. Keine von ihnen ragt auch nur über die Einfassung hinaus, obwohl alles hier verwildert und ungepflegt ist.«

»Scharf beobachtet«, gab Paul zu, winkte Georg zu und trat an das steinerne Kreuz, das eine lateinische Aufschrift auf seinem Sockel aufwies. Der Wissenschaftler ging in die Knie und wischte das Moos und den Staub von den eingemeißelten Buchstaben.

»MEMORIAE PRINCIPIS a LIGNE« stand in der ersten Zeile und das einzige Wort »PROPINQUI« in der zweiten. Weiter unten am Sockel war »Renoviert 1911« gleich zwei Mal graviert worden.

»Du wirst mich sowieso nach der Übersetzung fragen, also hier ist sie: ›Die Erinnerungen an die Fürsten de Ligne‹ steht in der ersten Zeile«, sagte Sina, »mit der zweiten ist es nicht so einfach. Propinqui bedeutet eigentlich so viel wie ›etwas beschleunigen‹ oder ›näher bringen‹, aber im alten Latein auch so etwas wie ›jemand, der nahe ist oder unmittelbar bevorsteht‹.« Sina zeigte auf die beiden Linien. »Die Inschrift könnte daher entweder bedeuten ›Ich habe die Erinnerungen an die Fürsten de Ligne schnell herbeigeführt‹ oder, und ich gebe zu, das klingt noch obskurer: ›Die Erinnerungen an die Fürsten de Ligne des sich Nähernden‹ …«

Sina strich sich über den Bart und war etwas ratlos. »Wer ist im Anmarsch, der sich erinnern könnte? Der Auferstandene oder gar der neue Kaiser … Sollte tatsächlich hier …« Er verstummte.

Berner und Eddy traten hinzu, während Johann das Kreuz langsam wie ein lauernder Fuchs umkreiste, immer darauf bedacht, keine Pflanzen zu zertreten.

»Das Jahr der Renovierung scheint wichtig zu sein«, ergänzte Berner, »das wurde gleich zwei Mal eingraviert.«

»1911«, las Eddy vor. »Hat sich da irgendetwas Wichtiges ereignet?«

»Das einzige Datum, das mir einfällt, ist der 21. Oktober 1911. Da heiratet der spätere Kaiser Karl I. in Schloss Schwarzau Zita von Bourbon-Parma.«

»Ist das nicht der Kaiser, der nie abgedankt hat?«, fragte Paul.

Georg nickte. »Der letzte österreichische Kaiser, ganz richtig.«

Alle schwiegen und blickten auf das fast zwei Meter hohe Steinkreuz und auf Johann, der mit seinen Händen Pflanzen beiseiteschob, den Boden untersuchte und dann aufmerksam die Innenseite des Sockels abtastete.

»Bist du jetzt unter die Pfadfinder gegangen?«, fragte ihn Eddy neugierig.

Johann blickte auf. »Chef, würden Sie sich mal gegen das Kreuz lehnen, und zwar an der Seite der Inschrift? Sie sind der gewichtigste von uns allen.«

Eddy stieg zögernd über den niedrigen Sockel und blickte erst unsicher zu dem Kreuz hinauf und dann zu Johann, der ihm aufmunternd zunickte. Schließlich lehnte sich der Exringer mit seinem ganzen Gewicht gegen den Stein. Es knirschte leise und Paul sah bereits vor seinem geistigen Auge Eddy samt Steinkreuz in die beiden Grabsteine der de Lignes donnern.

Doch dann geschah etwas Unerwartetes. Wie eine Klapptüre schwang ein Stück des Bodens samt Pflanzen und Gras hinter dem Kreuz nach oben, bevor es in einem 45-Grad-Winkel offen stehen blieb.

Wagner pfiff durch die Zähne. »Das war ziemlich genial, Johann«, stieß er anerkennend hervor und Georg ergänzte verwundert: »Darauf muss man erst einmal kommen … Nichts beschleunigt die Erinnerung so flott wie ein lauter Knall …«

Berner blickte sprachlos auf die Öffnung hinter dem Kreuz. Als er sich von seiner Überraschung erholt hatte, räusperte er sich und klopfte Johann auf die Schulter. »Da hätten wir lange suchen können«, brummte er dann.

»Bis unter unseren Füßen die Bombe hochgegangen wäre«, ergänzte Paul. »Jetzt wissen wir, warum hier keine Wachen stehen. Weil nämlich niemand außer Johann so schnell hinter das Geheimnis des versteckten Eingangs gekommen wäre.«

»Jedenfalls nicht rasch genug, um die Explosion zu verhindern«, sagte Eddy und eine gehörige Portion Stolz schwang in seiner Stimme mit. Johann winkte bescheiden ab.

»Aber wir sollten keine Zeit verlieren«, gab Eddy jetzt zu bedenken. »Wenn diese Geheimtür mit einem Kontakt versehen war, der irgendwo Alarm auslöst, dann haben wir vielleicht noch weniger Zeit, als wir glauben, bevor die Gegenseite im Anmarsch ist.«

Johann öffnete rasch den Metallkoffer zu seinen Füßen und zog eine starke Taschenlampe heraus. Dann beugte er sich in die schwarze Öffnung und untersuchte kurz den Rahmen der Klappe. »Sie haben sich zu sicher gefühlt«, meinte er schließlich, »kein Hinweis auf eine Alarmanlage. Das gibt uns fast zwei Stunden, um die Bombe zu entschärfen.«

Damit ergriff er den Metallkoffer und verschwand mit einem raschen Schritt in dem schwarzen Loch, bevor ihn jemand aufhalten konnte. Paul schaute instinktiv auf die Uhr. Es war 20:03 Uhr und der Reporter betete, dass sie das Glück nicht verlassen würde. Dann bückte er sich, um Tschak hochzunehmen.

Das war der Moment, in dem der erste Schuss fiel und der Kopf der Jesus-Statue hinter Wagner zerplatzte wie eine reife Melone.

Valerie verwünschte sich dafür, dass sie Spector so lange zugehört hatte. Einerseits kannte sie nun die Hintergründe der Aktion, andererseits hatte der Agent wertvolle Minuten damit zugebracht, wortreich die eigene Rolle und die Wichtigkeit seines Einsatzes herauszustreichen. Goldmann hatte die Nase voll von seiner Überheblichkeit und sie öffnete die Tür des Mercedes just in dem Augenblick, als der Schuss die Stille zerriss.

Es war reiner Zufall, dass Valerie das Mündungsfeuer zwischen den Bäumen sah, als sie mit einem Satz aus der Limousine sprang. Aus der Smith & Wesson feuernd stürmte sie die kleine Treppe hinauf zum Eingang des Friedhofs, wo Frank bereits Salven aus dem Sturmgewehr in Richtung Berghang schickte. Goldmann ging hinter einem Baumstamm in Deckung und versuchte, im dichten Grün des Laubwaldes irgendetwas zu erkennen. Auf den ersten Blick war zwischen den Bäumen nichts zu sehen, der Schütze schien sich in Luft aufgelöst zu haben.

Valerie hörte die anderen Mitglieder des Teams durch das Unterholz brechen. Vor ihr wurde der Wald plötzlich lebendig. Kleine Büsche begannen sich zu bewegen, der Waldboden veränderte sich an acht oder zehn Stellen gleichzeitig. Wie in einem Computerspiel wuchsen Soldaten in Tarnanzügen aus dem Boden, den Helm und den Rücken mit Laub oder langen Grashalmen bedeckt.

Militäreinheit, professionell getarnt, schoss es Valerie durch den Kopf und sie zwang mit ein paar gezielten Schüssen einige der Angreifer wieder zurück in ihre Deckung. Ein rascher Blick über den Friedhof zeigte ihr, dass Georg und Paul gemeinsam mit Walter und Manfred von der anderen Seite versuchten, in den Rücken der Soldaten zu gelangen. Berner und Eddy waren nirgends zu sehen. Tschak lief aufgeregt bellend zwischen den Grabsteinen umher und verschwand dann mit einem Satz durch die Geheimtür.

Die anderen Mitglieder des Teams begannen mit gezielten Salven die Soldaten in ihren Positionen festzunageln. Die Angreifer erwiderten wütend das Feuer. Ein Schrei ertönte und dann sah Valerie aus den Augenwinkeln einen von Eddys Männern zu Boden gehen.

Lange werden wir sie nicht hinhalten können, dachte Goldmann und wechselte das leere Magazin gegen ihr letztes volles. Es war höchste Zeit, zum Kleinbus zurückzukehren und an die Ausrüstung zu gelangen. Aber das musste Valerie auf später verschieben. Ständig schlugen Kugeln in den Baumstamm ein, der ihr als Deckung diente.

Da zischte es plötzlich, eine Flammenspur zog über den Friedhof und eine dumpfe Explosion erschütterte den Wald. Einer der Bäume über den Angreifern knickte um wie ein Streichholz und krachte direkt vor den Soldaten auf den Boden. In das Rauschen der Blätter ertönte Berners wütende Stimme durch ein Megafon.

»Hier spricht die Polizei. Lassen Sie sofort die Waffen fallen und kommen Sie mit erhobenen Händen heraus. Ich möchte dem Warnschuss keinen gezielten folgen lassen, aber glauben Sie mir, ich hätte keine Bedenken, es doch noch zu tun. Sie haben fünf Sekunden, um sich zu ergeben.«

Raketenwerfer, grinste Goldmann. Eddy, dieser Teufelskerl, hatte doch tatsächlich einen aufgetrieben. Sie hatte ihn als letzten Punkt auf die Wunschliste geschrieben und war sich dabei ziemlich albern vorgekommen.

Als die Soldaten nach einigen Augenblicken mit erhobenen Händen aus ihren Verstecken kamen, waren Georg, Paul, Walter und Manfred bereits hinter ihnen und sammelten die Waffen ein. Minuten später lagen die Männer in den Tarnanzügen gefesselt nebeneinander, aufgereiht zwischen den Gräbern, und Berner versuchte eine Abholaktion zu organisieren.

»Was soll ich mit neun Soldaten machen?«, zeterte Burghardt am anderen Ende der Leitung. »Wie stellst du dir das vor, Bernhard?«

»Ach was, nimm sie wegen Widerstands gegen die Staatsgewalt fest«, erwiderte Berner, »bis morgen früh wird kein Hahn nach ihnen krähen und dann kannst du sie zu Mittag wieder laufen lassen. Du wirst doch noch eine freie Zelle finden und wenn nicht, dann ruf einfach Dr. Sina an.« Burghardt wollte etwas einwenden, aber Berner legte einfach auf.

»Burgi ist ja ganz nett, aber man darf ihm nicht zu viel Zeit zum Nachdenken geben«, brummte er zu Eddy, der gerade den Verwundeten verarztete. »Schlimm?«

Eddy schüttelte den Kopf. »Kaum der Rede wert, nur ein Durchschuss am Oberarm. Das hält Franz schon aus.«

»Du bist der Theaterexperte?«, fragte Berner den muskulösen Mann mit dem Drachentattoo, das nun schichtenweise unter einem Verband verschwand. Franz nickte und verzog keine Miene, als Eddy den Verband festzog.

»Tut mir leid, dass wir dich zu keiner erfreulicheren Aufführung eingeladen haben«, stellte Berner trocken fest und Franz winkte stoisch ab.

»Wir haben gewusst, worauf wir uns einlassen«, sagte er nur und zog sein T-Shirt wieder an. »Aber vielleicht wird das Programm im Laufe des Abends besser, Kommissar«, lächelte er dann und nahm dankend die Zigarette an, die Berner ihm anbot.

Valerie steckte ihre Pistole ein und blickte sich suchend nach Yftach Spector um. Als sie ihn nirgends entdecken konnte, lief sie rasch zum Mercedes zurück und schaute die Kahlenberger Straße hinauf und hinunter. Niemand war zu sehen. Der israelische Agent war spurlos verschwunden.

Die Treppen, die hinter dem Kreuz durch die Klapptür in die Tiefe führten, waren eng, glitschig und nass. Während Walter und Manfred als Wachposten am Eingang zurückgeblieben waren, stiegen Paul, Georg, Eddy und Valerie mit Handscheinwerfern vorsichtig die Stufen hinunter. Ihre Schritte hallten in dem kühlen und feuchten Gang, in dem es nach Moder und feuchter Erde roch.

»Das ist aber kein Abstieg in eine Gruft«, stellte Wagner nach mehr als dreißig Stufen fest. »Dazu sind wir schon zu tief in der Erde.« Und noch immer war kein Ende der Treppe abzusehen. Weiße Pilzfäden hingen von der Decke, die alten Ziegel, aus denen der Gang gebaut worden war, hatten sich schwarz verfärbt und stellenweise wucherte ein seltsames Geflecht zentimeterdick und bedeckte die Steine.

Dann tauchte mit einem Mal eine offen stehende, verrostete Metalltür im Lichtkegel von Georgs Taschenlampe auf. Er hatte die Spitze der kleinen Gruppe übernommen und kämpfte gegen seine klaustrophobischen Anfälle, indem er die Lampe hektisch hin und her schwenkte. Valerie bildete den Schluss, gleich hinter Eddy, der fast die gesamte Breite des Ganges ausfüllte.

»Johann muss hier durchgekommen sein, es gab bisher keine Abzweigung«, murmelte Sina und trat durch die Tür. Ein Gang, der im Gegensatz zur Treppe völlig trocken war, führte rund zehn Meter gerade in den Berg hinein, bevor er einen Rechtsknick machte. Alte elektrische Leitungen liefen an der Decke, alle paar Meter an antiquierten Porzellan-Isolatoren befestigt. Ehemals weiße, runde Lampenschirme mit leeren Fassungen baumelten in regelmäßigen Abständen an Wandhalterungen, über und über mit Spinnweben bedeckt.

»Habt ihr eine Ahnung, was das hier einmal war?«, fragte Valerie und ließ den Strahl ihrer Taschenlampe über die regelmäßigen Ziegelwände gleiten. Alle schüttelten nur stumm den Kopf.

»Vielleicht ein alter Weinkeller und wir haben den lang verschollenen Seiteneingang gefunden«, scherzte Paul.

»Das ist mir auch ein völliges Rätsel«, meinte Georg und folgte dem Gang um die Ecke. In der Ferne hörten sie Tschak bellen. Sina pfiff kurz und wenige Augenblicke später schoss der kleine Hirtenhund aus dem Dunkel und umkreiste sie schwanzwedelnd.

»Bring uns zu Onkel Johann, Tschak«, befahl Eddy und verstummte überrascht, als der Hund kehrtmachte und wieder in dem Gang verschwand, aus dem er gekommen war.

Valerie schaute auf die Leuchtzeiger ihrer Uhr. Es war genau 20:38.

»Also dann, auf was warten wir noch?«, fragte Paul und übernahm die Führung. Nach wenigen Metern knickte der schmale Gang nach links und mündete dreißig Meter später in einen Tunnel, der sich links und rechts in der Dunkelheit verlor.

»Wohin jetzt?«, fragte Eddy, doch Tschaks Bellen war ein unüberhörbares Signal und so wandte sich die kleine Gruppe nach rechts.

Der Tunnel war erstaunlich breit, mit quadratischen Granitsteinen gepflastert und völlig trocken. Valerie spürte einen Luftzug auf ihrem Gesicht, der aus der Richtung kam, in der Tschak verschwunden war. Sie leuchtete auf die Decke, suchte nach den Abluftschächten und stolperte dabei über verrostete Straßenbahnschienen, die in der Mitte des Tunnels verliefen.

»Täusche ich mich oder zieht es hier?«, fragte sie Eddy, der neben ihr ging und sie mit sicherem Griff davor bewahrt hatte, hinzufallen.

»Ziemlich heftig sogar«, gab dieser nachdenklich zurück.

Der Tunnel machte einen weiten Bogen und führte leicht bergab, tiefer in den Kahlenberg hinein. Da kam ein fahler Lichtschein in Sicht und Tschak war mit einem Mal wieder da, lief zwischen ihren Beinen durch und schnüffelte an den Pflastersteinen.

Georg beneidete ihn um seine Unbekümmertheit. Im großen Tunnel rückten die Geister der Dunkelheit wieder näher heran, und was sie weiter vorne erwartete, das war sicherlich um keinen Deut besser. Ganz im Gegenteil.

Als die kleine Gruppe in das Innere des Kahlenberges aufgebrochen war, hatte Berner sich auf eine Grabplatte unterhalb des kopflosen Jesus gesetzt und wartete darauf, dass Burghardt endlich mit seinem Transporter eintreffen würde, um die Soldaten abzuholen. Es wurde langsam dunkel und die Nacht kam aus Osten über das Donautal in die Stadt.

Franz tauchte hinter einer Kapelle auf, das Sturmgewehr im Arm, und setzte sich neben den Kommissar. Er zog eine Schachtel Zigaretten aus der Jacke und hielt sie Berner hin.

»Nach dieser Geschichte werde ich versuchen, mir das Rauchen abzugewöhnen«, brummte Berner, fischte sich eine der Filterlosen aus der Packung und beäugte sie argwöhnisch. »Sind das die Lungentorpedos, für die ich sie halte?«

Franz nickte. »Geht direkt ins Blut, ohne Umwege.«

Berner sah sich um. »Was für ein Glück, dass Rauchen auf Friedhöfen noch nicht verboten ist. Aber das kommt sicher auch noch«, grummelte er, riss ein Streichholz an der Grabplatte an und inhalierte. Der Hustenanfall folgte auf dem Fuße.

»Das ist keine Zigarette, das ist ein Mordanschlag«, keuchte Berner, »gib es zu, Franz, du bist ein Agent der Pensionsversicherung.«

»Sie sind nichts gewöhnt, Herr Kommissar«, gab Franz ungerührt zurück, »in der Packung sind sowieso nur zwanzig Steuerbescheide, in die ein wenig Tabak gewickelt wurde.«

Berner musste lachen. »Wie geht's deinem Arm?«

»Der wird schon wieder«, meinte Franz, »Bewegung in frischer Luft soll ja guttun. Ist mal was anderes als die Werkstatt.«

»Ihr seid ein eingeschworener Haufen …«, begann Berner.

»… mit einem Chef, der ein Herz aus Gold hat«, vollendete Franz den Satz. »Ohne ihn wären die meisten von uns schon wieder hinter Gittern oder tot. Familie, pünktliches Gehalt, ein geordnetes Leben, das alles hätte es ohne Eduard Bogner für mich nicht gegeben, niemals nicht. Da ist ein Loch im Arm ein kleiner Preis.« Franz runzelte die Stirn. »Mich ärgert nur, dass jetzt mein Tattoo hin ist.«

Einer der Soldaten, die gefesselt unweit auf dem Boden zwischen den Gräbern lagen, meldete sich lautstark zu Wort. Franz sah Berner fragend an, und als der Kommissar nickte, reichte er ihm das Sturmgewehr und ging zu den Männern in den Tarnanzügen. Mit einem starken Griff der gesunden Hand stellte er den Soldaten auf die Füße und schubste ihn vor sich her, bis er vor Berner stand. Es war ein blonder Mann mit kurzen Haaren, einem kantigen Gesicht und wachen Augen, die nun sehnsüchtig die Zigarette in Berners Mund fixierten.

»Kann ich auch eine haben?«, fragte er. Franz zog eine weitere Filterlose aus seiner Packung, zündete sie an und steckte sie mit den Worten »Smoking kills, aber von Tarnanzügen haben sie nichts gesagt, Herr Offiziersstellvertreter« dem Soldaten zwischen die Lippen. Nach den ersten gierigen Zügen nickte ihm der blonde Mann dankbar zu und musterte dann Berner. »Sind Sie tatsächlich von der Polizei?«

Seufzend zog Berner seinen Ausweis aus der Tasche und hielt ihn dem Soldaten vor die Nase. »Es wird zwar langsam dunkel, aber Sie sollten das Dienstsiegel erkennen können«, brummte er.

Der Unteroffizier überlegte kurz. »Was machen Sie dann hier auf diesem Friedhof?«, fragte er lauernd.

»Eine Katastrophe verhindern«, antwortete Franz ärgerlich anstelle des Kommissars, »bei der Sie genauso draufgegangen wären wie Tausende andere auch. Oder glauben Sie, dass Sie gegen Senfgas immun sind?«

Der Soldat fuhr zurück. »Senfgas? Wieso …?«, stotterte er und die Zigarette fiel ihm vor Schreck aus dem Mund.

Berner beugte sich vor, hob sie auf und begann zu erzählen.

Der alte Güterzugwaggon, der mitten im Tunnel auf den Gleisen stand, hatte etwas Gespenstisches an sich. Es war ein Niederbordwagen für den Transport großer, sperriger Güter, lange vor der Zeit der Container. Seine Speichenräder und das Zeichen der Österreichischen Südbahn auf den fast schwarzen Holzresten wiesen ihn als ein Eisenbahn-Relikt der Monarchie aus, das nie mehr irgendwohin fahren würde. Seine Räder waren lange schon an den Schienen festgerostet, aber der Rahmen schien noch immer stabil genug, um die fünf Lagen Senfgasgranaten zu tragen, die fein säuberlich auf der Ladefläche aufgestapelt worden waren. Die gelben Kreuze leuchteten wie frisch lackiert im Schein der Handscheinwerfer.

»Nicht näher kommen!«

Johann stand mit dem Rücken zu ihnen und breitete die Arme aus. »Die haben Bewegungssensoren rund um den Waggon installiert und sie mit der Bombe gekoppelt. Deshalb habe ich auf Sie gewartet, Chef. Das hier können Sie besser als ich.«

»Wir sind nur kurz aufgehalten worden«, gab Eddy zurück, war aber bereits gedanklich bei den Sensoren, die um den Waggon verteilt waren und deren rote Dioden wie Glühwürmchen in der Dunkelheit leuchteten.

»Wie spät?«, fragte Eddy, während er den Lichtkegel seiner Taschenlampe rasch über die Gehäuse der Sensoren gleiten ließ.

»Sieben Minuten vor neun und, Chef, ich habe eine schlechte Nachricht.« Johann klang ganz und gar nicht glücklich. »Ich kann die Leuchtziffern des Zünders von hier aus sehen. Sie haben die Bombe nicht auf zehn, sondern auf eine Stunde früher eingestellt. Wir haben noch knapp sechs Minuten.«

Eddy stieß die Luft aus wie ein Nilpferd, das aus dem Wasser auftauchte. »Keine Zeit für Finessen. Major Goldmann?«

Mit einem Schritt stand Valerie neben ihm.

»Sehen Sie die schwarze Autobatterie im Eck da drüben?«, fragte Eddy und deutete auf einen Akku, der rund fünfundzwanzig Meter entfernt an der Mauer des Tunnels stand und bei dem alle Drähte der Sensoren zusammenliefen. »Das alte Problem der Stromversorgung«, murmelte er. »Wir brauchen einen gezielten Schuss. Kein Strom, keine Sensoren, kein Alarm. Wenn möglich der Pluspol rechts oben.«

Valerie hatte schon ihre Pistole in der Hand, lehnte sich an die Mauer und atmete aus. Alle Lichtkegel vereinten sich auf der Batterie. Dann krachte der Schuss in dem Tunnel wie ein Donnerschlag, die Batterie explodierte und alle Dioden erloschen.

Johann verlor keine Sekunde und stürzte zu dem elektronischen Zünder, der zwischen der zweiten und dritten Lage der Granaten direkt an einem Paket Sprengstoff angebracht war. Die grünen Leuchtziffern zeigten die Zahl 219 und zählten jede Sekunde eine Stelle herunter.

»Niemand bewegt sich und Finger weg von dem Zünder!« Die Stimme kam schneidend aus dem Dunkel und alle fuhren herum. Ein Mann trat in den Lichtkreis der Lampen, eine kurze Maschinenpistole in der einen und eine starke Taschenlampe in der anderen.

»Spector«, flüsterte Valerie entsetzt.

»Lassen Sie den Mann arbeiten!«, bat Paul eindringlich, »sonst fliegt hier alles in die Luft!«

»Das soll es doch auch, Herr Wagner«, antwortete der Agent mit einem abwesenden Blick, »das soll es doch auch.« Seine Waffe schwenkte langsam im Halbkreis und blieb schließlich auf Johann gerichtet. »Sagen wir, dass eine osteuropäische Macht jedes nur erdenkliche Interesse daran hat, dass der Regierungswechsel in Österreich endlich Wirklichkeit wird. Und ich, Yftach Spector, bin geschickt worden, um es geschehen zu lassen.« Er sah sie der Reihe nach an. »Nennen Sie es einen historischen Moment. Ich werde den Lauf der Geschichte verändern.«

»Sie werden es aber nicht mehr erleben, weil Sie, wir, alle hier, in wenigen Minuten tot sein werden«, stieß Georg hervor.

»Aber Herr Professor«, lächelte Spector herablassend, »sprengen sich nicht jeden Tag Selbstmordattentäter für einen mehr oder minder guten Zweck in die Luft? Wer hat in seinem Leben schon die Gelegenheit, Geschichte zu schreiben? Wünschen wir uns das nicht alle ganz tief in unserer Seele?« Er schwieg und betrachtete die aufgeschichteten Senfgasgranaten, dann lachte er plötzlich auf. Sein irres Gelächter verhallte in der Weite des Tunnels.

Die grünen Zahlen auf dem Display des Zünders sprangen in den zweistelligen Bereich.

»Du kannst deine Seele dem Teufel verkaufen, aber er wird sie nicht haben wollen.« Die Stimme hinter Spector war ruhig, tief und gefasst. Berner drückte dem Agenten mit Nachdruck seine Pistole in den Nacken. »Du wirst ihn dafür schon bezahlen müssen, Judas, mit deinen dreißig Silberlingen.« Der Kommissar klang gefährlich leise und entschlossen. »Johann, mach weiter!«

Dann geschah alles wie im Zeitraffer. Als Valerie sah, dass Spector unmerklich seine Maschinenpistole hob, lag die Smith & Wesson bereits in ihrer Hand. Ihre beiden Schüsse trafen den israelischen Agenten in die Brust und schleuderten ihn gegen Berner. Mit letzter Kraft drückte Spector auf den Abzug und der Feuerstoß aus seiner Maschinenpistole raste nur wenige Zentimeter an Johanns Kopf vorbei, traf das Holz des Güterwaggons, den Metallrahmen, und einige der Geschosse prallten singend an den Senfgasgranaten ab, um als Querschläger in der Ziegelwand des Tunnels zu enden.

Johann hatte die Luft angehalten und sich nicht bewegt, aber jetzt riss er mit beiden Händen das Sprengstoffpaket zwischen den Granaten heraus, drückte es an sich, schnappte einen Handscheinwerfer und sprintete los, den Waggon entlang, in die Dunkelheit und immer weiter.

Alle standen wie erstarrt und sahen dem schmächtigen Mann nach, dessen Lampe wie ein Irrlicht in der Röhre des Tunnels tanzte und schnell kleiner wurde.

Dann war es still und niemand wagte zu atmen. Als der Feuerball der Detonation kam, war er kleiner als erwartet, aber die darauffolgende Druckwelle rauschte wie eine massive Wand aus Luft, Staub und Lärm durch den Tunnel und fegte sie alle von den Beinen.

Tschak jaulte laut auf und stürmte in Panik los. Als Georg sich benommen aufraffte, nach ihm rief und dem kleinen Hund hinterherschaute, traten neun bis an die Zähne bewaffnete Soldaten in Tarnanzügen, ihre Sturmgewehre im Anschlag, in den Lichtkreis der Handscheinwerfer. Ihr Gesichtsausdruck war grimmig und entschlossen. Georg sah die Handgranaten an ihrem Gürtel, sank zurück und schloss erschöpft die Augen. Jetzt ist alles vorbei, dachte er resignierend, aber wir haben es wenigstens versucht.

Berner war mit dem Hinterkopf hart gegen das Granitpflaster geprallt, als der Körper des israelischen Agenten nach Valeries Schüssen auf ihn gestürzt war. Dann war die Druckwelle über ihn hinweggefegt, gerade als er sich wieder aufrichten wollte, hatte ihn erneut zurück auf den kalten Boden gedrückt und ihm den Atem geraubt. Jetzt endlich spürte er, wie das Gewicht Spectors auf seiner Brust leichter wurde und wie etwas Nasses immer wieder über sein Gesicht fuhr. Eine helfende Hand zog den toten Körper beiseite, und als Berner die Augen öffnete, blickte er in das besorgte Gesicht von Burghardt, der neben ihm kniete, und in die Augen von Tschak, der ihm die Wangen leckte.

»Willkommen in der Hölle, Burgi«, ächzte der Kommissar und hielt sich den Kopf, »ich bin froh, dich hier zu sehen, glaub mir.« Dann schob er vorsichtig Tschak weg und streichelte ihn kurz.

»Aber die Soldaten … ich dachte, du wolltest …« Burghardt schaute fassungslos auf die schwer bewaffneten Männer in ihren Tarnanzügen, die gerade Eddy, Georg, Paul und Valerie aufhalfen. Dann fiel sein Blick auf die Ladefläche des Güterwagens und er erstarrte. »O mein Gott ...«, flüsterte er und dann versagte ihm die Stimme.

»Ja, der ist selbst hier herunten, auch wenn wir es manchmal nicht glauben«, stöhnte Berner und richtete sich schwerfällig auf. »Ohne Johann wären wir schon seit einigen Minuten in ein langes Gespräch mit unserem Zwerg Jauerling vertieft, vor allem dank dieses Subjekts«, und er deutete auf den toten Spector.

Wie in Trance folgte Burghardt den Schienen bis zu dem Waggon und konnte die Senfgasgranaten nicht aus den Augen lassen. Die gelben Kreuze hypnotisierten ihn, flimmerten vor seinen Augen. Schließlich streckte er die Hand aus und berührte das kalte Metall eines der dunkelgrünen Geschosse.

»Man kann es erst verstehen, wenn man es begreift«, murmelte ein noch immer benommener Paul Wagner neben ihm und legte seine Hand ebenfalls auf eine der Granaten.

Da hörten sie stolpernde Schritte aus dem völlig dunklen Tunnel hinter dem Waggon. Alle fuhren herum. Ein schmutziger, abgerissener, aber lächelnder Johann, das Gesicht mit blutigen Kratzern übersät, wankte in den Lichtkreis der zahlreichen Handscheinwerfer. Valerie und Eddy stürzten zu der schmächtigen Figur, die sich kaum auf den Beinen halten konnte, und stützten ihn.

»Das war ... hm ... eher knapp, Chef«, stammelte Johann wie entschuldigend. Valerie drückte ihm spontan einen Kuss auf die schmutzige Wange und dann wurde Johann ohnmächtig.

»Du hast eine umwerfende Wirkung auf manche Männer«, seufzte Paul und half zwei Soldaten, Johann vorsichtig in den Tragegriff zu nehmen. Dann machten sich die beiden mit dem Verletzten auf den Weg zurück nach oben.

Die übrigen Soldaten sicherten rasch und professionell den Güterwaggon auf beiden Seiten. Der Unteroffizier trat zu Berner und salutierte. »Herr Kommissar, wir bleiben hier, wie besprochen, bis ich von Ihnen höre oder die Lage sich geklärt hat. Niemand kommt in die Nähe der Granaten. Sie können sich auf uns verlassen.«

Berner nickte und bereute es gleich wieder. Sein Kopf schien zu zerspringen. »Danke, ich weiß das zu schätzen«, brummte er mit schmerzverzogenem Gesicht. »Morgen um zehn Uhr vormittags ist der ganze Spuk vorbei oder Sie werden sich vor Ihren Kommandierenden zu verantworten haben. Aber dann haben wir alle verloren.«

Der blonde Soldat nickte ernst, salutierte erneut und kehrte zu seinen Kameraden zurück.

Georg nahm Paul zur Seite, als sie langsam durch den Tunnel zu dem schmalen Gang und der Treppe zurückgingen. Tschak zog an seiner Leine und schien froh, wieder auf dem Weg nach draußen zu sein.

»Du hast diesmal den richtigen Riecher gehabt und ich habe mich geirrt. Aber wir sind uns einig, dass der zweite Hinweis von Max sehr zweifelhaft ist, um es vorsichtig auszudrücken«, begann Sina. »Das mit der U-Bahn und der Revolution und der Burg meine ich.«

»Das klingt völlig umnachtet«, gab Paul zurück. »Die Aktion hier war bereits knapp vor der Katastrophe. Noch einmal können wir uns so etwas nicht mehr leisten. Ich möchte dich auch daran erinnern, dass spätestens jetzt meine Falschmeldung von heute Nachmittag Geschichte ist.«

Georg nickte und blieb vor dem Eingang in dem schmalen Korridor zur Treppe stehen. »Deshalb müssen wir mehr Hinweise sammeln. Ich will mich nicht mehr nur auf die verworrenen Aussagen von Max alleine stützen, das Risiko wird zu groß. Was hältst du davon, nach Wetzdorf zu fahren, auf den Heldenberg, wo vor wenigen Tagen die Explosion stattfand?«

Paul dachte kurz nach und schaute dann auf die Uhr. »Wir haben sicherlich genug Zeit, um unser Glück zu versuchen«, meinte er. »Ich kenne auch keinen anderen Ort, wo wir vielleicht noch irgendwelche versteckten Hinweise finden könnten. Metternich besuchte das Gut, bevor er ins Exil nach London ging. Es ist eines der wichtigsten Punkte in dieser ganzen Geschichte und der Grund für die Explosion wurde bisher nicht geklärt. Also lass es uns versuchen. Wir müssen sicher sein, wohin wir morgen in den frühen Morgenstunden tatsächlich fahren sollen, wo diese Burg, die Revolution und diese U-Bahn ist. Weil wir keine zweite Chance bekommen werden.«

Wagner wandte sich um und deutete auf die Soldaten in der Ferne, die den Waggon mit den Senfgasgranaten bewachten.

»Jetzt nicht mehr.«

Heldenberg, Gut Wetzdorf, Niederösterreich/Österreich

Die Scheinwerfer des Pizza Expresss schnitten durch die Finsternis und der Asphalt der B 4 in Richtung Horn leuchtete wie ein graues Band aus Stahl. Die Kurven erstrahlten kurz im Licht, bis sich der Lichtkegel über den Feldern oder im Wald neben der Landstraße verlor. Wie ein Stroboskop aus kurzen, weißen Bändern blitzten die Leitlinien neben dem Wagen auf, den Paul konzentriert und schnell in Richtung Norden lenkte. In den Hügeln und Senken des Weinviertels huschten helle Fenster, Straßenlaternen und die beleuchteten Kirchen alter Ortschaften vorbei. Georg blickte nachdenklich aus dem Fenster und betrachtete den Mond und die Sterne auf dem dunkelblauen Nachthimmel, Tschak lag auf seinem Schoß und schlief.

Das wäre wieder so eine perfekte Nacht für ein Rendezvous, dachte Sina und seufzte. Eine grauschwarze Wolke bekam vom Mond einen silbernen Rand verliehen, wie eine Auszeichnung oder einen Heiligenschein. Ich wäre schon mit einer netten Begleitung zufrieden und einem kühlen Glas Bier, ging es Georg durch den Kopf, und es muss gar nichts mit heilig zu tun haben …

Paul war ebenfalls ganz in Gedanken verloren. Sein Blick war nach vorne gerichtet, und doch schien er etwas anderes als die Straße vor Augen zu haben. Sie waren zwei Mal dem Tod entkommen, aber die Nacht war noch nicht zu Ende und bis morgen um zehn … Der Pizza Expresss röhrte durch die Nacht und außer einigen gemächlich hoppelnden Hasen waren die Straßen völlig leer. Sie kamen rasch voran, viel schneller, als Sina es erwartet hatte, oder auch nicht … Er lächelte. »Normalerweise braucht man von Wien nach Kleinwetzdorf so um die fünfundvierzig Minuten …«, kommentierte Sina, »aber ich könnte meinen Zopf verwetten, dass du es in knapp dreißig schaffst.«

Wagner lächelte und nickte. »Aber nur mit vier Reifen, mit zwei gib mir zehn weniger …«

»Alter Angeber«, brummte Georg, wandte sich wieder der vorbeifliegenden Landschaft zu und sah den Kirchturm von Ziersdorf. »Jetzt sind wir gleich da. Nur noch durch diesen Ort durch, der nächste ist schon Wetzdorf. Du kannst langsam zur Landung ansetzen …«

»Ich weiß, Herr Professor, ich war bereits einmal da, da haben Monsieur noch geschlafen, während ich schon gearbeitet habe.« Paul bremste und blieb vor einer roten Ampel stehen. Weit und breit war kein anderes Fahrzeug zu sehen. Er sah Georg an. »Oder glaubst du, ich hätte sonst die Telefonnummer von diesem Butler, diesem Nachtigall, bekommen? Ein Glück, dass er und seine Frau uns reinlassen, sonst hätten wir um diese Zeit ein Problem gehabt, ins Schloss oder in die Gedenkstätte zu kommen.«

»Bei der Gedenkstätte hätte ich weniger Bedenken. Einmal hopp über den Zaun und fertig, aber beim Schloss … Du hast recht. Ich wusste gar nicht, dass du auch einen guten Eindruck hinterlassen kannst.« Georg deutete auf die nun grüne Ampel und Wagner startete durch wie bei einem Rennen.

»Könntest du mir in der Zwischenzeit bitte etwas erklären? Ich denke die ganze Zeit drüber nach, komme aber nicht dahinter und das lässt mir ehrlich gesagt überhaupt keine Ruhe.«

»Was denn?«, gab Sina zurück. »Ich habe schon bemerkt, dass dich irgendetwas beschäftigt.« Er schaute interessiert zu seinem Freund hinüber.

»Warte, ich bleibe da drüben auf dem Parkplatz des Oldtimermuseums gegenüber vom Schloss stehen. Da können wir reden.« Der Reporter steuerte den Mazda auf den weitläufigen Schotterplatz und stellte den knallbunten Wagen hinter ein paar mannshohen Gebüschen in den Schatten der Laternen. »Herr und Frau Nachtigall müssen ja noch nicht wissen, dass wir schon da sind«, kommentierte er knapp, stellte den Motor ab und wandte sich an Georg.

»Du kannst dich sicher erinnern, besser als ich. Ich vergesse so was in der Regel gleich wieder …« Paul lächelte und wies auf das Gebäude vor ihnen. »Wir waren vor vier Jahren bereits einmal zusammen hier, weißt du noch? Bevor die Sache mit Clara passiert ist.« Wagner verstummte kurz. »Wir haben zu viert einen Ausflug gemacht, auf die Landesausstellung, die damals hier abgehalten wurde. Du, Clara, ich und … Ach, wie hieß sie noch mal …?«

Georg nickte. »Ja, ich erinnere mich. ›Lauter Helden‹ hieß dieses Durcheinander von Ausstellung …«

»Ich kann mich dunkel erinnern, dass ganz oben, auf der zweiten Ebene der Ausstellung, wo es um den Ersten und Zweiten Weltkrieg ging, etwas über den Kahlenberg gehangen hatte. Ein Bild oder so etwas? Weißt du noch, was das war?«

Sina atmete tief aus. »Na, du kannst Fragen stellen!« Er dachte kurz nach. »Warte mal, du hast recht, da war noch was …« Er strich über seinen Bart und rief dann begeistert aus: »Aber natürlich! Da hing der Plan eines riesigen Siegesdenkmals. In grenzenlosem Optimismus hat man schon zu Beginn des Krieges 1914 eine Ausschreibung für ein Monument zu Ehren des Weltkrieges veranstaltet. Der siegreiche Beitrag wurde ausgestellt.«

»Genau!«, stieß Paul begeistert hervor und klopfte Georg auf den Schenkel. »Ich kann mich doch auf dich verlassen! Das war es! Zwei monströse Frauengestalten und zwei Feuerschalen am Hang des Kahlenberges, die Tag und Nacht brennen hätten sollen, zum Gedenken an die Helden des siegreichen Krieges …«

»Die Austria und die Germania, um genau zu sein. Das wäre ein scheußliches Denkmal geworden«, bestätigte Sina. »Und du meinst jetzt, wir wären in den bereits errichteten Fundamenten dieses Bauprojektes unterwegs gewesen?«

»Ganz bestimmt!« Paul nickte und trommelte mit den Fingern auf das Lenkrad. »Da haben sie die Senfgasgranaten versteckt, wie symbolisch …«

»Nicht ganz unlogisch, vor allem, weil durch die Luftschächte der Anlage das Gas aus dem Berg geströmt und der Wind sein Übriges getan hätte, um das Teufelszeug über Wien zu verteilen … Clever. Aber da haben wir ihnen in die Suppe gespuckt.« Sina rieb sich die Hände.

»Nur zu blöd, dass sie noch an zwei weiteren kochen …«, dämpfte Paul ein wenig Georgs Begeisterung. »Und jetzt komm, läuten wir diesen Nachtigall vom Fernseher weg. Wir wollen mehr über das dritte Versteck herausfinden.« Der Reporter öffnete die Tür und war drauf und dran auszusteigen.

»Warte noch!«, forderte ihn Georg auf und hielt seinen Freund am Unterarm fest.

»Was ist noch?«, fragte sich Paul verblüfft.

»Mir gefällt die Sache hier nicht«, sagte Georg. »Erst hast du Klarheit in deine Gedanken gebracht, jetzt bin ich dran, mein Gewissen zu erleichtern.«

»Nur zu, nur zu.« Wagner schlug die Wagentür wieder zu, faltete die Hände, blickte Sina tief in die Augen und intonierte: »Nun, mein

Sohn, mit wem hast du Unzucht getrieben? Erspare mir kein schmutziges Detail, du kannst mir alles anvertrauen.«

»Um Gottes willen!«, japste Sina. »Wie Pater Heribert aus der Schule …«

»Gut, gell?«, grinste Paul. »Aber im Ernst, was bedrückt dich? Was gefällt dir nicht?«

»Nachtigall, das Schloss, das alles gefällt mir nicht …«, brummte Georg und sah Wagner an. »Ich habe dir doch erzählt, dass ich auf einem komischen Fest in der Villa Ilioneus am Gallitzinberg gewesen bin. Aber ich habe dir nicht alles erzählt.«

»Ich wusste, es wird schmutzig.« Paul nickte. »Zum Glück! Ich habe schon angefangen, mich über dich zu wundern.«

»Nein, so meine ich das nicht. Ich war schließlich mit Irina dort«, brummte Sina, »und ich war weder der Einzige noch der Erste, der …«

»Was hast du denn gedacht? Komm bitte zur Sache, wir müssen los!«

»Warte! Ich meine, Arthur Schnitzler war auch in der Villa Ilioneus!« Georgs Stimme hatte einen dringlichen Ton.

Paul plumpste zurück in den Fahrersessel. »Schnitzler? Der Schriftsteller? Warum glaubst du das?«

»Schnitzler war Arzt und in seiner ›Traumnovelle‹ beschreibt er, wie ein Doktor des Wiener Allgemeinen Krankenhauses in der Nacht durch Wien läuft und mehr oder weniger zufällig in eine Orgie am Gallitzinberg gerät. Dieser Fridolin erlebt beinahe dasselbe, wie ich es in der Villa Ilioneus gesehen habe. Ich hab's nachgelesen!«

»Und weiter?« Das Interesse des Reporters war geweckt.

»Der Freund, der diesen Fridolin in die maskierte Gesellschaft einführt, ist ein Klavierspieler mit Namen Nachtigall! Der Pianist steuert mit verbundenen Augen die Musik bei, während Männer mit verschleierten Nackten tanzen.«

»Ich verstehe …«, murmelte Paul. »Aber das ist eine bloße Namensgleichheit. Reiner Zufall, glaub mir.«

»Trotzdem. Die ›Traumnovelle‹ erscheint erstmals in Buchform 1926, die Handlung spielt aber früher.« Georg zeichnete Dreien auf das Armaturenbrett. »Das beweist doch, dass dieses Haus eine über hundert Jahre alte Tradition haben muss!« Er verstummte. Von irgendwo schrie ein Kauz und Tschak horchte auf. »Und dann ist da noch etwas. Die Villa ist aus demselben Material wie das Arsenal und die anderen Kasernen des Wiener Festungsdreiecks gebaut, nämlich aus doppelt gebrannten Ziegeln. Und ausgerechnet der berühmte Wiener Ziegelbaron Heinrich Drasche war der Schwiegersohn Joseph Gottfried Pargfrieders, des berühmtesten Schlossherrn von Wetzdorf!«

»Du meinst von dem Wetzdorf, in dem wir gerade sind?«, erkundigte sich Wagner neugierig.

Georg nickte und fuhr fort. »Und der Butler, der dir bei deiner Reportage über die Sprengung und das Zugunglück seine Telefonnummer gibt und bereit ist, dich mitten in der Nacht durch das Anwesen seiner Dienstgeber zu führen, heißt ausgerechnet Nachtigall! Findest du das nicht seltsam? Ich glaube, du stolperst gerade in eine Rekrutierungsaktion der Schattenlinie, wie es mir am Gallitzinberg passiert ist!«

»Ich sehe zwar die Zusammenhänge, aber ich glaube eher an einen Zufall«, gab Paul zurück. »Du hörst das Gras wachsen, mein Bester.« Er klopfte seinem Freund auf die Schulter und strich Tschak über den Kopf. »Wenn wir mit den Depots durch sind, machen wir Urlaub. Das haben wir beide dann auch bitter nötig.«

Der Reporter öffnete die Tür und stieg aus dem Wagen. Sina schlug zornig mit der flachen Hand auf das Armaturenbrett, atmete durch und folgte ihm, nachdem er den kleinen Hirtenhund an die Leine genommen hatte.

Es war ein kurzer Weg zum Schloss und der großen Einfahrt. Nach mehrmaligem Läuten öffneten sich die Flügel der Einfahrt automatisch. Zwei große steinerne Wolfshunde wachten zu beiden Seiten über die schmale Straße und schienen kurz davor, loszubellen oder sie mit gefletschten Zähnen anzuknurren. Tschak beäugte sie misstrauisch und seine Nackenhaare stellten sich auf.

»Nobel, nobel …« Paul warf einen Blick auf den gepflegten Park, die gekiesten Wege, die in der Kühle der Nacht Restwärme abstrahlten, und pfiff angesichts des makellosen kaisergelben Schlosses durch die Zähne. Er spazierte, die Hände tief in den Hosentaschen vergraben, voraus, während Sina ihm etwas langsamer folgte.

Die Scheinwerfer, die das zweigeschossige Schloss und seinen schlanken Zwiebelturm bestrahlten, spendeten genug Licht, um auch zahlreiche Figuren aus der Dunkelheit zu reißen. Sie waren auf Steinsockeln über den Garten verteilt. Sina stutzte. Direkt zu seiner Linken spannte ein überlebensgroßer Apollon aus Bronze seinen Bogen und vor der Hauptfassade des Gebäudes überragte ein gewaltiger Herkules ein trockenes Brunnenbecken.

»Da, siehst du?« Georg tippte Paul auf die Schulter.

»Ein Brunnen ohne Wasser mit einem Herkules in der Mitte. Na und?« Der Reporter blieb stehen und betrachtete das Becken.

»Jauerling und Metternich haben sich der griechischen Mythologie bedient, um ihr Geheimnis zu verschlüsseln«, sagte Sina leise. »Denk an die Technische Universität und dann wirf einen Blick um dich herum. Der Planer der Anlage hier hat es genauso gemacht.« Georg zeigte mit ausgestrecktem Arm auf Figurengruppen im Garten. »Überall sind Statuen, teilweise offenbar ohne tieferen Sinn platziert, aber das täuscht. Und genau vor dem Schloss, an wichtigster Stelle, so aufgestellt, dass niemand ihn übersehen kann, der auf der Straße vorbeikommt, steht ein Herkules. Das Zeichen dafür, dass man mit ausdauernder Arbeit jedes Ziel, und sei es den Status eines Gottes, erreichen kann.«

»Kommen Sie nur weiter, ich bin hier!«, ertönte plötzlich eine Stimme aus dem Hintergrund. Georg und Paul fuhren herum und erkannten einen alten, weißhaarigen Mann, der um das Eck des Schlosses bog und auf sie zuhinkte. Tschak knurrte dem alten Mann entgegen, während Paul Wagner sein Filmstarlächeln aufsetzte und winkte. »Herr Nachtigall! Ich freue mich, Sie zu sehen! Ich hoffe, wir machen Ihnen nicht zu viele Umstände.«

Der Butler schüttelte dem Reporter die Hand, als er vor ihm stand. »Aber nein, ganz und gar nicht, Herr Wagner.« Dann wandte er sich Sina zu und begutachtete ihn von oben nach unten. »Ich sehe, Sie haben einen Freund und einen Hund mitgebracht …«

»Ja, ich war so frei«, antwortete Wagner lächelnd. »Darf ich vorstellen? Professor Georg Sina von der Universität Wien. Und das ist Tschak.«

»Professor Sina, wie schön! Ich habe schon viel von Ihnen gehört«, meinte der Butler und hielt die Hand des Wissenschaftlers fest.

Sina zuckte zusammen und zog seine Hand zurück. »Und woher, wenn ich fragen darf?«

Nachtigall lächelte und legte seinen Kopf etwas zur Seite. Er beäugte Georg, der einen Schritt zurückgetreten war. »Durch Ihre Bücher natürlich, Herr Professor, was dachten Sie? Wissen Sie, ich interessiere mich sehr für Geschichte. Früher habe ich sogar Führungen oben auf dem Heldenberg gemacht, aber seit die Gedenkstätte der Gemeinde gehört, überlasse ich das anderen.«

Nachtigall forderte die zwei Besucher auf, ihm zu folgen. »Meine Frau und ich, wir wohnen dort drüben im Nebengebäude.«

»Sehr schön. Das ist sicher sehr angenehm.« Paul ging langsam neben dem Butler her. »Ich hoffe, es ist nichts Ernstes mit Ihrem Bein passiert.«

Der alte Mann winkte ab. »Ein wenig Gicht, ein bisschen Altersabnützung und in letzter Zeit gab es eine Menge Arbeit«, sagte er. »Ich bin der Butler der Herrschaft, meine Frau die Haushälterin und wir sind sehr zufrieden mit unserer Stellung hier. Wir sind sogar angemeldet, mit vollen Bezügen.«

»Ich dachte, die Zeit der Dienstboten ist vorbei«, warf Sina halblaut ein, aber Wagner stieß ihn mit dem Ellenbogen in die Seite.

Der Butler ignorierte den Einwurf.

»Da haben Sie ganz recht, was soll man da noch mehr wollen? Eine große Wohnung, ein schöner Garten …« Paul blendete Nachtigall mit einem Lächeln und warf dann Georg einen finsteren Blick zu. Dieser zuckte mit den Schultern und verdrehte die Augen.

»Wir haben auch Familienanschluss, das wollte ich nicht unerwähnt lassen«, erzählte der alte Mann und schien vor Stolz einige Zentimeter zu wachsen.

»Das ist großartig«, bestätigte Wagner. »Aber jetzt, da Sie es erwähnen … Wem gehört Schloss Wetzdorf eigentlich im Moment?« Er blickte erwartungsvoll auf den Butler.

Nachtigall setzte mit einem Schlag eine unverbindliche Miene auf. »Der Besitzer des Anwesens möchte anonym bleiben. Ich kann Ihnen seinen Namen daher nicht verraten.« Der alte Mann blieb stehen und verschränkte die Arme vor der Brust. »Und falls Sie etwas über das Schloss schreiben, so muss ich Sie warnen, seinen Namen auch nicht zu recherchieren und zu erwähnen. Mein Chef hat sehr viel Einfluss, mächtige Freunde, und er kann jede Auflage einer Zeitung ganz schnell einstampfen lassen.« Er nickte dabei, wie um seine Worte zu unterstreichen.

»Keine Angst, Herr Nachtigall, das ist weder meine Absicht noch in meinem Interesse«, antwortete Wagner überrascht. Mit einer solchen Reaktion hatte er hier keineswegs gerechnet. Wäre er in offiziellem Auftrag hier, hätte er höflich, aber bestimmt auf die emsige Rechtsabteilung der UMG verwiesen. Auch der alte Wineberg hatte so seine Netzwerke. Aber so … Er entschied sich, vorerst gute Miene zum bösen Spiel zu machen und den Alten nicht zu verärgern.

Sina suchte mit seinen Blicken die Dunkelheit zwischen den hohen Bäumen zu durchdringen, deren Blätter über ihren Köpfen leise rauschten. Den bis ins Mark loyalen Butler überließ er mit Freude Pauls Professionalität. Aber es war ein mulmiges Gefühl, das sich in seinem Magen ausbreitete. Die Nacht schien beinahe auf ihn loszukriechen, ihn zu umzingeln, nach ihm zu greifen. Auf diesem Anwesen geben sich die Schatten der Vergangenheit ein Stelldichein, dachte er, und sie sind uns nicht unbedingt wohlgesonnen.

In einiger Entfernung machte er das ehemalige Tor des Gutes aus. Ein Triumphbogen, an dessen Spitze ein schreitender Löwe stand. Zwischen zwei hohen Bäumen tauchte ein weiterer Sockel auf, der einer überlebensgroßen antiken Jägerin als Bühne diente: Artemis, ihren Bogen gespannt, wie zuvor ihr Bruder Apollon.

»Die göttlichen Zwillinge. Und sie sind auf der Jagd«, murmelte Georg, »Aber was ist ihre Beute?« Er wandte sich langsam um und dann sah er ihn. Auf einem mit Arabesken verzierten Steinquader kauernd hob Ilioneus abwehrend und flehend die Hände zum Himmel. Es war dieselbe Statue wie vor der Villa auf dem Gallitzinberg, offensichtlich nach demselben Modell gegossen. Georg fiel es wie Schuppen von den Augen und er ärgerte sich, dass er so blind gewesen war. Die Lösung des Rätsels lag in Lambergs Tagebuch und das Attentat auf die Franz-Josefs-Bahn hier in Wetzdorf hätte ihn sofort alarmieren sollen. Paul und der Butler waren plötzlich ganz weit weg. Die Figuren begannen zu sprechen, wie in einer griechischen Tragödie:

Ilioneus war der Sohn von Amphion, dem König von Theben, und dessen Frau Niobe gewesen. Niobe gebar Amphion sieben Söhne und sieben Töchter. Stolz auf ihre Nachkommenschaft, verhöhnte sie die Titanin Leto, die dem Göttervater Zeus nur zwei Kinder geboren hatte, die Zwillinge Apollon und Artemis. Leto wandte sich an die beiden um Hilfe und sie töteten daraufhin die Kinder der Niobe. Alle bis auf Ilioneus, der dem Morden zunächst entkam. Um sein Leben zu retten, flehte er zu allen Himmlischen. Apollon hätte dem Jungen, von seinem Gebet gerührt, das Leben geschenkt. Jedoch sein Pfeil war schon abgeschossen und traf Ilioneus ins Herz.

Wegen des ungeheuren Schmerzes über das Gemetzel an ihren Kindern versteinerten die Götter die trauernde Niobe. Aber selbst dieser Stein hörte nicht auf, Tränen zu vergießen.

Sina stand ganz still. Er begriff, dass Niobe für Marianne Palffy stand und Leto niemand Geringeren als Amalia Wilhelmine von Braunschweig-Lüneburg verkörperte, die als Gemahlin von Kaiser Joseph I. von der regierenden Linie alle Kinder der Mätresse Palffy töten ließ. Aber offensichtlich zeigte einer der Olympier, wohl ein Kaiser, Gnade und ein Sohn der Schattenlinie überlebte das Massaker. Waren es Joseph II. und Balthasar Jauerling gewesen?

Sina blickte sich um und sein Blick fiel auf die steinerne Raubkatze am Tor, die majestätisch ihr Reich bewachte und abgrenzte. Es war gekommen, wie er es befürchtet hatte. Sie waren in die Höhle des Löwen gelockt worden. Der König der Tiere war auch das Wappentier der Habsburger … Georg verzog das Gesicht. Darum war auch hier die erste Bombe hochgegangen, um auf die Geschichte hinzuweisen. Das Attentat gehörte von Anfang an zum Plan der Schattenlinie. Es markierte den Ort, sollte daran erinnern, dass sie beinahe ausgelöscht worden wäre, aber dann doch überlebt hatte.

Paul plauderte derweil mit dem Butler, als gäbe es kein Morgen, und Georg dachte hektisch nach, wie er seine Erkenntnisse so unauffällig wie möglich an den Mann bringen könnte.

»Sie bekommen auch sicher keine Schwierigkeiten, wenn Ihr Dienstherr bemerkt, dass wir zu nachtschlafender Zeit über sein Grundstück laufen?«, hakte Wagner nach.

»Aber nein, er ist gar nicht da«, schmunzelte der ältere Herr. »Er ist nur selten auf Schloss Wetzdorf. Die meiste Zeit ist er auf Reisen. Wir haben zurzeit nur einen Gast hier, und die ›kleine Erzherzogin‹ wird sich nicht gestört fühlen, wenn ich Sie ein bisschen herumführe.«

»Wer?« Wagner zog die Brauen zusammen.

»Das ist nur ein Spitzname. Das Fräulein Anna ist eine reizende

Person ...« Nachtigall beugte sich zu Paul und flüsterte: »Aber sie ist ein wenig seltsam.« Er tippte sich mit dem Zeigefinger an die Stirne. »Sie nachtwandelt. Meine Frau hätte einmal fast der Schlag getroffen. Stellen Sie sich nur einmal vor, Sie sind in der Nacht in den Gängen eines dunklen Schlosses unterwegs und plötzlich begegnen Sie einer blassen jungen Frau in einem weißen, wallenden Nachthemd ...«

Paul lachte. »Ich würde mich gerne einmal mit einem Geist unterhalten! Und wie kommt sie dann zu dem eigentümlichen Spitznamen?«, fragte er dann.

»Wie gesagt, interessiere ich mich für Geschichte ...«, holte Nachtigall aus, »und insbesondere für die Familie Habsburg. Die Schwester von Ferdinand dem Gütigen war, wie auch er selbst, leider behindert, weshalb sie des Nachts durch die Gänge von Schloss Schönbrunn und anderer Kaiserappartements geisterte. Ihr Name war Erzherzogin Maria Anna – daher der Spitzname.«

»Ich verstehe«, sagte Wagner und schaute sich nach Georg um, der ihn alarmiert anblickte.

»Ich muss dir dann unbedingt etwas erzählen, Paul. Aber nicht jetzt ...«, murmelte der Wissenschaftler. Er deutete mit dem Kopf auf den Butler, der langsam in Richtung des Schlosses humpelte. »Mir ist gerade eines klar geworden. Wir befinden uns im Auge des Sturmes ...«

»Den Eindruck habe ich langsam auch«, flüsterte Paul. »Hier stimmt wirklich etwas nicht.«

Der alte Mann hatte sich umgedreht und fixierte sie. »Nicht einmal die Russen nach dem Zweiten Weltkrieg haben sich getraut, das Schloss und die Gedenkstätte zu plündern«, rief er ihnen unvermittelt zu und sein hohes, gackerndes Lachen schallte durch die Nacht.

Tschak begann zu bellen.

8. September 1945, russische Besatzungszone, Wien/Österreich

Generaloberst Iwan Stepanowitsch Konjew blickte aus seinem Büro im Palais Epstein, in unmittelbarer Nähe des Parlamentsgebäudes gelegen, auf die Wiener Ringstraße hinunter. Ein Spätsommertag ging zu Ende und der Große Krieg schien bereits Jahre weit weg, obwohl gerade vier Monate seit dem Inkrafttreten des Waffenstillstandes vergangen waren.

Die vier Besatzungsmächte hatten Wien, das an vielen Stellen schwer zerstört und durch alliierte Bombenangriffe bis ins Mark getroffen war, in vier Zonen aufgeteilt. Vor einer Woche dann hatten die Amerikaner, Briten und Franzosen ihre Hauptquartiere in der Stadt an der Donau bezogen. Die »Vier im Jeep« sollten für die nächsten zehn Jahre zum Stadtbild gehören wie das Riesenrad, Schönbrunn und der Stephansdom.

Konjew, hochdekorierter Marschall der Sowjetunion, hatte im Mai 1945 Prag befreit, war mit siebenundvierzig Jahren zum Oberbefehlshaber der zentralen Gruppe der sowjetischen Landstreitkräfte in Österreich und Ungarn ernannt worden und damit in das altehrwürdige Palais am Ring eingezogen. Der große, selbstbewusste Offizier mit dem kahl rasierten, kantigen Schädel und den stets lächelnden Augen lebte gerne in Wien. Er verstand sich mit den anderen drei Hochkommissaren bestens, hatte einen rasanten Aufstieg hinter und eine vielversprechende Karriere vor sich.

Als es an der reich geschnitzten Tür seines Büros klopfte, drehte sich Konjew nicht um. Er rief laut »Priori!« und lächelte. Er wusste, wer sich angemeldet hatte. Maxim Michajlowitsch Solowjov, der den Endkampf um Wien mitgemacht und sich durch sein umsichtiges Vorgehen im Umgang mit der Zivilbevölkerung ausgezeichnet hatte, war nach Kriegsende dank seiner hervorragenden Deutschkenntnisse in nur wenigen Monaten zu einem unverzichtbaren Mitstreiter Konjews geworden. Und der russische Hochkommissar mochte den hageren Poeten aus Jekatarinenburg, der stets auf gute Umgangsformen bedacht war.

Der Mann, der in der tadellosen Uniform und den auf Hochglanz polierten Stiefeln das Büro Konjews betrat, hatte nichts mehr mit dem abgerissenen, erschöpften und halb verhungerten Soldaten gemein, der sich noch vor fünf Monaten betend durch die Straßen Wiens gekämpft hatte. Solowjov war durch die Fronterfahrung zwar geprägt, aber nicht zerstört worden. Er hatte mit dem Krieg abgeschlossen, die grausamen Erinnerungen und blutigen Bilder gut verpackt in die Schubladen seines Erfahrungsschatzes verstaut und nur mehr nach vorne geblickt. Lediglich in einigen Nächten, wenn die Toten keine

Ruhe gaben, kamen die Albträume zurück. Dann schlug er mit dem Kopf gegen die Wand, bis ihm das Blut über das Gesicht rann und sich mit den Tränen vermischte.

Solowjov schloss leise die Tür, knallte die Hacken zusammen, die gebürstete Tellerkappe unter dem Arm, und wartete.

»Maxim, wie schön, dass Sie da sind«, sagte Konjew und wandte sich seinem Besucher zu. »Stehen Sie bequem. Wie geht es Ihrer Mutter?«

»Danke, General, gut. Sie hat sich einen kleinen Garten hinter dem Haus angelegt und freut sich über die ersten Brombeeren und ein wenig Mais.« Solowjov tastete unbewusst nach dem Amulett, das er durch sein frisch gebügeltes Hemd spürte. Es war nur mehr eine Geste, ein Ritual und eine Frage der Zeit, wann er das erste Mal vergessen würde, es umzulegen.

Mit einer kurzen Handbewegung lud der russische Hochkommissar Solowjov ein, Platz zu nehmen. Auf dem intarsierten Tisch der Biedermeier-Sitzgarnitur blubberte ein silberner Samowar vor sich hin und eine halb volle Flasche Wodka, umringt von benutzten Gläsern, zeugte von den letzten Besuchern, einigen Offizieren des Generalstabs.

Konjew schenkte seinem Besucher ein und dann begann er mit seinen Instruktionen.

Als der hagere Soldat zwei Stunden später aus dem Palais Epstein trat, war es dunkel geworden. In seiner Tasche trug Solowjov einen viersprachigen Befehl, dessen erste Zeile »Gefahr im Verzug« lautete. Angehörige aller vier Besatzungsmächte wurden darin aufgerufen, den »neuen russischen Beauftragten zur Bekämpfung des illegalen Handels mit unregistrierten oder herrenlosen Warenbeständen« nach besten Kräften zu unterstützen. Maxim lächelte zufrieden. In einer Zeit der knappen Rationen und sorgsam gehüteten Lebensmittelkarten konnte er beruhigt in die Zukunft blicken. Konjew hatte angedeutet, dass er mit Erfolgshonoraren in Form von »Naturalzuwendungen«, wie er es genannt hatte, nicht geizen werde.

Der einzige Wermutstropfen für den neu ernannten Leiter der »Operation Schwarzhandel« war, dass er noch heute Nacht einen dringenden Einsatz leiten sollte. Solowjov zuckte mit den Achseln. Elisabeth, die neue Freundin aus der Vorstadt, würde auf ihn warten müssen oder auch nicht. Mit Zigaretten, Schnaps und den richtigen Verbindungen würde es kein Problem sein, innerhalb kürzester Zeit Ersatz für sie zu finden.

Solowjov warf einen Blick auf den Zettel mit der Adresse des Treffpunkts. Dann gab er dem Chauffeur des Militärkommandanten ein Zeichen, kletterte in den requirierten Steyr, reichte dem Fahrer die Anschrift und sie machten sich auf den Weg.

Schwarzhändler, Schieberbanden und zwielichtige Gestalten prägten über weite Teile das Bild des Nachkriegs-Wien. Bereits wenige Wochen nach dem Ende der Kampfhandlungen hatte sich im Untergrund ein Netz von Händlern und sogenannten »Organisierern« gebildet, die blitzschnell und gegen meist horrende Preise alles beschaffen konnten. Die Stadt war angeschlagen, die Menschen standen vor dem Nichts und brauchten alles. Jedes fünfte Haus in Wien war zerstört worden, fast 87 000 Wohnungen galten als unbewohnbar. Im Stadtgebiet zählte man mehr als dreitausend Bombentrichter, viele Brücken lagen in Trümmern, Strom, Gas und Wasser gab es in manchen Stadtteilen nur stundenweise oder gar nicht.

So entstand ein gut funktionierender Schwarzmarkt, auf dem alles gehandelt wurde, was sich zu Geld machen ließ – Informationen oder Kaviar, Menschen oder Alkohol, Medikamente oder Verbindungen. Riesige Vermögen entstanden über Nacht. Wer wusste, wo es was zu holen gab, hatte bereits gewonnen. Die Aussicht auf das schnelle Geld lockte und Wien wurde rasch zu einem Sammelbecken entwurzelter und zwielichtiger Existenzen, Schleichhändler, denen ein Menschenleben weniger galt als ein Kilo Butter.

Solowjov ging in Gedanken noch einmal das Gespräch mit Konjew durch. Unter ihm zog die Donau vorüber, als sie den Fluss auf einer Behelfsbrücke überquerten und der Steyr über die Holzbohlen ratterte. Die Schweinwerfer des Wagens bohrten sich in die Dunkelheit, der Fahrer wich geschickt riesigen Löchern aus, ohne zu bremsen.

Als er rechts in Richtung Alte Donau abbog, kamen Solowjov Bedenken, dass sich der Chauffeur verfahren hatte. Aber dann schob sich eine riesige Kirche in sein Blickfeld, die den Krieg beinahe unbeschadet überstanden hatte, und Maxim wusste, dass sie fast da waren. Sie fuhren an dem Dom vorbei und hielten kaum hundert Meter weiter vorn, in einer Seitenstraße, direkt im Schatten eines zerbombten Hauses. Eine ganz dünne Mondsichel hing am wolkenlosen Nachthimmel, der mit Sternen übersät war.

Es war still, als Solowjov ausstieg und dem Fahrer bedeutete, nicht auf ihn zu warten, sondern zur Kommandantur zurückzukehren. Dann ging er ein Stück des Weges zurück, den sie gekommen waren, zog den Zettel aus der Tasche und kontrollierte zur Sicherheit nochmals die Hausnummer.

Der Eingang in das mit Holzbrettern verbarrikadierte Gebäude, das dem Wappen über dem Tor nach früher einmal ein Handelshaus gewesen sein musste, war dunkel und stank nach Urin. Maxim lehnte sich gegen den Türflügel und das Quietschen der Scharniere klang weit durch die Nacht.

Augenblicklich tauchten vier Schatten aus der Dunkelheit auf und umringten ihn. »Genosse Solowjov? Wir müssen uns beeilen, kommen Sie rasch. Die Bande kann jeden Augenblick eintreffen.« Der pockennarbige Mann in Uniform nahm ihn am Arm und zog ihn fort, zur Kellertreppe. Die anderen drei folgten stumm, die Hände in den Taschen ihrer langen Mäntel. Es waren Männer vom Geheimdienst, wie Konjew erklärt hatte, Verbindungsleute zwischen Besatzung und der provisorischen österreichischen Regierung.

Der Informant, der dem russischen Stadtkommandanten den Tipp mit dem riesigen Lager unter der Erde gegeben hatte, öffnete eine große Doppeltür, von der aus eine schräge Rampe weiter hinunter in den Keller führte. Feuchte und stickige Luft schlug ihnen entgegen und Solowjov musste achtgeben, um auf dem Weg nach unten nicht auszurutschen.

Gott sei Dank funktioniert das Licht, dachte er sich und erkannte im fahlen Schein der staubigen Glühbirnen Dutzende Holzkisten mit Adler und Hakenkreuz. Er hob einen der Deckel und sah Lagen von Stielhandgranaten, die im Licht matt glänzten.

»Das war vor dem Anschluss eines der größten Handelshäuser für ausländische Spirituosen«, flüsterte der Pockennarbige, »fest in jüdischer Hand seit Generationen. Dann wurde es zwangsarisiert und von einem Wiener Parteigenossen übernommen, der seit Mai spurlos verschwunden ist. Die ehemaligen Besitzer blieben in Buchenwald und Mauthausen.« Er verstummte und wies mit einer Handbewegung tiefer in den Keller hinein. Solowjov ging weiter und aus dem Dunkel tauchten lange Reihen von mannshohen Fässern auf, die teilweise in zwei Etagen übereinandergeschichtet waren und einen Duft von Eiche und Gerste verbreiteten. Manche trugen Jahreszahlen und Maxim las »Jahrgang 1921« oder »Année 1935«.

»Das hier ist das Whisky-Lager«, erklärte der Informant andächtig, »daneben gibt es auch noch ein Cognac- und ein Schnapsdepot in der gleichen Größe.«

Solowjov hielt den Atem an angesichts des Vermögens, das in diesem Keller lagerte. Damit könnte er ein Schloss in Jekatarinenburg kaufen und bis an sein Lebensende nur mehr Gedichte schreiben, ohne sich jemals wieder Sorgen um Geld machen zu müssen.

Mit einer Kopfbewegung verscheuchte er den Gedanken. Da bemerkte er aus den Augenwinkeln, wie einer der Männer in den langen Mänteln eine Pistole aus der Tasche zog, ohne zu zögern dem Informanten in den Rücken schoss und die Waffe dann auf ihn richtete.

»Es tut mir leid, Genosse Solowjov, Ihr Weg ist in Wien zu Ende.« Der Akzent des Mannes erinnerte Maxim an seine Heimat. »Hier liegt zu viel Geld, um Sie leben zu lassen, das werden Sie verstehen.«

Seine beiden Gefährten wandten sich zum Gehen und Solowjov wusste, dass der Schuss bald kommen würde. Mit der linken Hand tastete er nach dem Amulett, während seine Rechte verzweifelt zum Halfter mit der Tokarev-Dienstpistole herabstieß. Noch im Ziehen wusste er, dass es zu spät sein würde.

Der erste Schuss traf Solowjov in den Bauch und der zweite in die Brust, knapp unter dem kleinen Foto seines Vaters, das ihm seine Mutter geschenkt hatte. In einem letzten Aufbäumen seines Lebenswillens drückte Maxim ab, wieder und immer wieder, und jagte eine Kugel nach der anderen in die Kiste mit den Handgranaten. Dann explodierte die Welt des Maxim Michajlowitsch Solowjov in einem großen, finalen Feuerball, bevor der endlose Sturz in die Dunkelheit kam.

Die Detonationen rissen die drei russischen Geheimdienstleute in Stücke und brachten den Zugang zum Keller völlig zum Einsturz. Das

Fundament gab nach und das alte Handelshaus brach in sich zusammen. Tonnen von Ziegeln begruben Erinnerungen und Hoffnungen, Geldgier und Redlichkeit gleichermaßen.

Im Zuge des Wiederaufbaus ein Jahr später wurde das Grundstück eingeebnet und in den Fünfzigerjahren schließlich ein großer Vorgarten darauf angelegt. Der Neubau wurde nach den Wünschen der Bauherrn um zehn Meter von der Straßenfront zurückgesetzt, um so Abstand zum Verkehr zu gewinnen.

Maxim Michajlowitsch Solowjov wurde als vermisst gemeldet und fünf Jahre später für tot erklärt. Seine Mutter erreichte die Meldung nicht mehr. Sie erhängte sich 1947 auf dem Dachboden ihres kleinen Hauses in Jekatarinenburg.

2.9.2009

Heldenberg, Gut Wetzdorf, Niederösterreich/Österreich

Nachtigall führte seine zwei nächtlichen Gäste durch den Hof des Schlosses Wetzdorf, wo bärtige Männer aus Stein als Kandelaber für mehrere Lampen dienten, die das Innere des Gebäudekomplexes erhellten. Der Butler schloss eine Türe auf, öffnete sie und verschwand auf einer schmalen Treppe. »Folgen Sie mir!«, rief er und stieg dann die knarrenden Stufen nach oben. Wenige Minuten später standen die drei Männer in einem kleinen, weiß ausgemalten Raum. Schmutzige Spinnweben hingen in den Ecken und über allem schien der Staub der Jahrhunderte eine schmierige, graubraune Schicht hinterlassen zu haben.

»Das hier ist der traurige Rest des Badezimmers von Joseph Gottfried Pargfrieder. Auch wenn es nicht so aussieht, aber das Bad war für den Beginn des 19. Jahrhunderts hochmodern. Sehen Sie nur«, erklärte der Butler begeistert, »hier in diesem Behälter in der Wandnische war seine Warmwasseraufbereitung. Ja, er war ein fortschrittlicher Mann, unser Herr Pargfrieder.«

»Wer genau war das eigentlich?«, erkundigte sich Wagner wie beiläufig.

»Ja, kennen Sie die Geschichte nicht?«, rief Nachtigall verwundert aus. »Am Heldenberg ruhen drei Helden in ewiger Ruh, zwei lieferten Schlachten, der dritte die Schuh! Nie gehört?«

»Nein«, gestand Wagner.

»Sie auch nicht?« Der Butler starrte ungläubig auf Sina.

»Doch, ich kenne den Spottvers. Aber ich lasse Ihnen den Vortritt, Sie sind schließlich hier zu Hause ...« Georg machte eine einladende Geste. Dann beäugte er interessiert den Metallkessel mit Holzdeckel in der Wand und den wuchtigen Messingwasserhahn darunter.

»Herr Joseph Gottfried Pargfrieder war ein Armeelieferant, genauer gesagt der größte. Er belieferte die kaiserlichen Truppen mit Uniformen, Schuhen, Lebensmitteln, Wein und mit vielem mehr«, redete sich Nachtigall in Fahrt. »Herr Pargfrieder war reich, geradezu unglaublich reich. Einige seiner Zeitgenossen behaupteten, er sei zeitweise sogar reicher als der Kaiser selbst gewesen, und das wollte damals schon was heißen …« Die Begeisterung war aus der Stimme des Butlers unschwer herauszuhören. »Zuerst wohnte er in Pest in Ungarn, besaß da eine Fabrik und produzierte Schuhe. Im Jahr 1832 kaufte er schließlich hier Schloss und Gut Wetzdorf. Seine einzige Prämisse für den Kauf des Anwesens war, dass sein zukünftiger Besitz an der Straße nach Znaim liegen sollte.«

»Weiß man, warum?«, unterbrach ihn Wagner.

»Wahrscheinlich wegen der Lieferwege«, erklärte der Butler. »Aus Znaim kam damals nicht nur Wein, sondern auch die berühmten eingelegten Gurken und später auch der erste Würfelzucker.«

Nachtigall durchquerte eine schmutzige Küche mit ein paar achtlos verteilten Stühlen, öffnete eine weitere Türe und knipste das Licht in einem muffigen Büro an, während er pausenlos weitersprach. »Die riesigen Keller haben Sie ja schon bei ihrem ersten Besuch bei uns gesehen. Der neue Besitzer des Anwesens ließ die Gewölbe ausheben und mauern, um dort Lebensmittel, Wein und andere verderbliche Güter zu lagern. Bis auf die Kapelle und die schmale barocke Prunkfassade mit dem Tor in den Hof hat er das historische Schloss komplett abreißen und durch einen zweigeschossigen Neubau ersetzen lassen.«

Schließlich versiegte sein Redefluss. Der Raum, in dem sie standen und in dessen Mitte sich zwei wuchtige Schreibtische Kopf an Kopf gegenüberstanden, sah nicht besser aus als die beiden vorigen Räume. Die ehemals weißen Wände waren grau, die Regale und Fensterbretter waren staubig. Alles hier schien förmlich nach der dringend notwendigen Renovierung zu schreien. Nur einige moderne Geräte wie Telefon, Kopiergerät und ein einsamer Monitor zeigten, dass der Arbeitsplatz tatsächlich noch in Gebrauch war. Das Porträt eines spitzbärtigen Mannes im grauen Anzug, der Mode nach von der vorigen Jahrhundertwende, blickte streng auf die beiden Tischplatten herunter. Tschak schnüffelte an einem vollen Papierkorb.

Nachtigall erriet die Gedanken seiner beiden Besucher. »Ja, da haben wir noch ein Bauprojekt vor uns«, schmunzelte er. »Aber der Vorteil ist, dass diese Räume noch unverfälscht und original aus der Zeit des Herrn Pargfrieder sind.« Er schmunzelte. »Na gut, bis auf das Büro. Es stammt aus seiner Zeit.« Der Butler zeigte auf das Gemälde. »Wie auch so manch anderes …« Das Gesicht des alten Mannes verfinsterte sich kurz, dann fuhr er wieder unbeschwert fort: »Den Raum teilen sich der Verwalter und ich. In der Küche da drüben sitzen wir oft mit den Arbeitern zusammen. Zum Kaffeetrinken und Plaudern, Sie wissen schon, das Übliche …«

Nachtigall humpelte durch den Raum auf eine weiß lackierte Tür zu. »Ab hier wird es jetzt besser. Ich darf Sie aber bitten, leise zu sein, damit wir niemanden aufwecken.« Der Butler steckte einen Schlüssel in das Türschloss und drehte ihn um.

»Wer ist denn sonst noch da?«, hakte Paul interessiert nach.

Nachtigall warf ihm einen entrüsteten Blick zu. »Ich habe nicht gesagt, dass noch jemand da ist, Herr Wagner. Wollen Sie die Räume sehen oder nicht?«

Der Reporter hob beschwichtigend beide Hände, dann drehte er sich zu Georg um und rollte mit den Augen. Der Wissenschaftler zuckte nur mit den Schultern und betrachtete weiter das Ölgemälde.

»Das muss ja ein Vermögen gekostet haben …«, bemerkte Wagner später bewundernd, als sie durch die komplett wiederhergestellten Trakte des Schlosses gingen. An den farbig tapezierten Wänden der Gänge hingen Landschaften und Stillleben in Öl sowie historische Drucke, die Napoleon Bonaparte zeigten und seine Siege verherrlichten.

»Der Herr Pargfrieder war ein großer Bewunderer von Napoleon, müssen Sie wissen«, sagte Nachtigall, ohne sich umzudrehen.

»Und dann baut er ein Denkmal für die österreichische kaiserliche Armee? Ziemlich widersprüchlich, der Gute, finden Sie nicht?«, stellte Sina trocken fest und musterte jeden Druck einzeln.

»Ja, so war er eben … Im Park hat er mehrere Obelisken errichten lassen, ein jeder stand für einen Triumph des Kaisers der Franzosen, der Europa eine neue Ordnung geben wollte.« Der Butler lächelte versonnen.

Der tut grade so, als hätte er den alten Pargfrieder persönlich gekannt, fuhr es Paul durch den Kopf. »Was ist in all den Räumen und Zimmern?«

»Das meiste sind Gästezimmer. Die Familie wohnt nur im vorderen Teil.« Nachtigall wies mit ausgestrecktem Finger die vielen Türen an beiden Seiten des langen Flures entlang. Dann blieb er vor einem Ölgemälde stehen. »Und hier nun sehen sie ihn höchstpersönlich. Das ist Joseph Gottfried Pargfrieder.«

Der Dunkelhaarige mit Adlernase auf dem Gemälde schien sie fragend und auch ein wenig hinterlistig anzusehen. Er lächelte verschmitzt und trug eine bunt gemusterte Weste unter einem weiten grauen Stoffmantel. Sein Porträt vermittelte den Eindruck eines wohlhabenden und zufriedenen Mannes, der mit beiden Beinen voll im Leben stand. Seine Augen fixierten seine Betrachter. Ich kenne dein Geheimnis, schien er zu sagen, du brauchst Geld, und zwar meines …

»Wie war er so? Ich meine, als Mensch. Weiß man das?« Wagner verschränkte die Arme vor der Brust und musterte das Bild genau. Im Hintergrund erkannte er das Schloss und die weitläufigen Parkanlagen.

»Unser Herr Pargfrieder war, wenn ich das sagen darf, ein komischer Kauz«, kicherte Nachtigall und verbeugte sich entschuldigend vor dem Gemälde. »Er finanzierte zahlreiche soziale Einrichtungen, stellte sie der Bevölkerung gratis zur Verfügung und ließ trotzdem nie einen Zweifel offen, von wem das alles kam. Wer zahlt, schafft an. Das war sein Credo. So berichtet es zumindest die lokale Tradition.«

»Also ein mächtiger Mann oder irre ich mich? War er von Adel?« Wagner wandte sich dem alten Mann zu.

»Aber was denken Sie?« Nachtigall machte eine abwehrende Handbewegung. »Er ist buchstäblich aus dem Nichts aufgetaucht. Kein Mensch weiß, woher er kam. Doch er hatte Geld und dann belieferte er plötzlich die Armee und schien über unbegrenzte Verbindungen zu verfügen. Neudeutsch würde man ihn wohl einen geschickten Lobbyisten nennen. Einer seiner engsten Freunde war der legendäre Feldmarschall Radetzky.«

»Und Sie meinen wirklich, die Freundschaft zu Radetzky hätte dafür ausgereicht?«, unterbrach ihn Georg. »Undenkbar wäre es nicht, schließlich hatte die Armee unter seiner Führung im Jahr 1848 für Franz Joseph das Reich, zumindest in Italien, gerettet.«

»Nein, das glaube ich nicht, da steckt noch viel mehr dahinter«, antwortete Nachtigall und lächelte. »Herr Pargfrieder hat aus seiner ungeklärten Abstammung ein Geheimnis gebaut. Im wahrsten Sinne des Wortes, denn der ganze Garten nimmt verschlüsselt Bezug darauf.«

Also hatte ich recht, dachte der Wissenschaftler. Entweder war dieser Armeelieferant selbst Ilioneus oder einer seiner direkten Vorfahren.

»Er hat zeit seines Lebens behauptet, ein Sohn Kaiser Josephs II. zu sein. Wann oder wo er geboren worden ist, das ist unbekannt. Es muss irgendwann in den späteren Achtzigern des 18. Jahrhunderts gewesen sein.« Nachtigall sah zuerst Wagner, dann Sina an. »Einige behaupten, er sei das Kind einer Försterstochter gewesen. Andere möchten beweisen, dass er der Sohn einer ungarischen Gärtnerin auf Schloss Hof im Marchfeld war, wo sich Joseph II. oft und gerne aufgehalten hat. Ein paar abstruse Ideen haben aus seiner Mutter sogar eine Jüdin gemacht, weil Schloss Hof auch jüdische Gärtner beschäftigt hat. Die Nazis wollten Herrn Pargfrieder deshalb sogar exhumieren, weil ein Jude mit seinem Grab das Denkmal der Armee besudeln würde. Aber das ist alles Unsinn … Die engen Verbindungen zwischen Herrn Pargfrieder und Ungarn sind allerdings offensichtlich. Unbestritten ist jedenfalls der Umstand, dass seine Mutter ihm den Namen seines Vaters, nämlich Joseph, gegeben hat. So hat sie es ihm selbst erzählt …«

»Aber das ließe sich heute doch ganz einfach überprüfen …«, unterbrach ihn Sina ungeduldig, dem das ständige ›Herr‹ vor dem Namen des ehemaligen Hausherrn auf die Nerven ging. »Man bräuchte doch nur einen Gentest zu machen.«

Der alte Mann winkte ab. »Ja, theoretisch haben Sie natürlich recht, Professor. Aber praktisch ist das vollkommen unmöglich, weil die Familie Habsburg-Lothringen vehement solche Tests verweigert.«

»Aber gibt es für diesen Anspruch denn überhaupt irgendwelche schlüssigen Hinweise?«, hakte Wagner nach.

»Unmengen …«, lachte der Butler. »Auf beinahe jedem Bauwerk hier im Park, auf seinem Sarg, auf dem Löwentor, überall hat Herr

Pargfrieder sein legendäres Kürzel anbringen lassen, in dem er klarstellt, ein Sohn Kaiser Josephs zu sein. Aber ein Dokument, das seine Abstammung hieb- und stichfest beweisen könnte, blieb uns die Geschichte bis zum heutigen Tag schuldig.«

»Auf dem Heldenberg ruhen drei Helden in ewiger Ruh, nicht wahr?«, wechselte Georg das Thema. »Pargfrieder ist hier begraben und er lieferte als Heereslieferant die Schuh. Richtig?«

»Richtig!«, bestätigte Nachtigall.

»Wer waren dann die zwei anderen? Wer lieferte die Schlachten?«, fragte nun Paul.

»Die Feldmarschälle Radetzky und Wimpffen«, erklärte der alte Mann bereitwillig. »Die drei Herren haben hier im Schloss oft zusammen Karten gespielt, Tarock. Wir besitzen sogar noch das Kartenspiel und Radetzkys Hausmütze.«

Er lachte sein seltsam gackerndes Lachen. »Wissen Sie, in Österreich sagt man nicht umsonst ›verschuldet wie ein Stabsoffizier‹. Herr Pargfrieder hat, so behauptet es zumindest die Legende, die Spielschulden der beiden Feldmarschälle quasi über Nacht beglichen und glauben Sie mir, es war keine Kleinigkeit. Nach heutigen Maßstäben handelte es sich um eine Summe in Millionenhöhe. Dafür forderte Herr Pargfrieder eine Gegenleistung, ein Versprechen von den beiden Offizieren.« Nachtigall machte eine effektvolle Pause und schaute erwartungsvoll seine beiden nächtlichen Besucher an. »Im Gegenzug willigten sie ein, sich hier auf seinem Grundstück, in seinem Heldendenkmal und an seiner Seite bestatten zu lassen.«

»War das ein Handel oder war ihre Freundschaft wirklich so eng?«, fragte Paul.

»Das waren die besten Freunde«, sagte der Butler. »Herr Pargfrieder war sogar mit der Tochter des Feldmarschalls Radetzky auf Reisen. Wenn das kein Vertrauensbeweis ist …«

»Ohne Zweifel. Insbesondere ohne zuverlässige Verhütungsmittel …«, murmelte Paul und dachte sich seinen Teil dazu. Er fragte sich, wer dieser Pargfrieder wohl wirklich gewesen war, dass ihm ein so hochrangiger und adliger Vater, gerade in Zeiten, in denen so penibel auf eine standesgemäße Erbfolge und die Ehre geachtet wurde, bedenkenlos seine Tochter anvertraut hatte.

Nachtigall warf Wagner einen abschätzigen Blick zu. Für derartige Zoten fehlte ihm das Verständnis und er drängte zum Weitergehen. Er marschierte los, ohne sich nochmals umzudrehen, und bog um die Ecke in den nächsten Flügel.

»Das hier ist der Festsaal«, meinte er nach dem Aufschließen einer weiteren Tür, »ab und zu findet hier eine Feier unter Freunden statt.«

Der eher niedrige Raum war mit dunkelroten Stofftapeten verkleidet, der helle, auf Hochglanz polierte Parkettboden glänzte. Wagner wurde unweigerlich an die Gruft unter dem Rennweg erinnert. Einziges Möbelstück im Saal war ein abgedeckter Flügel. »Der Boden ist frisch versiegelt, wir können also nicht hinein.« Nachtigall warf einen misstrauischen Blick auf Tschak und wandte sich zum Gehen.

»Sagen Sie, können Sie eigentlich Klavier spielen?«, fragte Georg unvermittelt und deutete auf das verhüllte Instrument.

»Ja. Aber jetzt ist es mitten in der Nacht und ich werde Ihnen daher keine Kostprobe geben können.« Dabei sah der Butler Sina alarmiert an.

»Auch mit verbundenen Augen?« Der Wissenschaftler ließ nicht locker.

Der alte Mann rang nach Luft. Seine Augen huschten hin und her, er suchte verzweifelt nach einer Antwort.

»Das geht uns nichts an«, kam ihm Paul zu Hilfe und runzelte die Stirn. Dann warf er Georg einen vielsagenden Blick zu. »Mein Freund liest ein bisschen zu viel, wissen Sie.«

»Aha …«, stieß Nachtigall verstört hervor. Dann fing er sich wieder. »Kommen Sie, es ist spät. Sie wollen den Heldenberg ja auch noch sehen und ein alter Mann wie ich muss beizeiten ins Bett …«

»Wir wollen Sie auch gar nicht über Gebühr beanspruchen«, beschwichtigte ihn der Reporter. »Ist der Park noch erhalten? Also so, wie Pargfrieder ihn anlegen ließ?«

»Leider nein!« Der Butler verzog das Gesicht. »Die Anlage ist nur noch ein verstümmelter Torso. Von den Gebäuden sind aber alle erhalten. Sie wurden 2005 für die Landesausstellung aufwendig renoviert.«

»Der Garten wurde zerstört?« Sina war enttäuscht, aber auch der erhaltene Rest vermittelte ihm einen guten Eindruck davon, wie das komplette Kunstwerk auf seine Betrachter gewirkt haben musste.

»So kann man das jetzt auch wieder nicht sagen …« Der Butler war ein wenig verlegen. »Pargfrieder ließ in seinem Schlosspark rund hundertneunundsechzig Büsten und Standbilder von Heerführern, Generälen, Soldaten, aber auch von Geistesgrößen aufstellen. Wir haben hier heute noch die meisten. Aber die zweiundzwanzig Büsten der Geisteshelden und andere Skulpturen sind nach dem Krieg spurlos verschwunden. Zudem ist der englische Garten total verwildert, dann wurde die Eisenbahntrasse gebaut.« Die Feststellung klang wie ein einziger Vorwurf.

»Ach ja, die Eisenbahntrasse«, murmelte Paul. »Das muss ein trauriger Einschnitt gewesen sein.«

»Sie teilt das Anwesen wie mit dem Lineal geschnitten in zwei Teile«, Nachtigall klang verärgert. »Erinnern Sie sich an das Porträt über meinem Schreibtisch? Wissen Sie, die Erben dieses Barons waren nicht immer so fleißig, wie es Herr Pargfrieder gewesen ist. Wenn nur einer arbeitet und der Rest glaubt, vom Vermögen endlos leben zu können, da kommt eines Tages das böse Erwachen und plötzlich braucht man Geld … Sie verstehen? Damit kam die Eisenbahn.«

»Ja. Ich kann es mir lebhaft vorstellen«, brummte Georg und sah im Geiste eine Horde Lebemänner und Salondamen vor sich, die das mühsam verdiente Geld ihrer Vorfahren verprassten, und andererseits die Arbeiter, die eine Bahnlinie durch den Park trassierten.

Im Mischwald aus Akazien und Föhren sangen die Nachtvögel. Die leichte Brise war kühl und die blaue Nacht wirkte beruhigend auf die drei Männer, die vom Schloss hinauf zur Gedenkstätte marschierten. Über den Stoppelackern war der Blick auf einen makellosen Sternenhimmel frei, wie es ihn im Spätsommer oft in Niederösterreich gibt.

Paul Wagner sah sich um, atmete die frische, nach Wald duftende Nachtluft ein und genoss den Spaziergang im Mondlicht. Tschak stöberte im Unterholz, Nachtigall humpelte schweigend neben dem Reporter und Georg stapfte, die Hände tief in den Hosentaschen, hinter den beiden her. Er schien noch immer überaus nervös und angespannt zu sein.

»Hören Sie? Ein paar Namensvettern von Ihnen singen in den Bäumen«, unterbrach Georg das Schweigen. »Vielleicht spielen sie ja ein paar verschleierten Mänaden zum Tanz auf und wir können sie nur nicht sehen?«

Nachtigall blieb stehen, drehte sich um und antwortete ruhig: »Vielleicht, Professor, vielleicht. Aber man muss sich ihrer erst würdig erweisen, um sie sehen zu dürfen.« Dann humpelte er wieder weiter.

»Arschloch!«, brummte der Wissenschaftler in seinen Bart. Da ertönte plötzlich Wiehern in der Dunkelheit und Tschak spitzte die Ohren.

»Schau an, jetzt geistert es. Gleich kommt Herr Pargfrieder geritten«, ahmte Paul den Butler nach. »Vielleicht bekomme ich doch noch ein Interview mit dem ehemaligen Hausherrn?«

»Ich muss Sie enttäuschen, Herr Wagner«, stieß Nachtigall spöttisch hervor. »Sie müssen noch ein Weilchen mit mir vorliebnehmen. Das waren nur die Lipizzaner der Spanischen Hofreitschule, die da drüben ein Sommerquartier haben.«

»Ein schönes Plätzchen haben sich die Schimmel da ausgesucht«, bemerkte Paul, um den alten Herrn wieder versöhnlich zu stimmen. Das blieb nicht ohne die erhoffte Wirkung. Nachtigall erzählte voll Stolz von der Eleganz der weißen Hengste und Stuten, die am Heldenberg ihre Sommerfrische verbrachten.

Die drei Männer bogen bald vom Hauptweg ab und schlenderten zwischen hohen Büschen und Kiefern auf ein Tor in der Umzäunung der Gedenkstätte zu. Einige Lampen spendeten ein schwaches Licht, in dem zwei Ilioneus-Abgüsse ihre Schatten links und rechts der Einfahrt warfen.

Im Waldboden entdeckte Tschak einige tiefe überwachsene Krater. »Was sind das für Löcher?«, erkundigte sich Georg sofort, nachdem der Hund zwischen den Brennnesseln und Brombeeren in dem Loch verschwunden war.

Nachtigall zeigte auf die Sockel, bevor er aufschloss. »Der helle Stein, auf dem die Figuren und Statuen stehen, wurde direkt vor Ort gebrochen. Zur Zeit der Errichtung des Heldenberges war hier sogar eine eigene Gießerei untergebracht, um die zahlreichen Zinkgüsse innerhalb der Zeitvorgabe fertigstellen zu können.«

»Wow!« Paul pfiff durch die Zähne, während der Butler die Flügel des Tores aufzog. »Der gute Pargfrieder hat weder Kosten noch Mühen gescheut. Das klingt allerdings auch nach ziemlicher Eile. Wie lange hat man denn am Heldenberg gebaut?«

»Ein Jahr«, antworte der Alte knapp.

»Ein Jahr für hundertneunundsechzig Figuren?« Der Reporter war ehrlich erstaunt.

»Und die beiden Grüfte und die Säulenhalle und die beiden Siegessäulen … Und es sind authentische Porträts.« Nachtigall sperrte sorgfältig hinter Georg das Tor wieder ab.

»Warum war er so in Eile?«, erkundigte sich Paul und versuchte mit Nachtigall Schritt zu halten, der zielstrebig auf einen wuchtigen Obelisken auf der Hügelkuppe zueilte. Die goldene Figur an der Spitze glänzte im Mondlicht.

»Nun, dieses Denkmal war illegal«, erklärte Nachtigall. »Nach der siegreichen Niederschlagung der bürgerlichen und nationalen Revolutionen im ganzen Kaiserreich hat der Reichsrat beschlossen, der Armee für ihren Einsatz 1848 und 1849 keine Denkmäler zu errichten. Für viele der im Reichsrat vertretenen Völker waren diese Männer keine Helden, sondern Massenmörder. Die Deputierten im Reichsrat setzten also die Notwendigkeiten eines beständigen Friedens über den Triumph eines kurzfristigen und brutalen Sieges.«

»Ich verstehe«, überlegte Wagner. »Aus politischen Gründen durfte es damals keine offiziellen Denkmäler geben. Warum baut Pargfrieder dann dieses Monument? Offiziell wird niemand darüber glücklich gewesen sein. Wie kam er trotzdem mit dieser Aktion durch?«

»Du kannst heute ja auch niemandem verbieten, Gartenzwerge in seinen Vorgarten zu stellen. Oder nur ganz bestimmte …« Sina trat nach einem Zapfen und blickte ihm hinterher, wie er gefolgt von Tschak in der Dunkelheit verschwand.

Ein sichtlich indignierter Butler räusperte sich. »Herr Pargfrieder hat das Denkmal aus Eigenmitteln finanziert und auf seinem privaten Grund und Boden aufgestellt. Damit entzog er sich gewissermaßen der Verordnung. Er persönlich empfand den Beschluss als große Ungerechtigkeit, wo doch alleine das Heer Österreich gerettet hatte.« Dann murmelte er noch »Gartenzwerge …« und wandte sich zum Gehen.

»Ja, so könnte man das schöner formulieren.« Sina grinste, wieder zufrieden mit sich und der Welt. »Nicht zu vergessen, dass die Armee nur mit den Lieferungen des Herrn Pargfrieder im Feld überleben hatte können. Somit hat er sich hier auch gleich selbst ein Denkmal gesetzt …«

»Trotzdem wurde dieses illegale Denkmal offizieller Besitz der Armee, dann sogar der Republik.« Wagner wunderte sich. Dieser Heereslieferant wurde ihm immer unbegreiflicher.

»Was würdest du machen, Paul?« Georg beäugte den Reporter schelmisch.

»Keine Ahnung!« Der Reporter zuckte mit den Schultern. »Das Ding, das keiner haben will, verschenken?«

»Exakt!« Sina verschoss noch einen Zapfen und Tschak apportierte begeistert.

»Ja, Herr Pargfrieder hat dem Kaiser den Heldenberg zum Geschenk gemacht.« Nachtigall blickte Tschak hinterher. »Im Gegenzug für die großzügige Geste verlieh ihm Seine Majestät den Franz-Josephs-Orden.«

»Wie bitte? Ein Privatmann setzte sich über Gesetze und Beschlüsse hinweg, brüskierte ganze Völker und bekam dafür noch einen Orden?« Der Reporter musste lachen.

»Ja! Aber es kommt noch besser!«, rief Sina aus, dem einige der Einzelheiten wieder einfielen. »Erzählen Sie ihm doch vom Ritterschlag, Herr Nachtigall.«

»Wie ich Ihnen ja schon im Schloss erzählt habe ...«, begann der Butler bereitwillig, »wurde Radetzky hier neben Herrn Pargfrieder bestattet. Kaiser Franz Joseph wollte dem Retter des Reiches aber eine große Ehre zuteil werden lassen und hatte für ihn in der Kapuzinergruft einen Platz vorgesehen. Der greise Heerführer jedoch hielt Wort und ließ sich hier beerdigen, mit allen Ehren und in Anwesenheit des Kaisers. Denn Franz Joseph konnte sich, bei aller persönlichen Abneigung gegenüber Herrn Pargfrieder, diesem Anlass nicht entziehen. Er kam also angereist und wohnte der Zeremonie bei.«

»Unglaublich!«, rief Paul aus. »Radetzky zieht es vor, neben einem bürgerlichen Heereslieferanten zu liegen, anstelle inmitten römisch-deutscher Kaiser ...«

»Ja, das ist in der Tat unglaublich und Franz Joseph hat Pargfrieder aus tiefster Seele dafür gehasst.« Georg stand wieder neben ihm und lächelte schelmisch. »Zudem war es dem österreichischen Kaiser laut Hofzeremoniell verboten, das Grundstück eines Bürgerlichen zu betreten oder auch nur zu überqueren. Der Heldenberg gehörte ihm ja bereits, aber das Gut lag immer noch darum herum. Das war in der Tat ein Problem. Darum verlieh er dem provokanten Querkopf Pargfrieder die erbliche Ritterwürde, um bei Radetzkys Beerdigung dabei sein zu können. Alles andere hätten ihm die Österreicher nie verziehen.«

»Na ja, das gibt die historischen Ereignisse ein wenig zu verkürzt wieder, aber so berichtet es zumindest die Legende«, brummte Nachtigall und forderte zum Weitergehen auf.

Sie stiegen hinter dem alten Mann eine schmale, mit Nadeln und Zapfen übersäte Treppe hinauf und fanden sich überraschend schnell an der Basis des Obelisken wieder, vor einer Figurengruppe, die drei Frauen zeigte.

»Das ist wohl die schönste Gruppe des Heldenberges«, erklärte der alte Mann. »Das sind die drei Parzen, Klotho, Lachesis und Atropos, die Unentrinnbare. Die erste Schicksalsgöttin spinnt den Lebensfaden, die andere spannt ihn und die letzte durchtrennt ihn.«

»Ein sehr schönes Bild«, kommentierte Wagner und blickte dann den Obelisken hinauf in den Sternenhimmel. »Und wer ist der goldene Mann dort oben?«

»Thanatos, der Gott des Todes.« In Nachtigalls Augen erschien ein verklärter Schimmer. »Er ist ein Spross des ältesten und edelsten Göttergeschlechtes. Er war schon da, bevor die Götter auf dem Olymp herrschten, und er wird noch da sein, wenn sie längst vergangen sind.«

»Und er ist ihnen feind«, meldete sich Sina zu Wort. »Sein Bruder ist der Schlaf. Und wie der kommt er sanft und überraschend.«

»So ist es, Professor.« Der Weißhaarige lächelte vielsagend. »Hatten Sie etwa schon das Vergnügen, ihm zu begegnen?«

»Öfter, als mir lieb war«, bestätigte Georg und zog die Brauen zusammen.

»Und er überragt sogar die Büsten und Säulen der Sieger, so als wollte er uns sagen, euer Triumph ist nur auf Zeit, ich hole mir alles zurück, wenn es mir passt …«, flüsterte Paul.

»Ein einnehmender Symbolismus, nicht wahr, Herr Wagner.« Der Butler umrundete den Obelisken und die hellen Kiesel knirschten unter seinen Sohlen. Tschak hechelte den Berg herauf, einen Zapfen in seinem Maul.

Paul und Georg folgten dem alten Mann und ein weiter Platz öffnete sich vor ihren Blicken. In der Mitte stand eine Figur Clios, die Muse der Geschichtsschreibung, flankiert von zwei Siegessäulen mit geflügelten, weißen Niken. Um die Siegesgöttinnen waren jeweils vierundzwanzig Büsten im Kreis gruppiert. Die Stufen zur Säulenhalle hinauf bewachten die Standbilder von Rittern in Harnischen. In ihrem Rücken waren dekorativ die Flaggen und Standarten der besiegten Feldherren und Nationen drapiert. Deutlich war Napoleons Adler darunter zu erkennen. Auf den Balustraden neben der Säulenhalle und auf der Freitreppe blickten die Marschälle und Feldmarschälle der kaiserlichen Heere in die Nacht. Inmitten der militärischen Prominenz machte Paul die Züge des Prinzen Eugen und von Erzherzog Karl aus, die auch auf dem Wiener Heldenplatz in Reiterstandbildern verewigt waren. Ares, der Gott des Krieges, thronte auf dem Giebel des tempelartigen Gebäudes im Hintergrund.

»Bitte sehr, Sie sehen die siegreichen Krieger der Kaiser.« Nachtigall vollführte eine ausladende Armbewegung.

»Ich hatte keine Ahnung, dass es so viele sind …«, wunderte sich Wagner.

»In dem Gebäude da hinten, der Säulenhalle, hätten nach dem Willen des Herrn Pargfrieder Invaliden und Veteranen leben sollen, um nach ihrer aktiven Zeit versorgt zu sein und um die weitläufige Anlage in Schuss zu halten. Aber dazu ist es nie gekommen.« Der Butler deutete auf den Hügel rechts neben der Säulenhalle. »Hier vorne in der Mitte stehen jeweils vierundzwanzig Büsten. Sie porträtieren die Teilnehmer am Italien- und am Ungarnfeldzug.« Der Butler ließ seinen ausgestreckten Zeigefinger langsam über das mondhelle Areal wandern, während er erklärte. »Da rechts von uns befindet sich die Kaiserallee mit zweiundzwanzig Büsten von Herrschern aus dem Hause Habsburg. Unweit von hier finden wir auch die einzige Darstellung einer historischen Frau auf dem Heldenberg, nämlich Maria Theresia. Den Endpunkt der Kaiserallee bildet eine lebensgroße Plastik von Kaiser Franz Joseph als junger Mann. Darum herum im Halbkreis angelegt ist die Heldenallee.«

»Können wir einen Blick in die Gruft werfen, bitte?«

»Gerne.« Nachtigall drückte auf ein viereckiges Zierelement in der metallenen Tür im Sockel des Obelisken und zückte einen Schlüssel. Ein modernes Zylinderschloss wurde sichtbar. Der Alte schloss auf, zog an den schweren Türflügeln und schaltete dann das Licht ein. Eine steile, schmale Treppe führte tief in den Hügel hinein, gesäumt von weißen Statuen trauernder Frauen in langen wallenden Gewändern. Ein Schwall modriger Luft schlug ihnen entgegen.

Nachtigall verschwand erstaunlich schnell in der Tiefe. Seine Stimme hallte dumpf nach oben. »Wir hatten ein wenig Probleme mit dem Grundwasser, das können Sie ja riechen. Aber jetzt haben wir das endlich im Griff.«

Während Paul gerade aufschwimmende Särge vor seinem geistigen Auge herumschaukelte, warf Georg einen unsicheren Blick die Treppen hinunter. Die Enge der Gruft ... Aber dann holte er tief Luft und nahm mit entschlossenem Gesicht die Stufen in Angriff.

In der ersten Grabkammer wartete Nachtigall auf sie und wies auf die beiden Grabplatten. »Hier liegen Radetzky und Wimpffen. Gut bewacht, wie Sie sehen.« Er wies auf die beiden bärtigen Ritter mit gezückten Schwertern und offenen Visieren, die neben dem Treppenabsatz in zwei Nischen lauerten. Ein Kristalllüster und dazu passende Wandappliken beleuchteten den unterirdischen, hell ausgemalten Raum. In die Seitenwände waren dunkelgrüne Metallplatten mit goldenen Lettern und Verzierungen eingelassen. Auf den beiden Gruftdeckeln prangten die Wappen und Orden der zwei Feldmarschälle, vor dem von Radetzky lag ein verdorrter Kranz mit rot-weiß-roter Schleife.

Knapp unter der Decke verkündeten goldene Buchstaben auf grünem Grund zur Warnung:

»WEHE DEM, DER UNSERE RUHE STÖRET – WIR SIND NICHT TOT, WEIL WIR SCHWEIGEN«.

Über den Kapitalen waren fünf fünfzackige Sterne angebracht. Ihre Spitze wies nach unten.

Geradezu anheimelnd, dachte Sina und blickte eine Ebene tiefer. Der Metalldeckel zur nächsten Gruft stand offen. Auf der Querstrebe des Durchganges stand »Errichtet 1857« und Georg konnte an ihr vorbei direkt auf Pargfrieders Sarg schauen, der nicht lag, sondern in einem 45-Grad-Winkel zwischen zwei Statuen aufgerichtet war.

Ein Symbol jagt das nächste, überlegte der Wissenschaftler. Erst die angedeuteten Pentagramme, dann das Grün für das ewige Leben, jetzt der halbe rechte Winkel. Und der Spruch auf dem Sarg war zudem mehr als irritierend. Sina las: »HIER ARBEITET DIE NATUR; AN DER VERWANDLUNG DES MENSCHEN.« Direkt darunter erkannte er das Kürzel, von dem Nachtigall gesprochen hatte und das Pargfrieder auf beinahe jedem Monument des Parks verewigt hatte, um seine Abstammung von Kaiser Joseph zu verklausulieren:

K.I.S.I.P.F.V.F.

An der Entschlüsselung dieser acht Buchstaben waren schon viele gescheitert und auch Georg konnte sich im Moment keinen schlüssigen Reim darauf machen.

»Er sitzt, müssen Sie wissen.« Nachtigall genoss den Ausdruck der Überraschung auf den Gesichtern Wagners und Sinas. »Ja, ich sage Ihnen die Wahrheit. Herr Pargfrieder sitzt da in voller Rüstung und mit Asphalt übergossen. Zur Mitternacht, auf einem hölzernen Wagen, gezogen von zwei schwarzen Ochsen hat er sich bestatten lassen. Nur der Ortspfarrer und sein Kammerdiener durften dabei sein«, murmelte Nachtigall. »Die Russen haben das nicht geglaubt, als die den Heldenberg besetzt hatten. Darum haben sie den Sarg geöffnet.« Der alte Mann schwieg, als sei er entsetzt über so viel Frevel. Dann fuhr er fast unhörbar fort. »Er sitzt wirklich da drinnen in seiner Rüstung und mit einem rot geblümten Seidenmantel. Ich habe ihn selbst gesehen, bei der letzten wissenschaftlichen Untersuchung. Als die Russen den Deckel aufgemacht haben, so erzählt man sich, habe sich sein Kopf bewegt. Er soll genickt haben. Die Iwans sind darüber so erschrocken, vor allem jene, die Deutsch konnten und den Spruch unter der Decke gelesen haben, dass sie sogar auf den Toten geschossen haben. Sie wollten ganz sichergehen, dass er tot sei …«

»Irrwitziger Aberglaube«, kommentierte Wagner und schüttelte den Kopf.

Georg konnte sich der unheimlichen Wirkung der Geschichte allerdings nicht ganz entziehen. Am liebsten hätte er auf der Stelle sofort kehrtgemacht und wäre hinauf, hinaus an die frische Luft. Er wusste, dass es im Mittelalter nur den größten Persönlichkeiten vorbehalten war, sitzend begraben zu werden. Es galt als Zeichen des ewigen Lebens. Der Legende nach war Karl der Große auf seinem Thron sitzend begraben worden. Alle Kaiser, die gemäß der Sage wiederkehren sollten, saßen in ihren Bergen, sei es im Kyffhäuser oder sonst wo … und dieser Pargfrieder thronte im Heldenberg, dachte Sina, und das noch mumifiziert, obwohl die Natur an seiner Umwandlung arbeitete.

Aber Nachtigall ließ ihnen keine Pause, reihte eine skurrile Geschichte an die andere. »Als Franz Joseph im Jahr 1858 zur Beisetzung Radetzkys genau an dieser Stelle gestanden war, um von seinem greisen Feldherrn Abschied zu nehmen, hatte er alle bis auf Pargfrieder und einen Adjutanten hinausgeschickt.« Der alte Mann sah sie lauernd an und wartete auf ihre Reaktion. »Dabei hat der Kaiser, wie Sie beide vorhin, die Ausschachtung für die dritte Gruft entdeckt und er wandte sich an Pargfrieder, der neben ihm stand und den Augenblick seines Triumphes genoss. Der junge Franz Joseph fragte ihn: ›Und dieses Loch da ist für Sie, Pargfrieder? Noch weiter unten? Damit Sie näher beim Teufel sind?‹«

Die Stille in der Gruft war angespannt. Paul und Georg sahen Nachtigall mit großen Augen an. Der Alte kicherte leise.

»›Ja, Eure Majestät‹, hatte Herr Pargfrieder schließlich geantwortet. ›Aber da ist auch für Euch noch ein Platz, wenn ich etwas zur Seite rücke.‹«

Paul pfiff leise durch die Zähne und Georg atmete tief aus.

»Wow«, sagte Wagner schließlich, »bleibt nur die Frage, warum er sich Franz Joseph gegenüber solche Frechheiten erlauben konnte …«

»Egal, was es gewesen ist, aber es muss diesen Pargfrieder unglaublich selbstsicher gemacht haben«, bestätigte Georg und eilte dann schnell die Treppen hinauf, immer zwei Stufen auf einmal nehmend.

Eine Brise frischer Luft wehte kurz in die Gruft und dann fiel die Tür nach draußen wieder ins Schloss. »Wenn Sie wollen, erzähle ich Ihnen jetzt, wo wir ungestört sind, gerne mehr davon«, meinte Nachtigall mit einem Seitenblick auf den verwaisten Platz, an dem Sina gestanden hatte.

Wagner war gewarnt. »Das ist zwar sehr nett von Ihnen, aber ich möchte meinen Freund nur ungern zu lange auf uns warten lassen.« Der Reporter setzte sein unverbindliches Filmstarlächeln auf und deutete nach oben. »Wenn Sie uns jetzt bitte noch die Kaiserallee und ein paar andere Highlights zeigen, dann sind wir auch schon wieder weg und Sie kommen zu Ihrer verdienten Nachtruhe …« Dann drängte auch er ins Freie, wobei er mehrere Stufen auf einmal nahm.

Draußen wurden sie mit lautem Kläffen von einem übermütigen Tschak begrüßt und ein gewissenhafter Nachtigall schaltete alle Lampen ab und versperrte die Gruft sorgfältig. »Wir werden etwas Licht brauchen«, meinte er dann und steckte umständlich seinen Schlüsselbund ein. »Ich habe dort drüben ein paar Fackeln, die könnten wir nehmen, wenn Sie wollen.«

»Unbedingt«, schmunzelte Wagner, »schon allein wegen der Stimmung.«

Die flackernden Flammen zauberten nur Minuten später tanzende Schatten über die ernsten Mienen der Habsburger.

»Das wirkt auf mich wie eine Ahnengalerie.« Paul marschierte langsam zwischen den Porträtköpfen hindurch. Gelegentlich hielt er einem die Fackel vor das Gesicht, um seine Züge besser erkennen zu können. Plötzlich blieb er vor einem langhaarigen Mann mit Hakennase stehen, drehte sich nach Georg um und rief: »Ist er das?«

»Natürlich ist das Friedrich III.«, bestätigte Georg und stapfte, ohne sie auch nur anzusehen, an den Büsten vorbei. »Kaum zu glauben, aber die haben hier sogar zwei davon …«

Wagner ließ die Flamme zwischen zwei Köpfen hin und her wandern und jeder der beiden Friedrichs schien ihn spöttisch anzusehen.

»Tatsache, zwei Mal Friedrich III.« Wagner erinnerte sich an das Geheimnis des Kaisers und schauderte.

»Mehr und mehr missfällt mir dieser Ort …«, deklamierte Sina und marschierte stur weiter. Er zog Paul mit sich fort, während Nachtigall versuchte, den Anschluss nicht zu verlieren. »Und du hast vollkommen recht, diese Kaiserallee hier hat den Charakter einen Ahnengalerie. Die einzige Frau hier oben markiert den Bruch jener Linie, die zuletzt in Franz Joseph mündet.«

»Wenn wir auf diesem Weg weiter den Hügel hinaufgehen«, rief ihnen Nachtigall aus einiger Entfernung nach, »dann kommen wir zu den drei Figuren, die Franz Joseph hier aufstellen ließ. Sie waren übrigens die einzigen.« Der Butler zögerte. »Nun, wahrscheinlich waren es in seinen Augen Helden.«

Wagner war neugierig und spähte zwischen den dunklen Stämmen hindurch auf zwei Statuen, deren Konturen nur schwer zu erahnen waren. Der alte Mann stand wieder neben ihm und wies mit der ausgestreckten Hand auf einen Weg in die Finsternis.

»Gleich da drüben, wo es zum neugotischen Kruzifix hinaufgeht, auf dessen Sockel sich ebenfalls Pargfrieders Buchstabenrätsel befindet, steht das Standbild von Franz Graf Lamberg, der 1848 von Aufständischen auf der Budapester Kettenbrücke gelyncht worden ist.«

»Danke, ich bin mir inzwischen der Bedeutung der Grafen von Lamberg durchaus bewusst«, zischte Georg und fixierte den Butler, über dessen faltiges Gesicht das orangerote Licht der drei Fackeln tanzte.

»Dann brauche ich Ihnen ja nichts mehr zu erklären.« Nachtigall beleuchtete die Statue des Generals von oben nach unten. »Der Wille des Volkes lässt sich auch mit den stärksten Waffen nicht lange unterdrücken und eine Streitmacht aus Soldaten kann das eigene Leben nicht schützen.«

Paul und Georg wechselten Blicke.

»Und zuletzt die beiden ›Helden‹ vom 18. Februar 1853«, schmunzelte der Alte.

»Ich hätte es wissen müssen …«, seufzte Sina.

Wagner wandte sich mit einem fragenden Blick an seinen Freund. »Ich aber nicht. Was war an dem Tag?«

»Das Attentat auf den jungen Kaiser Franz Joseph auf der Kärntnertor-Bastei«, antwortete Georg. »Ein ungarischer Schneidergeselle namens János Libényi versuchte, den Kaiser mit einem gezielten Dolchstoß in den Rücken zu ermorden, und verletzte ihn aber nur leicht am Hinterkopf. Der Adjutant Maximilian Graf O'Donnell verhinderte das Schlimmste und streckte Libényi mit seinem Säbel nieder. Der Fleischermeister Joseph Ettenreich eilte ihm dabei tatkräftig zu Hilfe.«

»Das sind also die beiden da.« Der Reporter deutete auf die zwei Figuren im Dunkel, weiter abseits. »Ein Fleischermeister unter lauter Adligen und Militärs …«

»Die wirklichen Motive für das gescheiterte Attentat liegen bis heute im Dunkeln …«, murmelte Sina.

»Du glaubst …?«, flüsterte Paul misstrauisch.

Georg nickte. »Ich bin mir sicher. Der Schneidergeselle wurde schon acht Tage später durch den Strang hingerichtet.«

»Schnellverfahren …«, kommentierte Wagner nachdenklich.

Da bemerkte er das breite Grinsen auf Nachtigalls Gesicht, als der alte Mann im Schein der Fackeln mit singender Stimme vorzutragen begann:

»Auf der Simmeringer Had', hat's an Schneider verwaht,
es g'schicht ihm schon recht, warum sticht er so schlecht.«

»Ja, genau«, brummte Sina, »so hat man damals in Wien gesungen.« Er wandte sich an Paul. »Der Bruder des Kaisers, Erzherzog Ferdinand Max, initiierte eine Sammlung und die Geldspenden sprudelten nur so. Mehr als 30 000 Wiener folgten seinem Aufruf und so konnte zum Dank, dass dem jungen Kaiser nichts geschehen war, die Votivkirche errichtet werden.«

»Ach ja, die pathetischen Wasa-Buben …«, seufzte Nachtigall leise.

»Ich glaube, es ist wirklich Zeit zu gehen!«, rief Wagner und zog Sina entschlossen mit sich fort. »Wir haben Ihre Zeit schon weit über die vertretbaren Grenzen der Gastfreundschaft hinaus strapaziert, Herr Nachtigall.«

Auf dem Rückweg zum Schloss war Georg schweigsam und überließ Paul das Reden. Er drückte dem alten Mann nur wortlos zum Abschied die Hand und verschwand dann rasch in Richtung Pizza Expresss. Wagner dämpfte seine Fackel im taunassen Gras aus.

»Das Zeichen des Todes«, flüsterte ein abwesend wirkender Nachtigall entsetzt, drehte sich um und verschwand ohne ein weiteres Wort um die Ecke des Schlosses, während ihm ein entgeisterter Paul nachblickte.

Im Wagen saßen die beiden Freunde wortlos nebeneinander, jeder hing seinen Gedanken nach. Tschak hatte es sich auf der Rückbank bequem gemacht und war sofort eingeschlafen. Der Wissenschaftler schaute starr beim Seitenfenster hinaus, betrachtete erst den steinernen Doppeladler, der neben der Auffahrt zum Heldenberg als Wegweiser aufgestellt war, dann ließ er seine Blicke über die dunklen Fenster des Schlosses wandern. Im zweiten Stock sah er etwas, das ihn zutiefst berührte und zugleich erschreckte. Er blickte scheinbar genau in die Augen einer blassen jungen Frau in einem weiten, weißen Nachthemd, die dem Mazda aufmerksam hinterhersah.

Die Krone

Donaustadt, Wien/Österreich

Walter und Manfred waren in ihren schwarzen Kampfanzügen so gut wie unsichtbar zwischen den nächtlichen Alteisenbeständen. Sie winkten Paul und Georg kurz zu, die ihren Weg durch das Labyrinth suchten, und zogen sich dann wieder in den dunklen Schatten der Wellblechbaracke zurück, in der Eddy Kupfer und andere Edelmetalle aufbewahrte. Zusätzlich lagerten nun fast einhundert Senfgasgranaten in dem unscheinbaren Verschlag.

Die Werkstatt selbst glich einem Schlafsaal und aus allen Ecken tönte lautes Schnarchen, als Paul und Georg das schwere Tor aufdrückten und durchschlüpften. Tschak schlief im Wagen seit Stunden so fest, dass ihn nicht einmal die schnelle Fahrt zurück nach Wien aufgeweckt hatte.

»Die Jungs haben Nerven wie Stahlseile«, flüsterte Paul, »ich könnte kein Auge zumachen unter diesen Umständen.«

Im hell erleuchteten Büro saßen Eddy, Berner und Johann vor drei Tassen starkem Kaffee und blickten erwartungsvoll auf, als Wagner und Sina durch die Tür traten.

»Überraschung zur Geisterstunde oder knapp danach«, brummte der Kommissar und schaute demonstrativ auf die Uhr. »Habt ihr eine Eingebung gehabt auf eurer Landpartie?«

»Das war eher ein Schnellkurs in geheimer österreichischer Geschichte«, antwortete Paul und blickte besorgt zu Johann mit seinen blutigen Kratzern im Gesicht. »Wie geht es unserem Sprengstoffexperten und Lebensretter?«

»Alles halb so schlimm«, wehrte Johann bescheiden ab. »Ich war nur nicht schnell genug wieder weg. Nachdem ich die Bombe in einen Seitenarm des Tunnels geworfen hatte, bin ich über die Gleise gestolpert und dann hat mich die Druckwelle ein Stück über den Boden gewirbelt.« Er zuckte mit den Schultern. »Sieht schlimmer aus, als es ist …«

»… Und es tut nur weh, wenn er lacht, also lasst es bleiben und erzählt uns lieber von Wetzdorf«, fiel ihm Berner ins Wort, während Eddy aufstand, um sich um den Kaffeenachschub zu kümmern.

Sina schaute sich suchend um. »Wo ist denn Valerie?«

»Die führt auf Eddys sicherer Leitung ein Gespräch mit der Zentrale in Tel Aviv«, gab Berner zurück. »Und das auch noch im bestbewachten Buntmetalllager Wiens …«

Major Valerie Goldmann kauerte in einem Eck der staubigen Baracke, an eine Kiste mit Kupferdrähten und Resten von Schaltplatinen gelehnt. Vor ihr, in der Mitte des kleinen Raumes, erhob sich Respekt einflößend der Stapel Senfgasgranaten im Halbdunkel. Sie hörte die Stimmen von Walter und Manfred durch die dünnen Wände, die Schritte der beiden Männer, wenn sie kurz die Umgebung inspizierten. Das Gefühl der Sicherheit, das sie dabei überkam, überraschte Valerie. Die Effektivität und Zielstrebigkeit von Eddy und seinen Männern hatte ihr Respekt abverlangt. Sie waren keine Profis, aber mit vollem Einsatz bei der Sache.

Goldmann hatte überlegt, nach dem Tod Spectors die Botschaft anzurufen, sich aber dann für Oded Shapiro entschieden. Sie wollte sich nicht vor Weinstein oder dem Botschafter rechtfertigen. Shapiro hatte Spector geschickt und jetzt sollte er ihren Bericht erhalten, auch wenn es mitten in der Nacht war. Sie hatte den Agenten schließlich erschossen.

Valerie wählte und wartete. Beim dritten Läuten nahm Shapiro ab. Der Geheimdienstchef klang wach wie immer.

»Schlafen Sie eigentlich niemals?«, begann Valerie das Gespräch und hörte Shapiro seufzen. Sie konnte sich den untersetzten Mann mit der dicken Brille vorstellen, wie er sich gerade in die Kissen zurückfallen ließ. Wer ihm auf der Straße über den Weg gelaufen wäre, der hätte nie den Gedanken gehegt, einen der wichtigsten Männer des Mossad vor sich zu haben. Shapiro sah aus wie ein gemütlicher Familienvater, mit Lachfalten um die Augenwinkel und einem kleinen Bauch, der sich unter seinem Hemd abzuzeichnen begann. Seine Haare wurden grau an den Schläfen und lichter am Hinterkopf. Aber wer ihn näher kannte, seinen energischen Ausdruck um den Mund und den stechenden Blick richtig deuten konnte, der verglich ihn mit einem Mungo, jenem kleinen Tier, das die gefährlichsten Schlangen tötete und keinem Kampf aus dem Wege ging. Valerie fragte sich, ob Shapiro diese Fassade des Biedermannes pflegte und sie absichtlich aufrechterhielt, um seine Gegner zu täuschen.

»Schlaf ist ein Luxus, den ich mir nur in kleinen Dosen gönne«, gab der Geheimdienstchef zurück. »Die Welt schläft auch nie, Major Goldmann, und ich möchte nicht allzu viel versäumen.« Shapiro verstummte kurz. »Ich sitze an meinem Schreibtisch und frage mich, was mir das Vergnügen Ihres Anrufes beschert. Irgendwie habe ich erst später damit gerechnet.«

»Wieso erst später?«, fragte Valerie. »Ich hätte mich ja auch nie mehr melden können. Waren es nicht Sie, der einen anderen Agenten auf den Auftrag angesetzt hat?«

»Wer sagt Ihnen, dass ich Spector aus diesem Grund nach Wien geschickt habe?«, erwiderte Shapiro.

»Mit Fragen allein werden wir nicht weiterkommen«, stellte Goldmann trocken fest. »Irgendwer wird die Antworten liefen müssen.«

»Dann fangen Sie doch mit einem Bericht an, Major Goldmann, wie wäre das?« Shapiros Stimme klingt seltsam friedfertig, dachte sich Valerie, und irgendwo in ihrem Gehirn begann eine Alarmglocke zu schrillen. Zögernd begann sie mit der Schilderung der Ereignisse in Schönbrunn. Sie ließ das Telefonat Weinsteins und seine Warnung aus und dachte kurz darüber nach, warum. Aber da hakte Shapiro auch schon ein.

»Haben Sie eigentlich einen Anruf von Attaché Weinstein in den letzten beiden Tagen erhalten?«, fragte er wie nebenbei und die Alarmglocken wurden lauter.

»Ja, jetzt wo Sie es sagen«, erwiderte Valerie unverbindlich.

»Man kann sich auf den guten Samuel verlassen«, meinte Shapiro geheimnisvoll. »Er mag zwar kein großes Licht sein, aber er sammelt immerhin die richtigen Informationen und weiß, wo er steht.«

Goldmann schwieg verwirrt.

»Wann und wo sind Sie denn mit Major Spector zusammengetroffen?«, setzte Shapiro fort und nun füllte das Läuten der Alarmglocken Valeries Kopf bis auf den letzten Quadratzentimeter.

»Wollen Sie damit sagen …«, setzte Goldmann an, wurde aber von ihrem Gesprächspartner sofort unterbrochen.

»Ich will damit sagen, dass dieses Treffen unvermeidlich und nur eine Frage der Zeit war.« Shapiros Stimme klang irgendwie fröhlich, fand Valerie. »Er hatte denselben Auftrag wie Sie, aber bei Weitem nicht so viele Informationen und Verbindungen in Wien. Er musste also mit Ihnen Kontakt aufnehmen, wenn er auch nur in die Nähe einer dieser Bomben kommen wollte.« Shapiro verstummte und vor Valeries innerem Auge begannen immer mehr Stücke eines großen Puzzles an ihren Platz zu fallen. »Aber warum sollten Sie ihm helfen?«, fuhr Shapiro fort. »Er wurde ja an Ihrer Stelle auf den Fall der Schattenlinie angesetzt. Also mussten wir dafür sorgen, dass er nicht zu viele Details vor Ort erhalten und Ihnen womöglich zuvorkommen würde. Wir brauchten sie beide zusammen im Brennpunkt des Geschehens.«

»Sie haben das alles geplant …«, flüsterte Valerie entsetzt.

»Die Frage war nur, ob Ihnen vorher die ersten Zweifel kommen würden oder nicht«, setzte der Geheimdienstchef ungerührt fort. »Wir wussten seit einigen Monaten, dass Spector ein Doppelagent war. Aber ich wollte keine Schmutzwäsche im eigenen Haus waschen. Wir hätten ihn umbringen und es wie ein Unfall aussehen lassen können. Aber gewisse Zweifel bleiben immer, verstehen Sie mich, Major Goldmann?«

»Also haben Sie mich die Drecksarbeit machen lassen«, stieß Valerie leise hervor, aber Shapiro ging nicht darauf ein.

»Mir war klar, dass Spector die Gelegenheit nicht verpassen würde, einen Sabotageakt zu versuchen und eines dieser Senfgasdepots hochgehen zu lassen. Es war nur nicht absehbar, wann und wo er das machen würde. Aber dazu hatten wir ja Sie vor Ort.« Shapiro klang zufrieden und Valerie hörte ihn mit Papieren rascheln.

»Und Sie haben darauf gesetzt, dass ich im entscheidenden Moment schneller sein würde als er«, murmelte Valerie und konnte ihren Ärger nicht mehr unterdrücken. »So habe ich für Sie den unbequemen Spector eliminiert und gleich drei Fliegen mit einem Schlag erledigt: Der Verräter war weg, das Senfgasdepot explodierte nicht und die Schattenlinie war damit wieder einen Schritt weiter von der Regierungsübernahme entfernt. Wie passend.« Goldmanns Gedanken rasten. »Ist Ihnen eigentlich auch einmal durch den Kopf gegangen, dass

Ihre Strategie scheitern könnte? Dass Spector …« Sie verstummte. Ein ungeheuerlicher Gedanke schoss ihr durch den Kopf. Aber der Geheimdienstchef schwieg.

»Sie sind ein Schwein, Shapiro«, zischte Valerie schließlich wütend, »so ziemlich das Letzte und Mieseste, was mir jemals untergekommen ist. Natürlich haben Sie auch das bedacht. Wäre ich gescheitert, dann hätte es zwar einen weiteren toten israelischen Agenten gegeben, aber der Verräter wäre auf jeden Fall draufgegangen, nicht wahr? Sie haben Spector zum Tode verurteilt, als Sie ihn mit dem Auftrag betraut haben. Wie immer die Geschichte ausgehen würde, Sie hätten gewonnen und er wäre gestorben.«

»Israel muss immer gewinnen, Major, dazu bin ich hier, oder haben Sie das vergessen?« Die Stimme Shapiros klang kalt. »Deshalb werden Sie jetzt Ihre Aufgabe zu Ende bringen und mithelfen, die letzten beiden Depots zu entschärfen. Wir haben keinerlei Interesse an einem Regierungswechsel in Österreich, wir wollen nicht einmal die Option bekannt werden lassen. Sollten Sie noch weitere politische Informationen dazu brauchen, dann sprechen Sie mit Samuel Weinstein. Gute Nacht, Major Goldmann, oder besser gesagt, guten Morgen.«

Valerie ließ das Handy sinken, schaute ins Leere und hatte plötzlich das Bedürfnis, sich zu übergeben.

»Du siehst aus, als wärst du gerade einem Geist begegnet«, meinte Kommissar Berner, als Goldmann zurück in Eddys Büro kam und sich auf das kleine Sofa fallen ließ.

»Geht's dir nicht gut, Valerie?«, fragte Paul besorgt, während Eddy ihr eine Tasse frischen Kaffee in die Hand drückte.

»Ich werde mich nie an Shapiro und seine psychotischen Planspiele gewöhnen«, murmelte Valerie und gab Eddy das Telefon zurück. »Er ist eiskalt, ein Schachspieler, der über Leichen geht und immer noch eine Figur im Ärmel hat, die er dann unbemerkt aufs Spielbrett stellt, wenn man es am allerwenigsten erwartet.« Sie schüttelte den Kopf. »Aber das erzähle ich euch ein anderes Mal. Wie auch immer, Botschaft und Tel Aviv stehen wieder hinter mir und sind nicht mehr hinter mir her. Das ist immerhin schon etwas. Wir können also ab sofort wieder auf die Hilfe Weinsteins zurückgreifen, sollten wir sie brauchen, und haben auf der diplomatischen Ebene bei Bedarf Rückendeckung.«

»Wir können auch jede Hilfe brauchen, wenn wir die nächste Bombe entschärfen wollen«, meinte Sina. »Deshalb haben wir auf dich gewartet, um unsere Strategie zu besprechen.«

Paul breitete auf Eddys Schreibtisch den Stadtplan aus und alle beugten sich interessiert vor.

»Wenn ich mich richtig erinnere, dann hat Max von einer neuen Burg gesprochen, die der Kaiser braucht und in die er dann mit der U-Bahn fährt«, stellte Johann nachdenklich fest.

Georg zog den Zettel mit seinen Notizen aus der Tasche. »Vive la Révolution! Der Kaiser braucht eine Burg und am besten fährt er mit der U-Bahn hin. Dann ist Frieden in den Straßen. So weit der Hinweis von Max. Unser Ausflug auf den Heldenberg hat uns zusätzliche Anhaltspunkte verschafft.«

Alle blickten Sina neugierig an und der Wissenschaftler überlegte kurz, bevor er mit seiner Erklärung begann.

»Der Heldenberg war ein Denkmal für die Sieger der Revolution 1848. Franz Joseph aber wollte so ein Debakel wie 1848 nicht mehr erleben. Er ließ nach der Revolution, die einen hohen Blutzoll forderte, die alte Stadtmauer schleifen und an ihrer Stelle ein Festungsdreieck für Wien bauen: drei große Militärkomplexe, die von Beginn an auch als Stützpunkte gegen Aufständische und nicht nur gegen Feinde von außen geplant waren. In diesen Defensivkasernen, wie man sie nannte, sollten Waffen, Truppen und schweres Gerät lagern und so dem Schutz der Machthaber dienen, insbesondere vor Arbeiterunruhen. Man wollte nicht mehr unvorbereitet in einen Straßenkampf gehen, gezwungen sein, Soldaten von weit her in Marsch zu setzen. Diese drei Militärbauten, die Kronprinz-Rudolph-Kaserne, die Kaiser-Franz-Joseph-Kaserne und das k. k. Artillerie-Arsenal am Laaer Berg im Süden Wiens, sollten zentrale, verteidigungsfähige Anlagen in einer strategisch günstigen Position sein.« Georg strich sich über den Bart. »Also wurde schon 1849 mit dem Bau begonnen und bereits bei der Planung ließ man von militärischer Seite keinen Zweifel daran, dass man es, wie es offiziell hieß, weniger mit einem äußeren, sondern vielmehr mit einem inneren Feind zu tun habe. Mit anderen Worten, es waren des Kaisers Burgen gegen sein Volk.«

»Ist das Arsenal eine Burg?«, fragte Johann.

Sina nickte.

»Ich verstehe«, meinte der Sprengstoffexperte und nahm einen Schluck Kaffee. »Aber so zentral war und ist das Arsenal doch gar nicht.«

»Scharf beobachtet«, lächelte Georg. »Jetzt betrachte aber einmal die strategische Position auf einer Anhöhe vor den Toren der Stadt. Das Arsenal wurde mit Geschützen bestückt, die ganz Wien bestreichen konnten. Im Ernstfall konnte man vom Standort am Laaer Berg aus die gesamte Stadt unter Artilleriebeschuss nehmen. Ich habe einmal eine ausgedehnte Führung durch das Arsenal mitgemacht«, erinnerte sich Sina. »Ein paar Dinge sind hängen geblieben, weil sie so Respekt einflößend waren. Diese Festung wurde aus rund hundertachtzehn Millionen Ziegeln erbaut und war der flächenmäßig größte Gebäudekomplex im Wien des 19. Jahrhunderts mit zweiundsiebzig Objekten. Neben dem Museum sowie den Kasernen und Depots gab es auch noch Werkstätten, die heute aber nicht mehr existieren. Und es würde mich nicht wundern, ja, es ist sogar mehr als wahrscheinlich, dass das alles aus Wienerberger Ziegeln gebaut war. Belieferte Pargfrieder 1848 und 1849 die siegreichen Heere mit Ausrüstung, so steuerte der Herr Schwiegersohn, Heinrich Drasche, die Ziegel für die Monumente dieser Macht bei. Der reinste Familienbetrieb … im Licht wie im Schatten … von der Armee groß gemacht.«

»Das Einzige, was ich bei deinen Ausführungen vermisse, ist die U-Bahn«, warf Paul ein und tippte auf den Stadtplan. »Da wäre die Kronprinz-Rudolph-Kaserne, die heutige Rossauer Kaserne gleich neben der Ringstraße, die erste Option. Da gibt es seit der Errichtung der Wiener Stadtbahn die Station ›Rossauer Lände‹ am Donaukanal. Beim Arsenal ist mir dagegen gar nichts bekannt und die Kaiser-Franz-Josephs-Kaserne gibt es nicht mehr.«

»Das ist richtig«, gab Sina nachdenklich zu.

»Und wie du gerade vorhin erzählt hast, wurde die Rossauer Kaserne ebenfalls im Anschluss an die Revolution 1848 gebaut. Im selben Stil und ebenfalls aus den doppelt gebrannten Ziegeln. Also auch eine Burg des Kaisers und da fährt die U-Bahn hin«, gab Wagner zu bedenken. »Und nicht zu vergessen, sie liegt mitten in der Stadt.«

»Womit wir ein Problem hätten«, stellte Valerie fest. »Es gibt heute noch zwei Burgen des Kaisers und nur eine mit U-Bahn-Anschluss.«

Ein Mann von Eddys Team kam ins Büro, schenkte sich einen Kaffee ein und lehnte sich gähnend an die Wand. Er fuhr sich mit einer Hand über die Stoppelglatze.

»Also ich kann nur zum Thema Rossauer Kaserne einiges beitragen«, meinte Kommissar Berner und zündete sich eine Zigarette an. »Seit dem Zweiten Weltkrieg sitzen hier Stellen des Innenministeriums und der Bundespolizeidirektion Wien. Das Gebäude ist heute Stützpunkt der beiden ältesten Sondereinheiten der österreichischen Polizei, der WEGA und der Einsatzgruppe Cobra. Glaubt ihr wirklich, dass man dort unbemerkt hundert Senfgasgranaten verstecken kann?«

»Wer redet hier von unbemerkt, Bernhard?« Georg schaute Berner an und deutete auf die Baracke, in der Valerie zuvor telefoniert hatte. »Ein kleiner Transport, ein Kellerabteil, eine Bombe. Weißt du, wer von den Sondereinheiten auf der Seite der Schattenlinie steht? Nicht einmal mein Vater hat sich getraut, diese Entscheidung zu treffen und das Risiko einzugehen. Er hat uns geholt und nicht die Cobra oder die WEGA. Nein, das spricht weder für noch gegen die Rossauer Kaserne, tut mir leid.«

»Heute ist auch ein Teil des Bundesministeriums für Landesverteidigung dort untergebracht«, erinnerte Eddy, »wir haben vor rund zehn Jahren ein paar Umbauten an Toren und Gittern erledigt. Das Gebäude ist nicht groß, gerade mal ein Häuserblock. Das Arsenal hingegen ist riesig, unüberschaubar, mit seinen vielen Objekten und Höfen, Baracken und Werkstatthallen, Wohnungen und dem Heeresgeschichtlichen Museum. Wenn ich etwas zu verstecken hätte, dann wäre das Arsenal sicher meine erste Wahl.«

»Das einzige Problem ist und bleibt, dass keine U-Bahn dahin fährt«, gab Valerie zu bedenken, »und damit fällt das Arsenal meiner Meinung nach schon flach.«

»Nicht unbedingt«, meldete sich Eddys Schweißer zu Wort und stieß sich von der Wand ab. Er blickte seinen Chef fragend an, und als der Exringer ihn mit einer unmerklichen Kopfbewegung zum Reden aufforderte, wandte er sich an Valerie.

»Major Goldmann, ich habe einmal ein Jahr lang im Wiener Burggarten im Palmenhaus gearbeitet. Ich wollte in den Tiefspeicher der berühmten Grafiksammlung der Wiener Albertina einsteigen und habe dieses Jahr dazu benützt, die Möglichkeiten ähh … zu sondieren.«

Paul fiel die gewählte Sprache Helmuts auf, die so gar nicht zu der einiger anderer Mitarbeiter Eddys passen wollte. »Die Albertina hat Weltruf, aber es ist sicher kein Bargeld da zu holen«, warf der Reporter ein. »Waren Sie …?«

»... einer der bekanntesten Kunstdiebe Europas«, vervollständigte Eddy. »Helmut spricht drei Sprachen fließend und war in allen Museen und Privatsammlungen zwischen Oslo und Rom ein nicht so gern gesehener Gast.« Der Exringer bohrte in der Nase und Helmut schüttelte tadelnd den Kopf.

»Ich arbeite jetzt bereits seit zehn Jahren für Eddy und meine Jugendsünden liegen weit hinter mir, aber das ist nicht das Thema. Fest steht, dass ich in diesem Jahr als Gärtner etwas Seltsames entdeckt habe. Wir mussten zu Beginn des Winters die Palmen in die Keller der Hofburg bringen, einen geschützten Raum, der mich an einen langen Tunnel erinnerte. Er war durch Tageslichtlampen erleuchtet und so konnte man genau sehen, dass zwei Gleise in der Mitte liefen. Die schweren Pflanzen haben wir sogar auf Loren verladen und auf diesen Schienen bewegt. Auf meine Frage, was das für eine unterirdische Bahnstrecke sei, konnte niemand eine genaue Antwort geben. Einmal hieß es, es sei eine Versuchsstrecke für die erste Wiener Stadtbahn gewesen, dann wiederum eine stillgelegte Trasse aus dem Dritten Reich.« Helmut schaute in die Runde. »Ich habe dann meine Erkundungen zum Thema Albertina von diesem Tunnel aus gemacht, immer bei Nacht und unbemerkt von allen Kollegen. Ich kann Ihnen nur eines sagen. Dieser Tunnel ist zwar vor den Tiefspeichern abgemauert, aber dahinter ist er lang, sehr lang sogar. Er verläuft auf der einen Seite in Richtung Rathaus und auf der anderen in Richtung Belvedere, also ziemlich genau nach Südosten.«

Paul hatte sich bereits über die Karte gebeugt und zog mit seinem Finger eine Linie vom Rathaus über Ballhausplatz, Burggarten, Schwarzenbergplatz, Belvedere und weiter zum Arsenal. Dann schaute er Valerie an. »Da hast du deine U-Bahn zu der Burg des Kaisers.«

Arsenal, Wien-Landstraße/Österreich

Das Gebiet um den riesigen Gebäudekomplex des Arsenals war kurz nach Mitternacht aufgrund eines Befehls aus dem Innenministerium großräumig von starken Polizeikräften abgeriegelt worden. Zusätzlich wurden Truppen des Bundesheeres abkommandiert, die damit beauftragt wurden, den Schutz des Heeresgeschichtlichen Museums mit seinen Tieflagern und dem Fahrzeugbestand zu übernehmen. Drei Hubschrauber kreisten seit wenigen Minuten über dem Bezirk Landstraße, der an einer Seite an die Wiener Innenstadt grenzte und in dem zahlreiche Staaten ihre Botschaften eingerichtet hatten. Männer in schwarzen Kampfanzügen patrouillierten schwer bewaffnet und mit starken Taschenlampen ausgerüstet die Grünflächen rund um das Arsenal. Der Ziegelbau war lückenlos abgeriegelt worden. Als offizielle Begründung für die umfassenden Sicherheitsvorkehrungen wurde Terrorverdacht angegeben und gleichzeitig eine Nachrichtensperre verhängt.

Kommissar Burghardt staunte über den Aufwand in den frühen Morgenstunden, als er an einer Straßensperre nahe des Gürtels erst kontrolliert und dann abgewiesen wurde.

»Sie brauchen eine Sondergenehmigung für den Zutritt, Herr Kollege«, meinte der Beamte in schusssicherer Weste und mit einem schwarzen, kurzläufigen Steyr-Sturmgewehr im Anschlag. »Oder Sie gehen frühstücken und kommen später wieder. Ich habe gehört, dass hier nach vier Uhr früh alles wieder vorbei ist.«

Du weißt gar nicht, wie recht du hast, dachte Burghardt grimmig und wendete das Polizeifahrzeug. Dann fuhr er ein Stück zurück, suchte sich einen Parkplatz, nahm sein Handy und wählte.

Der schwarze VW-Transporter mit Eddy am Steuer umrundete nun bereits zum dritten Mal die Rossauer Kaserne. Die Straßen waren menschenleer bis auf einige Nachtschwärmer, die aus den Clubs und Lokalen der Innenstadt kommend durch die milde Nacht nach Hause spazierten. In der Maria-Theresien-Straße, die direkt neben dem großen Ziegelbau verlief, stand der Pizza Expresss mit Paul, Georg, Valerie und Berner unauffällig geparkt.

Der Reporter war zum Eingang der Kaserne geschlendert und hatte auf seinem Weg nichts Verdächtiges entdecken können. Selbst als er durch die Sperre am Eingang schlüpfte, ging weder ein Alarm los, noch rief ihm jemand aufgeregt nach oder hielt ihn auf.

Wenige Minuten später stand Wagner im ersten Hof der Kaserne und schaute sich um. Es war totenstill in der »Burg des Kaisers«. Der Reporter lauschte einen Moment, zuckte dann mit den Schultern, drehte sich um und lief beinahe in Valerie hinein, die ihm gefolgt war.

»Tut mir leid, aber es sieht mir hier zu ruhig aus«, raunte Paul. »Spätestens jetzt ist meine Falschmeldung von heute Nachmittag geplatzt, die Granaten am Kahlenberg sind nicht hochgegangen und die Gegenseite müsste im Alarmzustand sein. Hier sollte es vor Beamten und Sicherheitsleuten nur so wimmeln.«

»Das sehe ich auch so«, gab Goldmann zu, »hier ist gar nichts los. Es gibt zwar eine U-Bahn-Station, es ist eine der Burgen des Kaisers, aber …« Sie brach ab und machte eine umfassende Armbewegung, die alles ausdrückte, was Wagner ebenfalls dachte.

Plötzlich hörten sie eilige Schritte im Dunkel und der Schatten von Kommissar Berner tauchte aus der schwachen Torbeleuchtung auf.

»Wir sind am falschen Platz«, zischte Berner aufgeregt. »Burgi hat gerade angerufen und berichtet, dass Hundertschaften der Polizei und des Heeres um das Arsenal zusammengezogen wurden. Sie haben ihn trotz Dienstausweis nicht passieren lassen.«

»Was macht Burgi um diese Zeit beim Arsenal? Hat er eine neue Freundin?«, fragte Paul, während sie losliefen.

»Ich habe ihn als Späher losgeschickt«, gab Berner zurück, »weil ich annehme, dass unsere Namen bereits auf allen Fahndungslisten stehen, die in Wien und Umgebung im Umlauf sind.« Er schaute Valerie an, die neben ihm herlief und immer wieder sichernd die Umgebung beobachtete. »Und dann, Major Goldmann, nutzen dir deine Verbindungen zur Botschaft oder nach Tel Aviv auch nichts mehr. Wenn sie uns erwischen, dann ziehen sie uns blitzartig aus dem Verkehr, bis alles vorbei ist.«

»Dann werden wir einen Weg in die Burg des Kaisers finden müssen, der nicht die Aufmerksamkeit der Bewacher erregt«, meinte Valerie leichthin und kramte im Laufen nach den Autoschlüsseln.

»Du glaubst Helmut, dem Kunstdieb, und seiner Geschichte vom alten Tunnel bis unter das Arsenal?«, fragte Wagner überrascht. »Niemand außer ihm hat diese ominöse Strecke je gesehen, und auch er ist ihr nicht bis zum Ende gefolgt. Ich bin vielen Wiener Stadtbahnenthusiasten begegnet in den letzten Jahren. Keiner von denen hat auch nur ein Sterbenswörtchen darüber verloren.«

»Willst du aufgeben, Paul?«, fragte Goldmann und Berner ergänzte: »Wenn nicht, dann werden wir keine andere Wahl haben, als uns auf das Wort eines ehemaligen Kunstdiebes zu verlassen. Ich darf

Sie erinnern, dass nicht einmal Burgi allein durch das Netz schlüpfen konnte, trotz gültigem Polizeiausweis. Wie sollen wir das gemeinsam mit Eddys Team schaffen? Die Beamten an der Straßensperre reiben sich die Hände und freuen sich über den Fang. Beförderung droht …« Berner schüttelte energisch den Kopf. »Nein, das würde nie funktionieren.«

Sie waren am Pizza Expresss angekommen, wo Georg mit Eddy ins Gespräch vertieft war. Der VW-Transporter parkte gleich hinter dem Mazda und Paul konnte im Schein der Innenbeleuchtung die Männer des Teams sehen, die ebenfalls heftig diskutierten.

Eddy sah besorgt aus. Als er den Kommissar erblickte, sprudelte er aufgeregt los: »Sie haben gerade in den Nachrichten gemeldet, dass es rund ums Arsenal großflächige …«

Berner unterbrach ihn mit einer Handbewegung. »Wissen wir bereits aus erster Hand, Eddy. Es wird uns nichts anderes übrig bleiben, als den Hintereingang zu nehmen.«

Der Exringer sah ihn erst verständnislos an, dann begann er zu kichern. »Sie meinen, wir sollten den Orchestergraben und die Falltür zur Bühne nehmen, Herr Kommissar? Riskant, aber machbar. Ich gehe Helmut holen.«

Die Scheiben des Palmenhauses im Burggarten neben der Ringstraße spiegelten den tief stehenden Mond. Im Dunkel der Bäume leuchtete die weiße Statue Wolfgang Amadeus Mozarts, obwohl die Scheinwerfer davor bereits lange erloschen waren. Der Park lag verlassen da, seine Tore seit 22:00 Uhr versperrt.

»Wir nehmen den Eingang neben dem Museum für Völkerkunde«, hatte Eddy entschieden, »da sind wir vor Überraschungen sicher und es gibt keine Sicherheitskameras.« Als die kleine Gruppe zielstrebig auf das schmiedeeiserne Tor zuging, schien es Sina, als ob Eddy nicht einmal stehen bleiben würde, um mit seinem Dietrich aufzusperren, so schnell ging alles. Dann verschloss der Exringer die Tür wieder sorgfältig mit den Worten: »Es sind schon größere Talente über unscheinbare Kleinigkeiten gestolpert.«

Kaum fünf Minuten später huschten sie an der Terrasse der Neuen Burg vorüber, unter der sich der Tiefspeicher der Österreichischen Nationalbibliothek befand, und versammelten sich vor einer doppelflügeligen Metalltür in einem kleinen Innenhof. Rechts von ihnen zeichnete sich die Jugendstilkonstruktion des Schmetterlings- und Palmenhauses gegen den sternenklaren Himmel ab.

»Hier gibt es einen Lastenaufzug, der auch für die Bestände der Bibliothek benützt wird«, flüsterte Helmut, während Eddy das Türschloss nur mit einem flüchtigen Blick streifte und dann wortlos mit einem kleinen, mit Leuchtdioden versehenen Kästchen den Metallrahmen absuchte. Doch selbst nach einer neuerlichen Kontrolle blieben alle Lämpchen dunkel.

»Willkommen im Land der Sorglosen«, raunte Eddy schließlich und schloss dann wie selbstverständlich auf. Helmut zögerte nicht einen einzigen Augenblick und übernahm die Führung, eine starke Taschenlampe in der einen und einen scheckkartengroßen Ausweis in der anderen Hand.

Vor einer ehemals roten, nun vor allem zerkratzten Lifttür angekommen, steckte er den Ausweis in einen Schlitz und das Bedienungspaneel des Lifts erwachte zum Leben.

»Mein alter Gärtnerausweis«, erklärte Helmut, »man weiß ja nie …«

»Wieso habe ich den Eindruck, hier kann jeder reinspazieren und das mitnehmen, was ihm unter die Finger kommt?«, brummte Berner unwirsch und erntete ein kollektives Grinsen des Teams.

»Wolltest du nicht schon immer ein paar Erstausgaben aus dem Tiefspeicher der Nationalbibliothek in deiner Sammlung?«, scherzte Wagner leise und stieß dabei Georg an.

»Das wäre ja gar nicht auffällig oder?«, gab Sina kopfschüttelnd zurück und sah seinen Freund mit gespielter Entgeisterung an. »Manchmal frage ich mich …«

Der Aufzug war groß genug, um alle Mann auf einmal in das vierte Untergeschoss zu transportieren, wo laut summend eine Klimaanlage gegen Feuchtigkeit und abgestandene Luft ankämpfte. Als die Lichter aufflammten, beleuchteten sie einen weißen, schmucklosen Raum, von dem eine ganze Reihe von Türen abgingen.

»Das Licht ist an den Lift gekoppelt«, erklärte Helmut, nachdem er den misstrauischen Blick Valeries gesehen und richtig gedeutet hatte. »Alle Türen hier gehen in den Tiefspeicher der Bibliothek, bis auf eine.« Der ehemalige Gärtner verlor keine Zeit und schob seinen Ausweis mit dem Barcode voran in einen dünnen Schlitz neben einer der Doppeltüren, die sich durch nichts von allen anderen unterschied. Er zog sie auf und verschwand kurz in der Dunkelheit. Alle, die hinter ihm nachgedrängt waren, hielten unwillkürlich den Atem an. Dann, wie in einer gut choreografierten Show, gingen erst zwei, dann vier, dann sechs Neonröhren an und erhellten einen breiten, gemauerten Tunnel, der mehr und mehr Tiefe bekam, bevor eine helle Hohlziegelmauer den weiteren Blick versperrte. Auf der anderen Seite verloren sich die beiden rostigen Gleise, die fast die gleiche Farbe wie das braune Schotterbett angenommen hatten, in der Dunkelheit. An einer Weiche zweigte ein kurzes Stück Gleis in Richtung Tiefspeicher ab und endete nach wenigen Metern an einem alten, zweiflügeligen Metalltor.

»Ich nehme alles zurück und behaupte das Gegenteil«, murmelte Paul vor sich hin und ging langsam eine schräge Rampe hinunter, auf der ein paar zerbrochene Holzbottiche lagen.

»Manchmal sollte vielleicht sogar die Presse ein wenig mehr Vertrauen in Männer mit Vergangenheit mitbringen«, brummte Berner zufrieden.

»Ich möchte eure philosophischen Betrachtungen nicht stören«, mischte sich Valerie ein, »aber es ist jetzt zwanzig Minuten vor drei und Johann ist noch etwas angeschlagen vom letzten Einsatz. Wir sollten also keine Zeit verlieren und uns auf den Weg machen, wo immer uns diese Strecke hinführen mag.«

»Die Richtung würde stimmen«, stellte Georg fest und nahm seine Taschenlampe fester in die Hand. »Wenn der Tunnel nur halbwegs gerade verläuft, dann haben wir rund vier Kilometer Fußmarsch bis zum Arsenal vor uns. Das könnte sich knapp ausgehen.«

»Was ist mit der Mauer da vorne?«, erkundigte sich Eddy und sah Helmut fragend an.

»Kein Problem, ich habe einige Ziegel vorsichtig herausgebrochen und danach wieder eingesetzt«, winkte der Kunstdieb ab und übernahm erneut die Führung.

Berner, der neben ihm herging, sah ihn von der Seite nachdenklich an. »Irre ich mich oder gab es vor einigen Jahren tatsächlich einen Einbruch in den Tiefspeicher der Albertina?«

Helmut lächelte geheimnisvoll und lief schweigend weiter, leichtfüßig von Schwelle zu Schwelle tänzelnd.

Zweihundert Meter hinter der Mauer begann unbekanntes Territorium. Selbst bei seinen Erkundungen seinerzeit war Helmut nie weiter vorgedrungen. Die Lichter waren zurückgeblieben, als sie durch die Mauer gestiegen waren, und Georg dankte Gott, dass sie dreizehn Mann waren und ebenso viele Handscheinwerfer den Tunnel erleuchteten. So hatten die Geister der Schatten weniger Macht und seine klaustrophobischen Anfälle blieben aus.

Paul fühlte sich unbehaglich angesichts der Möglichkeit, dass der Tunnel ins Nirgendwo führen konnte, überall anders hin als in des Kaisers Burg. »Was machen wir, wenn er verschüttet ist, durch Bombentreffer im Zweiten Weltkrieg beschädigt oder einfach irgendwo dazwischen abgemauert wurde?«, fragte er besorgt Eddy, der neben ihm herlief und langsam ins Schnaufen kam. Der schaute ihn ratlos an und zuckte nur wortlos mit den Schultern.

Aber das erste Hindernis war nicht ein überraschendes Ende des Tunnels, sondern eine Abzweigung. Erst kündigten zwei rostige Weichen einen Seitentunnel an und dann teilte sich der Schienenstrang. Helmut und Berner, die an der Spitze gingen, hielten an und leuchteten in den zweiten Tunnel, der sich links in der Dunkelheit verlor.

»Werfen wir eine Münze oder gibt es eine logische Lösung für das Dilemma?«, fragte Helmut niemanden im Besonderen und ließ den Strahl seines Handscheinwerfers zwischen den beiden Tunnels hin und her huschen.

»Mein eingebauter Kompass sagt mir, dass wir rechts weitergehen müssen«, meinte Sina. »Außerdem steigt die Strecke dort stetig weiter an und das sollte sie besser auch. Vergesst nicht, das Arsenal liegt auf einer Erhebung.«

»Und noch etwas anderes spricht für den rechten Tunnel«, meinte Paul und leuchtete zur Decke. »Er ist elektrifiziert.«

Vierzig Minuten Fußmarsch später waren sich beide Freunde nicht mehr so sicher. Sie waren an keiner Abzweigung mehr vorübergekommen, die Strecke ging zwar weiterhin leicht bergan und jeder Blick auf die Uhr ließ sie ihre Schritte beschleunigen, trotzdem war kein Ende des Tunnels in Sicht.

»Der Stadtbahnbau hatte in Wien zu Beginn eine vorwiegend militärische Bedeutung«, erinnerte Georg Kommissar Berner, »man wollte

Truppen so rasch wie möglich von einem großen Fernbahnhof zum anderen bringen.«

»Oder aus dem Arsenal in die Stadt«, ergänzte Berner, »nachdem die beiden anderen Kasernen sowieso im Zentrum lagen. Das spricht für diesen elektrifizierten Tunnel. Mit Dampf hätte man hier nicht fahren können.«

Doch Paul dauerte der Marsch allmählich zu lange und er fluchte still vor sich hin. »Wir hätten den linken Tunnel nehmen sollen«, murmelte er resignierend, »wir sind bestimmt in die falsche Richtung unterwegs.«

Eddy, der sich bemühte, mit dem Reporter Schritt zu halten, lief der Schweiß in Strömen über das Gesicht, während Valerie tief in Gedanken versunken hinter den beiden hertrottete.

Wenige Minuten später, am Ausgang einer lang gezogenen Kurve, wurde der Anstieg spürbar flacher und dann kam das, was Wagner von Anfang an befürchtet hatte – eine Mauer, die sich quer über den gesamten Tunnel erstreckte und in der die Schienen endeten. Es war 03:40 Uhr.

»Sackgasse«, brummte Berner frustriert.

Das Team ließ wie auf Kommando die großen Rucksäcke von den Schultern rutschen und alle Augen ruhten auf Johann, der bereits mit dem Handgriff eines schweren Schraubenziehers die rohen Ziegel der neu errichteten Mauer abklopfte. Der schmächtige Mann legte sein Ohr an die Steine und lauschte. Niemand wagte zu atmen. Dann klopfte er wieder und lauschte erneut. Schließlich trat er zurück, betrachtete die Wand abschätzend und holte aus Manfreds Rucksack zwei bleistiftgroße Rollen heraus, die wie Kreidestücke aussahen.

»Frank, ich brauche zwei Löcher – hier und hier«, meinte er leise und deutete auf die jeweiligen Stellen in Augenhöhe. »Die anderen gehen zurück bis hinter die Kurve. Wenn ihr die Mauer nicht mehr seht, dann stimmt der Abstand.«

Der elektrische Bohrer fraß sich rasch mit einem sirrenden Geräusch in den Mörtel der Fugen und Johann befestigte zwei normale Zündschnüre an den beiden Sprengladungen, bevor er die schmalen, weißen Rollen bis zum Anschlag zwischen die Steine schob. Dann bemerkte er Franks fragenden Blick.

»Hochtechnologie ist ja nett und schön, aber manchmal tut es ganz einfacher Funkenflug auch«, bemerkte er trocken, entzündete die Schnüre mit seinem Zippo und beide Männer liefen in Deckung.

Wenige Augenblicke später gab es zwei Stichflammen und der Lärm der Explosionen, erstaunlich leise, schallte durch den Tunnel, gefolgt vom Geräusch herabprasselnder Steine.

»Sackgasse wieder für den Verkehr geöffnet«, brummte Berner bewundernd und klopfte Johann anerkennend auf die Schulter, als er das große Loch sah, das die Sprengung direkt über den Gleisen in die Wand gerissen hatte, ohne die Schienen zu beschädigen.

Die wenigen Ziegel auf den Gleisen waren schnell beiseitegeräumt und dann erleuchteten die ersten Handscheinwerfer geisterhaft einen kleinen, unterirdischen Bahnhof mit vier Geleisen. Paul stellten sich die Nackenhaare auf, als er eine alte Stadtbahngarnitur sah, mit blinden Scheiben und verstaubt, manche der Wagen halb verrottet. Der Reporter erwartete jeden Moment Skelette auf den Sitzen zu entdecken, die ihn höhnisch angrinsten. Er sah auf seine Armbanduhr. Sie hatten noch acht Minuten.

Der einzelne rot-weiße Waggon, der abseits auf einem der Verschubgleise stand und irgendwie verloren wirkte, war dagegen in einem wesentlich besseren Zustand. Seine kantigen Formen verrieten ein Baujahr um 1920, die Seitentüren fehlten und so waren die Plattformen und der Fahrgastraum offen zugänglich. Alle Fenster waren noch intakt, lediglich die Frontscheibe wies einen großen Sprung auf.

Georg und Johann waren die Ersten, die über die beiden Trittbretter vorsichtig in den Wagen kletterten, während Eddy bei einer ersten flüchtigen Inspektion des Bahnhofs keine Bewegungsmelder entdecken konnte und beruhigt Valerie und Paul ein Handzeichen gab.

Der Stapel aus dreißig Senfgasgranaten lag in der Mitte des Fahrgastabteils, zwischen verschmutzten Holzbänken mit ihren elegant geschwungenen Haltegriffen, und sah aus wie eine Pyramide des Todes.

»Das ist bisher die kleinste Ladung«, murmelte Johann, voll konzentriert. Georg schluckte und bewunderte die Ruhe des Sprengstoffexperten im Angesicht des furchtbaren Giftgases. Vor den fast blinden Fenstern huschten Lichtkegel hin und her, Sina hörte Berners Bass und Valeries Alt und hörte sie doch nicht. Er war ganz und gar fasziniert von dem Zünder, der an der Spitze des Stapels thronte, wie ein drohender Schlussstein. Er sah völlig anders aus als alles, was er je gesehen hatte. Ganz aus Glas, wie eine umgestülpte Qualle mit ihren langen Tentakeln, schien von ihm ein seltsames Leuchten auszugehen. Georg schloss die Augen und öffnete sie wieder, aber der fahle Schein blieb.

»Ein chemo-elektrischer Zünder«, dozierte der Sprengstoffexperte und seine Stimme klang ruhig und professionell wie die eines Mechanikers vor einem banalen Zündkerzenwechsel. »Das sind die schlimmsten. Zwei Chemikalien erzeugen zu einer vorbestimmten Zeit eine Spannung, die erst verstärkt und dann in die Granaten geleitet wird. Löst zuverlässig jeden einzelnen der fünfzig Zünder aus.«

Angesichts der unerschütterlichen Ruhe Johanns schaute Georg unwillkürlich auf die Uhr. Es war vier Minuten vor vier. Er räusperte sich. »Sollten ...« Seine Stimme versagte und er setzte erneut an. »Sollten wir nicht vielleicht ...«

Johann hob abwehrend die Hand. »Das geht leider nicht.«

Georg meinte nicht richtig gehört zu haben. Er schaute den Sprengstoffexperten fassungslos an.

»Wenn wir den Zünder vorher bewegen, dann geht er sofort los«, murmelte Johann abwesend und ging vor dem Stapel in die Knie, bis er auf Augenhöhe mit der kleinen Glaskuppel war. »Sicherheitsschaltung.« Die Qualle schien plötzlich zu leben. Georg hatte mit einem Mal Angst, dass sie ihre Tentakel um den einzigen Mann legen würde, der sie hier noch lebend herausbringen konnte. Wenn überhaupt ...

Johann untersuchte die haarfeinen Drähte, die von dem Zünder zu den Granaten liefen. Es mochten etwa ein Dutzend sein, die sich kringelten und wanden, bevor sie schließlich zwischen den Granaten verschwanden. Der schmächtige Mann zog ein kleines Vergrößerungsglas aus der Tasche und sah noch genauer hin. Als er wieder aufstand, glaubte Georg, eine Schweißperle auf seiner Stirn zu sehen.

»Chef!« Johanns Stimme schallte wie eine Alarmsirene und Eddy kletterte blitzschnell, mit einer Behändigkeit, die ihm niemand zugetraut hatte, in den Wagen und stand Sekunden später neben dem Sprengstoffexperten.

Johann deutete auf eine der Haltestangen aus Metall, die an geschwungenen Haltern entlang dem Dach verliefen. »Schnell, Chef, wir brauchen eine davon.« Eddy griff wortlos mit beiden Händen zu, hängte sich mit seinem ganzen Gewicht an die Stange und riss kurz an. Mit einem schnalzenden Geräusch kam das Metallrohr frei und Eddy hielt ein Zweimeterstück triumphierend in der Hand wie eine olympische Fackel.

Johann kniete schon wieder vor dem Granatenstapel, sein Gesicht nur Zentimeter von dem Zünder entfernt, und beobachtete aufmerksam die beiden Flüssigkeiten in den Phiolen.

»Wenn ich Ihnen ein Zeichen gebe, dann schlagen Sie mit voller Kraft seitlich auf das Glas, wie ein Baseballspieler. Wir müssen das verdammte Ding exakt zu dem Zeitpunkt von der Pyramide wegschlagen, wenn die Flüssigkeiten reagieren, aber noch bevor der Strom fließt.« Johann blickte ernst auf Eddy, der bereits zielte und ausholte. »Chef, wir haben nur einen einzigen Versuch.«

»Aber das Glas …!«, rief Georg aus, der entsetzt auf den nur Zentimeter vor dem chemischen Zünder knienden Sprengstoffexperten blickte.

»Bruchsicher«, gab Johann tonlos zurück, ohne die Flüssigkeiten aus den Augen zu lassen. Und dann, nach einer kleinen Pause: »Glaube ich …«

Das ist alles Irrsinn, schoss es Georg durch den Kopf, wir kämpfen hier mit den einfachsten Mitteln gegen eine übermächtige Maschinerie, die sich gegen uns verschworen hat. Er spürte plötzlich eine Hand auf seiner Schulter und schaute in Pauls fassungsloses Gesicht, der neben ihm stand und den Blick nicht von Eddy und der Haltestange wenden konnte.

Und dann, zum ersten Mal in dieser Nacht, hatten beide Freunde Angst.

Eddy hatte ausgeholt und wartete. Die Stange in seiner Hand zitterte leicht, aber der entschlossene Gesichtsausdruck des Exringers sagte alles: Jetzt und hier und ein für alle Mal.

Johann hob die Hand und fixierte die Flüssigkeiten. Dann riss er seinen Arm nach unten, rief laut »Jetzt!« und Eddy drosch mit aller Kraft seitlich auf den Glaszünder, beförderte ihn mit einem furchtbaren Schlag quer durch das Abteil, über die Plattform, durch die Heckscheibe des Stadtbahnwaggons, die mit einem Knall in tausend kleine Stücke zersplitterte, und weiter bis zum Ende des Abstellgeleises, wo er hart auf den Boden aufschlug.

Johann hatte seinen Kopf nicht bewegt, als die Stange keine zwanzig Zentimeter von seinem Gesicht entfernt durch die Luft gesaust war. Schließlich atmete er laut aus und legte die Stirn auf die kalten Granaten vor ihm.

Georg schloss die Augen und Paul versuchte, seine zitternden Knie unter Kontrolle zu bringen. Nur Eddy schaute mit einem stolzen Gesichtsausdruck noch immer dem Zünder nach, ließ langsam die Haltestange sinken und murmelte erleichtert: »Vielleicht sollte ich doch mit dem Golfspielen anfangen …«

»Unglaublich …« Kommissar Berner kletterte langsam auf die Plattform des Wagens und sah zum ersten Mal, seit ihn Wagner und Sina kannten, wirklich erschüttert aus. Er ließ sich auf eine der staubigen hölzernen Sitzbänke fallen. Im Licht der Scheinwerfer gruben sich die Falten tief in sein Gesicht ein.

»Ist da noch ein Platz neben dir frei, Bernhard?«, fragte Paul leise, und als Berner nickte, zog er Georg mit sich auf die harte Bank, die unter dem Gewicht der drei Männer knackte. Der Kommissar griff umständlich in seine Tasche, zog ein Paket Zigaretten heraus, stellte fest, dass es leer war, zerknüllte es und warf es in weitem Bogen weg.

»Eine gute Gelegenheit, mit dem Rauchen aufzuhören, meinst du nicht?«, murmelte Georg und schaute dann Eddy an. »Bei mir wäre es jetzt so weit, wenn ich jemals damit angefangen hätte. Man hängt plötzlich so sehr am Leben, wenn man länger mit euch unterwegs ist …«

Johann erwachte aus seiner Erstarrung, nahm eine der Granaten vom Stapel und begann vorsichtig, den Zünder zu lösen und dann abzuschrauben. »Wir sollten erst einmal alle Granaten entschärfen, bevor wir darüber nachdenken, was wir mit ihnen machen«, meinte er und demontierte auch schon den Zünder des nächsten Geschosses.

»Richtige Überlegung«, stellte Eddy fest und blickte fragend auf Sina, Wagner und Berner. »Was machen wir mit dem Senfgas? Wir können es nicht abtransportieren, auch wenn es nicht so viele Granaten sind. Andererseits haben wir diesmal auch keine Soldaten, um es zu bewachen. Irgendwelche Vorschläge?«

»Wenn wir sie schon nicht mitnehmen können, dann sollten wir sie wenigstens verteilen«, kam da Valeries Stimme von der hinteren Plattform. »Ich hab da so eine Idee …«

Als sich der alte Stadtbahnwaggon quietschend in Bewegung setzte, konnte es niemand glauben. Die fünfzehn Tonnen Eisen und Stahl, geschoben von Eddy und seinem Team, bewegten sich erst zentimeterweise, dann aber, einmal in Fahrt, folgten sie der Schwerkraft bergab. Zuvor hatten Frank und Manfred die Achslager geölt und Helmut versucht, die Bremse zu revitalisieren, die mittels eines großen Handrades von der hinteren Plattform aus betätigt werden konnte.

»Ich habe keine Ahnung, ob sie funktionieren wird«, hatte der Kunstdieb zu Eddy gesagt, die Schulter gegen den Waggon gestemmt. Dann hatten alle nur mehr verzweifelt angeschoben, wieder und immer wieder, bis sich die Bremsbacken lösten und die Räder die erste Umdrehung machten.

Eddy schwang sich auf die Stufen und dann in den Waggon und übernahm die Bremse, während Paul einen kleinen Stapel Granaten auf der vorderen Plattform überwachte. Georg hatte seine Geschosse im rückwärtigen Teil des Wagens aufgeschichtet und versuchte, Eddy nicht im Weg zu stehen, der den Großteil der Plattform ausfüllte. Die Rucksäcke mit der Ausrüstung des Teams lagen auf den Holzbänken und verliehen dem Inneren des Stadtbahnwaggons die Atmosphäre einer Klassenfahrt. Wären da nicht die dunkelgrünen Granaten mit dem gelben Kreuz als Reisebegleiter gewesen …

Der alte Waggon rumpelte in Schrittgeschwindigkeit über die Weichen des kleinen Bahnhofs und auf die neue Ziegelmauer zu. Paul sah nach vorne und wusste mit einem Mal, dass der Waggon niemals durch das Loch, das Johann gesprengt hatte, passen würde.

»Du musst den Wagen in Schrittgeschwindigkeit halten, denk an das starke Gefälle«, ermahnte Georg Eddy, der an der Bremse kurbelte, bis sich die Bremsbacken jaulend auf die Metallräder legten. Die Wirkung jedoch war mehr als fragwürdig.

»Bremse lösen!«, rief Paul von der vorderen Plattform und dann: »Festhalten!«, als die Mauer immer näher kam. Der Waggon ratterte über Ziegelreste auf den Schienen und stieß durch die Wand, Scheiben zerbrachen knallend und ein Glassplitterregen ging nieder, wie ein Sommergewitter. Ziegel flogen in alle Richtungen, der Wagen schien kurz zu zögern, blieb fast stehen, doch dann nahm er erneut Fahrt auf. Eddy zog die Bremse wieder an und versuchte, das Tempo des Wagens zu verringern. Ein ohrenbetäubendes Quietschen erfüllte den dunklen Tunnel.

Das Team unter der Führung von Valerie und Berner lief auf dem zweiten Gleis neben dem Wagen her, als Paul und Georg begannen, einzelne Granaten an die Männer hinunterzureichen, die sie vorsichtig neben den Schienen auf den Schotter legten und dann wieder versuchten, sprintend aufzuholen. Es war ein ungleicher und kräftezehrender Staffellauf und der Waggon wurde immer schneller.

»Lasst rund fünfzig Meter Abstand zwischen den einzelnen Granaten«, rief Valerie im Laufen und rannte dann voraus, um den Wagen zu überholen, der geisterhaft durchs Dunkel rollte. Die Lichtkegel der Scheinwerfer sprangen wie Irrlichter durch den Tunnel. Berner versuchte, mit zwei der starken Lampen den jeweiligen Granatenträgern den Weg zu beleuchten. Trotzdem stolperten die Männer immer wieder. Georg verdrängte den Gedanken daran, was passieren würde, wenn einer von ihnen fiel und eine Granate mit ihrem gläsernen Giftgasbehälter hart auf den Boden knallte.

Der Waggon wurde noch schneller.

»Eddy, langsamer!«, schrie Wagner verzweifelt, als Frank mit einer Senfgasgranate im Arm den Halt verlor, auf dem Schotterbett ausrutschte und um ein Haar unter den rollenden Waggon geraten wäre. Im letzten Moment fing er sich und legte das Geschoss vorsichtig neben die Schienen. Dann sprintete er wieder los, um aufzuschließen.

»Die Bremse ist am Anschlag«, schrie Eddy zurück und drehte noch stärker an dem Messingrad. Das Quietschen wurde zwar noch lauter, der Waggon jedoch kaum langsamer. Von Schrittgeschwindigkeit war keine Rede mehr. Helmut rannte als Nächster neben dem Wagen her, und als Georg ihm eine weitere Granate hinunterreichte, brach die Bremse endgültig.

Der Waggon beschleunigte augenblicklich und die Männer blieben nach und nach immer weiter zurück. Valerie, die vorausgeeilt war, versuchte noch eines der Geschosse von Paul zu übernehmen, scheiterte, fiel zurück und dann warf Georg ihr die Granate von der hinteren Plattform aus zu, als er sah, dass sie nicht näher an den Wagen herankommen konnte. Sie fing das Geschoss mit beiden Händen, verlor den Halt, stolperte und fiel der Länge nach hart auf den Schotter.

Dann verschwanden sie und das Team in der Dunkelheit und die drei Männer im Waggon rollten immer schneller stadteinwärts, mit zehn Granaten als tödlicher Fracht.

Die plötzliche Ruhe war gespenstisch. Nur das Rauschen des Fahrtwindes durch die zerbrochenen Scheiben und das Rumpeln der Räder auf den Schienen waren zu hören.

Paul und Georg sahen sich im Licht des letzten Handscheinwerfers im Abteil entsetzt an. Beide dachten an die restlichen Granaten, die nächste Mauer, den fünfzehn Tonnen schweren Waggon und schließlich an die Weiche beim Tiefspeicher der Nationalbibliothek. Eddy blickte ratlos nach hinten, wo das Team verschwunden war.

»Die Kombination ist tödlich.« Paul sprach aus, was ihnen allen durch den Kopf ging, als Georgs Blick auf die Rucksäcke fiel.

»Schnell!«, stieß er hervor. »Helft mit.« Dann schnappte er sich eine Granate, riss den ersten Rucksack auf, stopfte das Geschoss hinein, eilte zurück zur Plattform und ließ den schweren Rucksack vorsichtig bis aufs Schotterbett sinken. Mit ausgestrecktem Arm ließ er los und der Rucksack verschwand kullernd in der Dunkelheit.

»Spitzenidee!«, rief Paul, der bereits die nächste Granate verstaute. »Die Ausrüstung dämpft den Aufprall! Eddy, hierher mit den restlichen Geschossen!«

Der Wagen hatte inzwischen den abschüssigsten Teil der Strecke hinter sich gebracht und seine Geschwindigkeit stabilisierte sich, allerdings auf einem erschreckend hohen Niveau.

»Lasst euch mit den letzten Granaten Zeit, ab jetzt können wir nur mehr langsamer werden«, schrie Wagner gegen den Fahrtwind und das Rumpeln der Räder an. Dann ratterte der Waggon über Weichen und verlor erneut an Tempo.

»Das muss die Einmündung des anderen Tunnels gewesen sein.« Eddy nahm zwei weitere Rucksäcke und ließ sie von der Plattform gleiten. Die drei Männer wussten, dass ihnen nicht mehr viel Zeit bis zur Mauer blieb.

»Jetzt aber raus mit dem Rest!«, schrie Georg und drei weitere Granaten verschwanden, in Rucksäcke gepackt, auf dem Gleisbett im Dunkel.

Gerade als Sina das letzte Geschoss verpacken wollte, sah er aus den Augenwinkeln einen Lichtpunkt. Er richtete sich auf, die Granate wie ein Baby in seinen Armen, und sah die Hohlziegelmauer vor dem Tiefspeicher der Nationalbibliothek auf sie zukommen.

»Ach du Scheiße!«, rief er und dann: »Festhalten!« Die schwere Granate entglitt ihm, rollte unter eine der Bänke und dann war die Mauer auch schon da und alle versuchten sich abzustützen, so gut es ging. Die fünfzehn Tonnen durchbrachen die Hohlziegel wie eine dünne Styroporplatte und rissen ein riesiges Loch. Ein Schauer von Ziegel- und Glassplittern prasselte durch das Fahrgastabteil, in dem sich Paul, Georg und Eddy auf den Holzbänken verspreizt hatten.

Es wurde schlagartig hell, als die Neonröhren im Tunnel das Wageninnere erleuchteten. Wagner sah die Granate im Mittelgang herumrollen, hechtete vor und riss sie an sich.

»Paul, Achtung! Die Weiche!«, schrie Georg und zog mit festem Griff seinen Freund neben sich auf die Bank, als der Waggon ruckelnd von der Hauptstrecke abbog und durch das alte, zweiflügelige Metalltor rauschte. Das Rumpeln der Räder ging in einem Krachen und Poltern unter, und die drei Männer schlossen die Augen, als sie schlagartig wieder und immer wieder in die Bank gepresst wurden und es ihnen den Atem nahm. Dann war es plötzlich ganz still.

Paul fühlte die Granate, die er noch immer an seine Brust gedrückt hatte. Sie war schwer, kalt und glatt, und als er seine Augen öffnete, glänzte ihm das gelbe Kreuz entgegen. Irgendwo ging eine Alarmanlage los und Steine kollerten vom Dach des Waggons, das sich unter der Wucht des Aufpralls verschoben hatte.

»Endstation«, stieß Georg hervor und strich sich mit einer fahrigen Handbewegung die größten Ziegelsplitter aus den Haaren. »Wo immer auch.« Dann fiel sein besorgter Blick auf Paul und die Senfgasgranate. Er nahm ihm vorsichtig das Geschoss aus den Armen und legte es auf den Boden, der mit Glas und Ziegeln übersät war und aussah wie ein Schlachtfeld.

Wagner wunderte sich, dass es im Inneren des Waggons taghell war. Er wollte etwas sagen, doch ein lautes Kichern Eddys ließ ihn aufschauen. Der Exringer stand wie ein Zugführer auf der vorderen Plattform, hielt sich mit schmerzverzerrtem Gesicht die Seite – und lachte.

Georg warf Paul einen alarmierten Blick zu. »Eddy scheint im wahrsten Sinne des Wortes gegen die Wand gelaufen zu sein«, flüsterte er und machte eine entsprechende Handbewegung.

Eddys Stimme klang jedoch völlig rational, wenn auch von Lachanfällen unterbrochen: »Helmut hat nur teilweise recht«, sagte er fröhlich und sein Bauch zitterte, »das Licht ist nicht nur mit dem Lift gekoppelt, sondern auch mit der Stadtbahn …«

Als Paul und Georg neben den noch immer kichernden Eddy traten und durch die fehlende Frontscheibe hinausblickten, trauten sie ihren Augen kaum. Meterhohe Regale voll mit Büchern bedeckten die Wände, einige ausrangierte Lesetische waren von dem alten Waggon zu einem Berg zusammengeschoben und aufgetürmt worden und wurden nun von den roten, rotierenden Lampen der Alarmanlage schlaglichtartig beleuchtet.

»Willkommen im Tiefspeicher der Österreichischen Nationalbibliothek«, murmelte Paul fassungslos. »Ich war schon mal hier. Zur Leihstelle geht's nach rechts hinten.«

Café Prindl, Wien/Österreich

Die Truppe, die sich knapp vor sechs Uhr früh ins Prindl schleppte, war so abgekämpft, wie sie aussah. Es gab keinen, der in dieser Nacht nicht irgendwelche Abschürfungen oder Blessuren davongetragen hatte, humpelte oder nun beim Niedersetzen stöhnte. Der letzte Sturz im Tunnel hatte selbst auf dem Gesicht von Valerie eine tiefe Schramme hinterlassen, die kein Make-up mehr überdecken konnte. Paul und Georg sahen aus wie Gespenster, mit einer roten Tönung aus Ziegelstaub in den Haaren und Dreck in den übermüdeten Gesichtern.

»Herr Kommissar, Sie sehen nicht gut aus, wenn Sie mir die Bemerkung erlauben«, sagte einer der Kellner besorgt zu Berner.

»Danke für das Kompliment am frühen Morgen«, brummte der Kommissar, »das ist überaus freundlich und noch untertrieben. Weiter so und ich wechsle mein Stammcafé.«

»Einen doppelten Espresso, wie immer?«, fragte der Kellner stoisch.

Berner nickte. »Und ein Päckchen Filterlose für meinen Freund Franz, den Theaterexperten mit dem verbundenen Arm da drüben. Ich gewöhne mir gerade das Rauchen ab …«

Der Kellner lächelte. »Der betreffende Herr am Nebentisch hat gerade ein Päckchen Zigaretten für Sie bestellt«, erwiderte er und legte Berners Lieblingsmarke vor ihm auf den Tisch.

»Sabotage«, brummte der Kommissar und winkte Franz dankend zu. »So wird das nie was.«

»Leute, wir haben keine Zeit für ein ausgiebiges Frühstück«, ermahnte Eddy das Team. »Ein Kaffee, groß, stark und heiß, muss es auch tun. Dann sind wir wieder auf dem Weg.« Er nickte dem Kellner zu und der verschwand eilig hinter der Espressomaschine.

Das war der Moment, an dem Berners Handy läutete.

»Unbekannter Teilnehmer um diese Zeit?«, wunderte sich Berner und schaute Paul fragend an, der neben ihm saß.

»Ein Informant vielleicht?«, gab Wagner zurück und rührte seine Melange um.

»Berner«, brummte der Kommissar, nachdem er das Gespräch angenommen hatte.

»Wir haben Sie gewarnt, aber Sie wollten ja nicht hören«, drang eine hasserfüllte Stimme an sein Ohr. »Sie mussten ja einen auf Held der Nation machen, nicht wahr? Gruppeninspektor Bernhard Berner, der Draufgänger für Arme. Haben Sie geglaubt, wir würden es nicht erfahren?« Berner wurde plötzlich kalt und er umkrampfte das Handy.

»Haben wir nicht bereits vor einigen Tagen miteinander gesprochen?«, versuchte er es im Konversationston.

»Wie schön, dass Sie sich noch an den Milchkarton in Ihrem Kühlschrank erinnern können«, zischte der Anrufer. »Vielleicht funktioniert ja noch ein letzter Rest Ihres Verstandes.«

»Und ich erinnere mich ebenfalls an eine Todesliste, auf der mein Name nach dem armen Lamberg und dem völlig unschuldigen Ruzicka als Nächster in der Reihe stand«, fauchte Berner zurück. »Sie sind so etwas von krank, das lässt sich gar nicht mehr ausdrücken. Man sollte Sie schleunigst in die Klapsmühle einliefern und für den Rest Ihres Lebens auf Senfgasgranaten schlafen lassen.«

Paul schaute Berner alarmiert an. Am Tisch erstarben alle Gespräche. Selbst Tschak spitzte die Ohren.

»Machen Sie sich um meinen Gesundheitszustand keine Sorgen, Kommissar. Ich stehe im Gegensatz zu Ihnen auf der richtigen Seite.« Der Anrufer hatte sich wieder unter Kontrolle. »Ich würde mir an Ihrer

Stelle allerdings Sorgen um die Gesundheit Ihrer Tochter und Ihrer Enkelin machen.«

»Sie rechte Bazille«, zischte Berner, »Sie widerliches Subjekt. Lassen Sie meine Familie aus dem Spiel. Sie trauen sich ja nicht einmal, Ihren Namen zu nennen, Sie Feigling.«

»Hören Sie jetzt genau zu, Berner. Beide Damen sind bei uns zu Besuch und genießen noch unsere Gastfreundschaft.« Der Unbekannte lachte. »Was sich allerdings um Schlag 10:00 Uhr ändert, sollte die letzte Bombe nicht hochgehen.« Er machte eine Pause und der Kommissar stützte den Kopf in die Hand. »Wir haben genug von Ihren dilettantischen Interventionen. Sie haben bisher nicht begriffen, was auf dem Spiel steht. Sie glauben einen kleinen Privatkrieg zu führen, aber die historische Dimension der ganzen Sache haben Sie nicht erfasst. Sie sind lediglich ein wenig Sand in unserem Getriebe, Herr Berner, Sie und Ihre armseligen Freunde.«

»Viele Sandkörner können und werden Ihnen einen ordentlichen Kolbenfresser verpassen, verlassen Sie sich drauf, Sie Angeber. Und was die Männer um mich betrifft, so sind sie die beste Truppe, die ich mir nur vorstellen kann. Und sie haben etwas, das Sie schon lange verloren haben, nämlich Ehre.« Berner atmete schwer. »So und jetzt sagen Sie, was Sie wollen.«

»Sie sind um Punkt 10:00 Uhr hier und warten gemeinsam mit Ihrer Familie, dass die Bombe hochgeht. Sollten Ihre Freunde einen Weg finden, um die Zünder zu entschärfen, oder Sie nicht hier sein, weil Sie glauben, Sie müssten Ihren Kameraden helfen, dann schneiden wir Ihrer Enkelin und Ihrer Tochter die Kehle durch. Aber vielleicht fällt uns vorher auch noch etwas anderes ein … Die Kleine ist ja so ein hübsches Mädchen und Soldaten an der Front sind so einsam.« Die Stimme des Anrufers wurde leise und Berner musste sich anstrengen, um ihn zu verstehen. »Fragen Sie Major Goldmann. Sie kann das bestätigen.«

»Wo?« Berner spürte, wie panische Angst und purer Hass in ihm aufstiegen und seine Hände zu zittern begannen.

»Sie lösen doch so gerne Rätsel, Herr Berner«, kicherte der Unbekannte. »Also dann. Das weiße Haus bei den beiden Löwen ist die Schleuse zwischen Leben und Tod.« Damit legte er auf.

Der Kommissar ließ das Handy sinken. »Dieser Scheißkerl«, flüsterte er, »dieses miese Schwein.« Dann wurde ihm eiskalt und schwindlig. Die Farbe wich aus seinem Gesicht und seine Lippen schrumpften zu weißen Strichen.

»Und was jetzt?«, fragte Eddy, nachdem Berner die Situation geschildert hatte. »Wenn wir die Bombe entschärfen, dann sterben Sissi und ihre Mutter, und wenn wir es nicht schaffen, dann sterben noch viel mehr Menschen.«

»Wir brauchen eine konzertierte Aktion«, entschied Valerie. »Um Punkt 10:00 Uhr müssen wir die beiden aus der Gewalt der Entführer befreien. Dann habt ihr freie Hand.«

»Wieso nicht vorher?«, fragte Paul. »Wir könnten doch zuerst die Geiseln befreien und dann die Bombe entschärfen.«

Valerie schüttelte den Kopf. »Wenn wir das machen, dann wimmelt es drei Minuten später in allen Zufahrtsstraßen vor Polizisten. Dann kommt ihr nicht einmal in die Nähe. Und eine zweite U-Bahn wie beim Arsenal gibt es nicht.« Sie überlegte kurz. »Jetzt wiegen sie sich in Sicherheit, weil sie Berners Familie haben. Nein, es geht nur gleichzeitig. Der Überraschungseffekt muss so groß sein, dass sie keinen Alarm auslösen können. Und das Timing muss perfekt stimmen.«

Schweigen legte sich über die Runde. Der grimmige Gesichtsausdruck der Männer aus Eddys Team sprach Bände.

»Gut«, entschied Berner, »trennen wir uns auf. Zwei Gruppen diesmal. Ich überlasse es euch, wer mit wem geht.«

Georg zog den Zettel aus der Tasche und las vor. »Das nächste Ziel ist der Dom in Transdanubien.«

»Ich kann leider nicht zum Dom mitkommen, das werdet ihr verstehen«, meinte Berner leise. Alle nickten und der Kommissar legte demonstrativ seinen Colt vor sich auf den Tisch, bevor er sich an Eddys Männer wandte. »Und ich mache es auch alleine, wenn es sein soll. Ihr seid weit genug mit uns gegangen, ihr habt mehr getan, als jeder andere getan hätte. Ihr habt euer Leben aufs Spiel gesetzt und wir sind alle noch hier, weil wir unglaubliches Schwein gehabt haben und weil kein einziger aufgegeben hat. Aber die Uhr läuft ab und ich kann niemanden dazu zwingen, mit mir zu kommen.« Er verbesserte sich. »Nein, ich kann euch nicht einmal bitten, weil wir alle bereits zu tief in eurer Schuld stehen.« Berner schaute in die müden Gesichter, sah die Entschlossenheit in den Augen und die geballten Fäuste auf der Tischplatte. Und dann rannen Tränen über seine Wangen und er senkte den Kopf.

Franz räusperte sich und sah Eddy an. »Chef, wenn es Ihnen recht ist, möchte ich gerne Kommissar Berner begleiten. Es wird Zeit, ein paar Leuten eine Lektion zu erteilen. Major Goldmann?«

Valerie nickte grimmig.

»Machen wir das einfacher«, schlug Eddy vor. »Ich brauche Johann für die Bombe, Helmut für die Feinarbeit und Frank als Kavallerie. Alle anderen gehen mit dem Kommissar.« Er schaute Paul und Georg fragend an.

Aber Berner nahm ihnen die Entscheidung ab. »Ihr beide geht mit Eddy, das ist ein Befehl. Wir haben keine Ahnung, wo das Senfgas versteckt ist und er wird euch beide dringend brauchen. Macht euch keine Sorgen um mich oder die beiden Mädels.« Er legte seine Hand auf Georgs Arm. »Mit dieser Truppe gehe ich in die Hölle und wieder zurück und bringe den Teufel mit, wenn es sein muss.«

Kinzerplatz, Wien-Floridsdorf/Österreich

Der weitläufige Kinzerplatz in Wien-Floridsdorf war beinahe menschenleer, als der schwarze Kleinbus mit der Aufschrift »Bogner Metallbau« fast lautlos aus einer Nebenstraße rollte und kurz anhielt. In den Strahlen der höher steigenden Sonne glänzte der schlanke Ziegelturm von St. Leopold im Donaufeld wie eine aufgerichtete Lanzette aus Kupfer. Eddy betrachtete vom Fahrersitz misstrauisch das neugotische Gebäude, die Umgebung und schließlich die Parkanlage um die Kirche. Alles schien ruhig, zu ruhig. »Der Dom des Kaisers?«, fragte Paul gähnend und stieß Georg an, der auf der Rückbank neben Tschak eingenickt war. »Wir sind da, die letzte Runde hat begonnen.«

Wie auf ein Stichwort begannen die Glocken zu läuten und ihr sonorer Klang, der seit hundert Jahren über Floridsdorf ertönte, ging den Insassen des VW-Transporters durch Mark und Bein.

»Läuten die zu unserem Begräbnis?«, murmelte Sina und wischte sich den Schlaf aus den Augen. Dann widmete er sich wieder dem Laptop auf seinem Schoß und begann zu tippen. Johann, der neben ihm saß, hatte schwarze Flecken im Gesicht und einige der Schrammen hatten sich entzündet. Franks Hände waren nach etlichen Stürzen im Tunnel des Arsenals mit Wundpflastern übersät und Helmut hatte vom Schotter der Stadtbahnstrecke aufgeschlagene Knie und Löcher in den Hosen.

Tauben stiegen auf, stoben aus den Turmfenstern und den Luken im grün oxidierten Helm der Kirche. Die aufgeregt flatternden Vögel verschwanden eiligst im Morgengrau, vorbei an dem Ziffernblatt der Turmuhr, das 7:00 Uhr zeigte.

Vor rund zwei Stunden war die Sonne über Wien aufgegangen. Einige schlaftrunkene Gestalten huschten mit hängenden Schultern aus den niedrigen Bürgerhäusern und den Wohnbauten, die im Oval um das große Gotteshaus aufgereiht waren, ihrem Tagwerk entgegen. Ein Radfahrer strampelte die verwaiste Fahrbahn entlang, im Gepäckkorb bündelweise die heutige Tageszeitung, die er in die Briefschlitze der Abonnenten steckte. »Terrorwarnung im Arsenal« lautete die Schlagzeile in Riesenlettern.

Eddy zog eine Grimasse. »Das nenne ich Volksverblödung«, brummte er missgelaunt. »Am liebsten würde ich ihn vom Rad holen.«

Ein paar ältere Damen, offenbar Opfer von seniler Bettflucht, saßen bereits auf den Parkbänken zwischen den Bäumen und fütterten die Spatzen. Die kleinen braunen Vögel stürzten aus den Ästen auf die Krümel der Frühstückssemmel oder des Kipferls herunter. Der Tratsch versiegte für einen kurzen Moment, als der schwarze Kleinbus wieder anfuhr und langsam um den Platz rollte. Schließlich, nach einer kompletten Runde um den Dom, parkte Eddy auf der kurzen Zufahrtsstraße zur Kirche.

Der Motor verstummte und die Scheinwerfer erloschen.

Niemand stieg aus.

Die alten Frauen reckten ihre Hälse, aber sie konnten durch die getönten Seitenscheiben nichts erkennen. Sie tuschelten und wunderten sich, aber das Kennzeichen hatte noch keine hier gesehen.

»Bogner Metallverarbeitung«, sagte eine leise, »kennt ihr die?« Alle schüttelten einmütig den Kopf.

»Die sind sicher von außerhalb«, murmelte eine, »Fremde.« Damit warf sie noch eine Handvoll Körner zwischen die gefiederten Freunde.

Eddy drehte sich um, zog den Zündschlüssel ab und meinte halblaut: »Der frühe Vogel fängt den Wurm … Aber was tun, wenn der Vogel dabei einschläft?«

Georg saß auf der Rückbank und starrte mit geröteten Augen auf den Bildschirm von Johanns Laptop. Sein Gesicht wirkte durch die hellblaue Beleuchtung noch blasser, als es ohnedies schon war. Rund um seinen Bart kämpften sich schwarze Bartstoppeln an die Oberfläche und unter seinen tiefen Augenhöhlen zeigten sich bereits dunkle Ringe.

»Warum hast du kein Schläfchen gehalten, wie die anderen, Professor?«, erkundigte sich Bogner und deutete mit dem Daumen auf die letzte Sitzbank, auf der Helmut und Frank leise vor sich hin schnarchten. Tschak, der zwischen ihnen saß, hob den Kopf und hechelte freundlich dem Exringer zu.

»Nach der Schlappe vor der Rossauer Kaserne wollte ich ganz sicher sein, dass wir diesmal am richtigen Ort landen.« Er schaute müde durch das Seitenfenster auf die Kirche. »Unser Glück kann nicht ewig halten, Eddy. Das haben wir im Tunnel bis zur Neige aufgebraucht. Ab jetzt müssen wir noch besser vorbereitet sein oder wir werden Mittag nicht mehr erleben«, murmelte der Wissenschaftler und rieb sich die Augen. Er hatte das Gefühl, feinkörniger Sand hatte sich unter seinen Lidern breitgemacht. »Gebt mir noch ein paar Minuten. Mir ist es hier einfach zu ruhig«, setzte er hinzu und widmete sich wieder dem Laptop.

Eddy warf wachsame Blicke auf die umliegenden Häuser und die wenigen Passanten. Dann rief er laut: »Aufwachen, die Hinterbänkler!«, und klatschte in die Hände. »Der letzte Akt beginnt und ich möchte auch diesmal keine Tragödie ohne Happy End erleben. Wir müssen uns an den Zeitplan halten. Valerie und die anderen sind sicher schon unterwegs.«

Helmut gähnte und schüttelte sich, während Frank die Augen aufschlug, verständnislos auf Tschak schaute und die Nase verzog. Dann begriff er, wo er war.

»Morgen!«, sagte er schließlich und lächelte mühsam in die Runde. »Wie spät haben wir es?«

»Kurz nach sieben«, antwortete Bogner. »Normalerweise seid ihr bereits an der Arbeit und schwingt die Schweißgeräte um diese Zeit. Das wird morgen nachgeholt«, versprach er, nickte Paul zu und beide stiegen aus.

Wagner atmete tief ein und genoss die frische Luft. Zwischen den Fassaden der Häuser, die um die wuchtige Ziegelkirche errichtet worden waren, wehte der Wind von der Alten Donau herüber. Der ehemalige Donau-Arm war nicht weit entfernt und die Nähe des Gewässers war beinahe körperlich spürbar, die Luft feucht und die Brise kühl. Kreischende Möwen schossen über den Himmel und verbreiteten ein trügerisches mediterranes Flair. Der Reporter fuhr sich mit beiden Händen über das Gesicht und schüttelte sich, bevor er Eddy die Hand auf die Schulter legte und beide zu dem Backsteinbau hinüberschauten.

»Ist das unser nächstes Ziel?«, fragte Paul müde. »Wir sind ganz schön früh dran, findest du nicht?«

»Ob wir am richtigen Platz sind, das wird dir unser Professor in wenigen Minuten verraten«, gab Eddy zurück. »Was den Vorsprung betrifft, der kann blitzschnell wieder weg sein, erinnere dich an den Kahlenberg. Ich mach einmal einen kleinen Spaziergang und schau mich um ...«

Paul nickte stumm und Eddy marschierte davon, bevor Helmut und Johann ebenfalls aus dem Transporter kletterten und sich streckten.

»Das bringt neben anderem den Vorteil mit sich, vor den Einsatzkräften an Ort und Stelle zu sein«, bemerkte Helmut und lächelte. »So früh sind die Herren in Blau noch nicht ausgeschlafen.«

»Außerdem habe ich vielleicht einmal die Chance, in Ruhe zu arbeiten, bevor der Zünder aktiv ist«, ergänzte Johann und begann, seinen kleinen Metallkoffer zu packen. »Aber Major Goldmann wird recht haben. Sie wiegen sich in Sicherheit, weil sie Berners Kinder haben.«

Georg klappte den Laptop zu und legte ihn beiseite. »Diesmal haben wir das Überraschungsmoment auf unserer Seite, weil wir etwas tun, womit sie bei ihrer Vorbereitung für den Ernstfall nicht gerechnet haben: Sie erwarten uns kurz vor zehn, aber wir sind schon da.«

»Das leuchtet mir schon ein.« Wagner schaute sich unsicher um. »Wir sind zwar früher als erwartet hier und ich glaube auch, dass Valerie richtig liegt, aber trotzdem … Ich traue nichts und niemandem mehr.« Er schaute auf die Uhr. »Noch drei Stunden bis zur nächsten Detonation und alles ist ruhig, kein Mensch zu sehen, außer den alten Damen, und die werden kaum eine Maschinenpistole unter dem Staubmantel herumtragen.«

»Das sollte uns reichen, um die Bombe zu finden und zu entschärfen«, nickte Frank, der im Bus die Waffen vorbereitete und ein frisches Magazin in sein Steyr-Sturmgewehr steckte. Das Einrasten klang verräterisch laut über den Platz. »Sicher ist sicher«, meinte er entschlossen. »Ab sofort wird erst geschossen und dann gefragt.«

Johann teilte Feuchtigkeitstücher aus und alle rieben sich die Gesichter ab, während sie auf Eddys Rückkehr warteten.

»Besser als nichts«, seufzte Wagner. »Ich fühle mich wie gerädert. Ein frisches T-Shirt hast du nicht auch noch dabei, oder?«

Der Sprengstoffexperte schüttelte bedauernd den Kopf.

»Kommt lieber wieder rein, ihr steht da draußen wie auf dem Präsentierteller«, gab Sina zu bedenken und alle kletterten rasch wieder in den Transporter.

»Die Müdigkeit steckt uns in den Knochen«, gab Paul zu. »Da beginnt man Fehler zu machen …«

Wenige Minuten später wurde eine der Seitentüren mit einem rollenden Geräusch geöffnet. Frank riss das Sturmgewehr hoch, entsicherte es und brachte es in Anschlag.

»Halt die Füße still, Frank«, kicherte Eddy und warf eine volle Papiertüte auf die Rückbank. »Frühstück für alle! Da hinten hat ein Bäcker offen«, rief er und schloss die Tür wieder. Dann kletterte er hinter das Lenkrad und beobachtete im Rückspiegel, wie die anderen sich gierig auf ihr Gebäck stürzten.

»Kaffee gibt's leider keinen dazu, dafür aber gute Nachrichten. Die Verkäuferin hat heute noch keine Polizei gesehen, die Luft ist also rein. Normalerweise holen die Kiberer bei ihr Semmeln und Kipferln und halten einen Schwatz in der Früh. Kein Wunder bei dem Vorbau der kleinen Blonden … Aber heute waren sie noch nicht da.« Eddy zuckte mit den Schultern. »Ich habe mich ein wenig beim Herkommen umgesehen. Es ist wirklich keine Polizei da.«

»Ganz klar, Chef, dann ist es ein Hinterhalt.« Frank, dem der Schreck in die Glieder gefahren war, kaute blass an seiner Zimtschnecke.

Eddy winkte ab. »Ich glaube nicht, aber wir sollten trotzdem vorsichtig sein. Nur weil wir etwas nicht sehen, heißt das nicht automatisch, dass es nicht da ist.«

»Vielleicht Scharfschützen?«, fragte Paul kauend und deutete auf die Dächer der umliegenden Häuser.

»Das werden wir gleich wissen«, knurrte Bogner und drehte den Zündschlüssel im Schloss. Er wendete entschlossen den Wagen und fuhr langsam im Retourgang auf das Portal der Kirche zu. »Spätestens jetzt sollten uns die Kugeln um die Ohren pfeifen«, murmelte er und sah aufmerksam in die Seitenspiegel.

Frank hielt den Lauf seines Steyrs so fest, dass die Fingerknöchel weiß unter der Haut hervorschimmerten. Helmut rutschte ganz langsam in seinem Sitz immer tiefer. Paul umklammerte den Haltegriff über der Beifahrertür und lehnte sich aus dem Fenster, um die Dächer besser sehen zu können. Er erwartete jeden Moment, Mündungsfeuer aufblitzen zu sehen. Johann schnallte sich sicherheitshalber an, während Georg Tschak auf seinem Schoß festhielt und beruhigend auf ihn einredete.

Im nächsten Moment rumpelte und schaukelte der ganze Wagen. Alle zuckten zusammen und der Atem stockte ihnen.

»Das war nur der Randstein«, kicherte Eddy und fuhr über den Gehsteig so weit er konnte an die Kirche heran.

Die alten Frauen, entrüstet über das unerlaubte Manöver, ließen den schwarzen Kleinbus nicht aus den Augen.

»Der will wohl vorm Altar parken«, raunte eine der Weißhaarigen.

»Der ist nur zu faul zum Gehen«, erwiderte eine andere missbilligend.

»Vielleicht renovieren die ja was«, räumte eine dritte ein und wurde dafür mit strafenden Blicken bedacht.

Die rückwärtige Stoßstange des schwarzen VW-Transporters war keine zwei Meter von der Ziegelfassade der Kirche entfernt, als Bogner die Handbremse anzog und den Motor abstellte.

»Ich glaube, wir können jetzt loslegen«, meinte Eddy zufrieden. »Vielleicht ist die Startposition nahe der Kirchentüre gar nicht schlecht, falls wir vor dem letzten Vorhang verschwinden müssen.« Er blickte nochmals in den Rückspiegel. »Eines aber steht fest: Die Türen und die Heckklappe geben uns Schutz, sollten es tatsächlich Scharfschützen auf uns abgesehen haben.«

Georg hatte inzwischen erneut Tschak gegen den Laptop von Johann auf seinem Schoß ausgetauscht, gab wieder Suchbegriffe ein und wertete die Resultate aus.

»Schließt bitte irgendwer erst einmal die Kirchentür auf, damit es nachher nicht so lange dauert, bis wir drin sind?«, forderte Eddy das Team auf und Helmut sprang sofort aus dem Wagen. Dann drehte sich der Exringer nach Georg um. »Wie lange brauchst du noch, Professor?«

»Ich bin gleich fertig«, murmelte Sina, »es kann sich nur mehr um Sekunden handeln.«

»Checkst du deine E-Mails oder spielst du online?«, feixte Wagner.

»Sehr witzig, Herr Reporter«, gab Georg zurück. »Ich darf gar nicht daran denken, wie viele Mails ich beantworten muss, wenn ich wieder im Büro bin«. Der Wissenschaftler klappte das Notebook zu und gab es Johann zurück. Dann begann er zu deklamieren: »Herr Professor, ich konnte meine Arbeit leider nicht fristgerecht abgeben, weil meine Großmutter meine Hausaufgabe gefressen hat und mein Hund krank war oder so ähnlich …«

Alle lachten. »Und? Sind wir an der richtigen Stelle?«, fragte Eddy und wurde wieder ernst. »Wenn es um diese Kirche geht, dann ist es in unserer Familie eine Frage der Ehre. Ich wurde in St. Leopold getauft, so wie mein Vater und mein Großvater vor mir. Wir sind Floridsdorfer Urgestein. Wir haben hier geheiratet und wir gedenken unserer Toten in dieser Kirche. Ich will kein Fiasko und kein Missverständnis, nicht hier, Professor. Verstehst du das?«

Georg nickte und unterdrückte ein Gähnen. »Nur zu gut, Eddy. Aber sei beruhigt. Hier sind wir an dem Ort, den Max gemeint hat. Die Kirche hinter uns ist der verhinderte Dom von Niederösterreich in Transdanubien.«

»Mitten in der Wiener Vorstadt?«, fragte Paul erstaunt, »bist du dir sicher?«

Bevor Sina antworten konnte, stieg Helmut wieder ein und lehnte sich mit dem Wort »Erledigt« im Sitz zurück.

»Ja, bin ich, obwohl genau da der Hase im Pfeffer liegt«, gab Georg zu. »Gegen Ende des 19. Jahrhunderts war hier nämlich überhaupt nichts außer ein paar Siedlungen von englischen Schiffbauern und Schiffmühlenbesitzern. Aber in kürzester Zeit wuchs hier eine

Gemeinde heran, die, ermutigt durch ihren wirtschaftlichen Aufstieg, sehr bald ehrgeizige Pläne zu verfolgen begann. Die vorher unwichtigen Ortschaften und Gemeinden wuchsen rapide und bald strebten die Schlote der ersten Industrieansiedlungen vor den Toren von Wien in den Himmel. Die neue Gemeinde gab sich den zukunftsweisenden Namen Donaufeld anstelle des alten, leicht zu verwechselnden Neu-Leopoldau. Sie wollten damit wohl zeigen, dass sie nicht länger ein Ableger von einer Wiener Vorstadt, sondern etwas vollkommen Eigenständiges waren.« Der Wissenschaftler schaute auf die Uhr. »Es ist zwanzig Minuten vor acht. Wir müssen unsere Aktion mit der von Valerie und Berner koordinieren. In einer Stunde sollten wir spätestens anrufen, damit wir wissen, wie weit sie sind.«

»Vergesst nicht«, warf Eddy ein, »dass diese neue Gemeinde der Donau abgerungen wurde und keine Wiener Vorstadt war, ja nicht einmal in Wien lag. Mein Großvater sagte immer: ›Da wollten wir eigentlich gar nicht hin‹, und tatsächlich war dieses Floridsdorf eine aufstrebende Stadt in Niederösterreich. Bis der alte Lueger kam und sie sich auf dem Höhepunkt ihrer Blüte einverleibte. Er war wohl neidisch auf den Erfolg, konnte keine Konkurrenz vertragen und hat den Markt bereinigt.« Der Exringer kicherte.

»So ist es«, bestätigte Georg, »Dein Großvater hat völlig recht. Noch im Jahr 1892 hielt der damalige Statthalter von Niederösterreich eine bemerkenswerte Rede, in der er forderte, die Gemeinden Floridsdorf, Donaufeld und Jedlesee zu einer neuen Landeshauptstadt von Niederösterreich zu vereinen, und zwar mit Bischofssitz. Stellt euch vor, was das heißt! Wien war immerhin offiziell die Landeshauptstadt von Niederösterreich, dem Kernland des Reiches! Die Floridsdorfer waren überhaupt nicht begeistert und formulierten schon im Mai 1894 einen entsprechenden Forderungskatalog, der auch verabschiedet wurde. Der letzte Punkt besagte klar und deutlich, dass eine Vereinigung mit Wien nicht wünschenswert sei. Diese Forderung war eine offene Kampfansage, eine Herausforderung, und nichts anderes.«

Der Wissenschaftler überlegte kurz. »Wien war die alte Kaiserstadt, Herz und Kopf von Österreich. Und plötzlich kam eine andere, viel jüngere Stadt und forderte unverblümt die Hoheit von ihr. Darauf musste Lueger einfach reagieren und Floridsdorf rechtzeitig schlucken, bevor es für sein Wien wirklich gefährlich werden konnte.«

Sina wies über seine Schulter auf die Kirche hinter ihnen. »St. Leopold sollte der neue Dom werden. Und Leopold ist niemand Geringerer als der eigentliche Begründer dieses Landes. Damit stellte die Forderung die gewachsenen, historischen Machtverhältnisse in Frage, durch eine ganz einfache Maxime: Eine neue Landeshauptstadt für eine neue Ordnung. Eine Hierarchie, nicht mehr getragen von Tradition, sondern von der Macht des Kapitals. Und das Symbol dafür sollte der neue Dom sein. Die Vergangenheit sollte endlich der Zukunft Platz machen. Wien war gestern, Floridsdorf war heute.«

Georg zeichnete Dreien auf seinen Oberschenkel. »Aber da ist noch viel, viel mehr. Die Bezugnahme auf den heiligen Leopold, einen Babenberger und keinen Habsburger, verankerte den Anspruch noch zusätzlich in der Geschichte. Man forderte die Habsburger heraus, direkt und unverblümt.«

»Das erklärt auch die Dimensionen, die einer Kathedrale zur Ehre gereichen würden«, nickte Paul.

»Ja und nein, so einfach ist es jetzt auch wieder nicht«, bremste ihn Sina. »Der ursprüngliche Entwurf des Architekten im Auftrag des Stifts Klosterneuburg war wesentlich umfangreicher. Er sah eine Bischofskirche mit zwei Türmen vor, wurde aber nie in der Form realisiert.«

»Warum eigentlich nicht?«, fragte Eddy und beobachtete aufmerksam die Umgebung. Die alten Damen waren immer noch da. Sonst konnte er beim besten Willen nichts Ungewöhnliches feststellen und er wusste nicht, ob das nun gut oder schlecht war.

»Da wird es mysteriös«, antwortete der Wissenschaftler. »Auf einer Seite kam die hohe Politik ins Spiel, auf der anderen eine Riesensumme Geld. Der Gemeinderat der k. u. k. Reichshaupt- und Residenzstadt Wien, wie das damals noch so schön geheißen hat, hatte im Jahr 1904 beschlossen, Floridsdorf nach Wien einzugliedern. So wurde der ›Dom von Floridsdorf‹ eine weitere Wiener Kirche und der Plan, einen hundert Meter hohen Turm zu bauen, kurzerhand untersagt. Das Symbol für die Größe und den Reichtum der Konkurrenzstadt vor den Toren wurde mit einem Federstrich zu einer Pfarrkirche unter vielen degradiert. Demütigender hätte man den Triumph gar nicht demonstrieren können.«

»Sind die Geldgeber abgesprungen?«, erkundigte sich Paul und schaute automatisch auf die Uhr. Helmut und Frank waren wieder auf der Sitzbank eingeschlafen, während Johann interessiert zuhörte. Alle waren übermüdet und das bereitete Eddy die größten Sorgen.

»Auch das«, bestätigte Georg, »aber es kam noch seltsamer. Erst starb ganz überraschend der Architekt, ein einflussreicher Baurat Namens Anton Ritter von Neumann, der die Leitung des Baus hatte. Dann blieb das Stift Klosterneuburg auch noch auf den Kosten in Millionenhöhe sitzen.«

Georg zuckte mit den Schultern. »Die Schüler Neumanns übernahmen die Fortführung des Baus und es wurde eingespart, wo es nur ging, vor allem bei der künstlerischen Gestaltung. Der Kirchturm musste um vier Meter gestutzt werden, weil er die neunundneunzig Meter hohe Votivkirche überragt hätte. Kein Gebäude in Wien durfte höher als die Stiftung des Kaisers und seines Bruders sein, schon gar kein Dom in der Vorstadt. Nur dem Stephansdom war das erlaubt, denn er war die unumstrittene Kathedrale von Niederösterreich und des ganzen Reiches.«

»Mein Großvater hat oft von der Grundsteinlegung erzählt«, unterbrach ihn der Exringer. »Das soll damals ein riesiges Fest gewesen sein, überall waren Fahnen und Girlanden und es gab Freibier. Sogar der Kaiser kam, ebenso wie die halbe Regierung.«

»Darum sagte wohl Max auch, der ›Kaiser baut den Dom‹«, sinnierte Paul.

»Korrekt«, meinte Sina bestimmt, »und deshalb bin ich überzeugt davon, dass wir an der richtigen Stelle sind. Die Einweihung im Juni 1914 war übrigens weit weniger spektakulär und aufwendig. Da ließ sich der Kaiser von einem Verwandten vertreten und der prominenteste Würdenträger war der Propst von Klosterneuburg. Mir kommt es ganz so vor, als hätte Franz Joseph durchschaut, was hier in Wirklichkeit gespielt worden ist.«

»Und was wurde deiner Meinung nach wirklich gespielt?«, hakte Wagner nach.

»Etwas Unglaubliches, Angsteinflößendes«, antwortete Sina. »Nachdem der Plan, Wien den Rang der Landeshauptstadt von Niederösterreich abzulaufen, geplatzt ist und die Investoren sich verabschiedet haben, weil hier nichts mehr für sie zu holen war, blieben die Chorherren von Klosterneuburg und die Bauherren in der Vorstadt auf einem Projekt und einem Riesenberg an Schulden sitzen. Die Zeit war reif für die Retter mit der machiavellistischen Ader ohne Skrupel und Moral – Auftritt der Schattenlinie …«

»Du meinst …?« Wagner stieg aus, legte den Kopf in den Nacken und schaute hinauf, den Turm entlang in den blauen Himmel. »Du meinst, sie haben ihn gebaut?«

Sina nickte. »›Ihr wollt eine neue Ordnung?‹, fragen sie. ›Das wollen wir auch. Aber noch viel besser, liebe Freunde, wir sind die neue Ordnung!‹ Sie stürmen quasi in das Sitzungszimmer, knallen ihr Geld auf den Tisch und rufen: ›Wir nehmen euch die Probleme ab, bleibt ruhig, wir sind schon da!‹ Ihre einzige Auflage war, die Ausführung nach neuen, nach ihren ganz besonderen Plänen.« Georg strich sich über die Haare und einige Ziegelsplitter rieselten auf die Sitzbank. »Den eigenen Konkurs vor Augen, gingen alle in die Knie. Neumann, der sich querlegte, bereute es bald. Blitzschnell wurden seine Schüler mit der Bauleitung beauftragt, als der Baurat das Zeitliche segnete, wie opportun …«

»Sie sind überall«, flüsterte Paul, »und sie lassen keine Gelegenheit aus.«

»Die Schattenlinie greift ein. Es war ein Moment, auf den sie lange gewartet hatte, und jetzt ließ sie ihn nicht verstreichen. Wer zahlt, schafft an! Erinnerst du dich? Das Ergebnis steht da hinten.« Georg deutete mit dem Daumen über seine Schulter auf die Kirche. »Neumanns Plan sah eine mittelalterliche Kathedrale vor, angelehnt an romanischen und gotischen Vorbildern. Aber das, was hier gebaut worden ist, das ist etwas ganz anderes.«

Niemand sagte ein Wort.

»Jede christliche Kirche, Rundkirchen einmal ausgenommen, hat einen Grundriss in Kreuzform. Um diese Form zu erreichen, braucht es mindestens ein Querhaus. St. Leopold hat kein solches Querschiff. Kurz gesagt: Kein Kreuz, keine Kirche.« Sina blickte ernst in die Runde.

»Ein weiterer, wesentlicher Unterschied zur mittelalterlichen Bautradition ist, dass die Rippen des Netzrippengewölbes keine tragende Funktion haben, wie es sonst der Fall ist. Die Gewölberippen einer Kathedrale sind tatsächlich ihr Skelett. Aber hier wird der komplette Schub des Gewölbes von eigenen Strebepfeilern an der Außenseite der Kirche abgefangen. Die tragenden Elemente sind also außen und der mittlere Teil ist demnach schwebend und vielleicht sogar hohl.«

»Das wäre eine gute Möglichkeit, etwas zu verstecken oder auch um ein Gas zu verteilen«, flüsterte Johann. »Wenn die Schattenlinie beim Bau mitgemischt hat, dann haben sie alle Eventualitäten in Betracht gezogen und in der Kirche ein verzweigtes Rohrsystem eingezogen. Ich würde es jedenfalls so machen, egal, ob ich es irgendwann einmal brauche oder nicht.«

»Gibt es irgendwelche Hinweise dafür?« Paul sah seinen Freund an.

Der Wissenschaftler nickte. »Überall in den Mauern sind die alten Leitungen der ehemaligen Gasbeleuchtung. St. Leopold wurde auch mit Gas geheizt, bis die Gemeinde Wien in den Achtzigern festgestellt hat, dass es sich um uraltes Rohrmaterial handelt. Man wollte die Leitungen natürlich umgehend auswechseln, aber das wurde abgelehnt.«

»Wie bitte?« Eddy traute seinen Ohren nicht. »Es wurde abgelehnt? Das ist jetzt nicht wahr, oder?«

»Doch, genau so war es.« Sina lächelte müde. »Offiziell hieß es, die Kosten von umgerechnet siebentausend Euro würden die Möglichkeiten der Pfarrgemeinde überschreiten, und die alte Heizung wurde kurzerhand ersetzt, was auch nicht billiger gewesen sein kann. Die Leitungen blieben, wo sie waren.«

»Wen überrascht das noch?«, fragte Wagner bitter.

»Wer bisher die Handschrift nicht lesen konnte, der braucht nur das jahrtausendealte Alphabet der Symbolik studieren. Das Resultat ist allerdings beängstigend.« Der Historiker blickte in die Runde. »Der Innenraum ist exakt nach Osten ausgerichtet. Am Tag des heiligen Leopold treffen die Strahlen der aufgehenden Sonne durch die Apsisfenster auf die Orgel. Ein uraltes Konzept, das in diesem Fall für die Auferstehung steht. Leopold ist der Landespatron von Österreich. Ich denke daher, dieser Bau verherrlicht die Auferstehung und Wiedergeburt Österreichs in einer ganz speziellen Form. Das alles erinnert mich also weniger an eine Kathedrale, sondern eher an einen antiken Tempel. Das passt zu der Bildersprache, die uns bis hierher geführt hat.«

»Und was schließt du daraus?«, unterbrach ihn Wagner.

»Ganz einfach«, antwortete Georg, »St. Leopold im Donaufeld ist der Tempel der Schattenlinie. Und wir werden in sein Innerstes hinuntersteigen müssen.«

Nussdorfer Wehr- und Schleusenanlage, Wien-Brigittenau/Österreich

Die graugrünen Wellen der Donau klatschten schmatzend gegen die niedrige Bordwand des flachen, rot-schwarzen Holzbootes. Ab und zu schwappte ein Schwall kalten Wassers in die Feuerwehrzille und Berner zog vorsichtshalber die Füße ein. Das Donauwasser war selbst im Spätsommer unangenehm frisch, besonders wenn es in die Schuhe rann.

Burghardt saß an den Riemen und schnaufte bei jedem Ruderschlag. Sie fuhren gegen die leichte Strömung im Donaukanal und kamen rasch voran.

Der Kommissar saß im Heck und kontrollierte das Magazin seines Colts. Zufrieden steckte er die schwere Waffe auf dem Rücken in den Hosenbund. Hoffentlich geht alles gut, dachte er. Wäre es nach ihm gegangen, er hätte sofort losgeschlagen. Aber da waren auch die anderen, die wieder den tödlichen Senfgasgranaten gegenüberstanden und blitzschnell eine Lösung finden mussten. Trotzdem ... Berner biss sich auf die Lippen und die Sekunden erschienen ihm wie Jahre.

»Warum muss ich eigentlich den Motor spielen«, keuchte Burghardt, »anstatt bei einem vernünftigen Frühstück zu sitzen?«

»Weil du eine bewegende Persönlichkeit hast. Und ich den höheren Dienstrang«, brummte Berner unwirsch und ließ seine Blicke über die bewachsene Uferpromenade wandern. »Und weil wir uns dem Haus unbemerkt nähern müssen, und das geht nur übers Wasser.« Er warf Burghardt noch einen strafenden Blick zu, dann drehte er sich um und schaute zurück.

Die Strahlen der Morgensonne glitzerten auf den flachen Wellenbergen und den sich sanft kräuselnden Strömungen der Donau. Das Grau der Dämmerung war zu einem fast schon herbstlichen Blau geworden, während die Wolken goldgelb schimmerten. Der Kommissar sah die Dächer und Kirchen des alten Wien auf dem einen Ufer und die rechtwinkeligen Hochhäuser und Türme der neuen Skyline auf dem anderen. Der Fluss trennt die Stadt mehr, als er sie verbindet, dachte der Kommissar und sah die Turmspitze von St. Stephan, die inmitten des Häusermeeres golden glühte.

Der Kommissar spürte die Strahlen der Morgensonne auf seinem Gesicht. Viele Fälle waren ihm nahegegangen und er wusste nur zu gut, dass hinter dieser Postkartenkulisse aus Lipizzanern und Sängerknaben, aus Riesenrad und Schloss Schönbrunn ein Sumpf brodelte. Aber noch nie war es derart persönlich geworden wie jetzt. Weder im letzten Jahr, als er selbst das Opfer einer Entführung geworden war, noch jemals zuvor. Diesmal war das passiert, was er immer so panisch gefürchtet hatte und weswegen seine Frau schließlich den Wiener Kommissar gegen einen Aachener Handelskaufmann eingetauscht hatte. Es hatte seine Familie getroffen und damit seine verwundbarste Stelle.

Berner senkte den Kopf. Oft war es nur um ihn selbst gegangen in all den Jahren. Er war bedroht worden, beschimpft, verprügelt und zwei Mal sogar angeschossen. Damit hatte er ganz gut umgehen können. Nach der Trennung von seiner Frau waren ihm nur mehr die Kollegen geblieben, nach seiner Pensionierung nur mehr seine Kinder. Ruzicka fiel ihm ein, der nun ebenfalls auf dem Weg zum Einsiedler war, wenn er je aus diesem Krankenhaus entlassen werden würde.

Dann drehte sich der Kommissar wieder um und schaute voraus, auf die beiden Löwen, die ihm den Rücken zuwandten und nach Norden schauten, stolz und unbeweglich. Für Georg war das Rätsel kein Rätsel gewesen. Er hatte sofort gewusst, dass es um die Nussdorfer Schleuse ging, mit dem von Otto Wagner erbauten, strahlend weißen Verwaltungsgebäude.

Es würde wieder ein herrlicher Spätsommertag werden, gerade richtig, um mit seiner Enkelin einen Spaziergang zu machen. Aber stattdessen musste er sie aus der Hand eines Irren befreien, der Gott weiß was mit ihr anstellen konnte.

»Da kommt sie schon«, unterbrach Burghardt die düsteren Gedanken des Kommissars und deutete auf die zweispurige Straße, die als Verlängerung des Handelskais direkt auf das ehemalige Verwaltungsgebäude der Nussdorfer Wehr- und Schleusenanlage zuführte. »Wie geplant«, schnaufte Burgi, »und sie ist genau im Zeitplan.« Er hörte, wie der Pizza Expresss mit Valerie und einem Teil des Teams das Wasser entlangröhrte. Auf der anderen Seite des Kanals tauchte der weiße Porsche Carrera RS von Paul auf, in dem die beiden anderen Männer von Eddys Team saßen. »Weiß Wagner davon, dass ihr euch beide Autos ausgeborgt habt?«

»Wenn es ihm ein vorlauter Kriminalbeamter nicht erzählt, dann wohl kaum«, grummelte Berner.

»Ab jetzt ist Valerie eine wandelnde Zielscheibe, wenn die Bewacher den Wagen kennen. Sie versucht, die Aufmerksamkeit auf sich zu ziehen und von uns abzulenken.«

»Das wird ihr in dem Vehikel nicht schwerfallen«, kommentierte Berner sarkastisch. »Und jetzt leg dich wieder in die Riemen, Burgi, sonst kommen wir nie rechtzeitig an.«

»Ist ja schon gut, du verhinderter Galeerenkapitän«, schnaufte Burghardt und legte sich noch kräftiger ins Zeug, um gegen die stärker werdende Strömung die Oberhand zu behalten. »Wo willst du an Land gehen?«

»Unterhalb der Wehranlage, wo wir nicht gesehen werden können«, brummte Berner. »Ich will kein Empfangskomitee haben, das mich gleich wieder ins Wasser wirft.«

Kinzerplatz, Wien-Floridsdorf/Österreich

Wir müssen in diesen Tempel der Schattenlinie, ob es uns gefällt oder nicht.« Die Stimme Johanns verriet, dass ihm ganz und gar nicht wohl war bei dem Gedanken. »Ich bin jetzt auch davon überzeugt, dass wir am richtigen Platz sind. Sie haben uns in ihren eigenen Tempel gelockt für die letzte und schwerste Aufgabe, die uns bleibt. Wir haben jetzt noch knapp eineinhalb Stunden, um das Senfgas zu finden. Was machen wir, wenn sie den Zünder früher eingestellt haben, so wie am Kahlenberg?«

»Daran glaube ich nicht«, gab Paul nachdenklich zurück. »Alles konzentriert sich auf 10:00 Uhr. Da soll Berner seine Tochter und seine

Enkelin abholen und für den gleichen Zeitpunkt werden sie die Sprengung vorbereitet haben. Das ergibt Sinn.«

»Sinn im Wahnsinn?« Eddy schüttelte den Kopf und kletterte aus dem Bus. »Gott bewahre mich vor Narren.«

Wenige Augenblicke später zog Wagner die Holztür auf und die fünf Männer betraten durch den kühlen Vorraum das Innere des riesigen Baus. Helmut und Frank sicherten rasch und professionell die Gänge und Bänke, Beichtstühle und Seitentrakte. Nach wenigen Minuten stand fest, dass die Kirche leer war.

Johann und Georg standen beisammen und diskutierten leise. »Was weißt du über die Konstruktion des Bodens, Professor?«, fragte der Sprengstoffexperte. »Gibt es Grüfte, wo sie die Granaten lagern können?«

»Unter uns ist Flussboden, die Fundamente ruhen auf Baumstämmen, wie in Venedig oder bei einem Pfahlbau«, antwortete Sina.

»Wir werden also kaum mit einem umfangreichen Kellergewölbe zu rechnen haben«, murmelte Johann.

Helmut rutschte neben ihnen in die Bank und stützte sich auf sein Sturmgewehr. Auch er war noch immer müde, von der letzten Nacht gezeichnet, trotzdem wanderten seine Augen aufmerksam durch den Innenraum der Kirche. Die Morgensonne warf durch die hohen Fenster lange Schatten über die hellen Wände, und die schlanken Säulen schienen in den Himmel zu wachsen. Der ganze Raum verbreitete durch seine klaren Linien und Formen eine fast klinische Kühle. Helmut fühlte sich winzig und unbedeutend. Da war keine anheimelnde Gemütlichkeit oder gar Festlichkeit. Dieser Dom war so ganz anders als das kleine barocke Kirchlein seines Heimatdorfes. Der Weg zum Altar nach vorne war breit, nahm die gesamte Fläche des Mittelschiffes ein und Zementfliesen bildeten ein dekoratives Muster aus dunklen Linien und hellen Quadraten.

»Ein Gesamtkunstwerk des Wiener Jugendstils«, raunte Paul, »wirklich beeindruckend. Gab es hier keine Bombentreffer?«

»Nein, die hatten unverschämtes Glück. Es ist alles rundherum runtergegangen«, meinte Eddy und blickte sich um. »Die müssen sich ihrer Sache hier verdammt sicher sein, wenn sie keine Aufpasser dagelassen haben. Oder sie kommen erst. Wir müssen auf der Hut sein.«

Johann hatte etwas bemerkt, fädelte sich aus der Bank und ging in die Hocke. »Der Boden ist nicht eben«, stellte er nach einem kurzen, prüfenden Blick fest. »Er schlägt Wellen und senkt sich zusätzlich von den Säulenreihen nach außen ab.«

»Tatsächlich.« Georg verfolgte die Unebenheiten im Boden, dann hob er den Kopf und blickte nach oben. Die schweren, schwarzen Metalllüster über seinem Kopf erinnerten ihn an etwas … »Unglaublich …«, rief er aus und stieß Paul an. »Da sind überall Todesengel. Geflügelte Gottesboten mit umgedrehten Fackeln in der Hand, Hunderte Darstellungen von Thanatos!«

Eddy war zum Altar nach vorne gegangen und winkte aufgeregt. Paul und Georg liefen nach vorne, während Johann sich den Seitenaltären zuwandte.

»Ich habe etwas gefunden, Professor.« Bogner wies mit dem Finger auf eine Inschrift. »Hier, schau, an beiden Seiten des Tabernakels steht etwas in Latein.«

Der Hochaltar war einem wuchtigen Reliquienschrein des Mittelalters nachempfunden. Ein goldener Markgraf Leopold und seine Frau Agnes knieten vor der Gottesmutter, die stolz ihren Sohn präsentierte, der auf ihrem Schoß stand und freundlich auf Leopold hinunterblickte. Sina machte ein paar Schritte nach vorn und schaute genauer hin. Die großen Figuren waren komplett aus Tombak getrieben, einer vor allem in Ostasien gebräuchlichen Kupfer-Zink-Legierung, die fein ausgehämmert kaum von Blattgold zu unterscheiden war. Ein blau emailliertes Kruzifix stand in einer Nische über dem Tabernakel und schimmerte wie purer Lapislazuli. Nichts in dieser Kirche war, wofür man es auf den ersten Blick hielt. Rechts und links des Allerheiligsten waren Buchstaben, die Georg an karolingische Minuskeln erinnerten. Wie auf dem Kreuz in Nussdorf ob der Traisen waren zwischen den Lettern mehrere Kreuze eingefügt.

Sina begann laut die lateinischen Worte vorzulesen:

»LAUDEMUS NOMEN DOMINI, QUIA DE DOMO AUSTRIAE ILLUXIT – LUMEN PIETATIS, CUIUS MEMORIA A GENERATIONE IN GENERATIONEM MANET.«

»Es ist nicht zu glauben …« Georg fuhr sich wieder und wieder über den Bart.

»Zu Deutsch, bitte?« Paul stand neben Eddy und schaute alarmiert seinen Freund an.

»Lasset uns den Namen des Herrn preisen, da aus dem Haus Österreich das Licht der Frömmigkeit aufleuchtete, deren lebendige Gegenwart von Generation zu Generation andauert«, übersetzte Sina und schüttelte ungläubig den Kopf. »Ich glaube, einen eindeutigeren Hinweis auf die Schattenlinie kann es kaum geben …«

»Ganz deiner Meinung«, stellte Wagner trocken fest und deutete auf einen prachtvollen Stuhl im Altarraum. »Hier steht außerdem ein Thron.«

»Wahrscheinlich für den zukünftigen Bischof gedacht«, mutmaßte Georg und betrachtete das repräsentative Möbel.

»Meinst du, wir haben es hier mit einer Krönungskirche zu tun?«

»Gut möglich.« Sina winkte ab. »Mich irritiert aber jetzt vor allem die ›lebendige Gegenwart von Generation zu Generation‹, diese Betonung der erblichen Kontinuität, wenn du weißt, was ich meine.«

»Sorry, du hast mich gerade verloren.« Wagner fühlte sich nicht wohl in diesem Tempel der Schattenlinie. Sie waren in der Höhle des Löwen, wieder einmal.

»Du hast doch die Kaiserallee am Heldenberg als Ahnengalerie bezeichnet«, erinnerte er den Reporter, setzte sich kurzerhand auf den Thron und schlug die Beine übereinander. »All diese Büsten, all diese würdevollen Gesichter, die nicht darüber hinwegtäuschen können, dass die guten Habsburger allesamt nicht ganz richtig im Kopf waren.«

Wagner lachte auf. »Wie bitte meinst du das?«

Georg zeigte auf den Tabernakel. »Schau hin, es steht ja hier: von Generation zu Generation. Wie du in vielen Geschichtsbüchern nachlesen kannst, hat die österreichische Herrscherfamilie zu wenig Ahnen.«

»Das verstehe ich nicht.« Eddy war hinzugetreten und schaute Sina verständnislos an. »Wie kann jemand zu wenige Ahnen haben? Wir haben doch alle dieselbe Zahl von Vorfahren, dachte ich immer. Jeweils ein Elternpaar und vier Großeltern.«

»Schon richtig, Eddy«, bestätigte Sina und klopfte auf die Lehne des Stuhles. »Aber idealerweise stammen die standesgemäßen Ehepartner immer aus anderen Blutlinien. Das soll das Erbgut gesund halten.«

»Und durch die ständigen Vetternehen und Verbindungen von direkten Blutsverwandten geht das verloren. Meinst du das?«, hakte Paul ein.

»Genau.« Georg stützte sich mit den Ellenbogen auf seine Knie. »Im Laufe der Geschichte haben dank päpstlichem Dispens Onkel ihre Nichten oder Cousins ihre Cousinen geheiratet. Das Hausgesetz von Metternich verstärkte das noch. Die Folge waren erbliche Geisteskrankheiten und schwere Behinderungen neben großen Begabungen. Einige Habsburger waren beispielsweise erstklassige Musiker, andere geisteskrank. Die erschreckendsten Vertreter dieser Kategorie stammen aus der Linie der spanischen Habsburger, wie etwa Karl II. und Don Carlos, der schizophrene Sadist.«

Der Wissenschaftler legte die Fingerspitzen zusammen. »Winston Churchill hat sich über die ›idiotischen habsburgischen Erzherzöge‹ mokiert und Napoleon wollte seinen einzigen Sohn sogar lieber erwürgt als in Wien erzogen sehen.«

»Fazit?«, fragte Wagner verblüfft.

»Ich frage mich, ob die Schattenlinie von diesen Symptomen der Geisteskrankheit nicht ebenfalls betroffen ist, von Generation zu Generation, immer wieder, und ohne Lothringer-Blutauffrischung?« Georg malte Dreien auf die Armlehne des Thrones und ließ dabei die Inschrift am Tabernakel nicht aus den Augen.

Es war Johann, der den ersten Hinweis entdeckte. Er war gemeinsam mit Helmut und Frank durch die Kirche gestreift, immer auf der Suche nach einem Anhaltspunkt für das Versteck der Bombe.

Aufgeregt rief er Georg und Paul zu sich. »Die Ausgänge hier an den Seiten sind offenbar nachträglich eingebaut worden«, stieß er hervor und zeigte dann auf den Boden. »Und hier, bei dem Seitenaltar, passt das Muster der Fliesen nicht mehr zusammen. Die hat vor Kurzem erst jemand herausgelöst und in aller Eile und ziemlich schlampig wieder eingesetzt.«

»Wie passend, die Flucht nach Ägypten …« Sina betrachtete kurz das Altarbild, das die Heilige Familie auf der Flucht vor dem Kindermord in Bethlehem zeigte.

»Ja, die Schattenlinie ist um keine Anspielung verlegen.« Wagner bückte sich und half Johann, die schweren Fliesen aus dem Boden zu lösen und aufzustapeln. Das Loch im Boden wurde unter den Händen der drei Männer rasch größer.

»Helmut, versperr den Eingang wieder, jetzt möchte ich keine Überraschungen. Frank, du hältst uns den Rücken frei«, ordnete Eddy an und spähte interessiert über die Schultern der Knienden und auf den schnell höher werdenden Fliesenstapel. Schließlich wurde der Blick auf ein tiefes, dunkles Loch frei.

Johann zückte seine kleine Taschenlampe und leuchtete hinein. »Ein Stollen, wie ich es mir gedacht habe. Wir sind auf der richtigen Spur«, sagte er erfreut. »Der führt garantiert unter die Strebepfeiler.« Im nächsten Moment baumelten seine Füße in der Öffnung und er sprang, seinen Metallkoffer in der Hand, in die Tiefe. Ein dumpfer Aufprall verkündete, dass er auf festem Boden gelandet war.

»Schnappt euch eine Lampe und kommt!«, kam seine Stimme aus dem Dunkel und seine sich immer weiter entfernenden Schritte hallten dumpf nach oben. Georg nahm einen der starken Handscheinwerfer von Eddy und setzte sich an den Rand.

»Ich weiß nicht, womit ich das verdient habe«, sagte er gequält. »Können wir nicht mal wieder auf Dächer steigen? Ich bin schwindelfrei.« Dann glitt er in die schmale Öffnung und Paul war an der Reihe.

»Ich glaube, für mich ist das nichts«, lächelte Eddy und klopfte sich mit den flachen Händen mehrmals auf den Bauch.

Wagner grinste. »Nein, Eddy, das kannst du vergessen …«, sagte er noch, dann war auch er im Untergrund verschwunden.

Die Landung war härter gewesen als erwartet und ein stechender Schmerz kroch Sina von den Knöcheln hoch.

»O Mann, ich will meinen Schreibtisch zurück«, flehte der Wissenschaftler leise und schaltete den Scheinwerfer ein. Er hörte Paul hinter sich landen und im nächsten Moment leuchteten Lampen auf, die in regelmäßigen Abständen zwischen den Stützbalken des Stollens aufgehängt worden waren.

»Johann hat den Lichtschalter gefunden!«, rief Paul und schubste Sina von hinten.

Der Sprengstoffexperte kam ihnen gebückt entgegen. »Ihr müsst wohl oder übel den Kopf einziehen.«

Georg und Paul folgten dem engen Tunnel, der direkt durch den ehemaligen Flussboden getrieben worden war. Die Wände bestanden aus hellbraunem Lehm und gelegentlich hingen und standen Wurzeln heraus. Georg fühlte sich augenblicklich in das wackelige Bergwerk eines Goldgräbers im Wilden Westen versetzt, nur dass er im Inneren der Erde kein Gold, sondern Senfgas zu finden hoffte.

»Tief im Schoß von Mutter Erde«, kam Pauls Stimme von hinten.

»Haha, sehr witzig«, brummte Georg und tastete sich langsam von einem Stützbalken zum nächsten, die Decke niemals aus den Augen lassend. Er spürte förmlich, wie das Gewicht der Erde um ihn herum sich schwer auf seine Schultern legte und seine Brust einzuschnüren begann.

Endlich kamen sie bei Johann an, der regungslos an der Schwelle einer Kammer stand, die das Ende des Stollens bildete. Paul und Georg pressten sich neben den Sprengstoffexperten, um besser sehen zu können, und es verschlug ihnen den Atem. In dem niedrigen Gewölbe waren große Glasphiolen aufgeschichtet, deren Inhalt bernsteinfarben schimmerte. Überall an den Wänden waren Klappen, die Mündungen von Lüftungsschächten verschlossen. An den Metalldeckeln begann ein einfaches Gestänge, das wohl zum Öffnen der Kamine diente, während an der Decke staubige Triebriemen und frische Bowdenzüge verliefen, die in gemauerten Öffnungen im Erdreich verschwanden.

»Keiner rührt sich«, flüsterte Johann. »Was wir hier sehen, ist nur ein kleiner Teil eines gewaltigen Mechanismus. Ich tippe auf das Relais einer riesigen Falle. Darum waren hier auch keine Aufpasser. Jede Einmischung von Nichteingeweihten löst die Bombe aus. Aus irgendeinem Grund haben wir es auch nicht mit den kompletten Gelbkreuzgranaten, sondern nur mit ihrem Inhalt zu tun.«

»Wo ist die Bombe?«, raunte Wagner und wagte es nicht, sich zu bewegen.

Johann verzog seinen Mund zu einem schiefen Lächeln, dann deutete er mit dem Zeigefinger an mehrere Stellen an der Decke. »Dort, da drüben, da, und genau am Schlussstein ist noch eine.«

Paul zog die Brauen zusammen, sah genauer hin und bemerkte die kleinen Päckchen Plastiksprengstoff, die mit Textilklebeband festgemacht waren.

Der Sprengstoffexperte ging in die Hocke, öffnete seinen Koffer und holte eine Dose Haarspray heraus. Vorsichtig sprayte er erst die Zargen der Türe entlang, dann von oben nach unten in den Raum hinein. Schweigsam beobachtete er dabei die Wölkchen aus feinsten Tropfen genau. Schließlich setzte er vorsichtig einen Fuß ins Innere, dann langsam den zweiten. Er wischte mit der Schuhspitze über den Boden. Unter der Staubschicht glänzte es metallisch. Dann richtete er sich in der Kammer auf, stemmte die Hände in die Hüften und sah sich um.

Ungläubig hatten Paul und Georg ihn beobachtet. »Was soll das?«, fragte Sina seinen Freund leise, aber Paul zuckte nur mit den Achseln.

»Ihr könnt jetzt reinkommen«, meinte Johann. »Hier sind keine Lichtschranken und auch keine Bewegungssensoren.« Er nagte an seiner Unterlippe. »Was ich allerdings nicht verstehe.«

»Egal, Hauptsache, wir sind drinnen.« Paul sah sich nach allen Seiten um, dann betrat auch er vorsichtig den kleinen Raum mit den Gasphiolen.

»Ich warte lieber hier«, stellte Sina fest, »ich wäre euch doch nur im Weg.«

»Gute Idee«, brummte Johann und fuhr bedächtig mit den Fingerspitzen an den gespannten Bowdenzügen entlang. »Die Seilzüge aktivieren das Gestänge, das wiederum setzt irgendetwas in Bewegung. Es ist eine rein mechanische Konstruktion, aber ich sehe weit und breit keinen Motor. Sie funktioniert wohl nur mit Gewicht und Gegengewicht. Aber was zum Teufel löst sie aus?«

»Tut mir leid, ich habe keine Ahnung«, seufzte Paul. »Kann ich dir sonst irgendwie helfen?«

»Ja. Gib mir bitte den Seitenschneider aus dem Koffer. Ich fange an, die Drähte zu den Sprengladungen zu durchtrennen. Das sind reine Zünddrähte, ganz simpel«, murmelte Johann halblaut. Er sah sich unsicher um. »Ich werde das Gefühl nicht los, etwas übersehen zu haben … Das geht mir alles viel zu einfach.«

»Freu dich doch …«, gab Wagner zurück und drückte Johann die Zange in die Hand. »Die haben eben nicht mit einem Experten wie dir gerechnet.«

»Hybris …«, brummte Georg mit finsterer Miene und betrachtete den Gang hinter ihm.

»Was?« Wagner drehte sich um und sah den Wissenschaftler alarmiert an.

»Die alten Götter straften den selbstüberschätzenden Hochmut«, brummte Sina und schaute misstrauisch Johann zu, der einen Draht nach dem anderen durchtrennte.

»Du findest auch immer ein Haar in der Suppe«, ärgerte sich Paul. »Was soll hier bitte noch schiefgehen? Du hast doch Johann gehört. Er findet keine Falle.«

»Allerdings auch keinen Zeitzünder«, gab der schmächtige Mann zu bedenken und wischte sich den Schweiß vom Gesicht. »Eine noch und wir haben es geschafft.«

»Still!«, zischte Paul plötzlich und legte den Kopf schräg. »Hört ihr das? Es wird immer lauter …«

Johann erstarrte, den Griff der Zange zwischen den Zähnen und zwei Drähte in der Hand. Sina steckte den Kopf in die Kammer und lauschte ebenfalls aufmerksam.

»Da tickt doch etwas. Aber als wir hereingekommen sind, war das Geräusch noch nicht da.« Wagner umkreiste vorsichtig die Glasbehälter.

»Das ist ein Luftfeuchtigkeitsmesser!«, rief Sina alarmiert. »Die Dinger kenne ich, die stehen in jedem Archiv und jedem Ausstellungsraum. Ein beweglicher Schreibarm notiert jede Veränderung der …«

Ein heller Blitz zuckte auf, die noch nicht entschärfte Sprengladung explodierte und eine starke Druckwelle schleuderte Georg zurück in den Stollen. Der Aufprall presste ihm die Luft aus den Lungen und es wurde dunkel und ganz still. Als Georg wieder zu sich kam, fand er sich in einer dichten Staubwolke wieder, die sich nur langsam senkte. Die Strahlen der Grubenlampen glühten gedämpft durch die braune, aufgewirbelte Erde, wie die Sonne hinter einem dichten Hochnebel.

Sina stemmte sich auf die Beine und hastete auf die Kammer zu. Ein heftiger Schmerz in der Brust zwang ihn, stehen zu bleiben. Er hielt sich die Seite und schrie verzweifelt nach Paul.

Durch das anhaltende Klingen in seinen Ohren hörte er, wie Ziegelsteine und Metallteile verschoben wurden. Abermals brüllte er nach seinem Freund, bis ein heftiger Husten seine Kehle zuschnürte. Er bekam keine Antwort.

»O mein Gott, das Gas …«, keuchte Sina, »wir waren es, wir selbst waren die Auslöser. Die haben die ganze Zeit fix mit uns gerechnet …«

»Georg?« Die etwas brüchige Stimme Pauls kam aus der Staubwolke. »Ich lebe! Ich weiß nicht, warum, aber ich lebe!«, rief Wagner und dann lachte er wie von Sinnen. Doch plötzlich verstummte er wieder. »Komm schnell rein, Georg! Johann sieht gar nicht gut aus.«

Der Staub lichtete sich nur langsam. Sina spähte in die Kammer und erkannte Paul, der auf dem Boden neben Johann kniete und ihm half, sich aufzusetzen. Seine Arme und sein Gesicht waren mit tiefen Schnittwunden übersät und das Blut tropfte auf den Boden.

»Die haben uns ordentlich verarscht«, hustete Johann und rappelte sich langsam auf. »Die Ladungen waren gerade so stark, dass es das Glas der Phiolen zerreißt. Die anderen sollten Löcher in die Decke sprengen, um das Erdreich runterkommen zu lassen. Gerade so viel, dass …«

Georg war hereingekommen und dann geschah es. Mit einem lauten Ächzen begann sich der Boden zu senken. Die Bowdenzüge spannten sich, die Klappen der Luftschächte gingen nach oben und die Treibriemen setzten sich in Bewegung. Ein ohrenbetäubendes Knarren und Krächzen wurde laut. Alle starrten sich ungläubig an. Nach einer gefühlten Ewigkeit saugte ein Luftstrom Staub und Qualm in die offenen Luken.

Eddy Bogner hatte die Explosion gehört und kniete regungslos vor dem Loch im Boden der Kirche, aus dem Staubwolken drangen. Er wollte etwas rufen, aber seine Kehle war wie zugeschnürt. Dann erschrak er heftig, als etwas auf seinen Kopf fiel. Irritiert tastete er seinen Scheitel ab und spürte kleine Steinchen und Staubkrümel.

»Da oben!« Frank und Helmut deuteten nach oben und ihre Stimmen verrieten Panik. Bogner fuhr herum und schaute auf die schweren Metalllüster über ihm. Aus ihrer Verankerung rieselte Verputz und Mörtel. Eddy sprang wie in seinen besten Zeiten im Ring zur Seite und beobachtete fassungslos, wie sich die Metallringe an ihren Ketten senkten. Ihr Gewicht öffnete die Klappen an der Außenseite und verwandelte die Strebepfeiler in Kamine für das Gas. Die Todesengel dämpften ihre Fackeln aus.

Im nächsten Augenblick wurde die Kirche von einem Ächzen und Knarren erfüllt. Frank stürzte hinaus zur Tür, nur um Sekunden später wieder den Kopf hereinzustecken.

»Chef, das musst du dir ansehen!« Frank brüllte aus Leibeskräften. »Überall an den Strebepfeilern gehen Klappen auf, und heraus kommt hellbraunes Zeug!«

»Raus! Raus! Raus!«, schrie Bogner, riss Helmut am Arm mit und rannte los. »Sie haben's nicht geschafft! Nehmt die Beine in die Hand! Nichts wie weg hier!«

Eddy rannte wie schon lange nicht mehr. Der Weg zum Ausgang kam ihm wie eine Marathondistanz vor. Sein Pulsschlag hämmerte gegen sein Innenohr, aber er blieb nicht stehen. Wie in Zeitlupe sah er seine Jungs aus der Kirche stürzen und in den Wagen springen. Zwei starke Arme packten ihn und zerrten ihn in den Laderaum, bevor der schwarze Kleintransporter mit quietschenden Reifen durchstartete.

»Schau, Pepperl, jetzt haben's die Herren plötzlich eilig«, kicherte die Alte auf der Parkbank ihrem hechelnden Hund zu, der die Ohren gespitzt hatte. »Aber wir zwei, wir haben unser Leben gelebt, stimmt's, mein Wutzi?« Dann öffnete sie ihre Handtasche und holte ein Handy heraus. Während sie zusah, wie sich die braunen Schwaden langsam im Wind um die Kirche auflösten, betätigte sie die vereinbarte Kurzwahl, die der nette junge Mann, den sie aus dem Fernsehen kannte, ihr eingespeichert hatte.

»Ja? Hallo? Hier ist Wowerka ... Genau, vom Donaufeld. Gute Nachrichten habe ich für Sie ... Ja, meine Kinder werden es jetzt besser haben. Danke!«, sagte sie und legte auf. Dann stand sie auf und machte sich auf den Heimweg, einen widerstrebenden Pepperl an der Leine hinter sich herziehend.

Nussdorfer Wehr- und Schleusenanlage,
Wien-Brigittenau/Österreich

Valerie hatte den Pizza Expresss unter den tief hängenden Zweigen einiger Bäume südlich des ehemaligen Verwaltungsgebäudes geparkt, war ausgestiegen und hatte den Männern bedeutet, noch in den Wagen zu bleiben. Wie eine Touristin war sie zum Ufer der Donau spaziert, hatte aufs Wasser hinausgeschaut und dabei unauffällig die Zeit auf ihrer Fliegeruhr kontrolliert. Nach einigen Minuten hatte sie sich umgedreht und war zum Wagen zurückgegangen. Jetzt bog sie auf den Hauptweg ein, von wo sie das Wasser des Kanals in der Nähe der Uferbefestigung überwachen konnte. Schnell entdeckte sie die Feuerwehrzille mit dem rudernden Burghardt und dem im Heck thronenden Berner.

Auf der Uferpromenade kamen ihr eine Joggerin und ein Radfahrer entgegen, die sich angeregt unterhielten. Alles schien so friedlich. Eine junge Mutter in kurzen Hosen schob auf einem Morgenspaziergang ihren Kinderwagen vor sich her und beschloss, auf dem Rasen zwischen den Bäumen eine Pause einzulegen. Sie breitete eine Decke aus, holte das Baby aus dem Wagen und machte es sich bequem.

»Haut bloß ab hier«, flüsterte Valerie und blickte nervös auf die junge Frau. Dann lief sie zurück zum Wagen und hielt dabei wieder nach der Zille Ausschau.

»Und ihr zwei Süßwassermatrosen, macht Tempo, sonst bemerken sie euch doch noch«, murmelte sie, öffnete die Fahrertür und ließ sich in den Sitz fallen.

»Und?« Franz schaute sie forschend an.

»Noch sind wir im Plan, aber ich weiß nicht, wie lange noch«, antwortete Valerie und fuhr sich mit einem Finger prüfend über die tiefe Schramme auf ihrer Stirn. »Hier sind zu viele Menschen unterwegs und wir können die Uferpromenade nicht einfach absperren, ohne aufzufallen.« Sie warf einen Blick auf ihre Fliegeruhr. »Viertel vor neun. Wie gut, dass wir früher dran sind, dann haben wir wenigstens einen kleinen Spielraum. Ich werde meine Touristen-Nummer weiterspielen und schaue mir das Verwaltungsgebäude näher an. Wenn es Beobachter geben sollte, dann sind sie dort stationiert. Ihr bleibt im Wagen, und wenn unsere beiden Marine-Spezialisten endlich angelegt haben, dann fangt sie hier ab. Berner soll keinesfalls näher an das Gebäude herangehen. Er ist der Einzige, den sie auf jeden Fall erkennen werden.«

Damit stieg Goldmann erneut aus und schlenderte nordwärts, am Porsche vorbei in Richtung des weißen Jugendstilbaus, der in der Morgensonne strahlte.

Mit einem knirschenden Geräusch radierte der Bug der Zille über die Steine der Uferbefestigung und Berner stand auf. Das schmale Boot schwankte heftig unter seinem Gewicht und er hatte große Mühe, die Balance zu halten, um nicht ins Wasser zu fallen. Dann, nach einem vorsichtigen Blick in die Runde, sprang der Kommissar ans Ufer. Burghardt warf ihm die Haltekette zu und Berner hielt die Zille, so gut er konnte, in Position. Eine Reihe dichter Büsche nahm ihnen die Sicht auf das Verwaltungsgebäude. Damit waren sie aber auch für eventuelle Beobachter nicht zu sehen, stellte der Kommissar zufrieden fest. Burghardt kletterte auf allen vieren und mit wackligen Knien über das Boot und weiter auf die Uferböschung. Dann zogen sie gemeinsam die Zille an Land, schleiften sie über einen Grünstreifen und versteckten sie zwischen einigen Büschen.

Das war der Augenblick, in dem Valerie eine folgenschwere Entdeckung machte: Auf dem Parkplatz vor dem weißen Jugendstilgebäude standen mehrere Pkws und Autos mit Firmenaufschriften.

»Verdammt! Ich dachte, die Büros in dem Haus wären stillgelegt …«, murmelte sie leise. Ihr Plan begann sich in seine Einzelteile aufzulösen, bevor die Aktion überhaupt begonnen hatte.

Berner zog Burghardt mit sich und wollte gebückt in Richtung Verwaltungsgebäude laufen, als eine Hand mit einem Sturmgewehr hinter einem Baumstamm auftauchte und beide Männer stoppte.

»Wir haben schon gedacht, es hätte Sie die Donau hinuntergespült, Kommissar«, flüsterte Franz und deutete auf die beiden Wagen. »Das Team ist noch geschlossen in Warteposition, bis Major Goldmann von ihrem Erkundungsgang zurückkommt.«

In diesem Moment rollte ein Lieferwagen eines Kurier-Unternehmens über die Brücke der Wehranlage und parkte vor dem Eingang des weißen Gebäudes ein. Berner kniff die Augen zusammen.

»Du glaubst es nicht!«, stieß er hervor. »Da arbeiten ja Leute in den Büros! Den nautischen Pfadfinderausflug hätten wir uns sparen und uns per Botendienst schicken lassen können.«

»Wo siehst du das?« Burghardt hob den Kopf und starrte erst auf den braunen Transporter und dann auf die hohen Fenster. »Du hast recht, Bernhard, da sind Firmen eingemietet«, stellte er ungläubig fest.

»Sie haben ihre Geiseln nicht an einen abgelegenen Ort gebracht, sondern bauen darauf, dass wir keine Schießerei in einem vollen Bürohaus riskieren.«

Aufmerksam beobachteten sie Goldmann, die unbehelligt eine Runde um das zweistöckige Gebäude mit dem Dachaufbau drehte, sich kurz mit dem Kurierfahrer unterhielt und dann wieder zurückschlenderte. Als sie Berner und Burghardt erblickte, schlüpfte sie rasch zwischen zwei Büschen hindurch und stand nach wenigen Schritten neben ihnen.

»›Via donau – Österreichische Wasserstraßen-Gesellschaft mbH‹, steht auf dem Klingelschild über der Gegensprechanlage«, raunte sie. »Wir haben ein voll besetztes Bürohaus vor uns und das war eigentlich das Letzte, was ich mir wünsche.«

»Sollen wir uns von unten nach oben durchfragen? Immer mit dem Satz ›Entschuldigung, haben Sie meine Tochter gesehen‹ auf den Lippen?« Berner war frustriert, schob blitzartig Valerie und Burghardt zur Seite und stürmte los wie ein wild gewordener Bulle.

Eddys Männer sahen den Kommissar auf den Eingang zulaufen und stürzten aus den Wagen, die Sturmgewehre in der Hand.

»Halt, Bernhard, nicht!«, schrie Valerie, aber Burghardt hatte bereits seine Waffe gezogen und rannte Berner nach.

»Scheiße«, zischte Goldmann und zog ihre Smith & Wesson. Dann fiel auch schon ein Schuss und der erste aus Eddys Team ging zu Boden. Franz fluchte und schrie: »Alles in Deckung! Du auch, Horst, runter!« Ein großer, dunkelhaariger Mann ließ sich zu Boden fallen, aber es war bereits zu spät. Ein weiterer Schuss krachte und Horst rollte zur Seite. Sofort riss er mit schmerzverzerrtem Gesicht das Steyr hoch und erwiderte das Feuer, obwohl er nicht recht wusste, wohin er zielen sollte. Die nächsten Salven trafen ihn tödlich in die Brust.

Valerie zog den Kopf ein und hechtete auf das Haus zu. »Das kommt vom Dach. Ran ans Haus, da können sie uns nicht treffen!«, schrie sie.

Franz rannte los und mit einem gewagten Sprung war er bei Berner, Burghardt und Valerie an der Tür.

Von der Schemerlbrücke her, wo sich die anderen verschanzt hatten, knatterten mehrere Sturmgewehre. Putz rieselte auf die Freitreppe zum Eingang und im Inneren des Hauses brach das Chaos aus. Menschen brüllten wild durcheinander, einige kreischten lauthals um Hilfe. Dann verstummte das Feuer.

Goldmann blickte nach oben und lauschte. »Ganz super, Bernhard!«, fauchte sie. »Das ist genau das, was wir nicht gebraucht haben. Alles ist alarmiert und wir stehen vor der Tür und kommen nicht rein.«

»Nur die Ruhe, Valerie. Alles im Griff!« Burghardt griff in seine Hosentasche und holte einen Schlüsselbund heraus. Mit zitternden Fingern steckte er den Generalschlüssel für Gegensprechanlagen der Post- und Exekutivbeamten in das kleine Messingschloss über den Druckknöpfen. Mit sonorem Brummen ging die Türe auf und die vier stürzten ins Innere und rannten los, auf der Suche nach einem Weg nach oben.

Auf dem Gang standen Männer und Frauen mit weit aufgerissenen Augen und hoben sofort die Hände, als sie die Waffen der Eindringlinge sahen. Valerie stieß die Türen der ersten Büros auf. Hier kauerten Menschen unter ihren Schreibtischen oder hielten sich weinend im Arm.

Burghardt hielt seinen Ausweis in die Luft und brüllte ohne Unterlass: »Polizeieinsatz! Bleiben Sie in Ihren Räumen! Es wird Ihnen nichts passieren!«

Draußen ertönten wieder Schüsse und Schreie und Eddys Jungs stürmten herein, die Waffen im Anschlag.

Franz winkte die Männer weiter und nahm die ersten Stufen nach oben. Er spähte über den Lauf das Treppenhaus entlang nach oben. Alles war ruhig, nichts rührte sich. Plötzlich huschte ein Schatten vorbei und Franz schoss sofort. In der nächsten Sekunde pfiffen funkenschlagende Querschläger durchs Stiegenhaus und Franz ließ sich fallen.

»Sind Sie wahnsinnig?« Burghardt lag neben ihm und starrte fassungslos auf Franz. »Was ist, wenn es ein Zivilist ist?«

»Haben Sie nicht selbst gesagt, alle bleiben in ihren Räumen?«, zischte Franz zurück. »Alles andere ist Kollateralschaden.« Er blickte grimmig nach oben, sprang wieder auf und rannte nach oben, bevor Burghardt etwas erwidern konnte.

Berner stürzte in eines der größten Büros im Erdgeschoss und packte einen schwitzenden Mittvierziger an der Krawatte. »Was ist da oben auf dem Dach?«

»Nichts … ich weiß nicht …«, stammelte der blasse Mann. »Ich bin hier nur der Abteilungsleiter …«

»Hör zu, du Sitzriese.« Berner hatte alle Geduld verloren, zog mit einer Hand den Zitternden so nahe an sich heran, dass er die Angst des Mannes riechen konnte, und mit der anderen seinen Ausweis aus der Tasche. »Wenn da nichts ist, warum hat man dann von dort auf uns geschossen? Wenn du mir nicht auf der Stelle verrätst, wo die Stiege endet, habe ich dich wegen Behinderung der Staatsgewalt am Wickel. Und da ist es mir scheißegal, ob du ›nur‹ der Abteilungsleiter hier bist oder der Laufbursche. Ist das klar?«

»Klar, Herr Kommissar! Ganz klar …«, stotterte der Mann, »da oben ist nur die alte Beobachtungsplattform der Wehr- und Schleusenanlage«, stieß er flehend hervor. »Ein stillgelegter Kontrollraum.«

Berner ließ los und rannte ins Treppenhaus.

»Burgi! Wir müssen ganz nach oben aufs Dach!«, rief Berner, zog wieder seine Waffe und stürzte die Stiegen hinauf. Genau in diesem Augenblick begann der Schusswechsel im ersten Stock. Der Kommissar sandte ein Stoßgebet zum Himmel und rannte weiter und weiter, immer nach oben, mehrere Stufen auf einmal nehmend. Seine Lunge brannte, ihm wurde schwindlig und kleine Lichtpunkte tanzten vor seinen Augen, aber er blieb nicht stehen, bis vor ihm Valerie am letzten Treppenabsatz auftauchte und ihn mit ausgestreckter Hand zurückhielt.

Mit einem Schlag war es gespenstisch still in dem Gebäude. Berner blieb neben Goldmann stehen und lauschte. Er hielt sich am Geländer fest und atmete schwer. »Jetzt ist alles aus …«, stöhnte er. Der Funkenflug in seinem Gesichtsfeld verebbte langsam. Er wischte sich eine Träne aus dem Gesicht und ging dann langsam auf eine Tür zu, vor der eine grotesk verrenkte Leiche im schwarzen Tarnanzug lag. Valerie folgte ihm sichernd.

Das Bild, das sich Berner bot, als er durch die Türe trat, war eine klassische Pattstellung. Drei weitere Tote mit schwarzen Skimasken lagen auf dem Boden. Eddys Leute standen mit erhobenen Händen an einer Seite des Zimmers, Burghardt in ihrer Mitte, der Berner mit nervösen Augen ansah und unmerklich den Kopf schüttelte. Berner steckte den Colt ein und hob die Hände, dann machte er ein paar

Schritte in den Raum. Draußen vor den hohen Fenstern floss teilnahmslos der Donaustrom vorbei und ein Schlepper wälzte sich stampfend an der Schleuse vorbei. Ein Schiffshorn ertönte. Dann kam auch Goldmann herein und stellte sich neben Berner. Es herrschte angespannte Stille.

Auf der anderen Seite des kleinen Raumes standen zwei Vermummte. Sie hielten Sissi und Berners Tochter fest. Die Spitzen der Fallschirmspringerdolche in ihren Händen drückten sich in die Kehlen der Geiseln. Die Blicke der Männer irrten ruhelos umher und verrieten ihre Panik.

»Keiner rührt sich!«, keifte der eine, während der andere nur frenetisch nickte.

Berner blickte in die weit aufgerissenen Augen seiner Enkelin. Dicke Tränen rannen über ihre Wangen. Sissi zitterte am ganzen Körper und unmenschliche, quietschende Laute drangen durch das Textilklebeband vor ihrem Mund. Der Kommissar schloss die Augen.

Da zerriss das Klingeln eines Telefons die Stille und alle zuckten zusammen. Nur Valerie hob seelenruhig ihre Waffe und visierte einen der beiden Geiselnehmer an.

»Los, heben Sie ab!«, befahl sie bestimmt. »Und passen Sie auf, was Sie sagen. Auf die Entfernung treffe ich Ihr Muttermal.«

»Keine falsche Bewegung!«, kreischte der Maskierte und griff nach seinem Handy.

Berners Tochter spürte, wie sich die Umklammerung löste. Sie warf ihrem Vater einen Hilfe suchenden Blick zu. Berner schüttelte den Kopf und deutete auf Sissi.

Der Vermummte hörte aufmerksam der Stimme am anderen Ende der Leitung zu und nickte von Zeit zu Zeit. Schließlich legte er auf und ein triumphierender Ausdruck erschien in seinen Augen.

»Die Bombe am Kinzerplatz ist explodiert. Früher als erwartet«, kicherte er erleichtert. »Eure Freunde sind erledigt. Sie sind mitten in unsere Falle getappt.« Er lachte hysterisch und verstärkte den Griff um sein Opfer. »Was wollt ihr jetzt machen? Gebt besser auf«, setzte er hinzu und deutete mit dem Kopf in Richtung Floridsdorf hinüber.

Goldmann ließ ihre Waffe sinken, Berner schluckte schwer und Burghardt starrte mit Tränen in den Augen gebannt auf den hohen Kirchturm, der sich auf der anderen Seite der Donau im Dunst gegen den Horizont abzeichnete. Eine Rauchwolke stieg immer höher in den Himmel, während das leise Wimmern Sissis das einzige Geräusch im Raum war.

Kinzerplatz, Wien-Floridsdorf/Österreich

Johann durchwühlte in der Kammer am Ende des Erdstollens die Scherben der Glasbehälter. »Wir haben Glück gehabt …«, stöhnte er. »Aber kein beständiges … Leider!«

»Was ist los?«, brüllte Paul, dessen Ohren so klingelten, dass er sich kaum selbst verstand.

»Das Senfgas ist außen verharzt«, antwortete Johann lauter. »Aber die Rinde ist äußerst instabil. Eine Kleinigkeit genügt, um sie zu zerstören. Und dann ist der Kampfstoff so aktiv wie vorher.«

»Da rinnt etwas durch das Loch in der Decke, das die Bombe gerissen hat!«, schrie Georg herüber. »Es ist … Es ist … Whisky!?« Der Wissenschaftler schnüffelte nochmals verblüfft an seiner hohlen Hand.

Johann hob erstaunt den Kopf. Als er wieder auf die Scherben und die noch intakten Glaskörper schaute, erstarrte er. Die roten Zahlen auf einem Display leuchteten ihm entgegen. »Da ist eine weitere Bombe«, flüsterte er, »sie haben an alles gedacht.« Die Zahlen zählten unerbittlich die Sekunden herunter.

»Scheiße!«, entfuhr es ihm. »Ist da oben noch mehr von dem Fusel?«

Sina winkte Paul zu sich, stemmte sich ächzend hoch und kletterte durch das Loch. »Ja, da ist ein Keller voller Fässer! Und da liegt ein toter Russe …«

»Woher weißt du, dass es ein Russe ist?« Paul sah hoch zu Georg und schüttelte den Kopf.

»Weil er eine Uniform der Roten Armee anhat. Komm und schau selbst.« Sina streckte seinen Arm aus und zog den Reporter hinauf.

»Zerschlagt oder öffnet so viele von den Fässern wie nur möglich und seht zu, dass das Zeug hier reinrinnt! Hört ihr?«, befahl Johann. Die Gedanken des Sprengstoffexperten rasten. Dann sah er an sich herunter und bemerkte die dunkelgelbe Flüssigkeit, die sein Gewand durchtränkt hatte.

Der schmächtige Mann spürte, wie sich die Leere in ihm ausbreitete. Er schloss die Augen, legte den Kopf in den Nacken und sog die Luft ein. Er hatte die Feuchtigkeit auf seinem Körper für sein Blut gehalten.

Weit entfernt krachte Holz und es plätscherte. Johann öffnete die Augen und sah zu, wie sich der Schnaps literweise in die Kammer ergoss.

Pauls Gesicht tauchte plötzlich in dem Gewölbeloch auf. »Wir demolieren hier ein Vermögen, ist dir das klar?«, rief er herunter. »Hier lagern Hektoliter der besten Jahrgänge vor dem Zweiten Weltkrieg.«

»Ganz egal«, erwachte Johann aus seiner Erstarrung. »Der Ether, also der Whisky, löst die Senfgasverbindungen auf. Dampft man die Lösung aus, ist das Dichlordiethylsulfid wieder voll einsatzfähig. Es gibt nur einen Ausweg: Man verbrennt es. Also werft die Fassdauben der Whiskyfässer auch gleich hier herunter.«

»Okay! Geht Cognac auch?«, erkundigte sich Wagner.

»Je mehr Hochprozentiges, desto besser! Und beeilt euch, sonst ist alles aus.« Johann ruderte mit den Händen, um die Dringlichkeit zu unterstreichen. »Schneller! Wir müssen hier waten in dem Zeug.«

Er ging in die Hocke und versuchte verzweifelt, sich auf die roten Zahlen zu konzentrieren, die über die Anzeige huschten. »Simpler Mechanismus, ganz einfach, kein Problem …«, flüsterte er und die Tränen rannen ihm über sein zerschundenes Gesicht.

Sina zerschlug mit einer Fassdaube die Verankerungen der Fässer, die lospolterten in Richtung Loch.

Paul nahm dem toten Soldaten die Dienstwaffe aus den skelettierten Fingern. »Danke, Towarisch«, murmelte er und zielte auf die Fässer. Mit mehreren Schüssen durchlöcherte er das Holz und Hunderte Liter feinster Spirituosen flossen aus, durch das schmale Loch und ergossen sich über Johann und das Senfgas.

»Und was jetzt?«, rief Paul atemlos Johann zu.

»Jetzt runter mit euch beiden, schnell!«

Als Sina und Wagner wieder neben Johann standen, wateten sie knietief in Whisky.

»So, jetzt haut ihr zwei ab.« Der Sprengstoffexperte sah sie ernst an, doch dann lächelte er über das ganze Gesicht.

»Aber wir können dich doch nicht hier zurücklassen«, rief Paul und packte Johann am Arm.

Mit unerschütterlicher Ruhe nahm der schmächtige Mann Wagners Hand von seinem Oberarm. »Klar könnt ihr das. Beeilt euch. Euch bleibt gerade noch eine Minute. Keine Angst, ich komme gleich nach.« Johann lächelte unbeirrt und deutete mit dem Kopf auf den Stollen.

»Gut, Johann, aber mach schnell!« Paul drehte sich um und rannte los.

Sina blickte Johann in die Augen, sah die Tränenspuren und gab ihm die Hand. Beide nickten stumm. Dann drehte sich Georg um und verschwand so schnell er konnte im Stollen.

Johann schaute ihm kurz nach und wandte sich wieder dem Senfgas zu. Sein Blick wurde hart.

»Die Bombe geht hoch, wenn ich es sage und nicht ihr …«, flüsterte er. Dann griff er in seine Hosentasche und zog sein Zippo-Feuerzeug heraus. Mit einem hohen metallischen Ton sprang der Deckel der Hülle auf. Johann schloss die Augen, atmete durch und drehte das Reibrad. Der Feuerstein gab einen Funken und der Docht entzündete sich. Im nächsten Augenblick schoss mit einem bedrohlichen Fauchen eine Stichflamme auf, weitete sich aus, leckte an den Wänden hoch und sprang durch das Loch in den darüberliegenden Keller. Sie schien zu leben, wütend und unersättlich. Da raste der Feuersturm auch schon zurück und der Alkohol an und um Johann entzündete sich explosionsartig. Dann stürzte sich die Flamme hungrig auf das Senfgas.

Georg sah Paul vor sich durch den engen Stollen jagen. Er versuchte Schritt zu halten, aber Paul war immer um den entscheidenden Tick schneller. Schon sah er den Reporter im Tageslicht abspringen und sich durch das Loch im Kirchenboden nach oben ziehen. Im nächsten Augenblick spürte er einen heftigen Schlag auf die Stirn und es wurde dunkel.

Paul rollte auf dem Rücken über die kalten Zementfliesen und presste die Unterarme in seinen Bauch. Seine Lungen brannten wie

Feuer, aber er wusste, dass es noch nicht überstanden war. Sie mussten aus dieser Kirche heraus, aus diesem Tempel des Todes.

Wo bleibt nur Georg, schoss es ihm durch den Kopf und er robbte auf dem Bauch bis zum Loch im Boden.

»Georg?«, rief er hinunter und spähte nach unten. Wenige Meter vom Ausstieg entdeckte er Sinas Füße. Ohne zweimal nachzudenken, sprang Wagner zurück, zog den Bewusstlosen hoch und schob ihn durch die Öffnung. Eine laute Detonation erschütterte die Kirche in ihren Grundfesten, als die letzte Sprengfalle explodierte. Eine dicke Wand aus Rauch und Staub raste heran, wälzte sich auf Wagner zu, nahm ihm den Atem und die Grubenlampen erloschen. Paul taumelte, hielt sich an den Wänden des Stollens fest. Er versuchte zu atmen, bekam keine Luft und ging in die Knie wie ein angeschlagener Boxer.

»Lieber Gott, lass mich hier nicht sterben, noch nicht«, betete er, als es schwarz wurde vor seinen Augen. Doch dann bekam er wieder Luft, raffte sich auf und kletterte so schnell er konnte nach oben.

»Tut mir leid, mein Freund, es geht nicht anders …«, keuchte er, packte Sina Handgelenk und zog ihn hinter sich her, auf allen vieren durch den Mittelgang des Langschiffes kriechend. Eine pechschwarze Rauchwolke stieg in seinem Rücken aus dem Stollen zum Netzrippengewölbe und den schwarzen eisernen Lüstern mit den Todesengeln empor.

Wagner wandte sich um, sah die Wolke und der Anblick verlieh ihm neue Kräfte. Er rappelte sich auf, wuchtete Georg über seine Schultern und stolperte in den Vorraum von St. Leopold. Dort ließ er Sina zu Boden gleiten und verrammelte die Tür, bevor er sich neben seinem Freund auf den Boden fallen ließ. Schwer atmend wartete er, bis Georg wieder zu sich kam.

»O Mann, mein Schädel …«, ächzte der Wissenschaftler und betastete vorsichtig die blutende Platzwunde über seinem Auge. »Wer hat das Licht ausgemacht?« Dann sah er Paul neben sich liegen und meinte: »Du siehst auch nicht besser aus.«

»Nachdem du gegen einen Deckenbalken des Stollens gedonnert bist, musste ich dich rausholen und durch die ganze Kirche schleifen«, antwortete Wagner hustend. »Dann kam die Explosion und ich habe für einen Moment geglaubt, es ist zu Ende.«

»Danke, ich stehe in deiner Schuld«, stöhnte Georg. »Wo ist Johann?«

Der Reporter schüttelte den Kopf und wandte sich ab.

Nussdorfer Wehr- und Schleusenanlage, Wien-Brigittenau/Österreich

Burghardt konnte seinen Blick nicht von der Rauchwolke abwenden, die sich wie ein giftiger Pilz über der Kirche auf der anderen Seite des Stromes ausbreitete. Minuten vergingen wie Stunden, aber keiner rührte sich. Die Wolke wuchs beständig weiter, wurde größer und entfaltete sich, türmte sich mit immer größerer Geschwindigkeit zu einer wuchtigen Rauchsäule auf. Es sah aus, als trüge der Himmel Trauer.

Dann unterbrach Burghardt die Stille. »Ich frage mich gerade, welche Farbe Senfgas hat.«

»Goldgelb! Darum nennt man es ja Senfgas«, zischte einer der Vermummten und lachte.

»Dann läuft da drüben irgendetwas nicht nach Plan«, stellte Burghardt trocken fest und zeigte auf das Fenster. »Der Rauch ist tiefschwarz.«

Der Mann warf seinem Komplizen einen Blick zu und erstarrte. Dann schnellte er herum, zu dem großen Fenster, das die Donau überblickte, und schaute genauer hin. Die bedrohliche Wolke war schwarz, keine Spur von Gelb.

Überrascht lockerte er seinen Griff, Sissi riss sich los und ließ sich einfach fallen. Ein Schuss zerriss die Stille. Der Vermummte wurde gegen die Scheibe geschleudert und rutschte langsam zu Boden. Sein Gesicht hinterließ einen schleimigen, roten Strich auf der Glasscheibe.

Sein Komplize machte angesichts der schmauchenden Mündung des Colts in Berners Hand einen entscheidenden Fehler. Er ließ das Messer fallen, griff nach seiner Waffe im Gürtel, und das war der Moment, in dem Berners Tochter sich abstieß und nach vorne stürzte. Im nächsten Moment peitschten zwei Schüsse gleichzeitig durch den Raum und trafen den Maskierten in die Brust.

»Keiner rührt meine Familie an«, knurrte Berner und ließ die Pistole sinken.

»Die Familie meiner Freunde ist auch meine«, murmelte Valerie und steckte die Smith & Wesson ein.

Kinzerplatz, Wien-Floridsdorf/Österreich

Paul und Georg wankten benommen ins Freie, während die schwarze Wolke über ihnen wie ein Fanal aufstieg. Wagner hatte Sina den Arm um die Hüften gelegt und stützte den Freund, weil er noch immer etwas unsicher auf den Beinen war. Langsam humpelten sie über den Platz. Die alten Damen waren spurlos verschwunden. Irgendwo ganz weit weg in der Ferne ertönten die ersten Feuerwehrsirenen.

Aus der Kirche hinter ihnen stieg unentwegt schwarzer Rauch in den Himmel über Wien. St. Leopold erschien wie der Fuß der Wolke, die Moses aus Ägypten hinausgeführt hatte. Fast hätte sich auch in Floridsdorf das Wort der Prophezeiung erfüllt.

Auf dem Parkplatz vor der Kirche stoppte ein Polizeiwagen und zwei Beamte sprangen aus dem Fahrzeug. Als die beiden Uniformierten Paul und Georg auf sich zukommen sahen, liefen sie ihnen entgegen. Einer zog grinsend den Schlagstock aus dem Gürtel.

»Da kommen Dirty Harry und Eliot Ness«, stöhnte Paul und blieb stehen. »Berner wäre stolz. Die Polizei, dein Freund und Helfer.«

Die beiden Beamten hielten vor Sina und Wagner an und einer stupste Paul mit dem Schlagstock auf die Brust.

»Professor Sina und Paul Wagner?«, fragte er.

»In vollem Leben, glücklicherweise«, antworte Paul und lächelte den Polizisten mit dem Schlagstock an.

Dieser machte einen Schritt nach vorne und holte aus, aber sein Kollege hielt ihn mit einer Hand zurück. »Ist der Mann verletzt?«, fragte er und musterte Sina mit zusammengekniffenen Augen.

»Wenn du mich fragst, nicht schwer genug«, zischte der erste und rammte Georg den Schlagstock in den Bauch. Sina stöhnte auf und fiel auf die Knie.

Paul holte aus und schlug dem Polizisten mitten ins Gesicht. Im nächsten Augenblick hagelte es Hiebe und Tritte auf Wagner und Sina. Schnell lagen sie, die Hände mit Handschellen auf den Rücken gefesselt, auf dem Bauch.

»Wir könnten euch zwei Arschgeigen jetzt ohne Weiteres wegen Brandstiftung, Widerstand gegen die Staatsgewalt und Einbruch einbuchten …«, brüllte der Exekutivbeamte mit dem Stock in Wagners Ohr. »Aber ihr habt Glück, ihr seid eingeladen. Zu einer Pressekonferenz.«

Der andere fächelte sich mit der Hand frische Luft unter die Nase. »Auch wenn ihr stinkt wie die ärgsten Schnapsbrüder.«

Mit tönenden Sirenen trafen die ersten Feuerwehren am Kinzerplatz ein und die Männer mit den glänzenden Helmen sprangen aus den Lkws.

»Wir setzen euch zwei Vögel wie befohlen am Kagraner Platz in die U-Bahn. Dort übernehmen euch dann die Kollegen. Und dann – auf Nimmerwiedersehen.«

Präsidentschaftskanzlei, Ballhausplatz, Wien/Österreich

Bitte zurücktreten, Zug fährt durch!«, ertönte es aus den Lautsprechern der U-Bahn-Station »Stephansplatz«. Kurz darauf rauschte ein Triebwagen mit der Aufschrift »Sonderzug« an den verdutzt dreinschauenden Wartenden am Bahnsteig vorbei. Auf den Infoscreens der Haltestelle, vor denen sich kleine Trauben gebildet hatten, stand als Headline neben einem Bild des Bundespräsidentenamtes zu lesen: »Banges Warten auf Neuigkeiten aus der Hofburg«.

Paul schaute beim Fenster hinaus auf die Männer und Frauen, die in Windeseile an ihm vorbeiflogen.

»Die haben keine Ahnung, was auf sie zukommt«, sagte er zu Georg, der auf der Sitzbank gegenüber mehr lag als saß.

»Dann sind sie in guter Gesellschaft«, gab Sina zurück, »ich weiß es auch nicht.« Er presste ein Taschentuch auf seine geplatzte Augenbraue und sah aus wie mit knapper Not einer Wirtshausrauferei entkommen – allerdings zu spät.

Die Station verschwand wieder in einem Lichtwirbel und Paul schloss erschöpft die Augen. Er fragte sich, was aus Berner, Valerie und Burghardt geworden war. Die Polizisten hatten ihn nicht telefonieren lassen. Zum ersten Mal in seinem Leben fühlte er sich völlig ratlos. Hatte Johann recht gehabt mit seiner Theorie? War das Senfgas verbrannt und damit unschädlich geworden? Oder war alles umsonst gewesen und das Licht am Ende des Tunnels war nur ein entgegenkommender Zug?

»Wir sind schon ein bedauernswerter Anblick«, meinte er zu Sina, der die Augen geschlossen hatte, vor sich hin dämmerte und nickte. Sie waren beide am Ende ihrer Kräfte. Oder war Georg eingeschlafen und das Nicken seines Kopfes war nur die Erschütterung der U-Bahn?

Haben wir verloren, fragte er sich, und ein Gefühl der Niederlage breitete sich in ihm aus. War alles umsonst, hatte die Schattenlinie erreicht, was sie wollte? Die Falten in seinem Gesicht schienen ihm so tief wie noch nie. Hoffentlich werde ich jemals so alt, wie ich aussehe, dachte er sich. Wir haben uns in den letzten Tagen geschunden, als gäbe es kein Morgen. Und wofür? Diesmal war es nicht für eine Schlagzeile, eine Story oder den Traum vom sorglosen Leben in der Karibik. Nein! Diesmal war es für etwas, wovon er überzeugt war. Deshalb würde das Scheitern noch bitterer schmecken. Vielleicht waren sie beide schon in wenigen Stunden nur mehr eine fünfzeilige Meldung im Chronikteil, während ein *Kaiser* von Erpressungs-Gnaden durch seine jubelnde Hauptstadt paradierte?

Wenn es wenigstens Lachfalten wären, wie im Gesicht seiner Großmutter ... Paul lächelte bitter und warf Georg einen Blick zu. Er schien wirklich eingeschlafen zu sein. Draußen war es stockdunkel, nur gelegentlich flackerten helle Streifen und Farbflecken auf wie eine wirbelnde Lichtorgel, und die Station Karlsplatz verschwand so schnell, wie sie gekommen war. So tief im Bauch der Stadt hatte sich Wagner noch nie gefühlt. Normalerweise verging die Fahrt bis zur nächsten Station wie im Flug, heute schien es eine Ewigkeit. Er schloss die Augen. Es war, als spürte er den Druck der Erde und des Gesteins über ihm körperlich, als würde dieser Kurzzug durch die Innereien der Metropole an der Donau kriechen wie ein infizierender Bandwurm. Und er, Paul Wagner, war ein Teil davon.

Der Reporter fragte sich, was in diesem Moment in den Straßen Wiens vor sich ging. Formierten sich Demonstranten, rückten die Polizei oder das Bundesheer an, vielleicht sogar beide? Oder waren die Wiener tatsächlich bereits in einen trunkenen Kaiserwalzer verfallen, während er hier unten machtlos dem Lauf der Geschichte und seinen gleichgültigen Bewachern ausgeliefert war?

Eine ruckartige Bremsung riss ihn aus seinen Gedanken. Die U-Bahn verlangsamte mitten auf der Strecke abrupt ihr Tempo und für einen kurzen Augenblick wurde die Sicht auf die zweispurige Haupttunnelröhre der U1 frei. Der Triebwagen zweigte auf ein Nebengleis ab, das Paul noch nie aufgefallen war. Gab es hier im überbauten Graben des Wienflusses eine versteckte Trasse nach Nordwesten?

»Wohin fahren wir?«, fragte Paul den Bewacher.

»Lassen Sie sich überraschen, Herr Wagner«, kam die lapidare Antwort.

»Wundere dich nicht, Paul«, meldete sich Georg wieder zurück aus dem Traumland, »du weißt doch, die ganze Innere Stadt ist ein unterirdischer Schweizer Käse.«

»So ist es, Professor«, bestätigte der Polizist. »Keller, Gänge, Schächte und Kasematten, so weit das Auge reicht. Im Zweiten Weltkrieg kamen weitere Durchgänge dazu, andere wurden wieder zugemauert. Aber auch heute konnten wir bequem von einem Ende der Innenstadt zum anderen marschieren, ohne unsere Deckung aufzugeben.«

»So ein Pech, dass sich keiner dabei in den baufälligen Gewölben den Hals gebrochen hat«, murmelte Paul.

»Wer sagt denn so etwas?« In den Augen des Uniformierten erschien ein seltsamer Glanz, der seinem Gesicht einen grausamen, unbeirrbar überzeugten Ausdruck verlieh. »Wo gehobelt wird, fallen Späne, das wissen Sie doch am besten. Aber unsere Gefallenen sind Helden. Sie starben für die Sache.«

»Na, da sind wir aber beruhigt«, stöhnte Sina zynisch. »Und erst recht die Witwen und Waisen …«, fügte er noch leise hinzu und schloss wieder die Augen.

Wenige Minuten später stoppte der U-Bahn-Zug mitten auf der Strecke, wie es schien. Wagner schaute erstaunt den Polizisten an.

»Nur Geduld, gleich gibt es Licht«, beruhigte ihn der Beamte mit einem mitleidigen Lächeln. Als Paul wieder nach draußen schaute, gingen nach einem kurzen, stroboskopartigen Aufflackern zahlreiche Neonröhren an und rissen eine unbekannte Haltestelle aus dem Dunkel.

»Sieh dir das an, Georg«, staunte Paul. »Das muss sie sein, die legendäre geheime U-Bahn-Station unter dem Ballhausplatz.«

»Wie bitte?« Sina richtete sich auf und starrte ungläubig durch das Fenster.

»Angelegt während des Kalten Krieges, um die Bundesregierung und den Präsidenten zu evakuieren, wenn die Lage brenzlig wird …« Wagner war aufgeregt. Das war Material für die erste Seite. Er fühlte sofort wieder den Reporter in sich erwachen. »Ich habe letztes Jahr einen Artikel darüber in der ›Zeit‹ gelesen. Angeblich hat sich selbst das Fernsehen um eine Drehgenehmigung bemüht, aber hat keine bekommen. Und jetzt sind wir hier. Stell dir das vor …«

»Du vergisst dabei nur, dass wir kaum je Gelegenheit haben werden, jemandem davon zu erzählen«, gab Georg müde zurück.

»So ist es. Aussteigen!«, befahl der Bewacher, zog seine Glock und deutete mit dem Lauf seiner Waffe auf die Tür. »Wir wollen doch kein Risiko eingehen«, meinte er maliziös. »Hände in den Himmel und schön langsam!«

Vorbei an gefliesten Wänden ohne jedes Reklameplakat betraten sie schon bald im Gänsemarsch ein enges Stiegenhaus, das steil nach oben führte.

»Hat die Regierung keinen Lift?«, erkundigte sich Wagner beim Anblick der betonierten Treppen. »Da werden sich die Herren Minister aber die Maßschuhe beschädigen.«

»Sehr witzig, Wagner.« Der Polizist bedeutete Paul, weiterzugehen. »Aber die komödiantische Ader wird Ihnen bald vergehen, verlassen Sie sich drauf.«

»Bringen Sie uns ganz alleine nach oben?« Georg drehte sich nach dem Beamten um und blieb stehen. »Die Kollegen bleiben unten?«

»Was geht dich das an? Die anderen kommen gleich nach.«

»Aha!«, machte Georg, zog die Brauen zusammen und nickte Paul unmerklich zu.

Nach einigen weiteren Stockwerken traten die drei Männer durch eine Brandschutztür in einen beleuchteten und gepflegten Gang.

»Wow!« Paul sah sich um. »Heute bekommen wir echt was zu sehen. Ist das der Gang zum Bundespräsidentenamt, durch den damals die Regierung Schüssel unter den Demonstranten hindurch zum Amtsantritt geschlüpft ist?«

»Ja!«, bestätigte der Polizist, dann platzte es aus ihm heraus: »Schön langsam reicht es mir mit dir, du Klugscheißer! Glaubst du, ich bin dein persönlicher Fremdenführer?« Er fuchtelte vor Wagners Nase mit der Glock herum.

»Sie irren sich«, verkündete Sina ruhig hinter ihm. »Mir reicht es jetzt mit Ihnen …«

Der Beamte wirbelte herum und Georg versetzte dem Uniformierten, ohne eine Miene zu verziehen, einen Handkantenschlag genau auf den Kehlkopf. Der Polizist riss die Augen auf, ließ die Waffe fallen und ein gurgelndes Geräusch entfuhr seinem weit aufgerissenen Mund. Sinas kräftige Hand packte ihn am Hinterkopf und dann raste das Knie des Wissenschaftlers auf sein Gesicht zu und schickte ihn zu Boden.

»Perfekt.« Paul bückte sich, steckte die Glock ein und sah sich nach allen Seiten um. »Wir müssen weg hier, und zwar schnell!«

Georg atmete durch. »Das mit der Pressekonferenz kann auch nur ein Vorwand gewesen sein, ich weiß. Aber wenn es tatsächlich eine gibt, dann geht es hier entlang, nehme ich an. Komm!« Er fesselte den Polizisten mit seinen eigenen Handschellen, richtete sich auf und ging rasch voraus. »Und du bist Journalist, der beste, also sind wir eingeladen, auch wenn wir nicht sehr präsentabel sind.«

Wagner verpasste dem Uniformierten noch eine Ladung Pfefferspray und war dann mit wenigen Schritten an Sinas Seite.

»Dem habe ich noch schnell den Tag verwürzt«, grinste der Reporter. »Hör mal, ich dachte, du bist ein Mann des Buches und der Wissenschaft? Was war das denn eben?«

»Es gibt viele Bücher … und zu unterschiedlichsten historischen Themen …«, antwortete der Wissenschaftler gelassen und stieß die Tür zur Hofburg auf.

Der Weg hinauf zu den Amtsräumen des Präsidenten war gesäumt von Sicherheitskräften, die alle Hände voll zu tun hatten, dem Ansturm einer Meute von drängelnden Reportern und Fotografen standzuhalten. Nach und nach trafen internationale Kamerateams und Fernsehjournalisten auf dem Ballhausplatz ein, die mit bereits laufenden Kameras in das obere Stockwerk drängten.

»Das ist unser Ticket nach oben«, raunte Paul Georg zu, verstaute die Automatik in seinem Hosenbund und zückte seinen Presseausweis. »Vor laufenden Kameras können sie uns nicht verhaften. Bleib dicht bei mir, das ist mein Spielfeld.«

Unter heftigem Einsatz seiner Ellenbogen verschwand Paul in der Traube stoßender und schreiender Reporter, die um den besten Platz kämpften. Georg bemühte sich so gut er konnte, den Anschluss nicht zu verpassen. Zielsicher strebte Wagner auf eine Brünette mit Pagenkopf und ORF-Mikrofon zu.

»Servus, Karla!«, rief er ihr lächelnd zu. »Wenn du mich mit hinaufnimmst, hast du was gut bei mir.«

Die Berichterstatterin musterte Wagner von oben nach unten und verzog angewidert die Nase. »Bist du unter einen Zug gekommen oder in einem Müllwagen eingeschlafen?« Sie fächelte sich Frischluft zu. »O mein Gott, der unwiderstehliche Paul Wagner riecht wie eine Flasche Fusel. Die Geschichte muss wirklich gut sein, Paul, verstehst du mich? Sonst kannst du sie dir behalten.«

»Sie ist noch besser, Karla, glaub mir«, strahlte Wagner sie an.

»Aber exklusiv, das ist dir auch klar?« Karla ließ nicht locker. So eine Gelegenheit gab es nicht oft.

»Glasklar«, erwiderte Paul und zwinkerte ihr zu. »Aber mein Fotograf hier muss mit!« Ohne sich umzudrehen, griff der Reporter nach hinten und zog Sina am Arm neben sich.

»Um Gottes willen, Paul, dein Umgang wird immer schlechter. Außerdem hat der verbeulte Typ nicht einmal eine Kamera«, zischte Karla.

Paul fixierte die Fernsehjournalistin und streckte seine rechte Hand aus. »Deal?«

Irgendetwas im Blick Wagners sagte Karla, dass sie es nicht bereuen würde. Sie schlug ein. Dann drehte sie sich um, und an einen der Sicherheitsleute gewandt, keifte sie befehlsgewohnt: »Zeit im Bild! Live-Schaltung! Drei Journalisten, Licht, Ton, Kamera. Das Übliche. Lassen Sie uns durch! Wir sind spät dran.«

Die Security gab den Durchgang frei. Aufatmend stürmten Georg,

Paul und das Nachrichtenteam mehrere Stufen auf einmal nehmend die Treppe hinauf, dann über glattes Parkett und durch hohe Flügeltüren in die Räume des Bundespräsidenten.

Wolfgang Ebner stand neben der großen, goldenen Prunkuhr vor den scharlachroten Tapisserien. Genau hier, an diesem Platz, hatte er vor zwei Jahren die letzte demokratisch gewählte Bundesregierung der Republik Österreich angelobt. So wäre er auch gerne den Menschen in Erinnerung geblieben. Auf den heutigen Auftritt hätte er nur allzu gerne verzichtet. Der Bundespräsident wirkte, trotz der mühsam professionell aufrechterhaltenen Fassade, blass, winzig und eingefallen im Scheinwerferlicht der Kameraleute. Blitzlichter zuckten, Auslöser klickten und in allen Sprachen Europas und der Welt tönten die Moderationen der Journalisten zu ihm herüber.

Ein junger Mann mit tadelloser Frisur und im dunklen Anzug trat an ihn heran, übergab ihm ein Blatt mit dem vorbereiteten Wortlaut. Der Bundespräsident überflog die ersten Zeilen, verdrehte die Augen und schüttelte den Kopf. »Das ist ein schwarzer Tag in der Geschichte Österreichs. Warum muss ausgerechnet ich …«, murmelte er. Am liebsten hätte er das Papier zerknüllt und dem Gecken vor die Füße geworfen.

»Denken Sie an das Senfgas …«, raunte ihm der junge Mann lächelnd zu, der den Bundespräsidenten keine Sekunde aus den Augen ließ. »Sie werden jetzt den Nationalrat auflösen und den neuen Regierungsauftrag offiziell erteilen. Dann erfolgt Ihre formelle Abdankung und dann ist das Ende dieser Republik gekommen …«

Ebner warf dem jungen Mann einen vernichtenden Blick zu. Zum ersten Mal sah er ihm dabei direkt ins Gesicht. »Moment, ich kenne Sie doch, Sie sind der Kabinettschef von …«, aber der junge Mann legte den Zeigefinger auf seine Lippen und deutete auf die hohe Flügeltür. »Es ist so weit, er kommt!«, brachte er den Bundespräsidenten zum Schweigen.

Die weißen, goldverzierten Flügel schwangen auf und Finanzminister Manfred Wegscheider, makellos frisiert und mit einem triumphierenden Lächeln auf den Lippen, betrat samt seinem Gefolge den Saal. Überall im Raum standen Gewährsleute, die sofort enthusiastische Begeisterung mimten und als Claqueure fungierten. Applaus brandete auf. Wegscheider schien sogleich um zwei Köpfe zu wachsen und sonnte sich in den dargebrachten Ovationen und im Licht der Scheinwerfer.

»Wer hätte das gedacht …«, flüsterte Sina und Wagner nickte stumm. »Der Vizekanzler und Finanzminister selbst. Jetzt bekommt er den Auftrag zur Bildung der Regierung, gleich darauf folgt die Vereidigung, seine Minister hat er ja praktischerweise gleich mitgebracht. Damit ist die Verfassungsänderung beschlussfertig. Bei seinen Umfrageergebnissen wäre eine Volksbefragung reine Formsache …«

»Sieht ganz so aus …«, brummte Wagner. »Aber so einfach werden wir ihm das nicht machen, keine Angst.«

Die zukünftigen Minister stellten sich in einer Reihe auf, an ihrer Spitze, neben dem Bundespräsidenten, Manfred Wegscheider, der seine Rolle als Bundeskanzler und Kaiser von Österreich zum Greifen nahe sah.

Wolfgang Ebner begann zu sprechen. Die Worte kamen nicht leicht über seine Lippen. Seine Ansprache war bei Weitem nicht so flüssig, wie man es zu Neujahr von ihm gewohnt war. Wegscheider warf dem Staatsoberhaupt dafür einen tadelnden Blick zu. Bevor Ebner den »korrekten« Namen und sämtliche Titel des neuen Regierungschefs vorlesen konnte, stockte ihm vollends der Atem. Er musste sich räuspern. Das kann doch nicht sein Ernst sein, schoss es ihm durch den Kopf.

Wegscheider begann beim Anblick des Bundespräsidenten, der sprachlos auf das Blatt in seiner Hand starrte, nervös auf und ab zu wippen.

»Ach was! Wozu noch länger warten?«, fluchte Wagner laut. »Das ist doch eine Farce. Sie müssen das nicht tun, Herr Bundespräsident! Die Depots sind entschärft!«, rief Paul nach vorne und alle Augen richteten sich auf ihn.

Ebner hob suchend den Blick. Als er Paul Wagner und Georg Sina in der Menge erkannte, erschien ein Lächeln auf seinem Gesicht und er ließ das Blatt sofort sinken. Aus Manfred Wegscheiders Gesicht wich jede Farbe, während die potenziellen Mitglieder der Regierungsbank fragende Blicke wechselten.

»Paul Wagner, United Media Group!« Mit handfester Durchsetzungskraft schob sich der Reporter in die erste Reihe, dicht gefolgt von Sina. »Herr Wegscheider, gestatten Sie mir ein paar Fragen: Jetzt, wo alle drei Sprengfallen entschärft sind und das vierte Senfgaslager sich als Niete entpuppt hat, wodurch rechtfertigt sich diese geplante Amtsübergabe?«

Die Kameras schwenkten von Wagner auf den Finanzminister. Wegscheider setzte ein Filmstarlächeln auf. Neben ihm stand eine stolze Wilma Palm mit zwei gerahmten Urkunden im Arm.

»Ich weiß beim besten Willen nicht, wovon sie sprechen.« Er blickte selbstsicher in die Runde. »Die Forderungen gewisser gewaltbereiter Kreise, die unser Land in diese Krise gestürzt haben, haben mich zutiefst erschüttert. Ich versichere Ihnen, Herr Wagner, Ihr haltloser Versuch, mich und meine Partei in Verbindung zu den Terroristen zu setzen, wird ein gerichtliches Nachspiel haben. Allein das österreichische Volk hat seinen Willen geäußert, mir als Vizekanzler und Chef der zweitstärksten Fraktion in dieser Zeit der Krise und Hilflosigkeit der letzten Bundesregierung die Regierungsgewalt zu erteilen, wie sie mir gemäß meiner Abstammung rechtmäßig zusteht. Und ich versichere Ihnen, dass schon jetzt die Exekutive unter unserer Führung entscheidende Ermittlungsergebnisse zur Ergreifung und Verurteilung der Schuldigen erzielt hat. Gestatten Sie mir, als dem offensichtlich jüngeren von uns beiden …« – er hob die Hände, legte den Kopf ein wenig zur Seite und lächelte mitleidig – »Ihnen zum Abschluss einen Ratschlag für Ihren weiteren Lebensweg ins Stammbuch zu schreiben: Überlegen Sie es sich in Zukunft besser, ob Sie eine solch bedeutende Feierstunde mit Ihren unqualifizierten und verleumderischen Zwischenrufen stören, sonst werden wir uns an anderer Stelle weiter unterhalten.« Jeder freundliche Zug war schlagartig aus seinem Gesicht gewichen.

Wagner blieb unbeeindruckt. »Sie behaupten, einen rechtmäßigen Anspruch auf die österreichische Kaiserkrone zu besitzen. Mein Freund hier, der renommierte Historiker Georg Sina, und ich widersprechen dem aufs Entschiedenste. Es existiert kein Anspruch Ihrerseits!«

Ein verstörtes Gemurmel wurde laut. Die Verwirrung stand den Journalisten, aber auch vielen der zukünftigen Regierungsmitglieder ins Gesicht geschrieben. Einige Kameraleute wussten nicht, was sie tun sollten, Mikrofone schwankten zwischen Wegscheider und Wagner hin und her. Nur Karla grinste über beide Ohren und zischte ihren

Leuten zu: »Draufhalten! Jetzt wird's interessant! Dieser Wagner ist immer für Überraschungen gut.«

Wegscheiders Gesicht verfinsterte sich und er wies auf die beiden gerahmten Dokumente. »Ich habe die entsprechenden Urkunden von der Hand Kaiser Josephs I. führenden Experten und Juristen zur Überprüfung gegeben. Ihre Echtheit und Stichhaltigkeit ist über jeden Zweifel erhaben. Was erlauben Sie sich, hier …«

»Ich erlaube mir …«, unterbrach ihn Wagner unwirsch, »… festzuhalten, dass Ihr direkter Vorfahr, Joseph Gottfried Pargfrieder, ein illegitimer Sohn von Kaiser Joseph II. gewesen ist. Somit entstammen Sie mütterlicherseits zwar dem Haus Habsburg, väterlicherseits jedoch der Linie Habsburg-Lothringen und unterstehen somit dem ›Familienstatut‹ von 1839!« Paul lächelte zufrieden.

Das hübsche Gesicht des Vizekanzlers verzog sich zu einer zornigen Fratze. Er holte tief Luft, um zu einer Entgegnung anzusetzen, aber der Bundespräsident gebot ihm mit einer Handbewegung zu schweigen.

»Stimmt das, Professor Sina?«, hakte Ebner hoffnungsvoll nach.

»Das heißt«, bestätigte Sina, »dass – sofern es jemals wieder einen Kaiser von Österreich geben sollte, was in Anbetracht des Bundesverfassungsgesetzes legal ohnedies unmöglich ist – er nur aus dem Erzhaus, in direkter, väterlicher Blutlinie, beginnend mit Karl I., dem letzten Kaiser und König, nominiert werden kann! Was bei Manfred Wegscheider, der ein Nachkomme Pargfrieders ist, nicht der Fall ist. Nach dem Hausgesetz von Staatskanzler Metternich ist Manfred Wegscheider nichts weiter als ein Bastard und darum nicht erbberechtigt.«

Ein Blitzlichtgewitter entlud sich über Georg Sina und Paul Wagner. Ebner zerknüllte das Papier und warf es achtlos auf den Boden, drehte sich um und verließ den Saal. Die Objektive der Fernsehkameras folgten dem Staatsoberhaupt, bis die Tür hinter ihm zufiel.

Ein furchtbares Kreischen entfuhr Wegscheiders Mund. Mit weit aufgerissenen Augen stürzte er sich auf Sina und begann, mit beiden Fäusten auf ihn einzuschlagen. Wagner packte zu und versuchte, den Rasenden von seinem Freund zu trennen. Aber der Ellenbogen des Ministers traf ihn so hart im Gesicht, dass er nach hinten geschleudert wurde und aufs Parkett stürzte. Paul spürte, wie Sturzbäche warmen Blutes aus seiner gebrochenen Nase strömten.

»Tut endlich jemand etwas?«, brüllte er, während Wegscheider und Sina ineinander verkeilt über den Boden rollten.

Beide waren schnell wieder auf den Beinen. Sina konnte Wegscheider auf Distanz halten und einen Haken anbringen, der den Minister durchschüttelte. Doch ehe er es sich versah, rammte ihm der Finanzminister den Kopf in den Bauch und hob ihn aus. Georg stürzte so hart, dass ihm die Luft wegblieb. Im nächsten Augenblick war Wegscheider schon über ihm und legte die Finger wie einen Schraubstock um den Hals des Wissenschaftlers. Er drückte mit einer Kraft zu, die ihm Sina nicht zugetraut hätte. Die Welt um ihn herum verlangsamte sich, ein sirrendes Geräusch erklang in seinen Ohren und Georg versuchte verzweifelt einzuatmen. Allein, es ging nicht. Rote Nebel begannen vor seinen Augen zu tanzen und er packte die Daumen Wegscheiders und drückte sie mit aller Kraft zurück. Sina starrte direkt in die gefletschten Zähne des Berserkers. Mit einem dumpfen Krachen brachen beide Daumen, aber Wegscheider ließ nicht locker. Mit wahnsinnigem Blick beobachtete er, wie Georg mehr und mehr die Luft wegblieb.

»Erkennst du mich, ich bin der Gott deines Todes, Sina!«, zischte er dicht an Georgs Ohr. Die Schläge und Tritte Wagners schien er nicht zu spüren. Im Gegenteil, er begann eine bekannte Melodie Haydns zu summen.

Da erschien ein breiter, oranger Streifen über Wegscheiders Augen, begleitet von einem mechanischen Zischen. Er schrie auf wie ein verletztes Tier, ließ Sinas Hals los und schlug die Hände vors Gesicht. Der Security-Mann aus der Leibwache des Bundespräsidenten steckte den Pfefferspray zurück an seinen Gürtel und trat unerbittlich zu. Seine Schuhspitze traf den ehemaligen Vizekanzler genau am Brustbein. Wegscheider sog alle Luft ein, die seine Lungen noch fassen konnten, aber die Kraft verließ ihn augenblicklich. Von der Wucht eines weiteren Trittes getroffen, stürzte er nach hinten. Blitzschnell ergriffen ihn zwei weitere Leibwächter an den Armen und legten ihm Hand- und Fußfesseln an.

Paul Wagner kniete neben Sina und stützte seinen Kopf. Er beobachtete, wie Manfred Wegscheider aus dem Raum geschleift wurde, sah in die entsetzten Gesichter der Journalisten und die betretenen Mienen der Mitglieder des Kabinetts.

»Der Kerl hat so ein Schwein gehabt«, röchelte Georg mit blitzenden Augen, »ich hätte ihn vor laufenden Kameras umgebracht. Für Irina.«

Da flogen die Tore auf und eine Flut von blauen Uniformen strömte in den Saal, an ihrer Spitze Polizeipräsident Dr. Sina.

Epilog I

Georg Sina lag auf einer bequem gepolsterten Sitzbank im Büro des Bundespräsidenten in der Hofburg und ein Sanitäter nähte mit präzisen Nadelstichen sein Cut über der Augenbraue. Der Vereisungsspray wirkte Wunder und so spürte der Wissenschaftler kaum etwas von dem medizinischen Eingriff an seiner Stirn, doch jeder einzelne Knochen und Muskel vom Hals abwärts schien sich zu Wort zu melden und mittels Schmerzen sein Fortleben verkünden zu wollen. Der Verband schnürte Sina den Brustkorb zusammen, aber so blieben wenigstens die gebrochenen Rippen an Ort und Stelle.

Ich hätte mir nie im Traum einfallen lassen, einmal ein frisches Hemd des österreichischen Bundespräsidenten zu tragen, dachte Georg und musste schmunzeln. Die Ärmel waren eine Spur zu kurz und in Ermangelung der passenden Knöpfe flatterten die gestärkten, weißen Manschetten lose um die Handgelenke.

Paul Wagner stand, die Hände in die Hüften gestützt, vor den beiden großformatigen Ölbildern und betrachtete sie gedankenverloren. Ein weißes Tape hielt sein Nasenbein am Platz und das Atmen fiel ihm noch etwas schwer. Aber von diesem kleinen Handicap ließ sich der Reporter nicht ablenken. Er war mittlerweile so vertraut mit der griechischen Mythologie, um sofort zu erkennen, welche Figuren die Kinder Maria Theresias auf der Opernbühne verkörperten. Seit dem Besuch auf dem Heldenberg war auch der eigentliche Hintergrund, warum Joseph II. ausgerechnet diese Szenen hier aufhängen hatte lassen, für ihn kein Geheimnis mehr.

»So fügt sich eins ins andere …«, murmelte er und wandte sich Wolfgang Ebner und dem Polizeipräsidenten zu, die etwas abseits in ein leises Gespräch vertieft waren. Paul war aufgefallen, dass Dr. Sina während des Wortwechsels immer wieder heftig gestikulierte. Er schien aufgeregt, aber offensichtlich bemüht, seine Lautstärke unter Kontrolle zu halten. Schließlich drehte er sich noch einmal mit einem vielsagenden Blick zu seinem Sohn, überlegte kurz und verschwand dann mit schnellen Schritten aus dem Büro, ohne sich ein weiteres Mal umzuwenden.

Georg hob den Kopf und schaute seinem Vater nach, hinter dem die hohe Flügeltür ins Schloss fiel. Dann setzte er sich auf und warf Paul einen fragenden Blick zu, erntete aber nur ein Achselzucken.

»Ich kann gar nicht oft genug betonen, wie dankbar ich Ihnen bin, auch im Namen der Republik und ihrer Bevölkerung«, sagte Ebner freundlich. Er lächelte Georg und Paul an und entließ den Sanitäter mit einer kleinen Handbewegung.

Nachdem der Rettungsmann die Türe von außen geschlossen hatte, stützte sich das Staatsoberhaupt mit den Fingerspitzen auf die Arbeitsplatte seines Schreibtisches. Der Bundespräsident schaute zuerst Sina und dann Wagner tief in die Augen.

Georg war sich nicht sicher, aber dieses angespannte Schweigen unter sechs Augen konnte nur bedeuten, dass ihnen der Bundespräsident etwas Wichtiges mitzuteilen hatte. Und aus der Reaktion seines Vaters schloss er, dass es nicht unbedingt erfreulich sein würde.

»Ich erwäge …«, hob Ebner ernst zu sprechen an, »… Ihnen beiden für Ihre Leistungen das Goldene Verdienstkreuz der Republik zu verleihen!«

Der Gedanke, vom Staatspräsidenten persönlich einen Orden an die Brust geheftet zu bekommen, erfüllte Georg mit gemischten Gefühlen. Einerseits war er stolz, andererseits sah er sich im nächsten Augenblick als dekorierte Karikatur neben peinlichen Promis und pensionierten Operettensängern am sogenannten »Red Carpet« des Wiener Opernballs paradieren.

Bei dem Gedanken musste Sina grinsen und sah, dass es Paul nicht besser ging. Aber das konnte es kaum gewesen sein, was seinen Vater beinahe die Contenance verlieren hatte lassen.

»Danke, das ist sehr freundlich«, erwiderte Wagner. »Es ist uns eine Ehre. Aber bei allem Respekt …« Der Reporter machte eine kurze Gedankenpause. »Ich denke, dass ich auch im Sinne meines Freundes spreche … unser Anteil an der Entschärfung der Senfgasbomben ist vergleichsweise gering gewesen …«

Paul verstummte und sah Georg kurz an. Der Wissenschaftler verstand sofort, worauf sein Freund hinauswollte, und nickte zustimmend.

»Wie meinen Sie das?«, wunderte sich der Bundespräsident.

»Ohne Eduard Bogner und sein Team hätten wir das nie in dieser kurzen Zeit geschafft ...«, begann der Reporter zu erklären. »Mehr noch, wir hätten es gar nicht geschafft. Zudem hat dieser Mann mehr für die Wiedereingliederung Straffälliger in die Gesellschaft geleistet als jedes staatliche Resozialisierungsprogramm ...«

»Ich bin mit Paul Wagner ganz einer Meinung, Herr Präsident«, bestätigte Sina. »Wenn jemand diese Auszeichnung verdient hat, dann ist es Eduard Bogner.«

»Ich verstehe ...«, lächelte Ebner. »Eduard Bogner heißt der Mann? Der Name kommt mir bekannt vor. Ist das nicht der ehemalige, mehrfache Champion vom Heumarkt?«

»Derselbe!«, lachte Georg, und die Vision eines hochdekorierten Professor Georg Sina inmitten von Kammersängern und Baumeisterliebchen am roten Teppich des Opernballs zerfloss wieder vor seinem geistigen Auge. Schade, dachte er sich, und andererseits schon richtig so. Mutter wäre vor Stolz geplatzt und ich vor Schande gestorben ...

»Gut, wenn Sie es so wünschen, dann soll es so sein. Wer bin ich, dass ich ausgerechnet Ihnen diese Bitte abschlage ...?«, bemerkte der Bundespräsident und machte sich eine entsprechende Notiz. »Aber der Herr möchte so nett sein und den Orden nicht öfter als unbedingt notwendig in der Öffentlichkeit tragen ...«, ergänzte Ebner noch.

»Ich denke, zu dieser Sorge besteht keine Veranlassung ...«, gab Wagner zurück und konnte sich eine Erwiderung nicht verkneifen. »Wenn ich mir allerdings die Schlagersänger und Promis anschaue, die ihre Orden bei jeder passenden und unpassenden Gelegenheit zur Schau stellen, dann denke ich, dass der Platz an Eddys breiter Brust dem Schmuckstück nur zur Ehre gereichen würde.«

Der Bundespräsident blickte auf und nickte lächelnd. »So gesehen haben Sie vielleicht recht, Herr Wagner.«

Der Reporter sah Ebner in die Augen. »Verzeihen Sie, wenn ich Sie ganz offen frage, aber was geschieht jetzt?«

»Was meinen Sie konkret, Herr Wagner?« Er machte eine unverbindliche Miene, so, als hätte er Pauls Frage nicht verstanden.

»Jetzt müssen doch erst einmal die Sümpfe und sauren Wiesen in diesem Land trockengelegt werden, bevor an Ehrungen und Festivitäten zu denken ist, oder sehen Sie das nicht so?« Wagner sah den Präsidenten auffordernd an. »Die Verschwörer müssen restlos ausgeforscht und zur Verantwortung gezogen werden!«

»Herr Wagner …«, seufzte Ebner, »die Erfahrungen der letzten Tage haben uns drastisch vor Augen geführt, dass sich die österreichische Bevölkerung nur eines wünscht. Nämlich eine stabile, beschlussfähige Bundesregierung, die ihre Arbeit im Nationalrat so rasch wie möglich wieder aufnimmt.«

Der Bundespräsident betrachtete Paul wie ein fürsorglicher Lehrer, der einem Schüler eine komplizierte Rechenaufgabe erklärte. »Dieser Verantwortung im Auftrag des Volkes müssen wir uns jetzt, in dieser schweren Stunde, ohne Wenn und Aber stellen. Das Letzte, das wir in dieser Situation brauchen, wären fortdauernde Streitereien, eine Hexenjagd oder, im schlimmsten Fall, eine Nacht der langen Messer.«

»Das leuchtet mir ein«, nickte Paul, drängte aber weiter: »Entschuldigen Sie bitte, wenn ich auf meiner Frage bestehe: Was werden Sie jetzt tun?«

»Wir alle werden das tun, was sich schon in früheren Zeiten bestens bewährt hat«, erklärte das Staatsoberhaupt und wischte mit der flachen Hand über die Tischplatte. Dann sah er Paul an. »Wir ziehen einen Schlussstrich!«

Paul und Georg trauten ihren Ohren nicht. War alles umsonst gewesen? Wagner wollte noch etwas entgegnen, aber der Bundespräsident hob seine Hand.

»Professor Sina, Herr Wagner, Sie sind die Helden der Stunde und ohne Zweifel auch der Republik. Das werde ich, das werden wir alle Ihnen niemals vergessen, auch wenn offiziell gar nichts passiert ist.« Ebner zog seine Augenbrauen zusammen. »Die Liveschaltungen waren mehrere Minuten zeitverzögert, niemand vor den TV-Geräten hat etwas von all dem gesehen. Jegliches Pressematerial wurde sofort konfisziert und eine Nachrichtensperre verhängt. Ich hoffe, wir haben uns verstanden?«

Wagner und Sina nickten vollkommen perplex. Georg begann die Reaktion seines Vaters zu verstehen.

»Sehr fein!«, freute sich das Staatsoberhaupt. »Das habe ich mir gedacht. Und jetzt entschuldigen Sie mich bitte, meine Herren, ich habe dem Land eine Regierung zu beschaffen. Mein Fahrer wird Sie nach Hause bringen. Guten Tag!«

Ebner drückte einen Knopf auf seinem Intercom und schüttelte den beiden Männern zum Abschied die Hände. Dann drehte er sich um und griff zum Telefon.

Eine attraktive, junge Frau in einem eleganten grauen Kostüm begleitete Sina und Wagner plaudernd die breiten Stiegen hinunter auf den Ballhausplatz, wo sie bereits von der Limousine des Bundespräsidenten erwartet wurden. Der rot-weiß-rote Stander mit dem Bundesadler flatterte im ersten Herbstwind, als der lange Mercedes anrollte und die Torwache salutierte.

»Zu dir oder zu mir?«, scherzte Wagner

»Weder noch«, gab Sina lachend zurück und hielt sich die schmerzenden Rippen. »Erinnerst du dich? Bernhard gibt doch heute ein Fest im Prindl für Eddy und sein Team, und wenn ich es recht überlege, dann könnten wir schon ein wenig vorfeiern. Sonst holen uns die anderen zu schnell ein.«

Den Volksauflauf vor dem Prindl vor Augen, wenn die Staatslimousine des Bundespräsidenten vorfahren würde, lehnte sich Wagner zum Chauffeur und nannte ihm die Adresse des Nachtcafés.

Epilog II

Fünf Tage nach dem – im wahrsten Sinne des Wortes – »berauschenden« Fest, das nach Ansicht aller Teilnehmer in die Annalen des »Prindl« eingehen würde, saßen Paul und Georg in einer harten Kirchenbank und bewunderten einen reich geschnitzten Flügelaltar. Der kleine Wallfahrtsort Maria Laach mit seiner gotischen Kirche, am Südhang des flach ansteigenden, weitläufigen Berges mit dem Namen »Jauerling« gelegen, zog seit mehr als tausend Jahren Pilger aus Österreich und dem umliegenden Ausland an. Nun aber, Mitte September, lag das Gotteshaus leer und verlassen da und der niederösterreichische Ort dämmerte in den Herbst hinein. Der verwaiste Hauptplatz, die Kioske mit zahlreichen bunten Bildern und den obligatorischen Wanderkarten, sowie die geräumige Gastwirtschaft verbreiteten jedoch auch menschenleer eine unterschwellige Geschäftigkeit, wie sie für Wallfahrtsorte typisch war.

»Wie kommst du bloß immer wieder auf solche Gedanken?«, flüsterte Georg und blätterte kopfschüttelnd in der schmalen Kirchenbroschüre.

»Na ja, unser kleiner Freund Jauerling wurde keine fünfzig Kilometer von hier geboren«, gab Wagner zurück, »aber dass der Name des Berges und sein Familienname gleich sind, das hat mich schon fasziniert und zum Nachdenken gebracht.«

»Und dann bist du auf diese Kirche hier gestoßen«, setzte Sina fort und betrachtete den gotischen Flügelaltar, in dessen Mitte eine prachtvoll geschmückte und freundlich blickende Maria mit einem lachenden Jesuskind saß.

»Das war einfach, es gibt keine andere Wallfahrtskirche am Jauerling«, grinste der Reporter und streichelte Tschak, der neben ihnen auf der Holzbank lag. »Außerdem ist es ein netter Ausflug nach all der Aufregung.«

»Wenn ich dir alles glaube, aber das nicht«, schmunzelte Georg. »Gib zu, da war noch ein Hintergedanke, Herr Reporter.«

Paul zog daraufhin ein zusammengefaltetes Blatt Papier aus seiner Tasche und begann leise vorzulesen: »*Dein Archiv ist in guten, in gebenedeiten Händen, mein Freund, auch wenn ich dieses Land verlasse. Es wird bewacht vom Schwert eines Mohren. Deine unschätzbaren Aufzeichnungen, die langen Schatten des Schwarzen Bureaus, würden morgen das Chaos ausbrechen lassen und Europa destabilisieren und das wusstest Du nur zu gut.*«

Er blickte den Wissenschaftler an. »Glaubst du wirklich, das würde mich in Ruhe lassen? Und dann fand ich aus Zufall heraus, dass im Zentrum der Wallfahrt nach Maria Laach das Gnadenbild einer sechsfingrigen Madonna steht. Ein gewagter Schluss, ich weiß.«

»Gebenedeite Hände«, wiederholte Sina gedankenverloren. »Die sechsfingrigen Madonnen sind gar nicht so selten in der christlichen Ikonografie. Sie sind immer ein Zeichen für besondere Verehrung und für die gesegneten Hände Marias. Die sechs Finger sollen dem Betrachter vor Augen führen, dass er es mit der Gottesmutter und nicht mit einer gewöhnlichen Frau zu tun hat.« Er verstummte und begann mit der rechten Hand Dreien auf das Holz der Kirchenbank zu malen.

»Jetzt fehlt uns nur noch der Mohr mit seinem Schwert und dann …« Paul schaute hoffnungsvoll auf Georg.

»Du träumst, wenn du an das Archiv des Schwarzen Bureaus denkst«, gab Sina zurück, »wieso sollte Metternich die Aufzeichnungen ausgerechnet hier versteckt haben? In diesem Nest, das 1848 einige Hundert Einwohner hatte.« Georg blätterte wieder in der Broschüre. »Wenn überhaupt«, setzte er hinzu.

»Es ging wohl kaum um Glanz und Pracht, eher um Verschwiegenheit und einen sicheren Platz«, gab Paul zurück. »Mohr, Schwert, Archiv.« Wagner sah Sina erwartungsvoll an.

»Und du meinst jetzt, Auftritt der Wissenschaft und voilà, Rätsel gelöst«, amüsierte sich Georg. »Diese Aufzeichnungen des Balthasar Jauerling können überall liegen, mein Lieber, gebenedeite Hände gibt es viele und Mohren mit einem Schwert … was weiß ich, was dieser Fuchs Metternich damit meint.«

»Dann komm einmal mit, ich muss dir was zeigen«, meinte Wagner leise, nahm Sina am Arm und zog ihn aus der Bank, führte ihn den Mittelgang entlang bis zu einem eindrucksvollen Grabmal aus Marmor ziemlich genau in der Mitte der Kirche. Paul nahm den Kirchenführer zur Hand und las vor: »Das Grabmal des Kuefsteiners Hans Georg III. ist ein monumentaler, rechteckiger Kenotaph aus verschiedenfarbigem Marmor, geschmückt von einem Alabasterrelief mit Darstellungen von Kriegstrophäen, Waffen, einer Kanone und einem Türkenzelt. In der Umschrift finden sich Bibelsprüche, an den Seiten halten Putti verschiedene Wappen. Auf dem Kenotaph kniet eine lebensgroße Statue des Verstorbenen in voller Rüstung, in ewiger Anbetung dem Altar zugewandt.«

Sina hatte nachdenklich zugehört. »Ja, ich erinnere mich, Kuefstein war einer der führenden protestantischen Adeligen Niederösterreichs. Ein humanistisch gebildeter Freigeist, loyaler Diener der Kaiser Maximilian II. und Rudolph II. Er war der letzte evangelische Landeshauptmann nach fast hundert Jahren … Später ist er wieder aus ganz pragmatischen Gründen zum katholischen Glauben konvertiert.«

Wagner las weiter: »Unter dem Patronat der Grafen von Kuefstein erfährt die Kirche als Begräbnisstätte dieses Geschlechtes eine neuerliche Blüte. 1680 war das dritte große Pestjahr dieses Jahrhunderts; das ganze südliche Waldviertel machte das Gelöbnis, alle Jahre nach Maria Laach zu pilgern.« Er schaute Georg an. »Ich darf dich daran erinnern, dass unser geheimnisvolles Kreuz in Nussdorf ursprünglich auch ein Pestkreuz war.«

Aber Sina hörte ihm gar nicht zu, war tief versunken in Betrachtung des vollbärtigen, energischen Mannes in Rüstung, dessen Blick über seine gefalteten Hände hinweg auf das Altarbild mit der Madonna gerichtet war. Plötzlich packte er aufgeregt Pauls Arm. »Ich glaube, du hast ins Schwarze getroffen. Im Wappen der Kuefsteiner ist ein gekrönter Mohr, der in seiner Hand ein Schwert führt. Ihr Stammschloss, Greillenstein, ist nicht weit von mir weg. Dort stehen eine Menge Mohren mit Schwertern als Figurenschmuck. Wäre es tatsächlich möglich …?«

»›*Es wird bewacht vom Schwert eines Mohren*‹, heißt es in dem Brief von Metternich an seinen Freund Balthasar«, erinnerte Wagner. »Bedeutet, das Archiv ist unter oder hinter dem Schwert, wenn wir den Kanzler ernst nehmen wollen.«

»Wir können kein Kunstdenkmal demolieren, nur auf den Verdacht hin, dass hier vor hundertfünfzig Jahren vielleicht Papiere versteckt wurden. Ich könnte der Familie Kuefstein nie mehr ohne schlechtes Gewissen unter die Augen treten. Dazu treffe ich sie einfach zu oft …« Georg schüttelte den Kopf. »Wenn ich das dritte Mal bei ihrem Anblick die Straßenseite wechsle, wird's verhaltensauffällig …«, gab er zu bedenken und schaute sich verstohlen um. Sie waren alleine in der Wallfahrtskirche, aber das konnte sich jeden Moment ändern.

»Zu solchen aufwendigen Aktionen hatte Metternich auch keine Zeit«, warf Paul ein, »der kam sicher ohne Begleitung hierher, schon der Geheimhaltung wegen. Er konnte es gar nicht riskieren, einen Mitwisser zu haben. Das Versteck musste leicht zugänglich und trotzdem sicher sein.«

Tschak war inzwischen auf Entdeckungsreise durch die Kirche gegangen und hatte einen Schuh angeschleift, der ganz offenbar von einem der Messdiener hinter dem Altar deponiert worden war.

»Tschak, bitte bring das zurück, der wird noch gebraucht«, lachte Wagner, beugte sich hinunter und versuchte, dem kleinen Hund den Schuh wegzunehmen. Aber Tschak ließ seine Trophäe nicht los, verbiss sich darin, zog und zerrte, während er fröhlich und ausgelassen quietschte.

»Etwas mehr Andacht, wenn ich bitten darf«, brummte Georg abwesend und runzelte die Stirn.

Plötzlich ließ Paul den Schuh los, kniete sich nieder und wischte mit seiner Hand über eine Steinplatte des Bodens.

»Na, so ernst brauchst du das jetzt auch nicht zu nehmen«, lachte Sina beim Anblick des Reporters.

»Georg, schau einmal hierher, erinnert dich das Zeichen nicht an die Gruft unter dem Rennweg?«, kam die aufgeregte Stimme seines Freundes vom Boden der Kirche und Georg blickte genauer hin. Auf der Steinplatte, vor der Wagner kniete, war eine Spinne eingeritzt, nicht tief, aber doch deutlich erkennbar. Sie sah den Zeichen in der Gruft Jauerlings zum Verwechseln ähnlich.

Keine drei Minuten später hoben die beiden Freunde die Steinplatte hoch und legten sie vorsichtig beiseite. Ein Hohlraum kam zum Vorschein, groß genug für eine Schatulle aus schwarzem Ebenholz mit den intarsierten Monogrammen »C.M.« und darunter »B.J.«

»Das Archiv des Schwarzen Bureaus oder das Vermächtnis des Balthasar Jauerling«, sagte Wagner andächtig und wog die schwere Kassette in seinen Händen. »Die langen Schatten einer unglaublichen Karriere.«

Sina runzelte die Stirn und starrte ungläubig auf die Schatulle. »Nicht gerade besonders umfangreich, das Archiv«, meinte er enttäuscht. »Ein ganzes Leben im Dienste des Kaisers und dann so eine Kassette als Vermächtnis? Ich gestehe, ich habe mir mindestens zwei oder drei Regale mit Akten erwartet …«

»Guter Punkt …«, bestätigte Wagner. »Klein der Mann, klein sein Archiv? Vielleicht auch nur die wichtigsten Dokumente seiner Amtszeit.«

»Schauen wir hinein, vielleicht ist es nur ein Lageplan, wo der Rest zu finden ist«, brummte Sina unzufrieden und nahm Paul die Schatulle aus der Hand.

»Ich weiß nicht, aber wir haben unser Glück schon über Gebühr strapaziert. Schön langsam wäre es an der Zeit, zu verschwinden, findest du nicht?«, erkundigte sich Wagner und schob mit dem Fuß die Steinplatte wieder über die leere Öffnung, drehte sie und ließ sie mit einem satten Geräusch an ihren Platz zurückfallen.

Der Wissenschafter betrachtete mit einem bewundernden Blick die kunstvoll intarsierten Initialen Metternichs und Jauerlings. »Die Schatulle ist nach all den Jahren im Kirchenboden nicht mehr in einem wirklich guten Zustand, aber das ist kein Wunder«, meinte er dann und drehte die schwere Kassette in seinen Händen. Es war eher eine kleine Kiste, rund dreißig Zentimeter hoch. Er hielt sie schräg und versuchte, das Schloss näher zu betrachten. Dabei geschah es. Eine Ecke des morschen Holzes gab nach, die Scharniere brachen und der Deckel sprang ab. Eine Lawine aus Papier ergoss sich auf den Boden der Kirche, Dokumente verschiedenster Art flatterten wie Laub auf die alten Steinfliesen und segelten unter Kirchenbänke.

»Gratuliere, Herr Professor. Das hast du fein hingekriegt …«, kommentierte Wagner trocken. »Und wie erklären wir die Papierflut am Boden, wenn jetzt jemand reinkommt?«

Sina besah sich ärgerlich die Bescherung und begann dann mit nervösen Fingern die losen Blätter einzusammeln. »Das wird Wochen dauern, das alles wieder zu ordnen …«

»Mach dir nichts draus, vielleicht gab es gar keine Ordnung«, beruhigte ihn Paul, dann bückte er sich und half Georg. Es waren Hunderte handgeschriebene Blätter, viele mit kleinen Skizzen oder Stammbäumen versehen, manche sogar mit farbig ausgemalten Zeichnungen.

»Was zum Teufel ist das?«, stieß Sina plötzlich hervor und hielt Paul ein Blatt entgegen. »Sieh dir das an, so etwas habe ich noch nie gesehen …«, flüsterte er.

Wagner betrachtete das Umschlagblatt mit dem geheimnisvollen Symbol. Es war ein Kreuz aus drei geschmiedeten Nägeln. Ein roter und ein schwarzer zeigten aufeinander und bildeten so den horizontalen Balken, ein aufrecht stehender weißer den vertikalen. Die Spitze des weißen Nagels durchbohrte ein Pentagramm zu Füßen des Kreuzes.

»Wenn ich es mir recht überlege, sieht es auf den ersten Blick aus wie ein Coventry-Kreuz …«, murmelte Sina. »Aber das hier ist viel älter …«

»Und das Pentagramm …«, Wagner tippte mit dem Finger auf den unteren Teil der Illustration, »… das ist doch ein satanistisches Symbol, nicht wahr?«

»Nicht nur, aber oft genug …«, gab Georg zu. Doch dann schüttelte er den Kopf. Er hatte keine Ahnung, was er von der Zeichnung halten sollte.

»Il Diavolo in Torino«, las Paul vor.

»Was?« Georg schreckte aus seinen Gedanken hoch.

»Das steht da ganz unten, schau!« Er zeigte mit dem Finger auf die leicht verblassten Buchstaben. »Das muss die Überschrift der Akte sein. Vielleicht ein verbotenes Theaterstück oder ein zensurierter Roman?«

Paul nahm Georg die dünne Mappe aus der Hand und stapelte sie mit den anderen Blättern zurück in die zerbrochene, schwarze Schatulle. »So, Herr Professor, gehen wir! Wir haben nach hundertfünfzig Jahren Metternichs Geheimnis gefunden, was wollen wir mehr?«

Er pfiff nach Tschak und marschierte aus der Kirche, die Kassette unter den Arm geklemmt. Georg warf dem betenden Kuefstein einen letzten Blick zu. Dann bückte er sich nochmals und strich mit den Fingern über die Spinne auf der Steinplatte.

»Vielleicht hatte Max recht«, murmelte Sina, erhob sich und folgte Paul langsam. »Das Tier schlummert nur, aber die Bestie ist immer bereit, sich ihre Opfer zu holen.«

Epilog III

Bleiben Sie bitte kurz dran, ich bringe ihr das Telefon …«, keuchte Nachtigall, sprang aus seinem Sessel und lief mit trippelnden Schritten, das Mobilteil in der ausgestreckten Hand vor sich her haltend, aus dem staubigen Büro.

»Der kann ja sogar laufen«, wunderte sich der Verwalter, der am Schreibtisch gegenüber arbeitete und verblüfft den Kopf hob. Die Landarbeiter, die bei Kaffee und Frühstück um den Tisch der heruntergekommenen Küche nebenan saßen, schauten dem Butler ungläubig hinterher.

Nachtigall durchquerte die kümmerlichen Reste von Joseph Gottfried Pargfrieders Badezimmer, strauchelte kurz und stolperte dann die Treppe hinunter. Im Hof angekommen, überlegte er hektisch und wandte sich dann nach links, lief in den zweiten begrünten Innenhof des renovierten und bewohnten Teiles von Schloss Wetzdorf. Er sah sich suchend um. Vor der Tür der Kapelle spielten im Gras zwei Kinder, aber von der »kleinen Erzherzogin« war nirgends eine Spur zu sehen.

»Falls Sie mich suchen, Nachtigall, hier bin ich!«, hörte er endlich ihre Stimme. Sie saß mit übergeschlagenen Beinen auf einer Bank im Schatten und beobachtete lächelnd die zwei Kleinen.

»Ahh, da sind Sie ja, Frau Anna. Ein Anruf für Sie …«, stotterte der Butler.

Anna bemerkte erst jetzt sein bleiches Gesicht und ein mulmiges Gefühl überkam sie. »Wer ist es?«, fragte sie Nachtigall.

»Das Sozialtherapeutische Zentrum in Ybbs …«, antwortete er und hielt ihr das Telefon hin.

»Ist etwas mit meinem …« Sie verstummte abrupt. »Ach, geben Sie her!«, meinte sie dann ungeduldig und nahm dem Butler den Apparat aus der Hand.

Nachtigall beobachtete aufmerksam ihr Gesicht, während sie telefonierte. Sie nannte ihren Namen und dann sagte sie nichts mehr, hörte nur zu und nickte mehrmals. Die Farbe wich nach und nach vollends aus ihrem Gesicht. Schließlich hielt sie sich den Mund zu und presste die Augen zusammen.

Bei ihrem Anblick schnürte es Nachtigall die Kehle zu. Dicke Tränen quollen aus ihren geschlossenen Lidern, dann ließ sie das Mobilteil für einige Sekunden in ihren Schoß sinken, bevor sie es wortlos dem Butler zurückgab. Der Bedienstete wollte etwas zu ihr sagen, aber die »kleine Erzherzogin« hob nur ihre Hand und stand auf.

Mit zitternden Händen glättete sie den Stoff ihres Gewandes, wischte sich die Tränen aus dem Gesicht, streckte ihren Rücken durch und ging dann erhobenen Hauptes auf die zwei Kleinen im Gras zu. Sie schien beinahe über den Rasen zu schweben, in ihrem weiten, weißen Sommerkleid, immer weiter, bis zur Kapelle. So zart, so zerbrechlich, aber zugleich majestätisch erhaben, dachte sich Nachtigall.

Anna zwang sich zu einem Lächeln und beugte sich zu den beiden Kindern. Die zwei Buben hörten auf zu spielen und sahen ihre Mutter mit großen, aufmerksamen Augen an. Sie streichelte sanft über ihre Köpfe und versuchte mehrmals vergebens, die passenden Worte zu finden. Endlich schien sie mit ihrer Formulierung zufrieden und flüsterte den Kindern zu: »Es tut mir leid, meine kleinen Prinzen. Euer Onkel Manfred wird nicht mehr zu uns auf Besuch kommen. Er ist heute gestorben, genauso wie sein Freund Max.«

Sie blickte ihre Kinder liebevoll an.

»Unsere ganze Hoffnung ruht nun auf euch.«

Paul Wagner schickte nach dem überraschenden Ende der Pressekonferenz und dem Gespräch mit dem Bundespräsidenten einen ausführlichen Bericht an Elena von UMG. Sie war es auch, die ihm als Erste vom Tod des Medienmoguls auf seinem Schiff in der Marina von Fisher Island vor Miami berichtete. Wineberg hatte vor seinem Ableben eine große Summe für die Berichterstattung aus Österreich genehmigt und Paul musste nicht auf das doppelte Honorar pochen. Er stellte den Pizza Expresss wieder in seine Remise und machte sich auf den Weg nach Berlin, um Rosi und ihre Familie zu besuchen – natürlich per Motorrad. Der Reporter ist fasziniert von Rosis Netzwerk, aber das ist nicht der einzige Grund, warum er länger in Berlin bleibt …

Georg Sina kehrte mit dem Stock Jauerlings und der Kassette mit dem Archiv des Schwarzen Bureaus aus Maria Laach zurück auf Burg Grub und nahm sich vor, die nächsten Wochen sein Refugium nicht mehr zu verlassen. Lange geplante Vorlesungen und Seminare am Historischen Institut der Universität Wien sowie vermehrte Besuche seiner Studenten, die tagelang lautstark vor seiner Burg campierten, machten diese Pläne schnell zunichte. Da Paul für einige Wochen unauffindbar war, machte er es sich mit Tschak in der Remise Wagners bequem und genoss die Ruhe in Breitensee und plante eine Gedenkveranstaltung für seinen alten Lehrer Professor Kirschner. Er ist noch immer davon überzeugt, dass es zu viele unentdeckte Gasgranatenlager in der Bundeshauptstadt gibt. Das Vermächtnis des Balthasar Jauerling hingegen ruht gut versteckt auf Burg Grub.

Bernhard Berner holte Gerald Ruzicka aus dem Spital ab und nahm ihn auf einen ausgedehnten Erholungsurlaub nach Griechenland mit. Vor dem Turm der Winde in Athen schilderte er dem langjährigen Freund und Kollegen seine Erlebnisse in der Gruft vor dem Palais Metternich und verriet ihm die Geheimnisse des Stockes des Balthasar Jauerling. Die beiden pensionierten Kommissare bereisten danach die griechischen Inseln und kamen bei einer Flasche Retsina am Strand von Sifnos überein, länger dazubleiben und nach ihrer Rückkehr in Wien eine gemeinsame Wohnung zu beziehen. Als Burghardt davon Wind bekam, wollte er eine Kriminal-WG andenken. Er schrieb aus diesem Grund an Berners griechische Urlaubsadresse, doch der Brief kam mit dem Vermerk »Unzustellbar« zurück.

Valerie Goldmann erhielt ihren ersten österreichischen Pass einen Tag, bevor sie die Nachricht erreichte, dass ihr Großvater Fred Wineberg in Miami seinem Krebsleiden erlegen war. Er hinterließ seiner einzigen Enkelin sein gesamtes Vermögen und sein Medienimperium. Nach einem langen Gespräch mit Paul und Georg entschloss sich Valerie, das Erbe anzunehmen. Dann rief sie General Danny Leder von der israelischen Armee an und bat um ihre Entlassung. Vor ihrem Abflug in die Vereinigten Staaten blieb sie noch einige Wochen in Österreich und entschied sich dann, ihre Wohnung in Wien doch zu behalten. Sie hat die Leitung der UMG Elena Millt übertragen und eine Funktion im »Jewish Welcome Service« in Wien übernommen. Gleichzeitig arbeitet sie an ihrem Buch über die Geschichte der Familie Goldmann. Samuel Weinstein betet jeden Tag, dass sie nicht mehr in den Geheimdienst zurückkehrt.

Eduard »Eddy« Bogner wurde vom Wiener Bürgermeister mit der Ehrenbürgerschaft der Bundeshauptstadt und mit dem Großen Verdienstkreuz der Stadt Wien ausgezeichnet. Einen Tag später bekam er vom Bundespräsidenten das Goldene Verdienstkreuz der Republik Österreich verliehen, gemeinsam mit Paul Wagner und Georg Sina. Eddy hatte sich extra für diesen Anlass einen Maßanzug anfertigen lassen. Die anschließende Feier im Café Prindl übertraf das Fest, das Kommissar Berner gegeben hatte, und dauerte zwei ganze Tage. Mindestens zweitausend Jahre Gefängnis stießen auf das Wohl des neuen Ehrenbürgers und Ordensträgers an und das Prindl musste zum ersten Mal in seiner Geschichte wegen Überfüllung schließen. Die beiden äußerst bedrohlich aussehenden Herren am Eingang ließen Berner, der zu spät gekommen war, nur sehr unwillig passieren, vor allem, als er seinen Polizeiausweis präsentierte … Eddy verließ in den frühen Morgenstunden das zweiten Tages die Feier und kehrte in seine Werkstatt zurück, wo er auf dem Sofa im Büro einschlief. Er beschäftigt nach wie vor ausschließlich entlassene Häftlinge und gelangt noch früher als sonst an die Ausschreibungen der Wiener öffentlichen Hand. Wieso, weiß niemand so genau …

Peter Marzin wurde kurz nach der Abreise Pauls und Valeries in seiner Kanzlei von einem Notar angerufen, der ihn für den kommenden Tag zu sich bestellte und sich zugleich für die Kurzfristigkeit des Termins entschuldigte. Er habe soeben vom Tod Daniel Singers erfahren und das bei ihm hinterlegte Kuvert mit dem Testament geöffnet, teilte er Marzin mit. In einem Begleitbrief habe Singer den Notar aufgefordert, Marzin und eine gewisse Sarah Deutschmann so rasch wie möglich zu sich zu bestellen. Als Marzin am nächsten Tag zur vereinbarten Zeit in dem Notariat erschien, lud der Testamentsvollstrecker ihn ein, neben einer kleinen, alten Frau mit kurzen grauen Haaren Platz zu nehmen, die ihn freundlich begrüßte. Daniel Singer hatte sein gesamtes Vermögen in der Höhe von 8,32 Millionen Euro plus seinem gesamten Immobilienbesitz Marzin vererbt. Seine Sammlung an einzigartigen Autografen vermachte er Sarah Deutschmann. Der Notar überreichte ihr einen verschlossenen, handschriftlichen Brief des Verstorbenen. Sarah las ihn, dann erhob sie sich und Tränen rannen über ihre faltigen Wangen. Sie verließ wortlos die Kanzlei und Marzin sollte sie nie mehr wiedersehen. Er lebt jetzt mit Fritz »Wolle« Wollner gemeinsam in einer Villa in Berlin-Dahlem. Sie sind nach wie vor jedes Wochenende in Berlins Untergrund unterwegs, auf der Suche nach neuen Abenteuern und alten, vergessenen Kellern.

Ich bin ein treuer Untertan,
Das leidet keine Zweifel,
Mein Fürst, das ist ein frommer Mann,
Oh, wär er doch beim Teu...
Teuren Volke immer,
Dann wird es niemals schlimmer.

Wir haben ihn wohl oft betrübt,
Doch nimmermehr belogen.
Er sagte, dass er uns geliebt,
Doch hat er uns betro...
Troffen oft auf Taten,
Die er uns nicht geraten.

Du Polizei, die dazu da,
Das wilde Volk zu zügeln,
Dich möchte ich nur einmal, ja,
So recht von Herzen prü...
Prüfen und dich fragen,
Wer gegen dich könnt klagen?

Ihr hohen Herrn im deutschen Land,
Vom Rheine bis nach Polen,
Ihr seid mir durch und durch bekannt,
Euch soll der Kuckuck ho...
Hohes Alter melden,
Ihr weisen Friedenshelden!

(Ich bin ein treuer Untertan,
Lied aus der Märzrevolution 1848/49)

Nachwort

Am Anfang standen eine Melange, ein Verlängerter und zu viele Zigaretten …

Nach guter, alter Wiener Tradition erblickte das Konzept von »Narr« in einem Kaffeehaus nahe der Kärntnerstraße in der Inneren Stadt das Licht der Welt. Am Ende eines Drehtages in der Kapuzinergruft für den Trailer zu unserem ersten Thriller »Ewig« gingen Gerd Schilddorfer und ich, wie man das in Wien immer so macht, einen Kaffee trinken. Aber trotzdem war es bei diesem Besuch im Kaffeehaus nicht wie sonst. Wir hatten in der kaiserlichen Begräbnisstätte etwas gesehen, das uns keine Ruhe ließ … Den kleinen Sarg von Erzherzog Leopold Johann, dem einzigen männlichen Thronfolger des römisch-deutschen Kaisers Karl VI. (1685–1740).

Leopold Johann war ein Wendepunkt der Geschichte, auch wenn er heute vergessen ist. Er war der letzte Sohn und Stammhalter der Familie Habsburg, gestorben in seinem ersten und einzigen Lebensjahr 1716. Sein früher Tod löste eine Reihe politischer und wirtschaftlicher Umwälzungen aus, die für die kommenden Jahrhunderte die Machtverhältnisse in Europa maßgeblich verändert haben. Nicht nur der Thron des Heiligen Römischen Reiches, sondern auch das spanische Kontinental- und Kolonialreich blieben nach dem Ableben seines Vaters Karl VI. ohne männlichen Erben, wie man es in Wien und Madrid gefürchtet hatte.

Grausame, weltweit zu Land und zu Wasser geführte Kriege der damaligen Supermächte waren die Folge. Außereuropäische und europäische Völker brachten sich im Schatten wehender Flaggen untereinander um, Grenzen wurden auf mehreren Kontinenten verschoben, Dynastien wechselten und Bayern wurde kurzfristig von österreichischen Truppen besetzt. Auch das souveräne Polen verschwand in der Folge bis zum Ende des Ersten Weltkrieges von den Landkarten, was 1939 wiederum den Zweiten Weltkrieg ausbrechen ließ. Ohne diese Weltenschlacht im 18. Jahrhundert gäbe es keinen »Lederstrumpf«, keinen »Letzten Mohikaner«, kein britisches Kanada und dadurch auch keine Vereinigten Staaten von Amerika. Ohne »Kartoffelkrieg« gäbe es keine Erdäpfel in unseren Küchen und Winston Churchill hätte es ohne seine direkte Abstammung vom Herzog von Marlborough nie bis zum britischen Premierminister und zu einem Bezwinger des Dritten Reiches gebracht.

Das alles hatte also der Tod eines einzelnen, unschuldigen Säuglings in Wien ausgelöst, weil er der einzige legitime Erbe einer über Millionen herrschenden Dynastie gewesen war – ohne Widerspruch, unhinterfragt, in strikter Erbfolge und von Gottes Gnaden.

Die Begegnung mit diesem toten Buben und seiner bewegenden Geschichte hat einen tiefen Eindruck bei uns hinterlassen und inspirierte uns zu einer gewagten Erzählung. Gerd holte einen DIN-A4-Umschlag aus seiner Tasche und wir skizzierten in drei Stunden die – rein fiktive – Handlung des Buches, erdachten die Schattenlinie und ließen unserer Phantasie freien Lauf …

Als wir schließlich im Spätsommer des letzten Jahres mit der Arbeit an »Narr« begannen, hätten wir es uns nie zu träumen gewagt, wie schnell uns die Realität einholen würde.

Die ursprüngliche Version des Buches, wie wir sie in groben Zügen an jenem Sommertag auf dem Umschlag festhielten, erfuhr in der Folge natürlich viele Änderungen und Erweiterungen. Sie blieb aber als Kern die Leitlinie unserer Arbeit in den nächsten Monaten. Die zunächst groben Kettfäden aus Ereignissen, Konflikten und Wendepunkten für unsere beiden Protagonisten und ihre Freunde verwoben wir mit zahlreichen historischen Fakten, einigen Urban Legends und einer Prise Humor zu einem hoffentlich dichten und unterhaltsamen Stoff sowie zu einem weitaus politischeren Buch, als es »Ewig« gewesen ist.

Wir schrieben gerade an den letzten Kapiteln von »Narr«, als eine Diskussion aufbrandete, die wir keineswegs erwartet hatten, die dem Buch aber zusätzlichen Zündstoff verliehen hat. Im Vorfeld der Bundespräsidentenwahl 2010 in Österreich wurden immer öfter Stimmen laut, die eine Abschaffung der sogenannten »Habsburgergesetze« in der Bundesverfassung forderten. Bis in den Nationalrat und den Obersten Gerichtshof wurde lautstark und sehr emotional über das passive Wahlrecht der Familie Habsburg-Lothringen debattiert.

Ein Detail dieses Zwistes kam zutage, als ein populärer linker Politiker sich vehement gegen einen »Habsburger« als potenziellen Bundespräsidenten aussprach. Nicht der Schutz der Demokratie gegen eine mögliche Restauration, sondern die theoretische Möglichkeit einer Rückgabe des von der Republik 1918 einbehaltenen Milliardenvermögens des Kaiserhauses bereitete dem Mann Kopfzerbrechen ...

So bleibt mir am Ende dieses Nachwortes nur noch, mich herzlich zu bedanken, bei meinem Koautor Gerd Schilddorfer, bei Brigitte Fleissner-Mikorey und dem Langen*Müller* Verlag, der wie immer von Beginn an hinter dem Projekt stand und auch dieses Buch Realität hat werden lassen.

Unser Dank gilt auch und vor allem unseren Lesern und Leserinnen, die uns erst zu dem machen, was wir sind – zu Geschichte(n)-erzählern!

Wien, im Juni 2010 David G. L. Weiss

Der erste Fall für Sina und Wagner

Umgeben von brennenden Kerzen, die ein geheimnisvolles Symbol darstellen, liegt der Tote: Der brutale Mord in der Wiener Ruprechtskirche ruft Journalist Paul Wagner und Wissenschaftler Georg Sina auf den Plan.
Sie sind einer mysteriösen Mordserie auf der Spur, die vor Jahrhunderten begann und bei der das Geheimnis zweier Kaiser eine entscheidende Rolle spielt. Bald müssen Sina und Wagner vor einem gnadenlosen Killer fliehen – und sie entdecken, was auf dem Spiel steht: die Zukunft der Menschheit!

»Mit Sinn für Gruseln und Spannung, aber auch mit Humor und Kenntnis historischer Fakten schildern die beiden Autoren einen ungewöhnlichen Fall, der es an Spannung mit den Büchern der amerikanischen Kollegen allemal aufnimmt.«

NDR Bücherwelt

Schilddorfer & Weiss
Ewig

528 Seiten, ISBN 978-3-7844-3191-8

Langen*Müller* www.langen-mueller-verlag.de

»Wenn Sie mal wieder einem richtig bärbeißigen, männlichen, handfesten Kommissar bei der Ermittlungsarbeit zusehen möchten, dann müssen Sie Toni Costa kennen lernen.«

Elke Heidenreich

Burkhard Driest: »Sommernachtsmord«

Tagsüber glüht die Sonne unbarmherzig über Ibiza, doch in den lauen Nächten wird gesungen, getanzt – und gemordet. Hinter der glitzernden Welt des Musikbusiness lauert der Abgrund. Costa, auf der Suche nach einem verschwundenen Mädchen, erkennt fast zu spät, dass kaum einer das ist, was er zu sein vorgibt.

416 Seiten, ISBN 978-3-7844-3148-2

Burkhard Driest: »Küchenkunst«

Grausamer Mord in Ibizas Haute Cuisine: Wer wollte Sternekoch Arrabal schaden? Es bleibt nicht der einzige Mord – und Kommissar Costa findet sich wieder in einem unheilvollen Drama aus Macht, Liebe und Eifersucht.
TV-Koch Andreas C. Studer liefert zu diesem spannenden Roman zehn erlesene Rezepte rund um die Spitzenküche Ibizas.

400 Seiten, ISBN 978-3-7844-3212-0